U0562040

中国艺术研究院
基本科研业务费项目

中国艺术研究院学术文库
主编　王文章　周庆富

李希凡现代文艺论著选编

李希凡　著

北京时代华文书局

图书在版编目（CIP）数据

李希凡现代文艺论著选编 / 李希凡著 . -- 北京 : 北京时代华文书局 , 2025.6
（中国艺术研究院学术文库 / 王文章，周庆富主编）
ISBN 978-7-5699-5164-6

Ⅰ . ①李… Ⅱ . ①李… Ⅲ . ①社会主义文艺－中国－ 文集 Ⅳ . ① I200-53

中国国家版本馆 CIP 数据核字 (2024) 第 063443 号

LI XIFAN XIANDAI WENYI LUNZHU XUANBIAN

出 版 人：陈　涛
责任编辑：周海燕
装帧设计：周伟伟
责任印制：刘　银　訾　敬

出版发行：北京时代华文书局 http://www.bjsdsj.com.cn
北京市东城区安定门外大街 138 号皇城国际大厦 A 座 8 层
邮编：100011　电话：010-64263661　64261528

印　　刷：三河市嘉科万达彩色印刷有限公司
开　　本：710 mm×1000 mm　1/16　　成品尺寸：170 mm×240 mm
印　　张：30.75　　字　　数：485 千字
版　　次：2025 年 6 月第 1 版　　印　　次：2025 年 6 月第 1 次印刷
定　　价：98.00 元

“中国艺术研究院学术文库”再版序

周庆富

由中国艺术研究院策划、北京时代华文书局出版的大型系列丛书“中国艺术研究院学术文库”，历经十余载，陆续出版近150种，逾5000万字，自面世以来取得了很好的社会反响。这套丛书以全景集成之姿，系统呈现了中国艺术研究院新一代学者在文化强国征程中，承继前海学术传统，赓续前辈学术遗产的共同追求，也展现了学者们鲜明的研究个性和独特的学术风格，勾勒出我国当代文化艺术从理论研究到实践探索的发展脉络，对推进中国艺术学学科体系、学术体系、话语体系建设具有重要的史料价值和学术价值。

北京时代华文书局意将整套丛书再版，并对装帧、版式等进行重新设计，让这一系列规模庞大、内容广博的研究成果持续发挥它应有的作用，这无疑是一件好事！衷心祝愿“中国艺术研究院学术文库”再版成功！中国艺术研究院的学者们也将继续以饱满的学术热情，将个人专长与国家需要紧密结合，不断为新时代文化艺术繁荣发展，为文化强国建设贡献智慧和力量。

2024年12月20日

总 序

王文章

以宏阔的视野和多元的思考方式，通过学术探求，超越当代社会功利，承续传统人文精神，努力寻求新时代的文化价值和精神理想，是文化学者义不容辞的责任。多年以来，中国艺术研究院的学者们，正是以“推陈出新”学术使命的担当为己任，关注文化艺术发展实践，求真求实，尽可能地从揭示不同艺术门类的本体规律出发做深入的研究。正因此，中国艺术研究院学者们的学术成果，才具有了独特的价值。

中国艺术研究院在曲折的发展历程中，经历聚散沉浮，但秉持学术自省、求真求实和理论创新的纯粹学术精神，是其一以贯之的主体性追求。一代又一代的学者扎根中国艺术研究院这片学术沃土，以学术为立身之本，奉献出了《中国戏曲通史》《中国戏曲通论》《中国古代音乐史稿》《中国美术史》《中国舞蹈发展史》《中国话剧通史》《中国电影发展史》《中国建筑艺术史》《美学概论》等新中国奠基性的艺术史论著作。及至近年来的《中国民间美术全集》《中国当代电影发展史》《中国近代戏曲史》《中国少数民族戏曲剧种发展史》《中国音乐文物大系》《中华艺术通史》《中国先进文化论》《非物质文化遗产概论》《西部人文资源研究丛书》等一大批学术专著，都在学界产生了重要影响。近十多年来，中国艺术研究院的学者出版学术专著在千种以上，并发表了大量的学术论文。处于大变革时代的中国艺术研究院的学者们以自己的创造智慧，在时代的发展中，为我国当代的文化建设和学术发展做出了当之无愧的贡献。

为检阅、展示中国艺术研究院学者们研究成果的概貌，我院特编选出版“中国艺术研究院学术文库”丛书。入选作者均为我院在职的副研究员、研究员。虽然他们只是我院包括离退休学者和青年学者在内众多的研究人员中的一部分，也只是每人一本专著或自选集入编，但从整体上看，丛书基本可以从学术精神上体现中国艺术研究院作为一个学术群体的自觉人文追求和学术探索的锐气，也体现了不同学者的独立研究个性和理论品格。他们的研究内容包括戏曲、音乐、美术、舞蹈、话剧、影视、摄影、建筑艺术、红学、艺术设计、非物质文化遗产和文学等，几乎涵盖了文化艺术的所有门类，学者们或以新的观念与方法，对各门类艺术史论做了新的揭示与概括，或着眼现实，从不同的角度表达了对当前文化艺术发展趋向的敏锐观察与深刻洞见。丛书通过对我院近年来学术成果的检阅性、集中性展示，可以强烈感受到我院新时期以来的学术创新和学术探索，并看到我国艺术学理论前沿的许多重要成果，同时也可以代表性地勾勒出新世纪以来我国文化艺术发展及其理论研究的时代轨迹。

中国艺术研究院作为我国唯一的一所集艺术研究、艺术创作、艺术教育为一体的国家级综合性艺术学术机构，始终以学术精进为己任，以推动我国文化艺术和学术繁荣为职责。进入新世纪以来，中国艺术研究院改变了单一的艺术研究体制，逐步形成了艺术研究、艺术创作、艺术教育三足鼎立的发展格局，全院同志共同努力，力求把中国艺术研究院办成国内一流、世界知名的艺术研究中心、艺术教育中心和国际艺术交流中心。在这样的发展格局中，我院的学术研究始终保持着生机勃勃的活力，基础性的艺术史论研究和对策性、实用性研究并行不悖。我们看到，在一大批个人的优秀研究成果不断涌现的同时，我院正陆续出版的“中国艺术学大系”“中国艺术学博导文库·中国艺术研究院卷”，正在编撰中的“中华文化观念通诠”“昆曲艺术大典”“中国京剧大典”等一系列集体研究成果，不仅展现出我院作为国家级艺术研究机构的学术自觉，也充分体现出我院领军国内艺术学地位的应有学术贡献。这套“中国艺术研究院学术文库”和拟编选的本套文库离退休著名学者著述部分，正是我院多年艺术学科建设和学术积累的一个集中性展示。

多年来，中国艺术研究院的几代学者积淀起一种自身的学术传统，那就是勇于理论创新，秉持学术自省和理论联系实际的一以贯之的纯粹学术精神。对此，我们既可以从我院老一辈著名学者如张庚、王朝闻、郭汉城、杨荫浏、冯其庸等先生的学术生涯中深切感受，也可以从我院更多的中青年学者中看到这一点。令人十分欣喜的一个现象是我院的学者们从不故步自封，不断着眼于当代文化艺术发展的新问题，不断及时把握相关艺术领域发现的新史料、新文献，不断吸收借鉴学术演进的新观念、新方法，从而不断推出既带有学术群体共性，又体现学者在不同学术领域和不同研究方向上深度理论开掘的独特性。

在构建艺术研究、艺术创作和艺术教育三足鼎立的发展格局基础上，中国艺术研究院的艺术家们，在中国画、油画、书法、篆刻、雕塑、陶艺、版画及当代艺术的创作和文学创作各个方面，都以体现深厚传统和时代特征的创造性，在广阔的题材领域取得了丰硕的成果，这些成果在反映社会生活的深度和广度及艺术探索的独创性等方面，都站在时代前沿的位置而起到对当代文学艺术创作的引领作用。无疑，我院在文学艺术创作领域的活跃，以及近十多年来在非物质文化遗产保护实践方面的开创性，都为我院的学术研究提供了更鲜活的对象和更开阔的视域。而在我院的艺术教育方面，作为被国务院学位委员会批准的全国首家艺术学一级学科单位，十多年来艺术教育长足发展，各专业在校学生已达近千人。教学不仅注重传授知识，注重培养学生认识问题和解决问题的能力，同时更注重治学境界的养成及人文和思想道德的涵养。研究生院教学相长的良好气氛，也进一步促进了我院学术研究思想的活跃。艺术创作、艺术教育与学术研究并行，三者在交融中互为促进，不断向新的高度登攀。

在新的发展时期，中国艺术研究院将不断完善发展的思路和目标，继续培养和汇聚中国一流的学者、艺术家队伍，不断深化改革，实施无漏洞管理和效益管理，努力做到全面协调可持续发展，坚持以人为本，坚持知识创新、学术创新和理论创新，尊重学者、艺术家的学术创新、艺术创新精神，充分调动、发挥他们的聪明才智，在艺术研究领域拿出更多科学的、具有独创性的、充满鲜活生命力和深刻概括力的研究成果；在艺术创作领域推出更多具有思想震撼力和艺术感染力、具有时代标志性和代表性的精品力作；同时，培养更多德才兼备的优秀青年人才，真正把中国艺术研究院办成全国一流、世界知名的艺术研究中心、艺术教育中心和国际艺术交流中心，为中华民族伟大复兴的中国梦的实现和促进我国艺术与学术的发展做出新的贡献。

2014年8月26日

目　录

第一编

从“五四”“启蒙”中继承什么？

——重读《新民主主义论》兼评《新启蒙》的某些观点／1

“五四”文学革命的伟大历史意义／21

中国革命文艺发展的历史道路不容否定／26

毛泽东文艺思想的贡献／35

偏离方向就不会有社会主义文艺

——纪念《在延安文艺座谈会上的讲话》发表45周年／52

公正地对待毛泽东文艺思想

——1989年7月在中宣部召开的首都文艺界座谈会的发言（摘要）／61

“文艺是不可能脱离政治的”

——《邓小平论文艺》的一个中心问题／64

继承发展革命文艺传统／75

理直气壮地高奏时代主旋律／84

文艺应当弘扬爱国主义传统／88

革命英雄典型的巡礼／94

第二编

朱老忠及其伙伴们

——《红旗谱》艺术方法的一个探索 / 111

关于《林海雪原》的评价问题 / 125

阶级论还是“唯成分论”

——评《青春之歌》讨论中的一个观点 / 135

是提高还是“拔高”

——关于小说《达吉和她的父亲》及其电影改编 / 144

英雄的花　革命的花

——读冯德英的《苦菜花》 / 155

生活的诗和艺术的诗

——评杜鹏程短篇小说集《年青的朋友》 / 164

生活真实和理想威力的高度融合

——论《红岩》思想艺术的一个特色 / 179

社会主义时代精神的最强音

——读《欧阳海之歌》 / 188

题材·思想·艺术

——1961年短篇小说述评 / 198

论“京味儿”小说

——序《京味小说八家》 / 210

漫谈蒋子龙历史新时期的小说创作 / 236

巍巍青山在召唤

——读《高山下的花环》 / 256

“倘若真有所谓天国……”

——读张洁《爱，是不能忘记的》及其评价所想到的 / 265

1984年短篇小说获奖作品阅读琐记 / 272

第三编

光辉灿烂的五千年历史文化

——1994年国庆节为希腊《商报》作／285

高标准要求把这部综合的艺术通史写好

——1996年8月20日在《中华艺术通史》第一次编委会上的讲话／293

关于“中华艺术精神”总体特征的一种理解

——1996年11月22日在《中华艺术通史》第三次编委会扩大会上的开场白／303

发掘传统　发扬传统

——1997年1月24日在《中华艺术通史》第四次编委会扩大会议上的发言（摘要）／306

史论结合　以史证论

——1997年4月19日在《中华艺术通史》第五次编委会上的发言（摘要）／310

有了整体把握，才能有准确的概括

——1997年4月24日在《中华艺术通史》第六次编委会上的发言（摘要）／314

贯串写作主旨　力求体例统一

——1998年1月9日在《中华艺术通史》第二次样章、样节讨论会上的小结／319

导言是统帅和灵魂

——1998年4月20日在《中华艺术通史》第九次编委会上的发言（摘要）／324

写好导言　纲举目张

——1998年8月23日至27日在《中华艺术通史》第十一次编委会上的发言（摘要）／329

把握传统　瞩目未来

——《中华艺术通史》总序／337

《中华艺术通史》总后记／377

丰富的遗存　智慧的创造

——“图说中国艺术史丛书”总序／383

《艺苑篇》序说／386

历史的回顾

——在纪念“百花齐放，推陈出新”题词发表40周年大会上的讲话／394

为加速发展我国的艺术科研事业而奋斗

——1990年10月16日在全国艺术研究工作座谈会上的致词／407

第四编

“徽班进京”的启示／419

“推陈出新”首先是“出”思想之“新”

——漫谈几个传统剧目的改编／425

“更好的继承，更多的创造”

——在首都戏剧界缅怀梅兰芳、周信芳艺术大师座谈会上的发言／438

中国戏曲发展史上的活化石

——在中国南戏暨目连戏国际学术研讨会开幕式上的致词／444

中国话剧史上的一座丰碑

——在曹禺研究国际讨论会上的致词／447

珠联璧合的创作集体

——在北京人民艺术剧院演剧学派国际研讨会开幕式的致词／452

为充满时代精神的话剧创作而欢呼

——评1963年反映当代生活的优秀剧目／457

关于文学名著改编影视的对话／471

名著改编在电视屏幕上的新成就／475

第一编

从“五四”“启蒙”中继承什么？

——重读《新民主主义论》兼评《新启蒙》的某些观点

一

从“五四”“启蒙”中继承什么，这是很大的题目，而且其中还间隔着一个整个的时代，即在这已逝的70多年中，我们的文化从“五四”“启蒙”中继承过什么、发展过什么？鲁迅说得好：“新的阶级及其文化，并非突然从天而降，大抵是发达于对于旧支配者及其文化的反抗中，亦即发达于和旧者的对立中，所以新文化仍然有所承传，于旧文化也仍然有所择取。”[①] 对于什么是有中国特色的社会主义文化，以及如何建设有中国特色的社会主义文化，江泽民同志最近《在庆祝中国共产党成立七十周年大会上的讲话》里做了极为精辟的概括和论述：

① 《浮士德与城·后记》。

> 有中国特色的社会主义文化，必须以马克思列宁主义、毛泽东思想为指导，不能搞指导思想的多元化；必须坚持为人民服务、为社会主义服务的方向和“百花齐放、百家争鸣”的方针，繁荣和发展社会主义文化，不允许毒害人民、污染社会和反社会主义的东西泛滥；必须继承发扬民族优秀传统文化而又充分体现社会主义时代精神，立足本国而又充分吸收世界文化优秀成果，不允许搞民族虚无主义和全盘西化。我们应该牢牢把握有中国特色社会主义文化的这些基本要求，极大地提高全民族的思想道德和科学文化素质，促进社会主义物质文明和精神文明的发展。

我以为，这不仅是对党和国家的当前文化建设政策与理论的阐释，而且是近年来文化战线上一场大论战的历史的总结。在这里，江泽民同志代表我们党重申：马克思列宁主义、毛泽东思想、邓小平的建设有中国特色的社会主义理论，“是我们立党立国的根本”，“社会主义文化建设的根本”。这既决定着我国文化事业的性质和方向，也决定着我们继承什么遗产，从什么样的文化基地出发。人所共知，半个多世纪以来，我们党一直在指引着革命文化的方向，它的开端，就是我国现代史上的“五四”运动。是的，“五四”运动成为文化革新运动，只“不过是中国反帝反封建的资产阶级民主革命的一种表现形式”，而且在其开始，还是共产主义知识分子、革命的小资产阶级知识分子和资产阶级知识分子（他们是运动中的右翼）三部分人的统一战线的革命运动。他们所接受的西方社会文化思潮的影响，是十分复杂的。如达尔文学说、尼采思想、杜威的实用主义、罗素的基尔特社会主义、圣西门的空想社会主义、克鲁泡特金的无政府主义等形形色色的学说，都曾吸引过热烈追求新思潮而尚无鉴别能力的青年知识分子。其中如杜威和罗素的学说，还曾得到资产阶级右翼学者如胡适的狂热鼓吹。但是，毕竟是一个新的时代已经来临，俄国十月革命的胜利，惊醒了屡遭失败的中国，人们更着重于探索反帝反封建的救国的真理。就是以孙中山先生为代表的国民党所指导和主办的刊物，如《星期评论》、《民国日报》副刊《觉悟》，也都反映了鲜明的时代特色。《星期评论》虽然也散布过一些反社会主义的言论，它却以介绍世界和中国的劳工运动为主要内容，客观上还是有助于马克思主义宣传的；《觉悟》则更为进步一些，公开打出反对旧道德和旧文学的旗帜，表现了较为彻底的反封建的民主思想，同时也还发表了不少宣传马克思主义的文章。李大钊等人在北京发起并成立的少年中国学会，出版了《少年中国》月刊，这个学会还先后在南京、成都和日本东京成立了分会，出版了分会刊物《星期日》、《少年世界》等。其宗旨为“本科学的精神，为社会的活动，以创造‘少年中国’”。尽管这个学会的参加者成分很复杂，有马克思主义的拥护者，也有无政府主义者和国家主义者，他们所宣传的思想也大不一致，但这个学会却团结了不少知识分子，对传播新文化和新文学做了有益的工作。

周恩来等在天津成立的觉悟社，恽代英等在武汉成立的利群书社，和他们创办的刊物《新生活》周刊、《曙光》月刊、《新社会》旬刊等，都在青年中产生了广泛的影响，宣传了反帝反封建的思想。特别是毛泽东在“五四”后创办的《湘江评论》，发表了《民众的大联合》等文章，宣传了依靠人民群众进行彻底反帝反封建斗争的革命思想，宣传走俄国十月革命的道路，在南方的革命运动中产生了极大的影响。而最早适应“启蒙”运动而诞生的《新青年》（1915年创刊），这时也已发生了重大的思想变化。

总之，据不完全统计，“五四”后不到一年，出版新报刊竟达400余种，尽管它们的政治色彩不一，思想立场各异，但却都在不同程度上支持革新文化的运动，具有不同程度的反帝反封建的色彩。然而，如果从“启蒙”的意义来讲，这一时期占据主导地位的思想，已不同于早期的《新青年》，那时资产阶级的自由民主和“个性解放”思想、社会进化观点，还是许多改革者论述青年、妇女和教育以及家庭、婚姻、社会问题的主要理论依据。而“五四”以后，使“启蒙”有了新的内涵，并赋予它以革命实践意义的，却不能不说是具有初步共产主义思想的知识分子，虽然他们这时还不够成熟，还缺乏在思想战线上进行斗争的经验，但是，他们反映着先进阶级的历史动向，代表着势不可挡的新兴的潮流，而且“五四”文化革命的愈益深入，马克思主义者的彻底反帝反封建精神，也日益显示出它的掌握群众、与革命运动相结合的力量。对于马克思主义，当时的军阀政府是十分敏感的，他们多次称之为“过激主义”，并视之为洪水猛兽，明令加以禁止。在“五四”新文化运动的统一战线内部，资产阶级右翼，也随着形势发展，与马克思主义的矛盾斗争日益尖锐化。李大钊与胡适的著名的“问题与主义”之争，就是“五四”文化运动中革命派与改良派、马克思主义与实用主义分化的标志。的确，胡适曾在1917年1月的《新青年》上发表过著名的《文学改良刍议》，他的主张，在以白话文代替文言文方面，也是顺应了历史的潮流，起了积极的作用。但是，当时真正“高张文学革命军大旗”的，却是陈独秀发表在《新青年》第二卷第六号的《文学革命论》；而真正“显示了文学革命的实绩”的，则又是“在这里（指《新青年》）发表了创作的短篇小说”《狂人日记》、《孔乙己》、《药》的鲁迅。[①] 至于在文化思想上，胡适的反帝反封建的倾向，就更加微乎其微了。到了“五四”爱国运动刚刚过后的1919年6月，胡适在陈独秀被捕后，接编了《每周评论》，立即取消了该刊富于战斗性的反帝反封建的内容，并把它变成了杜威鼓吹实用主义的讲坛；紧接着在7月（《每周评论》第三十一号）就发表了他的《多研究些问题，少谈些主义》一文，公开攻击马克思列宁主义的传播，反对阶级斗争，主张放弃对社会问题“根本解决”的改良主义。后来他又接二连三地发表了《三论问题与主义》、《四论问题与主义》、《新思潮》等文章，一方面攻击马克思主义，一方面继续鼓吹他的“一点一滴进化”的“改良”，直到他出版《胡适文存》的时候，还念念不忘对马克思列宁主义的仇视。他说：“……我这里千言万语，只是要教人一个不受人惑的方法。被孔丘朱熹牵着鼻子走，固然不算高明；被马克思列宁斯大林牵着鼻子走，也算不得好汉。我自己决不想牵着谁的鼻子走。我只希望尽我的微薄的能力，教我的少年朋友们学一点防身的本领，努力做一个不受人惑的人。”[②] 胡适不仅在“五四”当时，代表统一战线中的资产阶级右翼，首先站出来反对马克思主义，分裂《新青年》，而且终其一生，与马克思主义为敌，站在“五四”以来新文化的对立面。如毛泽东同志在《新民主主义论》中所指出的：“因为中国资产阶级的无力和世界已经进到帝国主义时代，这种资产阶级思想

① 鲁迅：《中国新文学大系·〈小说二集·序〉》。

② 《胡适文存·自序》。

只能上阵打几个回合，就被外国帝国主义的奴化思想和中国封建主义的复古思想的反动同盟所打退了，被这个思想上的反动同盟军稍稍一反攻，所谓新学，就偃旗息鼓，宣告退却，失了灵魂，而只剩下它的躯壳了。”

然而，马克思主义却没有为胡适之流的分裂活动所吓倒。李大钊的《再论问题与主义》，有力地批驳了胡适的改良主义观点，并明确地阐述了马克思主义的革命变革的思想。紧接着，他又同基尔特社会主义、克鲁泡特金的无政府主义展开了激烈的论战，为马克思主义的传播扫除了思想障碍，广泛地争取了新文化运动的同盟军。“五四”后的一段时间里很多报刊阵地，马克思主义的传播不仅没有削弱，反而更加强化了。特别是《新青年》第六卷第五号在李大钊的主持下，刊登了大量评介马克思主义的文章，其中他自己的《我的马克思主义世界观》，更是较为系统地介绍了马克思主义的三个组成部分：唯物史观、政治经济学和科学社会主义。随后他又在《新潮》和《新青年》上发表了《物质变动与道德变动》、《由经济上解释中国近代思想变动的原因》等文章，直到1920年3月，在他的倡导下，北京大学成立了马克思学说研究会。而《新青年》虽因那期马克思主义专号，胡适以为有了篡权的借口，要求由他一人独编，但由于鲁迅等的坚决反对，改由陈独秀一人独编，很快就成了上海共产主义小组的机关刊物，大大拓展了马克思主义的宣传阵地，也促进了一些革命民主主义的知识分子进一步思考中国的革命道路问题。中国“五四”前后的几位伟大的文学家鲁迅、郭沫若、茅盾，在当时就都已开始接受共产主义思想的影响。

特别是被毛泽东同志尊称为“中国文化革命的主将”的鲁迅，当时他虽还不是马克思主义者，但却热情地欢迎和赞颂了俄国的十月革命。他说：“他们因为所信的主义，牺牲了别的一切，用骨肉碰钝了锋刃，血液浇灭了烟焰。在刀光火色衰微中，看出了一种薄明的天色，便是新世纪的曙光。”[①] 而且作为“《新青年》团体”中的一员，他多次充满自豪感地声明：“我的作品在《新青年》上，步调是和大家大概一致的”；“是必须与前驱者取同一步调的”；

① 鲁迅：《热风·〈五十九·圣武〉》。

“这些也可以说是‘遵命文学’，不过我所遵奉的，是那时革命的前驱者的命令，也是我自己所愿意遵奉的命令，决不是皇上的圣旨，也不是金元和真的指挥刀”。[①]

因此，如果说，五四运动也蕴涵着思想启蒙的内容，那起主导作用的，只能是马克思主义。至于西方资产阶级思想文化武库中的进化论、天赋人权论等等，也曾为先进的中国人当作救国救民的药方加以输入，如孙中山先生就“以大半辈子的光阴从西方资产阶级文化中寻找救国真理，结果是失望”；而从文化战线上讲，鲁迅也正是这“先进的中国人”中的一个，他以“路漫漫其修远兮，吾将上下而求索”的奋斗精神，寻找救国救民的真理和道路。他也曾相信过资产阶级自由民主、个性解放的信条。但作为一个伟大的革命民主主义者，在“五四”新文化运动中，所以能始终站在“革命前驱者”一边，组成坚强的左翼，正是因为他“见过辛亥革命，见过二次革命，见过袁世凯称帝、张勋复辟，看来看去，就看得怀疑起来”。[②] 这怀疑，不只是由于资产阶级民主革命屡遭失败，而且也因资产阶级思想体系已不适合中国现实。因此，在他“五四”以后的作品和杂文里，一方面不断地总结辛亥革命失败的教训，如《药》、《头发的故事》、《阿Q正传》，以及《论费厄泼赖应该缓行》等，一方面又以切身的经历与战友的遭际，形象地揭露了资产阶级思想体系的那些民主自由、个性解放等虚幻的信条如何在知识分子奋斗中的失败，如《彷徨》中的《幸福的家庭》、《在酒楼上》、《孤独者》、《伤逝》等。而也正因如此，鲁迅才能由“宗法社会的逆子，绅士阶级的贰臣”，最终从痛苦的经验和深切的观察之中觉悟到：“原先是憎恶这熟识的本阶级，毫不可惜它的溃灭，后来又由于事实的教训，以为惟新兴的无产者才有将来。”[③] 纠正了“只信进化论的偏颇”，在马克思主义真理的照耀下，代表着全民族的大多数，在文化战线上向敌人冲锋陷阵。鲁迅

---

① 鲁迅：《鲁迅自选集·自序》。

② 同上。

③ 同上。

的思想发展道路，“鲁迅的方向，就是中华民族新文化的方向”。

“五四”新文化运动，虽然发轫于“五四”爱国运动之前，但它的声势规模的日益扩大，却是经过“五四”运动，文化斗争与政治运动相结合之后。“问题与主义”之争，划出了分界，资产阶级右翼文人的倒戈，转而攻击马克思主义，却更加坚定了马克思主义前进的方向。上海共产主义者创办的《共产党》月刊问世了，有了旗帜鲜明地介绍世界共产主义运动的阵地，《共产党宣言》的全译本和《社会主义从空想到科学的发展》也先后出版。与此同时，马克思主义者也开始了与中国实际相结合的活动，于是，一个中国无产阶级的政党——中国共产党，终于在1921年7月1日诞生了。而中国共产党的成立，更进一步推动了“完全崭新的文化生力军”的生成和发展。

二

“五四”以来，中国新文化的性质是什么？要向什么方向发展，本来是很清楚的。但是，前些年，特别是所谓“文化热”以来，却被搞得模糊起来。虽然有些人也打着继承“五四”传统的旗号，而他们所鼓吹的，则是同“五四”以来的革命文化传统根本对立的东西，这就向我们提出了建设有中国特色的社会主义文化，究竟从“五四”继承什么？在这方面，历史是无法回避毛泽东思想、毛泽东同志的《新民主主义论》的。因为正是这篇光辉著作，深刻地总结了中国新旧民主主义革命的经验教训，科学地论述了中国新民主主义革命的性质、动力和对象，以其马克思主义与中国实际相结合的真理的光芒，照耀着中国人民革命取得胜利的道路和方向。今天我们重读《新民主主义论》，仍然能够感受到那历史唯物主义的巨大说服力，以及中国无产阶级必胜的磅礴的气势。而五四运动正是他所科学论述的新旧民主主义革命的分界线。

毛泽东同志首先分析了中国社会的性质，他指出：

> 自外国资本主义侵略中国，中国社会又逐渐地生长了资本主义因素以来，中国已逐渐地变成了一个殖民地、半殖民地、半封建的社会。……这

就是现时中国社会的性质，这就是现时中国的国情。作为统治的东西来说，这种社会的政治是殖民地、半殖民地、半封建的政治，其经济是殖民地、半殖民地、半封建的经济，而为这种政治和经济之反映的占统治地位的文化，则是殖民地、半殖民地、半封建的文化。

为了改变中国殖民地、半殖民地、半封建社会这种政治、经济、文化现状，150多年以来，曾经有多少志士仁人奋起反抗、起义、改革，如鸦片战争、太平天国运动、中法战争、中日战争、戊戌政变，以至辛亥革命。我们的先辈们，都曾向西方，甚至日本学习，但正如毛泽东同志所指出的："帝国主义的侵略打破了中国人学西方的迷梦。很奇怪，为什么先生老是侵略学生呢？中国人向西方学得很不少，但是行不通，理想总是不能实现。多次奋斗，包括辛亥革命那样全国规模的运动，都失败了。国家的情况一天比一天坏，环境迫使人们活不下去。怀疑产生了，增长了，发展了。"[①] 终于世界形势起了剧烈的变化，第一次世界大战发生了，俄国无产阶级的十月革命取得了胜利。它震撼了世界，也震撼了中国——"十月革命一声炮响，给我们送来了马克思列宁主义。十月革命帮助了全世界的也帮助了中国的先进分子，用无产阶级宇宙观作为观察国家命运的工具，重新考虑自己的问题。走俄国人的路——这就是结论。"连孙中山先生也转而"以俄为师"，如毛泽东同志所指出的："孙先生和他所代表的苦难的中国人民，一齐被'西方的影响'所激怒，下决心'联俄联共'，和帝国主义及其走狗奋斗和拼命，当然不是偶然的。"[②] 这是中国人民用鲜血换来的经验和教训。

"五四运动是在当时世界革命号召之下，是在俄国革命号召之下，是在列宁号召之下发生的。五四运动是当时无产阶级世界革命的一部分"。而"五四运动的杰出的历史意义，在于它带着为辛亥革命还不曾有的姿态，这就是彻底

① 毛泽东：《论人民民主专政》。

② 毛泽东：《唯心历史观的破产》。

地不妥协地反帝国主义和彻底地不妥协地反封建主义”；“五四运动所进行的文化革命则是彻底地反对封建文化的运动，自有中国历史以来，还没有过这样伟大而彻底的文化革命。当时以反对旧道德提倡新道德、反对旧文学提倡新文学，为文化革命的两大旗帜，立下了伟大的功劳。”[①] 毛泽东同志对五四运动的科学的分析、科学的评价，难道不早已被中国革命和历史的发展所充分证明了么？如果中国人民没有中国共产党的领导，没有在几十年艰苦卓绝的奋斗中，推翻三座大山的统治，能有新生的中华人民共和国吗？即使从“五四”以来新文化的发展来看，那占主流地位的，难道不是反帝反封建的新文化，而是资产阶级文化？

历史的实践证明，在“五四”以后，马克思主义则以排山倒海之势，雷霆万钧之力，磅礴于全中国，而葆其美妙之青春。在《新民主主义论》中，毛泽东同志这样概括了“五四”以来新文化的发展：

> 在“五四”以后，中国产生了完全崭新的文化生力军，这就是中国共产党人所领导的共产主义的文化思想，即共产主义的宇宙观和社会革命论。……由于中国的政治生力军即中国无产阶级和中国共产党登上了中国政治舞台，这个文化生力军，就以新的装束和新的武器，联合一切可能的同盟军，摆开了自己的阵势，向着帝国主义文化和封建文化展开了英勇的进攻。这支生力军在社会科学领域和文化艺术领域中，不论在哲学方面，在经济学方面，在政治学方面，在军事学方面，在历史学方面，在文学方面，在艺术方面（又不论是戏剧，是电影，是音乐，是雕刻，是绘画），都有了极大的发展。二十年来，这个文化新军的锋芒所向，从思想到形式（文字等），无不起了极大的革命。其声势之浩大，威力之猛烈，简直是所向无敌的。其动员之广大，超过中国任何历史时代。

① 毛泽东：《新民主主义论》。

尽管如此，中国当时的革命任务，还只是“取消帝国主义在中国的特权”，消灭地主阶级和官僚资产阶级的剥削和压迫，改变买办的封建的生产关系，解放被束缚的生产力。因而，无产阶级在这场革命中，只是起着领导作用，为未来的社会主义革命准备条件，所以共产主义宇宙观，在新民主主义文化建设中也只是起着指导作用。

对新民主主义文化，毛泽东同志概括了以下三个方面的特点：

第一，中国文化应有自己的形式，这就是民族形式。民族的形式，新民主主义的内容——这就是我们今天的新文化。

第二，这种新民主主义的文化是科学的。它是反对一切封建思想和迷信思想，主张实事求是，主张客观真理，主张理论与实践一致的。

第三，这种新民主主义的文化是大众的，因而即是民主的。它应为全民族中百分之九十以上的工农劳苦民众服务，并逐渐成为他们的文化。但是，毛泽东同志也特别强调指出：“现阶段的中国新文化，是无产阶级领导的反帝反封建的文化。真正人民大众的东西，现在一定是无产阶级领导的。资产阶级领导的东西，不可能属于人民大众。”①

自然，在半封建半殖民地的残酷统治下，中国无产阶级所领导的建设新民主主义文化的斗争，也正像中国无产阶级所领导的新民主主义政治斗争一样，经历着无数的艰难曲折，前赴后继，流血牺牲，而并不像有“金元和指挥刀”庇护下“特种学者”那样，可以任意谈他的攻击马克思主义的“问题和主义”，宣传他的实用主义和“纯粹个人主义”。中国共产主义的伟大先驱者，被誉为“铁肩担道义，妙手著文章”的李大钊，不就为了宣传和实践马克思主义，而壮烈牺牲在封建军阀的屠刀之下了么！在《新民主主义论》里，“五四”以来的文化革命，曾被划分为四个时期。第三个时期，即1927至1937年的“左翼十年”。这十年，也正是毛泽东同志所说的，“五四”以来那支有着“新的装束和新的武器”的文化生力军，“在社会科学领域和文学艺术领域”中取得了极大的

① 毛泽东：《在延安文艺座谈会上的讲话》。

发展的时期，同时，这又是两种反革命“围剿”和两种革命深入的时期。毛泽东同志在分析这一时期的历史特点时指出：“这一时期，是一方面反革命的‘围剿’，又一方面革命深入的时期。这时有两种反革命的‘围剿’：军事‘围剿’和文化‘围剿’，也有两种革命深入：农村革命深入和文化革命深入。这两种‘围剿’……其残酷是举世未有的，杀戮了几十万共产党员和青年学生，摧残了几百万工农人民。从当事者看来，似乎以为共产主义和共产党是一定可以‘剿尽杀绝’的了。但结果却相反，两种‘围剿’都惨败了。作为军事‘围剿’的结果的东西，是红军的北上抗日；作为文化‘围剿’的结果的东西，是1935年‘一二·九’青年革命运动的爆发。而作为这两种‘围剿’之共同结果的东西，则是全国人民的觉悟。”

在文化“围剿”中，被杀戮的，就有著名的“左联五烈士”（李伟森、柔石、白莽、胡也频、冯铿）。鲁迅围绕着这次烈士死难事件，曾写下过六篇充满悲愤控诉的纪念文章：《柔石小传》、《中国无产阶级革命文学和前驱的血》、《黑暗中国的文艺界的现状》、《白莽作〈孩儿塔〉序》、《写于深夜里》、《为了忘却的记念》。鲁迅充满豪迈气概地写道：“中国无产阶级革命文学在今天和明天之交发生，在诬蔑和压迫之中滋长，终于在最黑暗里，用我们的同志的鲜血写了第一篇文章。”鲁迅还具体说明了这时的无产阶级文学的“启蒙”的意义：因为那时的中国劳苦大众，“连识字教育的布施也得不到，而知识青年意识到自己前驱的使命，便首先发出战叫”。的确，这种启蒙的“战叫”，是和资产阶级的“天赋权利”——“纯然个体主义的自由、独立、平等”相对立，因为它是要“启蒙”人民和民族首先争得解放和生活的基本权利。然而，是谁“阻碍”了“天赋权利”的传播，是左翼文化战线吗？如毛泽东同志所说在那时国民党统治区正处于被“围剿”、力量还不大的“左翼文化”，怎么成为资产阶级个体主义宣传者的阻力呢？而且所谓“德先生”（民主）与“赛先生”（科学），在“五四”前后是那样时髦，为什么在“救亡”的战叫中，就销声匿迹了呢？还是那句老话，这是因为这种抽象的空洞的口号，在中国现实斗争中起不了什么作用，正如毛泽东同志所说：“旧的资产阶级民主主义文化，在帝国主义时代，已经腐化，已经无力了，它的失败是必然的。”“五四运动的发展，分成了两个潮流，一部分人继承了五四运动的科学和民主的精神，并在马克思主义的基础上加以改造，这就是共产党人和若干党外马克思主义者所做的工作。另一部分人则走到资产阶级道路上去，是形式主义向右的发展。”[①] 从文化上讲，那主潮就是无产阶级领导的反帝反封建的文化，就是鲁迅所代表的新文化的方向，它继承了“五四”的“启蒙”，而又发展了“五四”的“启蒙”。毛泽东同志热情赞扬鲁迅是“五四”以来“文化新军最伟大和最英勇的旗手”；共产主义者的鲁迅，又是在30年代国民党文化“围剿”中“成了中国文化革命的伟人”！

是的，一切新生的事物，总是难免有缺点的，何况还是在白色恐怖中发展起来的革命新文化。无论是“五四”时期马克思主义的“启蒙”，还是“左翼十年”的救亡的“战叫”，都有它们时代的历史的局限，但它们作为中国新民主主义革命潮流的主导方向，却无疑是正确的，历史已记下了它们的光辉的一页。毛泽东同志的著作，特别是《新民主主义论》有关新民主主义文化的论述，正是对从“五四”到左翼这20年革命文化发展的科学的系统的总结，而这科学的、系统的总结，又指引着革命新文化从胜利走向胜利。它的不朽的历史功勋是不能抹杀的。而随着新民主主义革命的胜利，新民主主义文化也一定要向社会主义文化发展，这也是历史的必然。中国共产党领导的建设有中国特色的社会主义文化，怎么能离开以往的革命文化基地呢！前面所引江泽民同志《七一讲话》中有关建设有中国特色的社会主义文化的论述，不正是毛泽东同志的民族的、科学的、大众的文化理论在社会主义历史时期的新发展吗？

三

五四运动的伟大作用，“五四”以后革命文化的发展，本来已为胜利的实践和历史的必然所充分证明。不料在五四运动七十周年前后，在历史评价上却出现了所谓“双重变奏”。有的人要求要“在今天崭新的历史条件下”，“获得对

① 毛泽东：《反对党八股》。

历史和现实的清醒的自我意识”，以便“能使‘五四’的交响乐章重新奏起，重新开展为全新的雄伟乐曲”。在他看来，妨碍这“全新”的，不只是“毛的讲话（指《在延安文艺座谈会上的讲话》）则统治了中国现代文艺实践和理论三四十年”，而且包括“五四”以来的革命。“历史就是这样的残酷无情，总要以牺牲来换取前进。中国革命的道路既然是农民为主体的土地革命，一切就得服从于它，并为此服从而付出代价。值得注意的倒是，传统实用理性的文化心理构架使广大知识群安然地接受了和付出了这一代价。”是什么被“牺牲”了？为什么以农民为主体的革命的“前进”会“付出代价”？把话说清楚一点，也就是说，中国革命文化的民族化、大众化的方向是历史的谬误，而中国文化“知识群”走了“安然”与工农群众相结合的道路，也是付出了自我意识的牺牲的代价。

如果在这“救亡压倒启蒙”论的表面还遮盖着一层“用牺牲换取前进”的外衣，那么，在“新启蒙”论者那里，则连这层外衣也剥去了。在他们的“新思维”里，“五四”以来，中国进步的文化界接受了共产主义思想体系，中国人民接受了共产主义的思想启蒙，走了在无产阶级领导下，从封建主义和帝国主义统治下解放自己的路，是走错了。他们说：“另一些启蒙者（指共产主义者）走向了另一个极端”，“他们脱下皮鞋，穿上草鞋，走向农村，走向山头，去变革农村的土地关系，变革农村财富的占有与分配状况，领导了一场规模空前的农村大变动，但是，结果，他们倒成了小农文明的代言人，成了国民性改造的顽强阻力”。

一句话，中国人民在中国共产党领导下几十年的流血奋斗，都错了，首先那共产主义启蒙者们就错了，他们不该放弃“国民性改造”，而去搞一场领导人民搬走三座大山的革命。什么是“国民性改造”，不是几句话能解释清楚的。但在中国的思想启蒙运动中，确有不少学者提出过这个问题，包括鲁迅在内，他在《呐喊·自序》里谈他弃医从文的理想时，就说过，对于“愚弱的国民”，“我们的第一要著，是在改变他们的精神。而善于改变精神的是，我那时以为当然要推文艺……”但是，到了“五四”前后，他却已经认识到：“我们目下的当务之急，是：一要生存；二要温饱；三要发展。”[①] 虽然这还是进化论的观点，鲁迅却已深知，人们首先需要的还是生存与温饱。自然，在历史唯物主义者看来，人的精神是由人的物质生活条件所决定的。要彻底改变人们的精神面貌，包括所谓“国民性”“民族弱点”，则必须首先从事改变物质生活条件的工作。那就是要变革生产关系，进行社会革命，而且即使进行了社会革命，要改变人们陋习陋俗，亦即国民性之类，也还是一项长期的复杂的战斗任务。

如果按照“新启蒙”者以上的说法，历史岂非完全颠倒了，从文化方面来讲，毛泽东固然错了，连鲁迅“五四”以后也走错了路。《新启蒙》的主编，对鲁迅就有过这样的评论：“从《二心集》开始，鲁迅虔诚地接受了被他认作是党的理论家如瞿秋白等的影响。这一时期，他的不少文字带有特定意义上的遵命文学色彩。例如，他对第三种人的批判，对文艺自由的论争，对阶级性的分析，以及对大众语和汉字拉丁化的意义等等，都留下了这样的痕迹。……直到他逝世前，才开始超脱‘左’的思潮，显示了不同于《二心集》以来的那种局限性，表现了精神上的新的升华。他最后发表的那些文章：《我的第一个师父》、《女吊》、《死》、《凯绥·珂勒惠支版画选集序目》等，写得既沉郁又隽永。”

谁都知道，《二心集》，连书名都是鲁迅为了反击敌人的恶意诽谤而起的。当时，由于鲁迅明确地表示了自己向共产主义思想的转变，一些反动文人讥讽他为“投降”，作《文坛贰臣传》加以攻击，鲁迅有意利用敌人的诬蔑，反其意而用之（同时也是仿照《三闲集》之例），把自己1930—1931年的文章结集，题名为《二心集》，以表示自己与“熟识的本阶级”彻底决裂的革命情怀。《二心集》的著名文章有《“硬译”与“文学的阶级性”》、《对于左翼作家联盟的意见》、《中国无产阶级革命文学和前驱的血》、《黑暗中国的文艺界的现状》、《上海文艺之一瞥》、《“民族主义文学”的任务和运命》等。鲁迅自己后来还

① 鲁迅：《华盖集·忽然想到（六）》。

曾一再向人表示："我的文章，也许是《二心集》中比较锋利"[①]；"比较好一点"[②]。那又是什么时代呢？鲁迅在《二心集·序言》里，只透露了他写稿的处境："当三〇年的时候，期刊已渐渐的少见，有些是不能按期出版了，大约是受了逐日加紧的压迫。《语丝》和《奔流》，则常遭邮局的扣留，地方的禁止，到底也还是敷延不下去。那时我能投稿的，就剩下一个《萌芽》，而出到五期，也被禁止了，接着是出了一本《新地》。所以在这一年内，我只做了收在集内的不到十篇的短评。"

至于1930和1931年间，在中国历史上发生了哪些事件，这是人所共知的。1930年，国民党反动派对工农红军江西根据地发动连续的军事"围剿"；1931年，日本帝国主义公然挑起了"九一八"事变，侵占了我国东北的大片国土，蒋介石却奉行"不抵抗主义"和"攘外必先安内"的反共卖国政策，对外投降，对内则加紧法西斯专制统治。同样，在文化方面的反革命"围剿"也日益加剧。1931年2月7日，国民党反动政府又秘密杀害了"左联五烈士"，而鲁迅也在他们"通缉"的黑名单之内。《新启蒙》的主编，是熟悉鲁迅作品的，他难道不知道《二心集》是写于什么样的环境？那么，他所历数的鲁迅不能"超脱"的"遵命文学"、"'左'的思潮"，不也正是鲁迅所领导的左翼文艺运动，与各种反动文艺思潮进行斗争开拓的30年代革命文学之路吗？如果这些斗争（不管它们有什么缺点），就这样被这位主编轻轻一笔全部抹杀，而且抹杀的又正是鲁迅成为共产主义者的后期的光辉思想和战斗，中国还有什么左翼十年的文艺史！何况在左翼文艺运动中，要讲反"左"，不也恰恰是鲁迅提出了正确的批评吗！《二心集》中的《非革命的急进革命论者》、《关于左翼作家联盟的意见》、《上海文艺之一瞥》，对"左"的思潮的批评，都何等切中要害。他深刻地指出：倡导无产阶级革命文学运动的初期，"对于中国社会，未曾加以细密的分析，便将苏维埃政权之下才能运用的方法，来机械地运用了"。他们"将革命使一

① 鲁迅：《致萧军、萧红信》，1935年4月23日。

② 鲁迅：《致胡今虚信》，1933年8月1日。

般人理解为非常可怕的事，摆着一种极左倾的凶恶的面貌，好似革命一到，一切非革命者就都得死，令人对革命只抱着恐怖。其实革命并非教人死而是教人活的"[1]。"倘若不和实际社会斗争接触，单关在玻璃窗内做文章，研究问题，那是无论怎样的激烈，'左'，都是容易办到的；然而一碰到实际，便即刻要撞碎了。"[2] 他在1930年左联第二次全体大会上，甚至还明确地提出了这样的警告："我们有些人恐怕现在从左边上来，将来要从右边下去的。"[3] 后来的历史证明，正是鲁迅对战友的这些批评和警告，才把左翼文化运动引上了正确的道路，使它不断地发展和壮大起来。

至于这位《新启蒙》的主编所赞赏的所谓鲁迅的"超脱'左'的思潮"，"表现了精神上的新的升华"，不知何所见而云然？仅仅在写《女吊》（9月19日—20日）一个多月以前，鲁迅不是还在那里义正词严地发表自己的意见，写出《答徐懋庸并关于抗日统一战线问题》（8月3日—6日）吗？而在写《我的第一个师父》（4月1日）的两个月后6月9日的那篇《答托洛茨基派的信》中，对以毛泽东为代表的中国共产党人进行了热情赞扬："那切切实实，足踏在地上，为着现代中国人的生存而流血奋斗者，我得引为同志，是自以为光荣的。"第二天，也就是6月10日，在《论现在我们的文学运动》一文中，他则毫无"超脱'左'的思潮"的悔意，反而自豪地宣称："'左翼作家联盟'五六年来领导和战斗过来的，是无产阶级革命文学的运动。这文学和运动，一直发展着；到现在更具体底地，更实际斗争底地发展到民族革命战争的大众文学。"其他如《半夏小集》，以及稍后于《死》、《女吊》的那组《立此存照》等等，那对黑暗与丑恶的决绝的态度："我却没有这么旷达。假使我的血肉该喂动物，我情愿喂狮虎鹰隼，却一点也不给癞皮狗们吃。"[4] 这与《死》中所说："我的怨敌可谓多矣，倘有新式的人问

① 鲁迅：《上海文艺之一瞥》。

② 鲁迅：《对左翼作家联盟的意见》。

③ 茅盾：《我和鲁迅的接触》。

④ 鲁迅：《半夏小集（七）》。

起我来，怎么回答呢？我想了一想，决定的是，让他们怨恨去，我也一个都不宽恕。”有什么“精神上”的差异？

我以为，有意的歪曲，是违背四项基本原则的错误思潮惯用的伎俩，但在这位《新启蒙》主编这里，把他所谓的“超脱‘左’的思潮”，“表现了精神上的新的升华”，放在“直到”鲁迅“逝世”前，这又在歪曲中夹杂了几分侮辱和诅咒。他似乎在说，鲁迅终于在逝世前对自己的“左”进行悔改了。这倒未免使我想起了这位主编在50年代写的几篇关于鲁迅的文章。我只选两篇为例，一篇题名为《纪念鲁迅先生》，文中也曾有这样的词句：“从他入路矿学堂和水师学堂求学时代起，直到他停止了最后的呼吸，人民用肯定他伟大战绩的‘民族魂’的旗帜覆盖在他的灵棕上止，他没有松懈过片刻。这种献身的爱国主义精神，如同火把一样燃烧在他全部的人格里面，使他始终站在中华民族的前列，成了披荆斩棘的革命先驱者”，他“向旧社会垂死文化做着百折不挠的殊死战，把文学事业和人民解放运动结合在一起”。此文还引了毛泽东同志评价鲁迅的名言：“鲁迅的方向，就是中华民族新文化的方向。”

另一篇文章题名为《鲁迅三十年战斗的起点》，一开头就有这样一段话：“鲁迅的骨头是最硬的……在他三十年的伟大战斗中间，他始终保持了革命者的最可贵的品格，不同于那些翻筋斗的作家，而显出了光辉的存在。”甚至关于个性解放问题，这位主编也义正词严地讲过这样一段话：“但是，不能忘记，‘五四’时代的个性解放，是和反帝反封建的，争取进步的民族解放和人民解放紧密结合在一起的。因而这个时代的精神，已不是向上发展的资产阶级启蒙思想的产物了。正因为这个时代的个性解放，必须取得反帝反封建的争取进步的民族解放和人民解放为内容，所以不论是自觉或不自觉的，必然会产生对于已经垂死时期的资本主义的思想体系所采取的否定态度。”这两篇文章都收辑在这位主编的题名为《向着真实》的集子里，我作这些摘引，不过是想提醒作者，“今天重读这些文字”，是不是仍能“激起当年的感情波澜”？

《新启蒙》的理论家们，不只是这位主编，这样歪曲和否定“五四”以来的革命文化传统，歪曲和否定鲁迅在30年代反击反革命文化“围剿”中的辉煌战斗，无非要证明他们的一个论点，即马克思主义，特别是“马克思列宁主义基本原理和中国革命具体实践相结合”而形成的毛泽东思想，在“五四”以后的中国取得的胜利，是“中断了五四启蒙运动”的根本原因（刘再复称之为“启蒙精神”和“自我意识”的“失落”）。因此，“新启蒙”者们认为，要继承“五四”，接续起“五四”的启蒙，就得抛开我们现在的社会主义道路——他们称之为“中国独有的社会主义模式”，另搞所谓“现代化的新启蒙”，即“首先必须唤醒人们的主体意识、自我意识、民主意识和权利意识”，“树立一个人道主义的，以实现人的价值，人的尊严，人的自由的创造为核心的价值体系作为改革精神的动力”。他们还厚脸皮地声称，这种价值体系才是“把真正的马克思主义告诉人们”！

然而，这种抽象的主体、自我、民主、权利、人道主义、价值、尊严、自由等等，究竟和科学的马克思主义有什么相干？在当今的世界上，的确是有这样一股适应帝国主义需要的社会民主主义思潮，思潮的鼓吹者们打着社会主义旗号，宣扬的却是资产阶级思想体系的一套。至于他们最终要实现一种什么样的“真实”，现在已在全世界面前暴露无遗了；如果今天的中国也用这些货色“作为改革的精神动力”，它将把有中国特色的社会主义改革引向何方？1989年的动乱和暴乱，不就是这种“启蒙”的恶果吗！这些开“启蒙”药方的“知识者”们，不少人都在天安门前或各地的舆论阵地上有着自己的亮相。

所谓“新启蒙”，他们要接续起“中断”了的“五四”“启蒙”，实际上不过是在召唤资产阶级思想的亡灵，要我们“补”资产阶级的课，用资产阶级的文化观、价值观来改变中国的社会主义文化航向。他们最不满意艾奇逊在1949年提出的中美关系“白皮书”里所讲到的那个“民主个人主义者”的概念了，认为正是它给中国知识分子带来了“倒霉”！其实，这并不怪艾奇逊，而是有些人直到今天还在坚持走民主个人主义的路，而他们的鼓吹民主个人主义的主张，就是在呼应帝国主义和平演变的策略，以达到所谓“变革”中国社会主义的目的。

两种文化性质的论争，实质上仍然是中国的两种命运、两条发展道路在意识形态领域的反映。的确，反对资产阶级自由化，是个政治概念，但是，我们是马克思主义者，我们不能回避，文化是社会意识形态，而且文化也是脱离不开政治的。正如江泽民同志在《七一讲话》中所指出的：“意识形态领域是和平演变与反和平演变斗争的重要领域。”曾几何时，不正是这类“新启蒙”思潮的泛滥，在我国思想文化领域造成了极大的混乱么？他们的目标仅仅是为了要“回归”那“失落”了的“启蒙精神”吗？当《新启蒙》出台的时候，香港一家报刊不就有过这样的欢呼雀跃么：“值得注意的是，中国知识界在五四运动七十周年前夕，喜见《新启蒙》论坛的出现，显示在大陆上几起几伏的民主思潮，将有新的发展。许多人都已看出，1989年在中国大陆上最走俏的热门话题将主要是政治方面的。”还说：“只有走顺应世界潮流，切合国情的，真实而非装腔作势的民主之路，蛇年是否有较大的转机，且看中共党政者的举措。”

这可真是一语破的！什么“新启蒙”，什么接续那中断了的“五四”“启蒙”，这才是装腔作势！他们真正的目的，是要向无产阶级专政，要资产阶自由化；他们是借“回归”“五四”“启蒙精神”之名，否定共产主义思想体系对中国人民的革命启蒙作用，否定毛泽东思想指导中国革命所取得的胜利，否定中国新民主主义革命的历史道路；他们把毛泽东思想、无产阶级专政等都诬蔑为极“左”思潮，以便于铲除中国社会主义制度曾经赖以生存发展的思想基础……如果按照他们的分析和描绘，中国马克思主义者从“五四”就开始错起，从“五四”就不该唤起人民去推翻帝国主义和封建主义的统治，也就是不该“启蒙”人民去救亡，甚至不该走农村包围城市的道路，而是应该牺牲农民，或者“启蒙”改造他们的“国民性”，走资产阶级的民主自由之路，那岂止没有了“五四”以来的革命文化传统，也没有了中国共产党领导各族人民的解放运动史！

自然，“在意识形态领域，大量的矛盾属于人民内部的思想认识问题，必须严格区分和正确处理两类不同性质的矛盾”（江泽民）。但是，在今天来说，在国际范围内，帝国主义对社会主义和平演变的攻势，的确还具有现实的威胁性。它们向社会主义进行思想渗透，并寻找它们的各种代理人，是决不会停止的。更何况我国也还有资本主义经济因素的存在。这些代理人的要求是一定要在意识形态有所表现，也一定要在政治、思想、文化领域用各种办法顽强地表现他们自己，要他们不反映、不表现是不可能的。值得我们重视的还有，“新启蒙”倡导者的代表人物，大部分是共产党员，后来还大多留在党内，也并没有听说他们的思想有什么改变，或许他们还认为，他们那些违背四项基本原则的错误言论才是“真马克思主义”！果真如此，还应当给他们以充分说明的权利。毛泽东同志讲得好：“马克思主义是一种科学真理，它是不怕批评的。如果马克思主义害怕批评，如果可以批评倒，那末马克思主义就没有用了……马克思主义者不应该害怕任何人批评。相反，马克思主义者就是要在人们批评中间，就是要在斗争的风雨中间锻炼自己，发展自己，扩大自己的阵地。”[①]

问题只在于，我们马克思主义者，我们党的思想文化机关，要清醒地正视现实，意识到自己的责任和使命。如江泽民同志《七一讲话》所指出的：“资产阶级自由化同四项基本原则的对立和斗争，实质是要不要坚持共产党领导、坚持社会主义道路的政治斗争，但这种政治斗争大量地经常地表现为意识形态领域的思想理论斗争。思想宣传阵地，社会主义思想不去占领，资本主义思想就必然会去占领。各级党委要重视意识形态工作，加强对意识形态工作的领导，牢牢掌握意识形态各部门的领导权。”我以为，占领就是斗争，世界上决没有空白的阵地，马克思主义者需要的强力的支持，就是在违背或反对四项基本原则的错误思潮表现的时候，能够同他们进行辩论，以明辨思想理论是非。否则，马克思主义阵地还是不能巩固的。

1991年8月7日于北京

（原载《文艺研究》1991年第6期）

① 毛泽东：《关于正确处理人民内部矛盾的问题》。

“五四”文学革命的伟大历史意义

“五四”运动，兴起于青年爱国学生运动，集中地显示了中国人民伟大的爱国主义精神。同时，“五四”运动又有着丰富的文化蕴涵。“五四”的“文学革命”运动，虽兴起于反对文言文，提倡白话文，而它的丰富内涵与深远影响，却决非胡适的《文学改良刍议》[①]所能代表的，尽管当时主张用白话文代替文言文，也是顺应了历史潮流，起过积极的作用。胡适提出的“文学改良”的“八事”，确也符合新文化运动的需要，只是他的所谓“八不主义”的改良主张，主要还是侧重于文学形式的“改良”，即“文学工具上的改良”，而绝少触及内容。他自己就明言，并“不敢提起‘文学革命’的旗帜”[②]。早在1918年，鲁迅就敏感地觉察到这个问题，在致钱玄同的《渡河与引路》一信中，十分明确地指出：“倘若思想照旧”，即使用白话文写作，“便仍然换牌不换货”，“所以我的意见，以为灌输正当的学术文艺，改良思想，是第一事”[③]。

真正举起“文学革命”大旗的，是1917年2月《新青年》发表的陈独秀的《文学革命论》，他所提出的三大主义，明确地要把文学的形式与内容联系起来进行考察：即推倒雕琢的阿谀的贵族文学，建设平易的抒情的国民文学；推倒陈腐的铺张的古典文学，建设新鲜的立诚的国民文学；推倒迂晦的艰涩的山林文学，建设明了的通俗的社会文学。

这些口号和主张，虽还稍嫌笼统和空泛；对旧文学，也还存在着毛泽东同志所指出的“五四”运动中的一般缺点：“所谓坏，就是绝对的坏，一切皆坏，

---

① 《新青年》1917年1月2卷5期。

② 《胡适文存·逼上梁山》。

③ 鲁迅：《集外集》。

所谓好，就是绝对的好，一切皆好。”[1] 但是，它的基本精神，却是要求文学应从封建贵族的垄断中解放出来，成为广大民众所享有。其内涵更具有鲜明的反封建的思想“启蒙”的意义。他明确宣称：“今欲革新政治，势不得不革新盘踞于运用此政治者精神界之文学”，意即要革新封建文学作为“文以载道”、“代圣贤立言”的政治工具。因而，这篇《文学革命论》，的确较全面地反映了“五四”文学革命运动民主启蒙精神的一个重要方面。随后，由于俄国十月革命的爆发与马克思主义在中国的传播，先驱者们的文学革命的理论主张，也更加表现出彻底地反帝反封建的鲜明倾向。李大钊在《什么是新文学》一文中公开提出，只“用白话文作的文章”，“摭拾了几点新知新物”，却仍保留着科举的商贾的旧毒新毒，并不是新文学。而所谓“新文学”，应为“社会写实的文学”，“要具有宏深的思想，学理，坚信的主义，优美的文艺，博爱的精神”，此文的有些提法虽不很确切，却同只借用白话文的形式改良而不涉及思想启蒙的胡适之流划清了界限。陈独秀和李大钊对于“文学革命”与“新文学”思想启蒙宗旨的阐发，实可称之为文学革命运动的战斗宣言和战斗纲领，立即受到了当时“五四”新文学代表者们的响应与实践。鲁迅在回忆这段历史时，就曾直言不讳，自豪地宣称：在“五四”时期的作品，是“遵命文学”，“不过我所遵奉的，是那时革命先驱者的命令，也是我自己愿意遵奉的命令，决不是皇上的圣旨，也不是金元和真的指挥刀”。“我做小说，是开手于一九一八年，《新青年》上提倡‘文学革命’的时候的。……我的作品在《新青年》上，步调是和大家大概一致的，所以我想，这些确可以算作那时的‘革命文学’。”[2] 鲁迅非常了解艺术应是“发扬真美，以娱人情”，但是，作为“五四”新文化运动的“主将”，他还是将创作实践与审美理想自觉地服务于“文学革命”的启蒙。当然，他又并不因此而降低艺术的审美追求。他发表在《新青年》上，成为“五四”文学革命运动振聋发聩的丰碑式的杰作《狂人日记》、《药》、《孔乙己》等，也

---

① 毛泽东：《反对党八股》。

② 鲁迅：《南腔北调集·〈自选集·自序〉》。

同样是以“表现的深切和格式的特别”，“颇激动了一部分青年读者的心，并真正显示了‘文学革命’的实绩”[①]。

鲁迅在谈到自己怎样做起小说来，又曾明白地说过：“这里我必得记念陈独秀先生，他是催促我做小说最着力的一个。”“说到‘为什么’做小说罢，我仍抱着十多年前的‘启蒙主义’，以为必须是‘为人生’，而且要改良这人生。”[②]

“为人生，而且要改良这人生”，这是对“五四”文学革命的“启蒙主义”很好的概括，它不只是鲁迅的主张和实践，也是现代文学史上较有影响的一大流派——文学研究会所积极倡导。茅盾当时在《新旧文学评议之评议》一文中所强调的，就是文学应当有“表现人生指导人生的能力”；《文学研究会宣言》还明确宣告，它既反对封建主义的“载道”文学和游戏文学，也反对只追求“纯艺术”的文学。不过，在“五四”时期，“为人生”的文学，虽是有影响的思潮，却不是唯一的思潮，而是与“为艺术”的浪漫派、唯美派思潮分庭抗礼，各呈异彩。正如现代文学史家李何林所指出的：“人家（指世界各国）以二三百年发展了的这些思想流派，我们缩短到了‘二十年’来反映它，所以各种‘主义’和‘流派’的发生与存在的先后与久暂，不像欧洲各种文艺思潮的界限较为鲜明和久长，或同时存在，或昙花一现的消灭。”[③]以“浪漫主义”为旗帜的“创造社”，就有先后期主张的差异；“新月派”也有后期的分化和发展。不过，也应当承认，无论是文学研究会的写实主义，创造社的浪漫主义，以至新月派的唯美主义，他们的口号是“为人生”还是“为艺术”，也无论是茅盾、叶圣陶的写实小说，许地山、王统照的问题小说，还是郭沫若热情奔放的自由体新诗，郁达夫的“自叙体”的抒情小说，闻一多的力求表现“三美”（音乐美、绘画美、建筑美）的新格律诗，徐志摩

① 鲁迅：《中国新文学大系·〈小说二集·序〉》。

② 鲁迅：《南腔北调集·我怎么做起小说来》。

③ 李何林：《近二十年中国文艺思潮论·序》。

的抒发性灵的“咏叹调”……它们或者与文学革命运动有着紧密的联系，或者远离文学革命，以至与文学革命相对立，但它们却都是同一历史环境里的产物，代表了“五四”新文学的一个方面，对反对旧文学，确立新文学，起到了不同程度的推动作用。于是，所谓现代的白话文学，以及它的各种形式的作品，蔚然成风，为各种报刊所采用。革命文学运动，终以其不可阻挡的声势，开拓了现代文学的新纪元。

今年已是五四运动的80周年，而以《文学革命论》、《文学改良刍议》为开端的现代文学史，却已有了80多年的发展。这80多年，中国社会与中国文学都发生了巨大变革，一代代作家活跃在文坛上，实是很少有未接受“五四”文学革命运动的影响，而能在现代文学史上有所成就。“五四”文学革命运动，又是“五四”新文化运动最重要的一翼。如毛泽东同志所指出的：“五四运动的杰出的历史意义，在于它带着辛亥革命还不曾有的姿态，这就是彻底地不妥协地反帝国主义和彻底地不妥协地反封建主义。”“五四”文学革命的“启蒙主义”，也同样是唤起人民的觉悟，改良这人生的“启蒙”。“五四运动所进行的文化革命则是彻底地反对封建文化的运动，自有中国历史以来，还没有过这样伟大而彻底的文化革命。当时以反对旧道德提倡新道德、反对旧文学提倡新文学为文化革命的两大旗帜，立下了伟大的功劳。”①

从“五四”的文学革命，到30年代的左翼文学运动，到40年代的文艺为工农兵服务，到今天的文艺的“二为”方向，尽管时代已经不同，文学的审美追求也有了很大的改变，但是，与人民同呼吸共命运，却始终是中国现代文学继承和发展“五四”的优秀传统。20世纪即将过去，中国人民正在邓小平理论的指导下，为建设有中国特色的社会主义而努力奋斗。中国共产党跨世纪的宏伟蓝图正在鼓舞着我们。92年前鲁迅曾经预言：“人国既建，乃始雄厉无前，屹然独见于天下。”② 这是前驱者们的伟大理想，而“文艺是国民精

① 毛泽东：《新民主主义论》。

② 鲁迅：《坟·文化偏至论》。

神所发的火光，同时也是引导国民精神的前途的灯火”。当代文学只有时刻不忘“创造这中国历史上未曾有过的第三样时代”[①]的使命，才是对“五四”精神最好的继承。

（原载《人民日报》1999年4月24日）

① 鲁迅：《坟·灯下漫笔》。

中国革命文艺发展的历史道路不容否定

一、“五四”时期的启蒙运动是共产主义思想还是资产阶级思想起了主导作用

我长期在报刊文艺单位工作，新中国成立后的40年，是身在其中，亲身经历的。我认为，在对待历史问题上，我们的理论原则应是历史唯物主义。几千年来中国的封建制度，是怎样在一个个改朝换代中走过来的；百多年半封建半殖民地的中国人民，是怎样饱尝了帝国主义的血腥侵略和压迫，过的什么样的苦难生活，那是把我们几代前辈人逼上革命道路的主要原因。鸦片战争、戊戌政变、辛亥革命、二次革命、北伐战争，多少志士仁人，前仆后继，流血牺牲，寻找革命真理，寻找革命道路，一次次奋起，一次次失败，给了革命者多少惨痛的教训。从文学家来说，鲁迅的体验是最深刻的。鲁迅可以说是中国旧民主主义革命的最清醒的见证人。他是在戊戌政变的高潮中，到南京考进官办的学堂，想走维新的路；后来东渡日本，也是为了实现科学救国的维新理想；在辛亥革命期间，他也是拥护革命的积极分子，在他的故乡绍兴参加了迎接光复军的活动，还率领学生武装演讲团上街演说，宣传革命的意义。

但是，辛亥革命的不彻底性，使他很失望。后来在《鲁迅自选集·自序》里，他叙述了辛亥革命以后的经历：“见过辛亥革命，见过二次革命，见过袁世凯称帝、张勋复辟，看来看去，就看得怀疑起来。”他的《呐喊》、《彷徨》中的很多作品，可以说，在某种程度上，都是在总结旧民主主义革命失败的教训，而寻找新的革命道路。我还认为，在一定意义上，毛泽东思想，特别是新民主主义革命的理论，是从鲁迅著作、鲁迅走过的道路中吸收了不少营养的。毛泽东同志在总结辛亥革命的失败教训时说过：“辛亥革命只把一个皇帝赶跑，中国

仍旧在帝国主义和封建主义压迫之下，反帝反封建的革命任务没有完成。”[①] 鲁迅当时虽还不能有这样完整而明确的认识，但是，对于辛亥革命向封建势力的妥协，却是有深刻感受的。他在《灯下漫笔》一文里就曾指出：“中国固有的精神文明，其实并未为‘共和’二字所埋没，只有满人已经退席，和先前稍不同。”正因如此，到了“五四”前后，鲁迅才能那样热切地呼唤新的革命：

> 我觉得仿佛久没有所谓中华民国。
>
> 我觉得革命以前，我是做奴隶；革命以后不多久，我就受了奴隶的骗，变成他们的奴隶。
>
> ……
>
> 我觉得许多烈士的血都被人踏灭了……
>
> 我觉得什么都要从新做过。

“什么都要从新做过”，这虽然是鲁迅的一种预感，但是，对于以“五四”运动为分界线的新的革命形势，这“感觉”是何等深刻，何等恰当！而鲁迅所呼唤的这个“什么都要从新做过”的新的革命，就是我们党所领导的彻底的、不妥协的反帝反封建的新民主主义革命，而这场革命在1949年取得的伟大胜利，已经用实践证明了，无产阶级取代资产阶级领导权，是赢得胜利的根本保证。因而，观察“五四”以来的文艺发展史，也就不能离开这样的历史条件、历史现实；同样，也离不开指导这个革命取得胜利的毛泽东思想，毛泽东的新民主主义革命的理论。

所以观察“五四”以来的文艺发展史，首先必须看到，它的主潮，也是有新民主主义与旧民主主义的历史分界线的。自然，作为所谓“启蒙思想”，“五四”前后可以说是五花八门，应有尽有：从文艺上讲，用新文学史家的说法是，“人家（指世界各国）以二三百年发展了的这些思想流派，我们缩短到了

① 毛泽东：《唯心史观的破产》。

'二十年'来反映它，所以各种'主义'或'流派'的发生与存在的先后与久暂，不像欧洲各种文艺思潮的界限较为鲜明和久长；或同时存在，或昙花一现的消灭。"[①] 近些年来，不是有不少人在做翻案文章吗？他们极力抬高胡适和周作人，问题又回到了老地方："五四"启蒙运动，究竟是共产主义思想还是资产阶级思想起了主导作用？

按照历史唯物主义观点看待这个问题，当然要看它在历史发展中有无前途，是否代表社会的新生面，即毛泽东同志所说的，是否代表新的政治力量、新的经济力量、新的文化力量。胡适虽然在"五四"时期"白话文运动"中起了重要的作用，但他鼓吹的那套实证主义哲学，能是"五四"启蒙思潮的主流吗？资产阶级的民主、自由、个性解放之类，对于半封建、半殖民地的中国思想界，不能说没有一些启蒙作用，但是，作为资产阶级的整个思想体系，却正如毛泽东同志所指出的："因为中国资产阶级的无力和世界已经进到帝国主义时代，这种资产阶级思想只能上阵打几个回合，就被外国帝国主义的奴化思想和中国封建主义的古思想的反动同盟所打退了，被这个思想上的反动同盟军稍稍一反攻，所谓新学，就偃旗息鼓，宣告退却，失了灵魂，而只剩下它的躯壳了。"[②] "五四"时期很快转向"整理国故"，并叫喊"多研究些问题，少谈些主义"的胡适，不正是走这条路的典型代表吗？

离开社会的发展，离开阶级斗争的形势，还会有什么超现实的"思想启蒙"？那启蒙的目的是什么呢！五四运动，在政治上、思想上、文化上的明显标志，就是彻底地、不妥协地反帝、反封建，"五四"文化界的一些风云人物，难道都没有或长或短有过那么一段时间举过这面旗帜吗？就是所谓"德先生"（民主）"赛先生"（科学），按照陈独秀当时的解释[③]，也还不是内含着彻底反封建的要求吗？

---

① 李何林：《近二十年中国文艺思潮论·序》。

② 毛泽东：《新民主主义论》。

③ 参见《新青年》6卷1期《本志罪案之答辩》。

二、十年左翼文艺运动的贡献是否定不了的

毛泽东同志明确地指出："在'五四'以后，中国产生了完全崭新的文化生力军，这就是中国共产党人所领导的共产主义文化思想。"他特别推崇了鲁迅的伟大作用，他说，鲁迅"不但是伟大的文学家，而且是伟大的思想家和伟大的革命家"，并称鲁迅为"这个文化新军的最伟大的最英勇的旗手"。鲁迅谈自己"为什么做小说"时也说："我仍抱着十多年前的'启蒙主义'，以为必须是'为人生'，而且要改良这人生。"[①] 因而，说鲁迅是"五四"新文学运动中表现启蒙思想的作家，大概较少有人反对。关键在于有些人只肯定鲁迅的主张个性解放，或者说只肯定他的前期思想，否定他的后期思想（也包括作品）。没有人想把前期鲁迅也说成是共产主义者，但即使鲁迅的前期思想，也不同于一般资产阶级作家，譬如他和胡适、周作人就有本质的不同。他的爱和同情明显地在人民，特别是农民一边，憎和恨则明显地指向封建主义和帝国主义。我甚至以为，他的《呐喊》、《彷徨》中某些写新知识分子的作品，已开始在反映资产阶级自由、民主的虚幻信条在中国的破灭。所以我们称他这时期的思想是革命民主主义思想，何况他在当时就是共产主义思想的自觉的同盟军。他说他写的是"遵命文学"，"不过我所遵奉的，是那时革命的前驱者的命令，也是我自己所愿意遵奉的命令，决不是皇上的圣旨，也不是金元和真的指挥刀"[②]。

这些话当然是所谓当代"文艺精英"们最不满意的了。有的人所以那样咬牙切齿地叫嚷："不打倒鲁迅，中国文学就没有希望。"大概正因为鲁迅公开把他的文学启蒙同革命联系在一起。但是，启蒙不同革命联系起来，那算什么启蒙呢？这位"文艺精英"这样敌视鲁迅，现在倒确确实实跑到"金元和指挥刀"那里，去建立他那套背叛祖国、背叛人民的"启蒙"去了，历史是无情的！否定鲁迅，就是为了否定"五四"以来新文化的方向，否定共产主

---

① 鲁迅：《我怎么做起小说来》。

② 鲁迅：《鲁迅自选集·自序》。

义思想在“五四”启蒙运动中的主导作用，以及它在30年代左翼文艺运动中的发展。但是，历史成不了空白，不管有人怎样鼓吹中国只有两个作家，一个是老舍，一个是沈从文，但是三四十年代成长起来的热血青年，以及今天的革命文艺工作者，有贡献于中国者，几乎没有不受鲁迅影响的。我们并不排斥沈从文先生，现代文学史应当写到他，应当实事求是地给他以应有的地位，但是，低飞的燕雀，怎能与搏击长空的雄鹰有一样的位置呢！左翼文艺在发展中尽管也有自己的不足和缺点，我们现代文艺史的写作，也有片面、偏激的错误，但今天的“文艺精英”们，否定30年代，完全照抄某些国民党反动文人的那套货色，目标就是针对共产党的，同时也还是为了否定毛泽东思想，否定毛泽东的新民主主义革命理论，也就是要否定中国革命走向胜利的指导思想。有的人已公然在讲，1949年推翻蒋介石政权就是错误；刘晓波还恬不知耻地说过，中国最好有300年殖民地的历史。我们同这类帝国主义奴才自然没有可以争论的共同语言。

当然，在“五四”的启蒙思潮里，中国人民、中国革命者和先进的知识分子，最后所以选择了马克思主义，那是因为“十月革命一声炮响，送来了马克思列宁主义”，与中国革命实际相结合，我们的人民找到了正确的革命道路。这一点，又是中国知识分子的伟大代表鲁迅，把自己的认识和体验讲得最为透彻。他在《二心集·序言》里说：“原先是憎恶这熟识的本阶级，毫不可惜它的溃灭，后来又由于事实的教训，以为惟新兴的无产者才有将来”，这也使他纠正了“只信进化论的偏颇”，通过斗争实践和历史教训的总结，最终接受了无产阶级世界观，而成为共产主义者。

左翼文艺运动，是诞生在1927年大革命失败之后，蒋介石反动统治血腥恐怖的年代。用鲁迅的话说：“中国无产阶级革命文学在今天和明天之交发生，在诬蔑和压迫之中滋长，终于在最黑暗里，用我们的同志的鲜血写了第一篇文章。”[①] 他还说，因为当时的中国劳苦大众“连识字教育的布施也得不到”，“而

① 鲁迅：《中国无产阶级革命文学和前驱的血》。

知识青年意识到自己前驱的使命，便首先发出战叫”。那是处在民族危亡的30年代，这“战叫”的确是为了救亡，但这样浸透了作者鲜血的文艺，难道就不是在做启蒙的工作？那么，这不食人间烟火的“启蒙”，在那个年代，如果不能激发人民去救亡，它究竟算什么东西呢？

左翼文艺的十年，是中国现代文学史的光辉的十年，是“五四”精神的深入和发展，是中国现代文学史的这一时期的主潮。历史是人民创造的，一切与人民命运血肉相连的文艺，是否定不了的。

在毛泽东同志的《新民主主义论》里，中国文化革命四个时期的划分，“左翼十年”是第三个时期（1927—1937），说它是在国民党反动派军事和文化两个“围剿”中，农村革命深入和文化革命深入的时期；称赞它“作为这两种围剿的共同结果的东西，则是全国人民的觉悟”，这也为随后中国人民的奋起抗日所证实了的。能“唤起全国人民的觉悟”，这不是对时代的伟大启蒙又是什么？却正是在这左翼十年里，毛泽东同志再次高度评价了鲁迅：“共产主义者的鲁迅，却正是在这‘围剿’中成了中国文化革命的伟人。”

这评价错了么？这不是历史事实么？自然在《文学评论》上，也曾有篇文章别有用心地说鲁迅就是毛泽东为了政治需要吹起来的；然而，没有鲁迅，没有郭沫若、茅盾、老舍、巴金、田汉、曹禺，30年代的中国现代文艺史还能留有什么作家、什么作品呢？纵观30年代中国文学，究竟有谁能和上述这些前辈文艺家抗衡？历史不是可以任人摆布的。

三、《讲话》开创了现代文艺发展史的新阶段

至于毛泽东同志1942年《在延安文艺座谈会上的讲话》（以下简称《讲话》）以后的这段文艺发展史，自然更是这些年来违背四项基本原则的错误思潮攻击的主要对象。如果说早在80年代初，就有人叫嚷“文艺上最大的禁区是《在延安文艺座谈会上的讲话》”，“30年来，我们吃亏吃在坚持《讲话》上了”，“理论禁区一个个突破了，连毛泽东文艺思想这道最后防线也未必牢固了”；那么，到了1989年，否定《讲话》及其影响下的当代文艺史，就掀起了一股疯狂的浪

潮。在这里，我们又不能不提到“六四”政治风波前后在报刊上集中发表的那几篇文章，那种极尽歪曲、攻击、谩骂的恶劣文字，实属罕见。在他们的眼里，《讲话》简直成了现代文艺发展史的万恶之源。他们说：《讲话》把“文艺等同于政治”，“这种党的文艺方针”，在建国后由于“重器在握”（即掌握政权），“衍射在理论方面”，就成了“架在文艺家头上的五把刀子”[①]，他们把《讲话》比作“达摩克利斯之剑”，攻击《讲话》“是一种实用主义文学观”，攻击《讲话》影响下的文艺发展史是“戴着马克思主义面具演了一场现代中国荒诞剧”[②]。他们诬蔑《讲话》是“官本位的文学观”，“开创了当代理性文学的时代”，“充其量是奴性的试验品”，“是病夫的文学，也是病夫文学的鸦片”[③]。他们歪曲《讲话》“包含着毛泽东的某些民粹主义思想，它决定几代作家的生活道路和创作道路”，他们还特别强调“毛泽东提倡改造知识分子的思想”，使“他们虽已变成了‘人民的一分子’，但在人格上却受压抑，被摧残得更加病态和畸形”；他们还断言说：“20世纪中期前后大约三四十年中，至少有两代作家压根儿不会说真话。”[④] 如此等等。

近些年来，否定《讲话》，否定《讲话》后的中国革命文艺发展史，已经成为文艺界某些人的一种时髦，但如此集中、如此全面地攻击《讲话》，这还是第一次。《讲话》果真给中国现代文艺发展史带来了如此重大的灾难吗？否定了《讲话》，中国社会主义文艺究竟向何处去？这些年来背离《讲话》的那些文艺创作实践，已经无情地回答了这个问题。我不是文艺史的研究者，自知无力提到理论高度把问题讲清楚；但是，只要是站在人民的立场上来看待中国现代文艺发展史，谁都不能不承认，《讲话》的发表，毫无疑问，是开创了中国现代文艺史的新阶段。它既总结了“五四”以来革命新文艺的历史的经验和教训，又

---

① 夏中义：《历史无可避讳》，《文学评论》1989年第4期。

② 董朝斌：《达摩克利斯之剑是如何锻就的》，《书林》1989年第5期。

③ 谢选骏：《文学的理性和文学的奴性》，《书林》1989年第5期。

④ 万同林：《现代文学，摆脱民粹主义的框范与奴性自缚》，《天津文学》1989年7月号。

为它的新发展奠定了马克思主义的理论基础。

《讲话》关于文艺与党、与人民、与社会、与生活、与遗产等诸种关系的马克思主义的精辟论述，至今仍然是我们社会主义文艺遵循的准则。《讲话》所确定的文艺为什么人和如何为的文艺方向，系统地、创造性地发展了马克思、恩格斯的文艺观、列宁的文艺的党性原则。《讲话》的革命文艺工作者深入生活，与人民群众相结合的光辉思想，曾经怎样改变了革命文艺工作者的精神面貌，产生了全新姿态的革命文艺，写下了中国现代文艺发展史的新篇章，那是有目共睹的。《讲话》以后在延安以及各解放区涌现出的一大批留名文艺史的文艺家和他们的优秀作品，也包括新中国成立后那些著名的长篇巨制，可以说都是在《讲话》精神的指引下结出的丰硕果实。他们站在人民的立场上，反映人民的生活，歌颂人民的理想、人民斗争的胜利，打击敌人、暴露敌人，真实描绘敌人的失败，这是包括30年代左翼文艺都不能达到的新成就。“精英文艺”论者，把这一切或当作“赵树理方向”来否定，或嘲弄为“老舍现象”、“丁玲现象”、“何其芳现象”，这只能说明他们自己的背离人民的精神贵族的立场。因为它是真正人民的文艺，如果说它是说假话的文艺，那么，历史上就没有任何说真话的文艺了。

是的，《讲话》在论述文艺批评时，确曾对抽象的人性、“人类之爱”等错误观点进行了尖锐的批评，其中不少问题，在这些年又被一些人大做翻案文章，重新大肆鼓噪一番，以证明《讲话》的“错”。然而，曾几何时，在我们的电视台上反复播演《世界充满爱》；又曾几何时，动乱和暴乱发生了，人们忽然惊醒了，原来敌人一点也不爱我们！可人民的战士却已经洒下了鲜血。“人性”在哪里？“人类之爱”为什么又不充满了我们的世界？这难道不值得我们深思！

从正确总结正反两方面经验教训出发，实事求是地改写文艺史，是应当的，也是必要的。无论是十年左翼文艺运动，还是《讲话》以后的文艺发展史，以及建国后的“十七年”，就党对文艺工作的领导来看，虽取得了辉煌的成就，却也有过这样那样的失误，其中还包括毛泽东同志的一些指示，特别是“文革”前夕对当时文艺形势的错误估计，教训是惨痛的。中国现代文艺史是在曲折中前进的，确实需要很好地总结。其实，就是近十几年来的文艺发展史，也何尝没有惨重的教训！这一切，都应在现代文艺发展史上得到历史真实的反映。但是，我们的文艺，是为人民服务、为社会主义服务的文艺，《讲话》所指引的，是服务于人民解放的革命文艺之路，即使在坚持改革开放，建设有中国特色的社会主义的今天，邓小平同志诚恳告诫我们的也是："人民是文艺工作者的母亲。一切进步文艺工作者的艺术生命，就在于他们同人民之间的血肉联系。忘记、忽略或是割断这种联系，艺术生命就会枯竭。人民需要艺术，艺术更需要人民。"[①] 这决不是有些人所诬蔑的"病夫的文学"，当然，我们也决不需要他们那种凌驾于人民之上的"精英文艺"。

中国革命文艺史，是与中国革命史同一步调的，不管它有多少缺点和不足，它的主流是健康的，向前发展的。否定《讲话》，否定《讲话》以后的革命文艺史，实际上就是在否定中国共产党所领导的革命史。想当初，"四人帮"就把中国现代文艺史说成一片空白，把江青搞样板戏（实际上那些戏是艺术家创造的），标榜为文艺的新纪元，结果只是把他们自己变成"一片空白"；1985年以来，又出来一个创作自由的新纪元，据他们看，过去全是"奴性的试验品"，于是，文艺史又成了另一种空白。可一切历史空白论者，因为它违背唯物史观，最后都只能使自己的狂妄梦想变成一片空白！

中国革命文艺发展的历史道路不容否定！

1990年4月25日

（原载《光明日报》1990年5月15日）

---

① 邓小平：《在中国文学艺术工作者第四次代表大会上的祝辞》。

毛泽东文艺思想的贡献

毛泽东思想不是在个别的方面，而是在许多领域发展了马克思列宁主义。毛泽东思想是个体系，是发展了的马克思主义。

——引自《邓小平文选》

一、毛泽东文艺思想形成的历史与文化背景

在50年前毛泽东同志发表《在延安文艺座谈会上的讲话》(以下简称《讲话》）的时候，是正当抗日战争民族危亡的艰苦年代。

任何一个时代的文艺的主要潮流，都是反映现实、表现它那个历史时期的社会斗争的。马克思主义者是历史唯物主义者，他们考虑问题更不能脱离现实。然而，一切贬低毛泽东文艺思想的人，所以要否定《讲话》提出和回答的文艺问题具有普遍的真理性与科学性，也是以此为借口，说它有一时一地的局限，那原因是因为《讲话》是革命战争时期的产物。我们并不否认《讲话》有这个特定历史时期的背景，有些问题也有一定历史背景的针对性，但是，就整体来说，毛泽东文艺思想，毛泽东同志的天才是在于：他回答了“五四”以来中国新文艺发展中种种未决的问题，完整地、系统地论述了中国无产阶级的马克思主义文艺观。

我以为，评估《讲话》的意义，决不能局限于毛泽东同志自己讲到的那几方面“实际存在的事实”，而是必须把它放在更大的政治历史背景、意识形态背景上进行观照，才能较深切地理解毛泽东文艺思想在马克思主义文艺观，以及中国革命文艺史中的地位和价值。

（一）毛泽东文艺思想，是马克思主义与中国革命实际相结合的毛泽东思

想的一个组成部分，因此，我们不能把它从毛泽东思想中孤立出来，只作为一个适应形势的文艺“讲话”进行评价。毛泽东同志对于马克思主义与中国革命实际相结合的探索，虽然在《湖南农民运动考察报告》、《星星之火，可以燎原》等早期著作中，就已显示了他的中国革命学说体系的端倪，但是，真正进行理论上的体系性的概括和总结，却是在长征到达陕北之后。如总结中国革命战争规律的《中国革命战争的战略问题》(1936年12月)，批判理论上教条主义的哲学论著《实践论》(1937年7月)、《矛盾论》(1937年8月)，总结中国革命经验教训并提出中国革命理论体系的《中国革命和中国共产党》(1939年12月)、《新民主主义论》(1940年1月)，等等。

这些著作都是毛泽东同志在各个历史时期的代表作，尽管这些著作大体都有现实的针对性，但是，它们又都是运用马克思主义的立场、观点、方法，回答了中国社会、中国现实、中国革命中的种种问题，形成了马克思主义与中国实际相结合的完整的、系统的革命学说体系，这是马克思主义在殖民地、半殖民地国家的创造性的发展，毛泽东思想，毛泽东文艺思想则是它的重要组成部分，是对马克思主义学说体系的新贡献。毛泽东同志1942年的《讲话》，到建国时期不过七年，而其影响不仅促进了当时已成名的革命文学家如丁玲、艾青、田间、周立波、柳青、欧阳山、草明、刘白羽等深入生活，与工农兵群众相结合，还培育了本来就生活在群众中的作家如赵树理等，以及年轻一代如贺敬之、李季、郭小川、阮章竞、杜鹏程、魏巍等的成长。一个人民文艺的崭新的文场，在中国文学史上已经记下了它的辉煌的一页。

（二）《讲话》是“五四”以来革命新文艺发展的系统的理论概括和总结。所谓“五四”文学革命运动，虽然发轫于“五四”爱国运动之前，但是，新文艺的取得大发展——文学研究会、创造社等文学社团的雨后春笋般的广泛兴起，却是在“五四”政治运动促进了思想觉醒与文化斗争相结合之后。中国新文学的奠基人鲁迅和郭沫若，就都是在“五四”革命新思潮的影响下走上文坛的。而且很快在1923年至1926年间，共产党人邓中夏、恽代英、肖楚女、瞿秋白、李求实、沈泽民、蒋光赤等，都先后发表文章提出了马克思主义的革命文学主张。肖楚女在《艺术与生活》[①]一文中明确提出："艺术是生活的反映"，是"建筑在经济组织上的表层建筑物"，是"随着人类生活方式之变迁而变迁的东西"。蒋光赤（署名蒋侠僧）则从阶级观点论述了"无产阶级革命与文化"问题[②]。邓中夏的《贡献于新诗人之前》[③]，对当时知识青年中正在兴起的"不问社会的个人主义"倾向提出批评，吁请诗人们"须多做表现民族伟大精神的作品"，"描写社会实际生活的作品"，以发挥其"改造社会"的作用。恽代英的关于《文学与革命》[④]的通讯，沈泽民的《文学与革命的文学》[⑤]，都进一步提出了"要先有革命的感情"，"要从事革命的实际活动"，"才会有革命文学"，"诗人一个革命家，他决不能凭空创造出革命的文学"，等等。虽然这些有关文艺的观点和见解，还不能算是马克思主义文艺理论系统的阐释，但已经有了基本观点的论述，并促进了早期革命文学的诞生。在此期间，文学研究会、创造社、太阳社等新文学团体的主要作家，不仅在文艺思想上有了革命化的发展，而且有了投身于革命斗争的实践活动，特别是郭沫若和茅盾这两位两大文学社团的代表人物，从不同角度对无产阶级革命文学的论说与号召，在文艺青年中更有着较大的影响。

尽管有些早期无产阶级革命文学运动的倡导者，"对于中国社会，未曾加以细密的分析"（鲁迅），既不了解中国社会性质，也不认识当时中国革命的任务，却空喊"革命"，故作激烈，表现了严重的"左"倾幼稚病，但它毕竟为促进左翼作家联盟的诞生准备了条件。同时，我们也应看到，"两种革命的深入：农村革命的深入和文化革命的深入"（毛泽东），也伴随着两支革命队伍的隔离，而文化队伍与主力军的隔离，就不能不带有先天的弱点。鲁迅较之同时代的战友们更敏锐地感受到这些缺陷和危害，几乎从革命文学的论争开始，他就深刻地指

---

① 《中国青年》第38期，1924年7月5日。

② 《新青年》季刊第3期，1924年8月。

③ 《中国青年》第10期，1923年12月22日。

④ 《中国青年》第80期，1925年6月。

⑤ 上海《民国日报》副刊《觉悟》，1924年11月6日。

出，那些小集团主义和宗派情绪的政治与思想根源，是“左”倾思潮和主观主义。他在左翼作家联盟成立大会上的著名讲话中，进一步总结了革命文学运动的经验教训，特别是对脱离实际的“左”的思潮痛下针砭。他提出：“战线应该扩大”，“应当造出大群的新的战士”；他还深刻地指出：“我们战线不能统一，我们的目的不能一致，或者只为了小团体，或者还其实只为了个人，如果目的都在工农大众，那当然战线也就统一了。”[①] 所以，“革命的文学艺术运动，在十年内战时期（即‘左翼’十年）虽有了很大的发展”，但由于主客观条件的限制，即鲁迅后来多次讲到的“左联开始的基础就不大好”、“病根未除”[②]，革命文艺的根本方向问题，都还未能得到彻底的解决，而不得不留给毛泽东文艺思想给以系统的论述和总结了。

（三）我们说《讲话》，是毛泽东同志关于马克思主义文艺观的最系统的论述，是毛泽东文艺思想的代表作，但是，《讲话》不能囊括毛泽东文艺思想的全部内涵。从早一点来说，《新民主主义论》，这部划时代的光辉著作，不仅科学地总结了中国近百年来新旧民主主义革命的对象、动力、纲领和路线，也深刻地论述了共产主义思想体系在中国的传播，高度评价了在中国共产党领导下的“五四”以来文化新军在各个领域（也包括文学艺术领域）所起的伟大革命作用。毛泽东同志对新民主主义文化三大特征的精辟概括：民族的、科学的、大众的，就已蕴涵着革命文艺的指导思想，特别是关于“大众化”的内容，毛泽东同志明确指出：“这种新民主主义的文化是大众的，因而即是民主的，它应为全民族中百分之九十以上的工农劳苦民众服务，并逐渐成为他们的文化。”《讲话》所提出的文艺为工农兵、为最广大人民群众服务的文艺方向，正是这一文化指导思想更具体的延伸。同时，作为新文化，如何批判继承与借鉴中外文化遗产，毛泽东同志在《新民主主义论》中的论述，也显示了马克思主义辩证法的光辉。他指出：“中国的长期封建社会中，创造了灿烂的古代文化。清理古代

① 鲁迅：《对于左翼作家联盟的意见》。

② 鲁迅：《致萧军、萧红信》，1934年12月10日。

文化的发展过程，剔除其封建性的糟粕，吸收其民主性的精华，是发展民族新文化提高民族自信心的必要条件”；“中国应该大量吸收外国的进步文化，作为自己文化食粮的原料”，“但是一切外国的东西，如同我们对于食物一样，必须经过自己口腔的咀嚼和胃肠运动，送进唾液胃液肠液，把它分解为精华和糟粕两部分，然后排泄其糟粕，吸收其精华，才能对我们身体有益，决不能生吞活剥地毫无批判地吸收。”1942年，延安成立了京剧艺术研究和演出的团体——延安平剧院，毛泽东同志为该院的题词——“推陈出新”；延安平剧院根据毛泽东同志这一指导思想开始了改革“旧剧”的尝试，著名的《逼上梁山》和《三打祝家庄》面世了。它们是当时在延安的京剧艺术家“推陈出新”的新创作。建国后，在毛泽东同志的新的题词“百花齐放，推陈出新”的鼓舞下，不只京剧，全国各地方剧种，以至民族民间音乐、舞蹈艺术、曲艺说唱，都如久旱逢喜雨般，或生机盎然，或勃然振兴，走上了百花争艳、改革创新的道路，使中国古老的艺术文化重新焕发了青春。随后，他的《应当重视〈武训传〉的讨论》(1951)、《关于〈红楼梦〉研究问题的信》(1954)、《同音乐工作者的谈话》(1956)、《关于正确处理人民内部矛盾的问题》(1957)，又使批判继承和正确评价中外优秀文艺遗产，以及如何发展繁荣社会主义文化科学事业的思想，得到了进一步的丰富和发挥，更加系统、更加体系化了。这都是毛泽东思想对马克思主义文艺的新贡献。

二、《讲话》的中心思想是文艺同人民的关系

尽管如此，我们称之为毛泽东文艺思想的，创造性地、系统地发展了马克思主义文艺观的，却还是不能不首推《讲话》。

否定毛泽东文艺思想的人，攻击《讲话》“把文艺等同于政治”，“不仅把文艺多功能简缩为单一的政治实用功能，并且为了独树一元功能论，反倒把文艺审美的功能掩盖了”；有些认为毛泽东文艺思想忽视文艺功能的人，他们口头上虽然承认《讲话》“对推动革命文艺发展所起的重大作用”，但却仍然认为，《讲话》“政策性多于理论性，很少深入总结文艺的内部规律，即使

说到这方面的问题，也非常简单，未作进一步的论证和发挥。甚至阐述文艺的功能时，只讲作为阶级斗争工具的教育作用，根本没有提文艺的认识作用和审美作用”。正像他们把“体系”神秘化一样，他们把审美功能也搞得很神秘。毛泽东同志的《讲话》是否就如他们所说的“把文艺等同于政治”，或者“根本没有提文艺的认识作用和审美作用”呢？果真如此，它岂能指导一个时代文艺的发展！

列宁曾经指出：“在分析任何一个社会问题时，马克思主义理论的绝对要求，就是要把问题提到一定的历史范围之内……”[①] “马克思主义的全部精神，它的整个体系要求人们对每一个原理只是（A）历史地（B）只是同其他的原理联系起来（C）只是同具体的历史经验联系起来加以考察”[②]。毛泽东同志在《讲话》中所概括的那七个方面的事实，也就是当时革命根据地的文艺所面临的客观实际，它广泛涉及时代背景、国内外政治形势，其中自然也蕴含着时代赋予革命文艺的特殊使命，即当时全国人民所面临的抗击日本侵略者的“救亡”战争。的确，毛泽东同志的《讲话》，对这现实的政治与文艺的使命都做了充分的分析与论述。

在《讲话》的“引言”部分，毛泽东同志明确说明了召开文艺座谈会的目的，是要“研究文艺工作和一般革命工作的关系，求得革命文艺的正确发展，求得革命文艺对其他革命工作的更好的协助，借以打倒我们民族的敌人，完成民族解放的任务”。在大会的最后，毛泽东同志做了这篇著作中的标题为“结论”部分的讲话，概括了五个方面的问题。他提出和谈到的这些问题，确实都是结合着当时的革命实际。在“结论”开始部分，他还特别指出：“我们讨论问题，应当从实际出发，不是从定义出发。如果我们按照教科书，找到什么是文学、什么是艺术的定义，然后按照它们来规定今天文艺运动的方针，来评判今天所发生的各种见解和争论，这种方法是不正确的。”

很可惜，有些“无体系论”者，不仅没有读懂列宁所说的“马克思主义的

① 《列宁全集》第20卷，第401页。

② 《列宁全集》第35卷，第238页。

全部精神”，“它的整个体系”对“每一个原理”的根本要求，似乎也并没有读懂毛泽东同志这段反对“从定义出发”、不从实际出发，“按照教科书”研讨文艺问题的方法的中心意旨。在马克思主义者看来，“体系”也者，是离不开思想的。没有体系的思想，还能称得上什么“主义”？毛泽东思想之所以成为毛泽东思想，正是因为它是在中国革命的长期实践斗争中，把马克思列宁主义与中国革命的具体实际相结合，而又加以创造性的发展而形成的体系化了的思想。毛泽东同志的新民主主义和社会主义的革命学说，正是对当时中国革命问题，从理论上给予了全面系统的回答，它是发展了的马克思列宁主义，其中文化与文学艺术观的论述，就是我们称之为毛泽东文艺思想的，占据着极其重要的地位。是的，《新民主主义论》也好，《讲话》也好，也包括建国后毛泽东同志有关文艺问题的论述，的确不具有“按照教科书”那样的“体系”，但它却具有以上所引列宁所阐明的马克思主义的“整个体系”的理论品格。

《讲话》，也包括毛泽东同志的其他文艺论著，贯穿始终的中心思想，是关于文艺同人民的关系，而决非什么坚持文艺为政治服务。“历史是人民创造的”[①]，“人民，只有人民才是创造世界历史的动力”[②]，这一历史唯物主义的最高准则，也是毛泽东同志据以提出和解决文艺问题的最高准则。他认为：文艺事业是人民革命事业的组成部分；人民生活是文学艺术取之不竭、用之不尽的唯一源泉；革命文艺要满腔热情地表现群众，赞颂人民的劳动与斗争；文艺工作者要全心全意地深入到群众中去，到火热的斗争中去，在思想感情上同人民群众打成一片；要认真学习和熟悉人民群众的原始形态的文艺和生动丰富的语言；文艺要按照人民群众的需要，进行普及与提高，要创造为人民群众喜闻乐见的具有中国气派、民族风格的作品；对待文学艺术遗产，必须首先检查它们对待人民的态度如何，在历史上有无进步意义；等等。

总之，贯穿《讲话》论述中心的，是“为什么人的问题”，这“是一个根本

---

① 毛泽东：《看了〈逼上梁山〉给杨绍萱、齐燕铭的信》。

② 毛泽东：《论联合政府》。

的问题，原则的问题”，它关联着革命文艺的本质，革命文艺的根本方向。而毛泽东文艺思想，作为一个科学的思想体系，系统地、全面地提出并强调了文艺与人民的关系问题，并从实际出发提出了与人民结合的途径与办法，使文艺工作者从“小鲁艺”走向“大鲁艺”，为革命文艺的发展指出了一条广阔的道路。它的伟大意义在于，开拓了一个人民文艺的新时代。

三、毛泽东文艺思想的理论基石

毛泽东同志说：“我以为，我们的问题基本上是一个为群众的问题和一个如何为群众的问题，不解决这两个问题或这两个问题解决得不适当，就会使得我们的文艺工作者和自己的环境、任务不协调，就使得我们的文艺工作者从外部从内部碰到一连串的问题。”而围绕着这个为群众和如何为群众的中心问题，毛泽东同志深入地阐发了马克思主义文艺理论的基本原则，我以为《讲话》据以论述文艺问题的，是马克思主义文艺学的四大理论基石。

（一）文艺的意识形态性，是马克思主义文艺观的一个基本原理。

直到今天，文艺是否是上层建筑、意识形态，仍在争论不休。但是，文艺在社会发展中作为意识形态的作用，文艺的阶级性，文艺作品的社会倾向，却是千百年来文艺发展史中的客观存在。毛泽东同志探讨文艺问题，提出为什么人服务的方向，正是建立在马克思主义的文艺的上层建筑性质及其意识形态学说的理论基石上。早在《新民主主义论》里，他就明确地指出：“一定的文化（当作观念形态的文化）是一定社会的政治和经济的反映，又给予伟大影响和作用于一定社会的政治和经济，而经济是基础，政治则是经济的集中表现。这是我们对于文化和政治、经济的关系的基本观点。”在《讲话》中，谈到为什么人的问题，毛泽东同志首先指出：“这个问题，本来是马克思主义者特别是列宁所早已解决了的。列宁还在1905年就已着重指出过，我们的文艺应当‘为千千万万劳动人民服务’”。然而，我们也要承认，当时要解决这个问题虽已提到日程上来，在实践中，却还没有《讲话》时这样的迫切性，因而，也没有像毛泽东同志这样，把“为什么人的问题”，作为“一个根本的问题，原则的问题”来对待。毛泽东同志在这里，是以“当作观念形态（即意识形态）的文化”的基本原理为基础，鲜明地区分了历史与现状的各类文艺的性质。对于资产阶级文艺家所鼓吹的“非功利”、“纯艺术”、“为艺术而艺术”的论调，毛泽东同志做了这样的评断：“在现在世界上，一切文化或文学艺术，都是属于一定的阶级，属于一定的政治路线的。为艺术的艺术，超阶级的艺术，和政治并行或相互独立的艺术，实际上是不存在的。”这个评断曾被某些论者歪曲为“以坚持政治实用功能为内核”，而“走向庸俗社会学”。

很明显，这样批评《讲话》，是以偏概全。首先，《讲话》就是有所谓“内核”，那也是毛泽东同志所一再强调的——“中心问题”、“根本问题”、“原则问题”，即文艺“为广大的人民”服务。其次，毛泽东同志在讲到文艺对政治这种从属关系时，是有“在现在世界上”的限制词的。那时的“现在世界”，是席卷全球的反法西斯侵略战争，一切进步的文艺家能脱离这样的政治吗？第三，列宁早已指出了政治在上层建筑中的特殊地位，即“政治是经济的集中表现”，因此，作为“观念形态”的文学艺术，就不能不同现实的政治有着密切的联系；而无产阶级的革命文艺，当然更是不可能脱离政治的，因为它是无产阶级革命事业的一部分。毛泽东同志是继承了列宁的观点，并系统地总结了中国“五四”以来文化战线上的丰富斗争经验，而又针对当时的资产阶级文艺思想作出这一评断的。由于“十七年”中有一段时间片面强调文艺为政治服务的教训，以及林彪、“四人帮”时期的“突出政治”的恶劣影响，邓小平同志适应新的形势，发展了毛泽东同志的观点，作了一些明确的界定。他强调指出：“党对文艺工作的领导，不是发号施令，不是要求文学艺术从属于临时的、具体的、直接的政治任务，而是根据文学艺术的特征和发展规律，帮助文艺工作者获得条件来不断繁荣文学艺术事业……”[①] 但他仍然明确要求，文艺工作要同“意识形态领域的其他工作相配合”[②]，抵制、谴

① 《邓小平论文艺》，第9页。

② 同上，第7页。

责和反对各种错误倾向；要求文艺工作者“要坚持正确的政治方向”[①]，那理由还是“文艺是不可能脱离政治的”[②]。江泽民同志《在庆祝中国共产党成立七十周年大会上的讲话》中，着重指出：“各级党委要重视意识形态工作，加强意识形态工作的领导，牢牢掌握意识形态各部门的领导权”，其中自然也包括文化艺术部门，这也说明从毛泽东同志开始，“我们党历来重视意识形态工作”，而文艺则是十分重要的意识形态部门。

（二）“一切种类的文学艺术的源泉究竟是从何而来呢？”这个文学艺术的本源问题，是马克思主义唯物主义文艺观的一个重要命题，即使在历史上的一些进步作家那里，文艺必须源于生活，也是普遍真理，何况无产阶级革命文学。鲁迅就十分明确地讲道：“革命文学家，至少是必须和革命共同着生命，或深切地感受着革命的脉搏的。”[③] 而人类的社会生活是文学艺术的唯一源泉，却是毛泽东文艺思想的出发点。毛泽东同志在《讲话》中正是从这个“唯一”的本源观出发，全面地论述了文艺与生活、文艺与人民、文艺与政治、普及与提高、继承、借鉴与创造等各种关系，并发出热情的号召：“中国的革命的文学家艺术家，有出息的文学家艺术家，必须到群众中去，必须长期地、无条件地、全心全意地到工农兵群众中去，到火热的斗争中去，到唯一的最广大最丰富的源泉中去，观察、体验、研究、分析一切人，一切阶级，一切群众，一切生动的生活形式和斗争形式，一切文学和艺术的原始材料，然后才有可能进入创作过程。”毛泽东同志在文艺本源的命题里，不仅生动地阐明了文艺的源泉只能是人类社会生活的一般原理——即社会生活是文学艺术的丰富的矿藏，它虽属于自然形态，却是最生动、最丰富、最基本的东西，而且深入地论述了“人民生活中本来存在着文学艺术原料的矿藏”，“它们是一切文学艺术的取之不尽、用之不竭的唯一的源泉。这是唯一的源泉，因为只能有这样的源泉，此外不能有

① 《邓小平论文艺》，第9页。

② 同上，第108页。

③ 鲁迅：《上海文艺之一瞥》。

第二个源泉。”所以，可以说，毛泽东文艺思想的本源论，是为革命文艺为最广大的人民服务的方向奠定了理论基础。

（三）与本源论紧密相连的是反映论，这是文艺的哲学命题。反映论是辩证唯物主义的理论基石。反映不是照相，马克思主义的反映论，从来都是能动的反映论，列宁对此曾有精确的论述。马克思主义哲学之所以充满活力，正因为它富于创造性。马克思在《关于费尔巴哈的提纲》中曾经说过：“直观的唯物主义，即不是把感性理解为实践活动的唯物主义”[①]；他又说：“哲学家们（指旧的哲学家——笔者）只是用不同的方式解释世界，而问题在于改变世界（这应当理解为马克思主义哲学的任务——笔者）。”[②]所以，把马克思主义的反映论说成是“直观反映论”，显然是一种无知的曲解。马克思主义学说史上所以有列宁主义阶段，马克思主义在中国所以出现毛泽东思想的发展，就是因为列宁和斯大林、毛泽东及其战友们，不只是用马克思主义“解释世界”，而是创造性地运用马克思主义，与时代和本国实际相结合改变了世界。马克思主义认为，文艺创作虽然是对世界的艺术的掌握，但文艺却应该也必须真实地反映生活。在这里，生活真实虽然是第一要义的，却又并不排斥作家艺术家的主观能动性，即作家艺术家在反映生活时进行审美的概括和再创造。在《讲话》中，毛泽东同志就明确指出：“作为观念形态的文艺作品，都是人类的社会生活在人类头脑中的反映的产物。革命的文艺，则是人民生活在革命作家头脑中的反映的产物。”“反映”，既然是经过“头脑”的反映，这就同时包含着客观方面和主观方面。这也就是说，要求作家艺术家所反映的生活真实，是能动地审美地反映，它不是什么机械地、镜子式地模仿，而是艺术的再创造的真实。其中既概括着生活的真实，也蕴涵着作家、艺术家由生活真实而激发起的理想与热情的真实，这是与作品中所表现的生活真实融为一体的，如果文艺作品中缺少这方面的真实，是不可能取得感人的艺术效果的。社会生活，虽然是被反映的客体，但是，这客体却

① 《马克思恩格斯选集》第1卷，第15页。

② 同上，第16页。

又经过反映的主体——作家的头脑——的加工改造。《讲话》中所讲到的“观察、体验、研究、分析一切人，一切阶级，一切群众，一切生动的生活形式和斗争形式，一切文学和艺术的原始材料，然后才有可能进入创作过程”。这虽然讲的还是创作前的准备阶段，或者是在深入生活和认识生活的过程里，却显而易见地已经渗入了作家的主观意识。按照艺术思维的规律，作家艺术家在反映生活过程中的这种能动的作用，毫无疑问，是包含着深刻的理性认识活动，但又同时具有着强烈的感性活动的参与。正是由于毛泽东同志深刻地把握了文艺与社会生活的主体与客体的反映和被反映的辩证关系，又把历史唯物主义精神贯穿到无产阶级革命文学运动中，才能找到革命文艺与人民相结合的正确方向；也正是由于毛泽东同志深刻地理解作家艺术家在反映生活中的主观意识的特殊作用——“经过革命作家的创造性的劳动而形成观念形态上的人民大众的文学艺术”，他才能为革命的文学家艺术家找到一条实现与人民相结合的正确途径。毛泽东同志指出：“一切革命的文学家艺术家只有联系群众，表现群众，把自己当作群众的忠实的代言人，他们的工作才有意义。只有代表群众才能教育群众，只有做群众的学生，才能做群众的先生。”而要这样做，对于那时来自城市又是非无产阶级出身的文艺工作者来说，不只有一个熟悉生活的问题，还有一个改变主观世界，与人民群众从思想感情上相结合的问题。毛泽东同志对此特别强调指出：“要彻底地解决这个问题，非有十年八年的长时间不可。但是时间无论怎样长，我们却必须解决它。我们的文艺工作者一定要完成这个任务，一定要把立足点移过来，一定要在深入工农兵群众、深入实际斗争的过程中，在学习马克思主义和学习社会的过程中，逐渐地移过来，移到工农兵这方面来。只有这样，我们才能有真正为工农兵的文艺，真正无产阶级的文艺。”

《讲话》有关这方面的论述，是毛泽东同志在艺术思想领域对马克思主义能动的革命的反映论的一大发展。正是由于毛泽东同志深深地理解艺术创作中的主客体的辩证关系，理解作家艺术家在反映社会生活中的创造性的活动，他才能提出深入生活改造世界观这样的促使主客观统一而获得思想感情飞跃的正确方式。几十年来，中国有出息的作家艺术家，正是由于实践了这条与人民相结合的道路，才有了今天的社会主义文艺事业的繁荣与发展。可是，在前几年的一些舆论中，却把毛泽东同志的这一论点，诬蔑为“作难作家的一条棍子”，是起了对作家“灵魂大扭曲”的作用。是的，在“十七年”的文艺评论中，的确有把文艺思想上的许多复杂的问题，都归之于作家的世界观没有改造好的粗暴简单的倾向，这样的无限上纲伤害作家、艺术家的错误决不能再重复，更何况今天的文艺工作者绝大多数早已成为工人阶级和劳动人民的一部分。然而，人类在改造客观世界的同时，也要相应地改造自己的主观世界，这是马克思主义的普遍真理。所以，邓小平同志在论述社会主义时代的知识分子时，虽明确指出：“在社会主义社会里，工人阶级自己培养的脑力劳动者，与历史上的剥削社会中的知识分子不同了。”但他也还是提醒人们：“在社会主义历史时期中，只要还存在着阶级矛盾和阶级斗争，知识分子就需要注意解决是否坚持工人阶级立场的问题。”[①] “历史不断前进，人们的思想也要不断改造。不仅从旧社会过来的知识分子要改造，就是建国以后培养出来的知识分子也要继续改造，不仅是知识分子的思想要继续改造，工人农民和共产党员的思想也要继续改造。”[②]

鲁迅说得好：“我以为根本问题是在作者可是一个‘革命人’，倘是的，则无论写的是什么事情，用的是什么材料，即都是‘革命文学’。从喷泉里出来的都是水，从血管里出来的都是血。”[③] 总之，毛泽东同志在能动的革命的反映论中，提出深入生活与人民相结合，改造世界观问题，也是无产阶级文艺创作中的一个根本的问题、原则的问题，它恰恰不是忽视主体，而是十分重视作家艺术家主体的特殊作用，重视艺术创作中如何求得主客体的矛盾统一。

（四）作为意识形态的文学艺术，它有什么社会功能，或者说是有什么价值和作用？马克思主义文艺学一般认为，文艺的社会功能、价值和作用有三个方面，即认识、教育和审美。三者是融为一体而发挥作用的，而且文艺的社会

① 《邓小平论文艺》，第93—94页。

② 同上，第92页。

③ 鲁迅：《而已集·革命文学》。

功能，又的确有着它自己特殊的规律和途径。文学艺术是通过艺术形象来反映和表现社会生活的。因而，文学艺术的认识功能，是基于对社会生活的真实反映。伟大的和优秀的文艺作品，总能以其生动的艺术形象世界，引导启迪人们深刻地感受和认识生活。恩格斯称巴尔扎克“在《人间喜剧》里给我们提供了一部法国‘社会’特别是‘上流社会’的卓越的现实主义历史”[①]。列宁则称赞托尔斯泰以其“最清醒的现实主义”，“不仅创作了无与伦比的俄国生活的图画，而且创作了世界文学中第一流的作品。”[②]我国古典小说的伟大杰作《红楼梦》，曾被誉为封建末世的百科全书。这一切都显示了这些伟大文学作品有着很高的认识功能。《讲话》所以那样强调文艺源于生活，作家艺术家一定要深入生活、熟悉生活，与人民群众在思想感情上打成一片，也正是基于无产阶级文艺要真实反映社会生活、以取得认识功能的最佳效果。就以毛泽东同志最欣赏的《红楼梦》来说，在茅盾的《延安行》里，我们已经看到了这样的记述：“这一次他（指毛泽东同志）和我畅谈中国古典文学，对《红楼梦》发表了很多精辟的见解。”新中国成立以后，毛泽东同志还曾为不能容忍《红楼梦》研究中的资产阶级唯心论观点而发动了一场批判运动，并有一封写给中共中央政治局及有关同志的信，即著名的《关于〈红楼梦〉研究问题的信》。此后他还多次在同人谈话中从不同视角讲到《红楼梦》中的人物和情节。他不止一次说过，读《红楼梦》，只有读五遍，才能读懂；说他自己就“至少读了五遍”。他对《红楼梦》评价极高，他在《论十大关系》的讲话里，曾这样讲到《红楼梦》：“我国……除了地大物博，人口众多，历史悠久，以及文学上有部《红楼梦》等等，很多地方不如人家……”这当然不是说中国文学只有一部《红楼梦》，而是把《红楼梦》看作中国文化最高成就的代表。自然，作为一个伟大的无产阶级革命家，他有时也有他独特的视角，譬如他曾说过：“我是把它当历史读的。开始当故事读，后来当历史读。什么人都不注意《红楼梦》第四回，那是个总纲，还有

① 《马克思恩格斯选集》第4卷，第462页。

② 《列宁论文学与艺术》（一），第482页。

《冷子兴演说荣国府》、《好了歌》和注。”[①]

对于毛泽东同志把《红楼梦》“当历史读”，“写的是很精细的社会历史”，在一段时间里，曾经引起狂热的批判，简直要把毛泽东说成是根本不懂艺术的庸俗社会学论者。其实，伟大的文学作品，反映社会生活真实而取得巨大的认识价值，这在中外文艺史上都是屡见不鲜的，而这方面也特别为无产阶级革命导师所重视，何独毛泽东！如上所引，恩格斯的热烈赞扬巴尔扎克《人间喜剧》的现实主义的创作艺术；列宁的高度评价俄国的伟大作家“托尔斯泰是俄国革命的镜子”，这不都是他们从作品反映社会历史成就方面给予的肯定吗？《红楼梦》被誉为“封建末世的百科全书”，也正是把它“当历史读”的认识效果。

历史上一切伟大的文学艺术家也包括思想家，都十分重视文艺的教育功能。在中国，从孔夫子开始，就认为：“《诗》，可以兴，可以观，可以群，可以怨。迩之事父，远之事君，多识于鸟兽草木之名。”[②]这虽然讲的是《诗经》的社会作用和认识作用，但他在其中所最强调的，仍然是艺术的感动人、教育人的功能，而千百年来儒家文艺观的一贯主张也是“成教化，助人伦”。自然他们所要求于文艺的，是封建主义的“教化”与“人伦”。伟大的革命文学家鲁迅，则明确宣布，他写小说，“不过想利用他的力量，来改良社会。”“必须是‘为人生’，而且要改良这人生。”[③]这“改良”，也只能是通过艺术的教育功能方可实现。无产阶级文艺，是为人民的文艺，自然就更加重视文艺的教育功能。从一定意义上讲，可以说它是把政治教育功能放在第一位的，特别是在《讲话》所面对着的那样的时代和“事实”，毛泽东同志要求革命文艺“很好地成为整个革命机器的一个组成部分，作为团结人民、教育人民、打击敌人、消灭敌人的有力武器，帮助人民同心同德地和敌人作斗争”，是反映了时代对革命文艺的要

① 转引自龚育之、宋贵仑：《“红学”一家言》，《红楼梦学刊》1987年第2期。

② 《论语·阳货》。

③ 鲁迅：《南腔北调集·我怎么做起小说来》。

求的。但这又决不等于说，《讲话》轻视审美功能，不重视艺术的美感作用，或“迷失了审美本性”。《讲话》在这方面的论述言简意赅，观点鲜明，概括了文艺的本质。他明确指出：“虽然两者（指社会生活与文艺——笔者）都是美，但是，文艺作品中反映出来的生活却可以而且应该比普通的实际生活更高、更强烈、更有集中性、更典型、更理想，因此就更带普遍性。”这是很有力地强调了文艺的审美功能——人民要求艺术的美，欣赏美的艺术。而且即使在强调文艺的政治教育作用的时候，毛泽东同志也没有忽略它首先是艺术品。他指出：“缺乏艺术性的艺术品，无论政治上怎样进步，也是没有力量的。”无产阶级革命文艺的要求是：“革命的政治内容和尽可能完美的艺术形式的统一”；“我们既反对政治观点错误的艺术品，也反对只有正确的政治观点而没有艺术力量的所谓‘标语口号式’的倾向”，而他的要求文艺对人民的“警醒”“感奋”作用，更加无可厚非地是强调文艺应当产生强烈的审美效果。何况在建国后，毛泽东同志提出“百花齐放、百家争鸣”方针的时候，还十分明确地论述了真、善、美与假、恶、丑的辩证关系：“真的、善的、美的东西，总是在同假的、恶的、丑的东西相比较而存在，相斗争而发展的。”[①] 这难道不是全面论述艺术的社会功能的很精辟的见解么？怎么可以说，毛泽东文艺思想，只“坚执于政治功能”，而完全忽视了文艺的审美功能呢？

总之，正如邓小平同志一再讲到的：“毛泽东思想不是在个别方面，而是在许多领域发展了马克思列宁主义。毛泽东思想是个体系，是发展了的马克思列宁主义。”[②] 毫无疑问，毛泽东文艺思想，是毛泽东思想最重要的组成部分。它不仅在文艺领域系统地发展了马克思主义的世界观和文艺观，而且在与实际相结合的过程中，科学地总结了中国无产阶级文化史和文艺史的经验教训，对革命文化与革命文艺进行了体系性的理论概括和理论开拓，无论是在文艺的意识形态学说、文艺的生活源泉论、文艺的能动的反映论，文艺的

① 毛泽东：《关于正确处理人民内部矛盾的问题》。

② 《邓小平文选》，第40页。

社会功能论等文艺的基本原理方面，他都有对马克思主义的极富活力的、创造性的丰富和发展。

自然，毛泽东文艺思想，既是科学的体系，就不可能是凝固不变的，而且也正如邓小平同志所指出的："我们不能够只从个别词句来理解毛泽东思想，而必须从毛泽东思想的整个体系来获得正确的理解。"① 个别词句并不能反映体系；个别原理，在特定时代是适合的，在另一时代，随着社会的发展，也会失去其现实意义的。这在马克思主义发展史上，也是一条必然的规律。列宁是在帝国主义时代发展了马克思主义；毛泽东同志则是在殖民地半殖民地的中国，与实际相结合，发展了马克思列宁主义。

毛泽东文艺思想，在历史新时期既得到了坚持，又得到了新的丰富和发展，邓小平同志在这方面作出了最突出的贡献。

早在1977年7月21日的党的十届三中全会的讲话中，邓小平同志就曾说过："我建议，除了做好毛泽东著作的整理出版工作之外，做理论工作的同志，要花相当多的工夫，从各个领域阐明毛泽东思想的体系。要用毛泽东思想的体系来教育我们的党，来引导我们前进。"② 从文艺领域来看，15年来，我们的文艺已取得了进一步的繁荣，《邓小平论文艺》以及江泽民同志对当前文艺问题发表的几次讲话，都是在历史新时期对毛泽东文艺思想的继承、丰富和发展。这更是我们今后需要深入研究和阐释的重要课题。

1992年9月9日于北京

（原载《社会科学战线》1993年第1期）

---

① 《邓小平文选》，第40页。

② 同上，第41—42页。

偏离方向就不会有社会主义文艺

——纪念《在延安文艺座谈会上的讲话》发表45周年

一

5年前，在毛泽东同志的《在延安文艺座谈会上的讲话》(以下简称《讲话》)发表40周年之际，我有感于当时文艺界对待《讲话》的某些不恰当的态度和说法，曾撰写过一篇重读《讲话》学习体会的短文，题目是《真理是经得起历史检验的》。文章开头有这样两句话："实践是检验真理的唯一标准，而真理也总是经得起历史的检验。"五年过去了，资产阶级自由化思潮中形形色色文艺现象的泛滥，使我更加坚信这一历史唯物主义的原理。

45年来，《讲话》的基本精神、基本原则，在我们党所制定的一系列文艺政策与文艺方针中的贯彻和实践，虽然也出现过褊狭理解的倾向，甚至"四人帮"横行时极"左"的歪曲，但是，《讲话》所指引的文艺为工农兵服务，为最广大的人民群众服务的方向，曾经为中国文艺史写下了崭新的一页，这是谁也抹杀不了的。抗日战争、解放战争，以至新中国成立后的社会主义时期，广大革命文艺工作者以热情的、丰富的实践结下的硕果，也检验了《讲话》所指引的方向，是我国革命文艺事业取得繁荣发展的唯一正确的方向。

毛泽东同志所科学阐述的文艺方向，是对马克思列宁主义文艺理论的一大发展。

早在1905年，列宁就已着重指出过，无产阶级的文学，应当"为千千万万劳动人民服务"，而且对于为劳动人民服务的文学作了这样的历史的展望："这将是自由的文学，因为把一批又一批新生力量吸引到文学队伍中来的，不是私利贪欲，也不是名誉地位，而是社会主义思想和对劳动人民的同情。这将是自由的文学，因为它不是为饱食终日的贵妇人服务，不是为百无聊赖、胖得发愁的‘几万上等人’服务，而是为千千万万劳动人民，为这些国家的精华、国家的力量、国家的未来服务。”[①]

毛泽东同志所确定的文艺方向，又是对我国“五四”新文学与30年代无产阶级左翼文艺运动的继承和发展。

中国新文学发轫于“五四”新文化运动。无产阶级左翼文艺运动则兴起于20年代末和30年代初的国民党实行文化“围剿”时期，如鲁迅所说，它是“为了以自己们之力，来解放本阶级并及一切阶级而斗争的一翼”[②]。这个中国新文艺史上著名的左翼文艺运动，虽然使国民党的文化“围剿”“一败涂地”，但为了让无产阶级文艺达到鲁迅所说的为工农大众的“坚决的广大的目的”[③]，却是“用我们的同志的鲜血写了第一篇文章”。这就是说，在中国黑暗的年代，反动政府把工农兵和革命文艺相互隔绝了，革命的文艺工作者，即使有着为工农大众写作的理想和愿望，有时也要付出很大牺牲。

毛泽东同志的《讲话》，正是进一步发展了列宁的“为千千万万劳动人民”的“自由的文学”观，并总结了左翼文艺运动的经验和教训，在新的历史时期，适应新的历史要求，系统地、明确地提出了文艺为工农兵，为最广大的群众服务的方向。

当然，《讲话》所面对的，是当时40年代的现实，根据毛泽东同志的概括，就是：“中国的已经进行了五年的抗日战争”，“‘五四’以来的革命文艺运动——这个运动在二十三年中对于革命的伟大贡献以及它的许多缺点”，“根据地的文艺工作者和国民党统治区的文艺工作者的环境和任务的区别”，以及那时“在延安和各抗日根据地的文艺工作中已经发生的争论问题”，等等。《讲话》

---

① 《列宁选集》第1卷，第650页。

② 鲁迅：《“硬译”与“文学的阶级性”》。

③ 鲁迅：《对于左翼作家联盟的意见》。

也是从当时的具体实际出发，一一作出了马克思主义的回答。不过，这又不等于说，它的回答只解决了当时的实际问题。历史证明，《讲话》的不朽的光辉，正在于它的回答，是把中国现代文艺史推进到一个伟大历史转折的新时期，这是一个质的飞跃。它所阐述的为什么人服务和如何去服务的文艺方向，可以看作是实现列宁对无产阶级“自由的文学”的展望的理论纲领，它“鼓励革命文艺家积极地亲近工农兵……给他们以创作真正革命文艺的完全自由”。它把为少数人的沙龙和殿堂的文艺变成为“千千万万劳动人民”所有的文艺，它为文艺找到了最广大的服务对象和表现对象，这是文艺史上从未有过的。

凡是参加过抗日战争、解放战争，以至在新中国成立后“十七年”成长起来的文艺工作者，尽管曾走过曲折的道路，却都会有自己的实践体会。只要不怀偏见，谁都能讲出自己从《讲活》所指引的文艺方向获得了怎样的启示和教益。毛泽东同志所指引的文艺方向，曾经培育了几代的革命文艺家，这也是不容抹杀的历史事实。

二

毛泽东同志认为，文艺“为什么人的问题，是一个根本的问题，原则的问题”。这个“根本”，这个“原则”，在今天是否已经改变，已经过时了呢?

如上所说，《讲话》所指引的文艺方向，是为工农兵服务，为最广大的人民群众服务，还明确讲了首先是为工农兵服务。这在当时的历史条件下，毫无疑问，是完全正确的，因为工农兵就是人民的大多数。然而，即使在当时，毛泽东同志也并没有把“人民”的内涵只局限于工农兵。他指出，“最广大的人民”的含义，是“占全人口百分之九十以上的人民，是工人、农民、兵士和城市小资产阶级”。而且不止一次谈到，文艺也要为干部服务，为“小资产阶级劳动群众和知识分子”服务。把“首先为工农兵”简化为只为工农兵，这是新中国成立后在文艺方向问题上的“左”的思潮的一种表现。这种狭隘的解释，也的确给社会主义文艺事业带来过危害，以至到了“四人帮”横行的年代，把这种狭隘解释推向“左”的极端，打着工农兵的旗号，排斥其他劳动群众，甚至把知识分子视为专政的对象，歪曲和篡改了文艺为最广大人民服务的方向。但在毛泽东同志提出的文艺为什么人这个“根本”、“原则”问题里，却没有这个内涵。

由于历史的发展，时代的前进，社会主义现实给文艺创造了真正为“最广大的人民群众”服务的社会条件，同时也为了摒弃过去那种褊狭的解释，党中央明确提出了文艺“为人民服务，为社会主义服务”的方向。尽管从字面看来，它像是含义很宽泛，然而，为人民大众服务这一马克思主义普遍真理，在这里，仍然是社会主义文艺创作的指导思想；而且这种“服务”，也还是必须站在工人阶级的先进立场上，引导人民走社会主义道路，而不是脱离社会主义方向。由此可见，《讲话》所指示的为什么人这个根本的问题，原则的问题，在这新的口号里，不但没有过时，还使它的内涵在现实的条件下更加确切，更加科学，更加富有时代特征了。

为社会主义服务，在我们国家、我们的社会制度里，也就是为人民服务。它含义广泛，不容易引起褊狭的解释。正如邓小平同志所指出的：“我国历史悠久，地域辽阔，人口众多，不同民族、不同职业、不同年龄、不同经历和不同教育程度的人们，有多样的生活习俗、文化传统和艺术爱好。雄伟和细腻，严肃和诙谐，抒情和哲理，只要能够使人们得到教育和启发，得到娱乐和美的享受，都应当在我们的文艺园地里占有自己的位置。英雄人物的业绩和普通人们的劳动、斗争和悲欢离合，现代人的生活和古代人的生活，都应当在文艺中得到反映。我国古代的和外国的文艺作品、表演艺术中一切进步的和优秀的东西，都应当借鉴和学习。”[①] 由此可见，文艺为社会主义服务，有着非常广阔的天地。在这个广阔的天地里，文艺工作者也有着广阔的创作自由。

但是，为社会主义服务，含义又非常明确。那就是它必须服务于人民走社会主义道路，它是社会主义文艺。它要能促进全国各族人民同心同德地努力实现四个现代化的伟大事业，促进社会主义精神文明的建设。总之，它要有益于

① 邓小平：《在中国文学艺术工作者第四次代表大会上的祝辞》。

培养人民的共产主义的世界观和人生观，以及理想、品德、信念、智慧、勇气、情操和整个精神境界，而不是相反。

因此，我以为，党中央提出的文艺为人民服务、为社会主义服务的方向，虽然在提法上做了调整，以适应社会主义历史新时期创造新世界、开辟新天地的需要，但它不是调整毛泽东同志所确定的文艺方向的基本精神，而恰恰是对它的正确核心的坚持和发展。实践证明，粉碎“四人帮”后的一段时间里，正是这一方向得到广大文艺工作者的拥护和贯彻，才使得我国社会主义文艺事业取得了空前的繁荣和发展。同样的，近几年来，文艺上出现了形形色色的有害倾向，也恰恰是由于一部分文学家、艺术家偏离了社会主义文艺方向所导致的恶果。有些人狂热鼓吹，他们“不屑于表现自我感情以外的丰功伟绩”，他们要“回避去写那些我们习惯了的人物的经历、英勇斗争和忘我劳动的场景”；有些人标榜，他的作品是写给一两个知音看的，最多有50个读者就足够了。还有人借口所谓艺术的“多层次”，公然嘲讽中国农民的欣赏水平始终停留在“猪八戒背媳妇”阶段，世界上不存在雅俗共赏的文艺，如此等等。

我国人民正在中国共产党的领导下，满怀热情地投入社会主义现代化的建设事业，坚持四项基本原则，坚持改革、开放、搞活的方针，把社会主义推向前进，而我们的一些文艺工作者，却鼓吹“不屑于”或“回避”去写当前的现实，离开它的崇高目标，损害它的利益，不去为它服务，还怎么能有社会主义文艺！

三

为人民与如何为人民，这是社会主义文艺方向的一个问题的两个方面。按照马克思主义的观点，作为观念形态的文艺作品，都是一定的社会生活在人类头脑中反映的产物。革命的文艺，则是人民生活在革命作家头脑中的产物。毛泽东同志在《讲话》中，一再论证了生活是一切文学艺术的唯一源泉这个历史唯物主义的原理。为了使革命的文艺家有条件、有能力表现根据地革命人民的生活，他曾发出热情的号召：“中国的革命的文学家艺术家，有出息的文学家艺术家，必须到群众中去，必须长期地无条件地全心全意地到工农兵群众中去，到火热的斗争中去，到唯一的最广大最丰富的源泉中去，观察、体验、研究、分析一切人，一切阶级，一切群众，一切生动的生活形式和斗争形式，一切文学和艺术的原始材料，然后才有可能进入创作过程。”

这个深入生活、与新的群众的时代相结合，写出“为工农兵而创作，为工农兵所利用”的作品的道理，在当时延安和各根据地的文艺工作者中间，曾经起过多么巨大的作用，也是为历史的实践充分证明了的。正是在延安文艺座谈会之后，广大革命文艺工作者，满腔热情、自觉自愿地投入火热的斗争生活，或奔向战场，或深入农村，与工农兵相结合，按照《讲话》的精神，生活在群众中间，学习和创造了多种为群众喜闻乐见的艺术形式，以反映革命的新生活。这不仅使延安和各根据地产生了全新姿态的革命文艺，影响所及，也使国统区的进步文艺出现了新气象。从《兄妹开荒》到《白毛女》，从《小二黑结婚》到《太阳照在桑干河上》和《暴风骤雨》，从《王贵与李香香》到《漳河水》，从刘白羽的战地通讯到魏巍的朝鲜通讯，以至“十七年”中出现的优秀作品《保卫延安》、《红旗谱》、《创业史》、《青春之歌》、《林海雪原》、《放声歌唱》、《致青年公民》等，这一批有口皆碑的名作，有哪一个作家和哪一部作品，不是那次历史的实践所结出的果实呢！就我所读到和听到的，即使在今天，许多老一代的文学家、艺术家，回顾起这段历史，都还是那样满怀深情地讲述了他们如何从《讲话》所指引的方向里，汲取了有力的支持和教益，如何走上了与新的群众相结合的道路。所以，我们说《讲话》曾造就了一代文艺，决不过分。没有《讲话》的正确指引，中国现代文学史上就没有这些辉煌灿烂的篇章。

的确，在一段时间里，由于“左”的思想的影响，我们有过对文艺工作者与群众结合的片面宣传，把“全心全意”强调到不许作家考虑创作，以至要他们完全抛弃自己所熟悉的生活，这就违背艺术创作规律了。既然文艺创作必须从生活出发，文艺家也只能反映他所熟悉的生活，不能要求他反映他所不熟悉的生活，何况每一个文艺家对生活都有他自己的积累，自己的独特的观察、体验、思考和表现的方式。如列宁所说，“绝对必须保证有个人创造性和个人爱好的广阔天地，有思想和幻想、形式和内容的广阔天地”。更何况新中国成立后的现实的环境和文艺家的主观条件，确已大不同于《讲话》的当时。有不少青年文艺工作者也是从自己所熟悉的生活领域走上文坛的，而我们伟大现实的沸腾的生活，又是这样的丰富多彩，错综复杂，决不可强求千篇一律。然而，这并不能改变“生活是文艺创作的唯一源泉”，更不能成为偏离文艺为人民服务、为社会主义服务的方向的借口。反映时代，表现人民，把创作活动的重点放在四化建设的新生活中，是每一个社会主义文艺家的光荣职责。尤其是对于年轻的文艺工作者，应当承认，他们的生活积累还不够丰厚，一切文艺部门的领导，也有责任鼓励和引导他们不断地深入现实生活，开阔生活的眼界，尽可能地观察、熟悉新的生活，与人民相结合，以创作深刻反映现实并有益于社会主义的文艺作品。如果过分地强调只能写自己所熟悉的生活，哪怕是身边琐事，杯水风波，就不仅无益于那些并无多少生活积累的青年文艺家，还有可能把他们引向偏离方向的邪路上去。近年来在资产阶级自由化思潮的影响下，出现了不少鄙视和否定文艺反映生活的奇谈怪论，其矛头正是指向《讲话》的生活源泉论的。他们给文艺反映生活的论点加上了“机械唯物论”、“直观反映论”的称号；他们声称要冲破“艺术反映生活”的原理，主张“背对现实，面向自我”，要“向人的内心世界进军”，说这是文艺掌握世界的“根本转移”，也包括把文艺创作中的人的主体意识神化到超世绝俗的境界，如此之类的“自身新大陆”的发现，究竟给社会主义文艺带来了什么呢？带来的是某些文艺工作者脱离人民、脱离生活的自我扩张；带来的是某些本来很有发展前途的作家的惊人的堕落。他们或则不顾社会责任、不问社会效果，甚至把起码的社会伦理道德都抛在一边，以丑为美，津津有味地描写那些腐朽、落后，精神卑下的东西；或则不知羞耻地胡编乱造，完全模仿西方和海外的时尚，毫无生活根基，更谈不上什么社会主义的审美理想。这样更自由地煽动自己翅膀的恶果，竟至出现《人民文学》1987年1—2月合刊中的那篇如此庸俗低劣的作品。尽管这是局部的现象，却可以看出，他们已经多么严重地偏离了社会主义文艺方向！这难道还不足以发人深思、促人猛醒吗！

四

当前资产阶级自由化思潮在文艺领域的泛滥，从文艺创作的主客观关系来看，又说明，生活虽是文学艺术的唯一源泉，但对于生活又可以有截然不同的思想立场的反映，而无产阶级和人民的作家，则只能从无产阶级和人民的思想立场来反映生活。《讲话》曾经根据当时的实际，详尽地论述了这个问题。毛泽东同志还亲切地以自身的经历和体验，讲述了他在与群众相结合的过程中，如何“经过长期的甚至是痛苦的磨练”，与群众在思想感情上打成一片的。他把这称为“立足点的转移”。毛泽东同志恳切地指出：“我们知识分子出身的文艺工作者，要使自己的作品为群众所欢迎，就得把自己的思想感情来一个变化，来一番改造。没有这个变化，没有这个改造，什么事情都是做不好的，都是格格不入的。”

表面看来，这是很平常的道理，但它却是马克思主义关于改造客观世界的同时也要改造自己主观世界的普遍真理在革命文艺工作方面的具体运用。可以说，在中国革命过程中，对它的实践，不仅使广大知识分子出身的文艺工作者走上了革命的道路，创造了革命的文艺；也使广大的革命干部从中找到了与群众结合，做群众工作的方向，培养了千千万万全心全意为人民服务的革命者，保证了新民主主义革命的胜利，它的历史功绩也是不能抹杀的。

是的，在建国后的一个时期里，由于党的文艺方针与政策的贯彻，受到了“左”的干扰，我们不大具体分析客观形势的变化，也很少看到在社会主义条件下文艺工作者的进步，只一味地强调与工农兵相结合改造世界观，既不联系作家的创作实际，也不允许讲艺术规律，特别是到了“四人帮”横霸文坛的年代，“深入生活，改造世界观”，简直成了他们残酷打击广大文艺工作者的棍棒，这就破坏了马克思主义这一普遍真理的声誉。但是，这几年在文艺界较为普遍的舆论，却是认为这个观点不仅已经过时，还是毛泽东同志不理解和不尊重知识分子和文艺的一个证据，把它和“文化大革命”的错误联系起来加以否定。这就缺乏实事求是的精神，也不是历史唯物主义的态度了！

真理是经得起历史检验的。目前文艺创作中的形形色色混乱现象的出现，不恰恰是由于我们有些文艺工作者不深入生活，不与群众相结合，背离社会主义思想的必然结果吗！在《讲话》中，毛泽东同志谆谆告诫文艺工作者："一定要把立足点移过来，一定要在深入工农兵群众、深入实际斗争的过程中，在学习马克思主义和学习社会的过程中，逐渐地移过来，移到工农兵这方面来，移到无产阶级这方面来。只有这样，我们才能有真正为工农兵的文艺，真正无产阶级的文艺。"

正是根据毛泽东同志的光辉论点，邓小平同志《在中国文学艺术工作者第四次代表大会上的祝辞》里再次指出："人民是文艺工作者的母亲。一切进步文艺工作者的艺术生命，就在于他们同人民之间的血肉联系。忘记、忽略或是割断这种联系，艺术生命就会枯竭。人民需要艺术，艺术更需要人民。自觉地在人民的生活中汲取题材、主题、情节、语言、诗情和画意，用人民创造历史的奋发精神来哺育自己，这就是我们社会主义文艺事业兴旺发达的根本道路。"

45年过去了，毛泽东同志的教导言犹在耳。必须在实际上而不是在口头上解决立场问题，这不仍然是今天的某些文艺工作者，特别是那些走入歧途的青年文艺工作者努力的方向吗？社会主义文艺必须给广大读者提供有益的精神食粮，必须能满足陶冶人民道德情操和丰富人民精神生活的需要。而要创造这样的文艺，道路只有一条："必须到群众中去"，"必须和新的群众的时代相结合"；方向只有一个：坚定不移地站在人民的立场上，为人民服务，为社会主义服务。这是一切革命文艺家必须坚持而不能动摇的。

偏离这条道路，偏离这个方向，就不会有社会主义文艺。

1987年4月20日于北京

（原载《红旗》1987年第10期）

公正地对待毛泽东文艺思想

——1989年7月在中宣部召开的首都文艺界座谈会的发言（摘要）

我们党又一次经历了严峻的考验，这次考验，不亚于“文化大革命”。只不过一个是极“左”路线的恶果，一个是资产阶级自由化泛滥的恶果。

1986年底，邓小平同志就针对当时的学潮指出：“我们不能搬用资产阶级民主”，“处理学生闹事是一件大事，领导要旗帜鲜明，群众才能擦亮眼睛”。但小平同志的指示没有得到很好的贯彻。资产阶级自由化思潮，在各大学府不但没有受到批判，反而变本加厉起来，使方励之这类顽固坚持资产阶级自由化的人，倒成了不少青年学生的崇拜对象。

在思想理论界，不久前已陷入了一片混乱，看不到马克思主义的光芒。什么稀奇古怪的观点都出来了。近一年多来，一些人打着发扬“五四”精神的旗号，输入资产阶级自由化的观点，重点是否定马克思主义在五四运动中的领导作用，甚至说，在“五四”前后，只是毛泽东等少数几个人接受了马克思主义。他们借宣扬所谓“民主精神”，鼓动青年向社会主义要求资产阶级民主，把否定共产党的领导一直贯穿到新民主主义的革命史中去。

毛泽东同志在建国后的晚年时期，的确犯有不少错误，但他在领导党、领导中国革命走向胜利中，也建立了不朽的功勋。小平同志最近特别强调指出了毛泽东同志在党的第一代领袖中的核心作用。可是近几年来，我们的舆论界，竟容忍一些小丑全盘否定毛泽东同志的功绩，以无理谩骂、侮辱他去取悦敌人，这是很不正常的。

有人在文艺上，对于从五四到左翼，到延安文艺，到建国后“十七年”，甚至包括几千年的文化传统，几乎全盘否定，而他们的主张是全盘西化。有些人连一点民族自尊心、民族自信心都没有了。

粉碎“四人帮”以后，我们的文艺确实呈现过一片百花齐放的繁荣景象。但是，就最近几年来看，就该问一问，这繁荣，是不是社会主义文艺的繁荣。究竟有多少作品中反映了社会主义精神或者爱国主义精神？我们把作品划分为有害、无害、有益，但我们的作家总应该有时代的使命感，使自己的作品有益于社会的发展，而不应以追求无害为自己的创作目的。

我们近年来所谓享誉国内外的作品——我说的当然不是全部，而是一部分——究竟是以什么博得人们的喝彩声？是不是国外给了我们大奖，就能代表社会主义文艺呢？我至今还没有看到一部强烈反映我们社会进步、我们社会主义发展的作品，会在资本主义国家的那些著名的大奖中获奖。我们的文艺创作，也不该以那种获奖为追求的目标。

这次从学潮、动乱到暴乱所酿成的血的教训，那些顽固坚持资产阶级自由化的少数人的煽风点火，自然要首恶必究，但是，资产阶级自由化思潮如此泛滥成灾，我们的教育界、理论界、文艺界，我们自命为灵魂工程师的人们，难道不应该作回顾和反思，我们究竟在用什么来塑造我们下一代的灵魂？

“二为”方向，“双百”方针，从来不是相互矛盾的，二者总有一个主导方面。当然“二为”方向是主导。我们必须明确指出，文艺只能在“二为”方向下贯彻“百花齐放”的方针。违背了“二为”方向，把什么脏的、臭的、反动的、落后的东西，都美其名为香花，那是对百花齐放的谬解。

我们党对文艺是有正确的路线、方针和政策的，毛泽东同志《在延安文艺座谈会上的讲话》，邓小平同志在全国第四次文代会上的《祝辞》，就是我们社会主义文艺发展道路的指针。我希望文艺界公正地对待毛泽东文艺思想。由于时代和社会环境的变迁，《讲话》中自然也有些过时的东西，但这些已在邓小平同志对第四次文代会的《祝辞》中做了扬弃和发展。毛泽东文艺思想的核心，仍然是我们党的文艺路线的理论基础。

当然，我也希望这次学习的成果，能够造成一个文艺界分清是非，统一思想，团结起来，建设社会主义精神文明的好局面。必要的思想斗争，也是为了团结进步。我还希望在这次学习中，要吸取过去的“左”的教训，对属于人民内部矛盾的思想问题、作品问题，要用思想交锋的办法来解决，提倡批评和自我批评，重新学习，自我教育。我相信，绝大多数文艺工作者都是愿意跟党走的。

（原载《光明日报》1989年7月18日）

“文艺是不可能脱离政治的”

——《邓小平论文艺》的一个中心问题

文艺与政治的关系，是一个在文艺思想史上议论不休的老题目。但是，不管意见多么分歧，任何一个站在时代前列的伟大的文艺家，都不能不反映他那时代的“政治”（是广义的不是狭义的），并以他特有的方式作出自己的评价。即使是鼓吹“对恶不抵抗”的列夫·托尔斯泰伯爵，在列宁看来，他“作为艺术家，同时也作为思想家和说教者，在自己的作品里惊人地、突出地体现了整个第一次俄国革命的历史特点，它的力量和它的弱点”，而且赞扬他的作品“能用卓越的力量表达被现代制度所压迫的广大群众的情绪，描绘他们的境况，表现他们自发的反抗和愤怒的感情”[①]。我国留名文学史的五部古典章回小说的杰作，又有哪一部不反映着一定历史时代的政治内容，表现着各自不同的政治倾向呢？我们称古典文学作品有无人民性，其着眼点不也正在于它的政治倾向吗？《水浒》是描写农民起义的，尽管它所反映的生活，不一定就完全是宋代的，但它总是概括了宋元明广大农民起而反抗封建统治的鲜明的政治内容；《三国演义》是被称为“七实三虚”的历史小说，它的故事情节就是取材于一个历史时代的封建阶级的复杂的政治、军事、外交的斗争；《儒林外史》暴露的是明清科举制度的种种色相；《红楼梦》则描绘的是四大贵族在政治溃败中的青年儿女的悲剧；就是神魔小说《西游记》，如果没有宋元以来封建制度结构更加严密的这个现实政治模本，只凭幻想，吴承恩也很难创造这样一个严整有序的天上世界，而在作者生动描绘的玉皇大帝的那种世俗生活的影像里，以及西行路上那些昏

① 列宁：《列夫·托尔斯泰》。

君的无道、害民的作为里，更是富有喜剧色彩地隐喻着当时在朝皇帝嘉靖的生活和史实。

何况，有很多杰出的文艺家，都是很自觉地适应时代的要求，把自己的创作活动和先进的政治联系在一起。我国“五四”新文学的最杰出代表、伟大文学家鲁迅，在一开初为“冲破铁屋”而抬头呐喊，有了提笔力量的时候，就力求使自己的创作听命于“五四”时期的革命政治。他自豪地宣称：他的作品是“遵命文学”，但他又声明，“不过我所遵奉的，是那时革命的前驱者的命令，也是我自己愿意遵奉的命令，决不是皇上的圣旨，也不是金元和真的指挥刀”[①]。

到了30年代，当鲁迅领导左翼作家联盟进行斗争时，在他的心目中，革命政治与革命文艺就更加是血肉相关了。他说，“无产文学，是无产阶级解放斗争底一翼”；而且认为，“革命文学家，至少必须和革命共同着生命，或深切地感受着革命的脉搏的”[②]。他还在中国最黑暗的年代，豪迈地宣称：“现在，在中国，无产阶级的革命文艺运动，其实就是惟一的文艺运动。”[③]鲁迅把文艺与政治的关系如此紧密地联系起来，在那些毛泽东文艺思想否定论者看来，岂不也是迷失了文学的审美本性，但鲁迅却写出过在世界上也堪称杰出的小说与散文。实际上任何文艺都有一个同它那个时代的政治的关系问题，而只要是站在人民的立场或同情人民的作家，他或他的作品，就不可能脱离关联着人民命运的政治倾向。这并不外在于文学的审美本性，倒恰恰是每一个代表时代的伟大作家的创作艺术的鲜明特征。然而，在文艺史上这个不是问题的问题，却成了近年来反毛非毛思想浪潮中在文艺上的一个主要攻击武器。

在这里，我仅仅摘录从1989年4月到7月这段时间里一些有关文章的论点，看看他们是怎样夸大、歪曲毛泽东同志有关文艺与政治关系的论述的。

---

① 鲁迅：《鲁迅自选集·自序》

② 鲁迅：《对于左翼作家联盟的意见》。

③ 鲁迅：《黑暗中国的文艺界的现状》。

首先，当然是《文学评论》1989年第4期夏中义的那篇系统歪曲、攻击毛泽东文艺思想的所谓《历史无可避讳》。

该文说："何谓毛泽东文艺思想的内核……用一句话来概括，就是坚执文艺从属于政治，亦即片面强调文艺的政治实用功能，偏偏忘了文艺的本性是审美。涵盖当代文论走向的主线正是文艺本性的迷失与探寻。"

该文甚至还说：毛泽东同志"不仅把文艺的多功能简缩为单一的政治实用功能，并且为了独树一元功能论，反倒把文艺的审美本性也掩盖了……当时所需要的也许正是这种将文艺等同于政治"。并由此而"衍射"到建国后党的文艺方针，在理论方面，"就是胡风所说的架在文艺家头上的'五把刀子'。……这自成系列的'五把刀子'就像一条有序萎缩文艺家机能的流水线……"

《书林》1989年5月号，发表了5篇所谓重评《在延安文艺座谈会上的讲话》（以下简称《讲话》）的文章，也是把攻击的矛头集中指向毛泽东同志的文艺与政治关系的论述，进而全盘否定毛泽东同志的文艺思想。这里我们只举两个例子：

第一，谢海阳的《当代文学的困境与〈讲话〉》认为："《讲话》中一系列相互关联的不确切的论述，集中表现在文艺与政治的关系问题上。"由此而引申开去，该文甚至把《讲话》后的几十年中国革命文艺史刻毒地形容为"面对政治这个乖戾任性、喜怒无常的主人，温良恭顺的文艺婢妾无论怎样唯唯诺诺，曲意逢迎，最终总是落得个里外不是人的境地"。

第二，邵燕祥的《重读〈在延安文艺座谈会上的讲话〉二则》，则干脆把毛泽东同志讲的"又是政治标准，又是艺术标准"毫无根据地歪曲为"归根到底就只有一个权力标准"。

《天津文学》1989年7月号，发表了万同林的题为《当代文学：摆脱民粹主义的框范与奴性自缚》的文章，则诬蔑毛泽东同志的《讲话》包含着"民粹主义思想"，说什么在《讲话》的影响下，中国"有两代作家压根儿不会'说真话'"，他们是"民粹主义的牺牲品，政治—文化一体模式的牺牲品"。

近年来，以全盘否定毛泽东文艺思想为时髦，并不限于这4篇文章，我们所以只引述他们这些根本说不上是什么理论，而只有攻击、谩骂的信口开河，是因为它们都是出现在1989年春夏之交的政治风波前后，这确是触目惊心、耐人寻味的。

在这里，我不想对这些否定或歪曲毛泽东文艺思想的种种谬说，一一作出分析和反驳，我只想根据这种现象提出几个问题，对我们党近年来在文艺与政治关系的处理上，做些回顾和反思：

第一，以上所引这些言论，显然并非因为毛泽东同志的“文艺从属于政治”的个别提法“不够科学”或“弊多利少”，而是针对毛泽东文艺思想涵盖的“全盘”。延伸开来，企图全面否定的是我们党的文艺路线，党的文艺的“二为”方向。因为即使在今天，毛泽东文艺思想，仍然是我们党的文艺路线的理论基础。在1979年的中国文学艺术工作者第四次代表大会的《祝辞》里，邓小平同志就曾指出：“我们要继续坚持毛泽东同志提出的文艺为最广大的人民群众、首先为工农兵服务的方向，坚持百花齐放、推陈出新、洋为中用、古为今用的方针。”

是的，结合新时期历史发展的新情况、新问题、新要求，也包括对“十七年”正反两方面经验教训的总结，《邓小平论文艺》确实作出了一系列新的概括和新的论断。关于文艺与政治的关系，邓小平同志早在《祝辞》中就曾提出：不“要求文学艺术从属于临时的、具体的、直接的政治任务”；1980年，在《目前的形势和任务》的报告中，邓小平同志更进一步说明：“不继续提文艺从属于政治这样的口号，因为这个口号容易成为对文艺横加干涉的理论根据，长期的实践证明它对文艺的发展利少害多。”但是，紧接着这段话，他又明确地指出：“这当然不是说文艺可以脱离政治，文艺是不可能脱离政治的。”

10年来文艺战线的实践，也充分证明，社会主义文艺的繁荣和发展，从没有离开过正确的政治路线的保证。不是粉碎“四人帮”后的党的十一届三中全会以来纠正“左”的错误的拨乱反正、解放思想，没有小平同志对思想战线上的资产阶级自由化以及《苦恋》的尖锐批评，哪有80年代初的文学艺术的繁荣和发展！而80年代中期以后的违背四项基本原则的错误思潮的泛滥，以及它在文艺创作上的有害影响，给文艺理论上带来的混乱，又何尝不是党对思想战线和文艺战线的领导“存在着软弱涣散的状态”……上面所引的种种谬见，所以在1989年这么集中，而又如此明目张胆地出现在我国的报刊上，这是偶然的吗？当然不是。这说明，“四个坚持”与资产阶级自由化的对立，在文艺领域已经到了十分尖锐化的程度，而不少重要的舆论阵地已经不在马克思主义者手中了。所谓“文艺要独立于政治”，“要崛起一个真正独立的，不依附任何强权集团的精英思想界”的叫嚷，那目标是很露骨的，就是要取消党的领导，反对社会主义的政治，以便于任凭违背四项基本原则的政治，渗透和影响文化，而服务于他们和平演变社会主义中国的目的。

第二，邓小平同志只是说不继续提文艺从属于政治这个口号，而没有说它完全错误，这是有分寸的。因而，我们在回顾反思这个提法的时候，既要总结历史教训，也要实事求是地进行历史分析，而不能无原则地进行夸大、歪曲和谴责。

《讲话》发表于1942年，那是抗日战争最艰苦的年代。当时召开文艺座谈会的目的性很明确。毛泽东同志在《讲话》的开头，就十分清楚地说明了，开这个会“目的是要和大家交换意见，研究文艺工作和一般革命工作的关系，求得革命文艺的正确发展”。我们设想一下，在民族危亡全民抗战的当时，又是在抗日根据地，作为共产党的领导，与革命文艺工作者探讨文艺工作与革命工作的关系，还是为了求得革命文艺的正确发展，怎么能脱离革命的政治？在那样的历史现实的环境里，又有哪一个热血的中国作家，会去写超然于现实的审美情趣的作品？不是连著名的写言情小说的张恨水先生，当时也在写反映抗日政治的作品吗！既然是革命文艺，又处于抗日战争的环境里，很自然地要考虑到抗日的需要，使其成为革命战线的一翼。我认为，在这样的历史条件下，毛泽东同志提出了文艺从属于政治的观点，也是可以理解的。

当然，就文艺学范畴与文艺发展史来看，简单地说“文艺从属于政治”，会引起褊狭的理解，如小平同志所指出的“要求文艺从属于临时的、具体的、直接的政治任务”，那会给文艺带来图解政策的影响，这在建国后的一段时间里确曾出现过；到了“文革”期间，“四人帮”还曾打出“文艺为无产阶级政治服务”的旗号，为他们搞阴谋文艺作掩护。但是，这都是和毛泽东同志的最初提法有很大不同的。

毛泽东同志在《讲话》中说：“在现在世界上，一切文化或文学艺术都是属于一定的阶级，属于一定的政治路线的。为艺术的艺术，超阶级的艺术，和政治并行或互相独立的艺术，实际上是不存在的。”不管怎么说，这毕竟是一个总体的看法，而决非如有的人所攻击的那样，“将文艺等同于政治”，是什么“政治—文化一体模式”。因为在《讲话》中，毛泽东同志就反复地强调了，决不能忽视文艺创作的艺术与审美特征，他说：“人民还是不满足于前者而要求后者。这是为什么呢？因为虽然两者都是美，但是文艺作品中反映出来的生活却可以而且应该比普通的实际生活更高、更强烈、更有集中性、更典型、更理想，因此就更带普遍性。”“缺乏艺术性的艺术品，无论政治上怎样进步，也是没有力量的。因此，我们既反对政治观点错误的艺术品，也反对只有正确的政治观点而没有艺术力量的所谓‘标语口号式’的倾向。”

这些基本原理，是否都是错误的呢？“文艺是不可能脱离政治的”。任何一个时代以至一个历史时期的总的文艺倾向，会同一个时代的政治路线无关吗？不说中外文学史上的大量事实，也不说党的正确路线给社会主义文艺带来的繁荣和发展，就说几年以来资产阶级自由化在思想政治领域的泛滥，以及它在文艺创作和理论中所造成的恶劣影响，难道还不足以说明它的真理性吗！

值得深思的是，在我们近年来的文艺批评中，回避从政治倾向上分析文艺形势，倒已成了普遍现象，而如果有人提出这方面的批评，也像邓小平同志所指出的：“却常被称为‘围攻’，被说成是‘打棍子’。”《历史无可避讳》这类全盘否定毛泽东文艺思想、全盘否定革命文艺史，公然向马克思主义挑战的文章，曾几何时已经充斥了文坛，他们可以肆无忌惮地在政治与文艺关系上大放厥词，仿佛文艺与革命政治沾上点关系，就是强奸了文艺女神。这些在30年代都只能附庸于国民党反动派的货色，竟成了今天文坛上的香饽饽，岂非咄咄怪事！

自然，纠正“十七年”中某些“左”的错误，废除过分狭隘的“为政治服务”的口号，是应当的，也是必要的。但因此而回避文艺与政治的联系，特别是在社会主义社会，硬要文艺脱离政治，那不仅是自欺欺人，而且经验证明，恰恰是为了打出这种旗号，用自由化的政治反对社会主义政治。多少年来，文艺思想斗争的词汇已经从我们的文坛消失了，甚至有的党的领导人索性提出，干脆把“文艺批评”改成“文艺评论”。于是，建国后“十七年”的一切文艺思想斗争，不分是非地一律给以全盘否定。当然，把文艺思想斗争搞成政治批判运动，这种做法是错误的，要深刻地吸取教训。如邓小平同志所指出的：“我们在强调开展积极的思想斗争的时候，仍然要注意‘左’的错误，过去那种简单片面、粗暴过火的所谓批判，以及残酷斗争，无情打击的处理方法，决不能重复。”要接受过去的教训，不能搞运动。然而，我又以为，吸取这方面的教训，却不能连文艺思想上的矛盾和斗争也搞平反昭雪，否则，那就等于在文艺界连通过百家争鸣的方式开展思想斗争，也是不被允许的了。这样的“和平共处”，即使在资本主义国家的文坛，也是不存在的。我们的某些社会科学部门的领导人，热衷于给“向资产阶级唯心论投降”的旧案平反昭雪，结果是在他们所管辖的领域，却自动解除武装，纵容了一大批“精英”的猖狂活动，不折不扣地显示了违背四项基本原则错误思潮泛滥的严重后果。

我很高兴在书店里又看到了人民文学出版社重印的1958年版《毛泽东论文艺》，因为这一版收了《歌颂什么，反对什么》这节文字，它是摘自《人民日报》1951年5月20日社论《应当重视电影〈武训传〉的讨论》；这节文字也确是毛泽东同志加在这篇社论里的（社论是别的同志起草的），原文如下：

> 在许多作者看来，历史的发展不是以新事物代替旧事物，而是以种种努力去保持旧事物使它得免于死亡；不是以阶级斗争去推翻应当推翻的反动的封建统治者，而是像武训那样否定被压迫人民的阶级斗争，向反动的封建统治者投降。我们的作者们不去研究过去历史中压迫中国人民的敌人是些什么人，向这些敌人投降并为他们服务的人是否有值得称赞的地方。我们的作者们也不去研究自1840年鸦片战争以来的一百多年中，中国发生了一些什么向着旧的社会经济形态及其上层建筑（政治、文化等等）作斗争的新的社会经济形态，新的阶级力量，新的人物和新的思想，而去决定什么东西是应当称赞或歌颂的，什么东西是不应当称赞或歌颂的，什么东西是应当反对的。

直到今天，我仍然认为，这节文字，是极精辟的历史唯物主义的分析，完全正确，无可指摘。我不明白，电影《武训传》那样歌颂武训向地主阶级卑躬屈膝行乞兴学的行径，是要刚刚站起来的中国人民仿效什么？我们应当怎样看待历史进步？为了澄清历史是非，为了对广大人民群众进行历史唯物主义教育，《武训传》应当讨论、应当批评，至于开展那样大规模的批判运动，确是做得过火了，在这方面是需要总结教训的。不过，总结教训不能连正确的批评也加以否定，更无必要为武训“平反昭雪”，再造祠堂，重塑金像。

毛泽东同志在1957年的《在中国共产党全国宣传工作会议上的讲话》中，曾经这样讲到思想斗争在马克思主义发展中的作用与意义：“有许多事情我们不知道，因此不会解决，在辩论中间，在斗争中间，我们就会明了这些事情，就会懂得解决问题的方法。各种不同意见辩论的结果，就能使真理发展。”“有比较，才能鉴别。有鉴别，有斗争，才能发展。真理是在同谬误作斗争中间发展起来的。马克思主义就是这样发展起来的。”

的确，在“十七年”的文艺战线上，我们犯了不少搞政治运动的“左”的错误，“四人帮”在“文化大革命”中，又大量迫害文艺工作者，无限上纲，残酷斗争，使人们产生了逆反心理，这也是可以理解的。然而，形而上学地否定一切，决不能正确地总结教训。文艺战线上的思想斗争是客观存在。对错误的思想倾向，不敢进行斗争，甚至对一部作品提出批评意见，也要被视为异类，仿佛只有“世界充满了爱”，才是我们追求的“理想”，这是很不正常的。恰如邓小平同志所指出的：“有些人把‘双百’方针理解为鸣放绝对自由，甚至只让错误的东西放，不让马克思主义争。这还叫什么‘百家争鸣’？这就把‘双百’方针这个无产阶级的马克思主义的方针，歪曲为资产阶级的自由主义的方针了。”① 实践证明，不管你怎样表示，党的领导少介入、少干预文艺，而违背四项基本原则的错误思潮却是毫不含糊地要利用文艺来干预、介入你的社会主义政治，寸步不让地夺取我们的舆论阵地。

---

① 《邓小平论文艺》，第87页。

邓小平同志在1979年的《坚持四项基本原则》中就坚定地指出："毛泽东思想过去是中国革命的旗帜，今后将永远是中国社会主义事业和反霸权主义事业的旗帜，我们将永远高举毛泽东思想的旗帜前进。"小平同志还曾多次讲过：毛泽东同志晚年的错误，给我们党造成了很大损失，但同时又指出："在他的伟大的一生中的这些错误，怎么能够同他对人民的不朽贡献相比拟呢？"[①] 但是，我们在80年代中，要编一本马克思主义经典作家论文艺，却为了编不编进斯大林的论著而大费周折，那原因是编进了斯大林就得编进毛泽东的著作，这可有点为难了，于是终于没有编成……

几年来文艺领域里的混乱的思潮，难道还不足以证明，背离了毛泽东文艺思想，我们的社会主义文艺会被引向何方吗？革命的文艺工作者只要不怀偏见，谁都会承认，毛泽东同志的文艺著作，是马克思主义文艺理论的最有系统、最完整的论述，尽管有个别观点可能过时了，但从整体讲，它仍然在指导着社会主义文艺的发展方向。我不明白，自成体系的毛泽东文艺思想，为什么不能在马克思主义文艺论著中占一席之位呢！在1981年思想战线问题座谈会上，邓小平同志就曾讲过："党对思想战线和文艺战线的领导"，"当前更需要注意的问题，我认为是存在着涣散软弱的状态"[②]，这当然是指对资产阶级自由化的态度。以后几年的事实证明，对于一些党的领导人来说，"涣散软弱"不仅没有克服，而且有了向纵容、妥协、让步方面的大"发展"，终于酿成违背四项基本原则的错误思潮在思想文化领域的大泛滥，这是多么沉痛的教训！

第三，"文艺是不能脱离政治的"，这不只是邓小平同志所阐述的文艺与政治关系的鲜明的马克思主义观点，也是贯穿在《邓小平论文艺》中的一个中心问题。

《邓小平论文艺》是邓小平同志的建设有中国特色的社会主义理论的有机组成部分。它适应历史新时期的发展，也总结了"十七年"文艺路线中的正反

① 《邓小平论文艺》，第50页。

② 同上，第15页。

两方面的经验教训，继承和发展了马克思列宁主义文艺理论和毛泽东文艺思想，它有很多新提法、新论断。然而，如上所说，在这部论著中，邓小平同志所深切关注的核心问题，是文艺与政治的关系，是文艺思潮所反映的政治倾向和政治问题，贯穿其中的，又是坚持四项基本原则与资产阶级自由化的对立。

这个问题的提出，是开始于1981年对电影文学剧本《苦恋》的批评。邓小平同志指出："对电影文学剧本《苦恋》要批判，这是有关坚持四项基本原则的问题。"①

紧接着，在《关于思想战线上的问题的谈话》(1981年7月17日) 中，邓小平同志又进一步指出："党的领导和社会主义制度都需要改善，但是不能搞资产阶级自由化，搞无政府状态。试想一下，《太阳和人》要是公开放映，那会产生什么影响？有人说不爱社会主义不等于不爱国。难道祖国是抽象的吗？不爱共产党领导的社会主义的新中国，爱什么呢？"②

1983年，邓小平同志在讲到思想战线的任务时，一方面肯定了那几年"文艺出现了空前的繁荣"，一方面又尖锐地指出了当时"理论界文艺界还有不少的问题，还存在相当严重的混乱，特别是精神污染的现象"。并严肃地告诫我们："思想战线不能搞精神污染"，因为"精神污染的危害很大，足以祸国误民"③。

1985年，《在中国共产党全国代表会议上的讲话》里，小平同志向思想文化教育部门提出了严正的要求："要以社会效益为一切活动的唯一准则"，"要多出好的精神产品，要坚决制止坏产品的生产、进口和流传。资产阶级自由化的宣传，也就是走资本主义道路的宣传，一定要坚决反对"④。

但是，这个反复论述的中心问题，长期以来不仅没有得到贯彻，反而多次

① 邓小平：《关于反对错误思想倾向问题》。

② 《邓小平论文艺》，第18页。

③ 同上，第84页。

④ 同上，第68—69页。

受到抵制，关键也还是在党内。当资产阶级自由化思潮煽动起1986年学潮时，邓小平同志不得不出来重申自己的观点，他在《旗帜鲜明地反对资产阶级自由化》的谈话里，做了这样的回顾：

> 在六中全会上我本来不准备讲话，后来我不得不讲了必须写上反对资产阶级自由化那一段话，看来也没起什么作用，听说没有传达。反对精神污染的观点，我至今没有放弃，我同意将我当时在二中全会上的讲话全文收入我的论文集。

1987年以后的大量事实说明，对资产阶级自由化思潮的批评，不仅很快就受到压制，偃旗息鼓，而且被处分的那些“自由化精英”们，倒成了受崇拜的偶像，还能出入国内外继续大放厥词。违背四项基本原则的错误思潮，也更加变本加厉地向政治、思想、文艺各个领域蔓延开去，终于酿成了1989年春夏之交的政治风波，这一切都再一次表明，“文艺是不可能脱离政治的”。因此，认真学习《邓小平论文艺》，深入研究这部论著中有关文艺与政治辩证关系的论述，对于我们总结这些年来文艺领域的教训和失误，更好地繁荣社会主义文艺，都将是十分有益的。

1990年2月20日改于北京

（原载《当代文坛》1990年第3期）

继承发展革命文艺传统

《中共中央关于加强社会主义精神文明建设若干问题的决议》对繁荣和发展社会主义文艺给予了特别的关注。《决议》第15条的最后提出：应该坚决反对“那种鄙薄革命文艺传统、推崇腐朽文艺思潮的倾向”。我以为，这一论述切中了当前文艺发展中的一个关键性的问题，对于建设有中国特色的社会主义文艺事业有着重要的现实指导意义。

一

什么是中国革命文艺传统，历史早有定论。在中国现代革命史上，从旧民主主义向新民主主义革命过渡，是以五四运动为分界线的。而“五四”文学革命，又是“五四”新文化运动的组成部分。当时的口号十分明确，即反对旧文学，提倡新文学。在这场运动中，鲁迅的作品以“表现的深切和格式的特别”，“显示了‘文学革命’的实绩”[①]，从而成为文化革命的主将。而风起云涌的大量文艺社团的出现，特别是以沈雁冰（茅盾）为首的主张现实主义的“文学研究会”和以郭沫若为首的倡导浪漫主义的“创造社”的相继成立，为“五四”新文学的发展，从不同的方面作出了卓越的贡献。两大流派都形成了各自有影响的作家群。前者如叶圣陶、郑振铎、冰心、朱自清、王统照等；后者如田汉、郁达夫、成仿吾、郑伯奇等。他们都写出了反映那个时代、代表那个时代的传世之作。他们确实是鲁迅所呼唤的“冲破一切传统思想和手法的闯将”，也

① 鲁迅：《中国新文学大系·〈小说二集·序〉》。

正是他们开拓了“五四”文学革命的“崭新的文场”。

的确，“五四”新文化运动的统一战线很快分裂了，如鲁迅所说：“《新青年》的团体散掉了，有的高升，有的退隐，有的前进。”而1927年由于蒋介石叛变革命，大批共产党员和工农群众遭到血腥的屠杀，国共两党政治上的统一战线也彻底破裂。无产阶级及其政党中国共产党，不得不独立承担起领导中国革命的责任。毛泽东同志说：“这一时期，是一方面反革命的‘围剿’，又一方面革命深入的时期。这时有两种反革命的‘围剿’：军事‘围剿’和文化‘围剿’。也有两种革命深入：农村革命深入和文化革命深入。”[①] 在这样的历史时期，文学革命运动向无产阶级革命文学方向发展，也就成为历史的必然。尽管创造社的转变、太阳社的成立，以及他们对无产阶级革命文学的倡导和论争，都带有“左”倾的急躁情绪，创作上也表现得比较幼稚。但是，在白色恐怖的“围剿”中，他们毕竟充满了摧毁旧世界的豪情，推动了革命文学的发展，促进了进步文艺家的大联合——中国左翼作家联盟的成立。名垂现代文艺史的真正精英，如鲁迅、郭沫若、茅盾、夏衍、阿英、蒋光慈、郁达夫、田汉、柔石、胡也频等50余人参加了左联的发起工作。左翼文艺运动是在血腥险恶的环境里发展起来的，文艺家遭捕杀，文艺机构被捣毁，文艺刊物、文艺作品不断被查封，正如鲁迅所说：“无产阶级革命文学和革命的劳苦大众是在受一样的压迫，一样的残杀，作一样的战斗，有一样的命运，是革命的劳苦大众的文学。”“无产阶级革命文学在今天和明天之交发生，在诬蔑和压迫之中滋长，终于在最黑暗里，用我们的同志的鲜血写了第一篇文章。”[②] “在中国，无产阶级的革命的文艺运动，其实就是唯一的文艺运动。因为这乃是荒野中的萌芽，除此以外，中国已经毫无其他文艺。”[③] 而被“新启蒙”者视为“遵命文学”的左翼阵营对第三种人的批判，对文艺自由的论争，对阶级性的分析，都是对反动

① 《毛泽东选集》第2版第2卷，第702页。

② 鲁迅：《中国无产阶级革命文学和前驱的血》。

③ 鲁迅：《黑暗中国的文艺界的现状》。

文艺阵营进攻的反击。

10年的反革命“文化围剿”，不仅没有扑灭左翼文学，反而造就了革命文学与进步文学的辉煌。“中国文化革命的巨人”鲁迅的政论、杂文，在这一时期成就最高。茅盾的创作高峰期也在这个年代，他的不朽名作《子夜》、《农村三部曲》、《林家铺子》等，都是这段时间写出的。其他一些青年作家也创作出了反映时代精神和民族情绪的厚重之作，如巴金的《激流三部曲》，老舍的《骆驼祥子》，曹禺的《雷雨》、《日出》，田汉的《洪水》、《回春之曲》，左联五烈士的“战叫”式的作品，张天翼、沙汀、萧军、萧红的小说，蒲风、臧克家的新诗，夏衍的报告文学，等等。

抗日战争开始后，革命文学又在民族解放的大旗下前进了。郭沫若的大气磅礴的历史剧《屈原》、茅盾的长篇小说《腐蚀》，以及被誉为“人的花朵”的田间、艾青的新诗，成为那一历史时期的“大后方”的代表作。把革命文艺引上历史新阶段的，是1942年毛泽东同志《在延安文艺座谈会上的讲话》。从此以后，革命文艺沿着为工农兵服务、与工农兵相结合的方向阔步前进。广大文艺工作者深入生活、深入群众，从人民群众中间汲取营养，创作出了一大批为中国老百姓所喜闻乐见的文艺作品。蓬勃发展的群众秧歌运动、民间歌舞，催生了新歌剧《白毛女》。陕北的信天游和太行山的民歌，孕育了长篇叙事诗《王贵与李香香》和《漳河水》。而在小说方面，对民族化与群众化作出卓越贡献的是赵树理的《小二黑结婚》、《李有才板话》等充满乡土气息的中短篇。刘白羽的《政治委员》、《无敌三勇士》，孙犁的《芦花荡》、《荷花淀》，直到反映伟大土地改革运动的长篇小说——丁玲的《太阳照在桑干河上》和周立波的《暴风骤雨》，也都在真实地反映人民群众的斗争生活、深刻地塑造工农兵的英雄人物方面，取得了可喜的成绩。

这种新的革命文艺传统，在新中国成立后又得到了继承和发扬。杜鹏程的《保卫延安》，柳青的《铜墙铁壁》，梁斌的《红旗谱》，杨沫的《青春之歌》，曲波的《林海雪原》，吴强的《红日》，孙犁的《风云初记》，欧阳山的《一代风流》，罗广斌、杨益言的《红岩》，以及大量反映那些历史时代的优秀诗歌、戏剧、电影等，它们既是当代社会主义文艺的组成部分，又是我国特有的革命文艺传统在新时代的有力体现。

从以上简略的回顾中可以看出，革命文艺传统的内涵主要有以下几个方面：

第一，将文艺视为中国人民革命和社会主义建设事业的重要组成部分，自觉地让文艺服从、服务于这个全民族的大局。

第二，社会生活，特别是人民群众推动历史前进的伟大革命实践，是文艺的唯一源泉。文艺工作者必须深入到群众的斗争生活中去汲取题材、主题和诗情画意，“在人民的历史创造中进行艺术的创造，在人民的进步中造就艺术的进步”。[①]

第三，文艺是民族精神进步的灯火。给人民以信心和力量，促成积极向上的、美的行动，帮助人民群众推动历史的前进，是文艺的根本任务。

第四，文艺来源于人民，又服务于人民。为了更好地为人民服务，文艺应当追求为中国人民喜闻乐见的民族形式和中国气派。这种形式和气派来自民间文艺的滋养，也来自对传统文艺和外国文艺的合理继承和借鉴。

二

进入新时期以来，经过拨乱反正，“老一代文艺家精神焕发，中青年文艺工作者人才辈出，文艺队伍不断发展壮大；文学、戏剧、电影、电视、音乐、舞蹈、美术、摄影、书法、曲艺、杂技和民间文艺等各个门类，作品数量之多，形式、风格、流派之多样，体裁、题材、主题之丰富，都是前所未有的”[②]。近年来，文艺又有了更大的繁荣和发展。特别是影视作品，如影片《红樱桃》、《离开雷锋的日子》，电视剧《孔繁森》、《英雄无悔》、《咱爸咱妈》、《苍天在上》等，在全国播放，收视率很高。这些作品，有的热情地歌颂了当代人民公仆，有的描写了社会主义建设中的新人新事新风尚，有的反映了动人心魄的反

① 江泽民：《在中国文联第六次全国代表大会、中国作协第五次全国代表大会上的讲话》。

② 同上。

腐严打斗争……所有这些，都以其真实的生活内涵、丰满的艺术形象，赢得了广大观众的热烈欢迎。可以毫不含糊地说，不管这些作品还存在着怎样的缺点和不足，它们都是站在人民的立场上热烈地是其所是，非其所非，张扬真善美，鞭挞假恶丑，传达了人民的愿望，鼓舞着人民的信心。

但是也毋庸讳言，一种鄙薄甚至否定革命文艺传统的创作倾向，也是存在的。事实正如邓小平同志早在80年代初期所指出的：一些人“热心于写阴暗的、灰色的以至胡编乱造、歪曲革命的历史和现实的东西”[①]。应当说，邓小平同志指出的这种错误倾向，在近年来并未销声匿迹。创作方面的表现正如不少专家所概括的：离开人物和情节的需要，汪洋恣肆地描写性行为，以肮脏的画面、污秽的文字招徕趣味不高的读者；宣扬消极的人生哲学；一些作家不深入生活，道听途说，投庸俗者之所好，大写三四十年代的大户人家的姨太太、少奶奶的生活，毫无认识价值和审美意义可言；渲染凶杀，突出感官刺激；描写大款的灯红酒绿；热衷于写历史上的女执政者，而其创作观点，却尚需研究；崇洋媚外，宣扬中国落后[②]。反映在理论评论方面，则是否定革命文艺传统甚至否定整个革命的论点时有所见。有的主张“告别革命”。这种论点不只全盘否定“五四”以来反帝、反封建、反官僚资本主义的新民主主义革命，也否定孙中山推翻清代腐朽王朝的民主革命，甚至连戊戌变法中表现较为“激进”的谭嗣同，也在否定之列。他们把千百万志士仁人的流血奋斗视为“多余”的浪费。按照他们的逻辑，这种“牺牲”不仅无谓，而且是以失去“自我意识”、失去对“国民性的改造”为代价的。有的则把革命文艺家服从、服务于革命事业的自觉性视为“自我失落”，把革命文艺作品讥笑为失落了“文艺本性”的政治斗争的工具。

于是，中国文化革命的主将鲁迅首当其冲地遭到了否定。他被某些论者分成两半，一半是前期作为崇尚进化论、主张“国民性改造”的鲁迅，那是可以继承

① 《邓小平文选》第3卷，第43页。

② 参见《华商日报》1996年6月27日。

的“启蒙”的遗产；至于发展为后期的共产主义者的鲁迅，则是受到“左”的思潮束缚，有着很大的“局限性”。这不只是否定了作为共产主义者的鲁迅，也全盘否定了“左翼文学”所领导的一切文艺思想斗争。有的论者则干脆把鲁迅视为当代文学的最大障碍，狂呼“不打倒鲁迅，中国文学就不能前进”。

于是，也有的论者否定其他革命文学代表人物的实绩。他们将“五四”文学大师、而且是作为“创造社”和“文学研究会”的两大领袖人物的郭沫若与茅盾，都排出“大师”之列。他们声称这是用审美标准重新阐释文学史。而这样的审美标准，实则是既脱离社会实践，也缺乏时代的理想内涵的标准，是一种偏离中国革命文学历史和广大人民群众审美观念的标准。

创作与评论上的这两种错误倾向，互相影响，对有中国特色社会主义文艺的繁荣发展产生了相当程度的干扰，损害了我们文艺队伍的尊严和荣誉，引起了广大人民群众的不满。身残志坚、一直在奋力拼搏的张海迪，前些时候在一篇文章里，带着缅怀的心情说：“我曾经读过多少令人难忘的书啊！书中很多不朽者的形象永远留在我的心灵深处，有的形象直到今天还在鼓舞着我的生活。”她接着又不无遗憾地抱怨道：“然而今天，我却再也找不到过去读书的欢乐，感受不到那摄人心魄的惊涛骇浪，历经暴雨洗礼之后的胜利喜悦，也看不到那种火山血海生别死离的英勇悲壮，历尽艰辛之后的胜利喜悦。”针对当前某些混乱的文艺现象，她尖锐地指出：“文学以褊狭的心态看待历史，对充满悲壮色彩和英雄气概的、人们引以自豪的过去视而不见，反而把一些腐朽的、本来已经消亡的陈规陋习和社会渣滓都找出来，玩味欣赏。”[①]

我以为，张海迪的话，道出了一切有良知的读者对当前某些文学现象的意见。为什么在徽班进京200周年纪念演出中，革命现代京剧《红灯记》的重新上演，会出现那样热烈的场面？为什么百部爱国主义影片（多数是革命历史题材）的上映，仍然那样激动亿万观众的心？为什么《长征组歌》和芭蕾舞剧《白毛女》、《红色娘子军》的重新排练上演，依然有着那么拥挤的观众？为什么在今天的长

① 《解放日报》1996年9月3日。

篇小说创作中那些比较厚重、受到欢迎的佳作，仍然是革命历史题材的作品？

种种事实表明，革命文艺传统不可鄙薄。

三

革命文艺传统所以不可鄙薄，是因为我们的今天乃由昨天发展而来。革命文艺传统是今天社会主义精神文明建设的一部分。不管历史的斗争实践（也包括文艺的发展）出现过怎样的曲折，中国今天改革开放和社会主义现代化建设大业，也是100多年的流血牺牲、艰苦奋斗的革命事业的合乎逻辑的发展。不推翻帝国主义、封建主义、官僚资本主义的统治，中国就还是殖民地半殖民地，而不会像今天这样屹立于世界民族之林。

鲁迅早在1925年就曾讲过："文艺是国民精神所发的火光，同时也是引导国民精神的前途的灯火。"[①] 我们的革命文艺传统，也包括鲁迅一生的文学活动，不正是强烈地迸发了中国人民反帝反封建的国民精神的火光吗？毛泽东同志把鲁迅誉为"在文化战线上，代表着全民族的大多数，向着敌人冲锋陷阵的最正确、最坚决、最忠实、最热忱的空前的民族英雄"，称赞"鲁迅的骨头是最硬的，他没有丝毫的奴颜与媚骨"，显示了"殖民地半殖民地人民最可宝贵的性格"。难道不是鲁迅，反而是取媚于西方、"告别革命"、主张"改良"的各色人等才代表了"国民精神的火光"吗？宋庆龄在鲁迅逝世后的1936年10月《答记者问》中就曾庄严指出："鲁迅先生既然为中国民族求解放而奋斗不懈，死后我们便得拿他这种精神宣扬给全国的民众。纪念他的办法，则是把他的那种求中国民族解放斗争精神，扩大宣传到全世界去，而帮助完成他未完成的事绩和伟业。"[②] 几十年来，鲁迅的战友和学生们，正是以这样的革命文艺传统作为灯火，引导中华民族，为祖国和人民的解放前仆后继，勇往直前，扫荡群魔，夺

① 鲁迅：《坟·论睁了眼看》。

② 《鲁迅先生纪念集·逝世消息》。

取一个又一个胜利。这个最可宝贵的革命文艺传统，是任何人以任何手法都不能“消解”的。

革命的文艺传统来源于革命的斗争生活，来源于革命文艺家深入生活、深入群众的革命文艺实践。例如《红岩》的撼动人心的力量，就在于蕴涵其中的“红岩魂”。而这个“红岩魂”，则是中国共产党领导中国各族人民流血牺牲的伟大革命实践的最为壮丽的精神升华。前些时候轰动全国的“红岩魂”的展览，再一次有力地证实：这个魂魄依然存在于广大人民群众的胸中。

鲁迅早在30年代就已提出：“革命文学家，至少是必须和革命共同着生命，或深切地感受着革命的脉搏的。”① 但在黑暗中国的国统区，是很难深入到工农大众中去的。只有共产党所领导的根据地和解放区，才为革命文艺家创造了与工农大众相结合的条件。在毛泽东同志《在延安文艺座谈会上的讲话》以后，革命文艺家处于抗日战争和解放战争的火热斗争中间，自觉地深入农村、奔向战场，不只同群众一起经历了斗争的考验，而且积累了生活的“原始材料”，学习和创造了为群众喜闻乐见的艺术形式。正是这种实践，催生了全新姿态的革命文艺，开辟了革命文艺家的宽广的创作道路。

是的，文艺不是单纯的宣传品；革命文艺传统，也不是单纯的革命历史教材。它应当有“寓教于乐”的审美功能，但绝不是某些论者所说的脱离时代审美理想的抽象的“语言的独特创造”，“文体上的卓越建树”，“表现上的杰出成就”，“形而上意味的独特建构”，等等。其实，他们这种所谓的“纯文学”的审美价值和文学倾向，也掩盖着不便明说的思想倾向。他们几乎抹杀了革命传统，却把现代文学史上那些站在革命潮流之外的作家，以至在现代文学史上毫无地位的新武侠小说的作家，捧上“文学大师”的宝座，这还不足以说明他们的“审美”宗旨吗？

革命文艺传统又是绝对排斥低级庸俗趣味的。哪怕是暴露黑暗，鞭挞丑恶，也不会津津有味地展览卑鄙和龌龊，而是以真善美烛照假恶丑，激发和鼓

---

① 鲁迅：《上海文艺之一瞥》。

舞读者健康向上的信心与情趣。我以为，这不只是中国的革命文艺传统，在一定意义上，也是中国以至世界文学史上的一切优秀作品的审美价值和文学影响所在。

从“五四”文学革命，到左翼十年，到抗日战争、解放战争长期形成的革命文艺传统，尽管生活不同、题材不同，作品的思想艺术水平也有高低之分，但是它们的内涵，却都是张扬时代的正气，歌颂为祖国、为人民、为革命事业而忘我奉献的革命英雄主义。是烈士的鲜血和活着的英雄的行为，浇灌了革命文艺。这难道有什么虚假吗？《保卫延安》中的周大勇，《红旗谱》中的朱老忠，《林海雪原》中的杨子荣，《苦菜花》中的母亲，《红岩》中的许云峰、江姐，《红色娘子军》中的吴琼花，也包括《青春之歌》中的林道静这样的革命知识分子，都以他们忘我奉献的崇高品质，鲜明的个性形象，为革命文艺传统谱写了光辉的篇章。

有人认为，今天已是商品经济的时代，过去英雄人物的“模式”已经失去了现实的意义和作用，取代英雄的应当是“面向自我”、“自我意识的觉醒”的所谓“新潮”人物。但是，孔繁森出现了，李国安出现了，徐虎出现了，李素丽出现了……他们在不同岗位上创造的英雄模范事迹，依然焕发着毛泽东同志所倡导的“全心全意为人民服务”的精神，依然闪烁着革命前辈崇高精神的光彩，依然显示着革命文艺作品净化心灵的巨大功效。无论是歌剧《江姐》的那曲《红梅赞》，还是京剧《智取威虎山》的那段《甘洒热血写春秋》，都同今天从事改革开放伟大事业人们的心灵相通。事实雄辩地证明，革命文艺作品所表现的那种革命精神，无论在今天还是将来，都是中国人民不断地创造历史的根本的精神动力。

当然，“诗文随世运，无日不趋新”。今天的文艺应当随着变化了的时代而有更多的新的创造。但是，无论怎么变化，革命文艺的优秀传统不可以丢掉。丢了它，就丢掉了我们有中国特色社会主义文艺的灵魂。

（原载《求是》1997年第7期）

理直气壮地高奏时代主旋律

《中流》和《文艺理论与批评》出了一个好题目。十四大以后，各行各业，各个领域，都在学习、贯彻江泽民同志报告的精神，报刊也发表了很多文章；特别是社会主义市场经济问题，更是热门的话题。自然，江泽民同志报告内容极其丰富，适应进一步改革开放的形势，全面论述了小平同志提出的建设有中国特色的社会主义的战略和方针，其中对发展文化艺术建设精神文明的指导思想和方针任务，也有很精辟的论述。这在报告中第二部分“90年代改革和建设的主要任务”的第八项：题目是“坚持两手抓，两手都要硬，把社会主义精神文明建设提高到新水平”。

开宗明义，首先指出了精神文明的战略，“必须紧紧围绕经济建设这个中心，为经济建设和改革开放提供强大的精神动力和智力支持”；而且强调了“重在建设”，“坚持和发展马克思主义”，“坚持为人民服务，为社会主义服务的方向和百花齐放、百家争鸣的方针”。

在具体讲到“繁荣社会主义文化”时，报告又着重指出：“要重视社会效益，鼓励创作内容健康向上特别是讴歌改革开放和现代化建设的具有艺术魅力的精神产品。”

我以为，报告中的这些论述，已经讲清楚了文学艺术与社会“主旋律”的关系。因为我们要建设的是有中国特色的社会主义，尽管在社会主义初期阶段，社会上存在着多种经济成分，但它们都是在为建设社会主义的总目标下求得发展，在这方面，我们可以不必问它姓资和姓社，因为物质文明的建设，有很多人类智慧结晶积累的成果和财富，我们都可以借鉴和吸收，以建设有自己特色的社会主义，这当然也包括当今资本主义世界里人类文明发展的一切优秀成果。

但是，借鉴、吸收，又决不等于照搬，或者所谓的“全盘西化”。因为归根结底，我们是要建设社会主义，实现共产主义理想。所以，江泽民同志最近在与上海教育、文艺、新闻、出版等各界人士进行座谈时，谈到精神文明建设，又再次强调，在坚持精神文明建设中，要防止和抵制一切腐朽、颓废思想的侵蚀，提高人民的思想文化素质，真正做到两手硬。并且响亮地提出：“爱国主义、社会主义和集体主义应当成为社会的‘主旋律’。”

“主旋律”，是借用音乐上的名词。它是在一首乐曲中体现在基调上的反复出现的旋律，甚至在电影和电视的配乐中也表现得很突出。主旋律往往是作品思想感情渲染的重点。

我不懂音乐，不知道这样的理解对不对。建设有中国特色的社会主义，自然要要求爱国主义、社会主义和集体主义，成为我们社会的主旋律，而决不能让卖国主义、资本主义和个人主义成为我们社会的主旋律。否则，我们将怎样培养小平同志所提出的“有理想，有道德，有文化，有纪律”的“四有”新人呢！如果我们的文学艺术作品中充满了个人主义自我扩张，一味地宣扬腐朽、落后、卑下的东西，它怎么能发挥文艺对人民大众的教育功能呢！

有人说，你这是以偏概全，忽略了文艺的审美功能。是的，文艺不是单纯的教育工具，不能“寓意于情”、“寓教于乐”就不是好的文艺作品。这是毛泽东同志早在《讲话》中就明确加以反对的。没有艺术力量的所谓“标语口号式”的倾向，不管它思想多么正确，也不是好的艺术作品。小平同志也多次讲道：“文艺的路子要越走越宽，在正确的创作思想的指导下，文艺题材和表现手法日益丰富多彩，敢于创新。要防止和克服单纯刻板，机械划一的公式化和概念化倾向。”他甚至对于我们社会主义文艺的多功能与多样化，做了非常热情的生动的具体描述，他说：“我国历史悠久，地域辽阔，人口众多，不同民族，不同职业，不同年龄，不同经历和不同教育程度的人们，有多样的生活习俗、文化传统和艺术爱好。雄伟和细腻，严肃和诙谐，抒情和哲理，只要能够使人们得到教育和启发，得到娱乐和美的享受，都应当在我们的文艺园地里，占有自己的位置。英雄人物的业绩和普通人们的劳动斗争和悲欢离合，现代人的生活和古代人的生活，都应在文艺中得到反映。”

但是，文艺的多样化，同文艺要突出社会的“主旋律”，决不是相互对立的，而是辩证的统一体。小平同志在提倡文艺多样化的同时，也突出强调了“同心同德地实现四个现代化”这个社会“主旋律”，他明确指出：“对实现四个现代化，是有利还是有害，应当成为衡量一切工作的最根本的是非标准。”“在这个崇高的事业中，文艺发展的天地十分广阔。不论是对满足人民精神生活多方面的需要，对于培养社会主义新人，对于提高整个社会的思想、文化、道德水平，文艺工作都负有其他部门所不能代替的重要责任。”

文艺的确有教育、认识、审美、娱乐多种功能，我们决不能排斥其中任何一种功能，不过，一切伟大的作品，又应当是融多种功能于一体的。自然，哪一种功能强一些，哪一种功能弱一些，也不应当受到求全责备，但它们都应当是健康向上的。而且社会主义文艺，要求充分发挥对人民大众的教育功能，又是它的本质特点，无可责备。只不过这教育功能又必须“寓意于情”，“寓教于乐”，在艺术审美中发挥其功能作用，而不是用说教的形式加以代替的。

一切伟大的作品，都是“寓意于情”、“寓教于乐”的。中国古典小说伟大的杰作《红楼梦》，至今为当代小说家所不可企及。正是因为它深广地反映了那个时代的社会“主旋律”，又是有着那样高超的“寓意于情”的艺术魅力。曹雪芹并不是完全自觉地做到了这一点。科学认识与诗意的结合，曾是俄国伟大文艺批评家杜勃罗留波夫的预言，现在有了马克思主义世界观武装起来的文学艺术家，为什么不能奋力追求这种统一和结合，而仍要把意和情对立起来呢?

我最近看了几部受欢迎的电视剧，它们的确都有各自吸引人的特点，但是，不知为什么让人看起来，还是有些不顺畅。我们虽然在画面上也看到了无尽的人流，而在剧情里看到的，却只是个人；虽然也有个矛盾的圈子，却不像和我们这个社会有多大关系，不知道作者为什么要躲避社会，冲淡真实的时代风貌。我决不是说，这些作品有什么思想倾向上的大问题，我只是想不通为什么会产生这种模糊的意象。

当然，文学艺术高奏社会的“主旋律”，讴歌改革开放和现代化建设，决不意味着要文学艺术回避矛盾，回避揭发阴暗面。不必讳言，我们的社会还存在着旧有的和新生的弊端，党风不正，社会风气不正，甚至如江泽民同志报告中指出的："社会丑恶现象的滋长蔓延，毒害人们特别是青少年的身心健康，妨碍现代化建设和改革开放，损害社会主义形象"。但是，这并非建设有中国特色的社会主义应当产生的。所以江泽民同志指出：一定要"扫除各种丑恶现象，切不可手软，必须长期坚持，抓出成效"。我想，文学艺术家能站在正确立场上进行深刻的揭露与鞭挞，是会受到广大人民的热烈欢迎的。人们怀念50年代，决不是怀念排队、票证、蓝灰衣衫和大锅饭，请不要曲解人民的审美水平，连斯大林还提倡要把苏维埃妇女打扮得更漂亮哪，何况已从改革开放中获得生活水平巨大提高的中国人民呢？人们怀念那个年代是怀念那时的清正廉洁的党风和社会风气，这无可非议。

既然爱国主义、社会主义和集体主义，仍然是我们社会的"主旋律"，社会主义文艺又有什么理由不弹出共同音调、共同韵律呢？

1993年1月14日

（原载《中流》1993年第2期）

文艺应当弘扬爱国主义传统

一

爱国主义，这是长期历史形成的对祖国、对人民的内涵丰富的思想感情，它在每一个民族的精神文明里，都闪灼着崇高的理想的光芒，特别是在民族危难或振兴的历史关头，更加显示出万众一心的伟大的凝聚力。中华民族五千年文明史，有多少可歌可泣的爱国者，以他们的辉煌谱写了壮丽的史篇，为后人所传诵，千载不绝。在中国文艺史上，反映爱国主义精神的作品，可谓浩如烟海，而且千百年来为历代人民所吟哦，形成了绵延不断、纵贯千古的精神遗产。最早可以追溯到中国第一位伟大诗人屈原的《离骚》。司马迁在《史记·屈原列传》中说："屈平（即屈原）疾王听之不聪也，谗谄之蔽明也，邪曲之害公也，方正之不容也，故忧愁幽思，而作《离骚》。"屈原最后的结局，虽然由于求索"美政"不得而被楚王放逐，终于远离故都，但他又不忍离开养育自己的祖国，终致溺水殉国。《离骚》全诗以炽热的浪漫主义诗情展示了诗人热爱祖国、坚持忠贞的操守，为理想而献身的崇高的道德品质，表现了忧愤深广的爱国主义精神。《离骚》百代流传，哺育着一代代志士仁人，直至中国现代文学的伟大奠基者鲁迅，在他的为民族进步和人民解放的不倦的斗争中，时时以《离骚》的精神为座右铭：

"路漫漫其修远兮，吾将上下而求索。"这是鲁迅第二本小说集《彷徨》扉页上节录《离骚》的题词。

"望崦嵫而勿迫，恐鹈鴂之先鸣。"这是鲁迅一直悬挂在北京故居"老虎尾巴"墙壁上自集《离骚》的联语。

无论是题词和自集联语，都是鲁迅借以表达激励自己，为祖国献身，而决不作时代落伍者的信心和愿望。

到了抗日战争年代，中国现代文学的另一位伟大奠基者郭沫若，还以《离骚》的题旨为主题，创作了著名的历史剧《屈原》，借以抒发他现实的强烈的爱国主义精神，曾震撼了大后方的各阶层人民，广泛激起了中华民族抗日反蒋同仇敌忾的爱国热情。

三国时代的卓越的政治家、军事家诸葛亮，并非文学家，但在三国文学选本中，他却与建安七子并列，成为当时最杰出的散文作家，其实他只有那篇《出师表》（《后出师表》的真伪还有争论），但那“汉贼不两立，王业不偏安”的浩然正气，那蕴涵着追求政治清明、治国安邦的深邃思想，以及他的“鞠躬尽瘁，死而后已”的忠贞报国的高尚情操，恰如南宋爱国诗人陆游所赞誉的：“出师一表真名世，千载谁堪伯仲间。”赢得了无数后代人的仰慕和钦敬。至于同样并非学士文人的岳飞的《满江红》，文天祥的《过零丁洋》、《正气歌》等诗篇，所以能流传后世，都是因为他们忠贞的实践，表现了至死不渝的爱国主义精神。

二

爱国主义，并不只是历来志士仁人的个人精神品质的表现，它的根深深地培植在千百年来内忧外患与关心祖国命运的深厚的民族精神和自觉的责任感里，它标志着光照全民族的长期形成的凝聚力，这是一种充满自尊、自豪、自爱、凛然不可侵犯的神圣的思想感情。在特定的社会历史条件下，它甚至可以激发起不同阶级出身、不同宗教信仰、不同社会经历和不同文化层次的人们，为民族危亡、国家昌盛甘洒热血、英勇献身。在中国文艺史上，反映爱国主义精神、塑造民族英雄形象，无论在文字传留或艺术舞台上，广泛流传，至今经久不衰的，都不乏脍炙人口的精品。岳飞抗金的故事，大概是在岳飞被秦桧暗害以后就开始流传起来，直至明代钱彩的《说岳全传》的问世，都明显地表现了心忧天下、壮怀激烈的爱国意识，而宋元以来在我国说唱艺术和戏曲艺术中流传最广、影响最大的，则是“杨家将”忠勇殉国的历史传奇故事。

从史实的角度来看，北宋名将杨业血战陈家谷忠勇殉国之后，只有他的儿子杨延朗（或名杨延昭）和孙子杨文广，曾是守边名将，但是，杨业壮烈殉国的故事太富有悲剧性了，特别是在当时受侵扰的北方人民群众中，不能不引起深切的崇敬和悼念，甚至连当时敌对的一方——辽国，也十分尊重他的为人。北宋大文学家欧阳修出使河东时就曾说过：杨业的事迹“天下之士至于里儿野竖皆能道之”。我前些时在《人民日报》海外版看到一则消息，说某地发现了一个破旧的祠堂，从各方面证据来看，那是北宋名将杨业的祠堂。

其实，早在杨业殉国后不久，这样的祠堂就出现在宋辽边境上，不少去辽国的北宋使者，都曾到祠、庙里凭吊，并留有诗篇。

苏颂《和仲巽过古北口杨无敌庙》诗云：

汉家飞将领熊罴，死战燕山护我师。
威信仇方名不灭，至今遗俗奉遗祠。

这标明着是古北口的杨无敌（杨业）庙。刘敞也有过一首《过杨无敌庙》诗曰：

西流不返日滔滔，陇上犹歌七尺刀。
恸哭应知贾谊意，世人生死两鸿毛。

这大概和苏颂凭吊的是同一座庙，但苏辙诗中所描写的，则似乎是另一座：

行祠寂寞寄关门，野草犹知避血痕。
一败可怜非战罪，太刚嗟独畏人言。
驰骋本为中原用，尝享能令异域尊。
我欲比君周子隐，诛彤聊足慰忠魂。

看诗中描写的意思，这“行祠”却可能是在辽境内，为辽人所建。

史实上的杨业，虽系北汉降将，确实是在抗辽守边的多次战斗中为北宋屡建奇功，被誉为“杨无敌”。不料由于奸臣嫉妒，“群帅败约”，致使陈家谷一役孤军受困，失利被俘，不屈殉国。他的悲剧不仅留下了为人景仰的祠堂，而且在宋元以来的小说戏曲中得到了不断地渲染和演化。特别是在戏曲舞台上，“杨家将”成了最富有艺术生命力的一家。“金沙滩”一战（实际上是陈家谷一战的演化），杨氏八男死伤殆尽，接着老令公（杨业）碰碑，七郎被害，五郎出家，四郎、八郎失踪，只剩下了一个六郎（杨延昭）继续为国争战。六郎死后，他的子孙杨宗保、杨文广，仍然是镇守边关、保卫国土的忠勇将帅。不只男的上战场，女的也出阵。穆桂英（杨宗保妻）挂帅，百岁高龄的佘太君（杨业妻）挂帅，烧火丫头杨排风也当了先锋，杨门女将全体出征……在外御侵略、内受奸佞迫害的斗争中，慷慨悲歌，意气风发，显示了具有浓郁浪漫色彩的爱国主义精神。他们并非都是实有的历史人物，却至今成为我国家喻户晓的英雄形象。作为一种文艺现象，如果没有史实上的杨业忠勇殉国的不朽业绩，就培植不出“杨家将”闪灼着爱国主义精神的英雄传奇，翻转来，又正是这样内蕴丰富的文艺传统，影响着、激励着一代代优秀儿女，为祖国的昌盛、强大而英勇献身。更加弥足珍贵的是，这传统又是生长在民间艺术的沃土里，强烈地反映了深厚的民族思想感情。

三

有人会说，古代文学作品中表现的爱国主义精神，渗透着浓厚的封建观念，要弘扬这样的爱国主义文艺传统，岂不是宣扬了封建思想？的确，屈原、诸葛亮、杨业、岳飞、文天祥等人，他们都是封建王朝的文臣武将，由于所处的时代，出身的阶级，都不能不给他们的政治思想和政治行为带来一定的局限，然而，那时的国，又毕竟不只是那个王和他那个利益群体，还有广大的人民，有一代代人赖以生存的山川、河流，用血汗浇灌过的土地，用劳动与智慧妙造自然的名胜古迹，以及长期形成的历史文化，自然地在“国人”的精神世界里孕育出一种富有凝聚力的思想感情，以至逐渐升华为可以为之奉献和牺牲的道德情操。用句时髦的话讲，这或者也叫作“积淀”。有人给它的通俗的解释，即所谓爱国、爱乡、爱家。这种思想感情、道德情操，在民族危难或国家新生之际，表现在个人品质里，就会出现屈原、诸葛亮、杨业、岳飞、文天祥这类忠贞之士，或英勇殉国，或鞠躬尽瘁，虽不免染上了某些封建的忠君色彩，但也强烈地反映了那个时代人民的感情、理想和愿望。显像在“民气”上，则甚至会造成一个历史时期的所谓“举国一致”、“万众一心”、“精诚团结”、所向披靡。特别是到了近现代，如义和团的英勇献身、抗击八国联军，摧枯拉朽的辛亥革命，震撼中外的“五四”爱国民主运动，直到伟大的抗日战争，多少中华儿女前仆后继，为挽救危亡、振兴祖国而奋勇献身。他们的业绩，至今是当代文学永不凋谢的主题。而当代文学大师们，又有哪一位不是以燃烧着爱国热忱的作品获得了广大读者呢？被毛泽东同志誉为“在文化战线上，代表全民族的大多数，向着敌人冲锋陷阵的最正确、最勇敢、最坚决、最忠实、最热忱的空前的民族英雄”的鲁迅，终其一生，虽是生活在灾难深重的旧中国，但他对满目疮痍的祖国，却怀着痛苦而深沉的爱。他早年留学日本时的著名的《自题小像》诗，曾用无法逃脱爱神射箭的比喻（“灵台无计逃神矢”），来形容自己和祖国不能不相爱，来反衬他的爱的深切；又用献出鲜血与生命的决心（“我以我血荐轩辕”），来表达自己矢志于救国事业的宏志大愿。他在《中国地质略论》中也曾满怀激情地赞颂祖国大好河山，“吾广漠美丽最可爱之中国兮，而实世界之天府，文明之鼻祖”；他大声疾呼：“中国者，中国人之中国”，“不容外族之觊觎”；他热烈地寄希望于“沙聚之邦”“转为人国”，而且坚信“人国既建，乃始雄厉无前，屹然独见于天下”[①]。

现代文坛的另一位伟大文学家郭沫若，又何尝不是怀着“富国强兵”的爱国热情，东渡日本求学。他的第一部诗集《女神》，所以那样洋溢着浪漫主义激情，尤其是抗日战争写出的那一系列闪耀着时代精神光彩的历史剧，那些英武悲壮的伟大民族灵魂的塑造，不也正是一以贯之地表现了诗人的炽热的爱国主

① 鲁迅：《文化偏至论》。

义诗情么！

诗人们在写到祖国的时候，总是那样由衷地歌唱着：祖国呵！我亲爱的母亲！的确，为人子者，有谁不深爱着生我养我的母亲呢！这是最贴切的比喻。故国热土，手足同胞，渗透着人们的血肉感情，几千年来的传统文化伦理，又培育了中华民族崇高的道德情操，它们无论在抵御外侮的民族危亡的年代，或是建立“人国”的繁荣振兴的事业中，都是可以团结生活在同一国土上的人们，以至联结起寄寓异国他乡同一血缘的炎黄子孙的最为广泛的精神纽带。我记得在80年代初，有一部影片的人物，曾提出过不爱社会主义不等于不爱国的问题，邓小平同志就针锋相对地指出：“难道祖国是抽象的吗？不爱共产党领导的社会主义新中国，爱什么呢？港澳、台湾、海外的爱国同胞，不能要求他们都拥护社会主义，但是至少也不能反对社会主义的新中国。”[①] 新中国成立以来，特别是改革开放以来，多少海外赤子，或归国参加四化建设，或回国讲学培养人才，或出谋划策，为改革出力，或捐资希望工程，而1991年安徽、江苏等地的一场大水灾也曾怎样牵动了海外侨胞的心呵！这一切，都证明了小平同志的论断。祖国决不是抽象的，全世界都知道，我们是在建设有中国特色的社会主义，只有那一小撮恬不知耻的“精英”们，才仇恨社会主义祖国的繁荣昌盛。

爱国主义，在我国文艺史上所以那样灿烂辉煌，正是因为在长期历史发展中，它已化为人民道德情操和思想感情的血肉。因而，文艺要充分发挥自己的教育功能，高奏爱国主义、社会主义、集体主义的时代主旋律，弘扬爱国主义传统，则更有广阔的天地。

1993年5月8日于北京

（原载《人民日报》1993年6月24日）

① 《邓小平论文艺》，第18页。

革命英雄典型的巡礼

一、历史、时代、现实和理想

作为社会意识形态的文学艺术，无论采取任何形式来描写生活，总是带着那个时代的精神烙印，自觉地或不自觉地反映着一定阶级的理想，特别是在英雄典型的创造上，哪怕是对神话英雄的创作，你也依然可以从那色彩斑斓的幻想里，看到一定的时代精神和阶级理想的临摹。这在世界各民族和我国的文学史上，都可以找到无数鲜明的例证。

每个时代、每个阶级总是根据自己的社会理想和道德标准，通过文学艺术作品来树立自己阶级的“标兵”——理想的英雄人物。这些英雄人物当然是产生在一定的现实生活的真实土壤里，但是，渗透在他们形象里的突出的英雄品质，却显然是经过艺术家集中概括其所属阶级的英雄理想的升华。如果艺术家不能在他所创造的英雄形象里，写出本阶级的斗争理想，他就无法在推翻旧统治者的斗争中起到号召本阶级“革命”的作用。当然，也只有能体现人民的美好理想愿望的英雄形象，才能起到这种作用，才能超越它的时代，在人类社会发展史上留下它的里程碑。只不过过去一切历史时代的文学作品的英雄形象，无论他们的英雄品质概括着多么丰富的现实的性格特征，渗透着多么美好的人民的理想愿望，他们的英雄行为的结果，终究无法在现实生活的土壤里开放出真实的花朵。

产生在中国封建社会的神魔英雄孙悟空和现实的反抗者的水浒英雄群像，很明显的是宋元以来中国农民战争农民起义的现实和理想的结晶，但是，也正像这些英雄形象所展示的理想的时代价值一样，他们也不能不带有那个时代的历史的、阶级的不可克服的悲剧矛盾。《水浒》的作者把他的“八方共域，异姓一家”、“替天行道，保境安民”的理想体现在他所创造的一百零八个反抗封建统治者的农民英雄形象里。三打祝家庄，踏平曾头市，攻城夺县，粉碎地主武装，击溃封建王朝的屡次讨伐，未尝没有表现出他们勇猛进攻封建统治者的反抗精神，未尝没有渗透着革命农民的英雄理想。然而，由于历史、时代的限制，结晶在他们形象里的反抗者的英雄品质和它所照耀出来的理想，始终未能粉碎封建制度，冲破封建社会意识形态的桎梏，最后还导向了悲剧的失败。因为他们虽然企图打碎那旧的现实关系，建立一种新的，但是，他们理想中的新的，却并不是现实生活里开出来的花朵，所以结晶在他们形象里的现实和理想的品质，虽然也能激励人们斗争和反抗的意志，却展示不出实现他们理想的真实的历史发展的内容。

欧洲文学里那些高唱博爱、平等的共和主义英雄们，虽然“比在它以前的阶级所凭借的基础更广大些”，但是，实际上他们是为了“把自己代替它以前的统治阶级的，为了达到自己的目的，不得不把自己的利益描写为社会一切成员的公共利益，抽象地讲来，就是赋予自己的利益以普遍性的形式，把它们描写为唯一合理的和公认的思想。”① 体现在这些英雄形象里的理想，正如马克思和恩格斯所指出的：“当……资产阶级推翻了贵族的统治，在许多无产者面前……展示出了一种可以上升到超出无产阶级之上的可能性，不过充其量是使他们变成资产者而已”②。到了帝国主义时代，大垄断资产阶级就只能自己撕碎这种欺骗性的“理想”的外衣，暴露出嗜血的狰狞面目来，而资产阶级作家也无法再从现实中找到他们前进时代的英雄了，而只能用色情狂、流氓、骗子、强盗、杀人犯之类的人类渣滓，来代替他们。

所以我们说，在这些英雄形象的精神面貌里，所谓现实和理想的结晶，也就必然地带有上面谈到的那种不可克服的悲剧矛盾——它们也能在当时激励人

① 马克思、恩格斯：《论艺术》，第164页。

② 同上，第165页。

民去反抗旧的，但却终究展示不出那彻底摆脱奴役和剥削的出路在哪里，即或有之，也只能是难以在真实历史发展中实现的美好愿望，或者简直就是空想。

只有到了无产阶级革命的时代，现实才能为文学提供了史无前例的英雄形象的素材。如周扬同志在《我国社会主义文学艺术的道路》里所说的："我们的文艺应当创造最能体现无产阶级革命理想的人物。这些人物并不是作家头脑中空想的产物，而是实际斗争中涌现出来的新人。他们最可贵的品质，就表现在他们不但不为困难所吓倒而退却，也绝不满足于已经取得的胜利而停步不前。他们抱着社会主义的理想完成了艰巨的民主革命，今天又在更高的共产主义理想鼓舞下进行着伟大的社会主义建设。崇高的理想和艰苦的斗争，培养和锻炼了他们的高尚品质和坚强性格。他们永远前进，永远走在生活的最前面。这是社会主义的、共产主义的新人，是推动时代前进的先进力量。"

这也就是说，这个伟大的历史时代本身，就提供出了富有深刻真实性和渗透着崇高理想的英雄人物——无产阶级的英雄，他们能够从各种物质压迫和精神统治下彻底解放出来，朝着明确而真正可以实现的远大目标奋勇前进。他们结束了历史上一切英雄人物所具有的悲剧矛盾。在他们的英雄品质里，充分地体现着历史的要求和时代的精神，而且革命理想主义的耀眼光芒，是透过他们脚踏实地的战斗闪射出来的。

只要翻一翻社会主义革命和社会主义建设的历史，你就会找到"充满了各种英雄的事迹"、"充分地表现出昂扬的革命意志和高度的创造精神，在建设祖国、保卫祖国的各个战线上表现这样高度的革命英雄主义和革命乐观主义"的真实的英雄人物。英雄的方志敏，虽然是在抗日战争以前死于国民党反动派的监狱里，但是，他的《可爱的中国》所展示的祖国的未来，却分明是今天正在实现的最新最美的现实的图画；英雄的董存瑞、英雄的刘胡兰，确实都是为了完成民主革命任务而献出了他们的生命，但是，照耀着他们的"生的伟大，死的光荣"的革命英雄主义精神，坚定地响在人们耳边的"为了新中国，前进"的响亮的号召，却是中国共产党革命的教育和培养的成果！至于死去的向秀丽，活着的徐学惠、丘财康，"给贫农壮了胆"的三户农民合作社的王玉坤，有名的"穷棒子社"的领导人王国藩，他们或者为了维护集体的利益而奋不顾身地献出了生命，奋不顾身地和敌人搏斗，或者为了社会主义、共产主义的远景，而坚持不懈地进行着平凡的劳动，但是，渗透在他们的精神品质里的，却分明是光芒万丈的革命理想主义。

这样英雄的现实，这样英雄的人物，当然要求我们的文学必须“用豪迈的语言，雄壮的调子，鲜明的色彩”来歌颂！正是适应这种时代的要求同时也概括了全部文学历史的经验，毛泽东同志提倡我们的文学应当是革命的现实主义和革命的浪漫主义的结合。

自然，毛泽东同志提出的这个富有时代意义的艺术方法，是面对着整个文学艺术创作现象的——“把文学艺术中现实主义和浪漫主义这两种艺术方法辩证地统一起来，以便更有利于表现我们今天的时代，有利于全面地吸取文学艺术遗产中的一切优良传统，有利于更好地发挥作家、艺术家不同的个性和风格，这样，就给社会主义文学艺术开辟了一个广阔自由的天地”[①]。而这个艺术方法的提出，对于探讨和总结革命文学中的英雄形象创造问题，也有着特殊重大的意义。

从英雄典型的创造来看，革命的现实主义和革命的浪漫主义相结合的艺术方法，为革命的文学家艺术家创造新时代的英雄的典型，开拓了无限广阔的前途，“可以帮助我们的作家、艺术家最真实、最深刻地表现出这个英雄的时代和这个时代的英雄”，“文艺应当表现革命发展中的现实和对于更美好未来的理想”。这也就是说，遵循着这个艺术方法来进行创作，就必须把历史、时代、现实和理想的各种因素，在英雄典型的创造上交融为一个统一的整体。在这个艺术方法指导下创造出来的英雄典型，要求对于生活的真实进行深入的挖掘，要使它能够具有历史的深度、时代的精神和广泛的现实概括性——即从革命的发展中表现英雄典型的丰富的性格特征，并从它的形象里照耀出革命理想主义的光彩。

这个艺术方法并不神秘，毛泽东同志提出这个艺术方法，是“对全部文学

① 周扬：《我国社会主义文学艺术的道路》。

历史的经验的科学概括”[①]，当然，也同样包括对于革命文学历史的科学的概括，毛泽东同志自己的诗词，就给我们提供了最好的范本。而从长篇文学作品的革命典型的创造来看，那些为马克思主义所武装的革命作家们，也同样是在一定程度上自觉地或不自觉地采用着这样的艺术方法。如《红旗谱》作者梁斌所说：“过去，对革命的现实主义和革命的浪漫主义相结合的认识不是很明确的，但我在写《红旗谱》时有一点是明确的，就是人物必须扎根于现实，然后，大胆地尽可能用理想和联想去加强和提高。”这实际上就是在运用着革命现实主义和革命浪漫主义相结合的艺术方法。因此，认真分析一下近几年来那些优秀作品中的铭刻人心的英雄典型，只以长篇小说为例，像《红旗谱》里的朱老忠，《林海雪原》里的杨子荣，《创业史》里的梁生宝等，是会有助于探讨和研究这个问题的。

二、“豪迈的语言、雄壮的调子、鲜明的色彩”

《红旗谱》、《林海雪原》、《创业史》，这是三部题材完全不同的作品。朱老忠、杨子荣、梁生宝，也是三个生活、性格完全不同的艺术形象。

燃烧着复仇怒火的朱老忠，是在1927年大革命前夕的动荡不安的北方农村中出场的，但是，凝结在他的深沉的性格里的，却不仅是25年前的杀父之仇，25年中的辛酸的流浪关东的生活遭遇，而是几千年来的被压迫农民的血与泪的深仇大恨。生活的折磨虽然给他带来了苦难，而他却也从刚强的父亲和勇于反抗的祖先那里继承了反抗者的血液。幼年的朱老忠——朱虎子，有过一段不平常的遭遇。那就是朱老巩的护钟事件。为了保护48亩官地的公产，朱虎子的父亲朱老巩，手持铡刀大闹了柳树林，结果是没有斗过冯兰池，落得个吐血身亡。

这是《红旗谱》开卷第一节写的一个楔子。这个楔子记录了一笔25年前的

① 周扬：《我国社会主义文学艺术的道路》。

血债。生活的帷幕再揭开时，当年的朱虎子，已经是40开外的朱老忠了。作者对于他的25年来的生活，只做了一个梦里回忆的安排。

小说所描写的朱老忠的身世遭遇，是比较简略的，但是，活动在25年后的“生活”情节里的朱老忠的形象和性格，向读者所诉说的东西，却远比作者这些简略交代的情节丰富而深刻得多。

不错，作者笔下的朱老忠并不是一个传奇性的英雄，他也没有像水浒英雄那样带着千军万马向封建地主阶级进行直接的进攻，甚至也没有像朱老巩那样，提着铡刀在千里堤上和冯兰池面对面地较量，他像普通农民一样，生活在锁井镇上，但是，读过《红旗谱》以后，他的形象、性格，一言一行，却又有着一种不是用几句话能说出来的深沉的威势，震撼着读者的心灵，使你自然地联想到水浒英雄，联想到历代的农民革命英雄，只不过在这个形象、性格里，孕育着一种更为深沉的力量。这种力量我们可以称之为地下的火焰，它炽热地翻腾着，只等待着有那么一种导火线能够引导它冲破这僵硬的地壳。

我们姑且不去分析作者的富有民族风格特征的艺术描写，是怎样加强了读者对于朱老忠性格力量的感受，我们只谈一谈这种性格力量是洋溢着多么浓郁的革命浪漫主义精神。

出走25年重新回到家乡的朱老忠，在锁井镇上穷庄稼人和冯老兰的斗争中，我们总能听到他的洪亮的、坚定的声音：“跟他干”、“出水才看两腿泥”。他的急公好义，舍己为人，讲义气，重团结以及面对着豪强势力的大无畏的英雄气概，是在怎样的历史深度和理想高度上概括了传统革命农民的精神品质啊！

朱老忠自己本来很穷，但一听说和冯老兰坚持斗争的朱老明瞎了眼而且破了产，一听说严志和由于沉重的负担，拿不起江涛的上学钱来，他立刻就拿出自己的血汗钱来援助他们。当他的好兄弟严志和家里遭了横祸——运涛被捕，老祖母惊吓而死，严志和失去宝地一病不起，他立刻挺身出来承担一切，“为朋友两肋插刀”，徒步走到济南去探监。面对着阶级敌人，他有着坚定的胜利信心。但是，他又不主张盲动，他懂得扳倒冯老兰这样的阶级敌人，需要具备战胜他的力量，因此，他要“出水才看两腿泥”，并且告诫他的子侄：“一个个要拿心记”。我在《谈〈红旗谱〉中朱老忠的形象创造》一文里曾经说过：“朱老忠丰富的性格特色，很鲜明地交流着历史和现实的深刻经历，世代血仇的不屈服的斗争精神，把他陶冶得像钢一样的坚，现代的复杂的阶级斗争生活，又把他锻炼得像钢一样的韧。中国农民富有斗争传统的可宝贵的品质，在朱老忠的身上，是集中而又自然地融合在他的久经锻炼的深沉性格里。应该说，具有如此历史深度的性格，朱老忠还是第一个。"[①]

自然，《红旗谱》里的朱老忠的形象和性格，并没有超越旧中国革命农民精神品质的内容，甚至可以说，展现在新的斗争生活里的共产党员的朱老忠的性格，在《红旗谱》第一部里，还没有来得及焕发出它应有的光彩。但很明显，世代农民的最突出的革命传统的品质，在这个生活在血泊恨海而又经过千锤百炼的性格里，得到了可以称得起"更典型、更理想、更集中"的表现。对于旧中国革命农民来说，朱老忠是一个性格的"总结"；而对于20世纪30年代的革命的中国农民来说，它又展示了一个新的起点。它形象地论证了中国共产党所领导的以农民为主力同盟军的伟大的新民主主义革命的历史动力。如作者在《漫谈〈红旗谱〉的创作》里所说的："如果中国共产党不是依靠伟大的中国农民这个强大的同盟军，如果中国农民不是具有那样坚强的反抗性格，不屈不挠的精神，和有勇有智的高贵品质，也就不可能战胜统治阶级和帝国主义。"

能够创造出这样一个辉映着时代精神的农民英雄形象，这样一个交流着历史和现实的斗争经历的深沉的性格，当然是和这种明彻的认识，理想的熔铸分不开的。这个撼动人心的革命农民典型的性格力量，是和渗透在它的形象里的深沉的理想的力量血肉融合在一起的。如果不是在革命理想主义的照耀下，作者就不可能对于旧中国革命农民的英雄性格进行如此深广的概括、提炼和集中。

如果说，朱老忠的形象，是提供了一部旧中国革命农民的性格发展史，那么，杨子荣的形象，则是提供了一个革命战士斗争生活的横断面的英雄传奇。杨子荣的英雄形象，表现了中国人民解放军革命英雄主义的崇高品质和机智、

---

① 李希凡：《论中国古典小说的艺术形象》，第354页。

勇敢的无畏精神。但是，他的撼动人心的英雄形象，并不给人以性格发展史式的全面的印象，而是集中在他的一个战斗生活的横断面——“智取威虎山”里被突显出来的。这自然也影响到了杨子荣形象、性格的时代、历史特征或成长、发展的描写，都不够丰富、深刻和完整。但是，从这一段情节来看，《杨子荣献礼》、《杨子荣盛布酒肉兵》、《逢险敌，舌战小炉匠》三个回目，却是何等突出、鲜明地刻画了一个革命战士充满着英雄主义的英勇、机智的精神品质和性格特征。杨子荣冒充匪徒只身打入敌人心脏，这事件本身就具有传奇性的浪漫色彩，更何况这一切紧张、惊险的情节，又都是交织在对杨子荣的机智、勇敢的性格力量和精神力量的刻画和描写里。在这些章节里，作者的成功并不是表现在惊险情节的猎奇上，而是表现在使一切艺术渲染都服务于对杨子荣的真实的英雄形象的塑造上。这就使得它脱出了一般惊险作品的窠臼，通过对英雄形象的性格创造，再现了中国人民解放军侦察战士的充满了革命浪漫精神的战斗生活。看一看奔驰在林海雪原上的孤胆英雄杨子荣的英姿，看一看这个伪装匪徒的革命战士怎样在威虎厅上巧施智慧，对答如流地应付匪徒们，尤其是看到他和小炉匠的那场充满了紧张而又表现得非常镇定、机智的舌战，你确实也被那些富有传奇色彩的惊险场面吸引住了，但是，更强烈地吸引你的，恐怕还是杨子荣的机智、勇敢的英雄性格的特色。在这里，作者并没有过火地渲染惊险的场面本身，而是在每一个事件变化里，都紧紧地抓住了杨子荣的心理活动，入情入理地刻画了他的性格表现。在这种高度的神经战里，杨子荣并不是轻易地度过的，为了博取匪首座山雕的信任，他需要神情毕肖地成为匪徒胡彪，需要一刹那间猜透匪首变化莫测的心计，需要经得起匪徒们一切出其不意的生活和精神的考验。他有过一时的慌乱，一时的紧张，因为他终究是一个革命战士伪装匪徒，外貌和精神的差异，不能不经常地处于矛盾状态里，但是，他的高度的革命责任感，久经锻炼的侦查员的机智，却时常在唤醒他的从容镇静的自制力，作者体察入微地描写了这个英雄战士怎样用他的勇敢、沉着的意志力和随机应变的智慧，赢得了“智取威虎山”的胜利。因而，我们从杨子荣的性格里所感受到的那种传奇性的特征，基本上还是和他的英雄战士的本色融合在一起的！情节和故事的传奇性，只是在有力地突出杨子荣英雄性格特征的时候，才显示出它们的艺术魅力，表现了革命浪漫主义艺术手法的优越性。

侦察战士杨子荣的英雄形象和性格，虽然是在他的战斗生活的一个横断面被突出地刻画出来的，从整个形象创造来看，不能不带有一定的限制，但是，它的革命的传奇性的特色，却渗透着革命浪漫主义的精神，因而，他的形象和性格的光彩，也强烈地映照着人们的眼睛，以革命英雄主义的性格力量和精神力量，激荡着读者的心灵。

和朱老忠、杨子荣相比较，《创业史》里的梁生宝的形象，确实是既缺乏朱老忠的那种阶级斗争生活经历的内容，也缺乏杨子荣这种充满了传奇性的英雄性格的特征。年轻的梁生宝，是一个地地道道的庄稼人，甚至在苦难的旧社会，他还重复过继父梁三老汉失败的耻辱的创业史，是解放后土地改革的斗争才引导他走上了新的生活道路。梁生宝即使是在新生活里也仍然是一个踏踏实实的貌似平凡的普通劳动者。但我以为，这并不妨碍梁生宝也是一个富有时代浪漫精神的英雄形象，因为梁生宝是从另一种生活内容里，显示出他的性格特征的。特定的时代，特定的生活，也决定着特定环境里的特定人物的英雄性格的特征。

梁生宝没有经历过朱老忠那样血泊恨海里的阶级斗争生活的锤炼，也没有经受过杨子荣那样的和敌人短兵相接、血肉搏斗的战火考验，但是，作为社会主义新农村的当家人，梁生宝却在经历着新形势下的复杂的有形和无形（指新旧意识）的阶级斗争的锻炼。它不是那种暴风骤雨般的阶级斗争的情势，也嗅不到短兵相接的战火气息，但这却是一场社会主义和资本主义两条道路的斗争，它决定着广大农民的历史命运。历史的新生面将要引导农民走上社会主义的康庄大道。因而，这个阶级斗争是沿着更细的纹路广泛而深刻地展开着，复杂而又曲折。梁生宝就正处于这种斗争漩涡的中心。在资本主义自发经济的汪洋大海里，梁生宝坚持互助组工作上的党的路线，和一切困难进行了顽强的斗争，引导农民走向社会主义的道路。

年轻的梁生宝虽然也继承过梁三老汉那种劳碌终生创业发家的梦想，可是，党的教育很快地就唤醒了他的阶级觉悟。那痛苦的旧的创业史，没有给他造成精神上的沉重负担，相反的，对他是很好的生活磨炼，他挤出了自己的血汗，却尝受了旧的创业的残酷的教训，因此，当他投身到党所领导的事业中来，就能很快地接受无产阶级的先进思想，成为合作化运动中的新生力量的代表者。尽管梁生宝的光彩性格的新的特征，是表现在中国农民的朴实勤劳的传统性格里，但这丝毫也掩盖不了梁生宝性格里的那种具有时代意义的浪漫精神，正是他的洋溢着革命理想又具有朴实、淳厚的农民气息的形象和性格，充分地揭示出这个人物真正是从丰厚的社会主义农村土壤里培育出来的新的领袖。他勤劳、善良但又坚韧、顽强，具有大公无私的无产阶级的风格。作者是在强有力的现实生活的基础上塑造梁生宝的性格的。谁都承认，《创业史》较之过去反映农业合作化的作品，是更深刻地描写了这个年代的复杂的阶级斗争生活，而恰恰也正是在这种复杂的阶级斗争生活里，作者突出地刻画了梁生宝的性格。梁生宝所领导的互助组是在汪洋大海的自发经济的包围里坚持和发展着它的阵地的。而梁生宝的光彩的性格，又是被交融在复杂的阶级关系的环境里用对照的形式来描写的。《创业史》从第一章开始，就把矛盾的焦点集中在梁生宝的身上，而梁生宝的正式出场，却是在蛤蟆滩阶级斗争的帷幕已经揭开很久以后的第五章。这时富农发家的狂热，资本主义自发势力的兴风作浪，贫农在春荒饥饿线上的痛苦挣扎，以及由于活跃信贷而引起的富裕中农的公开的挑战……在这种十分困难和乌烟瘴气的环境里，梁生宝的光彩夺目的形象和性格，真像划破阴霾天空的阳光，凭借着拥有无限威力的太阳——党的正确领导和有觉悟的群众的支持，直接奔泻到大地上来。在紧接着蛤蟆滩资本主义自发势力猖狂活动的深刻画面以后，买稻种的一段情节，是何等生动地展开了一种全新的精神境界，一个全新的性格。

为了发展互助组的生产，梁生宝奔走在八百里秦川寻找优良的稻种；为了使贫农兄弟度过春荒，他又组织群众上终南山去割竹子；为了团结落后群众，共同走向社会主义，他敢于吸收白占魁这样的人入组……朴实，正直，大公无私，燃烧着伟大的理想但又融合着脚踏实地的艰苦奋斗的精神，这一切优秀的品质构成了梁生宝性格的晶莹闪光的内容。两种创业的不同道路，两种创业的不同性格的鲜明对比，真实、深刻地显示了合作化发展前途的生命力，表现了梁生宝的富有理想热力的共产主义风格。

朱老忠、杨子荣、梁生宝，这是三个生活、性格完全不同的艺术形象，但是，他们却有一个共同的特点，那就是在这三个不同革命历史时期的人物身上，高扬着革命英雄主义的内容，渗透着时代的浪漫精神。尽管他们典型性格的内容有明显的不同，艺术概括的程度有深广的差异，却分明都是作家革命理想熔铸的成果。作家们在他们的形象里，高度概括了当代英雄人民奋勇前进的时代精神，使这些英雄形象的真实的性格内容，既高歌着“豪迈的语言，雄壮的调子”，又显示了“鲜明的色彩”，成为鼓舞和教育人民的榜样。

三、理想的熔铸、典型的创造、独创的风格

然而，所谓革命理想的熔铸，并不等于空虚幻想的夸大，也不等于无法实现的美好愿望，它既有着革命发展中的真实生活的基础，又有着正确的世界观的武装。这也就是说，社会主义文学，是诞生在社会主义、共产主义胜利的时代。这个时代表明了人类已经有充分的可能从“必然的王国”向“自由的王国”飞跃，伟大的现实和伟大的人民，已经为理想和现实的完满结合提供了肥沃的土壤。而革命的作家又是在马克思列宁主义世界观照耀下进行创作的，马克思列宁主义者“是最清醒的革命现实主义者，同时又是最富于理想的革命理想主义者”，在他们的心目里，“改造世界的革命事业是没有止境的；今天的理想，是明天的现实，而明天又会有新的更高的理想激励着我们继续前进”，因而，这种革命的理想是生根在对客观现实正确认识的基础上。

自然，这只是我们区别于过去的一切文学作品的时代的和意识形态的特点，并不是说，我们的革命作家不付出艰苦的努力就能正确掌握马克思列宁主义的世界观，更不是说，我们的作家只依靠这种时代的和意识形态的优越性，不付出艰苦的努力，就能在艺术创作实践中完满地体现理想和现实的结合，事实上这一切都必须是艰苦劳动的成果。

从革命英雄形象的创造来看，革命现实主义和革命浪漫主义的两种精神、两种艺术方法的结合，特别突出表现在革命理想的熔铸和典型环境中的典型性格的创造上面。毛泽东同志所提出的革命现实主义和革命浪漫主义相结合的艺

术方法，在文艺创作实践中的体现，并不是简单的糅合，而是彼此渗透、互为一体的。艺术形象创造上的理想和现实的结合，更必须是如此。也就是说，革命理想的熔铸，并不是离开典型环境中的典型性格而进行空虚的夸张，更不是给人物性格外加上某种理想的标签，而是渗透在真实的形象创造的一切方面。

如上所说，《红旗谱》作者所以能创造出朱老忠这样一个老一代革命农民的英雄典型，是和作者对于人物“大胆地尽可能用理想和联想去加强和提高”的革命浪漫主义精神密切相关的。而这种革命浪漫主义精神，却不是空虚的理想，而是扎根于革命发展中的历史和现实的真实的理想——“中国农民自古以来就有着勤劳、俭朴、勇敢、善良的崇高品质，几千年来，在中国革命的历史上，涌现了许多有勇有智的农民英雄，因此，我认为对于中国农民英雄的典型的塑造，应该越完善越好，越理想越好！如果中国共产党不是依靠伟大中国农民这强大的同盟军，如果中国农民不是具有那样坚强的反抗性格，不屈不挠的精神，和有勇有智的高贵品质，也就不可能战胜统治阶级和帝国主义”。[①] 很明显，作家的这种革命理想的熔铸，是他的马克思列宁主义世界观正确地认识历史和现实的成果。但是，梁斌同志并不只是根据这一认识轻而易举地就创造出朱老忠这样一个典型的，因为正确的认识还并不等于就能够进行理想的熔铸，理想的熔铸必须扎根于对现实生活的真实概括里。从形象创造来看，即必须水乳交融地渗透在典型环境中的典型性格的创造里。上面引用的梁斌同志的《漫谈〈红旗谱〉的创作》一文，曾清楚地说明过他对朱老忠形象的创造过程，很有助于我们探讨在作家的创作构思中革命理想的熔铸和典型环境中的典型性格创造的关系。

从梁斌同志的叙述里，我们知道，作者最初接触的朱老忠的模特儿，只不过是一个死了三个共产党员儿子却非常刚强、乐观的老人。“老人的遭遇太悲惨了！可是他的态度却表现得非常刚强，并不给人一种悲观绝望的印象，他的形象使我久久不忘，这是我创造《红旗谱》中朱老忠形象的开始。”在这种“久久

① 梁斌：《漫谈〈红旗谱〉的创作》。

不忘”的激动的心情里，作者曾根据老人的遭遇，写过短篇《三个布尔什维克的爸爸》、剧本《千里堤》、中篇《三个布尔什维克的爸爸》……很明显，这个“久久不忘”唤起作家创作冲动的，实际上就是对于老一代革命农民典型的理想的熔铸。在《红旗谱》以前的这些作品里，作者曾经从各种斗争生活的概括里考验对朱老忠形象的这种理想的熔铸——从死儿子的遭遇，回溯到个人的经历，“下过关东，挖过参，淘过金，是个阅历多、见识广的人”，发展到现实的斗争生活；“带着铡刀跟大贵一起参加了高蠡暴动，在辛庄的战场上，他举起铡刀英勇地向敌人冲杀”，但是，这些“现实生活”的概括，并没有完满地实现作家的理想的熔铸，因为作家理想中的具有时代典型意义的朱老忠的形象，只是这些个人的遭遇，是无法进行充分概括的，它们容纳不下朱老忠这样的性格。于是，这种“久久不忘”，更有力地推动作家对朱老忠的生活和性格作更深广的概括。到了《红旗谱》里的朱老忠，已冲破了只是个人遭遇的情节，从他的形象、性格所容纳的广度和所达到的深度来看，一方面是伸展到历史斗争传统里去，《红旗谱》开头加写的楔子，把朱老忠从幼年时代就放进了强烈的阶级冲突的环境中；一方面又紧密地联结起中国共产党所领导的革命斗争，但是，老人死儿子的情节在革命现实的生活遭遇里却消失了，大贵、二贵类似的遭遇转移到了运涛和江涛（而且他们也并没有死）的身上。这样的处理丝毫也没有影响到朱老忠性格的丰富特征，相反地，更加强了他的性格的典型意义。他的乐观、刚强的品格，已经不只是个人悲惨遭遇考验的成果，而且既蕴蓄着传统的斗争精神，又辉映着现实的革命理想——徒步上济南，冒险上保定二师搭救张嘉庆，是两肋插刀为朋友，也是满怀信心为革命。于是，从那刚强老人身上激发起的“久久不忘”的革命农民的理想的品格，在这种不断深化和发展的典型创造的过程里，得到了丰满的体现。

在这样一个“刻苦经营”出来的典型性格里，我们可以鲜明地感受到，理想的熔铸和典型的创造是怎样彼此渗透，互为一体。一方面是理想的熔铸在不断深化的典型创造的过程里，得到越来越丰满的血肉的补充和不断提高；一方面是作家的那个“久久不忘”的对于革命农民的理想，却又分明是渗透着他对现实生活的艺术概括和形象创造的生命磁力线。总之，透过朱老忠的形象所显示出的富有斗争传统的老一代农民革命理想的威力和典型性格的真实生活的威力，被作者表现得何等震撼人心。

在这个典型性格里，我们不仅看到了革命现实主义和革命浪漫主义精神的结合，在英雄形象创造上得到了丰满的体现——革命理想的熔铸完全渗透在典型环境中的典型性格的创造里，而且看到了两种艺术表现方法的彼此渗透，互为一体。那富有浪漫色彩的奔放的热情的笔触和富有传统艺术特色的形象的白描手法，在这里真可以说是达到了水乳交融的高度，使你很难从中区分出革命现实主义和革命浪漫主义艺术表现方法的界限来。

自然，《红旗谱》里的朱老忠形象的创造，只是这方面的突出的范例。实际上，任何一个成功的革命英雄典型的创造，都必然是革命现实主义和革命浪漫主义的结合在形象创造上体现的成果。《林海雪原》和《创业史》的作者虽然没有详细说明过杨子荣和梁生宝的典型创造过程，但是，跃动在它们形象里的精神力量和性格力量，也依然向读者表明了，如果不是理想熔铸和典型概括相互渗透，互为一体，它们的性格就不能具有那样夺目的光彩。

不过，两种“精神”两种“艺术方法”的结合，在艺术创作实践上，又是一条无限宽广的大道，如周扬同志所指出的：它“有利于表现我们今天的时代，有利于全面地吸取文学艺术遗产中的一切优良传统，有利于更好地发挥作家、艺术家不同的个性和风格”。这也就是说，在相互渗透、兼收并蓄之中，也绝不排斥侧重于某一方面的不同个性和风格的发挥。毛泽东同志提出革命现实主义和革命浪漫主义相结合的艺术方法，如上面所说，是为了给社会主义文学艺术开辟广阔自由的天地，而绝不是为了给文艺理论制造一个狭隘的套子，使它可以用一个固定不变的尺度去衡量一切作品，或根据这一片面和那一片面的所谓“精神”和“方法”去苛责作家。如果是这样，那就违背了毛泽东同志提出这个艺术方法的精神，而且只能在作家中间造成混乱。我以为，在评价创作中对于这一艺术方法运用的时候，必须通过对不同题材的作品、不同个性不同风格的作家进行具体分析，然后才能做共同性的比较，绝不能抓住一个现成的标本，作为衡量一切作品的尺度。从英雄形象的创造来看，对于不同战线上的英雄人物，就不能做同一方式艺术处理的要求，而只能通过对他们各自不同的生活内容做具体分析，然后才能进行比较。

有人说，《林海雪原》里的杨子荣的形象，革命浪漫主义的色彩较浓，而和《红旗谱》的朱老忠的形象比较起来，则革命现实主义的描写，就显得很不充分。换一句话说，即杨子荣形象的典型环境中的典型性格的创造，比起朱老忠来，是不充分的。如果这种说法，是根据这两个形象、性格所反映的生活和人物精神面貌的全面性和广度来进行比较的，那就未必是妥当的。如上所说，朱老忠的形象，是提供了一部旧中国革命农民的性格发展史；杨子荣的形象，则是提供了一个革命战士斗争生活的横断面的英雄传奇。一个是"性格发展史"，一个是"生活的横断面的英雄传奇"；就小说的整个情节来讲，朱老忠的形象始终是占据着《红旗谱》的中心地位，而杨子荣的形象只是在《林海雪原》的一个情节——智取威虎山——里占据主要地位。如果这样比较，无论杨子荣的形象的现实主义描写多么充分，由于情节处理的限制，也无法超过朱老忠。但是，如果不关涉到情节的限制，从形象、性格创造的深度来进行具体分析和比较，我就同意这种看法。

从《林海雪原》的特有情节构成来看，杨子荣智取威虎山的英雄传奇，虽然是把杨子荣的机智、勇敢和战胜困难的坚韧不拔的精神表现得非常深刻，但是，它们只能粘附于特有的惊险情节才能得到充分的描写，而不能像朱老忠那样，即使在日常生活里，也能展示出它的深沉的性格特色。譬如杨子荣的性格，我们只能在他对敌斗争的时候才有鲜明的感受，而离开那些惊险场面，在这个小分队的日常生活里，杨子荣的性格就由于缺乏鲜明、具体的描绘而不能深切感人了。这确实是表现了作者在典型性格创造上的革命现实主义还不够充分。但作为一个战斗生活横断面的英雄传奇来看，它的革命现实主义的描绘，又是相当充分的。

革命理想的熔铸在典型环境中的典型性格创造上的渗透，当然在艺术方法上也要求相应的表现——"革命的浪漫主义，其基本精神就是革命的理想主义，是革命的理想主义在艺术方法上的表现"。不过，这也没有一个固定的套子，而是有着广阔的自由创造的天地。在不同个性、不同风格的作家的创作里，也会存在着不同形式的独创的运用。如上所说，《红旗谱》朱老忠的形象创造，在这方面取得了很大的成功。我觉得朱老忠形象的这种成功，是和作者梁斌的独创的艺术风格血肉相关的。其中有很多有益的经验值得研究，却也并不是文学创作体现两种艺术方法相结合的唯一的标本（百花齐放的艺术不可能有这样的标本）。

譬如梁生宝的英雄形象的创造，就具有另外一种特色。他不像朱老忠的形象那样始终震荡在世代血仇的坚强性格里，也不像杨子荣的形象那样富有传奇性的浪漫精神的特征，他的性格完全展现在兢兢业业、勤劳刻苦的朴实的行动和朴实的内心生活里。但是，在资本主义自发势力还占据着多数农民的精神世界的时代，梁生宝的勇往直前而又富有先进理想活力的朴实性格，真像万绿丛中一点红，和蛤蟆滩的旧世界构成了鲜明的对比，以他的新的灵魂的美映照着蛤蟆滩农民前进的方向。不错，在这里，梁生宝还没有和社会主义的敌对势力直接短兵相接地发生尖锐的冲突，因而，也就有人根据这一点认为，梁生宝的形象的革命浪漫主义不够充分，原因是作者没有把他放在尖锐的阶级斗争的环境中去，削弱了革命理想的熔铸的深度。这个意见是不一定确切的。它离开了作品情节的内容。因为《创业史》的第一部，并没有把农业合作化的深刻的社会主义革命完全展开，它只是围绕着梁生宝互助组的巩固和发展，描绘了一幅具有广阔历史背景的鲜明画卷。有人说，正是这种密云不雨的环境，造成了梁生宝形象创造的革命浪漫主义的不够充分。因为互助组时代也有尖锐的阶级斗争，只是作者没有着重写它而已。

首先，这是对情节构成的分外的要求，而不是从作品的创作实际出发的批评；其次，是涉及互助组时代阶级斗争的写法问题。读过《创业史》的人，谁都承认，在反映农业合作化的作品中，《创业史》最突出的成就，就是尖锐、广阔而深刻地反映了农村两条道路的斗争，农村复杂的阶级斗争和阶级分化的生活和精神的面貌。而这一切正是烘托梁生宝英雄形象的雄浑的历史背景，只是这种阶级斗争，并没有按照某些同志替作者拟定的方程式进行而已！相反地，我以为，恰恰正是这所谓“密云不雨”的典型环境的描绘，强化了此时此境中梁生宝英雄形象的性格力量，使它焕发出具有强大生命力的新型农民的精神光彩。它虽然只适合于《创业史》艺术形象的内容，但你不能不承认，在这里革命理想的熔铸，是渗透在《创业史》作者的特有的艺术风格里，渗透在《创业史》情节的典型环境中典型性格的独创性的表现里，它不同于朱老忠，也不同于杨子荣。

总之，毛泽东同志所提出的革命现实主义和革命浪漫主义相结合的艺术方法，为新英雄典型的创造，开辟了广阔的自由天地。在这个艺术方法的光辉照耀下，不同个性、不同风格的作家，可以充分发挥所长，高度概括我们英雄时代英雄人民的丰富的性格特征和丰富的内心世界，为新英雄典型的艺术画廊，创造出绚烂多彩的形象，以激励和鼓舞人民更加勇猛地前进。

（原载《文学评论》1961年第1期）

第二编

朱老忠及其伙伴们

——《红旗谱》艺术方法的一个探索

革命的现实主义和革命的浪漫主义的结合，并不是两种不相干的东西的勉强糅合，而应该是彼此渗透、统一在作家创作里的完整的艺术方法。因而，愈是能够在创作中“将两者最完满地结合起来”，也就愈是能够高度概括革命的生活现实，反映革命人民的精神面貌。从我们目前的长篇小说创作来说，梁斌同志的《红旗谱》，是提供了值得探讨、分析的范例和经验的。

一

“平地一声雷”的楔子，揭开了血泪史的第一页，狠心的恶霸冯兰池要砸钟灭口，侵吞河神庙前后48亩官地。他的毒辣阴谋震动了锁井镇48村。这在封建地主阶级统治着旧中国的农村里，也许是一件极平凡的小事吧，岂止是侵吞官地，就是侵吞私地，在那黑暗的年代里，又有什么出奇。《暴风骤雨》、《白毛女》、《血泪仇》，以至于就是描写冀中人民斗争的作品，不都深刻地揭露过封建地主阶级这种历史罪行吗？不同的是，《红旗谱》的作者是从这件极其平凡的小事里，发掘出一个饱含旧中国革命农民血泪的朱老巩大闹柳树林的故事，用它来揭开悲壮的农民斗争史，用它来连接革命英雄的谱系。尽管这是一次失败的斗争——要为48村穷苦人“伸一下大拇手指头”的朱老巩和严老祥，人单势孤，不仅没有能力挽狂澜，反而落得家破人亡。然而，在黑暗的封建统治年代里，作者却敏锐地抓住这颗闪亮的火星作为引线生发开去，朱老巩死了，朱虎子和严老祥也下了关东，朱老巩大闹柳树林的故事，却永远留存在48村人民的记忆里。更何况逃亡在外的朱虎子，并没有忘掉这世代血仇。朱老巩临死前的复仇遗言，一直震响在他的耳边，使他一想起家乡，心上就像辘轳一样，搅动不安。他说：“回去！回到家乡去！他拿铜铡铡我三截，也得回去报这分血仇！”25年后的当年的朱虎子，现在的朱老忠，又回到了锁井镇。像一匹烈性的马一样的滹沱河水，仍然在河谷里腾空飞蹿——被压迫被剥削的农民是不会屈服的。朱老忠说：“出水才看两腿泥”，“冯老兰就是像一座石头山压在咱们的身上，也得揭他两过子！”当然，无论是朱老巩还是朱老忠，他们在旧中国冲锋陷阵的悲壮历史，直到反割头税的斗争以前，都并没有超过农民自发的反抗地主阶级的范围。他们的血泪斗争，改变不了历史的现状。但是，作者却使得这样的情节渗透了革命的浪漫主义精神。那世代的血仇，古老的斗争方式，虽然是开辟不出新生道路的悲壮历史，却培养了革命农民的不屈服的品质。朱老巩不屈的血液流在朱老忠的身上，而朱老忠的坚强的反抗意志，又更进一步地培育了新的第三代严运涛、严江涛、朱大贵，使他们（也包括朱老忠自己）有条件接受了共产党的领导，在农村掀起了真正的革命风暴，使革命农民的斗争走上了全新的道路。朱老巩大闹柳树林，大革命失败，运涛被捕，反割头税的斗争，英勇的二师学潮……这里有失败的斗争，有胜利的斗争，有个人斗争的失败，有集体斗争的受挫折，有血与泪，铁与火……整个说来，《红旗谱》第一部的情节，虽然也渗透着地主冯老兰的凶残跋扈和白色恐怖的气焰，而整体艺术形象的创造，却是以农民革命斗争的历史作为主脉，所以战斗的光辉，革命的勇气，乐观的精神，照耀着它的故事情节和人物性格的发展。在地主阶级还牢固地统治着的世界里，朱老巩敢于举起他的铡刀，朱老明敢于串联28家穷人宁肯倾家荡产也要和冯老兰打官司；在军阀豪强、封建势力为非作歹的北方农村里，大胆泼辣的农村姑娘春兰，就“敢于向旧社会挑战”，把“革命”这神圣的字眼绣在衣服的胸襟上，走向市集；至于那被饥饿、死亡威胁着的保定二师的青年学生，那种革命乐观主义精神，顽强斗争的意志，白手搏斗，至死不屈，就更被作者描写得有声有色了。因而，读过《红旗谱》以后，你虽然看到了不少没有得到胜利的斗争，但是，那已经开始在燃烧的革命理想主义的烈火，却分明震撼着每个人的心灵。这就是不仅体现在朱老忠的性格里，而且是渗透在《红旗谱》整体艺术形象里的革命的浪漫主义精神。

不过，《红旗谱》里的这种革命的浪漫主义精神，在艺术形象的创造上，又是水乳交融地表现在丰富的生活描绘和真实的性格概括里。历代农民的不屈服的反抗斗争和共产党所领导的新的农民革命，虽然激发起作者的革命的浪漫主义的丰富的想象——如作者所说："几千年来，在中国革命的历史上，涌现了许多有勇有智的农民英雄，因此，我认为对于中国农民英雄的典型的塑造，应该越完善越好，越理想越好！如果中国共产党不是依靠伟大的中国农民这个强大的同盟军，如果中国农民不是具有那样坚强的反抗性格，不屈不挠的精神，和有勇有智的高贵品质，也就不可能战胜统治阶级和帝国主义。"但是，他的艺术形象的创造，却又丰满地体现了革命现实主义。他的融贯着历史传统和现实斗争内容的农民英雄的理想，既是深深地植根于"生长在农村，接触过许许多多的农民"所发掘和孕育的成果，而作者的理想的体现，却又是在不断深化的典型创造里，对现实生活进行了广泛的概括。从"平地一声雷"到朱老忠再回到锁井镇，到反割头税，保二师学潮，那种错综复杂的阶级关系，地主冯老兰的生活和精神面貌，以及朱严两家和以他们为中心的广大农民的贫苦生活、斗争愿望，千差万别的性格品质，又是以极其真实、细致的纹路，镂刻在作品的艺术画面上。在《红旗谱》的情节里，尖锐、复杂的斗争场景，被压迫农民在反抗斗争中相依为命的革命友情，以至于农村小儿女的心理、感情的变化，都写得那么深厚，那么有"人情"，那么有传统美德的神采和冀中风光的特色，活灵活现，沁人心腑。沿着斗争的主线不断发展的广阔的史诗性的情节，错落有致地交织着无数生活支脉，感情微波的细节，豪迈奔放、粗犷不羁的色调，也常常弹出细腻而优美的心声。朱老巩、朱老忠的那种震撼心灵、冲锋陷阵的革命农民的悲壮性格，严老祥、严志和、朱老星以至于老驴头、老套子的那种复杂矛盾的阶级的和性格的心灵特征，固然得到了丰富而精确的刻画和纵深的挖掘，就是悸动在春兰感情波涛里的爱的花纹，和老祖母、贵他娘、涛他娘的各有特色的情感波折，又何尝没有得到生动而细腻的描绘，特别是环境、氛围的描写，姑且不说作者笔下的吹拂着北方农村生活风习的显具特色的艺术画面，是怎样铺开了真实的图景而又交融着浪漫主义的色调，就是那雄浑的历史背景，也何尝不是在真实生活的键盘上，震响着高亢的时代精神的音符。

1927年席卷南方的大革命风暴，虽然是为时短暂的雷雨，在作者的笔下，却透过严运涛的形象、严运涛的遭遇，那样深远地震荡了锁井镇的农民。大革命失败了，朱严两家的欢乐受到了沉重的打击。国民党蒋介石的叛变，也立刻波及朱严两家的命运。运涛被捕，老祖母惊吓而死，严志和出卖宝地，朱老忠徒步上济南，命运又伸开了黑色的翅膀，但是革命的火种既然已经照亮了农民的心灵，就再也熄灭不了啦！反割头税的斗争，燃起了锁井镇农民斗争的烈火，那胜利的凯歌，第一次展示了在共产党领导下的革命农民的新的斗争道路，也是第一次有力地打击了冯老兰的气焰，这个想建立冯家大院万年根基的当家人，终于也不得不在声势浩大的反割头税的农民面前，吓得“脸上变了颜色，跳过墙头逃跑了”。

我们不能不由衷地佩服《红旗谱》作者驾驭革命的现实主义和革命的浪漫主义相结合的艺术创作方法的能力，他是那么巧妙而又真实地把全国革命浪潮的雄强气势和北方农民运动的汹涌澎湃的真实画面结合起来，他是那样善于运用艺术描写的力量，透过农民生活复杂而细微的面貌，一丝不苟地剖析农村阶级力量的变化，展开革命农民运动的广阔的历史形势，而又同时突出地描写了从农民心底里迸发出来的反抗的火焰，使苦难的生活，残酷的压迫，都成了激发革命运动的独具色彩的生活背景。

二

当然，在艺术形象的创造过程里，最能揭示作者的艺术方法特色的，是典型性格的创造。情节的构造和艺术形象整体的创造，也是围绕着作品中心的典型性格而形成、展开的。因而，典型性格创造的特色，也就集中地反映着作者的艺术方法的特色。

读过梁斌的《漫谈〈红旗谱〉的创作》的人，都知道《红旗谱》中的许多事件，许多人物，都是有作者经历过和看到过的生活素材，但也正如作者所说："书中的故事即使有现实根据，也决不等于生活中原来事件的再现。书中写的一个事件，一个人物，都是从许多事件和许多人物中一星星、一点点地集中起来的，经过集中、概括、突出和提高了的。所以，《红旗谱》中的故事不是革命生活的实录。"

不过，仅只是这样的说明，它还是不能解答作者是怎样运用了革命的现实主义和革命的浪漫主义相结合的艺术方法，创作出这样一部撼动人心的作品。因为这种所谓集中、概括、突出和提高，也是现实主义文学典型创造的要求。问题是在于典型性格的创造过程是怎样集中、概括、突出和提高的。在革命文学里，并不缺少描写农民在党的领导下走上革命道路的作品，也不缺少光辉的典型性格，甚至可以说，它们占据着我们革命文学作品的最主要的篇幅。但是，在不少作品里，农民走上革命道路，从没有觉悟、不敢斗争而受到党的启发、发动以至逐渐觉悟参加斗争的过程，往往成为作家注意、描写的中心；至于成功的农民典型，也以背负着因袭重担或者具有双重性格矛盾的农民形象，写得最为深刻和丰满。这确实也是党所领导的新民主主义革命生活中的真实存在的一种集中、概括、突出和提高，其中也不能说完全没有革命浪漫主义因素。只是在《红旗谱》里，虽然也概括了类似的现象，作者却没有停留在这里，他对革命农民的典型性格，进行了更深入的历史的挖掘，因而，呈现出另一种富有时代意义的艺术形象的风貌。这鲜明地反映在处于《红旗谱》情节中心的朱老忠的形象和性格的创造上。

可以说从发掘生活素材开始，就已经表现出作家的思想特点和艺术方法的特点。在艰难的岁月里，在残酷的白色恐怖统治下，吸引作家思想感情的，并不只是对于农民的灾难生活的同情，更重要的是冀中人民那种不屈不挠、前仆后继的顽强斗争精神。首先，唤起作者创造朱老忠形象动机的，就是一个偶然相遇的死了三个共产党员儿子，“态度却表现得非常刚强，并不给人一种悲观绝望的印象”的老人——他的形象使得作者“久久不忘”。当然，这个偶然相遇的人物，实际上只是起了触发作者创造典型的引线和贯索的作用——“因为脑海里有许多忠厚善良的农民形象，所以一见到开朗、乐观、身体矫健、两眼炯炯闪光的朱老忠，立刻感到自己思想上的那些东西可以体现在他身上，这个人物应该成为我小说中的人物。”但是，如果作者只是局限于用这个老人的真人真事和表面形象，来创造朱老忠的性格，集中他的“许多忠厚善良的农民形象”的特征，它就仍然不能达到《红旗谱》中朱老忠形象那样的历史深度，也不会实现作者的“想要创造高大的农民形象”的革命理想。为了完成朱老忠典型性格的创造，梁斌同志曾经做过不倦的探索，在各种斗争生活的情节里考验对朱老忠性格的典型化的深度，当然，与此同时也是在考验和发展他的理想熔铸。作者从党的启发，发动农民斗争，开始了他的探索，却并没有只用这个时代的因素来解答朱老忠的性格内容。

他从老人的儿子的牺牲，回溯到这个人的经历：“下过关东，挖过参、淘过金，是个阅历多、见识广的人”——用作者的构思意图来说，“因为一个人的性格是要受到生活培养的，朱老忠之所以聪明、智慧、有胆识、乐观，是因为他走南闯北，经过锻炼，才成长出这样的性格来”——也发展到现实的斗争经历：“带着铡刀跟大贵一起参加了高蠡暴动，在辛庄的战场上，他举起铡刀英勇地向敌人冲杀。”这大致上是作者最初的短篇《三个布尔什维克的爸爸》里朱老忠的性格内容。后来在写同名中篇的时候，作者又使这个人物的遭遇向历史深入了一步，增加了朱老巩大闹柳树林的故事。但是，在短篇和中篇《三个布尔什维克的爸爸》里，作者都没有完成朱老忠典型性格的创造，因为只是这些个人的遭遇，个人的经历，还无法充分概括作家理想中的具有时代典型意义的高大的农民形象，它们容纳不下朱老忠这样的性格。只有到了《红旗谱》里，朱老忠的形象才冲破了只是个人遭遇的情节，一方面更进一步伸展到历史斗争传统里去，一方面是更深广地概括了20年代革命斗争的现实生活，形象地连接起革命农民的历史和现实的斗争，深刻地表现了产生朱老忠这样的典型性格的典型环境。据作者讲，老人死儿子的情节将从小说里消失掉，而《红旗谱》又还并没有写到高蠡暴动（那是小说第二部的内容），可是，老一代革命农民的典型性格却活脱脱地写出来了。最初素材的影子淡下去了，只成了作家叙述创作经过的一些诱发构思的触媒；许许多多生活遭遇的设计蓝图，在《红旗谱》里，也达到了高度的概括（凝练了，也压缩了）。譬如除去开头所写的楔子，朱老忠流浪25年的经历，几乎没有什么形象的描绘，然而，升华到更高境界里的朱老忠的典型性格，却透过它所容纳和所达到的历史生活的广度和深度，展示出他的独特的命运和独特的经历。

当然，最后出现在《红旗谱》里的朱老忠的形象，其典型意义和时代意义，远不止于写了一个为党所启发而走上革命道路的农民，它更深刻、更丰满地回答了新民主主义革命中的革命农民英雄典型的历史课题。不错，在没有得到党的启发和鼓励以前，朱老忠的冲锋陷阵，并没有超出个人反抗的悲壮历史，重要的是在于作者通过朱老忠的形象连接起新旧两个历史时代的革命农民斗争——对于旧中国革命农民来说，朱老忠做了一个形象的总结，而对于20世纪20 年代的革命农民来说，朱老忠又显示了一个新的起点。

背负着世代血仇的朱老忠，是在苦难的生活中走着他的历史道路，但是，血泊恨海熄灭不了他反抗的怒火，相反的，愈是残酷的压迫，愈是激发起强烈的反抗。老一代倒下去，中年一代再站出来，而且继续在更小一代的童稚心灵里，培养着“一个个要拿心记”的复仇幼苗。苦难的生活对于朱老忠这样的革命农民性格所增加的，只能是千锤百炼的仇恨、反抗的精神品质。看到了朱老忠的形象，我们很自然地联想到毛泽东同志所说的那种没有丝毫奴颜与媚骨的中国人民的硬骨头的形象。他们不屈不挠、斗争不息，闪耀着“路漫漫其修远兮，吾将上下而求索”的性格光彩。在朱老忠的性格里，不仅表现了受到现实生活压迫而激发出来的反抗意志，而且集中地体现了累积着世代仇恨、反抗的精神火焰。就是一般农民的私有观念，也被朱老忠的复仇的烈火，蒸发得一干二净了。深重的阶级压迫的血仇，突出地培养了他的急公好义、舍己为人、讲义气、重团结的品质，所以他自己虽然很穷，但一听和冯老兰坚持斗争的朱老明瞎了眼、破了产，一听说严志和由于沉重的负担拿不出江涛的上学钱来，立刻就拿出自己的血汗钱来援助他们。而当好兄弟严志和家里遭了横祸——运涛被捕、老祖母惊吓而死、严志和失去宝地一病不起，他立刻挺身出来承担一切，“为朋友两肋插刀”，徒步走到济南去探监。中国农民富有斗争传统的宝贵的品质，以及世世代代被压迫农民在反抗斗争中用生命和鲜血结晶出来的那种友情——即水浒英雄所谓的“义”，在朱老忠久经锻炼的深沉性格里，得到了何等突出、何等深刻的表现；同样的，也正是透过这样的“容易靠近、奔向党的怀抱”的英雄形象，充分地显示了中国共产党所以能在广大农村掀起现代革命的风暴，开展新型的革命农民战争，是有着勇于斗争的人民的深厚革命传统基础的。在我们的革命文学里，描写党所领导的革命农村斗争的作品，数量是很多的，但能够创造出具有如此历史深度的革命农民的英雄典型，朱老忠的形象还是第一个。这就是《红旗谱》作者通过形象创造运用革命的现实主义和革命的浪漫主义相结合的艺术方法的杰出成就。

有人以为，创造英雄典型是革命的现实主义的范畴，而革命的浪漫主义则是作者主观的革命理想和革命热情，只要对于作品所描写的生活和人物做一些富有浪漫色彩的渲染，就表现了革命的现实主义和革命的浪漫主义相结合了。这种对于革命的现实主义和革命的浪漫主义相结合的艺术方法的解释，当然是很不确切的。以朱老忠的形象为例，我们很难设想，梁斌同志创造渗透着革命浪漫主义的高大农民形象，如果只是依靠作者主观热情的空洞叫喊，或者是某些外加于形象上的浪漫色彩的渲染，而不是在这样不断深化的典型创造的过程里得到越来越丰满的血肉的补充和纵深的挖掘，朱老忠性格的英雄主义的理想的威力就能表现得如此震撼人心！同样的，我们自然也很难设想，如果作者不是生长在农村，接触过许许多多农民的丰富的斗争性格，没有对历史上革命农民的深刻探索，也没有对他们性格上的美发生过“特殊的亲切之感”，没有表现他们的极强烈、极充沛的愿望、要求和热情，就能够激发起创造高大农民形象的革命的浪漫主义理想。当然，如果作者没有“长时期在农村工作”，从革命工作的锻炼中，深刻地体会过中国共产党唤醒和领导农民革命的伟大意义，一句话，如果作者的头脑，没有马列主义、毛泽东思想的武装，他也未必能从错综复杂的现实生活的认识里，提炼出如此深刻的革命浪漫主义的英雄理想，而没有这个革命的浪漫主义理想作为概括生活、创造形象的艺术生命磁力线，作者就不一定能够在沉睡的旧中国悲壮的农民斗争史里，如此敏感，如此具有历史深度地发掘出朱老忠这样一个点火即燃的英雄性格，给以不断地丰富和创造，使他从深沉的生活威力里站起来。

但是，这也并不是说，作家只要有了丰富的生活体验，有了无产阶级世界观，也就能够完满地运用革命的现实主义和革命的浪漫主义相结合的艺术方法。从朱老忠的典型创造过程里，我们可以看出，《红旗谱》的作者所掌握的革命的现实主义和革命的浪漫主义相结合的艺术方法，是作者在观察生活和长时期构思，以及极深厚的感情熔铸里逐渐锤炼出来的，它们水乳交融地表现在不断深化的典型性格创造里。在这里，革命的现实主义和革命的浪漫主义的结合，不是现实加理想的简单的糅合，而是融化为统一的艺术方法相互渗透地表现在形象创造的艺术描写和艺术风格的各个方面。

朱老忠出场的性格创造，就是一个小的例证（见《红旗谱》卷一第三节）。这一节人物出场的描写非常出色，我每一次看到这个场面，都不能不被作者用革命的浪漫主义艺术方法，勾画、烘托出来的朱老忠性格的精神力量所震动。那仇恨的烈火，“像火球一样，在胸膛里乱滚”，“一下子蹿上天灵盖，脸上腾地红起来”，那响亮的“铜嗓子”，“一下子震得屋里嗡嗡乱响”，真是一言一行，一举一动，哪怕是一瞬间的精神变化，都带有呼啸而出的强烈的色彩和声音，使得这个集中着世代仇恨反抗心理的朱老忠的深沉性格的活跃面貌，立即像磁石一样吸住了读者的全部感情。没有革命的浪漫主义的强烈色彩的烘托和描绘，朱老忠的这个出场绝不可能写得这样具有威力，然而，这种革命的浪漫主义色调，又完全是交融在对于朱老忠性格的逼真的描写里，尽管它的色彩是那样强烈地映照着人们的眼睛，声音是那样震动着人们的耳鼓，却又丝毫不给人以过分夸张、过分虚饰的感觉。强烈的色彩是烘托着一个背负着世代血仇的深沉性格，响亮的声音是迸发自一个融贯着历史和现实深刻斗争经历的典型形象里。

革命理想的熔铸和革命生活的真实概括，富有浪漫主义精神的描写和精确的生活细节的选择，奔放的热情的笔触和对于生活严峻的剖析是如此水乳交融、互为一体地表现在朱老忠典型性格的创造过程里。在这里，革命的现实主义和革命的浪漫主义可以说是达到了完满地结合，形成了统一的艺术方法，又支配了朱老忠典型性格的创造过程。

三

梁斌同志虽然创造了朱老忠这样一个老一代革命农民的典型性格，在它的形象里突出地概括了毛泽东同志所说的那种“不能忍受黑暗势力的统治”、“酷爱自由、富于革命传统”的民族精神，体现了作家的创造衔接两个历史时代的高大的农民形象的理想，但是，作者也并没有忽视时代生活的复杂性，以及由于生活的复杂性而反映出来的各种不同的性格矛盾、性格差别。这就是说，朱老忠的典型性格虽然突出地反映了革命农民的斗争意志，精神状态，概括了他们共同的性格特征，却又是通过朱老忠的独特的命运、独特的生活道路、独特的个性得到体现的。这种性格、精神并不是在《红旗谱》的每个农民的形象里都反映得这样强烈，更不是说，他们都和朱老忠是一样的面孔。阶级的共同命运在实际生活中是通过每个成员的特殊生活道路显示出来的。至于个性的差异，那就更带有个人经历、个人生活的烙印了。革命的现实主义必须真实地描写革命发展中的现实，革命的浪漫主义也只有在真实的生活画面里勾画着色，才能达到彼此渗透、互为一体的结合；也只有这样，才符合生活的真实和生活的发展规律。《红旗谱》的杰出成就，就在于它丰富地表现了中国民主革命新旧转换期各种各样的农民性格，形象地总结了几个世代农民斗争的活的经验和教训。

复杂的生活矛盾所形成的东锁井镇的农民性格，在作者的笔下是千差万别的。仅仅从朱老忠的同辈人严志和、朱老明、朱老星、伍老拔、老驴头的性格看来，那就有着怎样显著的差异啊！透过这些人物的生活和性格的绚烂多彩的画面，作者生动地揭开了20年代破产农村的复杂社会面貌。这是革命的现实主义的深刻概括。

串联28家穷人和冯老兰对簿公堂的朱老明，承担了“输塌了台”的最沉重的后果，落得个家破人亡——气死了老伴，连闺女们也住不起家，他又成了双目失明的瞎子；两手不闲的朱老星，也曾种过二三十亩地，盘算过发财，但在冯老兰的眼皮底下，朱老星那种糊涂盘算只能“使他过的日子，就像痨病鬼一样，苍白无力”，三年官司，更把他输塌了台；伍老拔是个巧手，乐观得很，只是庄稼活加木匠活的好把式，在冯老兰的压迫和剥削下，也仍然救不了他的穷。通过江涛的眼睛展示出来的东锁井镇农民的生活画面，何等尖锐、丰富、深刻地揭露了破产农村的阶级矛盾。然而，在《红旗谱》里，这种揭露又不同于批判现实主义的客观描写。它们不是纯粹揭露性的静止的画面，而是暴风雨前翻腾酝酿的生活缩影。浮沉在这个生活激流里不同的人物性格，也并不是受人摆布、引人同情的生活奴隶，而是在经受着考验，终于要走上共同反抗道路的生活的主人。

输塌了台，弄瞎了眼的朱老明，固然在忍受着“长夜的幽闷”，用他的“悠长的叫卖声”，述说着“在这艰难的岁月里，锁井镇上的烈火熬煎着灾难的生命”，但是，朱老明从朱老巩的个人反抗过渡到和冯老兰对簿公堂的斗争方式，也毕竟表明了农民斗争在寻求着新的道路。即使是失败后的“悲歌”，对于他来说，也并不意味着屈服，而是倾诉着暗夜里的要求和希望，所以当终于找到了新的道路时，他就“割了脖子上了吊也得干！老了老了，走走这条道儿”！

糊涂的朱老星，虽然空打算了一辈子，只能像大贵说的：“牛长得比骆驼大了，拉一辈子车，也是被人杀肉吃，成不了马。”何况朱老星又毕竟有他不糊涂的地方，那就是和冯家大院不妥协的阶级仇恨——“狗日的（指冯老兰）欺侮了咱几辈子，咱可也不是什么好惹的！”于是，一听说要和冯老兰打官司“鬻儿卖女也得干”；一听说反对割头税，打倒冯老兰，他就高高兴兴地“跟着走”！

那个像一条死牛筋的老驴头，的的确确是宗法观念的俘虏，长时期安然于生活中的被动地位，显得愚昧可笑。作者笔下的这个富有典型意义的性格，广泛地揭露了封建阶级对于普通人民从物质到精神上的戕害。然而，在尖锐的阶级斗争中，即使是老驴头也一样会觉悟过来，因为他毕竟也是穷庄稼人，所以割头税一来，连他也能迸发出自发的反抗的火花。

当然，从人物形象的典型化深度来看，严志和的性格在《红旗谱》中具有更突出的历史意义。善良、朴实的严志和，和朱老忠的形象恰恰是一个鲜明的对照。在梁斌同志的长期创作构思里，严志和的形象是在长篇《红旗谱》里才出现。从构思的意图上说，作者是“为了不使革命人家只剩下没有儿子的父亲和没有丈夫的媳妇”，才“写了严志和一家”。但是，在情节的发展里所展现出来的严志和一家和严志和个人的性格、命运，却远远超出了这种对照的意义。姑且不说作者所着力描写的朱严两家世代相依为命的深挚友情，是怎样富有光彩地再现了革命农民在斗争中形成的崇高的人性和人情，就以严志和的形象来说，这个忠实、勤劳而又夹杂着一些软弱的性格，也分明是旧中国破产中农的最深刻的典型写照。在严志和的悲惨遭遇以及由于这种悲惨遭遇而形成的复杂矛盾的心理变化里，作者突出地概括了旧中国千百万破产中农所走过的历史道路。《红旗谱》里着力描写他的几个章节——运涛被捕、老祖母惊吓而死、失宝地、江涛的再被捕，那丰富的生活描写，细腻的心理剖析，都具有撼动人心的革命现实主义的艺术力量。然而，就是这个“地道农民”的严志和，作者也依然从他性格的曲折发展道路里照出了他的革命的光彩。“软善”的严志和的主要性格特征，表现了中国农民的勤劳、善良和保守的一面，缺乏朱老忠那种明朗、豪迈、勇于斗争的气魄。他没有经历过朱老忠那样的痛苦的血的洗礼，也没有朱老忠那种闯荡关东和生活搏斗的丰富经验。他是在小的“温室”里长大的——用作者的话说：严志和从来没有离开过锁井镇这块土。有父母的爱护，有涛他娘的体贴，有“宝地”保证他的小康之家的生活。这自然减弱了他对现实顽强反抗的信心，影响了他对斗争生活的敏锐的感受力。但是，他又有和朱老忠性格相通的“共性”，“因为他们都是被压迫者，也是叛逆的同路人”——爱朋友，讲义气，舍己为人。痛恨冯老兰，也镂骨铭心地忘不掉世代的血仇，所以“听到朱老明说要和冯老兰打官司，为了朋友，心里不平，毫不犹疑的说了一句‘有我一份’，结果官司输了，他也跟着输了一条牛”。更何况运涛、江涛的被捕，“宝地”的丧失，曾经怎样猛烈地打击了严志和啊！终于使得这个“软善”的性格“埋藏了几十年的郁积的心情，在肚子里翻腾起来”，迸发出仇恨的怒火，“伸起长胳膊在空中一划一划地说‘我……我……要……’‘杀’！”在革命的文学作品里，固然并不缺少严志和这样的破产中农的典型写照，而能够这样深刻、这样富有魅力地写出这类人物饱含着血泪和生命的感情，却仍然是《红旗谱》作者为革命农民的画廊增加的一个有力而丰满的性格。

可以毫不夸大地说，《红旗谱》，这是目前革命文学关于20年代农民斗争生活的一幅仅有的色彩斑斓的画面。在这幅画里，烙下了“烈火熬煎着灾难生命”的活生生的血迹，但也震响着融贯两个历史时代斗争生命的号角。从朱老巩、严老祥的“赤膊上阵”，朱老明的串联28家穷人的对簿公堂，到严江涛、朱老忠在共产党的旗帜下领导如火如荼的反割头税的斗争，中国农民世代蝉联的革命斗争史，在《红旗谱》里，透过各种不同的典型性格的生活、遭遇和命运，得到了丰满的体现。从性格的关联里延展开去的丰富的社会生活风貌，真可以说是用细密的针脚织成的。可是，你仔细去分辨那经纬的布置，却又可以看得出，分明在其中震颤着一条红色的生命线，连接着和支配着整个画面的构图——漫长的暗夜遮掩不住那探路的灯光；寒冷的石头只要碰击一下，就会闪现希望的火花。

地火在运行、在集聚！它炽烈地翻腾着，只等待着有那么一条导火线能够引导它冲破这僵硬的地壳。在典型性格的关联里，吸引着、集聚着这地火的核心，是朱老忠。融贯两个历史时代的革命农民的宝贵品质，被作者集中而又自然地融合在朱老忠久经锻炼的深沉性格里，严志和、朱老明、朱老星，以至于老驴头、老套子，都以他们各自不同的性格风貌，烘托着、映照着朱老忠的性格光彩，也以他们日益激化的仇恨、反抗的火焰，汇集到这翻腾的地火怒潮里，充实着朱老忠的典型性格的生命力。暗夜在消逝，朝阳在升起。锁井镇上灾难的烈火熬煎着的生命，在朱老忠的“出水才看两腿泥”的朦胧预感，和“冯老兰就是一座石头山，咱也揭他两过子”的不屈服信心的鼓舞下，寻求着新的反抗道路。度过了幽闷的长夜，迎接到照路的朝阳。这地火终于在反割头税斗争中得到了中国共产党的火种的点燃而爆发出来，在白色统治的腹心里烧起了熊熊的大火，彻底改变了旧日的斗争规模和方式，也正在改变着普通农民的心理状态，第一次显示了它的暴风骤雨迅猛异常的力量。

这是一幅千差万别的革命农民性格的图画，又是一本血肉连接、世代沿袭的革命红旗的谱系，它渗透着革命的浪漫主义精神，也表现了革命的现实主义的真实、深刻的艺术威力。

1961年9月11日改于京郊

（原载《文汇报》1961年12月23日）

关于《林海雪原》的评价问题

小说《林海雪原》的评价问题，引起了很大的争论。最近在《北京日报》读到了不少讨论文章，也重新看了一遍小说，我觉得，这样的讨论是有益的，读者中间对于作品的各种各样的看法反映出来了，究竟哪些是正确的看法，哪些是错误的理解，都可以通过讨论逐步得到确切的解答。在讨论中，发生了不少的分歧看法，但就讨论中的不同意见来看，主要是集中在应当如何评价和要求文艺作品，以及如何理解生活真实和艺术真实的关系上面。

评价一部文学作品，不能从概念出发，而必须从作品的实际出发，适应作品所反映的特定的生活内容，作品的思想艺术特点，提出要求和意见，否则，批评就会架空，而且不能以理服人。

《林海雪原》究竟是一本什么样的小说呢？

翻开了《林海雪原》读不上几个篇章，你就会被作者的笔带进到那莽莽雪原、丛山密林的环境里去，被那个英雄的小分队的勇猛神奇的侦察战斗故事紧紧地吸引住。惊险的情节一峰高过一峰，神奇的侦察故事一个胜似一个。“跨谷飞涧，奇袭虎狼窝”，那浓郁的传奇色彩，已经很动人了，而当“杨子荣献礼”、“杨子荣盛布酒肉兵”、“逢险敌、舌战小炉匠”等孤胆英雄深入虎穴的章节呈现在你眼前的时候，你会感到《林海雪原》的富有传奇性的革命浪漫主义的艺术特点，在这些章节里更得到了发扬。这种浪漫主义的艺术特点，并不像有的同志所指责的那样，是“脱离了当时的现实情况，在军事上也是传奇式、武侠式，不真实的”。《林海雪原》的对于生活和人物的反映和刻画，虽然有现实主义描写不够充分的地方，而就它的艺术形象的整体创造来看，它的富有传奇特色的革命浪漫主义基本上还是渗透在革命现实主义的描写里，而且它的传奇性的色彩，归根结底，是突出了人民战士的英雄形象，描绘了人民战士的丰富多彩的侦察、战斗生活。我们可以提出进一步的要求说，小分队的英雄战士们的某些性格，在时代、历史特征和成长发展上，存在着没有表现得丰富、深刻的毛病，却不能说，他们就是脱离时代生活的“武侠”。英勇、机智、胆大、心细的杨子荣，所以能深入虎穴、临危镇静，经受得住匪首座山雕出其不意的考验，取得他的信任，所以能在舌战小炉匠那种千钧一发的危境里，随机应变，利用匪徒栾警尉的弱点，不露破绽地从精神上击溃他，并不是什么武侠的特技帮助了杨子荣，而是共产党员的高度的革命责任感，久经锻炼的侦查员的机智、沉着，时常在唤醒他从容镇静的自制力，才使得他能最后取得智取威虎山的胜利。勇猛过人、心急胆大的“坦克”——刘勋苍，攀登能手栾超家，长腿孙达得，虽然在某些方面这些英雄战士的精神面貌还表现得不够那么丰满，却不能说他们就是“武侠”，因为他们性格的主要方面——那种勇敢、智慧和战胜困难的坚韧不拔的精神，也分明是表现了共产党和革命人民所教养出来的革命战士的高贵品质，更何况在传奇性的情节里，他们的英雄性格的特征又是展现在现实生活的真实画面里。

当然，在作者着力刻画的小分队英雄战士的性格中间，特别突出的，还是杨子荣的形象。不错，杨子荣的英雄形象和性格，主要是在“智取威虎山”被突显出来的。而这个占据全书四分之一篇幅的情节，在《林海雪原》里，确实也是最富有传奇性艺术特色的情节，然而，它也同时是丰富地表现了杨子荣性格的情节。传奇性和艺术描写上的适度的夸张，并没有损害杨子荣的性格，相反的，是烘托了它，强化了它。因为传奇性的浪漫主义色调，在这里并没有离开过在特定环境里人物性格、人物心理表现的真实刻画。杨子荣在威虎山每一个斗智斗勇的行动和谋划，都从生活真实和性格真实里表现出了它的合理性。这里有着敌人的致命的弱点和漏洞，也有着杨子荣的手操胜券的丰满的精神和物质力量的基础。不能笼统地、抽象地说，“小说里面的敌人，也写得过分夸张，一个个古怪离奇，像神话里的妖魔”，“敌人常常被描写得太愚蠢”，所以杨子荣取得胜利很容易。《林海雪原》里作者所着力刻画的匪徒的形象，像老奸巨猾的座山雕，凶狠残忍的许大马棒，失去实力、寄人篱下不得不胁肩谄笑的侯殿坤，他们的性格面貌，都在一定程度上得到了真实的反映。特别是成为杨子荣对手的座山雕，在智取威虎山的情节里，是被刻画得成功的。座山雕并不愚蠢，看看杨子荣入山的情节，他的反动的凶焰，反革命的警惕性以及将信将疑、屡次“考验”杨子荣的阴谋诡计，我们只能说，如果不是久经锻炼、机智、英勇的杨子荣，如果杨子荣缺乏那样随机应变、沉着、镇静的和他周旋的能力，将很难逃出这个老匪首的凶狠的魔爪。就个别情节、个别人物的性格和斗争生活来看，是如此；就艺术形象的整体创造来看，也是如此。《林海雪原》的整个情节是由四个惊险奇绝的战斗故事构成的，它们虽然都充满着传奇的特色（当然后两个战斗故事有累赘、琐屑的毛病），但是，传奇性都是寓于现实生活和人物性格表现的真实描绘里。它是通过作者所概括、提炼的特殊的生活题材——即用特殊方法进行的军事斗争，歌颂了革命军队侦察战士的大智大勇、百折不挠、战胜顽敌的精神品质，生动地反映了解放战争时期东北战场的一个侧面。作者所概括的这个特殊的生活题材，是具有传奇性的军事斗争。这一支小分队所要执行的战斗任务，不是夺取正规敌军的守地，而是去消灭留在解放区潜藏在深山密林里的国民党残匪。这些匪徒是乌合之众，人数虽然不多，却威胁着解放区的后方，扰乱土地改革的进行，牵制着我军的兵力。这些匪徒大都是强梁的地头蛇和敌伪的铁杆汉奸，熟悉这一带的地形道路，而且把匪巢建立在可以死守的天险地带，对我们进行烧杀抢掠的骚扰活动。如作者所说，“用大兵团对付这些鲨鱼性、麻雀式的匪股”，即使“像梳头一样把整个林海梳过来，匪徒也会在石缝中漏掉”。这叫作“用拳头打跳蚤”，很不合算。

因此，我军就派出了一支精悍坚强、“既能侦察又能打”的三五十人的小分队，和敌人周旋在林海雪原的战场上。

如上所说，可以看出，《林海雪原》是一本富有传奇特色的小说，作者所提炼的特殊的题材内容，决定着它所反映的斗争生活的容量，也决定着作品的思想艺术特点，因而评论它的时候，也就不能离开这样的作品实际做分外的要求。譬如根据一些历史事实的线索，要求这本具有传奇特色的小说描写大部队的军事斗争生活，指责它的传奇性的斗争生活是脱离党的领导，凭着少数人的机智、多谋、英勇、果敢来进行的。很明显，这样的批评就不切实际了。一方面是离开了《林海雪原》的题材内容，一方面也是脱离了小说所反映的生活内容，抽象地提出了表现党的领导作用的问题。我以为，《林海雪原》通过这特殊的题材所描绘的这个小分队的富有传奇特色的斗争生活，富有传奇特色的各种英雄性格的精神风貌，是反映了时代精神的。它可以启示读者去了解，在伟大的解放战争的年代，如果没有这样的大智大勇、英雄无畏的革命战士，是不可能取得胜利，不可能保卫住人民的胜利果实的；而没有共产党的教养，也就不可能有这样的战士。这就是它的革命现实主义所表现的内容。人们看了《林海雪原》以后，是能够从这个英雄小分队的艰苦卓绝的斗争生活和杨子荣等的英雄性格里看到党的光辉形象，而“深受感动，受到教育”的。在作者所概括的生活和所提炼的题材里，虽然适度地夸大了侦察战士生活的传奇性和惊险性，歌颂了这些英雄的斗争和英雄的人物，并无损于他所反映的这种斗争生活的真实，也无损于他形象地表现党的领导作用，作者正是通过这特殊的传奇式的斗争生活，以及在这种斗争生活中显示出来的革命战士的英雄主义精神，表现了无产阶级的党性，表现了党所领导的艰苦卓绝的革命业绩。我不否认《林海雪原》在塑造小分队的党的领导者少剑波的形象上，也有一些缺点（我在后面要谈到），但是，不从艺术形象的评价出发，而轻率地把这种特殊的斗争生活贬之为脱离党的领导，那不是艺术的批评，也不是合乎作品实际的思想的批评。

当然，冯仲云同志曾经说过，《林海雪原》所描写的一切，不符合他了解的“当时当地”的历史事实的真实，地理形势的真实。

首先是一个历史事实的真实问题。他说：“1946年到1947年在牡丹江地区歼灭谢文东等国民党土匪，主要是三五九旅配合牡丹江军区和合江军区的广大军民，不怕冰天雪地，冒着严寒，深入到深山密林，艰苦战斗的结果。……却不是像《林海雪原》所描写的，只是在少剑波领导下的少数部队，脱离了党的领导，凭着少剑波的机智、多谋和杨子荣的英勇、果敢就能解决的。”

应该承认，作者在处理题材的时候，是存在着真真假假的缺点的，作者本来是对原有的生活素材，进行了艺术上的概括和加工，譬如消灭谢文东匪帮的历史事件，大概也是适应着《林海雪原》所提炼的传奇性题材的要求加以概括的。因为《林海雪原》的整个情节都是描写小分队的斗争生活，无法在这最后一个战斗故事里，另起炉灶地描写大部队消灭谢文东匪帮的史实，而把它概括在小分队的战斗故事里了。从艺术上讲，这是可以允许的，即使真正的历史文学作品，也仍然会削减某些史实，突出某些史实，更何况是小说——小说是允许作家虚构的。但是，由于作者缺乏这方面的创作经验，仍然袭用了史实上的人名，出现了真真假假的现象。这只能说是作者在素材处理上存在着经验不足，了解这个史实情况的读者和批评家，可以提醒作者改正这个缺点，却不至于因此而导致对《林海雪原》的真实性的全盘否定。因为假如作者改用一个虚构名字，批评就会失去史实的根据。依照《林海雪原》所描写的这个战斗故事的内容，我觉得它并没有什么过火夸张的地方，它的曲折的战斗历程，生动地表现了小分队英雄们怎样一点一滴地消灭匪徒有生力量的灵活策略，是反映了艺术形象规定情境里的生活真实的。所以我以为，冯仲云同志大可不必为了这点失实的毛病而提出如此严厉的批评："过分夸大了小分队及其领导者的作用，将何以告慰三五九旅在歼灭谢文东国民党残匪战斗中伤亡的指战员？"曲波写的是小说，不是战史，即使有些失实的地方，三五九旅的同志也会谅解。我们有不少革命作家在部队里生活过，而且写出了反映部队生活的作品，毫无疑问，他们一定对他们所生活的单位有所取材，他们却没有标明这些部队的番号，但至今并没有听说谁提出过"何以告慰"的问题。据历史记载，我国伟大的古典文学作品《水浒》里所描写的宋江等农民英雄，只有36人，而并非《水浒》里所描写的千军万马的农民起义，一位历史家曾"感到不平"，写了一篇详细的考据文章，指责《水浒》作者的虚构，而历代人民却是感谢《水浒》作者给我们民族留下这样一笔伟大的精神财富，《水浒》也不会因为这位历史家考据而停止流传。因为人们通过虚构的小说《水浒》看到了我国古代英勇反抗封建统治者的革命农民的英雄典型，看到了古代农民起义的真实生活图景。它虽然不一定符合宋江起义的历史真实，却符合从陈胜、吴广到太平天国大小数百次农民革命运动的历史真实。只要《林海雪原》的作者适应他所概括、提炼的传奇性的题材内容，创造出更多的杨子荣这样的英雄典型，即使再多概括一些历史事件，读者也会表示欢迎。人们不会也不应该仅仅由于个别细节处理的缺点，就不顾《林海雪原》传奇性的题材特点，而要求它去描写大部队的军事斗争生活；人们不会也不应该就因此责备作者必要的艺术夸张而要求它必须符合

“当时当地的情况”。

其次，是一个地理形势的真实性的问题。冯仲云同志说：“书中写的地理形势完全不符合当地情况，牡丹江当地的人们会奇怪地问：《林海雪原》的地图是怎么画的？……东北的地形也不像书中所说那样险要。本书对地理和地形的描写夸张到脱离了现实，这是不应该的。”道理是同样的。这仍然只是表现了作家的创作经验的不足。作者或者可以使它们的地理位置更合适一些，或者适应着艺术形象的要求改用虚构的地名，不过，也不能由于这些细节处理的缺点，就否认作家有权利对自然景色、地理环境进行艺术上的夸张和渲染。《水浒》的八百里水泊梁山，或者根本没有存在过，或者只是在大水灾的情况下有过。景阳冈不过是一个小土坡，谁也不会相信那里曾经有过老虎。水浒义军一会儿攻打大名府，一会儿大闯东京城（现在的开封），那路线完全不对头，也是不可能的，却没有听说山东当地的人们问过：《水浒》的地图是怎样画的？因为人们懂得，《水浒》是小说，而不是地理志。济南的千佛山，大名湖，并没有《老残游记》里描写得那样美，但这也并没有妨碍游览过千佛山、大名湖的人，同样欣赏老残所创造的那种优美的意境，为什么独独《林海雪原》把奶头山、威虎山的地势描写得险了些，就应该受到责备呢？

我以为《林海雪原》的自然环境的丰富的着色，不仅不是它的缺点，而且是它的创造。就《林海雪原》的艺术形象内容的要求来说，它并没有损害了它所反映的生活真实，而是烘托了、强化了它所反映的生活真实。不错，在作者的彩色的画笔下，林海雪原的大自然的景色，奶头山、威虎山的险要形势，确实是被渲染得肃杀、冷酷而多变。巍峨险峻的九龙汇，巨石倒悬、阴风飒飒、刮肉透骨的鹰嘴岭；铺天盖地惊涛骇浪般的大风雪，齐腰斩断大树，搅起雪龙来填山谷、改地形的穿山风……然而，不正是在这多变的大自然凶神的“性格”里，作者突出了英雄小分队排除万难的大无畏的精神吗？匪徒们凭借天险和大自然的凶神，并没有压倒英雄的革命战士，而是革命战士征服、消灭了它们。至于大自然的那宏伟壮丽的图景，作者多次描绘的水平如镜的镜泊湖，彩霞染红的林海，以及有关灵芝姑娘、李鲤姑娘的富有浪漫色彩的传说，也都在特定情节里烘托了、美化了人民及其保卫者的理想和精神境界。总之，在传奇性的作品里，能够运用这样多彩的画笔，为英雄形象勾画出如此浓郁的背景，使情和景、大自然和英雄性格如此美妙地相映成趣，这不能不说是《林海雪原》的作者在他的艺术形象创造上所给予读者的一种独特的艺术享受，这是无法用一些地理和地形的考据加以抹杀的。问题自然不在于这几个细节失实的例证，问题是冯仲云同志就是用这几个细节失实的例证来否定《林海雪原》的艺术形象的真实性，从此引申出它没有反映“时代的气息和脉搏，时代的感情和精神，时代的斗争和动力”，因而“很难称为一部革命现实主义的作品”。这实际上是关系到像《林海雪原》这样的传奇性的小说能否存在的问题，生活真实和艺术真实究竟是怎样一种关系的问题。我们暂且不谈冯仲云同志给革命现实主义圈上这样一个框子是否确切，用这样一个框子作为衡量一切作品的尺度是否妥当。关于传奇性的问题，前面已有了一些说明，在这里，我想再谈一谈生活真实和艺术真实的关系问题。

谁都知道，文艺作品里所反映的生活，是来自现实的生活，但又不等于现实的生活，因为它是作家在丰富的生活基础之上，根据艺术形象反映生活的需要加以概括、创造的结晶品。这种区别通常称之为生活的真实和艺术的真实——艺术的真实来源于生活的真实，但不等于生活的真实，它是生活的真实的集中概括的反映，这是文学艺术的规律性的现象。毛泽东同志对于这个规律有过非常明确的解释。他说：“人类的社会生活虽是文学艺术的唯一源泉，虽是较之后者有不可比拟的生动丰富的内容，但是人民还是不满足于前者而要求后者。这是为什么呢？因为虽然两者都是美，但文艺作品中反映出来的生活可以而且应该比普通的实际生活更高、更强烈、更有集中性、更典型、更理想，因此就更带普遍性。”因而，为了人物和事件的典型化，艺术形象，总是艺术家在广泛概括生活的基础上经过想象以至推想虚构出来的。这也就是说，艺术的真实虽然来源于生活的真实，它却不仅允许虚构，而且以虚构作为它的灵魂。没有虚构，它就不可能对实际生活作更高更强烈的反映，也不可能创造出典型的艺术形象。当然，艺术的虚构和没有根据的胡思乱想，根本不同，它是对于生活的更高的概括，它对生活概括得是否正确、深刻，人们是可以提出批评的，却不能用生活的原样再版来要求它，更不能用自己经历的当时当地的生活真实，来要求经过作家再创造的艺术真实，否则，就是混淆了生活真实和艺术真实的界限，取消了文学艺术这个创作规律，冯仲云同志对于《林海雪原》的传奇性和真实性的批评，就正是来自这种混淆。

从以上分析看来，《林海雪原》所创造的艺术真实，虽然来源于冯仲云同志也曾经历过、了解到的历史生活的真实，然而，《林海雪原》却并不是这种历史生活的原样再版，他是经过作家的提炼，以特定的题材内容来反映作家所要反映的生活，所要体现的思想，何况据说这个小分队的斗争生活，在那个所谓“当时当地”是具有真实性的。即使不是这样，《林海雪原》也依然表现了它所概括、提炼的生活的真实，如上所说，这个小分队的激动人心的斗争生活，这个小分队的排除万难消灭匪徒的大无畏的英雄主义精神，在《林海雪原》所反映的生活里，是具有真实性的。冯仲云同志混淆了生活真实和艺术真实的界限，离开了作品的特定的题材和主题，自然也就丧失了判断作品是否真实的生活和艺术的根据。

当然，我们给予《林海雪原》的成就以较高的评价，并不是说它是毫无缺点的，甚至可以说它有着比较严重的缺点。几乎在小说刚刚流传的时候，不少评论文章就指出了小说中存在的大大小小的缺点，这次讨论中有着更多方面的接触。譬如小分队侦察活动的群众基础问题，小分队的领导者少剑波的形象、卫生员白茹的形象和有关他们的爱情生活的描写。我觉得有很多批评意见还是值得作者考虑的，特别是冯仲云同志提出的老根据地的富有战斗传统的革命群众基础问题。尽管《林海雪原》的题材内容有它的限制性，不能像冯仲云同志要求的那样离开它的特定的题材的内容，去写大部队的军事斗争和群众性的革命斗争，但从这特定的题材内容来看，《林海雪原》对于人民生活、人民革命精神觉悟的描写还是可以有所加强的，有很多机会有利于作者展开这方面的描写，作者却都轻轻地放过了。譬如这支小分队的剿匪活动，本来是为了保卫土地改革的，杉岚店大屠杀的情节，曾经接触了那样残酷的斗争，为什么不可以在情节发展中进一步把小分队的侦察活动和土地改革运动紧密结合起来呢？在消灭侯马匪徒的战斗中，写到绥芬甸子一带的正在进行土改的农民，固然是一些尚未觉醒的群众，就是“夹皮沟的姊妹车”写森林工人的一段，虽然动人地描写了一个军民团结的小故事，但在这样富有战斗传统的地区，这样概括群众的生活和精神面貌，也是不够典型的。没有很好地写出人民革命精神的觉悟，没有很好地写出小分队剿匪活动和人民革命斗争的结合，这不仅影响到了时代背景的着色不够鲜明，而且确实地也对小分队战斗活动的时代气息有所削弱。鱼是不能离开水的，水少了鱼的活动就不能不受限制。《林海雪原》虽有它自己的题材的特点，似乎也不应该例外，所以读者在这方面提出意见，感到不满足，是很自然的，也是可以理解的。

小分队领导者少剑波的形象，是这次讨论的核心人物。许多批评意见是非常尖锐的。我也觉得，这个贯穿全书的中心人物，不能说是一个成功的英雄形象。作者虽然也花费了不少笔墨表现他的勇敢、智慧、机警等人民战士的品质，但这些品质往往都消融在指挥战斗的作用上，没有完全和性格的表现血肉融合起来，特别是他和小分队的战士们在一起的时候，被作者写得非常矜持而且不自然。也许是由于作者“企图按照一个更完整的人民解放军的指挥员的形象来刻画”他的缘故。作者把他和故事的发展结合得很紧，处处想使他成为一切事件的决策人，运用各种各样的艺术描写来烘托他，突出他，写他深思苦虑，写他运筹策划，写他与众不同，并且在许多决策的关头，把他和别的战士对照起来写，以突出他的指挥员的高人一筹的老谋深算，结果使他变成了神机妙算的人物，离开了生活土壤，反而给人留下了个人突出的坏印象。我们不怀疑作者的意图还是想创造一个完整的指挥员的形象，但也不能不说作者的立脚点是不高的。要知道描写一个指挥员的智慧，如果脱离群众的生活土壤来突出他个人的作用，那效果只能是适得其反的。特别是纠结在整个情节里的有关少剑波和白茹的爱情描写，更是一笔刺眼的勾画，笔调轻浮而又缺乏美感，只能说它是更加损害了少剑波的性格，更加降低了他的精神世界的高度。在这方面，别的同志已经谈过很多意见，我不再重复。

当然，从艺术形象创造来看，少剑波的形象不能说是写得成功的，它没有能实现作者创造一个更完整的人民解放军指挥员形象的意图，但是也不能从这里就引申出对他作为一个人民革命战士的全部品质的否定，更不能说，他就是一个“个人英雄主义”的形象。要承认，这个贯穿全书的中心人物，在作者的笔下，像威虎山战斗“兵分三路”的奇妙部署，消灭九彪的大胆行动，在大锅盔战斗中的那种和敌人周旋的灵活战术，都还是写出了这个久经锻炼的青年指挥员的知己知彼的勇敢、智慧、果断的英雄品质的。完全否认这一点，也是不公平的。

我以为，《林海雪原》虽然有着一些明显的缺点，但瑕不掩瑜，作为一部革命英雄的传奇，仍然显示了它的独创的成就，所以把《林海雪原》看作新中国成立以来优秀作品之一的这种评价，现在看来也还是公允的、恰当的。

（原载《北京日报》1961年8月3日）

阶级论还是“唯成分论”

——评《青春之歌》讨论中的一个观点

继《略谈对林道静的描写中的缺点》[①]一文之后，郭开同志又在《文艺报》第4期上发表了《就〈青春之歌〉谈文艺创作和批评中的几个原则问题》。文章内容已经不限于对《青春之歌》的评论，而是企图通过所谓《青春之歌》的创作和批评中的缺陷，探讨一些文艺上的原则问题。我以为，不管郭开同志的具体观点如何，这样的做法还是有助于进一步讨论问题的。

我不是《青春之歌》的“崇拜者”，如果就个人爱好来说，在去年出版的几部受欢迎的小说里，我还是喜欢《红旗谱》，因为无论从作品的深厚的生活基础，或者是深刻的艺术表现能力来看，我都觉得《红旗谱》是我们近几年来文学创作中的最杰出的作品。当然《青春之歌》也是一本好小说，但是，看了以后，总使人感到还有很多美中不足的地方。譬如作为小说历史背景的“一二·九”运动的激烈动荡的时代特点，在小说里就没有得到广阔而深刻的反映（郭开同志就这方面提出的批评，虽有不免偏激之处，但也不是完全没有道理的）。又如小说中主要人物形象（除林道静以外）的创造，也不缺乏精彩的章节，像写卢嘉川的慷慨就义，写林红在狱中的顽强斗争，都突出了这些人物的英雄性格的某些侧面，可是，从艺术形象的完整性上来要求，这些人物的英雄性格，总是不够丰满。在绝大部分场合，这些共产党员并不是以他们的活生生的性格力量影响着周围的人们，作者为了显示他们的革命性格，往往借助于长篇大论的革命学说的谈论，像入狱以前的卢嘉川和党的领导者的江华，都有这种缺点。这反映了作者

① 载《中国青年》1959年第2期。

对于这些英雄人物的性格，还体验观察得不够，以至于影响了人物形象不能在作品里站立起来。

林道静，这个小说里的主要人物，虽然是写得比较成功的，但是从整个形象的创造来看，也总使人感到作家没有能比她的人物站得更高，深刻而鲜明地描写林道静的成长过程。

不过，如果把小说的这些缺陷加以夸大，说什么“作者是站在小资产阶级立场上，把自己的作品当做小资产阶级的自我表现来进行创作的”，说什么作者对于林道静的描写，是缺乏“明确的阶级观点”，是“歪曲了共产党员的形象”，那就未免言过其实了。我以为郭开同志的两篇文章，尤其第二篇，坚持的所谓“原则”，实际上就是这种言过其实的偏见。

郭开同志在他的两篇文章里议论很多，具体分析也太详尽，我很难对每一个具体问题都发表意见。不过，郭开同志的文章却贯串着一个鲜明的线索，无论是《略谈对林道静的描写中的缺点》也好，或者是《就〈青春之歌〉谈文艺创作和批评中的几个原则问题》也好，他都自以为是从马克思主义的阶级观点出发来评论《青春之歌》的。那么，我们依照郭开同志坚持的所谓“阶级观点”的“原则”，来和他进行一下辩论，那大概不会离开争论的主题太远。

郭开同志认为，《青春之歌》的作者及其评论者所以犯错误，是由于他们“进行文艺批评或创作时”，把“阶级观点和阶级分析”这个马克思主义的根本方法，这个“最最少不得的法宝忘掉了”。具体表现在“对林道静家庭出身的看法上”，“林道静是地主阶级家庭出身呢？还是不完全是地主家庭出身呢？有些批评者认为，她并不是完全出身于地主家庭，而和贫农有着血缘关系。作者也这样认为，她借林道静自己的嘴说，我是地主的女儿，也是佃农的女儿，所以我身上有白骨头也有黑骨头”。当然，郭开同志是不能同意这种“缺乏阶级观点”的分析的。那么，依照郭开同志看来，真正的阶级观点和阶级分析是什么呢？他在文章的分析里虽然说了很多，其实依照他的逻辑概括起来不过只有两条：

第一，“存在决定意识”，林道静是在地主家庭里长大的，所以只能有地主阶级的思想感情，血管里只能流着地主阶级的血液，否则，就违反了“存在决定意识”的唯物主义原则。

第二，林道静是地主阶级的血统，也就无异于地主——因为“他们（从林道静泛指地主阶级出身的子女——引者）还都依然是组成整个地主阶级的一部分”，因为他们在这三点上和所有地主阶级是一致的：“一、拥护整个地主阶级利益；二、轻视体力劳动；三、看不起被压迫农民。”

郭开同志的这个“阶级分析”，主要是表述在他的第二篇文章里。这首先就和他的第一篇文章里的论点产生了尖锐的矛盾。因为在第一篇文章里，林道静的罪名还只是没有彻底改造的小资产阶级，而在第二篇文章里，林道静的阶级身份又“发展”成地主阶级了。因此，就是从郭开同志自己的“观点”来看，似乎也并没有把这个“阶级论”的“法宝”掌握住。

现在我们姑且不管郭开同志论点的自相矛盾，就算这种自相矛盾的论点都能成立，也帮助不了郭开同志正确地分析文学作品，因为所谓唯物主义的“存在决定意识”，所谓马克思主义的“阶级论”，都并不是“法宝”、教条，而是“行动的指南”，尤其是表现在文学艺术现象的分析研究上，一切企图用简单的社会科学概念来代替艺术分析，用阶级成分的划分来取消艺术形象丰富内容的做法，都和马克思主义的文艺学毫无共同之处。

由于郭开同志处处用马克思主义的术语说明自己的见解，我在这里就不得不对于一些常识性的问题多做一些引证和说明。

不错，所谓“存在决定意识”，确实是马克思主义的唯物论的基石，但是，它也绝不是可以硬套一切的简单的公式。马克思主义的导师们，无论过去和现在，都曾经严厉地反对过那种把复杂事物简单化的庸俗唯物主义。因为郭开同志自认为他的观点是“唯物论”的，那么，就看看恩格斯是怎样谈到和郭开同志这种见解相类似的“唯物论”吧！恩格斯在讨论唯物史观的时候，绝没有像郭开同志这样，把唯物主义的原则——存在决定意识，当成万古不变的简单公式和可以解决一切问题的万能法宝。他曾经再三指出，在研究具体的社会现象的时候，必须看到历史上一切因素的交互作用。他在1890年给布洛赫的信里，着重指出经济运动只是归根到底作为必然的东西透过无穷无尽的偶然情况向前发展；“否则把理论应用于任何历史时期，就会比演算一个最简单的方程式更为容易了”。在这封信里，还有一段对于并不理解马克思主义而却挥舞“唯物论”吓唬人的人们的特别有益的话：

> 青年们有时过分看重经济方面，这有一部分是马克思和我自己应当负责的。我们在反驳我们的论敌时，常常不得不强调被他们否认的主要原则，并且不是始终都有时间、地点和机会来给其他参与交互作用的因素以应有的重视。但是，只要问题一关系到描述某个历史时期，即关系到实际的应用，那情况就不同了，这里就不容许有任何错误了。可惜人们往往认为，只要掌握了主要原则，而且还并不总是掌握得正确，那就算已经充分地理解了新理论并且立刻就能够用了，在这方面，我可以责备许多最新的“马克思主义者”；须知，由于这点也曾产生出惊人的混乱……

我想，抹杀一切现实生活因素在人的性格上的作用，只用简单的公式断定“存在”——地主阶级的出身——“决定”林道静必须是地主阶级意识的看法，大概也是这“惊人的混乱”的一种表现吧！

马克思主义确实是认为文学艺术是上层建筑体系里的一种社会现象。文学艺术在阶级社会里具有阶级性的原理，也当然是分析文学艺术发展过程的全部复杂性的根本原则。但是，在具体研究文学艺术现象的时候，也必须分清，文学作为认识生活的真实的手段，是用感性的形象直接表现人们生活中的具体的多方面的现象，而不是从一个特定的方面研究生活的抽象的规律。因此，所谓人的阶级性，在文学形象的表现里，绝不是郭开所说的那种“法宝”式的抽象的标签——不管人物形象所体现的具体社会历史的生动内容，只因为她出身于地主阶级，就一定是地主阶级分子，而应该是活生生的社会性格。

自然，愈是伟大的作家，愈是善于把他所观察到的一定社会集团的人的任何特点——阶级的、职业的，以及其他的特征，在他所创造的人物性格里，表现得突出而鲜明。但是，这并不是说，一个人物的阶级特点就是他的性格的一切。因为阶级出身的种类是有限的，如果依照这种唯成分论的抽象逻辑来描写现实生活中的人物，那只能把复杂的社会生活简单化，而且只能给文学创作造成“一个阶级一个典型”的恶果。更何况，如果了解各个阶级在不同的时代、不同的发展阶段、不同的阶级斗争形势中，都有不同的心理状态；而各个阶级的成员的经济情况、政治情况和文化情况的不同，又分为不同的阶层，这些阶层也有各自的精神面貌；同一个阶级和阶层出身的人们，又由于个人遭遇的不同，个人所受的物质上和精神上的影响不同，形成各种不同类型的人物，形成各种不同的性格特征。文学艺术是用具体的感性形象来反映现实生活，表现人物丰富、复杂的思想感情和性格。

因此，文艺批评在探讨具体艺术形象的真实性的时候，也绝不能用简单的插阶级标签的方法，来代替对复杂现象的艺术分析，而应该首先把它作为一个在特定的社会历史条件下的活的人来考察。而郭开同志的所谓“阶级分析”却不是从林道静的具体性格出发，而只是把一般的地主阶级的抽象概念附会上去，想当然地断定林道静的性格必须如何如何表现，才符合她的阶级出身。他批评别人“把血缘和阶级性混淆起来了”，据我看，他这种离开人物的性格而以抽象的概念来附会，实际上倒真是表现了“血缘和阶级性的混淆”。

年轻的林道静，尽管生长在一个逐渐走向没落的地主家庭里，但是，林道静的个人遭遇，却是相当悲惨的。她是一个受污辱的佃农女儿生下来的孩子。她虽然有地主林伯唐的血统，但她毕竟只是一个十几岁的学生，而且她的整个幼年时代，都是在林伯唐的大老婆徐凤英的淫威之下，过着受折磨的非人的生活。没有温暖和饱受摧残的岁月，培养了她的孤僻、倔强的性格，她母亲的悲惨的故事，也深深激起了这少女对地主家庭的仇恨，最后由于婚姻问题而出走了。杨沫同志在描写林道静这段生活遭遇和性格变化的时候，确实充满了同情，但是，绝不能说这种同情就是缺乏明确的阶级观点，因为即使是个人反抗，要求婚姻自由，这也是对于封建地主阶级的叛逆，有它的历史意义的。

如果从作家的世界观的角度来观察，杨沫同志对于林道静形象的创造，恰恰是正确地反映了“存在决定意识”的真理，也渗透着明确的阶级观点。在小说里，林道静的身世遭遇和性格变化，是水乳交融在一起的。正是因为林道静这个地主的女儿，有着这样复杂的身世，悲惨的遭遇，才决定了她的反抗的意识，反抗的行动。尽管这种反抗的意识和行动，没有明确的阶级自觉性，但是，在客观上它却表现了对地主阶级的叛逆，因而，作家以同情的态度描写林道静的反抗，这并不是同情地主阶级的女儿，而是同情她对地主阶级的反抗，这有什么“含糊”之处呢？这又哪里表现出是“先天的革命性”呢？所谓“存在决定意识”，并不是一个抽象概念，从林道静性格里反映出来的这种反抗意识，也正是那个地主阶级存在“决定”的结果。当然，林道静的这种反抗，并不是无产阶级的反抗，事实上杨沫同志也没有这样描写。林道静的出走，只是表现了小资产阶级女性的叛逆行动，作家是按照性格真实发展的逻辑，描写了林道静的遭遇和性格变化。林道静在北戴河的一段生活，失学，逃婚，受辱，走投无路而企图自杀，在绝望中遇到了余永泽，陶醉在余永泽的空谈里，和余永泽的爱情，把余永泽幻想成英雄，以及表现在她自己的身上那种小资产阶级情调和各式各样罗曼蒂克的幻想，都生动地反映出这个生活空虚的小资产阶级知识青年的性格本色。这，也正表现了她的反抗的局限性，她的阶级出身在她的性格里留下的烙印，这种生活，这种幻想，终于使她走上了和余永泽结合的道路，陷入了庸俗生活的泥坑：“迷人的爱情幻成的绚丽的虹彩，随着时间渐渐褪去了它美丽的颜色。林道静和余永泽两个年轻人都慢慢被现实的鞭子从幻觉中抽醒了。道静生活在这个狭窄的小天地里，她的生活整天是刷锅、洗碗、买菜做饭、洗衣、缝补等琐细的家务，读书的时间少了；海阔天空遥望将来的梦想也渐渐衰退下去。她感到沉闷、窒息。而尤其使她痛苦的是：余永泽并不像她原来所想的那么美好，她那骑士兼诗人的超人的风度在时间面前已渐渐全部消失。他原来是个自私的、平庸的、只注重琐碎生活的男子。啊，命运！命运又把她推到怎样一条绝路上了呵！”

这无情的现实，对于林道静的小资产阶级幻想，难道不是最沉重的打击吗？

作家这样描写林道静，难道不正是从阶级观点上给予她的批判吗？哪一个读者曾从林道静这段生活里，找到自己的理想了呢？当然，如果从郭开同志的那种“阶级观点”出发，在这里，是找不到作家的批判态度的。因为杨沫同志并没有在描写林道静的思想感情的时候，都加上“阶级分析”的注解：“亲爱的读者，请你们当心啊！林道静在这里表现了小资产阶级意识！”不过，依照这种“阶级分析”的方法去描写人物，那就不是文学作品了。文学艺术的批判力量，并不借助于作家的抽象说明，而是必须渗透在艺术形象里。这一切，逃婚出走，叛变家庭，苦闷挣扎，寻找精神上的出路，虽然并不是林道静革命性格的全部，但是，她却正是通过这样一条独特的生活道路，和革命逐渐结合起来的。她的个人遭遇，也正是造成她这种性格的社会存在的具体条件。如果没有这样的特殊遭遇，真像郭开同志所说的，从生活到思想都“依然是组成地主阶级”的一分子，她和她的地主家庭“在拥护地主的利益上是一致的”，那么，她就根本没有“脱胎换骨”和革命结合的可能。

尽管是这样，在小说里，作家描写林道静走上革命道路的经过，也并不是像郭开同志所批评的那样：“没有把她的改造当作是从剥削阶级的女儿到无产阶级战士的转变，是阶级立场、观点、思想感情的转变，是脱胎换骨的转变”，“只轻轻地写了几笔，一个‘无产阶级战士’就出来了”。作家在描写林道静投身到革命洪流里的时候，仍然真实地表现了她的曲折、复杂的过程，不断地批判她的小资产阶级的脆弱和罗曼蒂克的空虚幻想。虽然还有些地方写得不够深刻，但是，郭开同志所谓的思想感情的阶级转化，在林道静的性格发展里却显然有着鲜明的表现，只是她并没有按照郭开同志所制订的方案，从一个和地主阶级利益一致的阶级性格向无产阶级战士转化而已。也许郭开同志会说，这种转化在林道静的性格里还表现得很不彻底，我想无论是读者和杨沫同志，也都并不否认这一点，因为林道静在小说里，还只是刚刚开始她的共产党员的生命，并且她是生活在“一二·九”时代的革命者。时代和生活都不能不在她的性格上留下真实的烙印。革命者、共产党员并不是天上掉下来的，他们是在革命熔炉里逐渐锻炼、成长起来的。绝不能用今天的尺度去衡量“一二·九”时代的革命者、“一二·九”时代的共产党员。我们还是看看那些战斗过来的人怎么说吧：

……我们中间的许多人出身于没落的封建地主阶级或其他剥削阶级的家庭，就教养和世界观来说，基本上都是资产阶级知识分子。“五四”新文化运动给我们带来了科学和民主，也带来了社会主义新思潮。那时我们急

> 迫地吸收一切从外国来的新知识，一时分不清无政府主义和社会主义、个人主义和集体主义的分界线。尼采、克鲁泡特金和马克思在当时几乎是同样吸引我们的。到后来我们才认识了马克思列宁主义是解放人类的唯一真理和武器。我们投身于工人阶级解放事业，但存在于我们脑子里的资产阶级个人主义的思想、情绪和习惯却没有根本改变。我们有了一个抽象的共产主义的信仰；但支配我们行动的却仍然常常是个人英雄主义的冲动。……民主革命是我们切身的要求，而社会主义革命还只是一个理想。那个时候，我们许多人与其说是无产阶级革命派，不如说是小资产阶级革命民主派。个人主义影响在我们身上长期不能摆脱。①

这是一幅“五四”以来知识分子走向革命的真实、深刻的历史画面，从这幅画面里，我们找到了林道静身上的某些精神烙印的历史根源。这幅画面当然不能使郭开同志满意，因为它也“没有创造出一个使人信服的，完全够标准的，堪作革命者的模范光辉的共产党员的形象”，但是，它却反映了历史的真实。文艺作品既然是反映现实的，那它就不可能离开历史现实去伪造他的理想人物。

我没有意思歌颂个人主义思想，我只是想提醒郭开同志，不要凭空构造自己的论点，在分析批判作品的时候，应该脚踏实地。我也没有意思替林道静身上残存的小资产阶级情调作辩护，因为无论是个人主义或者小资产阶级情调，它们都是革命者身上的赘疣，真正的革命者终究要“在长期的革命过程中，经过党的教育，实际斗争的锻炼和自我改造，逐渐成为集体主义的战士”②。但是，个人主义的思想情绪和习惯在人们的头脑里并不是抽象的存在，也不是在每一个革命者的行动（尤其是民主革命阶段）里都能暴露出来，都和革命产生尖锐的矛盾，如果它真像肉体上的脓疮那样容易被人发现，那就无须

---

① 周扬：《文艺战线上的一场大辩论》。

② 同上。

长期进行改造。只要动一次外科手术就解决问题了。事实上正像周扬同志所说的："丢掉个人主义的包袱，并不那么容易。他们常常是在碰了壁，摔了跤之后，才慢慢丢掉的。"

林道静的形象，基本上还是一个正在经历着斗争锻炼的性格，人们确实从她身上强烈地感受到"与其说是无产阶级革命派，还不如说是小资产阶级革命民主派"的浓厚气息，但是，同样我们也可以从她身上，感受到她的思想感情正在经历着从一个阶级到另一个阶级的革命转化的脉搏跳动，尽管作者在这方面的艺术刻画还不够深切，不过，林道静的这种精神面貌的轮廓，还是非常清楚的。杨沫同志表现了她的明确的阶级观点，作品所反映的历史的真实，也恰恰是通过这个性格变化的丰富描写来表现的。相反的，郭开同志的对于林道静的所谓"够标准的，堪作革命者模范的光辉的共产党员的典型"的要求，我倒以为是违反历史真实的要求。如果杨沫同志根据这种要求去创造林道静的形象，也许符合了郭开的"阶级论"、"典型论"，然而，却失去了时代的精神面貌，甚至取消了林道静这个人物。因为郭开同志的"阶级论"不过是"唯成分论"的代名词，而在"唯成分论"要求下诞生出来的林道静，却必须和地主阶级利益相一致，和地主阶级家庭站在一条战线上，这样一来，林道静岂止不会成为一个革命者，也许还要等待着土改时期和地主一起去反对革命呢？！这就是郭开同志的全部逻辑必然导致的结局。这种逻辑和郭开同志口口声声标榜的马克思主义的阶级论，究竟有什么相似之处呢？我想，细心的读者自己会有明确的答案的。

最后，我还要声明一下，我不是《青春之歌》的"崇拜者"，我也不赞成那种把小说缺点也颂扬成优点的论调，然而，正确地批评小说中的缺点，和郭开同志这种用来吓唬人的"阶级论"，却完全是两回事。我们必须反对文艺批评中的庸俗机械论的有害倾向，因为它既无益于帮助读者分析理解作品，也无益于帮助作者认识自己创作中的缺陷，而只能造成文艺批评上的"惊人的混乱"。

（原载《文艺报》1959年第5期）

是提高还是“拔高”

——关于小说《达吉和她的父亲》及其电影改编

小说改编成电影剧本，在文艺创作中是很常见的现象。在改编时，由于体裁、形式的不同，适应不同的艺术手段的特点，在情节和人物性格方面有所变化和发展，这也是很自然的。《红旗谱》、《青春之歌》、《林海雪原》，都有了同名的影片，显然也出现了这样或那样的议论，关于改编工作，大的分歧意见并不太多。但是，高缨同志的《达吉和她的父亲》，却引起了一场热烈的讨论。对于这由同一作者创作的同名小说和电影，评价的意见有着尖锐的分歧。

也许是一种先入为主的偏见在作祟，尽管影片受到一部分同志那样热烈的推崇，尽管影片中也有一些动人的场面，反映了作者基于一定的生活感受体现出来的艺术力量，也显示了作者在再创作中间所作的努力，但是，我总觉得，在从小说到电影的改编工作中，有些同志赞扬的所谓“主题思想的提高”，“生活场景的扩大”（也就是历史环境的改变），人物性格精神品质的“跃进”，不一定是成功的经验。在我的理解里，所谓作品的主题、题材、典型环境中的典型性格、时代精神，都不是抽象的，而应该有它们具体的生活内容，并且恰恰是透过对具体的生活的活生生的描绘，表现出作者敏锐地发掘问题、揭示真实的思想才能和艺术才能。即使从作家的艺术构思的源流来讲，它们也只能作为整体从深刻激发过作家艺术想象的具体生活中概括、摄取来的，而不是各种生活印象的任意拼凑，假使作家可以随意改变自己作品的主题、题材、性格和时代精神的“思想基础”、“时代背景”，那就很难创造出血肉饱满的艺术形象。当然，这并不是说，一个作家不能不断地发展自己的艺术构思，更深刻地提炼作品的主题，或者通过更深广的生活概括，使作品的情节和形象更加典型化。文学史上不缺乏这种先例。多宾的《论情节的典型化与提炼》，就为读者分析过许多俄罗斯古典作家提炼情节与主题的生动例证。我国农民战争的英雄史诗《水浒》的演变史——从史实上三十六人的记载到元曲三十六大伙、七十二小伙，到《水浒》的千军万马的农民大起义，更是不断地提高主题思想，深刻地概括历史生活的光辉范例。就以当代的优秀作品为例，譬如《红旗谱》也不是一次完成的作品，为了“久久不忘”的朱老忠的形象，梁斌同志曾经对于形成这种性格的具体生活进行过不倦的探索，也不断地、多方面地发展了小说的艺术构思。然而，我们在这些作品里所看到的提高和典型化，却都并非离开激发起作家原有构思的现实生活的基础，只是为了“追随”时代生活的发展（即改变艺术形象原来生存的生活环境），去“升高”艺术形象的精神品质。相反地，恰恰是由于更全面地探索了形成这些人物性格的现实生活的具体内容，才使得作家有了更深入一步地把握艺术形象特征的能力。如果依照某些同志的意见，电影《达吉和她的父亲》所以较之同名小说提高了作品的主题思想，就是由于推移了故事发生的时代背景，才得以体现了“时代精神”，就是由于改造了特定题材所显示的具体生活的矛盾性质，才算作深刻地发掘了“题材本身内含的重大意义”，才得以“完整地充分地塑造出真实的典型环境中的典型性格”，那么，很可能使人产生这样一种错觉：即凡是描写历史题材的作品，如果需要改编，最好是把它完全变成现代的或当代的生活内容，才能提高主题思想！这可能是一个夸大的比喻，但是，为了影片《达吉和她的父亲》的“彻底的深刻的改编”，而贬斥小说原有基础缺乏“典型性”，缺乏“时代精神”的看法，不也有从这种角度阐发问题的嫌疑吗？

主题思想的正确、深刻与否，自然关联着一部作品的艺术生命力的强弱，但是，主题思想并不是作家头脑里的抽象的观念，而是他从深切的生活感受中提炼出来并通过具体的生活描绘得到艺术表现的结晶品。因而，在文艺作品里，它的价值不是孤立存在的，应该成为融合在艺术形象血肉里的生命，才能显示出丰富的思想活力。形象和思想在文艺作品里是不可分割的统一体，如果提高主题思想，不是在艺术形象原有基础上进行更深刻多方面的探索，而是为了适应某些抽象的概念要求，把它移植到另一种生活基础上，去改变它的具体的生活矛盾的性质，磨掉它的性格冲突的真实内容，这样做，只会使主题思想脱离艺术形象的血肉，不是在提高它，而是在毁坏它。

道理似乎很简单，但人们却往往忽略它。忽略它的作家会写出失败的作品，忽略它的评论家，也会在评论作品时给作家开出许多有害的单方。小说《达吉和她的父亲》，并不是非常完美的作品，它有写得不足之处（我在后面要谈到），不过，这不足，绝不像一些批评中所作的不公正的指责那样。如果把小说和影片做比较，我以为在思想与艺术的统一和完整上，在揭示真实、提出尖锐问题方面，影片要比小说逊色得多。这不仅是小说所创造的艺术形象在影片中"失掉了一些东西，削弱了一些东西"，需要考虑的是，这样的改编，在先天上似乎就存在着一种很难医治的病症。

从作品的主题和题材的性质来看，影片确实是要比小说"高"多了。小说是取材于彝族人民刚刚摆脱奴隶制度不久以后的生活现实，它的主题也是从这紧紧衔接的新旧两个时代的生活矛盾中摄取来的；而电影则已经把作品的主题和题材推移到"大跃进"的时代，像作者在电影剧本的"后记"中所说，剧本只是"利用原作的故事线索，并将故事放在新的思想和时代背景上而加以重新创作的"。这也就是说，作者在改编中对于主题思想的处理，并不是在原作的基础上进行"提高"，而是加以彻底改造的"提高"，在题材方面，也不是像有的同志所说的那样："扩展了生活场景，加强了时代背景的描绘"，而是只保存了原作题材的故事线索，又结合新的时代生活内容重新加以处理。

这本来已经是两种不同的主题和题材，很难作具体的比较，但是，力图贬抑小说、肯定影片达到新成就的同志们，却都是从小说和影片的比较、分析中，论证了这两个同名作品是作家创作思想合乎规律的发展成果，而在高缨同志改编电影剧本的意图里，所以保留小说的故事线索，其主要目的似乎也是为了追求新的"主题思想的高度"。我不否认，把影片作为独立的作品来看，它也取得了一定的艺术效果。影片中重新创造的两位父亲——马赫和任秉清的形象，确实也有一些动人的画面，表现了他们的共产党员的崇高的品质。问题是在于这新的生活背景、新的艺术形象和那旧的情节基础是否通过血肉融合达到了新主题思想的高度？有的同志说：影片"把原来狭小的家庭冲突降到了次要位置，让人物从个人天地里走出来，参加劳动斗争的行列"，是"真正打开了人物丰富的精神世界”，给他们“找到了解决他们矛盾的正确的道路”，“找到了赖以成长的典型环境”。我却觉得，这些人物虽然是有了新的“精神世界”，但说这新的就比旧的“丰富”，却也未必；特别是说这样改造的结果，就是“找到了解决矛盾的正确的道路”，“找到了赖以成长的典型环境”，更难令人同意。

小说《达吉和她的父亲》，是一个日记体的短篇，虽然由于体裁的特点，它没有在生活场景上展开广泛的描写，但是，人们从那些跳动着时代脉搏的艺术形象的生命里，还是可以鲜明地感受到小说情节所反映的具体的时代生活的内容。故事是发生在已经从奴隶制度解放出来刚刚走上合作化的大凉山彝族地区。在这里，过去的奴隶现在开始过着自由、欢乐的集体生活，不过，旧的时代、旧的统治在人们心灵世界里留下的精神负担、悲剧烙印，都不是一下子就能够扫除净尽的。作者所要告诉人们的，就是这新旧生活交替中的深刻、复杂的精神冲突。用作者的主观理解来说，即“一段关于父亲，关于女儿，关于人间的爱和恨的故事”。然而，这“故事”所呈现出来的思想意义，历史意义，却远远超出了作者的这种“理解”。虽然有的同志找来了《清风亭》、《洪江渡》的戏曲故事，证明《达吉和她的父亲》和它们很相像，并不是什么“独特的故事”，“不平凡的故事”，我以为离开作品所反映的现实生活内容，做这种抽象的比附，恐怕是没有什么意义的。

小说的故事是富有传奇性的，而展现在传奇情节里的，却是极为尖锐、丰富的精神世界、感情世界的矛盾。有的同志说：这样的故事“只是个人喜怒哀乐的命运戏剧，而不是社会戏剧”，据我看，“个人”和“社会”是割裂不得的。在文艺作品里，个人和社会总是融合在一起的，就算是孤岛上的鲁滨逊，也仍然反映着一定的社会关系的内容。而社会关系的特征，更是需要通过个人的性格、个人的遭遇、个人和个人、个人和社会的关系表现出来。小说《达吉和她的父亲》确实描写了“个人的命运”，但却正是在这些“个人命运”里，丰富地反映了社会的、民族的命运。

任秉清和马赫，一个是汉族的老贫农，一个是彝族的老奴隶，他们在旧社会素不相识也无从交往，而残酷的统治者却用血腥的悲剧纽带把这两位老人的命运连接起来了。13年前，奴隶主的魔掌夺去了任秉清心爱的女儿，在漫长的灾难岁月里，老奴隶马赫却用自己凝结着血泪的爱，灌溉了那受尽折磨的幼小心灵。在共命运的奴隶生活中，马赫就是达吉的阿大，这是父女的也是阶级的和超越旧时代民族局限的崇高的亲子之爱。当新社会打碎了奴隶的枷锁，曾经相依为命的老少奴隶，建立起一个幸福的家庭，这当然是最美满的结局，马赫和达吉有权利享受新社会给他们创造出来的幸福和欢乐；恰恰在这个时刻，那渴望找到失去的爱女的任秉清，也有了机会跨进这大凉山的地区，并且发现了亲生的女儿。展开在两个老人面前的生活都是光辉的前景。在他们的饱含着深挚父爱的思想感情里，都是为了获得解放了的人民应有的幸福。可是，由旧社会统治阶级的罪恶造成的那条悲剧纽带，却为了这意外的相逢而拉紧了——亲阿大要认走失的爱女，去共享那解放后的幸福生活，曾经抚养过达吉、和达吉一起度过血泪奴隶生活的马赫，却因之激起了剧烈的痛苦。在两位老人都有权利获得美满团聚的幸福现实里，达吉的去留成了难以解决的问题，一场富有戏剧性的尖锐冲突展开了。在小说里，作者确实没有来得及按照某些批评者现在开出的那些单方，“提高”这场冲突中人物的精神品质，削弱那包含着复杂内容的生活冲突，而这场尖锐的生活冲突，也绝不像某些同志所说的，是“过分追求矛盾的尖锐化，不充分考虑性格发展的主客观根据”，“离开性格发展逻辑的主观渲染”。小说所以写得真实动人，恰恰是因为，作家忠实于曾经深切感受过的时代生活的真实，沿着具体生活情势所提供的性格矛盾展开了情节。情节的发展是曲折的，性格的矛盾也是带有悲剧烙印的——这是出现在新生活的矛盾里却带有旧时代烙印的悲剧冲突。作者没有回避这特定时代人民内部矛盾的复杂内容，而是大胆地、真实地再现了它们。处于这种尖锐矛盾情势里的主要人物性格，也在不同程度上得到了真实表现。那时代生活精细入微的诗的色彩的描绘，那深切的心理分析，都具有相当感人的艺术力量。首先是达吉的形象，作者对于这个处于尖锐冲突情势里的少女的性格和感情世界的剖析，确实是力透纸背、撼动人心的。有的同志说：这是艺术“迷惑力”，而不是艺术说服力，我却是但愿所有的文艺作品，都多有这样一点“迷惑力”。

在父女相认后，达吉有过一封给任秉清的信，内容很简单。有人说，在许多民歌里有这样的形式，我想即使作者确实受到了民歌的启发，完全“照抄”

了这样的语言，也丝毫不影响它在这里出现的意义和价值，因为它是那样真实地表现了此时此境的达吉的性格。我不想掩盖自己的感情，每当我读这封信的时候，我也和小说作者共同体验着心灵的“打颤”——“这哪里是信，这是从一个女儿心底渗出的爱之泉水啊”。也许有的同志会向我大喝一声：你是在歌颂“人性”或什么“个人主义的亲子之爱”。我不否认我同情达吉这种“亲子之爱”，但是，渗透在达吉性格里的这种“爱之泉水”，绝不是人性论者所鼓吹的抽象的“亲子之爱”。一个在奴隶主的鞭打下度过13年的少女，曾经在多少个受折磨的夜晚思念过亲人啊！这里包含着那失去亲人的旧日的血泪感情，也蕴结着今天重逢亲人后的热烈的怀恋。没有旧日的痛苦生活，哪有今天如此深切的感情流露。作者选择了这些朴实无华却含蓄深沉的语言，真可以说是最确切最富有感染力地传达了达吉的感情。它们从此时此地的达吉的心灵里迸发出来，是自然而真实的。我觉得，在小说里，达吉的性格是得到了丰富而细腻的表现。有些同志责备她为什么没有“受过彝族妇女粗犷性格”的影响，责备她“性格柔弱”，这显然是离开了人物性格、离开了人物的生活经历和感情经历的一种分外的要求。至于说达吉的形象，从“造型到气质”“皮肤这样白，五官这样纤巧，身子这样苗条，感情这样细弱”，“多么像娇生惯养的小家碧玉”，而“很难相信”是“马赫这样一个劳动者的家庭”“培植”出来的。这种责难，就更表现了批评者对于劳动人民的从“造型到气质”的一种主观偏见。

不错，小说里的那两个经历过旧社会苦难的父亲，为了这不能由他们自己负责的悲剧纽带，在尖锐的矛盾中产生了一时的感情混乱——恶言相向，甚至拔出刀来，特别是老马赫的粗犷而又有些阴郁的性格，更使得这个尖锐的生活冲突复杂化了。有的同志说，这是小说作者渲染了“旧社会痛苦经历投射在他们精神和肉体上的阴影”，我想，无须否认这一点，因为小说情节所揭示的生活矛盾正是这种性格冲突造成的。

曾经在多少世代里，汉彝两族的统治者，为了便于他们的统治，制造着民族仇恨的悲剧、民族隔阂的心理。汉族统治者曾经残酷地掠夺过彝族人民，而彝族的奴隶主也没有放弃过侵害邻近的汉族劳动人民——实际上这也是在旧时代汉族和许多少数民族关系的共同特征。因而，这两个民族的统治者，就制造了汉彝两族人民之间的仇恨。只有在共产党领导人民粉碎了旧制度的枷锁以后，这种民族仇恨的悲剧才开始消失。即使这样，在开创新时代的斗争中，各族人民的敌人，也曾经多么阴险地利用残留的民族仇恨的心理制造过新的悲剧！当然，在党的不断启发和教育下，阴云终究散开了，统治者最后挣扎的基础终于消灭了。然而，伟大的党曾经为了各民族的团结进行过怎样艰苦的工作！并且直到现在也不能说这个工作已经完成了，否则，党一再强调的要坚决反对大汉族主义和地方民族主义，就等于无的放矢。我们许多作品都表现过在这种斗争中各族人民的觉醒过程。高缨同志只不过选择了这个觉醒过程中一个更复杂、更深刻的故事。它虽然笼罩着一层民族隔阂的阴影，但凝结在其中的血泪生活史，却又照耀着汉彝两族劳动人民心连心的崇高的感情。是的，当女儿的去留引起了两位老人性格冲突的时候，那旧的阴影起了作用，任秉清脱口说出了“蛮子”这样一句侮辱彝族兄弟的话，而马赫也激怒地拔出刀来。作者还特别着力地刻画了在这种精神矛盾中的马赫的性格变化。不必把这说成是什么“大凉山的性格”，这就是旧社会痛苦经历投射在马赫性格上的阴影，这就是旧社会民族隔阂心理所形成的悲剧矛盾，但是，难道表现了它们，就是“夸大”和“歪曲”吗？为什么那由奴隶主、反动派制造出来的生活和精神悲剧所投下的阴影，就不值得作家来描写呢？改变人的精神世界毕竟不像洗去脸上灰尘那样简单。落后的思想意识，历史形成的民族隔阂心理，如果一夜之间就能被幸福的生活洗掉，那么，一切教育人民和人民自我教育的努力，甚至能够协助进行这种教育的文艺作品，就可以不必起什么作用啦！我以为，恰恰在这里，表现了高缨同志的艺术家的勇气。他不是在自己的作品里简单地说明生活，解释生活，而是提出了生活中的尖锐的、复杂的问题，它不仅对于产生它的那个时期具有真实性，就是在今天，也并没有失掉现实意义。更何况作者写这篇作品的目的，还不在于只是揭露这种悲剧，而是要真实地展示这种悲剧怎样在解放了的时代得到幸福的团圆——是家庭的、又是民族的幸福团圆。在小说里，无论是达吉、马赫、任秉清，都带着那个特定历史时期阶级的、民族的、个人的精神面貌，出现在读者面前，这正是这篇小说丰满地体现了控诉旧社会歌颂新社会的主题思想的鲜明特征。在这里，人物的心灵世界，生活的矛盾冲突，都千丝万缕、毫无矫饰地联系着那“规定情景”里的具体生活，使人们感到，这些性格，这些心灵活动，这些生活冲突，都是作者所提炼的这特定历史题材的血肉内容，它们自然地生长在作者的构思里，作者是在深切生活感受的激情里萌发出这些艺术形象的生命的。作品的主题思想也像血脉一样贯串在艺术形象的生命里，多方面地显示了它的时代意义。

我们可以对作品提出更高的要求，指出它的不足之处，譬如作者对处于情节冲突核心的两个父亲的性格矛盾、感情表现，都是描写得充分而细腻的；但对于这矛盾趋于解决的感情变化的描写，就比较粗疏，对于促成这种变化的思想感情因素和客观力量，也表现得不很充分。尽管在矛盾解决的过程中，作者对于人物性格的变化，也做了含蓄的描写，像几次写到的李云对马赫的耐心教育，或者通过人物对话的暗示的笔法，也能够使读者联想到社长沙马木呷曾经对马赫进行过不少工作，最后出现在读者面前的马赫和任秉清，也或多或少地表现了他们走过了一段思想斗争的艰难历程，但毕竟由于缺乏形象的有力的描写，没有给读者以鲜明的感受；特别是那消除了隔阂的民族之爱、阶级之爱，在矛盾变化中以及在新的思想基础上融合、统一的过程，也是缺乏细腻描写的，这就不能不影响到马赫和任秉清性格的完整，也因而削弱了通过这个生活矛盾揭示出来的思想意义、历史意义。然而，所有这些不足，都只能说是作品没有达到的，却不能证明现有题材的容量和提高主题思想存在着不可调和的矛盾，只有推移时代背景，改变情节矛盾的性质，“拔高”人物精神品质，才能为提高主题思想准备条件。在这样的意见和意图里，已经不属于提高主题思想的范围，而是在怀疑主题思想的正确性和题材内容的真实性了。用有些同志的话说，反映了这样的具体生活的矛盾，刻画这样的复杂的性格，就是“夸大”和“歪曲”了劳动人民的精神品质，就是违反了“时代精神”。

“皮之不存，毛将焉附。”于是，影片的再创作就离开了原作的生活土壤，把故事移植到另一个历史时期的社会关系的血肉里，完全改变了小说情节的“思想基础”和“时代背景”。如上所说，影片是有一定的艺术感染力的。但是，毕竟由于原作的故事情节不是生长在这样的生活土壤里，因而，在“提高主题思想”的意图和艺术形象的创造上，就出现了两个矛盾：一个是新的时代生活概括和故事结合的矛盾，一个是新的思想意图、新的生活概括和性格“改造”的矛盾。

从第一个矛盾看来，这是两个游离的东西的结合。原来的故事生根在比较复杂的现实生活土壤里，它带有特定历史时期的鲜明的生活色彩——情节中交织着尖锐而丰富的戏剧冲突。构成这情节冲突的，固然是所谓“个人的喜怒哀乐”，但是，渗透在其中的却是极其复杂错综的阶级的、民族的生活和精神矛盾变化的内容。在新的生活情势里，这样的情节冲突，是绝对需要改变的（目的就在于要改变它）。然而，由于这是两种不同时代内容的生活概括和故事结合的改造，而不是在一个共同体里自然生长起来的，要保留那故事，就势必要给新的情节概括造成困难。在影片里，代替那“旧”的戏剧冲突和沟通主要人物关系的，是具有高度阶级觉悟的互让的形式。人们偶然有一些感情激动，也大都是出于替对方着想的“误会”而产生的。任秉清是由于“看见马赫和达吉感情这样深”，而不愿让马赫和达吉知道事情的真相；马赫是为了心疼任秉清而逼着达吉立刻搬到任秉清那里去，任秉清、达吉则是为了不使马赫伤心，又搬来同住……最后是两位父亲、一个女儿幸福的团圆结局。如果没有穿插进许多“大跃进”中的生活场景，故事情节的发展将更简略些，或者说开端就可以成为结局，因为在这样的生活中并没有原作中那种尖锐的矛盾发生、发展的基础。在这样的生活情势里，原作中那种有着丰富内容、引人深思的生活矛盾、精神冲突，必须全部舍弃掉。这种结合改造的结果，给这个故事带来的只是消灭它的具体生活的特色。如果说小说告诉我们的，是一个在它产生的时代非常富有现实意义的故事，它紧密地联系着丰富的时代生活的特征，那么，影片里这净化了矛盾的故事，却是可以发生在今天，也可以发生在明天的。它既不会在作品中人物的感情上引起激荡的波澜，也不会在观众中留下多少可以深思的东西。这样看来，这种“改造”和“结合”，并没有提高影片的思想艺术质量，反而是不得不减弱原作的丰富内容，抹杀它的题材和主题的时代生活特征，从而取消了原作具有的思想意义和历史意义。

第二个矛盾和第一个矛盾是有密切联系的，也可以说是第一个矛盾的基础。因为情节是适应性格矛盾、性格冲突而产生的。影片的主要着眼点，首先是在于适应着新的生活内容改造原作的尖锐的性格冲突。这个改造是“彻底”的。影片里不仅没有尖锐的性格矛盾，甚至在事件的发展过程中，连比较剧烈的精神动荡，也是没有位置的。达吉是过着这样美好的生活，因此，只能是“过去那些伤心事，像河水一样流走了，我也不再去想了”。小说原作所创造的那个具有丰富感情世界的少女的形象，在这里，是照搬不得的。于是，在新的精神世界里，达吉的“亲子之爱”就不能有强烈的表现，甚至不能留下一点奴隶生活的精神烙印。这个欢乐而幸福的达吉，确实没有了原作中的那种“柔弱”的性格，很像今天在新生活中长大的少女，天真、活泼——连记载着奴隶生活血泪史的遗物，她都可以那样“天真”地看待！但是，她的形象也因而丧失了小说的达吉的感人至深的内容。

马赫和任秉清的形象和性格，自然完全是新的创造。要承认，影片中的这两个人物是有一些感人的性格画面。可是，还应该说，那种过于抑制感情激动的表现，也未免显得有些造作和矫饰。对这两个性格的改造，有一些细节安排，是比原作中要合理，不过，终究是由于他们被“提高”到净化了生活矛盾的环境里来，原有性格的复杂内容被抽掉了，尖锐的性格冲突被取消了，所以无论从艺术效果或思想意义上讲，这两个人物形象、性格的真实性和深刻性，也就显然地受到了削弱。

当作一个独立的创作来看，影片不失为一部有一定感人力量的作品，但是，作为它和小说有联系有发展的作品来看，却就不能说电影比小说有什么新的“主题思想的高度”，相反的，由于这种离开原作基础的改编，结果是完全取消了作品原有的主题思想的丰富性和深刻性。尽管作品赋予了题材以“新的思想意义”，但主题思想的高度，并不是依靠改变生活矛盾的性质就能达到的，提高它，只能从它本身作更深刻的发掘。人物形象和性格的再创造，也是同样的道理。作者虽然赋予了这些主要人物以“新的精神品质”、“新的性格光彩”，但由于这显然只是为了适应推移生活背景的需要，“提高主题思想”的“要求”，斧凿了原作中人物形象的精神世界、感情世界的丰富面貌，因而，也就大大削弱了那种激荡人心的艺术力量。

作为改编工作，这种成败得失，不能说是由于作者对人物性格“把握得不具体”、“感受得不深切”，在构思和处理的过程中，缺乏写小说时那种“宝贵的充沛的激情”，也不能说作者在长时间的思考中“获得了新的认识”，就妨碍了作家的充沛激情。问题的关键是，这种目的在于“提高主题思想”的改编，脱离了原作题材具体生活的土壤，使这个激动人心的“故事”生存在一种不相适应的新环境里，于是，本来是血肉丰满的艺术形象，在这种整体的“改造”里，也就患上了贫血病。

这不是提高，这是“拔高”——正像把幼苗拔离土壤一样，不是在“助长”它，而是在“杀害”它。无论是在艺术创作或作品的改编中，倡导这样一种拔高主题，拔高生活，拔高人物的做法，实际上是不要作家揭露生活矛盾、揭露生活真实。这并不是什么新鲜的理论，它不过是无冲突论的一种新的表现形式。倡导这样一种做法，就必然会危害我们的创作。《达吉和她的父亲》的改编和讨论中反映出来的问题，并不是个别的现象，只不过是一次非常集中的表现而已。

（原载《文艺报》1962年第7期）

英雄的花　革命的花

——读冯德英的《苦菜花》

《苦菜花》的作者，在小说的第七章，借烘托主人公——母亲的形象，给这个有着诗意象征的书名，作了一段抒情的注解：

> 母亲眼前还是夹在杂草中的那棵鲜嫩的苦菜，苦菜虽苦，可是好吃。它是采野菜的姑娘到处寻觅的一种菜。苦菜的根虽苦，开出的花儿，却是香的。母亲不自觉地用手把苦菜周围的杂草薅了几把。她自已也不明白她这样做，究竟是为了让采野菜的女孩子能发现这些鲜嫩的苦菜，还是让苦菜见着阳光，快些长成熟，开放出金黄色的花朵来？！

这段抒情的注解，点明了《苦菜花》的史诗性的革命的主题。“苦菜的根虽苦，开出的花儿，却是香的。”这是对于共产党所领导的中国革命和革命人民的诗意象征。

中国人民像苦菜一样生活过几千年，他们曾经用血汗灌溉过这苦菜的根，希望它开放出自己的香花，使后代子孙能过上美好幸福的生活，然而这花开得是多么艰难呵！作者在小说的“楔子”里，就用血泪的控诉写出了人民历史的心声。

中国统治者对于人民的残酷剥削和压迫，是长久而惨重的，在近百年来，给人民造成了遭受压迫和侵略的历史性的民族灾难。“九一八事变”以后，日本军国主义者的侵入，就是直接的后果。可是，资产阶级终于制造了它自己的掘墓人——无产阶级，产生了无产阶级政党——共产党。在中国，当共产党的红旗在人民中间高高举起的时候，革命的力量像天崩地塌似的震动了广大的中国国土。苦难的人民觉醒了。他们从共产党所领导的民族民主解放斗争里，找到了摆脱压迫和剥削的真理，压在历史磐石下的灾难重重的苦菜，终于开出了自己的香花。

二

革命的人民，用生命和鲜血写下了英雄的史诗。《苦菜花》所反映的故事，不过是那个时代革命人民争取民族解放的抗日根据地的一个角落，一个侧面，它的背景只是环绕着胶东半岛昆仑山区的一个农村王官庄。但是，抗日根据地人民在反扫荡的斗争中所表现的英勇不屈的精神，在这部小说里，却得到了鲜明而真实的反映。

这里要说明一下，为什么只说“人民在反扫荡的斗争中所表现的英勇不屈的精神得到鲜明而真实的反映”呢？我以为，从整个历史背景的描绘上看，《苦菜花》是写得并不充分的。人们从《苦菜花》的故事情节里，还不能完全看出抗日战争发展的鲜明脉络。从这个意义上，把《苦菜花》的故事情节作为一个整体来分析，人们也会感到，它的许多情节缺乏一个连贯的中心，仿佛我们的党，在抗日战争中一直是打被动的仗，等待日本侵略军和汉奸一次又一次地清洗农村，反扫荡斗争也被表现得十分缺乏组织性。我们看不到在反扫荡斗争中党对人民群众的有力的组织作用，更多地看到的是，极端混乱的状态给人民造成了很大的死亡和损失。虽然，作者在很多场面上显露出的意图，是在于歌颂人民和共产党员的英勇不屈的斗争精神，并暴露敌人的残酷，但是，作者把他的注意力过分地集中到个别性格和个别情节的创造上，而对于斗争形象的整体，却缺乏有力的构思。这不能不说是《苦菜花》思想艺术上一个显著的弱点。

然而，尽管《苦菜花》存在着这样一个显著的弱点，而从小说里许多连锁着的故事情节来看，却依然没有失去它的感人的魅力。这是因为它提炼了不少生动的富有特征的情节，创造了不少惊心动魄的场面和可歌可泣的人物，在相当深广的程度上反映了抗日战争生活的真实，刻画了根据地军民的高贵品质。

《苦菜花》的作者没有把抗日战争的残酷而复杂的斗争生活在艺术表现上

简单化。抗日游击队虽然一下子就结束了大地主汉奸王唯一的统治，成立了抗日民主政权，但是，斗争并没有因此而结束，而是更深入地展开了。王唯一的儿子王竹投了伪军，做了中队长，他成了王官庄人民的死对头，敌人扫荡战中的凶恶的刽子手。而更凶恶的敌人，是王唯一的叔伯兄弟王柬芝。他是一个狡猾的地头蛇。他一方面以献地、办义务小学的开明地主身份，伪装进步，钻入抗日民主政权内部，骗取人民的信任；一方面在暗地里和宫少尼、吕锡铅这些封建残余势力勾结起来，为敌人做间谍工作。王官庄的几次被扫荡，村干部的几次被屠杀，八路军陈政委的被害，都和这个杀人不眨眼的刽子手的间谍活动，紧密地联在一起。而斗争被表现得特别复杂的是，王柬芝的这些血腥的罪恶活动，又和为他所利用的无辜的长工王长锁的悲剧性的爱情命运（王长锁和王柬芝的妻子）纠缠在一起，这就使他的阴谋活动更加难于揭露了。

在日本侵略者和封建地主这两种势力明明暗暗的结合下，人民的抗日斗争就变得更加尖锐和残酷。在作品中，阴险的告密，毒辣的陷害，疯狂的屠杀，都以深刻的生活真实性出现在生动的画面里。但是，革命的人民并没有屈服于残酷的斗争，“懒汉争食，好汉争气”，这是反抗的人民的古老的真理，而坚决地反击侵略者和阶级敌人，这又是共产党带给他们的新的精神力量。《苦菜花》的作者以他的激情的笔触，细腻地描绘了革命人民的成长，和革命人民英勇斗争坚韧顽强的“群像”。

双双殉难、至死不屈的七子夫妇，以及在旧时代“偷情”，新中国成立以后才能成为夫妇的王长锁和杏莉的妈妈，革命给他们带来了幸福生活的梦想。他们何尝不想活着，不想看到革命的胜利！可是，革命也使他们懂得了生命的意义，不能再屈辱地活下去，要活得正直，死得英勇。

七子，一个朴实的农民，共产党员，因为身上有伤，不能和大家一起隐蔽，而被王柬芝出卖了，敌人发现了他的隐蔽所，想活捉他。七子英勇地战斗着，可是，手榴弹只剩一颗了，而共产党员的七子，不能让敌人捉住，坚韧顽强的革命意志，使他把最后一颗手榴弹留给自己和妻子了：“咱们穷人在旧社会里，早晚要被逼死，害死。多少人不是忍气吞声到了头还叫人打死的吗？咱爹妈是这样，仁义婶家，是这样。世上这样死的人不知有多少？……穷人和富人是势不两立的死对头！咱们为穷人能过好日子，死的值得，死的应该，死后会有人替咱们报仇。”为穷苦生活折磨了一生的七子嫂，深深地懂得丈夫是对的。只有在穷苦人身上，才会有这么瑰宝一样的至死不渝的爱情：“你全是对的！我跟着你活，跟着你死。”

> ……七子把手榴弹送到妻子跟前；七子嫂就在丈夫手中揿开它的盖，拉出它的弦，两人用全力使劲拥抱在一起，手榴弹紧挤在他们的心窝上。夫妻对视了一眼，像是互相最后记住对方的模样。听着哧哧的导火线的燃烧声，他们紧闭上了眼睛……

世界上的爱情，难道还有胜于此的吗？这不是墨写的文字，而是从作者心灵里迸跳出来的对于革命人民的热情的歌颂，仅仅这一个场面，就足以使七子夫妇永生在读者的印象里。

曾经为了屈辱地活着，一度把生活出卖给汉奸王柬芝的王长锁和杏莉的妈妈，在民主政府的宽大处理下，结成正式夫妇了。真正人的生活，终于使他们觉悟到了“做个好人死了，强似穷人活着”，死不能再使他们屈服了。在敌人已经发现他们隐蔽的所在，死亡胁迫着他们的时候，王长锁和他的妻子说得好：“……咱们哭一辈子，这二年才有个笑的日子。你没听姜同志说，在敌人面前哭，那就是软，软弱。咱们一辈子就吃了这两个字的亏，把莉子也连累死了！眼下咱们就要死啦，不能让它缠住。死要死个硬气。……”

像这种血的控诉和血的斗争的激动人心的情节，在《苦菜花》里可以说是举不胜举。王长锁和杏莉的妈妈的悲惨生活，以及他们的牺牲，也是写得十分感动人的。

但最激动人心的情节，是在最后一次反扫荡战斗里敌人胁迫妇女认夫的场面。当敌人只许王官庄本地的老百姓认亲，想杀掉一切俘虏的时候，有觉悟的人民，都拼着生命的危险，去冒认共产党的干部作自己的亲人，母亲认走了区中队员，娟子认走了解放军连长王东海……在这样一个紧张的情节里，作者突出地刻画了花子和起子的高贵品质。

共产党员的起子和他的妻子花子，并不是容易结合在一起的。他们在爱情上经受过痛苦的折磨。花子是个童养媳，丈夫是个傻子，婆婆又是个母老虎，险些把她害死，幸亏长工老起救了她。解放了，这一双“苦难的野性的花怒放了”。可是，当封建的婚姻观念还紧紧地束缚着农民的时候，老起和花子的爱情是“违法”的。这件事被揭露出来以后，花子的婆家把她抢回去打了个半死，而封建观念很深的农村干部还押着老起游街。幸亏明察是非的母亲，站在受苦人的立场上援助了他们，民主政府批准了他们为正式夫妇，幸福的生活才算开始。经历过折磨的爱情，是更加深厚可贵的。可是，共产党员的老起和花子，在千钧一发的时候，却表现了为革命而牺牲个人幸福的崇高伟大的品质。

在认夫的场面上，花子本来已看见了老起，跑上前去认他，但她忽然发现了区委书记姜永泉。这一瞬间，花子的思想感情起了激烈的思想斗争。面前一个是党的领导者，一个是亲爱的丈夫，可是，在这样的生死关头不能两全！在旧社会过够了痛苦生活的花子，怎么能忘记带给她幸福生活的党呢？于是，她走向了姜永泉，“虽是几步路，她觉得像座山，两脚沉重，呼吸急促，她觉得走的很快，一步步离自己的丈夫远了；她又觉得走的很慢，离自己的丈夫还是那么近。她感到像有根线拴着她，向后用力坠她；又像有一种动力向前推她，把向后拉她的线挣断了”……终于她克服了感情上的矛盾，冒认了姜永泉——“站在她丈夫身边的别人的丈夫”……而共产党员的老起，也从花子“那曾告诉过他痛苦、忧愁、爱情、幸福的黑圆眼里，明白了她的意思”。为了引开敌人对姜永泉的注意，老起竟对敌人破口大骂，宣布自己是八路军，以自己的牺牲保全了党的领导者。我相信每一个读者读到这里，都会为这一对苦难情侣崇高无私、忘我牺牲的精神感动得流下泪来，而每一个革命者，都会有姜永泉同样的感情：“一个老革命战士，老共产党员，深切地感到，是人民，是母亲，在保护着他。”

善于描绘这种紧张的情节，善于透过这种紧张的情节概括地、突出地表现普通劳动人民的崇高品质，这是《苦菜花》作者显露出来的艺术才能的主要特点。而《苦菜花》的史诗性的主题思想，也正是通过这种尖锐的激动人心的情节丰满地体现出来！“苦菜的根虽苦，但开出的花儿，却是香的。”

三

处于《苦菜花》情节中心的主要人物，是冯仁义的一家，尤其是仁义嫂——这个以母亲的光荣称号出现在小说里的妇女形象，更是作者尽全力歌颂的一位革命的母亲。

提起革命母亲来，每个革命者都会有他自己的回忆。在中国革命的历史上，革命母亲有权利占有光荣的地位。土地革命时期、抗日战争时期、解放战争时期，在广大的根据地里，出现了多少可歌可泣的英雄母亲，她们不仅为革命输送了亲生的骨肉，还冒着生命的危险像维护子女一样维护革命干部，像照顾子女一样照顾受伤和掉队的战士，并且以她们不疲倦的劳动支援人民子弟兵的后勤工作。《苦菜花》在我国革命文学里，还是第一个创造了这样一位完整的革命母亲的形象。这位母亲从她的高贵品质来看，完全有资格和高尔基的《母亲》里的彼拉盖雅·尼洛夫娜并列在一起。

但是，从一个只知爱子女的母亲，发展成为爱革命、爱一切革命子女的母亲，对于承受过一切苦难和压迫的旧时代妇女来说，并不是件容易事。在对革命的认识过程里，她们经历过激烈的思想感情的斗争。我们还记得，高尔基的《母亲》里的彼拉盖雅·尼洛夫娜，最初发现儿子符拉索夫走上革命道路的时候，是怀着怎样恐怖的心情预测不幸的命运。这种转变与内心的斗争，是一个普通的劳动妇女走向革命的过程中一定要经历的。

《苦菜花》的作者，真实地描画了这位革命母亲在发展过程中的多方面的矛盾心理，使读者看到了：一个平常的妇女怎样变成了灵魂崇高的人。在娟子开始从事革命活动的时候，母亲的一家正处在极端困难的生活境遇里。大地主王唯一杀害了娟子的伯父一家三口，逼走了娟子的父亲冯仁义。母亲，成了一家生活的主要负担者。下地，做饭，抚养孩子，娟子是她唯一的帮手，在苦难的生活里，母女相依为命，她怎能不为娟子干革命工作而担心呢？可是，当她们一家子的大仇人王唯一死在娟子枪下的时候，母亲的反抗的意志苏醒了，她从生活的感受里，作出了结论："娟子是好孩子。"所以当她面对着封建家族的传统压力，面对着四面八方袭来的对娟子的冷嘲热讽的时候，她"那善良驯顺的心上，被愤怒的火燃烧着”，终于，她大声坚定地回答了封建长辈的责问：“四叔，你愿意怎么做，就怎么做好啦！孩子是我的，别人管不着。我不叫！”

这是千百年来压在封建磐石下的翻身妇女的声音，这是有了觉悟的母亲对于革命子女热情赞助的充满自豪的声音！然而，为了孩子在战斗中的风险，做母亲又揪着多大的心哪！当她的孩子德强参军以后，听到战士的牺牲和死亡的时候，她是怎样的悸悸心动呵！为了孩子们，母亲一个人拖着衰弱的身体劳动着。她何尝没有想过，有娟子和秀子帮忙，“自己就松快多了”，但一想到姜永泉和她说过的那些话，她就立刻纠正了自己：“对，革命要紧，孩子前程重要！我老了，吃些苦，受些罪，怕什么呢！”就这样，这位革命的母亲，在共产党员的革命精神的感召下，渐渐地成长起来了。她愈来愈深刻地从娟子、姜永泉、星梅和无数八路军战士的身上，感到了革命的力量，感到了革命才是苦难的农民的唯一出路。于是，她的狭小的子女的爱，也扩大起来了，爱革命干部，爱八路军的战士像自己亲生子女一样。她真不愧是姜永泉所说的：“是一个革命的妈妈。”在作品中，母亲的崇高的形象，特别给读者留下深刻印象的，是她在残酷的敌人面前经受的考验，和她表现的英雄气概。

敌人为了搜索我们在反扫荡战中隐蔽起来的兵工厂，突然地袭击了王官庄，人民没有来得及逃出去。血腥的审讯开始了，暗藏的大汉奸王柬芝，出卖了村干部，老村长德顺和共产党员兰子、星梅，都英勇不屈地死在敌人的屠刀下面，敌人得不到关于兵工厂的任何口供。最后轮到母亲了。凶残的敌人以为疯狂的屠杀，可以吓倒这个善良温顺的妇女。但是，他们没有料到，血也会使善良的人民成为钢铁的战士。她唾骂王竹：“机器，你别做梦！杀人灭种的狗崽子，你等着吧，我骨头烂了，也难告诉你一个字。”敌人用尽了一切酷刑，也摧毁不了母亲钢铁一样的意志，甚至使凶残的汉奸王竹都颓丧地说：“真不知这老婆子得了共产党的什么宝贝，这样顽固！”是的，一个出卖祖国的汉奸，怎么能够理解有觉悟的人民这种英勇不屈的高贵品质呢？

然而，敌人并没有就此罢休，更严峻的考验，摆在母亲面前了。凶残的敌人找到了母亲最小的女儿嫚子。哪个母亲不爱自己的孩子，哪个母亲能眼看着孩子被屠杀呵！敌人就利用这种爱，想逼迫母亲的口供。嫚子被折磨得不成人样了。她的“哭声像最锋利的钢针，扎在母亲的心上”，可是，革命母亲能为了孩子出卖革命吗？！不，母亲没有屈服。嫚子死了，但敌人的凶残，只能在母亲心里燃烧起更强烈的仇恨：

> 孩子，嫚，闭上眼睛，去吧。孩子，别怨你妈狠心，眼见着让人把你杀死。孩子，你妈愿意一百个死，也比看着你被人害死好受些。记住，是鬼子、汉奸把你杀死的。他们一会又要把你妈害死。孩子，你还没成人，他们就把你害死了，你妈没有护住你。孩子，闭上眼去吧！妈就陪你一块走。有你姐，你哥，有共产党，八路军，替咱娘俩报仇。

英雄的母亲，革命的母亲，她没有被血的屠杀吓倒，在敌人面前，显得更高大了。在《苦菜花》里，这些情节是富有特征性的，只适合于这样的生活真实，这个母亲的成长和发展。但从作者所描绘的母亲的丰富的精神境界、崇高的革命品质来看，不能不说她是反映了千百万中国革命母亲的本质面貌，塑造了一个高大而丰满的革命母亲的英雄形象。

四

从《苦菜花》的情节构造和人物刻画来看，作者很善于从重大的生活冲突中描绘人物，细致入微地刻画人物的心理，因此，《苦菜花》里的主要人物，都能像浮雕一样给读者留下深刻的印象。除去母亲的形象，像娟子、星梅、德强、杏莉，八路军团长于得海、连长王东海，都是写得比较丰富而有性格特点的人物。对于《苦菜花》的作者冯德英，我了解得不多，据作者在他的《我怎样写出了〈苦菜花〉》一文中说：“《苦菜花》基本上是以真实确切的素材写成的，有不少情节完全是真实情况的写照，大部分人物都确有其人，一部分是根据现实生活作了集中概括。过去，我曾在书中的斗争生活中，同那些人物一起生活过，一起笑过、哭过……”这位英雄的革命母亲，也有他自己母亲的影子，丰富的生活为艺术提供了取之不竭的源泉。《苦菜花》的作者在创作的路程上，很好地迈出了第一步，很显然，这第一步也还有不够稳妥的地方。属于思想方面的，我在上面已经谈过，时代背景的着色不浓，这不能不影响到作者从更深广的历史幅度上反映他所描绘的事件和人物的典型意义。而小说中的突出人物母亲，虽然和革命有这样的血肉关系，但自始至终只停留在一个革命同情者的水平，这就限制了母亲性格的更深广的发展。同时因为党领导农民的政治生活表现得不丰富，也影响到书中党的领导者的形象——姜永泉的性格的鲜明和突出。而八路军的作战，在小说中，也往往以战争生活的特写片段出现在情节里，根据地在抗日战争发展中的军民配合，描绘得也不充分。在艺术方面，贯串全书，也有些近似客观主义色彩的描写。作者的艺术笔触过多地凝注在斗争生活的残酷场景上，敌人的疯狂的屠杀，鲜血淋淋，几乎在每一次反扫荡战里都出现，而且被描写得活灵活现。作者的意图，当然是为了暴露敌人的凶残，但是，艺术的真实性，并不决定于任何生活细节的重复再现，而是决定于生活本质的概括，生活细节的不加选择的堆积，势必会削弱艺术形象的鲜明性。在人物创造上，《苦菜花》也有浪费艺术劳动的地方。许多人物在情节的发展里刚刚显露出性格特色，很快就走上了死亡的道路。作者的艺术这样处理，可能是为了表现斗争生活的残酷，可是，艺术毕竟不是生活的简单再现。轻易地处理人物的出现和消灭，也会带来消极的艺术效果，无意中给读者的感情造成悲剧因素的压力。而在艺术风格上，显然作者也是接受外国小说的影响较深，缺乏对于民族传统风格的创造性的继承。

当然，这些弱点，都还并没有在《苦菜花》里构成不可补救的缺陷，而作为艺术表现上的消极因素，却也是值得引起作者严重注意的。

1958年6月8日写于京郊潞河故乡

（原载《文艺报》1958年第13期）

生活的诗和艺术的诗

——评杜鹏程短篇小说集《年青的朋友》

读完了《年青的朋友》，合上书本，心情却仍然羁留在小说的人物境界里。那沸腾的建设工地，生龙活虎般的英雄形象，仿佛仍然团聚在你的周围，像进攻的号角一样，号召你跟随他们一刻不停地向新的工地进军。熟悉杜鹏程同志作品的人，都会感受到，这是又一次把人们领进了宝成路上难忘的日日夜夜。尽管列车早已奔驰在嘉陵江边、秦岭南北，这条贯通大西北和大西南的铁道，也早已伸展到祖国的心脏，但是，那曾经“使工地起伏着的阵阵激动情绪”，却并没有随着“时间的脚步声”而消逝。它们保存在《在和平的日子里》，也保存在这本《年青的朋友》里，或许还将保存在杜鹏程同志今后写出的其他作品里。高尔基说得好，作家就是一个“生活的储藏器”。生活可以一天比一天美好，科学技术可以不断地发展，毫不可惜地淘汰一切落后的状态，而那些最初响应历史发出进军号令的人，那些“任凭人世间有多少艰难困苦，即使把生命交出来”也要洗刷贫困与落后的建设者，哪怕手里拿着极简单的工具，却可以凭着“能多挖一锹就多挖一锹，能多炸一块石头就多炸一块石头，能前进一尺就前进一尺”的革命精神，永生在作家的热情诗篇里。历史的激流可以洗刷落后和贫困，而历史却是由依靠现有物质条件的洗刷贫困和落后的人写成的。哪一个作家能够在自己的作品里把握了我们时代的这种融贯一切的饱满的“情绪”，他就是把握了永不褪色的“生活的诗意”。

《年青的朋友》收辑了作者近年来写的11个短篇，除3篇（《飞跃》、《瀚海新歌》、《难忘的摩天岭》）是反映农村生活的，其余8篇都是写的铁路工地的沸腾的建设生活。因此，我们可以把这个短篇小说集里的绝大部分作品，看作是中篇《在和平的日子里》同一生活母题的继续。

像《在和平的日子里》一样，作者在这些短篇里，为我们描绘了我国工人阶级在社会主义建设中的宏伟的英雄气概。一幅幅跃动的画面里，都震荡着我们时代精神的进军号角。毛泽东同志在《论人民民主专政》里曾经说过：新民主主义革命的伟大胜利，“只不过是像万里长征走完了第一步……严重的经济建设任务摆在我们面前。我们熟悉的东西有些快要闲起来了，我们不熟悉的东西正在强迫我们去做。这就是困难。”杜鹏程同志笔下的新时代的主人公们，就正在经受着这种“困难”的考验。这是来自不同生活岗位的战斗者：有的曾经胜利地跨过了那“第一步”，刚刚打败了人民的敌人，就开赴到这建设战线上来，从拿枪的战斗者变成了拿镐的战斗者，必须靠双手，靠肩头，靠智慧，靠百折不回的革命传统精神，向秦岭、向嘉陵江做移山改河的战斗。像《工地之夜》里的那位不辞劳苦、忘我工作着的总指挥，在月光下看得分明的“胳膊上并排摆着三个伤疤”和“泥巴点点的衣服，还遮盖着更多的伤疤”，虽然已经是“遥远的事情”了，却诉说着他的身经百战的生活；像《延安人》里所写的老黑的一家人，他们曾经是老解放区的革命群众，为了从敌人手里夺天下，这一家人英勇地战斗过，现在又在这铁路工地上辛勤地劳动着，用他们“宽阔而坚实的肩膀，支撑着这万里江山”；而《第一天》里的赵志群和杨方，甚至带着残缺了一只手的绷带和刚刚丢掉四根肋骨的伤疤，带着朝鲜前线的战地烟尘，就又投入这铁路工程的建设；有的在旧社会走过一长段痛苦辛酸的生活道路，祖国的解放，唤醒了他们的主人公的自觉，痛苦辛酸的往事，成了鼓舞他们建设美好的今天和明天的推动力量，像《平常的女人》里的郑大嫂，她的辛酸的一生，就是苦难中国工人阶级的悲惨生活的鲜明写照。但是，苦难也熬出了顽强不屈的人，老郑病死在工地上，质朴而刚强的郑大嫂，却不愿意“在老郑的名下领上抚恤金，身不摇、膀不动地吃自在饭”，而且离开了她的温暖的家庭，冒着寒风大雪，步行五六百里路，来到这建设工地，要顶替老郑的修路工作，烧开水，打道碴，不声不响地把自己的一切力量贡献给社会主义的建设事业。《工程师》里所描写的那老一代和中年一代的工人形象——老领工员李老山和他的儿子桥工队长李振远，他们今天分秒必争地建设祖国的豪迈热情，也是显示了从苦难中成长起来的主人公的精神力量；有的是在新社会培养出来的青年一代，像《年青的朋友》里的司机王军和他的爱人李一荣，《工程师》里血统工人的第三代青年工人出身的工程师李永江，《光辉的里程》里的青年知识分子的工程师贺俊，他们虽然有着不同的生活道路，或者走过一段不同的思想历程，但是，沸腾的社会主义建设生活，也正像火热的战斗生活一样，能使年青的一代在实际斗争中百炼成钢。至于《工地之夜》里的司机赵玉勤，《夜走灵官峡》里正在学话的小主人公成渝，他们和祖国建设融为一体的动人心弦的艺术形象，更是我们时代精神的诗意的结晶。

当然，摆在这些主人公面前的，并不是一条顺畅的大道，昨天拿枪的战斗者，今天必须拿起镐来，熟悉的东西闲起来了，不熟悉的东西正在强迫人们去做，这确实是在经历着“困难”，为了征服这种困难，有时还免不了心烦意乱，免不了尖锐的思想矛盾，甚至免不了流血和牺牲。读过《在和平的日子里》的人，会记得，小说里的两个主人公阎兴和梁建的那场尖锐、复杂的思想冲突，会记得那个红小鬼出身的小刘，怎样用他的青春生命的美，闪射出“照彻人世的光亮”。

作者丝毫不想粉饰他的主人公们所遭遇到的困难，也丝毫不想掩盖他们所经历的思想矛盾，而是真实地、深刻地表现了他们在斗争中的成长。看看来到和离开工地的两个“第一天”的杨方的形象，是很有意思的。要“第一天”离开工地去学习深造的工程处长杨方，现在已经是一个爆破专家了。可是，在五年前的“第一天”，他率领刚刚从朝鲜前线回来的队伍来到工地，却是完全不同的情况。面对着这陌生的大山，生疏的工作，“不晓得从哪里下手，懵头转向，心里像一堆乱麻”。“因为有力量没处使，憋得满身难受”，而且大发脾气。

听听这“第一天”里战士们的那场争论，就更有意思了：

……慢慢地，战士们都围到杨方身边。他们愣愣怔怔地互相瞧着，好像没有听懂杨队长的话。本来，到这里来开凿隧道的事，大家老早就知道了，可是总不信这是真实的，半月前，还在水里滚泥里滚，还在稀里哗啦打仗，怎么突然又钻到这深山里要开凿隧道呢？朝鲜作战和在祖国的大山里开凿隧道，这两件事仿佛一下子很难拉到一块。

战士和干部们你一言我一语，争着说话了。

“人多势众，你一筐，我一筐，有个三年五载，总能把这几座大山搬到一边去，提起开凿隧道嘛，咱们是一窍不通哟！”

“去吧！说话不怕腰痛。把几座山搬到一边去，会把腰筋挣断！我看哪，从山里打个洞洞过去，还容易。咱们在家里还没打过窑洞？”

“修铁路为啥一定要开凿隧道？谁出的这坏主意？”

老连长说：“碰到了鬼！活活地碰到了鬼了呀！”他嗖地抽出手枪，照对面那高耸入天的大雪山，叭叭放了两枪。子弹不知落到哪里去了，枪声像放纸炮似的，连回声都没有引起。

他泄气地摇头，然后怒气冲天地咒骂雪山。

没有笑声，没有言语，大伙却大口大口呼吸冷气，时而望着杨队长，时而望着连绵起伏的大雪山。

看到这幅纯真、坦率的思想矛盾的精神画面，很容易使人联想起《保卫延安》里的榆林撤退时周大勇的连队。这些生龙活虎般的革命战士，在遇到陌生情况时，也会有一时的想不通，也会有溢于言表的“一肚子火气和不满意”，但是，这无碍于他们仍然是坚守阵地的革命战士，而作者也往往通过这样的反衬手法，映照出他们的英勇无畏的精神面貌，即使在这样一个场面里，也散发着战斗的诗意。

正像杨方所想的，只要他“手一抡，战士们就会哗地展开战斗队形，穿过烟雾，射击、呐喊、奔跑、冲击”。困难压不倒这些百炼成钢的英雄们。赵志群说得好：“逼上梁山总有办法，只有养孩子这件事，你我才学不会。”就是在这“暴风雪逞威的战场上”，赵志群和杨方率领着新的拿镐的战斗者，又开辟出一条通向胜利的大道。

杜鹏程笔下的人物和他们的精神境界，有时真像从高山上倾泻下来的奔腾的瀑布一样，具有直接冲击心灵的威力。不管是枪林弹雨的战争生活，火热的劳动场面，或者平凡的日常工作中的思想矛盾，作者都能通过艺术概括，把他所感受到的战斗的诗意动人心弦地传达给读者。

曾经有人说，杜鹏程作品里的人物仿佛是在一步一个血印地走路，总是经历着生活的磨难。这一方面有些夸大其词，在《保卫延安》和《年青的朋友》里的绝大部分短篇的艺术基调里，分明渗透着无产阶级改造世界的战斗的欢乐；另一方面，如果取材于这样的现实生活，又何必非把它们渲染成廉价乐观的假象呢？譬如《在和平的日子里》和《平常的女人》，作者多着眼于战胜困难的斗争和苦难生活熬炼出来的坚毅品质，这有什么可以责备的呢？

相反地，我却觉得，在反映建设生活的作品里，作者洞察困难并在战胜困难的斗争中突出地塑造他的英雄人物，这正是其他作品所不及的充实之处。我同意王愿坚同志的评价：谈杜鹏程的作品，“放在心上掂一掂，觉得沉甸甸的，似乎特别重；人物形象像钢铸铁打的，一个个结结实实”。

无论战争生活还是建设生活，都不可能是一帆风顺的，何况我们进行的是人类历史前所未有的伟大的社会主义建设。如果打个比喻，也不妨说这是一场和平的“战争”。在这场“战争”中，正像毛泽东同志所说的：“我们必须克服困难，我们必须学会自己不懂的东西。”因而，沸腾的建设生活，也同样反映着大时代革命的节奏。这是向贫困和落后展开的更深刻、更细致的“战争”，这个“战争”要完成的英雄伟业，比消灭战场上的敌人，要复杂得多，也困难得多。看看杨方和他的战士们面对着大雪山时的困窘，看看《工地之夜》、《延安人》、《光辉的里程》里的主人公们所遇到的材料困难、工程事故、季节威胁，以及无尽无休的会议、争吵、扯皮，人们会觉得，这样密集的日常事务，确实不如在战场上你死我活干一场来得痛快！但是，假如你能透过这一切，也会发现高尚的心灵和献身的精神，甚至焕发着远大理想的生活的诗意，因为在这里，同样需要朝气勃勃的共产主义战士，需要顽强的意志和斗争的精神。《在和平的日子里》的主人公阎兴对梁建说的一段话，是意味深长的：

> 说心里话，我们挑的是千斤重担。因为，我们要在很短的时间里，打扫去几千年堆起来的垃圾，要在很短的时间里，做好别人几百年才能做好

的事情。老梁啊！过去我以为战争是了不得的大事情。现在看来，南征北战算不了什么，在战争中我们只不过用刺刀劈开一条路，通过这条路再往前走，才真正碰到了艰难，正像目下你我亲身经历的一样。怎么办呢？碰到艰难就往回缩？看到贫困的现象无动于衷？离开这个战场让中国永远落后？你说，当初我们把老百姓衣服脱下来换上了军衣，后来又把军衣脱下来换上了工人服装，换来换去为了啥呢？

在建设生活里，免不掉矛盾、困难甚至严重的错误，如果一个作家没有洞察复杂生活现象的能力，不能在真实生活的困难、折磨、锻炼和考验里，塑造自己的英雄人物，他就反映不出我们的时代精神，也发掘不出复杂生活中焕发着理想和战斗热情的内在诗意。据我的了解，在反映工业建设生活的作品里，能够真实地表现其中的复杂矛盾，并在战胜困难的斗争中，塑造出使生活真实、理想光辉、英雄品质结成一体的诗意盎然的艺术形象，还是杜鹏程作品的独创的思想艺术特点。

当然，从生活的诗到艺术的诗，对于作家来说，是一个艰辛的复杂劳动过程。发掘生活的诗，需要洞察生活的敏锐的眼力；而创造艺术的诗，却不仅需要丰富的生活体验，而且需要正确、深刻概括生活的思想艺术能力。作家的艺术构思可能萌发于实际生活中遇到的一次非常偶然的生活事件，但是，动人心弦的艺术品，却很难只是依样画葫芦地描摹生活原样就能创造出来。生活中的偶然因素可以成为创作灵感的触媒，而艺术概括却必须饱和着丰富的生活体验和深刻认识生活的能力。杜鹏程同志在一篇谈塑造人物的文章《关于情节》[①]里说过这样一段话：

……听到一件事，看到一个人，接触到某些生活现象，不能说绝对不能以此为基础写成东西，但是仅仅靠这些要写出什么深刻的东西是不可能

① 杜鹏程：《关于情节》，《谈小说创作》，作家出版社1962年版，第83页。

> 的。知道得有限，还说什么选择呢？要进行选择，要使情节典型化，必须储藏很丰富，只有如此，才有选择的余地，才有概括的可能。要做到这一点，就必须置身于斗争中，经的多、见的多、看的多、思考的多、感受的多、感受的深。……这样你才能看到别人看不到的东西，感觉到别人感觉不到的东西。

这是对于艺术概括的很好的说明，也是作家自己创作经验的一个注脚。熟悉鹏程同志作品的人，会有这样的感受，他笔下的栩栩如生的英雄人物，绝大部分都是饱经战火考验的革命战士。从李诚、周大勇、王老虎（《保卫延安》），到阎兴、小刘（《在和平的日子里》）、总指挥（《工地之夜》）、黎局长（《光辉的里程》）、杨方、赵志群（《第一天》），他们的变化，只不过是从穿着军装变成了穿着工装的战士而已，在生活、气质、品质、作风上，都带有永远磨不掉的革命传统的本色。作者曾经跟随他们一起驰骋在西北战场上，现在又和他们一起在宝成路建筑工地里经受新的生活考验，“从前拿枪现在拿镐的战斗者，是他的朋友，他很熟悉他们”。——熟悉他们的过去，也熟悉他们的今天。正是由于作者对于这方面的“生活”和“人”的材料“储藏很丰富”，所以才能在创造艺术形象的时候，“好像毫不费力地就把镜头对准了人物最美的部分，把人物放进了最能充分、明显地表露性格特点的环境里，而且放得那么恰切、熨帖。”这种特点在《保卫延安》和《在和平的日子里》，我们已经有了较深的感受，周大勇一出场就吸住了读者的心，阎兴的形象，几乎在肖像描写里，就把他的性格的内在品质传神地烘托出来了，而在短篇里，这个特点就表现得更加突出了。

不同体裁的作品，对于艺术概括，也有不同的要求。短篇小说由于容量的限制，它在概括上要求深广，在表现上却要求极度凝练。杜鹏程短篇里的人物性格的创造，大体上可以说是在两种情况里显示了这个特点的。一种是像周大勇、阎兴那样，人物一出场，就置身在尖锐的生活矛盾里，要求人物立即在行动中显示性格，这就需要作者有勾魂摄魄的艺术能力。像《第一天》里的杨方和赵志群，真像和他们处身的暴风雪的环境融成一体了，他们的热火喷人的性格力量，一开始就猛烈地“袭击”着读者，特别是赵志群和杨方那场充满着战斗热情的对话，真是一笔一个道道，活画出两个在战火考验里成长起来的刚毅性格。这个短篇虽然只摄取了他们来到新的生活岗位的“第一天”，但是，却丰满地揭示了这样的钢打铁铸的英雄汉，是任何困难也压不倒的。那种“奔腾在体内的力量”和“心里的火焰”，可以随时自豪地宣布：“第一天，前头还有很多的第一天。可是有一种人，任凭什么样的第一天，总制不住他。”《延安人》里的那一对不知疲倦的老黑夫妇，也是在“旋风般的生活旋律里”，充分显示了他们的性格光彩的。这两位曾经战斗在陕北平原上的老战士，现在又把永葆青春的生命力量献给社会主义的建设事业。枪林弹雨的战斗生活和风里雨里为建设奔走，在这对老夫妇的忘我的工作精神里，是那么谐和一致，相互辉映。面对着这样生龙活虎般的老人，人们都会油然地产生党委书记吕有怀的那种崇高而壮美的遐想：“透过这高大的形象，看到了一部历史。这部历史包括了好几十年的时间——不，岂止几十年的时间？简直包括了好几个伟大的历史时代啊！”“就是那些宽阔而坚实的肩膀，支撑着这万里江山。过去如此，现在如此，永远如此！”

在这种情况里塑造人物，确如杜鹏程自己所说的：“把人物放置在特殊的斗争尖锐的情况中，放置在重大的考验中，不仅在于这样作可以使作品达到戏剧的高潮，造成一种雄伟、热烈、紧张的气象，而且它能一下子便把人物性格、心灵和精神状态强烈地突出地显现出来。”采用这种方法来概括性格，作者必须对人物性格的发展历史了若指掌，而又必须提炼出非常贴切的生活情节（即截取特别丰满的生活断面）。要在容量有限的短篇里，既有深广的概括，又是通过极度凝练的形式表现出来，才能引人深思，令人回味，使读者的想象力从小说所描绘的生活断面里伸展开去，在思想感情上有所收获。《第一天》里的不同的“第一天”的生活矛盾的概括，《延安人》里的两种相互辉映的画画：战争生活的艰苦战斗和建设生活材料困难的尖锐矛盾，对于塑造主人公的性格，都是极富表现力的。而《工程师》这一篇，虽然也提炼了一个很好的生活情节，但老少三辈的工人形象却塑造得不够突出，大概是由于作者对人物性格缺乏像前两篇那样深广的概括，因而，情节和性格的融合也就显得不够血肉丰满。

另一种情况是，通过日常生活的描写，从各种角度上凝聚生活的镜头，让他的人物不断地腾起一道道的闪光，逐渐地在读者的心目里照耀出他们整个形象的性格和精神的美。像《年青的朋友》、《光辉的里程》，特别是《平常的女人》，在人物性格的创造上，都具有这种特点。

在作者的笔下，郑大嫂确实是以一个极其“平凡”的女人的形象走进读者的心目里来：

……文化教员领个女人，进了办公室。这女人把挺大的竹背篓往地上一放，取出洋瓷碗，倒了一碗水，咕咕地几口就喝光了。喝完，用手背擦了擦嘴，靠墙站着，一言不发……

如果在日常生活里，遇到这样的妇女，我们可能来不及仔细打量她，就让她从面前走过去了。可是，在这里，文化教员一句话的介绍：“多玄乎！她步行了五六百里地，赶到这里”，就留住了你的脚步。面对着这个“个儿不高，方方的脸，显得黑瘦瘦”的女人，打量她的装束：“脚上让草鞋磨破了的地方，捆着条布。棉袄让什么东西挂得稀巴烂。裤子的膝盖上，磨破了两个大洞。”你会有和那位工会主席一样的想法：“她大约真是穿过雪山和森林走来的；还不定有多少回是跪在山坡里往上爬的！”而且也不禁会发生那位工会主席同样的疑问：“她为啥在这隆冬寒天往这深山里头钻？”

于是，你从这个瘦小的平凡的女人身上，感到了一种吸力，使你不得不追随作者的笔，进入她的生活世界。当她叙述旧社会的苦难经历，你还只是增长着同情；而当她“蛮厉害地盯着文化教员的胸脯”提出质问：“依你说，我在老郑名下领上抚恤金，身不摇、膀不动地吃自在饭？”“老郑殁了，铁路可修通了？”当她得不到“工作”的答案：“自言自语地说：‘我凭着两只手过活了半辈子，给谁也没有添过麻烦！’往地下一蹲……两手撑在地上猛往起一站，背起很沉的竹篓就咚咚地朝外走，头也不回。”这个瘦小躯体里散发出来的坚毅的性格光彩，不由得不使你全神贯注起来。

就这样，作者把我们领进了郑大嫂的生活，从日常的平凡的劳动和工作中，渐次加深地融合到沸腾的工地建设的脉搏里去：到招待所没有三天，就自己去找活干，管理员劝阻她，她一句话就把他顶回去："你不要看工地里钱多，没有分文钱是给吃闲饭的人开支的。"工会主席无可奈何只好分配她去为工地烧开水，通知她明天上班，她立刻回答说："明天，明天是黄道吉日？今天就上工吧！"从此以后，无论是天寒地冻大风雪的冬天，还是"太阳晒得人身上流油"的炎夏，这位郑大嫂都坚守在自己的开水锅旁，为工地流汗的工人们补充水分。热情鼓励勤俭的老工人，厉声呵斥懒惰的二流子，并且体贴入微地为工人排解家庭纠纷……工地热火朝天的建设，每时每刻都在冲击着这个开水锅，就是生产竞赛，也立刻在这开水锅旁，得到了热烈的反响。一个勤劳的倔强的妇女形象缓缓地在你的心灵里站立起来了，越来越清晰，越来越高大，直到你跟随那工会主席一同走进她的小草棚，看见她在"要灭不明"的小油灯下，"连看带哼唧地"抚摸那用来记载她的劳动进度的划满道道的石板，或者是在开水锅旁，看到她打道碴的欢乐，那一道道的闪光转眼间凝聚在一起了，读者会透过这个倔强、勤劳的妇女所走过的一小段道路，看到了一颗劳动人民朴实而伟大的心，这颗心照耀着大嫂坚决走着的道路，也照耀着整个沸腾的建设工地。人们会像作者一样，从内心深处升华出豪迈的感情：

> ……望着嘉陵江沿岸的铁路工地，工地里电灯照得通亮。发电机、混凝土搅拌机、空气压缩机、推土机、拖拉机，不停息地吼着，我觉着那各种机器旁边都站着郑大嫂。许多探照灯直射到高耸入云的悬崖上，我觉着，郑大嫂腰里拴着蝇子，吊在半空中，正在悬崖上打炮眼，开辟前进的道路。地层深处有许多郑大嫂，抱着风钻一分一寸地穿凿坚硬的岩石，一分一寸地前进，要把横宽数百公里的秦岭和大巴山打通，让火车飞驰而过。

但是，无论是"把人物放在特出的尖锐的情况中"，"一下子便把人物的性格、心灵和精神状态强烈而突出地显现出来"，还是透过日常生活的描写、渐次加深地揭示蕴藏在平凡表象里面人物的性格美和精神美，都可以看得出，作者截取的虽然只是人物性格发展的一个生活断面，或者只是摄取了“惊涛拍岸”飞溅出来的几朵浪花，而在艺术概括上所下的功力，却是一丝不苟的。作者尽量在短篇的容量里，凝缩进丰富、深广的生活内容，像《延安人》、《平常的女人》这两篇，都分明有着历史概括的意义。遒劲、热烈、深沉，是杜鹏程创作的一以贯之的特有风格，但是，从《在和平的日子里》开始，他的作品艺术基调似乎又渗进了一种新的因素，我们不妨先称之为诗意的概括和哲理的抒情。它渗透在作者对生活的诗的概括的浓郁色调里，也体现在由于作家对生活的诗意感受自然而然地迸发出来的热情赞歌里。

对现实生活进行真实的艺术概括，是我们时代革命作家创作共有的特色，不过，艺术概括毕竟是每一个作家的艺术思维活动，因而，它也必然会和每一个作家对生活的主观感受、作家个人的主观素质（包括生活修养、思想艺术修养、个人性格）有密切联系。据我想，这大概就是文艺作品形成千差万别的艺术风格的原因之一。

善于在艰苦的战斗和困难的建设中发掘出生活的内在诗意，善于在尖锐的矛盾和平凡的劳动生活里捕捉人物性格的富有战斗诗意的情采，可以说是杜鹏程创作在艺术概括上的风格特点。在这里，我只着重谈一谈《工地之夜》这个短篇。就个人爱好来说，在《年青的朋友》这本集子里，它是我最喜爱的一篇。《工地之夜》的篇幅并不长，仅仅比最短的一篇《夜走灵官峡》稍微长一点。

要了解这个短篇的构思过程，应该读一读王汶石同志的《漫谈构思》，这篇文章对《工地之夜》的构思有详细的介绍，精辟的分析。

置身在建设生活的旋涡里，熟悉一些事件的过程，是并不困难的，但是，想从复杂多变的生活现象里，提炼出最具有典型意义的情节和主题，而且在艺术创造上能够生发出时代生活的诗意来，使读者的思想感情有新鲜的收获，却并不那么容易。生活在成千上万的社会主义建设者中间，也不可能看不到他们所创造的奇迹，不可能不为他们的英雄业绩所激动、所鼓舞，但是，想从平凡的劳动生活中一下子就捕捉住他们的具有时代精神的性格美和心灵美，就更不是轻而易举的事。

据王汶石同志的介绍,《工地之夜》的创作,是萌发于真实的人物,真实的事件:

> ……一个初冬的深夜,作者驱车在秦岭峡谷急驰,他跟"总指挥"一块去参加一个工程会议。银灰色的薄雪,车轮留下的黑色的辙印,迎着灯光立起来的野狐,山沟里一两声狗吠,丛山多寂静!大自然的征服者在寂静的深夜山丛中飞行,也正在这时刻,几百人组成的劳动大军,正在深山中从事移山填壑的战斗……这情景触发了作者的生活诗意的联想。他身边的总指挥、驾驶室的司机,他们的豪迈而又有趣的生活,一件事又一件事并不连贯地在作者脑海里展现出来。有一次在成都开完会要返回工地,有同志发现市场上有好皮鞋,总指挥也想给自己老婆买一双,可是不知老婆的脚大小,该买多大尺码才会合适,司机说:"我知道!"又一次,大伙已离开成都,走在路上,总指挥忽然想起来,忘了在四川买些地瓜(这是他平素顶喜欢吃的家乡土产),司机说:我已经给你买来了。平素大家都把这位司机叫做总指挥的活的记事簿,因为他常常替总指挥记着许多要处理的事情,到时候如果总指挥忘了,他就提醒他。这些事情谁也不留意,然而一个生活问题吸住了作者的注意,吸住了作者的生活和艺术的思想,这就是,在艰苦而又豪迈的斗争和忘我的劳动中,人和人的关系。①

不过,这种"诗意的触发",还并未促使作者有"搬到稿纸上的要求",而是"过了一些日子,很偶然的,作者在灵官峡遇到也辛同志,闲谈起来,谈到那位司机,他告诉鹏程说:那位司机因天将雨而发愁,因为有几个工点将因雨而碰到意外的困难。这位司机对全部工程和各个工点施工情况的熟悉和关怀,大大感动了也辛同志。也又一次激动了鹏程。"于是,这闪光的素材,照亮了作者的灵感,生活、情节、人物都聚拢来了,作者找到了他正要寻找的生活事实中

① 《谈小说创作》,作家出版社1962年版,第59—60页。

的深刻的思想意义。

王汶石同志的介绍和分析，不仅有助于我们理解作家的细腻入微的艺术构思过程，也有助于我们探讨他的对生活的诗的概括的特点。

现在出现在我们面前的《工地之夜》的故事情节，素材原型已经经过改造、概括，组成一个完整的艺术有机体了。这是紧张、热烈的工地生活，工程总指挥是个大忙人，在深夜里他仍然留在现场开会，会散了，“好些人还在工棚门口围着；请求、诉苦，用夸大的困难威胁他”……现在他必须冲破这个包围圈，立刻乘车赶到城里参加七点半的会，然后，也许还要从“成百件的指示、信件、电报”堆中再冲出来，重新到现场上来。紧张的忙碌使他连吃饭都忘记了，幸亏司机老赵为他准备了干粮，他才能趁着赶路的空隙，啃着地瓜、饼子充饥；乘车赶路算是他休息的时间，可是，就是在这个时候他还在担心霜冻，还是忘不了各种需要解决的工作问题……最后，终于禁不住疲劳的袭击，在颠簸的汽车里睡着了。这个“永远开朗愉快的鼓舞别人的人，只有在睡梦中，才让疲劳征服了！只有在睡觉中，才显出他平常怎样苛刻地挤出了自己每一点汗水和心血”！

当然，短篇的中心，还是在写司机老赵。在他和总指挥的充满着诗意的关系里，老赵扮演着“生活的主角”。他无微不至地关怀着总指挥的生活，为总指挥准备了可吃的东西，担心总指挥沿路受“包围”，甚至不顾责骂，把车子开得飞快，目的无非是为总指挥从时间手里夺来片刻的睡眠。更动人的是，他不只是帮助总指挥摆脱一些不必要的纠缠，而且能主动地协助他处理问题。这一切，虽然像久已养成的习惯那样，出现在小说所反映的生活断面里，却给读者带来了丰满的诗意形象，使人们从平凡的生活画面里，领略了新的人间关系的友情的甜蜜，并从中升华出崇高的诗意。透过老赵的形象，老赵和总指挥的关系，老赵和整个工地的感情，作者富有诗意地概括了我们的建设生活，我们的时代精神。有什么力量能够阻止真正的生活主人公阔步前进呢？在老赵的普通而又崇高的性格里，我们看到了富有主动性和创造性的中国工人阶级的整体形象。有的同志说，这个短篇只是创造了一个意境，性格的描绘并不是它的长处，我却觉得，那使人浮想联翩的优美意境，正是丰满的生活、性格的诗的概括的结晶。如果作者没有对生活的诗意的触发，做刻苦的、反复的艺术构思，就未必能从那素材的矿藏里，提炼出如此富有光泽的金属。

在杜鹏程的这些短篇里，对生活的诗的概括和哲理的抒情经常是结合在一起的，也可以说，哲理的抒情，正是作者对生活的诗的概括的思想感情的结晶。这在《平常的女人》、《工地之夜》、《夜走灵官峡》、《延安人》里，都表现得很突出。它们或者渗透在主题思想的概括里，像《工地之夜》、《夜走灵官峡》；或者通过生活、形象、性格的感受，直接从作者的笔下，抑制不住地迸发出热情的赞歌，像《延安人》、《平常的女人》。而反转来，这种哲理的抒情，也给这些短篇的艺术基调注入了诗的生命。自然，作家的主观的哲理抒情，只有当它体现了渗透在思想形象里的生活真理的时候，才能在读者的艺术感受里唤起诗意的共鸣。《工地之夜》是取得了最显著的效果的。《夜走灵官峡》通过小主人公成渝的稚气而壮美的精神世界所揭示的生活真理，也有着深沉而热烈的冲击力量。不过，无论是对生活的诗的概括，还是哲理的抒情，如果主观感情的渗透和抒发，强于生活、性格概括的真实力量，那么，不管作者怎样企图用自己的思想的光照亮作品题材的意义，收效也是不会很大的。《年青的朋友》里的三个描写农村生活的短篇，特别是《飞跃》和《瀚海新歌》，就都存在着这样的缺陷。茅盾同志在评论《飞跃》时说："这一篇虽有风骨崚嶒的气概而仍嫌粗疏。虽然在铁锨、炒面袋、烟荷包等细节上着力刻画许栓，而无补于人物形象之平面。所以然之故，我以为在于结构庞大而内部缺少回廊曲院，这表现在人物描写多用浓重的平面渲染而很少在行动中刻画人物的性格。"[①] 如果从作家的主观方面来探索，那么，夸张的笔墨，夸张的抒情，强于生活、性格的真实概括，是造成这些缺陷的根本原因。而比之《瀚海新歌》，《飞跃》似乎还稍胜一筹，至少主人公许栓的形象要比杨老四的形象丰满一些。杜鹏程同志在《年青的朋友·后记》里说：

① 《一九六〇年短篇小说漫评》。

“……这部作品，有几篇虽然看得过去，但是一眼就可以看出其中有几篇很弱。”这反映了作者对自己作品的切实客观的评价。尽管如此，《年青的朋友》的大部分作品，仍然表现了作家独有的思想艺术特色，不失为短篇小说创作中的瑰丽的新篇章。

（原载《延河》1962年第9期）

生活真实和理想威力的高度融合

——论《红岩》思想艺术的一个特色

《红岩》以震撼人心的思想艺术力量出现在1961年的文坛，是我国社会主义文学的新的成就，也是目前长篇小说创作中的新的收获。

《红岩》是一部在革命回忆录的基础上进行了艺术再创作的长篇小说。读过《在烈火中永生》的人，会对《红岩》的某些情节内容，有一些印象。但是，作为一部小说，展现在《红岩》里的思想和生活，却要较之《在烈火中永生》深沉而广阔得多。它不是真人真事的简单加工，而是在新的思想概括和艺术概括基础上的再创造。那些闪光的素材形象，在这里，只成了诱发作者进行更广阔、更丰富的艺术构思的触媒。

一位同志读过《红岩》以后有这样一句评语：《红岩》是我国革命文学中一部具有罕见的艺术冲击力量的作品。我觉得这个评语非常贴切。它既说明了《红岩》在作者和读者思想感情交流中所获取的艺术效果，也说明了《红岩》独创的思想艺术特点。

艺术的冲击力量，首先来自那些红岩高大的革命者的英雄形象。在我国革命文学作品里，《红岩》可以算作是开拓了铭刻着革命史实的另一种斗争生活——特殊的监狱斗争生活——的领域。虽然我们有些作品曾经接触过这个斗争生活的领域，但是，能够这样深刻、这样广阔地写出这种斗争生活的尖锐、残酷而复杂的面貌，却是这部长篇小说所特有的。而作品的成功又恰恰是在最尖锐、最残酷的斗争中，描绘了革命烈士们的博大的共产主义胸怀，坚强的理想和信念。渗透在小说的情节和形象里的革命英雄主义、革命乐观主义、革命理想主义，是那样地鲜明、丰富而又撼动人心！然而，所有这一切，既没有任何取媚读者的廉价的“传奇”性，也没有硬贴上去的任何痕迹。不可摧毁的革命理想主义和压倒敌人的磅礴气概，都交融在极其残酷的斗争生活的真实描绘里。

“渣滓洞”、“白公馆”，这是美蒋反动派杀人的魔窟，又是黎明前夕尖锐的、紧张的阶级斗争的特殊战场。挣扎在死亡线上的特务匪徒们，仍然妄图用他们疯狂的血腥手段，从这块“王土”里榨出膏血，以逞残威。被投到这两处人间地狱的人，哪怕是幼小的生命——“监狱之花”和小萝卜头，哪怕是误入这所谓“禁区”的无辜的青少年——胡浩和他的同伴们，也没有一点点活着出去的希望。至于共产党员、革命者，在这人间魔窟里，就更是美蒋匪徒们苦心渔猎的对象。酷刑、残杀，是徐鹏飞之类刽子手们的职业嗜血病——“它们把人血当作滋养，把杀人当作终身事业”……《红岩》里的烈士们，就是生活在这样一种极端艰苦的斗争环境里，它每时每刻都在吸吮着革命者的鲜血，折磨着革命者的肉体和心灵。但是，《红岩》对于美蒋特务极端残暴的具体描写，却没有带来任何消极的色彩，因为在这种残酷的生活真实里，作者并没有把主要的笔墨放在描写鲜血淋漓的酷刑上，而是通过酷刑展示了两种不同精神世界的搏斗，有力、突出地描绘了烈士们的顽强、坚定和高度的乐观主义，使他们的气壮山河的崇高情操和英勇无畏的自我牺牲精神，焕发出夺目的光彩，压倒了敌人的反动气焰。

许云峰，是小说塑造的最突出的英雄形象。这个只知把意志和希望集中在为革命开辟胜利道路的共产党员，是怎样撼动着读者们的心灵啊！发现了甫志高叛卖的极其紧迫的时刻，为了掩护重庆党地下组织的负责人李敬原，实际上也是为了掩护整个地下党组织，许云峰一方面交代着抢救同志的措施，一方面自己又毅然决然地走进特务匪徒布置下的罗网。在这短暂的刹那，这种当机立断的行动，是在怎样的高度上表现了一个共产党员的崇高品质！

临危不惧，明知死亡即将到来，却仍然争取在生命尚未终结的前夕，千方百计地为革命作出贡献，把个人的一切置之度外，这又是许云峰在狱中生活中的丰满的性格表现。徐鹏飞们满以为抓到了一条“大鱼”，妄图把重庆地下党组织一网打尽，但是，在法庭上的第一个照面，徐鹏飞立即觉察到他遇到的是一个怎样顽强的敌人。这个宣称“神仙，我也叫他脱三层皮！骷髅，也得张嘴老实招供”的刽子手，虽然用尽了软硬齐下的鬼伎俩，却无法使许云峰吐出任何一个多余的字眼。被酷刑折磨得极其衰弱的许云峰，即使被投到白公馆与世隔绝、不见天日的地下隧道，也割不断他和党、祖国、战友的精神联系。为了迎接重庆的解放，为了保存力量帮助战友们暴动越狱，许云峰向党提出了周密的计划，而且为了实现这个计划，打开一条出逃的孔道，许云峰又在艰难的条件下进行着一种“特殊的战斗”：

> 许多日子过去了，他的手指早已磨破，滴着鲜血，但他没有停止过挖掘。石灰的接缝，愈挖愈深，他的进度愈慢。脚镣手铐妨碍着他的动作，那狭窄的接缝也使他难于伸手进去。困难，但是困难不能使他停止这场特殊的战斗。

“铁打房梁磨绣针”，洞壁的岩石终于被挖通了，而许云峰却安然等待着就义，把这条用自己鲜血滴透了的孔道，留给战友们，留给集体。这种共产主义者的博大的胸怀，融合着高度的革命乐观主义精神，被描绘得何等震撼心灵！

江姐，这个受到整个监狱战友尊敬的无产阶级的女战士，在小说里，虽然只写了她一生的最后一段道路，却丰满地塑造了一个坚贞的共产党员的英雄形象。

江姐刚刚来到川北游击区，就在城楼上看到了“多少年朝夕相处，患难相共的战友、同志、丈夫”的人头，“多少欢乐的想念，多少共同战斗的企望，全部化为泡影”了，对于有着深挚爱情的江姐，这是怎样惨重的打击啊！她也曾“禁不住要恸哭出声，一阵又一阵头昏目眩，使她无力站稳脚跟”，但当她一听到华为“亲切的声音”，“茫然的视线，骤然碰到华为手里的箱子”，“一种自责的情绪，突然涌上悲痛的心头。这是什么地方？什么时候？自己担负着党委托的任务！不！没有权利在这里流露内心的痛苦；更没有权利逗留”！

“战士的眼泪不是脆弱的东西，它代表坚贞的心向革命宣誓”，共产党员的江姐不会为亲人死亡的悲痛所压倒，敌人杀死了一个老彭，却杀不死千千万万的革命者，“剩下孤儿寡妇，一样闹革命”，于是，江姐坚定地向党提出了请求：

“我希望，把我派到老彭工作过的地方……”

这样坚贞的战士，又岂是监狱的酷刑所能屈服的。由于叛徒的出卖，江姐被捕了，特务们妄想从江姐的身上猎获到从许云峰、成岗、余新江那里不能得到的东西，对江姐进行了严刑拷打，“一根，两根……竹签深深地撕裂着血肉……左手，右手，两只手钉满了粗长的竹签”……然而，他们所能得到的，仍然是坚定的回答：“上级的姓名、住址，我知道。下级的姓名、住址，我也知道……这些都是我们党的秘密，你们休想从我口里得到任何材料。”

毒刑，压不碎共产党员的钢铁意志；死亡的威胁，也无法熄灭革命者充满乐观、信心的烈火。在法庭上，许云峰、成岗并肩在一起向敌人宣告着共同的誓言：“拷打得不到的东西，刑场上同样得不到！”即使在就义的时刻，江姐也仍然充满信心地展望着美好的未来：“如果需要为共产主义的理想而牺牲，我们每一个人，都应该，也可以做到——脸不变色，心不跳。”就是在这种坚强信念的鼓舞下，江姐梳拢好头发，再用手按平旗袍上的折痕，搀扶行动不便的战友，昂然走上刑场……受尽酷刑，生命已经濒于垂危的龙光华，却在永不熄灭的理想的支持下，一跃而起，用生命的最后力量把双手伸出牢门，向黑暗的夜空呼唤着即将到来的胜利。那“倔立着的高高的黑影”——“一只手紧推住牢门，一只手伸向前面，口微微张开，像没有喊完心里要说的话，一双永不瞑目的眼睛，凝望着远方”……这些弥漫着浩然之气的悲壮的形象，洋溢着多么浓烈的革命浪漫主义精神！黑云是压不住真理的光芒的，天真无知的胡浩，是抱着对国民党的信任，“万里迢迢，投奔到大后方来求学”，却由于误入中美合作所禁区，就“被投进这人间地狱”，毒刑拷打，痛苦折磨，把这个二十几岁的年轻人变成了头发花白、极度近视的“老人”。但是，在这“无边黑暗的魔窟里”，无知的胡浩却“找到了祖国的希望，找到了共产党，找到了自己的理想”，于是，在“渴望为真理献身”的鼓舞下，他决心用他的笔，把“亲眼看见的美蒋特务的无数血腥罪行告诉人民”，“作这黑暗时代的历史见证人”；用他的笔忠实地记述他“亲眼看见的，无数共产党人，为革命、为人类的理想，贡献了多么高贵的生命”的伟大事迹。所以，哪怕是只能“借着那签子门缝里透进来的，鬼火似的狱灯光”，他也“每天每夜”“从不懈怠地”“写着，写着”……

那封热情洋溢的入党申请书，是在怎样的深度上，写出了这个在特殊的监狱生活里成长起来的青年的心声啊！

生活是暗无天日的，但却正在这异常残酷、尖锐、悲壮的斗争中，作者写出了烈士们那种热情洋溢的革命乐观主义精神。像渣滓洞的龙光华追悼会，新年庆祝会，不仅鼓舞了斗志，检阅了力量，简直是在监狱生活里开展了富有创造性的政治示威。谁能想到，在这样的人间地狱里，被囚禁的革命者能如此坚决有力地回击敌人！生活的真实和理想的威力，在这样的艺术境界里，达到了高度的融合，以压倒敌人的磅礴的英雄气概，冲击着读者的灵魂。

然而，《红岩》之所以写得深沉，写得具有艺术冲击力量，还不仅仅由于它写出了革命者在这种特殊斗争生活里的弥天大勇，而且丰富地、深刻地写出了革命者的大智。在《红岩》里，烈士们的英勇、坚定和高度自我牺牲精神，是通过多种多样的机智而又灵活的斗争策略表现出来的。

在这种特殊的斗争生活里，革命者不只需要用自己的精神力量反击敌人的肉体折磨，而且还需要和敌人展开智慧的较量。对于革命者来说，在这种特殊生活环境里的智慧的较量，是一场动员到每一根神经末梢的心理战斗，需要高度的警惕性，需要体察入微和敏锐的神经。因为凶狡的敌人就不仅在用刑，也在用“智”，处处安排下陷阱，刺激和引诱革命者上当。《红岩》的作者以他们切身的体验，丰富的观察，写出了这场惊心动魄的心理战斗。

首先，作者并没有把敌人在这方面的斗争能力简单化。据我所知，小说中几次出现的“红旗特务”的假象，就曾“欺骗”过不少读者。重庆大学的那个追捕特务魏吉伯而被打的黎纪纲，那个“衣衫破旧，举止寒伧”，“苦读”进步书籍的郑克昌，不是甚至还博得共产党员陈松林的“强烈的好感和同情”吗？而美蒋特务所以得手逮捕了重庆地下党的一批同志——从成岗、余新江、刘思扬、孙明霞以至于两个党的领导人许云峰、江姐，也正是由于他们利用“红旗特务”的假面貌，钻了年轻幼稚的陈松林和野心家——最后成为叛徒的甫志高的空隙，“打开了缺口”。

跑到刘思扬的住宅，声称代表党来审查刘思扬狱中表现的“红旗特务”老朱，所以能利用刘思扬的“怕在党内受委屈，怕党不了解自己”，“急于向党表白的情绪”，而使刘思扬险些上了他的当，也毕竟是由于他能装出迷惑革命者的假象。

在奸狡凶残的敌人方面，作者还成功地创造了特务头子徐鹏飞、陆清这样两个人物形象，既没有采取简单脸谱化的方法，又没有把他们漫画化（当然，像渣滓洞的“猩猩”、“猫头鹰”、“狗熊”之类的特务，是有漫画化的痕迹的），而是深深地挖掘了他们的灵魂，写出了他们精神空虚、外强中干的凶残本色，也写出了他们非常“高超”的奸谋诈略。

化为美女的毒蛇，不管采取什么手段，它使用的毕竟是障眼法，是欺骗不了革命者的，最终仍然逃不脱被揭露。但是，在艺术描写上，作者并没有追求这场心理战斗的表面效果，而是从尖锐的斗争中充分地写出了它的艰苦性和复杂性，才显示了革命者的智慧具有如此深沉的艺术冲击力量。

揭露“红旗特务”高邦晋的那一节描写，就充分写出了在复杂的心理战斗中革命者的“强中自有强中手”的智慧。美蒋特务的秘密行动员郑克昌，用高邦晋的名字冒充政治犯，要摸监狱党组织的底，而识出破绽的余新江，却利用他的伪装，在摸敌人的底……在相互摸底的斗智里，余新江终于利用假信，造成了匪徒们的自相攻击，使这个危险的特务暴露了真面目。这里，生动地表现了革命者在监狱斗争中的灵活的策略和方法。

从性格创造上看，在面对面的复杂的心理战斗中，写得最成功的，是许云峰的性格。许云峰在沙坪书店一出场，作者就写出了这个有着丰富斗争经验的党的领导人，是多么善于从细小的迹象里窥察出潜伏着的巨大危险，特别是在审讯室里和徐鹏飞那场面对面的斗争，就更多方面地表现了他的丰富的斗争智慧。

面对着这个老有经验，十分阴险狡猾的敌人，许云峰不仅用正义的精神威慑力量，掏空了敌人的老底，打垮了敌人的进攻，并且利用了敌人的急于报功的心理，把领导《挺进报》的责任揽到自己身上来，引导敌人作出错误的判断，又一次掩护了党的地下组织，迷惑了敌人并打乱了敌人的进一步部署。这一场尖锐的斗智，充分地写出了许云峰的非凡的敏感和判断能力。

他能在审讯室里变被动为主动，完全凭借着敏锐的观察，从敌人变幻莫测的眼色、声调、情绪里，找出了敌人的弱点，然后迅速地作出判断，从而采取灵活的战术，一步一步地迫使敌人交底、上钩。这真可以称得起连神经末梢都参加了战斗的灵魂战争。正是在这里，作者又写出了许云峰光辉形象的另一方面，使得这个成熟的智勇兼备的共产党员英雄形象，更加闪灼着炫目的光彩。

面对面的斗智，需要高度的警惕，敏锐的眼力，迅速的判断，而在长期的监狱斗争生活里，更需要的是沉着、镇定，融合着深谋远虑的战略战术。从火热斗争中的渣滓洞来到“冷静的”白公馆的刘思扬，是多么不能理解这冰冷的“活棺材”啊！但是，正是在这“静如死水的魔窟”里，人们在进行着深谋远虑的战斗。那个“糊里糊涂地沿着院坝，用枯黑的脚板，机械地神经质地独自跑步”的“老疯子”华子良，不是甚至连刘思扬、成岗都被“欺瞒”过了吗？谁曾想到，这个“疯癫”的老人，是在刑场上接受了罗世文、车耀先的“长期隐蔽、迷惑敌人”的命令，等待时机，为党献身！在三年的艰苦的日子里，他佯装疯狂，把一颗火热的革命的心，埋藏在自己的灵魂深处，成了人们心目中的“胆小鬼”、“软骨头”，忍受着同志们的轻蔑，忍受着长期不能和党联系的痛苦，不停地跑着跑着……当最急迫的时刻已经到了，华子良才挺身出来，和党联系，愿意承担最危险的任务。

在地窟里他和成岗、齐晓轩会见的场面，虽然作者把笔力集中在急迫的对话描写上，却给读者留下了丰富的悬念，使这个有着忍辱负重的毅力和胆识，进行了卧薪尝胆、深谋远虑的战斗的老同志，像一个无比坚强的巨人一样，矗立在读者的心目里。

在这种深谋远虑的战斗中，写得成功的人物，还有齐晓轩。他的形象本身，就像是白公馆里的斗争生活的一个缩影。从狱中《挺进报》的“出版”、安排到组织暴动的计划和行动，都显示了这个老革命战士的深谋远虑，指挥若定。

《挺进报》在胡浩手中被特务发现了。奸狡的特务匪徒妄图利用这个事件破获监狱中的党组织，并找出狱内和狱外的联系。他们毒刑拷打胡浩，有意地刺激共产党员们，以便“出现他们希望中的事情——共产党员不会让群众无辜地牺牲，他们会自己挺身出来承认一切”，这实际上是对领导狱中斗争的地下特支的一次严重的挑衅。这真可以说是千钧一发的时刻，“窗外不断传来令人心悸的叫喊，烙铁烙在肉体上，像烙在每个人心上”。战友受折磨的痛苦，煎熬着每一个共产党员。群情激愤，这正是万恶匪徒们希望出现的事情，“那些狡猾而阴险的眼睛，跟在杨进兴身后，去搜寻每一个受不住内心痛苦的折磨，或者气愤得失常的人”。但是，敌人的阴谋没有得逞，齐晓轩“站出来了”。是的，人们会替这位送上门去的特支书记捏一把汗，但人们也相信这位久经考验的老战士在这样的关头站出来，是胸有成竹的。连敌人都知道：“这一次，刑具不会有丝毫用处，对方，是个不容易对付的人。”一手流利的仿宋字，一张敌人的报纸，完全毁坏了匪徒们的进攻计划。在他的天衣无缝的证据面前，“除了他个人的偶然活动而外，敌人不仅找不到党的活动，更无法追究是谁把杨虎城的消息送出去的事。敌人永远不会知道党的秘密”。没有平素防守和退却的周密准备，就挡不住敌人这样一次突然袭击的危险风暴，这一节描写，非常深刻地刻画了一个深谋远虑、大智大勇的性格。

正是因为《红岩》的作者，在这样尖锐而复杂的斗争环境里，开拓出如此丰富的斗争生活，如此广阔的精神天地，才使得那残酷的斗争，没有带来丝毫的消极色彩，而是以它的渗透着革命乐观主义精神的战斗生命，以它的融合着理想威力的生活真实，震荡着读者的心灵。

不过，如果作者把小说的情节和人物，仅仅安置在狱中斗争生活的背景里，仍然不能把这些红岩般的烈士的形象，写得如此高大。站得高，才能看得深。《红岩》和《在烈火中永生》的最大不同处，就在于小说把那些曾经发生过的震撼人心的狱中斗争生活，放在整个时代的显微镜下进行了周密的观察，找出它们和时代生活的内在联系，把它们融合到时代生活的脉搏跳动里，加以集中、概括，创造了完整的艺术形象，显示了新的意义。

《红岩》的主要情节，虽然集中在狱中斗争生活的描写上，但它的历史背景、生活背景却展开得很广阔。小说第一章，就揭示了作品所描写的动荡年代的鲜明生活特征——那浓云迷雾里的报童的叫卖声：“看1948年往何处去？……看美国原子军事演习，第三次世界大战即将爆发……”“……看本市新闻，公教人员困年关，全家服毒……”那从雾气弥漫的高楼顶上悬下来的万元法币结连成的长长彩带，满空飞舞，哗哗作响，都生动地表现了国民党反动派的统治已经走上了穷途末路，这就是山城重庆激烈动荡的1948年。

小说所描绘的斗争生活，就是发生在1948年到1949年的历史环境里。在这一年多的时间里，中国人民解放战争的胜利号角已经响彻全国，国民党统治集团彻底覆灭的命运迫在眉睫。山城重庆就是处于黎明前的黑暗中。敌人正在绝望中作疯狂的挣扎，而重庆的地下党也正在为迎接解放准备条件，开展护厂、护校、护城和农村游击战争的群众运动，敌我的斗争已经尖锐到白热化的程度，监狱里的斗争生活也更加残酷了。美蒋特务机关一方面采取“怀柔”手段，妄图从狱中革命者的身上，找到重庆地下党的线索，一网打尽；一方面又在准备着对监狱中的政治犯进行大屠杀，焚尸灭迹。而狱中的革命者也是一方面在坚持斗争，积极策划暴动越狱，粉碎敌人大屠杀的阴谋，迎接胜利；一方面又把狱中的斗争和狱外的斗争联系起来，为保卫重庆地下党而贡献自己的力量。这是一幅非常广阔的历史生活的图画，它把重庆多方面的地下斗争，交织在这幅复杂的生活画面里，从而突出地描绘了监狱中革命志士们的崇高的精神境界，坚强的斗争意志。

由于小说的情节是展开在和整个时代斗争风暴如此息息相通的历史生活里，这就不仅加强了监狱斗争的时代气氛——没有局限在监狱斗争的事件本身，而是把它融合到整个历史斗争的脉搏跳动里，并且在深刻的生活真实里，把这些革命志士的坚贞品格升华到新的理想的高度，唱出了激昂、悲壮的时代最强音。

我以为，《红岩》从生活概括到作品结构、人物创造，都为革命的现实主义和革命的浪漫主义相结合的艺术方法，提供了创造性运用的新的范例。

1962年

（原载《上海文学》1962年第6期）

社会主义时代精神的最强音

——读《欧阳海之歌》

合上书本，依然抑制不住内心的激动。这是我第二次读《欧阳海之歌》了！欧阳海冲上了铁路，“抢在车头到达之前”，猛力推开那匹“惊惶万状”的战马，“旅客的生命得救了，路边的战友们得救了，国家的财产得救了，无法避免的惨剧避免了”，一个伟大的共产主义英雄形象，随着他的崇高的自我牺牲行动，像擎天柱一样矗立在你的面前，猛力地冲击着读者的心潮！作者的长了想象翅膀的激情的声音，在你耳边激荡回旋着——

……这四秒钟内，欧阳海都想了些什么？短短的四秒钟里，也许他想起了他二十三年的一生：一个从雪里边捡回来的穷孩子，连个正名都不敢起，饥饿、寒冷就是他的童年，讨米篮、打狗棍常在他的手边，连梦里都提防着刘家大屋的黄狗呵……是共产党从风雪中把他救了出来，是毛主席擦亮了他的眼睛，使他懂得了，人为什么才受苦，人活着应该怎样去斗争；他从一个讨米伢子变成中国共产党党员；他过去只为填饱四妹子的饥肠而挨门乞讨，如今他明白了要为天下受苦人战斗到明天。……眼前，列车上是上千个自己的同志和社会主义财产，路边是自己亲密的战友和武器、弹药。集体利益和个人生命无法并存地摆在他的面前，欧阳海，他还有什么可犹豫的哩！

在这短短的四秒钟内，欧阳海都看见了些什么？迎着扑将过来的列车，也许他看见了一条英雄的大路：瞧！董存瑞在大路上走着，他左手托起炸药包，右手拉响了导火索，坚定地站在“桥型碉堡”下边。看！黄继光在大路上走着，他飞快地扑向敌人的机枪掩体，回过头来，眼睛望着冲锋的战友和胜利的红旗。看！张思德在大路上走着，他正挑着一担刚刚出窑的木炭，从安塞的山里边笑呵呵地走下山来。江姐也在大路上走着，她还穿着那件红色的绒线衣，步伐是那样坚定有力、泰然自若……无数的人民英雄在欧阳海眼前出现了！有的为新中国举起了炸药包，有的为中朝人民用胸膛堵住枪口，有的为了人民的解放事业，勤勤恳恳为人民服务到最后一息，有的为了实现人类崇高的理想，含着笑容走上刑场……大路上的英雄们用生命抚育着欧阳海。面对飞奔而来的火车，欧阳海还有什么可选择的哩！

在这短短的四秒钟内，欧阳海都听到了些什么呢？

隆隆的火车声中，他也许听到了毛主席的教诲。十多年来党的培养、教育，五年来部队首长的谆谆告诫，亲人的嘱托，英雄们的誓言，都在他耳边回响起来了：听！"为人民利益而死，就比泰山还重。"这是毛主席浑厚有力的声音；听！"为了新中国，冲啊！"这是董存瑞用生命喊出的最强音；听！江姐异常平静地在说："如果需要我们为共产主义理想而牺牲，我们每一个人都应该，也可以做到——脸不变色、心不跳。"曾武军在讲："活着，为了党的事业战斗；死，为了党的事业献身，无产阶级的解放事业需要千千万万个这样的人。"妈妈在说："三三，你这是去办大事，闹革命呵！"……领袖的亲切教导，和这些无产阶级的豪言壮语、人民英雄的铿锵誓言，平时就深深地激动着欧阳海；现在，当社会主义财产即将损毁，当上千名阶级兄弟的生命面临死亡的时刻，欧阳海还有什么可畏惧的哩！

在这短短的四秒钟内，欧阳海都说了些什么？

也许他正喊着参军时的誓言："董存瑞，我的好兄弟，欧阳海已经踏着你的脚步跟上来了！"也许在要求着："连长，叛匪在杀人，我受不了，我要为西藏人民报仇去！"也许在说："高举革命红旗，干哪！"听！他用生命在呼喊："同志们，欧阳海肩上的担子托付给你们了！"……除此之外，面对着祖国和敬爱的党，面对人民和战友，欧阳海不需要再说什么了！

在这短短的四秒钟内，也许他什么也没有说，什么也没有想；也许他什么也没有看见，什么也没有听到。但是，有一个信念在推动着他：决不能让人民的生命财产遭受损失！为共产主义理想献身的时刻到了！共产党员应该冲上前去！

这段撼动人心富有诗意的描写，是作者表达革命豪情和歌颂英雄人物壮烈行动的最高音符，它有助于读者理解这部小说的构思。因为这“想”、“看”、“听”、“说”所展示的内容，虽然以作者憧憬的形式出现在我们眼前，实际上却分明是对欧阳海所走过的英雄道路的诗意概括，同时也是作者对自己创造这个光辉英雄形象的艺术方法的抒情的阐发。而对于广大读者来说，这段话又可以说是理解欧阳海英雄形象的典型意义，理解《欧阳海之歌》的时代精神的一把钥匙。

我相信，每一个读者读到这段激情的赞歌的时候，都会心潮澎湃，追随作者的富有革命浪漫主义精神的想象的飞翔，重温我们的英雄的往日的一切！

是的，谁也不会相信，在这短短的四秒钟，欧阳海会有这样丰富的心理活动，更确切的描写是，他“什么也没有说，什么也没有想；也许他什么也没有看见，什么也没有听到”，只“有一个信念在推动着他：……为共产主义理想献身的时刻到了！共产党员应该冲上前去！”我们相信，只有这样，才是我们的欧阳海。而且不只是欧阳海，就是雷锋、王杰以及千万个活着的雷锋、欧阳海、王杰，在需要为革命而献身的时刻也同样会“冲上前去”！这是毛泽东时代英雄人物共有的光辉品质。正是因为这样，那四秒钟游离开人物特定情景的并不“真实”的激情倾诉，却又那样猛力地冲击着读者的心灵，给我们以强烈的真实感。因为作者所“想象”的这“想”、“看”、“听”、“说”种种，虽不是欧阳海在短短四秒钟内的思想感情的经历，但却正是它们熔铸了欧阳海整个英雄生命的最强音。

既然作者在这里倾注了他的全部热情，也就给我们沿着这条革命激情的弦探讨欧阳海的典型意义，提供了一些线索。

从伟大的共产主义战士雷锋一出现，人们对反映雷锋式的共产主义战士的文艺作品已经期待很久了。尽管《雷锋日记》、《王杰日记》也使人们能够了解他们平凡而伟大的革命品质，但对于广大读者来说，还迫切需要栩栩如生的榜样，而这正是社会主义文艺必须承担的责任。前几年有些文艺品种接触了这个课题，在一定程度上也满足了读者和观众的要求，但大多数作品还停留在好人好事的罗列上，并没有把这些伟大共产主义战士的时代精神的秘密深刻地揭示出来。近两年来，部队的短篇小说开始回答了人们的要求。鲁牛子、刘明远等红光闪耀的英雄形象，以他们永不满足、永不懈怠、敢于斗争、敢于胜利的光芒四射的精神品质，显示了用毛泽东思想武装起来的一代新人的革命豪情。但是，短篇小说毕竟还有它体裁容量的限制，固然从一斑可窥全豹，但全豹终究不是一斑，人们并不由于已经有了“闪光的核心”，而不要求长篇巨制。在这种意义上，《欧阳海之歌》的出现，可以看作是长篇小说对于新的时代要求的第一次有力的回答。

读过报告文学《欧阳海》的同志，和小说一对照就会发现，小说的情节并没有离开烈士欧阳海生平的基本事实；但读完小说，你又不能不承认，艺术形象的欧阳海，不只是欧阳海，也是雷锋、王杰，以及部队涌现出来的千万个具有高度革命觉悟的“普通一兵”的概括；甚至从他的顽强的战斗性格里，我们还看见了大庆人、大寨人的面影。一句话，这是一个当代英雄人物的有典型意义的形象。

但是，小说作者究竟怎样捕捉到了这时代精神的最强音呢?

当然，首先由于烈士欧阳海本身就是一个活生生的典型人物，他的出现，就是时代精神哺育的伟大成果。但是，即使是这样，能够透过生活中的典型人物，深刻地把握住他和伟大时代的本质联系，从时代生活激流深处开掘出他的典型意义，并能在艺术上丰满地塑造他的形象，这也必须有作者对生活的熟悉，对革命的深切感情，对时代和英雄人物深刻的认识、理解和高度概括的能力。《欧阳海之歌》的成就，也恰恰是在这方面显示了它的独创的思想特色和艺术特色。

作者在小说的《附记》里说：“小说只跟随着英雄成长的脚步，描述了他的某些片断。从这个角度来看，书中所反映的事迹基本上都是真实的，有事实根据的。另一方面，为了更好更集中地表现英雄伟大的一生，以及他在党的哺育下一步步发展成熟的过程，又不得不在众多的材料中有所取舍，在时间、地点、英雄与周围人物的关系等方面，有所集中和概括。”

“跟随着英雄成长的脚步，描述了他的某些片断”，说来是很简单的，但想给这位一参军就像一团火似的“小老虎”定出一个响亮的高音来，也不能说完全没有困难。欧阳海已经不同于董存瑞。在董存瑞的性格里，我们还能找到少年人的“东游西转，大打大干”的好奇心，而欧阳海却是在幼小的心灵里就埋藏了强烈的阶级仇恨的火种：“我要当个解放军，为穷人打仗。”也正是因为这样，在他的童稚的感情里才强烈而真挚地爱上了董存瑞，爱上了周虎山；也正是因为这样，欧阳海才一次又一次地在年龄不够的时候要求参军，在刚刚入伍一听到西藏上层反动集团发动了武装叛乱，就心急如火、仇恨填胸地接连写三次报告，坚决要求上西藏消灭叛匪……

对于一个民主革命时期的战士来说，这个音调并不低，但是，对于一个社会主义时期的革命战士来说，却只能是基调的起音。不能牢记阶级苦，就不会有忘我的战斗精神；如果只记得阶级苦，而没有共产主义的伟大理想，也还不能高瞻远瞩，成为自觉的社会主义革命战士。《欧阳海之歌》的作者虽然也满怀热情地描绘了欧阳海的强烈的阶级感情，但小说着重描绘的却是欧阳海从渴望成为英雄，而到成了英雄又不自觉为英雄的成长道路。在这条英雄成长路程上，成为主音的，是党的教导，是马列主义、毛泽东思想的哺育，是无数先烈革命精神的熏陶，是欧阳海的自觉改造的不断革命、奋发努力。因而，在整个创作过程里，作者不是把他的笔停留在事迹的叙述上，而是透过各种事迹去捕捉人物的丰富性格特征，捕捉人物思想发展的轨迹，从他那平凡的普通一兵的生活里，揭示出形成他那不平凡性格的力量的源泉。这样，围绕着身在连队的欧阳海的成长，小说的情节概括，就和我们时代的沸腾生活脉搏，特别是革命部队近年来思想教育工作的变化和发展，紧紧地融合在一起，揭示了我们伟大现实的丰富特征。

在万恶的旧社会，小海的童年泡在一汪苦水里。他的诞生给家里带来的不是喜悦，而是苦痛，这不只是“又要添一张吃饭的嘴”，而且蒋匪帮的两丁抽一，立刻就威胁到欧阳家的主要劳力嵩伢子。这杀人的两丁抽一呀！难道穷人家的孩子就不是妈妈身上掉下来的肉？做父母的怎能忍心把他扔到雪地里去！为了这杀人的两丁抽一，小海不得不留着长发，冒充女孩子度过饥饿寒冷的童年……。对刘家大屋充满了仇恨的倔强的小海，到底等到了“天兵天将”，等到了“东升的太阳”，老鸦窝“变天”了。从那时起，在小海的幼小心灵里，就埋下了要为穷人打仗的火种。可是，身不满四尺的小海，什么时候才能等到这一天呢？“快长吧，欧阳海！”

在阳光哺育下的欧阳海，毕竟等到了有资格带着《董存瑞的故事》实现理想的时刻。

看，欧阳海是以怎样兴奋的心情来到了革命的部队，刚参军，一听说往“海边开”，就“仿佛已经听见了炮声，已经掐住了蒋介石的脖子”；一听到轰轰的爆炸声，就“连鞋也没顾得上穿，嗖的一下从窗口跳了出去，光着脚片子就往山上奔”。满心想当个董存瑞的欧阳海，“是来为社会主义当兵”，梦寐以求的是“多杀敌人多立功”，怎么能想家呢？你看他第一封家信就写下了杀敌的决心：“儿一定努力杀敌，下封信里定将立功喜报邮给二老，请双亲只管放心，莫要挂念！”瞧这身虎劲儿，确是革命战士的好苗子啊。不过，一个只有朴素的阶级仇恨，只懂得杀敌立功的战士，距离一个社会主义的自觉革命战士还很远很远——“松树确实不小了，可是要成材，还得经几番风雨哩！”

是的，要讲杀敌的决心，要讲干劲，我们的欧阳海是无可挑剔的。你看他听到西藏阶级兄弟受苦受难那种想和反动派拼个死活的决心，你看他初步懂得了全国一盘棋，砍树、扛木头、赛锤的那种全力以赴的虎劲儿——扛着一百七八十斤的木头满山飞跑，“身上总有那股火辣辣的劲，坐不住，闲不住，见了工作他就干，遇着了危险，抢着也要上”，光着脊梁干，赤着脚片子干，休息时干，病了也干；第一次抡锤失败了，就苦练过硬本领，“胳臂又红又肿”，“火烧火烫，疼得他浑身冒汗”，“紧咬着嘴唇，尽量不让自己哼出声音来”，还是坚持练……终于在赛锤时，一气打了280大锤，打破了纪录。这一路猛干，不是把个班长陈永林弄得“又是喜来又是愁”吗？的确，当欧阳海在连首长反复教育下，开始懂得了“一切工作都是为了革命”，他迈开了前进的步伐，立了功，入了团，但是，正如指导员曾武军所说：“跑得还不太稳哪！”革命的路途还长着哩！立功，只不过“是革命路上的一个加油站哪”。

荣誉给我们欧阳海带来的，当然不会是“思想上的躺椅”，甚至连刘伟城的那种“藏不住的得意劲”，欧阳海还看不惯呢！可是，如果“事事都要干在前头”，仅仅是尽想着争第一，尽想着“大红花、冲锋姿势的相片”，董存瑞缴机关枪，才是真正的光荣，才“没有辜负爹爹的期望”，这也还并不是自觉的革命战士。

即使是一个苦大仇深又在新社会成长起来的贫农儿子，也不能“自来红”，要想和种种非无产阶级的传统观念做彻底决裂，也同样需要艰苦的斗争。请看，挂上了火红花的欧阳海，现在又要经历荣誉的考验了。“响鼓也用重锤敲”，在欧阳海当了班长以后，连队党组织看到了这个年轻的战士还存在着争强好胜的弱点，为了帮助他克服这种为荣誉而荣誉的思想，对他的成长提出严格的要求。党支部决定不让他去参加民兵大会的刺杀示范表演，而把这个任务给了刘伟城……具体的考验来到欧阳海的头上了，他“低着头不吱声了”，当连长拉他去和刘伟城对刺时，他刺中了三枪就溜了。指导员的严厉的批评：“我们要比对党的忠诚，比全心全意为人民服务的思想，我们从来不和自己的同志比荣誉”，给了欧阳海以怎样强烈的震动啊！是啊！当一个人走上了革命大道的时候，并不等于也解决了应该怎样做个革命人的问题。要成为“一个高尚的人，一个纯粹的人，一个有道德的人，一个脱离了低级趣味的人”，还要经过反复的甚至痛苦的磨炼啊！指导员的重锤终于敲中了欧阳海的心鼓，敲开了他的革命自觉性的窗户。“谁在生活的激流中，不敢扬起风帆，他的生命的船，就会搁浅在时代的岸边”，而欧阳海经受住了“敲打”，并且立刻把它付诸行动。当读者看到在晨光曦微中欧阳海教刘伟城刺杀技术时，谁都会和曾武军一样情不自禁地说：“真是个自觉的好战士啊！”从此以后，“欧阳海不再把个人、小单位的荣誉放在心上，大踏步地跑到正道上来了”。你看他在修路工程中把方便让给别人，困难留给自己的真挚感情；你看他由于高翼中的一小段路基的稀泥没有清除干净，宁愿在工程进度上画个零、评下游的严肃认真劲儿，你也会有曾武军同样的感触：“这个小战士啊，从里到外通明透亮，变得更加纯粹了。这是一个新的起点。”就这样，欧阳海从光着脚丫子，跑起来左右乱晃，到留下了两行笔直笔直的脚印，真是“跑得多么稳当、多么快啊”！“正像一只小船，几经曲折，冲出滩多水急的峡谷，来到宽阔的大海上。现在，他可以扬帆远航了。”为了欧阳海的成长，曾武军曾经付出了多少不眠之夜！欧阳海的家信以至于梦中的微笑，都曾经引起过他的沉思，欧阳海的每一次前进的脚步都有这位指导员的心血。何况他就是活着的董存瑞、邱少云，他忍着病痛坚持工作的模范行动，他在抢救仓库时叱咤风云的呼喊，“用他的坚实的步子，一步步走过来的革命大道”，是怎样深深地印在欧阳海的心上啊！没有党，没有曾武军这样的前辈，欧阳海哪会跑得这样坚实有力！

“是啊，欧阳海张开翅膀越过了重重障碍，飞到全心全意为人民服务的航道上来了。”“他彻底明确了一个人为什么活着，应该怎样活着，应该怎样工作、战斗的时候”，这是一般的转变吗？不，这是质的飞跃，这是一个革命战士，在活的毛泽东思想的革命大熔炉里，真正百炼成钢，真正树立起了革命无产阶级的世界观。在欧阳海的成长的道路上，不仅从曾武军身上吸收了活的毛泽东思想的养料，而且他自己也遵循指导员的教导，如饥似渴地阅读毛主席著作，从严从难地要求自己。从只知道用手捧着一本《董存瑞的故事》追求英雄的道路，到深刻懂得了“火车头靠煤、靠水才能带动车厢；人要多读毛主席的书才有前进的力量”，欧阳海找到了吸取革命精神力量的真正源泉。“飞吧！欧阳海，把握住航向，沿着共产主义大道全速前进！”

小说在这方面展开了充分的描写，使人们在生动的艺术境界里，看到了一个普通战士怎样用马列主义、毛泽东思想武装自己，自觉地进行改造，把伟大的革命理想和艰苦奋斗的实践紧密地结合起来，吃大苦，耐大劳，一心为革命，一切为革命，哪怕是一滴汗，一担土，哪怕是生活中的细枝末节，他也要时时、处处、事事从远大革命理想出发，照亮自己的行动，照亮前进的道路：“党要我干什么我就干什么；革命需要我去牺牲，我起身就把命拿出去。”

为了长中国人民的志气，高举红旗把革命进行到底，欧阳海是在怎样地干哪！他的“高举革命红旗，干哪！”的充满豪情的呼喊，“变成了全工地的口号，四班在喊着，全连在喊着，整个工地都在喊着”……

为了坚持自己的革命岗位，欧阳海宁肯隐忍每天腹泻十多次的病痛而不做声；为了搭救一个落井的孩子，他抱着孩子长久地忍住寒冷站在井里坚持；看到失火的人家有一位老婆婆还在屋里面，他就“迎着烈火冲上去”，毫不顾及个人的安危！当伟大的革命理想已经渗透了他的全身心，成了一切思想和行动的准则，那所谓“超过了限度……就会带来痛苦”的生理“科学”能起什么作用呢？用马列主义、毛泽东思想武装起来的战士，能够创造出难以想象的奇迹。欧阳海说得好：“只要是斗争需要，别说是脚上打了几个泡，就是两条腿打断了，也要往前爬。这也是一门科学——革命的科学。”“心里能看见革命事业终将胜利的人，他眼睛里是没有个人的死亡的。”

有了这样革命自觉性的“科学”，难道能眼看着社会主义财产蒙受损失，上千名阶级兄弟面临覆车死亡的危险，而不“冲上前去”吗？

小说的全部情节形象地揭示了，欧阳海最后四秒钟的脸不变色，心不跳，欧阳海在“关键的关键”的时刻，像支离弦的箭，像颗出膛的炮弹，冲着车头，朝着战马，迎着危险飞奔而去，并不是靠一时表现出来的英勇气概，而是党的长期抚育和培养，马列主义、毛泽东思想的武装，在一个英雄战士的身上自然迸发出来的革命火花。正像欧阳海自己说的：“伟大出于平凡，只有珍惜平凡的人，才有无比的贡献，才有成为伟大的可能。”

伟大的共产主义战士欧阳海，就是这样在革命部队的大熔炉里，经历了种种考验和锻炼成长、成熟起来的。小说的这些章节，不仅突出地塑造了欧阳海自觉革命的英雄形象，也成功地创造了曾武军、关英奎这样的用马列主义、毛泽东思想武装起来的连队指挥员的形象。总之，革命部队斗争生活的大熔炉，英雄前辈的革命精神的熏陶，特别是马列主义、毛泽东思想的武装，即作者对那四秒钟的“想”、“看”、“听”、“说”的憧憬，这就是培育欧阳海英雄性格的力量源泉。如果说《雷锋日记》、《王杰日记》，用事实说明了马列主义、毛泽东思想培育共产主义新人的精神威力，那么，《欧阳海之歌》就是这种精神威力在艺术上的第一次丰满的体现。因而，欧阳海所走的这条英雄路，也是我国社会主义时代青年英雄前进道路的艺术概括。

马克思列宁主义的导师们在《共产党宣言》里就预言过：共产主义革命“在自己的发展进程中要同过去遗传下来的种种观念实行最彻底的决裂”。

对于革命者来说，这就是在改造客观世界的过程里同时改造自己主观世界的斗争，这场斗争，比之消灭剥削制度，比之进行生产建设，要复杂得多，深刻得多。但是，没有这场斗争，就不能和“过去遗传下来的种种观念实行最彻底的决裂”，就不能有世界观的飞跃，也就塑造不出共产主义的新人。一百多年来，社会主义革命虽然取得了伟大的胜利，但是，使马克思列宁主义在社会主义革命过程中真正深入群众塑造一代新人，却是毛泽东思想的伟大贡献。而欧阳海就正是这样的新人，他在成长过程里，就是经历了和种种传统观念进行最后决裂的斗争，小说在这方面描写了他所经受的各种考验，最严重的一次，是他面对副指导员薛新文的错误的批评。有主观主义思想毛病的薛新文，仅凭自己的好心的想法，不进行详细的调查研究，就把“骄傲自满”的帽子扣在了欧阳海的头上，而且一错再错地进行“帮助”，如果稍存个人私念，就不可能正确处理这个问题。可是，我们的欧阳海，面对着这场原则性的斗争，并没有和稀泥，而是严肃又满腔热情地批评薛新文的缺点，经过几次反复，终于坚持到薛新文认识了自己的错误，取得了上下级的真正同志式的团结。小说也正是通过这个情节，把用马列主义、毛泽东思想武装起来的一代新人的革命精神，升华到一种全新的境界。

《欧阳海之歌》这本小说和欧阳海的永生的英雄形象，揭示出我们伟大时代的多么丰富的思想活力啊！读了它不由你不心潮澎湃，从内心深处唤起自觉革命的强烈愿望，不由你不用欧阳海的思想和行为来鞭策自己。而它之所以能给人们以如此巨大的鼓舞力量，就是由于在这部小说和这个英雄典型的成长道路上体现了我们伟大时代的心声。也正是在这种意义上，我们说这部小说表现了时代精神的最强音。

（原载《文艺报》1965年第1期）

题材·思想·艺术

——1961年短篇小说述评

关于1961年的文学创作，最近流行着一种称呼，叫作“散文年”。在一些座谈会上或者报刊读者中间，也经常可以看到和听到兴奋地谈论散文的情况。

散文，并不是我们百花园地里的新品种，但是，它在1961年确实是开出了不少的奇葩，给散文这块园地注入了新的血液，带来了新的生命，才使得广大读者产生了新鲜的美的感受、美的欣赏的兴奋。

至于短篇小说，表面看来，1961年的收成似乎并不景气，因为读者都很熟悉的不少作家，没有动笔或者产品较少。当然，作家不是机器，我们很难在一个年度里就要求得那样均衡地生产。短时间的沉寂，或者是百花盛开前的一种酝酿吧！不过，如果我们不专注于那些常写短篇的作者，那么，也不能说，整个文学创作，只有散文擅美于文坛。

1961年的短篇小说，我读得不多，难于作出全面的评价。但是，仅就一般浏览的情况来看，它给短篇小说这块园地注入的新的血液，带来的新的生命，也同样使读者产生了新鲜的美的感受、美的欣赏的兴奋。

一

首先，从题材方面来看，短篇小说的创作，就出现了多样化的新景象。

像多年来比较冷落的历史小说，1961年就有人开始动笔了（《人民文学》11月号陈翔鹤：《陶渊明写挽歌》）；鞭挞封建的、资本主义的残余意识的讽刺作品（《人民文学》9月号马识途：《最有办法的人》）也使人们耳目一新；过去一贯反映较少的社会主义商业工作者的生活的作品，在我所看到的1961年的短篇小说里，就有3篇很受读者欢迎，即《人民文学》7、8月号骆宾基的《在山区收购站》，《红旗》1961年21、22期管桦的《葛梅》，7月16日《人民日报》林斤澜的《假小子》；人民解放军的练兵生活，在反映部队生活的创作里，一般被认为是难写的，但是，有些接近练兵生活，善于发掘和提炼素材的作者，也依然能写出较好的短篇，像《解放军文艺》5月号峭石的《小鹰》、10月号张勤的《三人》等；描写革命斗争历史的作品，在1961年的优秀短篇中，仍然占有光辉的地位，像《人民文学》1、2月号李季的《马兰》、4月号郭小川的《下山》，《上海文学》6月号茹志鹃的《同志之间》，《人民文学》3月号马识途的《找红军》，《解放军文艺》8、9月号的《接关系》，1月15、22日《人民日报》马忆湘的《三女找红军》（马识途、马忆湘的几个短篇虽然是长篇中的一节，却都可以独立成篇），都是脍炙人口的好作品；反映工人生活的作品，仍然是我们文学创作中的薄弱环节，在1961年的短篇小说中也同样存在着这种情况，数量是比较少的。不过《人民文学》1、2月号陆文夫的《葛师傅》，《北京文艺》11月号费枝的《中秋佳节》，3月26日《人民日报》胡万春的《过桥》，也都是具有一定水平的作品；一贯占据文学创作中心反映农村生活的作品，1961年的收获量也较少，但是，像《人民文学》4月号赵树理的《实干家潘永福》，10月15日《人民日报》周立波的《张满贞》，《人民文学》1、2月号刘澍德的《拔旗》、6月号茹志鹃的《阿舒》，5月14日《人民日报》菡子的《羊奶奶》，《青海湖》10月号赵希向的《银花嫂》，《北京文艺》9月号高芮森的《灯油》，也依然是写得很突出的作品，特别是4月16、17日《人民日报》（同时刊登在《延河》3月号）王汶石的《沙滩上》，无论是思想或艺术质量，都给1961年的短篇小说带来了新的异彩。

题材的选择，对于短篇小说的作者，确实是一个重要的问题。能否敏锐地发掘现实生活中最激动人心、最适合短篇体裁的素材，常常是使作者花费脑筋的事情。但是，也应该说，题材并不是一篇作品成功与否的关键，因为历史和现实的斗争以及当前社会主义的建设生活，包容着无限丰富的内容，为文学创作提供着多种多样的题材，问题是通过怎样的途径、运用怎样的手法；发掘和提炼题材方面表现出作家的独创的艺术才能，特别是短篇小说这种样式，更加强迫作者在这方面多花费工夫。对于读者来说，1961年的短篇题材在人们的反映里，大致上有两种情况：

第一，是题材的多样化。人们对于1961年短篇小说扩展出来的新的题材内容的作品，表现出极大的兴趣。譬如像《陶渊明写挽歌》、《最有办法的人》，在读者中间就有很广泛的反映，尽管对某些作品读者是有很多分歧的评价的。但是，反映之多，意见之多，这也正表现了读者的关切。像在散文中游记的题材引起广泛兴趣一样，我们的读者，对于多样化反映现实生活的各种新鲜题材的短篇小说，也表现了热情的关注。作为一个报刊的文艺编辑，我经常接触到一些来自读者的评论，他们兴奋地推荐一些作品，而这些作品却往往不是我们注意到的，读者的敏锐的嗅觉开拓了我们的视野。同时也可以看出，他们最感兴趣的作品，总是在某一方面有着新鲜的气息。所以题材多样化，不仅关涉到适应作家的不同个性、风格的充分发挥问题，同样也关涉到多方面地培养读者的生活情趣、提高读者的鉴赏能力，以及满足读者精神食粮上的多种多样需要的问题。1961年的短篇小说，在题材多样化方面是显示了一些新特点的。

第二，如上所说，题材又并不是决定作品成功与否的关键，提倡题材多样化的目的，也不是要求作家去寻找所谓“冷门”的东西，而是为了破除某些误解，为了更好地适应艺术创作的规律，发挥作家的特长。因为选取题材、提炼题材确乎是关联着作家本身的条件、个性和风格，不加区分地在题材方面对于作家提出要求，势必会妨碍作家更有效地发挥自己的特长。不过，题材处理上的丰富多彩或单调乏味，却也并不完全决定于题材内容所反映的生活面，而主要是决定于作家选取题材、提炼题材的才能和特点。王汶石是比较注意生活中重大变化的作家，他的短篇集《风雪之夜》，以及其他一些短篇像《新结识的伙伴》、《严重的时刻》等，都是被公认为描写农村生活的好作品。有一个时候，人们曾经把王汶石称为“带着微笑看生活的作家”，因为他是那样善于把社会主义农民的喜悦心情，用清新的笔调、强烈的色彩传达给读者。但是，这并没有妨碍王汶石以同样观察、表现能力发掘农村斗争生活的题材，于是《严重的时刻》，特别是1961年发表的《沙滩上》，就成了显示作家这方面才能的优秀作品。《沙滩上》是描写当前农村最新生活变化的短篇，是描写处理人民内部矛盾的小说，然而，人们却不能不钦佩作者在选取和提炼题材时的独具慧眼。他是那样善于在当前农村生活中发掘新的因素，又是那样善于在自己所选取的生活面里采取特有的发人深思的角度来反映它。

同是描写农村商业工作者生活、表彰商业工作者先进人物的作品，像骆宾基的《在山区收购站》、管桦的《葛梅》、林斤澜的《假小子》，其选取题材、提炼题材的角度，就都鲜明地表现了作家不同的思想艺术特点，不同的个性、风格特点。老作家骆宾基的《在山区收购站》，虽然只截取了这个山区收购站一天的生活和工作，但是，作者却运用他特有的现实主义的艺术手法，为读者全面地展开了一幅山区商业工作者生活和精神活动的丰富多彩的画卷，职业性的特有的精神活动的剖析和地域性的特有的风习画面，融合得是那样美妙。

《葛梅》和《假小子》，虽然也是着力地刻画了两个女采购员的忘我的工作精神，但他们选取题材的角度，却和《在山区收购站》又有所不同。葛梅和假小子的性格，并不是像曹英那样从浓重的生活色调里烘托出来，也没有王子修那样的性格和她们形成鲜明的对照，她们都是在直接绘声绘色的行动中展示了性格。善于叙事的林斤澜是借助周围人们的见闻，活灵活现地写出了假小子的性格。管桦同志却是在自己的眼睛里，把葛梅的活动安排在小说的富有色彩的诗情基调里。

其他像费枝的《喜事盈门》(《北京文艺》4月号)、茹志鹃的《阿舒》、高芮森的《灯油》，在选取和提炼题材方面，也都表现了自己的特点。《灯油》内容是描写一对老夫妇在新旧生活的感受中对待集体劳动的态度，题材并不新颖，如果采取偷懒的方法，作者满可以从新旧生活对比中写他们的精神变化，这样千篇一律的取材方法，我们看到过不少，结果给读者的印象却是单调乏味，连本来很有真实感的内容也糟蹋了。但是，《灯油》的作者却没走这种轻易的路，他深入到这对老夫妇的生活和精神的世界里，从灯油这一引起家庭纠纷的细节扩展开去，反映了在农村生产斗争中复杂而细致的精神矛盾，四婶的连珠炮的牢骚话，反而塑造了一个急公忘私的老农四叔的鲜明形象，取得了相反相成的艺术效果。而对旧生活的痛苦回忆，在四婶的精神变化里，也不过只起了一个提线的作用，并没有集中多少笔墨去描写它，取材的巧妙，给这篇作品增加了新鲜的艺术特色。

现实生活有着无限丰富的内容，所以作家选取和提炼题材也必然有着广阔的用武之地，尤其是短篇小说这种样式，选取和提炼题材的角度和方法，应该说是作家艺术构思中很重要的部分，抓不住这个环节，整个艺术表现方法都将被局限住。1961年的几个优秀的短篇，首先在这方面，都是表现了新的特点的。

二

谈到文学作品的思想性，我们往往只注意它描写了什么，告诉了人们什么，却时常忽略作者有什么独到的见地，他怎样告诉人们的。我总觉得，在文学作品里，思想和艺术是很难分家的。它不是抽象的东西，而是血肉融合在艺术形象里，是作品艺术形象的活跃的生命。艺术形象离开它就失去了灵魂，它离开了艺术形象，也就变成了抽象的概念，因而，它不能是附加在作品里的，也不是作家做现身说法的宣传就能取得艺术生命的。直到今天，恩格斯所说的“倾向应当是不要特别地说出，而要让它自己从场面和情节中流露出来”这句名言，对我们的文学创作，仍然有极大的现实意义。我绝不否认，我们绝大多数的革命作家都有一定的马克思列宁主义的思想修养，一定的党的政策思想的水平，但是，作为一个艺术家，有了这些并不等于就有了一切，它们只能在作家的艺术思维里起作用，它们只能是作家认识生活、概括生活的指南。同样的，作家也不能够像采摘果实那样，把它们直接变成作品的思想，只有当这一切能消融、冶炼成作家特有的思想能力的时候，它们才能在认识生活和创作过程里发出真正的光和热，才能写出发人深思、耐人寻味的具有深刻思想内容的艺术精品。

人们不大喜欢那些大嚷大叫在作品里抽象地宣布作家意图的作品，也不大喜欢那些一览无余的作品。只有渗透在活跃的艺术生命里的含蓄、深沉的思想力量，才能更充分地发挥文学艺术的教育作用。我觉得在1961年的短篇小说中，《沙滩上》和《在山区收购站》，在这方面是有独创特色的。

《沙滩上》一发表，我们立即收到来自读者和文艺界的很多反映，大家一致称赞这篇作品巧妙而有力地表现了当前农村最新生活的变化。巧妙而有力，不仅见出了作家的艺术力量，也见出了作家的深沉思想力量。这种思想力量包含着作家充分熟悉生活和敏锐地发掘生活中新因素的能力，也表现了作家的政策思想的水平。没有丰富的生活积累，就不能在这样一个生活断面里，包容进如此曲折而引人遐想的生活内容；没有敏锐的观察能力，没有深刻的思想概括能力，也很难在如此繁杂的生活土壤里，发掘出闪光的新内容，抽理出深刻的主题思想。

就《沙滩上》所描绘的生活表层来看，它不过截取了现实生活事变发展中的一个下午的时间。这是在地头上的林檎树下，像生活里的许多偶然情况一样，人们聚拢在一起，谈前说后，道东论西，只不过《沙滩上》却借用这偶然的生活场景，让它的几种类型的人物聚拢来，继续展开那已经走过一段很长历程的生活矛盾。

小说一开始，一位“受了点批评”，外号叫作“热火朝天”的副大队长囤儿正在“仿佛在跟什么人赌气”似的“发疯的”“干活”，“用干活发泄自己的苦恼”。为什么受批评？为什么苦恼？作者没有任何交代。但是，“逛鬼”陈运来的出场，却把矛盾的线牵扯出来了。这个“不久以前，他只要远远瞧见副大队长，紧溜慢躲还嫌躲不及”的“逛鬼”，“现在他却居然大拉拉地八叉开腿，在副大队长旁边的一堆苜蓿上躺下来，像观赏一头吃了鳖的狗熊一样，挤眉眨眼地瞧着”囤儿干活，而为什么陈运来对这位副大队长有这样的态度变化呢？作者也没有追述，人们只能从人物的语言行动中间去探索它的前因后果。

每一个出场人物首先都把话题集中到这“逛鬼”的身上来，嘲讽、揭底、劝告、鼓励，仿佛都是对着这个“逛鬼”，仿佛这个“逛鬼”成了林檎树下矛盾的中心，而实际上却是通过“逛鬼”的话题揭示着更深的生活矛盾，“逛鬼”对待囤儿态度的变化，以及这些出场人物对待“逛鬼”的态度，不过是生活中新的变化在个别性格或人物间具体关系上的一种反映。展现在这个生活场面和人物中间的错综关系，只是事件发展进程的一个断面，那曾经激动过每个出场人物的生活矛盾，在这里，仍然不断地冲击人们的感情和行动。小说中心人物陈大年的出场，给解决矛盾带来了转机，他是这个短篇塑造出来的一个具有深刻现实意义的新型农村干部的形象。像囤儿一样，他也挨了批评。但他却没有“挨伤”，反而觉得“不挨鞋底长不大”。陈大年是带着笑容登场的，可是，他一出场，矛盾就变了样。“锁子不开，是钥匙没找对”这句闪光的语言是多么耐人寻味啊！仅仅在这“日头爷都要下班”的短短时间里，他就找对了多少钥匙！他的热情的批评和帮助，一瞬间就激起了“逛鬼”的自尊心和责任感，出现了一个新的陈运来；他的不回避矛盾的严肃态度，一下子就抓住了那位“有点疲沓而且自以为是”的小队长的弱点，纠正了他的曲解权力下放的错误看法，检查了他的工作，并且帮助他解决了劳力和工具不足的问题。最难开的锁，是思荣老汉，但是，在陈大年的谦逊、诚恳和毫不泄气地再鼓革命干劲的感召下，就连这位“倔得出奇”的老农，都不得不表示心服了。

用不着多说，在陈大年的形象里，照耀出来的是党的政策、党的思想、党的整风的威力，是党给这个年轻有为的农村干部注入了新的旺盛的精力。然而，自始至终，人物都是生活在自己行动的环境里，农村生活所激荡起来的新的波澜，从来也没有离开过人物的具体行动、具体感受。这短短的一个下午和一个夜晚的形象世界，却向读者诉说了多么丰富的生活内容啊！诚之所至，金石为开，当不只是一个圈马湾的沙滩吧！也不只是一个思荣老汉吧！整个大地都将为陈大年们敞开自己的怀抱！

《沙滩上》在字数上不能算作一个很短的短篇，而从它所负荷的内容来看，却显然又可以看出作家的很高的艺术概括能力。“言有尽而意无穷”，应该说，王汶石同志充分地利用了短篇小说的有限容量。在这有限的容量里，装进了较之五六个人的形象世界远为丰富的广阔生活内容。他截取了事变过程的一个断面，没有对事变过程作抽象的、繁多的情况介绍，但是，凝聚在这个短篇里的那种含蓄的、深沉的生活画面和心灵画面，却能够唤起读者丰富的联想，找到它的来龙去脉，找到它的前因后果，找到它的生活背景，和作者分享那用语言难以形容的勇往直前的生活信念。没有对农村生活最新变化的丰富的观察和体验，是很难写到这种深度的；同样的，没有对生活高度的思想认识，没有高度的思想概括能力，也很难在一个短篇的容量里把小说写得这样丰富、含蓄而又精练——特别是在农村生活日新月异的1961年。

骆宾基的《在山区收购站》，和《沙滩上》作者所用的艺术方法是很不相同的。这个短篇完全像一幅细致的工笔画。作家对东北山区生活风习的细腻描绘，对人物心灵特征的体察入微的剖析，都使这个短篇吹拂着浓重的生活气息，使人感到充实、丰满而又亲切。这是一幅完整的画面。没有画外音、弦外意。然而，充溢在形象画面里的思想，也仍然是很耐人寻味的。在小说里，作者着力刻画的是王子修老大爷的形象。曹英的形象，是在王子修的形象活动里烘托出来的。小说的内容实际上是描写了两种营业思想、营业方法（也蕴藏着两种人际关系）的矛盾和冲突，可是，作家的批判的笔锋，却是那样深藏在形象的画面里。

老收购员王子修老大爷，对他的本行业务是何等熟悉啊！“是凡一个老的跑山户，没有不知道小屯收购站老收购员王子修的。就拿皮货来说吧。要是黄鼠子皮，他搭手一摸，不用看，就知道是立春之前猎获的，还是立春之后弄到手的。只差一个节气，皮毛的质量就不一样，价码就有高低之分；要是紫貂皮，只在背毛上吹一吹，察验察验那些大针毛的弹力，就知道是栖居在山顶巉岩之巅的珍品，还是山底下石头砬子岩穴里的出产。从这里就可以想象到王子修老大爷在完达东部一带有名的猎户心目中，是有多么高的威信了。”但是“近两年来，越是有名的猎户，老‘访参’的山户，却又很少把他们的珍贵猎获物拿到小屯收购站来，要他过目、鉴定，在他手里成交了”。人们说，“老王头儿在小屯收购站把着口子，就别想能卖出高价来”。究竟出了什么毛病啦？老王头儿把着口子，难道错了吗？他“把守的是国家资金呀”！也许是猎户、山户们的思想有毛病吧？可是，当蚂蚁河公社副业主任陈老三和这位老王头儿论参议价时，读者却看到了，山户、猎户们没有错，有毛病的是这位受人尊敬的老王头儿。老人确实是严格地把守着国家的资金，可惜的是，他对“人”的看法，却还停留在旧的社会关系里，总是想：“老跑山的人，哪个心眼儿不都是溜儿溜儿的精呀！”“价码可不能开漏啦！”但是，生活在变，人也在变啊！于是，和老王头儿有二三十年老交情的陈老三，在拒绝和他成交之后，却是那样轻易地拿珍贵的人参和曹英成交了。不仅曹英对待人参的“随便”态度，使他吃惊，就是陈老三也“已经不是他所熟悉的那个老跑山户了，不是三年前农业社时代那个老副业组长了。在他们主任曹英面前，他是另外一个人。直爽、公道、有国家观念。一句话，完全是个为党所培养出来的人”。旧的观念、旧的关系在老王头儿心目中看到了崩溃。对于曹英，作者没有像塑造王子修形象那样着力地描绘她的心灵活动，而却正是在和王子修的性格对照里，简练地勾勒出她的诚恳、热情、爽朗的新型商业工作者的形象，鲜明地揭示了两种人际关系形成的两种历史性格。作者对于王子修老人的性格，也是怀着极大的热情在描绘它，没有夸张，没有嘲讽，所有的生活和精神的画面，都从历史具体性的着色里展现出来——即所谓“让它自己从场面和情节中流露出来”。这并没有妨碍这篇作品的鲜明的思想性，也不能掩盖作家的明确态度。每一个读者都会从形象感受中得出有力的结论。

《在山区收购站》虽然不像《沙滩上》那样含蓄，但是，当你读完了这篇小说，你还是不能立刻从它的形象世界里走出来，它迫使你沉思、回味，引导你咀嚼各种新旧人间关系的秘密。

当然，在1961年的短篇中间，还有不少作品的思想性是写得深刻的，只是从含蓄、深沉的意义上讲，《沙滩上》和《在山区收购站》，都是不可多得的作品。

三

磨炼技巧，把作品写得更能打动人心，最近几年已经逐渐成了我们文艺创作里的风气，1961年的短篇小说，在这方面也是表现了特色的。

《沙滩上》固然是独具匠心，看得出作家的思想概括能力是和艺术上的惨淡经营分不开的；《在山区收购站》那种现实主义的深刻剖析的能力，也不是一朝一夕就能取得的。“姜是老的辣”，不断地磨炼技巧，探索新的艺术手法，使自己的作品在艺术上愈来愈完整，这首先当然还是从老作家创作中表现出来。周立波同志的《张满贞》就是一例。立波同志最近几年来的创作，包括他的长篇小说《山乡巨变》，给人们最突出的印象，就是作家在艺术探索上的那种不可抑止的饱满热情。无论是在《山乡巨变》或他的一些短篇里，人们都可以看到，属于作家自己的一种新的风格、新的艺术表现手法在形成。我还想不出用什么术语来形容这种新东西，作者非常善于发掘生活和人物性格中的内在的幽默感，而又能用亲切的、朴素的艺术手法把它们描绘出来，读者看这样的作品读不上几个篇页脸上就会浮出笑容来。中国古典小说在艺术创造上是有这样一种传统的，像《西游记》和《儒林外史》，但在这两部作品里，幽默的风格总是和尖刻的喜剧手法结合在一起，即使偶尔用在正面形象的塑造上，也明显地可以看出有不少是作者的插科打诨。在鲁迅的有些作品里，也有这种传统，但也大都烙印着社会悲剧的阴影。而在周立波同志的笔下，却不仅善于发掘像老孙头（《暴风骤雨》）、亭面糊（《山乡巨变》）带有落后意识人物性格的喜剧性的特点，而且善于发掘生活中新因素的内在幽默感，用来渲染新人物形象。张满贞，就是运用这种艺术手法塑造出来的令人难忘的新人形象。作品不长，作者只选择了几个日常生活的画面，就把这个对于自己的职业喜爱到着迷程度的新人性格，十分动人地描绘出来了。像是随手拈来，实际上是工能生巧的成果。

刘澍德同志1961年在《人民文学》上发表的两个短篇《拔旗》和《甸海春秋》，都是很吸引人的。

截取生活或人物性格的一个横断面，集中在一个事件里塑造性格，表现主题，这在短篇小说里是并不少见的艺术手法，但是，在揭开矛盾、严格地组织情节刻画人物方面，刘澍德的这两个短篇，却都独具特色。一般地说，短篇小说要短，就很难着力写人物性格的发展过程。所以人们在短篇里往往只捕捉住人物性格在生活中闪光的一刹那，加以突出的形象塑造。但也不是所有短篇都是如此，这就要看每个作者组织情节的能力了。《拔旗》就不是这样，它的故事虽然也并不复杂，它的人物性格却是在波澜起伏的情节里得到了多方面刻画。

开门见山地揭开矛盾，立即在矛盾展开的情势里塑造形象、刻画性格，用笔极为经济，这是《拔旗》和《甸海春秋》共有的特点。不过，比较起来，《拔旗》更见技巧，它不仅在急骤的节奏里展开了矛盾的情势，而且一点也不浪费笔墨地刻画了围绕着矛盾情势出现的各种不同人物性格的变化和发展，特别是张太和这个主要人物的性格。张太和的形象一直活跃在情节的中心，但作者并没有完全用直笔来写它，而是组织了曲折动人的情节，多方面地写出了它的性格特征，体察入微地表现了它性格变化发展的端倪。《甸海春秋》，在生活矛盾方面，也许不及《拔旗》写得深刻，不过，在这篇小说的特有的情节里，还是塑造了田老乐这样一个信心百倍充满乐观主义精神的新人形象。

1961年的短篇小说，塑造了不少各个战线上突出的妇女形象。除上面谈到的写女收购员的三个短篇和周立波同志的《张满贞》，菡子的《羊奶奶》、茹志鹃的《阿舒》、赵希向的《银花嫂》，也是其中的好作品。动人的抒情基调，诗意的细腻笔触，一向是菡子短篇小说的独创的风格特色。1961年为大家所称道的两个短篇《万妞》和《羊奶奶》，更是这种诗意盎然的好作品。

《万妞》是着力地描绘了两个具有崇高情操的劳动人民的形象。老夫妇俩在艰苦的年代保存了革命者的子女，用比亲生骨肉还亲的爱情抚养着她，虽然万妞的父母都牺牲了，但作为烈士的子女，万妞将由国家教养她，万妞将要被送到芜湖去，于是，去留问题就在老夫妇间引起了小小的波澜。作者就抓住了这生活的一瞬间，淋漓尽致地描绘了他们的优美的感情世界。《羊奶奶》则是刻画了两位热爱养羊工作的农村妇女。它的富于巧思的情节安排，和细腻地触摸人物的心灵世界，和《万妞》比较起来，有异曲同工之妙。菡子的作品，一般地说，是很少描写重大的生活变化。然而，她适应着自己的风格特点所选取的反映生活的角度，却往往能深入劳动人民的优美的内心世界，以动人心弦的艺术力量揭示他们的灵魂美，哪怕是细微的感情涟漪，也逃不过她的细腻的笔锋。《万妞》和《羊奶奶》，应该说是她创作中“更上一层楼”的好作品。

我没有看过《银花嫂》作者赵希向的其他作品，不熟悉他的创作风格，就《银花嫂》来看，这篇小说还是很有艺术特色的，只是可惜后面一段山洞遇险的传奇性的细节，和整篇小说的风格不太协调。不过，整个说来，小说还是写得娓娓动人，虽然采取了作者参加进去的常见的形式，却不落窠臼，反而借用了这个“我”的切身的观察和感受，从各种角度里映照出银花嫂这个展望未来、充满青春理想的农村妇女性格。看得出这位作者对于短篇小说的技巧，还是有独到的掌握能力的。

我所看到的1961年的短篇小说中，特别引人注意的是费枝的几个短篇——《喜事盈门》、《白貂记》、《中秋佳节》，这是三篇题材内容完全不同的作品（简单地说：《喜事盈门》是写农民的，《白貂记》是写猎人的，《中秋佳节》是写工人的），但作者拈笔写来，都是很富有生活特色和艺术特色的。从短篇小说的艺术角度上看，我更喜欢《喜事盈门》。在这个短篇里，作者充分地运用了短篇的结构能力——短而巧。可以说他1961年写的这三个短篇，在剪裁工力上都是很强的。艺术上的"巧"，是"巧自天成"，这要靠作家的踏实的工力，但"取巧"是不成的；抓住人物性格的特征，加以突出地描绘和刻画，不等于忽略全面地塑造形象，只抓住人物的某些习性反复地加以强调，就会显得贫乏单调，不一定能收到很好的艺术效果，特别是短篇小说，讲究用笔经济，如果走捷径，就会削弱它的艺术表现力。费枝的这三个短篇，没有这方面的缺点。作者尽量在短篇的容量里，把他所概括的生活和性格写得有起伏、有变化，不是敷衍成章，一览无余，而是写得余音袅袅，打动人心，让人回味。《喜事盈门》在这方面是最突出了。作者在这个时间不长、人物不多的场面里，那么富有特色地运用了艺术上的"巧"，把离婚登记和结婚登记的两种完全不同气氛的场面交错起来写，而又通过主人公的幽默的、含蓄的对话，把这表面上完全不相干、不相容的生活矛盾贯串起来，推动了矛盾的解决，显示了新生活内在道德力量的崇高和优美，写得精练得很，却又极富于艺术表现力。

当然，我这里所谈到的这些短篇，只是1961年大量的短篇小说中的极小的一部分，它不足以概括全体。但即使这样，我也仍然认为，在这块百花园地里，瑰丽而新奇的花朵，是不在少数的。从一斑中可以窥见全豹，展目望去，1961年短篇小说的数量虽不见得很多，质量却显见得有所提高。击节叹赏之余，忍不住写这样一篇文章，祝愿1962年会有更大的丰收。

（原载《人民日报》1962年2月20日）

论“京味儿”小说

——序《京味小说八家》

一位浙江籍的同行告诉我，他读鲁迅的《祝福》与茅盾的《林家铺子》，“感到中国南方味很浓郁，语言都是以浙东一带为基点的，带有乡土气息，处处显示吴越一带的风土人情”。可是，如果读了鲁迅的《示众》，哪怕是开头的一小段描写：

> 首善之区西城的一条马路上，这时候什么扰攘也没有。火焰焰的太阳虽然还未直照，但路上的沙土仿佛已是闪烁地发光；酷热满和在空气里面，到处发挥着盛夏的威力。许多狗都拖出舌头来，连树上的乌鸦也张着嘴喘气，——但是，自然也有例外的远处隐隐有两个铜盏相击的声音，使人忆起酸梅汤，依稀感到凉意，可是那懒懒的单调的金属音的间作，却使那寂静更其深远了。
>
> ……
>
> “热的包咧，刚出屉的……”
>
> 十一二岁的胖孩子，细着眼睛，歪了嘴在路的店门前叫喊。声音已经嘶嗄了，还带些睡意，如给夏天的长日催眠。他旁边的破旧桌子上，就有二三十个馒头包子，毫无热气，冷冷地坐着。

你又不能不承认，这节描写反映了十足的京味儿风情，特别是那“隐隐有两个铜盏相击的声音”，和那胖孩子细着眼睛歪了嘴在路的店门前叫卖的形象，我们甚至在40年代的北京街头仍能听到和看到。

严格地讲，《示众》不是一般意义上的小说，而应属于鲁迅所说的“速写”

一类。这篇作品里没有出现有姓名标志的张三、李四、王五、赵六的具体人物，只是描写了一幅特定时代都市街头的“示众图”，但在这篇作品的艺术境界里，被示众者又并非作品的主角，《示众》的主人公，倒是赏鉴示众者的一群。作者对于这些出场人物从形体到精神状态的描写，都极为精密生动，一共写了13个人，活画了这拥挤的一群互相赏鉴的呆看。这幅冷漠、麻木的社会众生相的白描，虽内蕴丰富，具有哲理品格，但透出的，却是浓郁的“京味儿”。风情，大异于《阿Q正传》与《祝福》所显示的浙东的习俗和情趣。

自然，这不是说，鲁迅写过一篇富有“京味儿”风情的《示众》，鲁迅就是“京味儿”小说派。应当说，作为“五四”新文学的奠基人，而又“显示”了“五四”文学革命“实绩”的鲁迅的小说创作，“并不局限于某个流派，而是实际上开辟了多种创作方法、创作体系的源头”。但是，从《呐喊》、《彷徨》所展示的富于乡土气息和地方色彩的风俗画面来看，它又的确对“五四”以来出现在中国文坛上的所谓“乡土文学”，产生过巨大的影响。所以，在当时就有一位评论家讲过这样的话：鲁迅的作品“满熏着中国的土气，他可以说是眼前我们唯一的乡土艺术家”（张定璜）。而《示众》给我们的启示——鲁迅能如此随手拈来地捕捉住京味儿的民俗风情，恰足以说明，他当时作品的现实主义已经相当地成熟了。

二

我以为，“京味儿”小说，该是“乡土派”文学的一脉，但它又和现代文学史上以沈从文为首的作家创作的“京派小说”并无渊源。

从历史的源流来讲，在现代文学的发展中，毕生以写北京擅长，并且直到今天在这个领域还载誉文坛的前辈，当然是北京人民艺术家老舍先生。提起老舍写北京的作品，当代人立即想到的，可能首先是他的剧作：《龙须沟》、《方珍珠》、《茶馆》。毫无疑问，这些剧作都是老舍先生建国后写北京生活的脍炙人口的名著，特别是《茶馆》，尽管老舍自己说过：“《茶馆》这出三幕话剧，叙述了三个时代的茶馆生活”，“这三幕共占了五十年的时间。这五十年中出了多少多少大变动，可是剧中只通过一个茶馆和下茶馆的一些小人物来反映，并没有正面评述那些大事。这就是说，用这些小人物怎么活着和怎么死的，来说明那些时代啼笑皆非的形形色色。"[①] 但是，这三幕剧蕴涵的历史深度和时代意义，远不止显现在舞台上这些小人物怎么活和怎么死的本身，它通过这不同历史时期独特的北京的生活风习画，埋葬了旧中国的三个旧时代。我还记得1958年在首都剧场看北京人民艺术剧院《茶馆》首演时的情景，那时的"直觉"是什么，现在已说不清，我只觉得，一下子被那各色人物正在活动着的大转台的社会风习画般的全景吸引住了：

从形象上看：满台奔跑着端茶倒水，送烂肉面的跑堂儿，坐着喝茶的主儿，多数旗装打扮，长袍马褂服饰鲜艳，腰间还挂满了零碎儿——玉石坠儿、鼻烟壶、小梳子，头上则高悬着鸟笼子，但也混杂着衣衫褴褛的乞讨者，真是色彩缤纷，使人眼花缭乱……

从音响上听，茶客们的高谈阔论，茶房的高声吆喝，后面灶上传来的炒勺的敲打，时而又穿插着动听的叫卖声……这确是一曲别致的交响乐，使人应接不暇。

对于长期生活在北京，哪怕是当今的现代人，尽管他并未亲眼目睹过茶馆生活，他也会冲口而出地说出，这是北京的茶馆，融汇在这里的是一幅人们即使未曾目睹也听说过的清末市井生活的多彩画卷。而《茶馆》至今还是北京人艺的保留剧目，以其"经典性"成就的美学风格，获得了国内外观众的击节称赏。

不过，《茶馆》毕竟是戏剧，作者只能把他的擅长描写民俗风情的画笔局促在有限的舞台框架里。只有到了小说创作中，作者才能"无限"地展开这老北京民俗风情更为丰富、更为多彩的描绘。何况，老舍先生早年并非剧作家，他是以小说成名于世界文坛的。他的名著《骆驼祥子》，固然堪称描写北京下层市民生活的杰作，就是在抗战后方写出的反映沦陷于日寇统治下的北京的《四世

① 《老舍论创作·谈〈茶馆〉》。

同堂》，在今天搬上荧屏，还能以其熔铸着时代风雨的独特的京味儿习俗深切地感染着广大观众。

“京味儿”也者，不言而喻，它当然离不开北京这块地盘儿，离不开北京这文明古都历史形成的民俗风情。以老舍而论，确如舒乙所说：“不论从作品数目，还是从字数上看，可以说：老舍的作品大部分是写北京的。”“老舍写了一辈子北京。”[①] 自然这并非只是指出现在老舍作品里的那些真实的地理环境，如护国寺、德胜门、东安市场之类，常出现在他的笔下，甚至作者的诞生地“小羊圈胡同”（现名小杨家胡同），还以丰满而生动的形象构成了《四世同堂》主人公们的主要活动场景，而是指北京这座文明古都近百年来的民俗形态的生活细节和风土人情，都以其浓郁的色调渗透着老舍作品所反映的生活。老舍自己也曾说过：“我生在北平，那里的人、事、风景、味道和卖酸梅汤、杏仁茶的吆喝的声音，我全熟悉。一闭眼，我的北平就完整的、像一张色彩鲜明的图画浮立在我的心中。”[②] 也正因如此，所以身在抗日后方重庆的老舍，却能写出沦陷后北京的长篇小说《四世同堂》。对此，胡絜青同志曾经有过一段很生动的回忆：“到了重庆，大后方的朋友们纷纷到我们家来，听我述说着日本侵略者残害中国人的兽行。他们问这问那，打听得非常详细。每当这时候，老舍就点着一根烟，皱着眉头，静静地坐在一边陪着听，两三个月的时间，我把四五年间所见、所闻，以及我的感想和愤慨，对着一批一批来访的朋友们反复地说了几遍。慢慢地，朋友们这方面的话题谈得不多了，老舍却开始忙碌起来。他仔细地询问，日本侵略者在北京的所作所为，市民的反应如何？挨着个儿和我漫谈北京亲友和一切熟人的详细情况。我说某家死了人，大家怎么热心地去帮忙，他就把那家办丧事的一些细节绘声绘色地补充上去；我说某人当了汉奸，他就把那个人吃什么，穿什么，见了什么人说什么的神情，一一表演给我看，好像他也在沦陷区的北京住了四五年似的。我佩服他对北京和北京人的了解，那么

① 《老舍论创作·谈〈茶馆〉》。

② 老舍：《三年写作自述》。

深，那么细，那么真。这种漫无边际的漫谈，谈了很久，终于有一天他对我说：‘谢谢你，你这次九死一生地从北京来，给我带来了一部长篇小说……’”[①]

《四世同堂》，是老舍唯一的大部头，近百万字的“三部曲”。据统计，这部小说的出场人物有130多，有名有姓的60余人。其中三教九流，无所不包。尽管作者的用墨浓淡不一，它却以其独具特色的错综复杂的人物体系，展现了这特定历史时期北京市民社会的那充满耻辱与悲苦的声情色相。任何一个国家、民族以至地域的民俗风情，都是源远流长，有其历史的生成、发展和积累，世代相传，而且在不断前进的社会生活里还能保持着相对稳定的形态。就“京味儿”的民俗风情和文化蕴涵来说，中国的最后一个封建王朝的清代统治者的建都北京，当是给它带来的影响最大。不过，在老舍的作品里，决不是为了猎奇而写民俗，无论是戏剧和小说的创作，他笔下的北京的民俗风情，都密切地联系着作品所反映的时代与社会现实，渗透着人物的生活命运与性格刻画。只要想一想王利发、松二爷（《茶馆》）、祥子、虎妞（《骆驼祥子》）、祁老人（《四世同堂》），以及那个三等警察的“我”（《我这一辈子》），我们就会明白，离开了那浓郁京味儿的民俗风情的有力渲染与烘托，就不可能有他们的鲜明丰满的形象性格和特有的人物世界。作为“京味儿”小说的开拓者，近百年来北京市民社会的变化，时俗的沿革，地理风光的着色，特别是下层市民的苦难与挣扎，在老舍的笔下，都留下了历史的真实的声影。我不知道《老张的哲学》算不算“京味儿小说”的发轫之作，但是，从《骆驼祥子》、《四世同堂》到压卷之作的《正红旗下》，确实是展开了这老北京民俗风情的长幅画卷，囊括了清末北京社会的各个阶层，可以说从王公贵族到下层市民，以至地痞流氓、三教九流、各色人等，都活现在他的笔端了。而在清末封建社会的崩溃中，尽管这些人物的生活经历、职业阶层、社会地位、个人命运千差万别，却由于都生活在这文明古都，受着特定时代的习俗民情的浸润，在不同的个性中显示出各自的京味儿的文化蕴涵和心态，可谓琳琅满目。从这方面来看，老舍的未完成的杰作《正红

---

① 《老舍夫人谈老舍》。

旗下》，称得起既是压卷也是顶峰。它是《茶馆》同一创作母题的扩深。如果说《茶馆》第一幕，是为末代王朝送葬的丧钟，那么，这《正红旗下》，则是清末北京社会生活的一面镜子。

《正红旗下》只写了11章，重点是写了下层旗人的生活。作者的意图是想暴露八旗制度给满族人民所造成的灾难性的恶果，却又相当广泛地触及了清末中国社会各种尖锐复杂的现实生活矛盾。在小说里，作者曾以第一人称明确地讲道："我赶上了大清皇朝的'残灯末庙'，至于我们穷旗兵们，虽然好歹还有点铁秆庄稼，可是已经觉得脖子上仿佛有根绳子，越勒越紧！"

"二百多年积累下的历史尘垢，使一般的旗人忘了自谴，也忘了自励。我们创造了一个独具风格的生活方式，有钱的真讲究，没钱的穷讲究。生命就这么浮在有讲究的一潭死水里。"仅仅从这写好的11章里，我们已经可以看到，作者对这旗人"独具风格的生活方式"，诸如送灶过年，敬神拜佛，生孩子洗三、做满月，以至养花、遛鸟，放鸽子，饮食、行事、穿着打扮等，描绘得如此细致入微、惟妙惟肖。当然，如前所说，老舍小说的民俗风情的描写之所以饶有情致，都是和反映生活、刻画性格、创造艺术形象密切结合的，而在《正红旗下》，这一切更是熔融一气，相映成趣。所以，老舍研究者都把这未完成的《正红旗下》，誉为"扛鼎"之作，确实是当之无愧的。

由于篇幅的关系，这本选集里只选了老舍的一个短篇《柳家大院》，一个中篇《月牙儿》，都写的是旧北京社会生活底层妇女的悲剧。《柳家大院》写的是发生在老北京大杂院里的故事。大杂院，是北京下层市民"群居"的所在，长期形成了特有的生活方式、人际关系，到今天虽已有了变化，如苏叔阳的《夕照街》、《傻二舅》中所写，但也还有不小的遗留，像陈建功的《辘轳把胡同九号》、《找乐》主人公们的住所。

柳家大院石匠家媳妇的悲惨遭遇，是旧社会日常生活中极普通的悲剧——媳妇不堪公公、丈夫和小姑的虐待而被迫自杀。但是，作品的底蕴并不在于这生活表象的悲惨，而在于作者通过这个普通的悲剧故事深刻地揭露了不把妇女当人的封建道德如何渗透了下层人民的思想感情：当媳妇的就该挨揍，"男的该打女的，公公该管教儿媳妇，小姑子该给嫂子气受"，媳妇"还不如那锅饭值钱”等等，正是在这样道德观念的支配下，终致把媳妇逼向死亡，而石匠一家也因此而破了财，虐待嫂子的二妞，又正在走上嫂子的路。作者通过北京大杂院的生活风情，用活的北京话，把这个普通的悲剧故事叙述得娓娓动人。

中篇小说《月牙儿》，写的是母女为娼的悲剧。它的凄婉动人之处，重点还不在于母女为娼这惨剧本身，而在于它相当有深度地写出了这险恶的社会怎样把这些善良的妇女逼上屈辱的痛苦的绝境的。第一人称的“我”——为娼的女儿，痛苦地求索造成自己悲剧的原因，是小说后半部着重描写的内容。她曾愤激而悲苦地发问：“不是妈妈的毛病……是粮食的毛病，凭什么没有我们的吃食呢？”她也清楚地看到了自己未来的命运与结局：“我妈妈是我的影子，我至好不过将来变成她那样，卖了一辈子肉，剩下的只是一些白头发与抽皱的黑皮。这就是生命。”最后使她领悟了造成她悲惨处境的社会根源，已是在她被投入监狱之后。作者这样写下了她的痛切感受：“监狱是个好地方，它使人坚信人类的没有起色，在我做梦的时候都见不到这样丑恶的玩艺。自从我一进来，我就不再想出去，在我的经验中，世界比这强不了许多。”

这既是这悲惨为娼的女孩子对她所经历的残酷人生的哲理思考，也是她对旧中国的有力的宣判。那寓意是深远的！它启示着人们：旧的社会制度的“大监狱”不推翻，不打破，就不会有受迫害人民的真正解放。可以看出，《月牙儿》作为一篇反映旧社会妇女悲剧的作品，较之《柳家大院》，作者在思想主题上有了更深层的开掘。

同时，我以为，这本选集选了这同一母题的两篇作品，不仅有着思想上的考虑，也有着艺术与语言风格特点方面的选择。如果说《柳家大院》是用活的北京方言土语（当然也有文学上的提炼），抒写了北京市民大杂院角落的风情，那么，《月牙儿》，则把北京话升华为诗的语言，用作者自己的话说，他写《月牙儿》，是企图“以散文诗写小说”的尝试。老舍在语言的运用上，“总希望能够充分的信赖大白话”，因而，他小说中的语言，也总是通俗易懂，流畅自然但又凝练、含蓄，往往还在大白话中蕴涵着深刻的哲理。《月牙儿》在艺术表现上更侧重这一特点的发挥。这篇作品重叠出现“月牙儿”的形象，在“我”的心目中，自然也渗透着“我”的感情色调，前后照应，呼和着全篇的韵律，融汇成一个浑然整体。从整体来看，“月牙儿”是“我”的苦难的见证，但当“月牙儿”作为景物呼吸时，它又是通过“我”的感觉的融化而着笔。

譬如作者重叠描绘的“月牙儿”“斜挂于澄碧的夜空”，实际上是暗喻着孑然无依的“我”的身世与遭遇，特别是开头与结尾的两段对照的描写：

多少次了，我看见跟现在这个月牙儿一样的月牙儿；多少次了，它带着种种不同的感情，种种不同的景物，当我坐定了看它，它一次一次地在我记忆中的碧云上斜挂着。

我又看见了我的好朋友，月牙儿！好久没见着它了！妈妈干什么呢？我想起来一切。

显然，“月牙儿”在小说结构中是起了构造氛围和意境的作用，它使全篇贯串着统一的情调和色彩，表现了这个为娼的女孩子，在短短的一生中始终处于清冷孤寂、悲苦无告的境遇，陪伴她的，只有那“斜挂于澄碧的夜空”无可依傍的月牙儿，在无言相对中倾诉着无尽的悲哀。浓重的感情色调浸染着老舍的那种带京味的语言，构成了舒缓有致的诗的情韵，确实是实现了作者“以散文诗写小说”的意图，给读者以强烈的感动。

二

王蒙在《北京优秀短篇小说选·序》里曾说过：被称为“北京作家群”的“这批作家近年来写的小说不少，有点影响，也是真的。不论题材、风格、手法，各干各的，没有什么人想搞个什么小说‘京派’，大概也符合事实”。苏叔阳也说：“当初我连想也没有想到要特意表现‘北京味儿’。只是因为我笔下的人物都是北京人，生活在北京的环境里，只有用他们自己的语言，叙述他们独特的经历和命运，描摹他们生活的环境和氛围。”[1] 的确，在中国现代小说流派中虽有被称为“京派小说”者，那里却并无老舍，而且在老舍生前，却也并未见有一个“京味儿小说”的称号。但是，粉碎“四人帮”以后，特别是近几年来，在中短篇小说空前繁荣发达之际，北京作家中逐渐出现了几位以抒写北京这座文明古都民俗风情为主的作家，他们当然也是属于“北京作家群”中的一员。他们没有人想搞一个什么“京派”，但他们作品的题材、风格、语言以至韵味，又实实在在地满熏着北京的浓郁的“土气”。

这本选集里除去选了老舍的《月牙儿》、《柳家大院》，还选了邓友梅的《那五》、《寻访画儿韩》，汪曾祺的《云致秋行状》、《安乐居》，韩少华的《红点颏儿》、《少管家前传》，陈建功的《辘轳把胡同九号》、《找乐》，苏叔阳的《傻二舅》、《我是一个零》，以及以写京郊农村为主的刘绍棠的《花街》、《青藤巷插曲》，浩然的《弯弯绕的后代》、《细雨濛濛》，一共8家16篇作品。

我想，两位选家选了这8位作家的作品，决不是说“京味儿”小说就只有8家，也并无用地理环境限制作家的意图。目前居住在伟大首都的老、中、青作家很多，可谓八方荟萃，其中也有北京土生土长的作家，他们基本上也写的是北京人的生活，这里并未选辑，其原因又决非因为他们的作品艺术成就不高，而在于我们的选家眼光中的所谓“京味儿”。这虽不一定是应选的8位作家自觉地交流和相互影响，大概也可算作大家有各自的艺术追求，也有共同的追求的一个方面吧！而且在这本选集中选出的这几位作家里，特别是写市民生活的几位，说他们都或多或少地受有老舍作品的启示和影响，恐怕也是不会有人提出异议的。

“京味儿”小说的出现，自然首先是由于有着京味儿民俗风情的社会生活基础，但也同时有着小说作者们独特的艺术探索。如果这是老舍开其端，那么，我们可以看到，在这本选集里邓友梅的《那五》、《寻访画儿韩》，陈建功的《辘轳把胡同九号》、《找乐》，韩少华的《红点颏儿》、《少管家前传》，苏叔阳

① 《赤脚踏在小路上》。

的《傻二舅》中，就有着各辟蹊径的展开，甚至在擅长于南方风俗画的汪曾祺笔下，也写出了地道“京味儿”的《云致秋行状》和《安乐居》，不管这些作家内蕴的个性有多大的差异，他们的作品也总是脱不开在反映北京民俗风情的生活中有所发现，有所开拓。

“京味儿”小说之为“京味儿”小说，首先当然在于这些作家以各自特有的艺术画笔，真实地、生动地描绘了北京这座古都富有特色的民俗形态的生活与风情。虽然作为中华人民共和国首都，北京的历史并不算长，但是，明清两代以至民国初期，它却有作为京都的较长的历史，因而，即使到了今天，也依然有着新旧北京历史生活的汇流。老舍逝世以后，在历史新时期的小说创作中，以其新鲜的生活气息，重新在这方面唤起人们审美情趣的，的确又是以上提到的这几位作家。在他们的这些作品里，我们不仅看到了正在变化中的首都北京的新貌，而且领略了几代帝都北京的历史与民俗的风光。

我们不妨摘录几段，看看他们反映了什么独特的社会画面：

> 这清音茶社在天桥市场的西南方，距离天桥中心有一箭之地，穿过那些撂地的卖艺场，矮板凳大布棚的饮食摊，绕过宝三带耍巾幡的摔跤场，这里显得稍冷清了一点。两旁也挤满了摊子。修脚的，点痦子的，拿猴子的，代写书信、细批八字，圆梦看相、拔牙补眼，戏装照相，膏药铺门口摆着锅，一个学徒耍着两根棒槌似的东西在搅锅里的膏药……

这是邓友梅《那五》中旧北京天桥的一段描写，在今天的青年人看来，这似乎是一个光怪陆离的市场，但是，只要在40年代还到过北京的人，就都会感到这曾是当时身临其境的天桥的社会众生相，它既不是上海的城隍庙，也不是南京的夫子庙，它就是北京的天桥，虽然杂沓相陈，却是京味儿十足的老北京市井社会最具特色的一角。

> 据我所知，北京有两条辘轳把胡同。一条在西城，一条在南城。我说的，是南城的。胡同不长，真的像过去井台儿上摇的辘轳把儿一样，中间有那

> 么一个小弯儿。门牌儿数到“9”，正是要拐弯儿的地方。9号的门脸儿也不漂亮，甭说石狮子，连块上马石也没有。院儿呢，倒是咱们京华宝地的“自豪”——地道的四合院。四合院您见过吗？据说一个建筑学家考证：天坛，是拟天的；悉尼歌剧院，是拟海的；“科威特”之塔，是拟月的；芝加哥西尔斯大楼，是拟山的。四合院儿呢？据说从布局上模拟了人们牵儿携女的家庭序列。嘿，这解释多有人情味儿，叫我们这些“四合院儿”的草民们顿觉欣欣然。不过，说是“牵儿携女”，不如说是“搂儿抱女”更合适，对吗？不信您留心一下看，现在“四合”固然还有，“院儿”都在哪儿呢？哪个院里不挤满了自盖房、板棚子，几大家子人把个小院塞得满满当当。这不是“搂儿抱女”是什么……唉，当然，也是无可奈何的事。我们中华儿女，愈衍愈众，牵儿携女是领不过来了。不密密层层地搂着，抱着，行吗？

这是陈建功《辘轳把胡同九号》中关于“胡同”与“四合院”的一节介绍性文字，虽蕴涵着“现代意识”的幽默，但在由“四合院”嬗变为“大杂院”的时代着色中，也还是与历史氛围相纠结，散发着浓厚的民俗味：

> 大门外的势派不必说。一进门，迎面就起着细磨对缝青砖垛子，双泥鳅背的筒瓦顶子垂花门。门里头，并不是那种“芒种”搭了“白露”拆，杉蒿支架子，苇席苫顶的天棚；要搭，也是那种利物浦海运进口的洋铁页顶子，镶着威尼斯彩色玻璃明瓦的花檐子罩棚。厅前廊下，也少不了乌木架子支着的几对或五彩或三蓝的细瓷鱼缸，养着各色各种龙睛；却又另辟着跨院儿后园，太湖石假山子拱绕着月牙儿河，里头翠藻扶疏，金鳞掩映，别具一派风流……

这是韩少华《少管家前传》开头的一段描写，写的是前清遗老中堂大人家，“够得上爵品大府门头儿，大宅门口儿”。这显贵的府第，虽属于守旧的叶赫那拉氏家族，但这府第的建筑和气度，却透着有点赶时髦，在老的格局做派里处处掺杂着洋味儿。其实这段简洁的点染，正是真实地反映了这座帝都在清末民初半殖民地化过程中没落贵族生活的一个侧面。

> 安乐居是一家小饭馆，挨着安乐林。
>
> 安乐林围墙上开了个月亮门，门头砖额上刻着三个经石峪体的大字，像那么回事。走进去，只有巴掌大的一个地方，有几十棵杨树。当中种了两棵丁香花，一棵白丁香，一棵紫丁香，这就是仅有的观赏的植物了……这么一片小树林子，名声却不小，附近几条胡同都是依此命名的。安乐林头条，安乐林二条……这个小饭馆叫做安乐居，挺合适。
>
> 安乐居不卖米饭炒菜，只卖包子，花卷……这家饭馆其实叫个小酒铺更合适些。到这儿来喝酒的比吃饭的多。这家的酒只有一毛三分一两的。……
>
> 酒菜不少，煮花生豆，炸花生豆，爆腌鸡子，拌粉皮，猪头肉……最受欢迎的是兔头，一个酱兔头，三四毛钱，至多也就是五毛多钱，喝二两酒，够了。……这些酒客们吃兔头是有一定章法的，先掰哪儿，后掰哪儿，最后磕开脑绷骨，把兔脑掏出来吃掉。没有抓起来乱啃的。吃得非常干净，连一丝肉都不剩。安乐居每年卖出去的兔头真不老少。这个小饭馆大可另挂一块招牌："兔头酒家"。
>
> 酒客进门，都有准时候。

这是汪曾祺的《安乐居》中对安乐林和安乐居的一节风物描写，正像他其他作品描写自己家乡倾注着感情一样，在这里，他不只生动地画出了北京街头小酒铺的里里外外，使人如身临其境，并且观察细微，融情于物，写得色香味俱全，让你舌下生津，有滋有味，仿佛同经常到安乐居喝酒的老哥儿们一起，体会着那二两"一毛三"、一个酱兔头入肚的每天不可或缺的"享受"，这是标准的北京街头小酒铺的习俗风光！

这四节描写，当然都还只是从一个方面——市井、大杂院、大宅门、小酒铺，描写了北京民俗形态的生活细节与风土人情，在表象上，尚属静止的画面，而一个民族或一个地方的民俗，却是渗透在它们的生活的一切方面，正如我们对老舍作品分析的那样，诸如婚丧礼仪，节日往来，衣食装饰，居所陈设，以至说书唱戏，习惯爱好等，这几位作家也都各有其刻意经营的笔墨，创造出迥然不同的独特的民俗风情的美。韩少华的《红点颏儿》有这样两段关于鸟笼子和鸟的描写：

> 炕桌上摆着个鸟笼子，那是个中号六棱紫竹笼儿；上头满是白铜顶盘儿、白铜抓、白头小甩头钩子，周围六面紫竹立梃，上中下三圈紫竹横樘；笼子门儿还刻着五只细巧蝙蝠，那叫“五蝠献瑞”；里头呢，一根黄杨洋木站梁，一对白地蓝花儿、内“卍”字不到头、沿边锁口的铜釉子食水罐儿，就连笼子底上的衬垫儿，都是崭新的高丽纸，随着底形铰成六角儿，铺得平展展的。不说那成套的白铜饰件儿亮得能照见人影儿，紫竹梃也油润得打了蜡似的；就那对罐儿，甭细瞧，晚说也是同、光年间景德镇的上品……
>
> ……
>
> 我五哥打这儿就养起红点颏儿来。一年之后，把个小东西调教得甭提多出息了。您瞧那骨架：立腔儿，葫芦身儿；再瞧那毛色：茶褐里透着虾青的背儿，银灰里泛着象牙白的肚儿，唯独下颏儿底下指甲盖儿大小那么一块儿，红得像八月里蒸透了壳儿的团脐螃蟹子，润得像四月里腌满了油的鸭蛋黄儿。再添上那对不慌、不愣，另有一股神气的眼睛，两道清霜似的眉子——诌句文词儿，真称得起“神清骨峻”！要是那小蜡嘴儿微微一张，略偏着头儿，小不溜儿地那么一哨，嘿，真是五音出口，百鸟儿压言……

提笼架鸟，应当说，曾经是清代八旗子弟有闲的遗风，但在历史的变迁中，它逐渐变成了北京市民特别是颐养晚年的老人们的一种爱好，一种同养花一样的美的鉴赏艺术，而且至今还是首都各大公园、绿化园地里的京味风情的一部分。不过，作家能用笔饱和着物我双会的艺术感受，描绘出如此饶有情致的独特画面，却是我在小说里第一次看到。

三

巴尔扎克在他的《人间喜剧·前言》中说，他的多卷本的小说是在写“历史”，写“许多历史家忘记了的那部历史、风俗史”。而他的《人间喜剧》，也确实通过其错综而瑰丽的风俗史画，通过众多人物形象和五光十色的特定生活场景，创作了恩格斯所说的“一部法国‘社会’特别是巴黎‘上流社会’的卓越的现实主义历史”[①]。我们的“京味儿”小说的作家们，是否已立下了巴尔扎克这样的雄心壮志，我不知道，但十分明显的是，他们都熟悉北京、热爱北京，而且在熟悉和热爱中又都有自己独特的发现，并有志于把自己“发现”的北京写出来。至少邓友梅和陈建功都在写“系列作品”，《寻访画儿韩》和《那五》，在人物形象上就是联袂而来，有着交叉出现的历史的衔接。《辘轳把胡同九号》和《找乐》，也具有同样的特点，陈建功还用“谈天说地”作为他这些小说的副标题，可见在他们的创作中，是有同一母题的“远景规划”的。从这已见端倪的风俗史画可以看出，其中渗透每个作家特有的心灵的感受和捕捉，而又是从笔端自然流出的，这才使他们的作品独具“京味儿”风光的精华。

邓友梅在《〈寻访画儿韩〉篇外缀语》里说，他正在“探讨”“民俗风味的小说”；又说，他很“向往一种《清明上河图》式的小说作品”。作者的这种“探讨”，给人以耳目一新之感，大概是开始于《话说陶然亭》，其后，《双猫图》、《寻访画儿韩》，以及中篇《那五》等奔涌而出，形成了他所反映的独特的生活领域和浓郁“京味儿”的艺术天地。有的同志把它称为“市人小说”，或“新兴的城市文学”，联系起作者所“向往”的《清明上河图》，“或者说是市人相的民俗画”（张韧），我以为，这是很有见地的概括。只不过，邓友梅笔下的北京“市人相”，似更侧重于它作为文明古都的民俗风味。以《寻访画儿韩》和《那五》为例，呈现在读者面前的艺术画面，虽然融合着北京社会政治、经济、世态、人情，多式多样的生活场景，而其情节中心却是回旋在历史文化的

① 恩格斯：《致玛·哈克纳斯》。

活动领域。《寻访画儿韩》围绕着制造假画、识别假画、“揭露”假画，不仅突出地塑造了画儿韩的独特的性格，而且内蕴着多少民俗掌故和有关历史文物的丰富知识！请看小说中有关画儿韩“寿宴烧画”前的这节剖析假画的描写：

“我不说大伙也有耳闻，我收了幅假画。我落魄的时候自己也作过假，如今还跌在假字上。一还一报，本没什么可抱怨，可我想同人中终究本分人多。为了不让大家再吃我这个亏，我把画带来了，请大家过过目。记住我这个教训，以后别再跌这样的跟头。来呀，把画儿挂上。”

一声吆喝，两个学徒一人捧着画，一人拿着头上有铁爪儿的竹竿，把画儿挑起来，挂在铁梁下准备悬灯笼用的铜钩上。众人齐集画下，发出一片啧啧声，说：“造假能这样乱真，也算开眼了。”画儿韩说：“大家别叫它吓住，还是先挑毛病，好从这里学点道眼。”

……

画儿韩爽朗地笑了两声说：“我这回作大头，可不是因为他手段高，实在是自己太自信，太冒失。今天我要劝诸位的就是人万不可艺高胆大，忘了谨慎二字。这画看来惟妙惟肖，其实只要细心审视，破绽还是挺明显的。比如说，画名《寒食图》，画的自然是清明时节。张择端久住汴梁，中州的清明该是穿夹袄的气候了，可你看这个小孩，居然还戴捂耳风帽！张择端能出这个笑话吗！你再细看，这个小孩像是在哪儿见过，在哪儿？《瑞雪图》上。《瑞雪图》画的是年关景象，自然要戴风帽。所以单看小孩，是张择端画的。单看背景，也是张择端画的。这两放在一块，可就不是张择端画的了！再看这女人，清明上坟，年轻寡妇自然是哭丈夫！夫字在中州韵里是闭口音，这女人却张着嘴！这个口形只能发出啊音来！宋朝女人能像张飞似的哇呀哇的叫吗？”

当然，画儿韩煞费苦心地聚集友好大宴宾客，又挑出“假画”高谈阔论，并非只为卖弄知识，其“撒帖打网”的目的，正是用心周密地报复这上当受骗的偶然失误。作者运用文物字画的丰富知识，渲染气氛，勾画人物，把一个心志内蕴的多面性格写得妙趣横生，意味隽永。

苏叔阳的《傻二舅》，也有这样一段关于傻二舅糊顶棚技艺的描写：

“傻小三，瞧瞧二舅的手艺，赛灰顶！”二舅依旧没完没了地吹他的手艺。反正北京城里民房大多都是纸糊的顶棚，他施展本领的机会多得很，春秋两季总是忙得不亦乐乎。我亲眼见过他的手艺，那两下子确实不含糊。他可以不用登梯上高，只用一根T字形的秫秸架，搭上刷了糨糊的大白纸，站在地上，往上一送，再用一把长柄笤帚那么一“呼噜”，就把纸平展展地贴在棚架上。如此这般，三下五除二，很快地就糊一间屋顶。

他说让主家买几张纸，就用几张纸，剩下一两张，裁成小条，做贴墙缝的搭头，手指头大的纸也不会剩下。待到顶棚干透，您上眼瞅吧，连纸缝都难以发现，确确实实的“赛灰顶”。

很明显，如果缺少这些与人物性格相融合的知识和趣味的魅力，就很难写出赏心悦目的风情画，很难把“画儿韩”和“傻二舅”这些北京特殊文化与风习土壤里培养出来的人物写得栩栩如生。

如果说，邓友梅的《寻访画儿韩》和《那五》所提供的北京的独特的民俗画面，渗透着这座古都的历史文化的情致，那么，陈建功的《辘轳把胡同九号》和《找乐》，则是要读者跟着他的“谈天说地”的笔锋，到老北京普通市民居住的小胡同和大杂院里去“转悠”。我们姑且不谈他的名篇《辘轳把胡同九号》所创造的韩德来的形象，具有哪些独特的认识价值和美学价值，因为那不是本文力所能及的。我们只想从《找乐》这篇的民俗风情描写，看一看在他笔下的社会画面，对新旧北京的历史生活有着怎样的独特的概括和反映。

“找乐”，看来像是北京人长期形成的一个悲喜剧的心绪特征，作者以这句富有哲理内涵的俗语为引子，对北京人精神气质的韵律（当然只是一个方面）进行了综合的考察。《找乐》开头有这样一段描述：

“找乐子”，是北京旧俗语，也是北京人的“雅好”。北京人爱找乐子，善找乐子。这“乐子”也实在好找得很。养只靛颏儿是个“乐子”，放放风筝是个“乐子”。一碗酒加一头蒜也是个“乐子”。即便讲到死吧，他们不说“死”，喜欢说“去听蛐蛐叫去啦”，好像还能找出点儿乐儿来呢。

过去天桥有八大怪，其中之一叫“大兵黄”。据说当过张勋的“辫子兵”，也算是“英雄末路”吧，每天到天桥撂地开骂。三皇五帝他爹，当朝总统他妈，达官贵人他姐，芸芸众生他妹。合辙押韵，句句铿锵，口角流沫，指天画地。当是时也，里三层，外三层，喝彩之声迭起，道路为之阻绝。骂者俨然已成富贵骄人，阔步高视，自不待言。听者仿佛也穷儿暴富，登泰山而小天下。戳在天桥开“骂”，是为一“乐儿”。

自打乾隆五十五年“四大徽班”进京以后，北京人很少有不会两段“二黄”的了。蹬三轮儿的，卖煎灌肠的，把车子担子往马路边上一搁，扯开嗓子就来一段。这辈子想当诸葛亮没指望了，时不时“站住城楼观山景”，看一看“司马发来的兵”，倒也威风呢。要不，就“击鼓骂曹”:“平生志气运未通，似蛟龙困在浅水中，有朝一日春雷动，得会风云上九重。”撒一撒胸中的闷气也好。就连那些押去二道坛门吃“黑枣儿”，吐“山里红汤”的犯人们，背上插着招子，被五花大绑地扔在驴车上，也唱一嗓子，招来一片喊“好”声呢。唱这“嗓子”和听这“嗓子”，也是个“乐子”。

我们北京的老百姓们，素有讲个脸面的传统，“耗财买脸儿”更是一个“乐子”啦。口袋里镚子儿没有呢，别着急，只管往大酒缸里泡就是了。别看不过是个扛窝脖儿的，打执事的，引车卖浆者流，那大爷的派头也足着哪，围在酒缸沿上，二两烧刀子入肚，哥几个便对着拔起脯儿来啦。这位只管说自己如何过五关、斩六将，那位尽管说他的长坂坡。

如果素昧平生，刚刚相识，更来劲儿，反正都是两眼一抹黑，加上一个个喝得红头涨脸，迷迷瞪瞪，只顾沉醉在自己的文韬武略之中，你就说自己上过月亮，别人也会哼哈哼哈地应和。酒足饭饱之后，气宇轩昂地站起来，即使锦囊羞涩，也要端起腰缠万贯的神气，吩咐一声“抄”，伙计们赶忙清账，写水牌儿，道一声“记上”，言犹未落，人已经高掌远蹠，雍容雅步，踱将出去，这不又是一“乐儿”吗?

这个历史的概括，虽不是在塑造典型，却内蕴着生活的哲理品格，作者通过这样一幅社会众生相的勾画，透视了北京人心灵窗口的一角。它使我们想起“清末之谴责小说”，如《官场现形记》、《二十年目睹之怪现状》所描绘的某些人物群像的精神风貌；它也使我们联想到鲁迅笔下的所谓“寄植”在阿Q身上的“精神胜利法”。鲁迅曾说过：他的《阿Q正传》，是“要画出一个现代的我们国人的魂灵来”，并写出他“眼里所经过的中国的人生”。陈建功的这个“找乐”，可能还没有升华到如此高层次的概括力度，但至少也是他对“北京人”在历史长河中被扭曲的心态进行了立体观察的结晶，是具象化的抽象。因而，在这抽象概括的描述里，仍使人们感受到跃动着的社会生命。自然，作者先以抽象的概括描述北京人“找乐”的历史形态，意图还在于过渡到揭示他笔下现实主角们“找乐”的新形态。辘轳把胡同文化活动站的这些老人们，并非天桥八大怪，也没有过押去上道坛门吃黑枣的“经历”，但他们的“找乐”，又的确表现了“北京人”固有“精神遗产”的部分内蕴。譬如“老头儿们有点爱神吹”，“大多数是‘梨园行’门清的主儿”，“听一耳朵，便知道这是‘梅老板’，那是‘麒麟童’”，可这些“戏篓子”、“戏包袱”到这里来神吹，唱两嗓子，找“乐儿”，却又各有各的苦衷。像被李忠祥拽到“戏班子”来的赫老头儿、乔万有，以至大学教授贺鑫，就都没有唱两口的瘾，而被李忠祥“开了一个方子”来此“找乐”的。在他们的现实心态里，已没有了旧社会那种不顺气的伤痛，可却有新生活不顺心的根由，也包括这位在活动站“统领群芳”的李忠祥，虽生活在“儿子孝顺”的“福窝”里，但心气儿也何尝时时那么顺畅，他的过分热心为别人“找乐儿”，最后只落得自己无处“找乐儿”。《找乐》的取材，虽也不脱历史的内涵；“找乐儿”，在北京民俗风情中也确有其长期沿袭的历史，但时代的光照，却依然在这民俗“雅好”的演变中折射出或浓或淡的新的生活矛盾的轨迹。

《那五》的天桥的市井描写，当然不同于《少管家前传》的大宅门的介绍，也与《找乐》、《傻二舅》这类北京大杂院的情致迥异，但是，这些作品里所描绘的多彩多姿的民俗风情，在内在意蕴上，又确实给人以相通的感受。这意蕴不仅渗透在它们的富于个性的艺术画面上，而且更为丰富地展现在这些作品所创造的各不相同的人物画廊里。无论是邓友梅的那五、画儿韩，汪曾祺的安乐居的酒客们，陈建功的韩德来、李忠祥，还是韩少华的胖老头儿“梆子”和他的老哥儿们、少管家连喜和那中堂府一家人，苏叔阳的傻二舅，他们的出身、教养、经历、脾性，那是很难找到相似之处的，但你又不得不承认，在他们的性格与生活情趣里，总是飘散着一种特有的京味儿烟尘的熏陶。

文学是语言的艺术，而风格又是语言的表现形态。高尔基说：文学的“第一个要素是语言，语言是文学的主要工具，它和各种事实、生活现象一起，构成了文学的材料”。又说：“语言把我们的一切印象、感情和思想固定下来，它是文学的基本材料。文学是用语言来表达的造型艺术。”特别是对“京味儿”小说的作家们来说，语言于他们的创作，似更有着特殊的意义。方言是语言的地方特色的变体，失去了北京的方言俚语的地方特色，就不足以称为“京味儿”。自然，即使从旧北京市井社会来看，那也是三教九流，行业不同，又有不同的行话，而时代的变迁，也会给语言带来新鲜的色泽。如果不能把握这些更细致纹路的语言特色，同样也写不出京味儿，更何况言为心声，语言还是人的内在感情的外在表现形态。在现实社会生活中，人们的语言和对话，总是反映着一定的个性特征。鲁迅在谈到对人们在生活交往中的语言的集中提炼时，说：“如果删除了不必要之点，只摘出各人的有特色的谈话来，我想，就可以使别人从谈话里推见每个说话的人物。”他还特别主张采用活泼的方言土语，他认为：“方言俚语里，很有些意味深长的话，我们那里叫‘炼话’，用起来是很有意思的，恰如文言的用古典，听者也觉得趣味津津。各就各处的方言，将语法和词汇更加提炼，使它们发达上去的，就是专化。这于文学是很有益处的。”[①]

老舍固不必说，他早已被人尊称为中国当代语言大师之一。如前所说，他一生都是在用北京方言俚语进行创作，到了晚年的顶峰之作，如《茶馆》和《正红旗下》，其语言艺术已达到炉火纯青的境界。当然，我们决不能排斥吸取

---

① 鲁迅：《且介亭杂文·门外文谈》。

外来语的营养，以加强我们语言的精密化。但是，生吞活剥地制造一些国人不懂的“语言”，又自以为深奥，却该是我们创作界所不取的。我以为，语言既然是文学的基本材料，总还是要从现实生活出发，以“活着的白话”为基础，又博采古今语言的营养，推敲斟酌，千锤百炼，来提炼自己的文学语言。从《那五》，特别是《寻访画儿韩》来看，邓友梅作品的语言艺术，就不仅注意于“地区性”——“京味儿”的提炼，更注意于把握描写对象的职业的个性的语言特色，像《寻访画儿韩》，在“寿宴烧画”的场面里，通过画儿韩富有个性和状写书画的职业特点的语言，把他的身份、经历、知识、禀赋和心机，写得多么透亮，而令人神飞遐想。比较起来，邓发梅的“京味儿”语言，似少用方言俚语，却接近于内城“官话”，凝练含蓄、自然流畅，却不单薄浅露、贫乏干枯。陈建功、苏叔阳，在语言方面则充分运用了“京味儿”的方言俚语的特点，陈建功还在“炼话”方面下了工力。如《辘轳把胡同九号》冯寡妇爱说的“敢情”，《找乐》开端解释的“找乐子”，都蕴涵丰富，意味深长，结合着开掘主题、塑造性格，有力地发挥了“炼话”的功能。汪曾祺和韩少华，毕竟长期从事散文创作，他们很重视“京味儿”语言的音乐美和色彩美。韩少华的《红点颏儿》和《少管家前传》，描绘的完全是不同阶层的生活，却都写得声态并作，色彩鲜明而又富于节奏感。

四

我们说“京味儿小说”的特点，是注意描写北京文明古都特有的民俗风情，并不意味着把这生活的区域只局限于城圈子里的民俗形态，或者只能写北京市民的生活，因为哺育这古老都城——也包括它的“精神文明”——的，还有四郊的农民。就以“京味儿”民俗画著称的作家来说，在所谓的“北京作家群”里，就还有以抒写北京田园风情民俗画擅长的刘绍棠和浩然，这里选了他们各自的两篇作品。

刘绍棠，是市郊通县人，几乎从他少年时代崭露头角的《青枝绿叶》、《大青骡子》开始，到他近年来的获奖名作《蒲柳人家》，以至这里选的两篇，作者的取材始终没有离开他的故里京东运河两岸的风物习俗。就我这“同乡人”所知，甚至他的风俗画框里的那种秀美的水乡景色，还是他幼年记忆的留存。正像在今天的绍兴，已经不再能见到鲁迅笔下的“美丽、优雅、有趣”的山阴道一样，通县的北运河两岸，也已失去了原有的水乡美色。浩然虽是京东河北人，但他多年来的生活基地，仍是在顺义和通县一带。

京东运河两岸虽是“京边子”，但确如刘绍棠所说，它是“地处京津之间的北运河的航道上，农民又兼作船夫、渔夫、脚夫、苦力，上京下卫，得风气之先，不像边远农村那样闭塞。因此，我的家乡的农民又具有开通、狡黠、机智、风趣的特点。北运河的农民有习武的传统，又由于地处天子脚下，文化水平也较外地略高。……我们儒林村以及沿河的一些村庄，本是清朝王公贵族跑马占圈的领地，讲北京土话，穿衣打扮，生活习惯，风俗礼节都是‘京派’……”

不过，城郊农村的民俗风情，又毕竟不同于城圈子里的市井街头，那“京味儿”风俗画的结构与色调，也会有很大的差异。刘绍棠深爱自己的家乡，在他的作品里，作者把自己挚爱的深情倾注在家乡的景物描写里，运河浇灌着两岸的沃土平原，也哺育着千千万万苦难的农民。在刘绍棠的笔下，作为一种不屈的绿色生命的象征，是水与柳的结合，是杨柳装点着村舍农家的独特风情：

> “十八里一片绿荫如伞，牛羊行走在北运河畔十八里柳巷中，十八里柳巷，杂花生树，群莺乱飞。”(《芳草满天涯》)“河边绿柳垂杨，杂花生树，远瞧近看，风景如画。”(《蛾眉》)“四面是柳枝篱笆，篱笆上爬满了豆角秧，豆角秧里还夹杂着喇叭花藤萝，像密封的四堵墙。墙里是一棵又一棵的杏树，桃树，山楂树，花红果子树，墙外是杨，柳，榆，槐，桑，枣，杜梨树……”(《蒲柳人家》)“鱼菱村的鱼尾菱尖上，河边沙岗绿树浓荫下，一道水柳篱墙，相邻两户人家。”(《绿杨堤》)“……只见两岸绿柳垂杨夹着一条满槽碧水的大河。岸边，一丛丛芦苇里，苇喳子吵架似的欢叫。碧水上的鸭群，像天上扯下的白云，一只只放鸭子的小船，像一片片水上的浮萍。两岸两道翠堤，是青青的草滩，黑的牛，白的牛，满天星似的洒满草滩上。”(《凉月如眉挂柳弯》)

这运河滩头的水柳篱墙，虽着墨不多，却写得生机盎然，令人陶醉，传达出北运河沿岸自然风光的特有韵律。当然，在任何作品里，景物描写都不是孤立的，也不是纯客观的，而是必然地融合着作家主观的情致，融合着人物的创造，以及适应着雕塑性格的需要，以造成特定的氛围、色调和意境；更何况刘绍棠笔下这一幅幅风景画面，又总是和北运河的乡土风俗画面，以及苦难岁月里运河儿女的生活命运融合、交织、渗透，它们蕴涵着古朴、纯真、自然的美，也展现了天子脚下带京味儿的泥土气息，赋予他所创造的艺术形象以独特的生命活力。

《花街》的自然风光画面是这样展开的：

> 花街上的人搬个家，就像燕子串房檐，费不了多大力气。泥棚茅舍，一踹就倒，拔锅拆灶，拔腿就走。乔迁新居，再定门户，也不很难，砍几根柳桩，支起四梁八柱，柳条子编墙，蒲苇铺顶，上下抹泥，砌灶安锅，翘尾巴的烟囱就又冒起了袅袅青烟。北运河走的是天子脚下，通州坐落在京东地面，冬春两季无风三尺土，运河滩，外无山冈，内无城墙。就像敞开门张着嘴，大吃大嚼口外的风沙。花街的三道沙丘，年年长个儿，步步登高，早先柳枝糊泥巴的棚屋，不是被风沙挤倒，就是被风沙淹没。夏秋两季，三日阴五日晴，大雨小雨穿插着下，小河汊子大雨大涨，小雨小涨，柔水似刀，割坍沙丘，柳枝糊泥巴的棚屋常常一屁股坐空，堕入水中，于是，家家户户开始房前屋后，院内院外，里三层外三层，四框填满了红柳绿蒿，不但锁住了风沙，屯住了水，而且芳草萋萋，花木葱茏……

可见这“花街”虽美其名，却只不过是“运河滩上的一个锅伙”，而在这“花街”繁衍生息的人们，又是有着什么样的生活命运呵：

> 花街上没有多少老人。花街上的老人都交不了甲子，过不去六十这一关，就芦席一卷，埋在河坡上，歪脖儿树下孤坟一座。可六月连阴天，七月下大雨，运河满了槽，一涨一落，坟头涮平了，尸首冲走了，便只留下趴了架的歪

脖儿树，挂满了水草和绿藻。

花街也没有多少孩子。花街上的孩子十有八九立不住，不出满月就抽四六风，蒲草一捆，草丛中刨个坑儿一埋，下一场小雨，草芽又发了，十天半个月，小草儿长高了，也就不见了痕迹。

花街上更没有多少女人，女人都不愿嫁到花街来。花街上的女人大都来路不正，来历不明。不是私奔，就是拐卖，没有一个是明媒正娶，鸣锣响鼓花轿抬来的。

……

……花街上的姑娘黄连的命，没有一个例外的。她们刚刚蹒跚学步，爹娘就给她们编一只小小的柳篮儿，挎到胳臂弯上，到河滩上刨野菜。再大几岁，篮子换成了筐，爬树摘杨芽儿，登高捋榆钱儿，下河打鱼虾……长到十三四，她们就要卖的卖，嫁的嫁。不是卖给过往行船的老客，就是嫁到远离运河滩的外村……

正是在这样的特定的自然风光与社会生活的背景里，作者展开了叶三车和篓嫂的同命运抗争的悲欢离合的故事。故事哀婉曲折。男主人公叶三车性格淳厚、刚强，肝胆照人，是典型的京东一带的农民“好汉”，他和篓嫂、玉姑先后两次不同的婚姻悲剧，虽烙印着传统的道德意识，却并未淹没他的重信义、重然诺的丈夫气概。只不过我以为，这篇小说里写得更为动人的，该是篓嫂这个人物。作者以细密的情思抒写了她在苦难熬煎中的不屈的形象和忠贞的柔情。而男女主人公的这种精神气质在作者笔下又确和花街的民俗风情融洽和谐，满熏着运河水乡的土气。

刘绍棠是“乡土文学”的热情的鼓吹者，虽然他自己说，他的“乡土文学创作，是从中篇小说《蒲柳人家》开始的，中篇小说《渔火》和短篇小说《蛾眉》，是进一步试探性的扩展”[①]。而按照他所确定的“乡土文学”的创

① 《刘绍棠小说选·序言》。

作内涵："我缺乏实际工作经验，性格气质上热情外溢而不深沉内向，不善于发现问题和抓住矛盾，只能写风土人情；因此，我又决定致力于乡土文学。乡土文学是农村题材创作领域中的一个区域，是文学创作百花园中的一朵野花。"[①] 那么，这篇《花街》当也是这"野花"中的一朵，似更散发着那"土著"的芬芳！至于另一篇《青藤巷插曲》，则写的是老北京的市井街头和市民人物，虽"京味儿"十足，却并非他大部分作品中的那种北运河沿岸农村的风土人情特色，它只能说明刘绍棠对于"京圈子"和"京边子"民俗风情都很熟悉，独特的地域色彩，在他的笔下是自然流出的。而这也正是刘绍棠的"京味儿"小说的特色。

谈到浩然的作品，大家会公认为代表作是他的长篇小说《艳阳天》。尽管那取材和主题有着时代和历史的局限，被称为"'十七年'文学的幕终之曲"，但是，从艺术上看，《艳阳天》的个性的塑造，民俗风情的描写，农村生活语言的运用和提炼，在"十七年"农村题材的长篇小说中，都算得上结构宏大而又成就突出的作品。

在进入历史新时期以后，浩然虽然"安于寂寞"，却并未脱离农村，相反，他仍在"深入农村"，"跟京郊和冀东故乡的农民、基层干部一起，在新的政治形势下总结过去的经验教训，一点一点地提高了认识，同时酝酿起这几部作品"[②] 。他最近献给读者的《苍生》，得到的评价是"与时代共着脉搏、丰溢着现实血肉的长篇巨制"；而在《苍生》以前，又有着"以《山水情》为代表的一批反思之作"。据我看，这本选集里选的这两篇，似乎都还够不上前两类作品的那种"新水平"。相反，《弯弯绕的后代》，从题目就可以看出，这个短篇是和《艳阳天》相互衔接的。

"弯弯绕"是作者在《艳阳天》里创造的一个深印读者脑际的人物。我不知道"弯弯绕"算不算浩然笔下"太多的直接负担着阶级意识"的那类人物。

---

① 《刘绍棠小说选·序言》。

② 浩然：《追赶者的几句话》。

我只知道，在广大读者中间，弯弯绕够得上是个“流行的代名词”的典型。作者在《弯弯绕的后代》开头追述说：“回头倒数二十五六年的那个时期，提起‘弯弯绕’来，可以算个远近闻名的人物。”“一个普通庄稼人，能闹腾得这样一种情况，真叫不容易。他凭什么？凭的一身‘真本领’：心肝尖上挂帐，肋条骨上穿线；好图个小利，爱捡个便宜，尤其具有绕着弯儿算计别人的特殊技能。”最后，终于因为毁坏苹果林，被罚一百多元，得病归天。读过《艳阳天》的人，只要一看到弯弯绕的名字，眼前就会浮现出这个人物的形象和性格。有的同志在总结浩然创作道路时曾指出，浩然对于他笔下的农民的“作为小生产者的封闭性和狭隘性”，“很少触及”。但是，却不能说，浩然对于农民中的小私有者的狡黠、自私的狭隘性，也曾忽略。弯弯绕的悲喜剧，就表现了他在这方面的观察和概括，都有一定的生活深度。

那么，弯弯绕有一个什么样的后代呢？人的性格虽不遗传，但人的秉性、为人，在社会生活中却也有“继承性”呢！弯弯绕的长子马起，“从小在弯弯绕的手底下拨拉过来，拨拉过去的，能不学到点家传的‘真本领’？可是他从不施展那号‘真本领’，那是因为他不敢施展。他接受了他爸爸‘弯弯绕’的教训，不干弯弯绕的勾当”。他曾经“一天到晚皱着眉头看东西，耷拉着脑袋走路，对家里人都少言寡语，对两姓旁人更没有多少话。他不贪便宜，也不吃亏……”，所以，连队长都“当面说他太窝囊”。可是，当“东山坞成了全县执行国家养猪派购任务的先进大队”时，马起大概是看准了时机，觉得有“弯”可“绕”了，于是，他开始施展了先父的故伎，结果又重演了一出害人不成反害己的悲喜剧。

拉拉杂杂写了这些，也未必把“京味儿”小说的艺术特点讲清楚了，还是开头讲的话，选家在这本集子里选了8家，并非说“京味儿”小说的作家只有8位，也不是说只有这样描写这文明古都的形形色色，才算是上上之作。当然，更不是说，这些作家有目的地想搞一个什么“小说京派”！充其量只能说，在选家的眼光里，他们对于反映北京民俗风情的地方色彩上有着共同的探索和追求，而且这又并不泯灭每一位作家自己所独有的个性和风格。我想，这“京味儿”的内涵，仅仅如此而已！

毛泽东同志在《同音乐工作者的谈话》中曾经说过："艺术有形式问题，有民族形式问题。艺术离不了人民的习惯、感情以至语言，离不了民族的历史发展，艺术的民族保守性比较强一些，甚至可以保持几千年。古代的艺术，后人还是喜欢它。"因而，批判地继承民族的艺术传统，是提高民族自信心、发展民族新文艺的必要条件。鲁迅又从另一个角度讲过这样的意见："现在的文学也一样，有地方色彩的倒容易成为世界的，即为别国所注意。"[①]

我想，这两方面的意见，都是对文艺史的正确总结，它们反映了艺术发展的客观规律，也为我国当前对外文艺交流的现实所证明。自然，文学艺术又是一种创造性的劳动，因而，一切模仿和照搬都是创作的大敌。而且，在文学艺术领域里，百花齐放，争奇斗艳，自由竞赛，也同样是艺术发展的创作规律，因为只有如此，才能满足不同层次的读者和观众对艺术美欣赏的多方面的需求。我们赞扬"京味儿"小说的创作，就是因为它是当代文苑中的一丛新葩，它们生长在自己的土壤里，有着自己的独特的神采和韵味！

我们祝愿"京味儿"小说之花更加勃发、盛开！

1988年2月11日初稿
1988年春节假日修改

① 鲁迅：《致陈烟桥》，1934年1月8日。

漫谈蒋子龙历史新时期的小说创作[①]

一提起历史新时期的小说创作，人们自然会想到蒋子龙的作品。这不只因为他小说中那种渗透着时代精神的沸腾的生活节奏，动人心魄，令人难忘；而且由于他笔下的那些个性鲜明、突出的改革者或称“开拓者”的形象，如霍大道、乔光朴、车篷宽，以至解净、刘思佳、牛宏等，都已进入历史新时期的艺术画廊，深印在人们的脑际。

摆在我们面前的蒋子龙的作品有三本：《蒋子龙短篇小说集》(中国青年出版社)、《开拓者》(中国青年出版社)、《蒋子龙中篇小说选》(湖南人民出版社)。其中还有一些重复收入的篇目（如《开拓者》、《乔厂长后传》、《弧光》），即使包括近两年发表的短篇（如《拜年》、《修脚女》等）和中篇（如《锅碗瓢盆交响曲》、《悲剧比没有剧好》）在内，大概总数不过六七十万字，这就是蒋子龙从1975年到现在的全部小说创作的记录了。8年多的果实，量并不算大，但从《乔厂长上任记》，或者更早一点，从《机电局长的一天》(1976年第1期《人民文学》）开始，蒋子龙就已经在探索着自己的创作道路。

一、“从生活的大动脉着手”

是的，确如有些评论所指出的，蒋子龙创作的取材，除最近的中篇《锅碗瓢盆交响曲》和短篇《修脚女》，大部分“尚限于工厂生活的范围”。他自己也曾说过：“我写工业战线上的人物，但只把工厂作为人物活动的舞台，以整个社会做背景。”[②] 然而对于一个工人作者来说，从工厂生活出发，是不是就如某些

① 本篇是为中国作家协会创作研究室所编《当代作家论》而作。

② 蒋子龙：《跟上生活前进的脚步》，《文艺研究》1981年第3期。

批评所断定的那样，是在“画地为牢”呢？我以为，这不该是对蒋子龙历史新时期创作的客观而公正的评价。

蒋子龙的小说，虽主要取材于工厂生活，扩大一点，或者叫做工业战线，但是，在新中国成立以来的工业题材的小说创作中，他的作品仍然是一个突破。也可以说，作者和他创造的主人公们，在一定意义上，都在开拓着新时代的新局面。多年以来，我们虽然有过不少反映工业题材的短篇以至长篇，有些作品在当时也曾有过相当的影响，但是，“文化大革命”前的“十七年”，始终没有产生一部能与《红旗谱》、《创业史》、《红岩》以至《青春之歌》并驾齐驱的作品。这自然有“左”的思潮的严重影响，譬如出现了不少模式落套的作品，以至被人概括成具有讽刺意味的顺口溜：“两种方案，争论不休；书记先进，厂长落后；发明创造，工人带头；技术人员，崇洋保守；试验失败，敌人暴露；落后转变，共同奋斗。”然而，这种把复杂的社会生活模式化的有害倾向的形成，似又不能完全归之为“左”的影响，因为从“十七年”文艺上的“左”的禁锢来看，当时的理论教条是普遍的存在，并不独独“偏爱”于工业题材，因而，那把复杂丰富的现实生活模式化，是否也有个熟悉与深入社会、熟悉与认识现代大工业，特别是深入社会主义现代工业的创造者的心灵世界的问题？蒋子龙在70年代初的习作，像1972年的《三个起重工》，在结构与情节上，就还没有摆脱这种模式化的影响（虽然在这篇作品中，就已显示了他刻画性格的艺术才能）。但不同的是，蒋子龙毕竟是社会主义大工业的忠实的儿子，他在1972年写了《三个起重工》和《压力》之后，就已“感觉路子越走越窄，不是根据生活进行创作，而是用现成的套子去套生活”[①]。认识是实践的起点。到了1975年，蒋子龙终于“被生活本身那股不可遏制的强有力的巨流所推动”，开始向“旧有的模式”进行冲击——“不写路线斗争，不写事件小说”，而“根据生活的真实面貌进行创作”[②]，写出了《机电局长的一天》。尽管这篇小说在当时

① 蒋子龙：《杂记三篇》，《文学评论》1982年第3期。

② 同上。

曾经震动文坛，新人耳目，作者却因之遭到了不公正的批判，用他自己的话说：“这样翻来覆去脱了好几层皮，对我的文学思想的发展产生了深刻的影响。在这个痛苦的裂变的过程中，我摆脱了写好人好事、写技术革新、写路线斗争和阶级斗争、写一个中心事件和围绕着一个生产过程展开矛盾等等车间文学的模式……”[①] 此后，我们便读到了名噪一时的《乔厂长上任记》(1979年7月号《人民文学》)，以及《一个工厂秘书的日记》、《开拓者》等等，确如作者所声称的那样，在这些作品的创作中，他“初步找到了自己的创作个性，也许还算闯出了一条自己的路”[②]。

那么，蒋子龙的“创作个性”和自闯的这条路子以什么样的特点突破了“车间文学”的模式呢？“文学是墨写的，但是构成文学的却是生活的血肉和时代的脉搏。”[③] 我以为，蒋子龙的这种对文学的革命现实主义的理解和解释，也恰好说明了他自己的历史新时期小说创作的最突出的特点，即从生活出发，并敏锐地把握了时代的脉搏。

从生活出发，这当然是我们社会主义文学的一个起码的条件，但是，这个平凡的真理，却不是说大话就可以有切实的实践的。因为生活是一个复杂的存在，而作家，又确如高尔基所说：他必须以这生动的、多角的、富于伸屈性并极复杂的材料为对象而工作。在这里任何生编硬造，都要露出马脚。这类低劣的“编织品”，目前还不在少数。可蒋子龙在《“雷达站”及其他》一文里却自信地宣称：“我的工厂就是我观察社会的雷达站，经营了几十年。我对它太熟悉了，熟悉它的每根神经。它本身就是一个小社会，通过它可以了解中国和世界(主要是机械行业)这个大社会。”[④]

应该说，这既不是作者的狂言，更不是什么作者的“画地为牢”，而是他的

---

① 蒋子龙：《杂记三篇》，《文学评论》1982年第3期。

② 同上。

③ 蒋子龙：《跟上生活前进的脚步》，《文艺研究》1981年第3期。

④ 蒋子龙：《杂记三篇》，《文学评论》1982年第3期。

小说创作的真实的起步。《机电局长的一天》，写在1975年，当然难以避免地留有那灾难时代的生活与思想的印迹，但是，无论是作品所展示的那特定的生活境界，或以霍大道为代表的与当时不和谐者的精神境界，又确实显示了“那股不可遏制的强有力的巨流”。这巨流，就是邓小平同志在当时所发出的，为了走上“四个现代化”的道路，“全党讲大局，把国民经济搞上去”这一号召所代表的广大人民、广大党员的心声。《机电局长的一天》，不正以艺术家的急迫感真实反映了那“巨流”与“心声”的一个侧面吗？

如果说，《机电局长的一天》的创作，毕竟还留有作者难于摆脱来自时代的生活与思想上的禁锢的痕迹，那么，《乔厂长上任记》，则确实显示了他从生活出发敏锐地把握时代脉搏的创作特色。《乔厂长上任记》，发表在1979年第7期《人民文学》。这正是党的十一届三中全会以后，“四人帮”被粉碎，十年动乱过去了，一个历史新时期开始了，但问题成山，百废待兴。“大社会”如此，蒋子龙所熟悉的“小社会”，也必然内蕴着同样的“生活的血肉和时代的脉搏”。面对着这样的现实，历史新时期的社会主义“四化”将怎样起步呢？党中央虽在拨乱反正的同时，就进行了一步步的部署，但整个社会生活，却并未从历史灾难中完全苏醒过来。在文艺领域，不少作品还留有十年动乱的“伤痕”。这一切，虽然是难以避免的，但它们却不该也不会成为历史新时期的生活主调。

三中全会和思想解放开阔了作家们的视野，作为有胆有识的文学“开拓者”，蒋子龙选择了“从生活的大动脉着手”，来反映这伟大的时代。他认为，“在时代的下面，想反映那个时代是不行的”，而“真正的艺术品，都有那个时代的高度”。应该说，蒋子龙的这种文学的卓识，既符合文学发展历史的真实，也正是他所找到的创作个性的特点之一。他的作品，正是从生活出发，又站在时代高度观察生活，努力使“创作时所选择的矛盾既符合生活的真实，又能反映那真正触动千百万人的思想和情感的现实问题”，因而，总是能敏锐地把握住变革中的新事物，及时地、迅速地给以艺术形象的概括与体现。

在整顿、改革刚刚成为“四化”起步的现实生活课题的时候，蒋子龙的《乔厂长上任记》、《一个工厂秘书的日记》，真实地揭示了新旧转换中尖锐的生活冲突，而且深刻地剖析了人的复杂的灵魂世界。当体制改革与经济革新以至对外开放在历史日程上交织成多种生活矛盾的时候，蒋子龙对“小社会”的观察体验，并未局限住他对“大社会”的开掘和概括，短篇小说《十字路口》、《人民厂长》、《一个女工程师的自述》、《拜年》，中篇小说《开拓者》、《弧光》、《赤橙黄绿青蓝紫》等作品所触及的社会矛盾的性质，所展示的人物的精神境界，都不能说已受到职业因素的拘囿，最多只能说，作者是以工业战线为舞台，描绘了历史新时期复杂现实生活声情激越的活剧，虽还称不上气象万千，却也五光十色，既有着浓烈的生活气息，又创造了具有丰富个性的形象。

蒋子龙声称，文学应该是时代的窗口。我们通过他的作品所提供的这些窗口，也确能窥察到这个时代的某些本质方面。每一个作家都应该有自己的生活基地（当然又不限于此），每一部作品也必然只能反映一定领域的生活，不能把这看作“画地为牢”。蒋子龙有一段话讲得很有道理：“不懂工业的人写不好工业题材，只懂工业也写不好工业题材。要研究时代，了解社会，观察一切人，有了对现实生活广泛而积极的兴趣，严肃而认真的态度，就能把作家自己的思想感情和生动的艺术形象融合成一体。心中有了活灵活现的人物，不管作家叫他在什么地方活动，都会吸引读者。”[①] 我以为，这看法是符合创作辩证法的。蒋子龙对他笔下的工厂生活，虽很熟悉，用他的话说，“熟悉它的每根神经”，但他从没有把工厂生活表现为孤立的绝缘体，而是把它描绘为复杂的“大社会”中的生动的“小社会”。他的目力所注，又决不是“小社会”的纠葛，而是时时处处与“大社会”血脉相通，与广大群众息息相关的重大现实问题。如果《乔厂长上任记》及其续篇《维持会长》所映照出来的现实生活中的种种矛盾冲突，诸如乔光朴的充满理想的宏伟计划，和现实远隔着一条组织混乱和作风腐败的鸿沟，社会上关系学的泛滥，干部使用上的任人唯亲的不正之风，工作中的赏罚不明，以至如铁健那种领导干部的“政治衰老症”这类十年动乱遗留下来的严重问题，只是那“职业场所”的工厂生活中的矛盾，而不是当时灾难现实的一面镜子，或者没有把握住时代生活的脉搏，这篇小说怎么能在它发表以后的

① 蒋子龙：《杂记三篇》，《文学评论》1982年第3期。

短短时间里，就使乔厂长的名声传遍全国，而且居然激发起那样一些热情的读者邀请乔厂长到他们那儿去上任，在社会生活里形成了前所未有的乔厂长“旋风”的文学反响？《一个工厂秘书的日记》所揭示的厂长金风池的畸形性格及其复杂的精神世界，假使只是职业因素的作用，岂不过分贬低了其“畸形”与“复杂”的深广的社会意义？以《开拓者》命名的中篇，虽写的是某省工业部门的整顿与改革，但是它的撼动人心的艺术力量，也正在于它较深刻地触动了社会生活中那种最隐秘的现实关系。至于《赤橙黄绿青蓝紫》，则无论是社会主题的挖掘，还是当代青年形象的创造，都有着更宽广的社会意义。小说题目本身，就显示了作者所要致力的，是色彩斑斓的社会生活的真实写照。小说所触及的那种错综复杂的矛盾关系，多色调人物的性格冲突和心灵世界，又岂是工厂生活所能包容的？包括短篇小说《人事厂长》、《拜年》等，虽也都写的是工厂的生活，但又不能不说它的特色则正是走出车间，面向社会，因为反映在他作品里的一切生活场景和人物命运，都和整个社会生活息息相通。所以蒋子龙虽写的是他所说的机械工业的“小社会”，却是“从生活的大动脉着手”的。

二、“倒应该让工业沾文学的光……”

在讲到当代工业题材的创作时，蒋子龙曾经说过这样一个看法：“当前反映工业题材的作品不是很强，而是很弱，命中注定我今后也还得继续表现工人的生活。但是，‘物稀为贵’的原则不是一概适用于文学领域，写工业题材的作品不应该抱着侥幸沾光的心理，倒应该让工业沾文学的光，由文学带着工业战线上的新的人物，新的精神世界，进入广大读者的心中。”这既表现了一个工人作者的壮志豪情，说明他在工业题材领域多年来进行探索的创作体验，同时也可以说，这正是反映了他自己的作品在今天的文坛所占据的位置。

我们说，蒋子龙的多数作品从工业题材这个“小社会”，尖锐地揭示了历史新时期“大社会”的复杂矛盾，把某些领导干部的“政治衰老症”，安于现状，混社会主义，把好大喜功，僵化保守，把形形色色的官僚主义，把社会上不正之风的“关系网”，怎样阻碍和破坏“四化”建设的活生生的社会联系，描绘得那样惊心动魄！但所有这一切，都是他笔下主人公们的广大的生活背景，他的作品真正让“工业沾文学的光”的，仍然是时代的主人公——“四化”创业者新的精神世界。其中有老一代的革命战士，革命知识分子，也有正在成长中的生气勃勃的新一代。他们以旋风般雄强的气势和进取精神以及鲜明的个性风格，闯入我们的心灵，使这些工业题材作品那样有力地吸引着广大的读者，而且让他笔下的主人公们博得了一个“开拓者家族”的光荣称号。

“开拓者”一词，来自蒋子龙的中篇小说《开拓者》的题名——喻指为“四化”事业大胆开拓者车篷宽，但作为“开拓者”家族的成员并非从车篷宽开始。70年代初的朱石（《进攻的性格》），70年代中的霍大道（《机电局长的一天》）虽然还难于摆脱“十年动乱”社会生活中极“左”思潮的阴影，但是在革命战争年代与社会主义建设时期培育起来的那种“冲锋”精神和“大刀”性格，仍在他们身上闪光，他们在这时的重新出现，却像划过夜空的闪电，从密布的阴霾里透射出不熄的光芒，照耀着我们的过去和未来。它们以形象与性格的真实向人们显示了“四人帮”的罪恶统治，虽然败坏了社会风气，却终究泯灭不了我们的革命传统。如果说在朱石身上，更多的渗透着“老八路”的气质，质朴无华，青春常在，人虽老，却始终保持着“四海都是家，背起背包就出发”的战斗风格，因而，他那忘我无私、疾恶如仇的进攻的性格，也分明闪烁着他当年战场上的冲锋精神。那么，霍大道那短短一日夜紧张繁忙的进攻性行动，却正预示了那百废待兴的现实，多么需要这样具有“大刀”性格的人物，作加速社会主义现代化的带头人。在霍大道的形象里，已在孕育着“开拓者”的胚胎，而所谓的“开拓者”的家族，也就围绕着霍大道的机电局开始聚集、生成和发展了。

“开拓者”（其实也就是“四化”创业者）家族出类拔萃的代表人物，自然是重型电机厂厂长乔光朴。在“应时而生”的《乔厂长上任记》这个短篇题名“出山”一节的党委扩大会上，作者笔下的乔光朴，曾有过一个不平凡的出场：

> 有一张脸渐渐吸引住霍大道的目光，这是一张有着矿石般颜色和猎人般粗犷特征的脸！石岸般突出的眉弓，饿虎般深藏的双睛；颧骨略高的双颊，肌厚肉重的阔脸。这一切简直就是力量的化身。他是机电局电器公司经理

乔光朴，正从副局长徐进亭的烟盒里抽出一支烟在手里摆弄着。他自从十多年前在“牛棚”里咬牙戒了烟，从未开过戒，只是留下一个毛病，每逢开会苦苦思索或心情激动的时候，喜欢找别人要一支烟在手里玩弄，间或放在鼻子上去嗅一嗅……他一双火力十足的眼睛不看别人，只盯住手里的香烟，饱满的嘴唇铁闸一般紧闭着，里面坚硬的牙齿却在不断地咬着牙帮骨，左颊上的肌肉鼓起一道道棱子。霍大道极不易察觉地笑了，他不仅估计第一炮很快就要炸响，而且对今天会议的结果似乎也有了七分把握。

……

这出场描写当然经过了作者的精心构思，它既是对乔光朴的肖像描写，又是对他的性格的突出的刻画。有的同志或许会说，这乔光朴的肖像在作者笔下未免有点奇特的夸张！可又往往有这样的情形，即某种生活或性格力量给人们以强烈冲击的时候，夸张又能融合着真实，造成一个动人心魄的艺术境界。高尔基在《论剧本》一文中，谈到性格创造的时候，就分析过这种艺术现象：他认为，作家在把握了人的任何一种品质以后，有权把它加深和扩大，使它具有尖锐性和鲜明性，使剧本的某个人物具有突出的和明确的性格。我以为，蒋子龙笔下的这些“四化”事业的“开拓者”各不相同的鲜明性格，就正是这样的艺术创造。乔光朴虽然和他的上级霍大道一样，有一颗共产党员的火热的心，十年动乱，给予他们肉体上与精神上以很大的伤害，但丝毫也没有动摇他们对革命、对社会主义的理想与信念。对祖国现代化的充沛的热情和进取的精神，是他们的共同的气质。然而，乔光朴并不是霍大道，在使乔光朴成为作品主角的70年代末期，较之霍大道那机电局长的“一天”，不仅活动背景要广阔，而且社会生活也错综复杂得多。这个像“力量化身”的乔光朴，强烈地燃烧着对事业的热诚，十年动乱虽使他壮志未酬，可现在他曾当过厂长的电机厂，却在拖着全机电局的后腿，已经两年零六个月没有完成任务了，这怎能不使他的心在流血！乔光朴在小说出场时那心情激动的表现，和敢立军令状的行动，不只表明了他心志未灰，深恋那往日奋斗的岗位，宁愿降职，执著以求，而且显示了作为历史新时期“四化”创业者的新的性格特征，或者说“开拓者”家族的那种勇于改革的精神，在他身上已有了明亮的闪光。

在小说里，乔光朴的迎难而上，坚毅果敢，是展现在他重回重型电机厂到任后的复杂的生活环境之中。乔光朴不是万能的创业者，作者也没有把他安排在一切如意的顺境里。“接待”他的是“千奇百怪的矛盾，五花八门的问题”的烂摊子，“四人帮”遗留下来的祸害，无政府主义的流毒，再加上代厂长冀申有意制造的不正之风，正弥漫着这个电机厂。是的，乔光朴毕竟是有着丰富经验的社会主义企业管理者，你看他何等大刀阔斧，一往无前，他撤换了搞大会战的冀申，不计恩怨地提拔了年轻肯干的冀望北和李干，并为杜绝嫌言有利工作，“突击”和童贞结婚，以便无顾忌地在业务上进行合作。为了改变全厂的无政府状态，激发工人的劳动热情和主人公的责任感，他通过大考核，大评议，成立编余“服务大队”，对职工队伍进行了整顿；又恢复了产品检验，建立了合理的奖励制度，很快扭转了电机厂的被动局面。

然而，乔光朴终究是生活在十年动乱后的复杂社会生活里，蒋子龙并没有脱离现实环境去塑造乔光朴的形象，而是从充满矛盾的社会生活里描绘了他的决断与奋斗，也从他在奋斗中的困惑、苦恼、盛怒的丰富的感情世界里，表现了他的多面而独特的鲜明个性。蒋子龙笔下的乔光朴，不是“理想的完人”，在所谓“开拓者”家族，亦即改革者中，也不可能产生这种模式化的英雄；直到乔光朴在《乔厂长上任记》的续篇《维持会长》中的再出现，我们可以看出，复杂严酷的生活，已在他的精神风貌上有了现实的投影。炽热的理想虽未改变，但刚上任时的锋芒都见收敛；顽强的追求虽未减退，但四处碰壁受挫，已使他懂得感情内蕴——盛怒时要控制自己。生活在发展，环境在复杂化，人物性格也必然会在它的独特的个性表现里呈现出纷繁的色调。乔光朴性格的变化和发展，正是深刻地表现了改革者在压力与冲击中破浪前进的形象。

以《开拓者》题名的中篇小说的主人公车篷宽，作为一个老共产党员，一位工业战线上的领导干部，黄忠不老，勇为改革者。尽管他性格的神采和风貌，似并未给这“开拓者”家族增加多少新东西，但他在复杂、尖锐的体制改革的种种矛盾中，誓为中流砥柱，有胆有识，披荆斩棘，确实又显示了作者更接近时代脉搏的创作追求。当然，对于蒋子龙来说，能有所突破，为“开拓者”家族发展序列揭开新的一页的，是《赤橙黄绿青蓝紫》。正像《乔厂长上任记》向当代生活发出了真情的呼唤一样，《赤橙黄绿青蓝紫》，更充实了历史新时期社会主义新人艺术典型的画廊。例如汽车队青年女副队长解净，就不是我们过去所熟悉的社会主义新人的形象。虽然她也从老一代如霍大道、乔光朴或车篷宽身上继承着革命传统的气质——积极探求，勇于实践，但是，她的生活之路，却又与前辈迥不相同。她没有经历过生活的艰辛，也没有接受过战争的洗礼，她更不同于被十年内乱搞得随波逐流的同辈人。她和蒋子龙笔下的过去的青年一辈也有很大的差别。那位魏秘书（《一个工厂秘书的日记》），或者有她同样的职业经历，却又形成了很不相同的精神面貌。文松香（《十字路口》）、春霞和巧燕（《迎春展翅》），或者和她有着共同的追求吧，但在思想境界上又嫌距离太大。姚一真（《血往心里流》）的真诚、顽强与执着，确和她的性格与气质有相通之处，但却远不及她思想的深沉和开阔。风兆丽（《开拓者》）的富于理想和工作干练，确可与她相比，但解净又并没有风兆丽那样坎坷的经历，因而也就不能有风兆丽那样的性格和感情的色调。

解净是时代的“幸运儿”，从红领巾到青年团，而后参加工作，奉领导之命，整材料，写汇报，入党、提干，一帆风顺，被认为是党委书记身边的“小红人”。然而，时代的突变，使她“由接班人的地位”一下子降到“处处吃白眼”的境遇，信念的长城霎时间倒塌了——“她脸上那种纯真可爱的笑容消失了，永远消失了，她突然长大了十岁，一下子成熟了。”经过了“痛苦的思想裂变”和生活磨炼，解净终于在汽车队找到了自己的位置。两年多的艰苦的努力，使她领到了合格的“驾驶执照”；两年多的基层工作，也使她由原来的“单颜色”变成了“全颜色”，重建了自己的人生信念。尽管作者给予解净的负荷未免过重了，在某些方面流露出来的主观色彩强于生活的内蕴。但是，解净坚持脚踏实地，勇于面对现实，努力实践，严于思考的精神，却显示了“四化”建设者生气勃勃的新风采。蒋子龙善于把“工厂的人”写成“社会的人”，而且他对“工业文学”的贡献也恰恰在这里。如果说，在《乔厂长上任记》或者《开拓者》里，无论是乔光朴或者车篷宽，不管他们的精神境界怎样开阔，但他们作为一个工厂和一个省的工业战线的领导者，特别是由于他们处身于特殊历史时期的复杂的境遇，“公务”的纠缠占据了生活的主要地位，使他们的

“社会人”的个性特征难于摆脱地展现在“工业人”的生活里。而这个解净，作为与“公务”关系不太密切的“工厂人”，又是有着特殊的沉浮经历的年轻一代，却给了作者用开阔的笔力，放手描绘她作为“社会人”多种错综关系的机会。从纵的方面来看，她来自厂党委书记祝同康的身边，他曾经提拔和培养过她，但这只照见了她虔诚、愚昧和痛苦的过去，现在“他们之间已经疏远了”。从横的方面来看，这汽车队也有老工人孙师傅和汽车队长田国福与她共事；而她“管理”着的同代人，如“坏小子”何顺，“时装模特儿”叶芳，特别是汽车队的“实际队长”刘思佳，虽然都和她有工作上的联系，但在他们相互的生活关系以至工作矛盾中，都丰富了解净的“社会人”性格的多方面内涵。当然，他们中无论是谁，都并非解净的陪衬，而是生活真实的存在。他们各自的性格，呈现出80年代青年们生活与精神风貌的纷繁复杂的色调。十年动乱，在他们的性格、心理上也都留下了不同的伤痕与烙印，不过，即使“坏小子”何顺和“时装模特儿”叶芳，这类在我们生活中似乎不难碰到的人物，在蒋子龙的笔下，却也自有其独特个性生命的真实开掘。“坏小子”也并非“单色调”，坏到底。蒋子龙就从油库救火，何顺心理波动的描写中写出他心灵深处隐藏着的一些东西，写出他从解净的人格和灵魂里照见了自己。但何顺的这种心灵的自我发现，又何尝不是反映了他个性真实的另一面。十年动乱的种种消极影响，在他身上的烙印很是不浅，但即使是他，也不能说没有潜力，没有积极因素。他能在解净的人格与灵魂里照见自己并引起自愧，就说明，在这何顺的心目中，还并没有完全泯灭社会主义劳动者自身的价值与尊严。

至于刘思佳的形象和性格，可以说，作者所用的笔力，并不少于解净。秦兆阳同志在他和蒋子龙的题为《漫谈格调》(载《当代》1981年第4期)的通信中，曾这样分析和评价刘思佳的形象：

> ……刘思佳之瞧不起何顺，不接受叶芳的爱情，以及最后奋不顾身地救火，救火之后又不愿以英雄自居，并讨厌那些捧场的人们，所有这些，都表示了蕴藏在青年当中的正气和潜力，是最可宝贵的东西，而更可贵的，是刘思佳对于如何改革企业管理的一些想法，这说明他是一个多么聪明的

有心人！只有像解净这样的人品和行动才能把普通人中的这种潜力，这种正气挖掘出来！这与党委书记在现状面前之无能为力，难道不是非常鲜明的发人深省的对照吗？再扩而大之，看看我们周围的生活，难道不会从作品中受到启发吗？透过现象看本质吧！相信人民，相信青年，相信真理吧！不要厌恶刘思佳，也不要等到受了他捉弄以后才去找他，要像解净那样，跟他在一起，深入到他的生活和心灵里去发现他……

我认为，这是对刘思佳形象的深刻现实意义的比较确切、比较富有说服力的剖析与评价。

尽管如此，在《赤橙黄绿青蓝紫》这色彩斑斓的现实生活画幅里，解净仍然是主色调，其他颜色——无论是鲜艳的、单调的、繁复的——的真实存在，在这里，都具有一种丰富、充实和映照着解净的“全颜色”的意义与作用。时代在前进，日新月异的社会现实，也在不断变化中呈现出生活的丰富多彩，因而，蒋子龙笔下的“四化”创业者——亦即所谓“开拓者”家族，虽然从“工厂人”开始，也必然会在生活的发展变化中，日益深入和扩大他们的“社会人”的纷繁错综的个性内容，而且蒋子龙的贡献，也正在于他是带着“社会人”的“工厂人”——“开拓者”家族，进入广大读者群中，从而，“让工业沾了文学的光”！

三、“何来枯竭之感？”——得失寸心知

蒋子龙在1981年写的那篇《杂记三题》的谈创作体会的文章，第二题叫做“何来枯竭之感”，其中有这样一段话：“我不知那些大手笔，那些才气纵横的作家在写作的时候是不是一点痛苦也没有，我体会创作的滋味可是——三分痛苦加上五分激动，再加上二分欢乐。有时简直是走到了绝境，觉得自己是个蠢才，搞创作是个天大的错误……可有的时候，生活的手指又重重拨动了头脑中那根管创作的神经，突然闪现出来的一个人物，一个情节，甚至是一句有味道的话和一个新鲜的意境，都可能重新唤起创作的冲动，柳暗花明又一村，觉得

自己并不那么蠢，还能干上一番，生活不断地向前演进，笼统地说，创作永远不会枯竭。……我们才三四十岁，不要被枯竭感吓住，分析一下，是生活枯竭了，还是思想枯竭了？也许是表现手法没有新路数了？拳头缩回去再打出来更有力量，为了跳得更高，可以先往后退几步……写不出不强写，积蓄，寻求，酝酿更大的爆发。谈何苦恼，苦尽是甜，痛后是乐……”

我以为，对于每一个严肃地走上文学道路的作者，这是都可能遇到的创作甘苦和体验。蒋子龙的历史新时期的创作，就总体来看，确实具有这种积蓄、寻求、要创、要闯的特色。《机电局长的一天》，固不必说，那是时代激情与人民呼声在特殊形势中的体现。它给动乱中被压抑的生活带来了一种清新的空气。《乔厂长上任记》，出现在伤痕文学较盛行的1979年，但它所注目的，却已经是如何愈合伤痕向前奋进了。历史新时期开始了，新的长征需要新的开拓者，乔光朴可以算得起在文艺领域塑造出来的第一个开拓者的典型形象。“乔厂长”的名号，不仅震动了文坛，而且冲击着社会生活，冲击着人们的灵魂。一时间，“乔厂长”，成了我们的时代、我们的生活所需要、所欢迎、所热爱的新长征引路人的代表，终于到了为这标志新时代进程的人们命名的时候，于是，蒋子龙的新作《开拓者》出生了。但是，在一段时间里，蒋子龙作品中的大部分主人公，还是老一代或中层干部占据着中心地位，在这些人物身上虽然也显示了时代潮流新光源在他们形象性格里的投影，但“传统”却仍是他们精神世界的异彩。因而，人们常常带着不无遗憾的心情注视着蒋子龙作品中的青年一代。《机电局长的一天》中的小万，只可算作一个陪衬和补充的人物。《乔厂长上任记》以及《维持会长》的一些青年人物，如冀望北，似还是模糊的影子。短篇中的《前锋》与《迎春展翅》，虽都是写的青年，却不脱一般写劳模、写好人好事的窠臼，看得出并无较深的挖掘。《血往心里流》写的是一群青年工人之间的纷争、倾轧，以及两位正直的男女主人公的不平与不幸，但是，人们还不能从他们身上看到时代精神的闪光。《弧光》中路凯的形象，在作者的创作构思里，或者已从他的生活经历与心灵创伤中找到了新的内涵，但是，在小说里，路凯的性格还是不够明朗，也不好理解。复杂虽有之，真切与丰富，却嫌不足。《开拓者》中的一群、凤兆丽、王廷津、金城以至曾淮，虽都写出了人物的某些性格侧面，却也都还不够丰满。

当然，谁也不会相信，在蒋子龙的视野里，当代青年会是一个陌生的对象，终于在《赤橙黄绿青蓝紫》里出现了真正的当代青年。“坏分子”何顺和“时装模特儿”叶芳，这类“单颜色”的当代青年，给我们的印象虽也似曾相识，但又不能不承认，蒋子龙对他们的个性生命，仍有独到的开掘。至于刘思佳，那桀骜不驯以至有些玩世不恭、冷漠怪僻的“外象”，又包藏着一颗多谋善断、热血有为的心，如果没有作者在当代青年工人中间的长期的生活和体验，就难以把他的形象与性格雕塑得这样丰满、深刻和突出。而解净的形象、性格的感人至深，正在于作者写出了一个当代青年的灵魂的历史，特别是写她在错综复杂的现实关系中对新的人生之路的勇敢的探求，确实丰满地显示了她从“单颜色”向“全颜色”发展的开拓精神，生动地展现了当代青年社会主义新人的生气勃勃的个性风貌。

《赤橙黄绿青蓝紫》，这小说题名的寓意及其丰富的内涵，也就是作者对色彩斑斓的现实生活的诗的概括。可见，对一个熟悉生活的作家，短暂的迷惘和徘徊，可能是虚假的枯竭，但如果作者不能对生活与性格进行深入的开拓和探求，走轻车熟路，也难于使每一篇作品都出现“这一个”。蒋子龙的一些成功之作，特别是标志着所谓“开拓者”家族发展序列的霍大道、乔光朴、车篷宽以至解净的生活与形象，虽反映了“四化”建设者激情浩荡的伟大气魄，但它们却又内蕴着各自不同的个性生命。如蒋子龙自己所说：“力求一篇作品一个样儿”，以使生活的矿藏变成多样化的产品。然而，对于每一个在发展道路上努力探求的作家，这又毕竟是必须不断为之奋斗的理想。蒋子龙作品里的多数人物，也包括某些重要的人物形象，虽富于生活气息，并具有一定的概括意义，却并非都已达到不可重复的“这一个”。较早的《进攻的性格》里的朱石，如果也算作“开拓者”家族的一员，那就只能算作一种生活气质的胚胎，还缺乏形象和性格的丰满与鲜明。即使是霍大道，也已在《机电局长的一天》里完成了它的历史任务；在《乔厂长上任记》里，作者虽努力想从知人善任的领导才干等方面，给这位老局长的性格作另一些侧面的补充，以新读者的耳目，但霍大道，深印在人们脑际的，仍是那机电局长奋战的一昼夜。至于那位使“开拓者”家族出现集聚中心的某省工业书记车篷宽，也是未来管理机械工业的副部长，在领导岗位上、改革热潮中，被写得很有勇气和胆识，老骥伏枥，志在千里，在他的形象里，闪耀着老一代为“四化”献身的精神光芒。他作风朴实，行为豁达，又不讲情面；他既敢于大刀阔斧地破除陈规陋俗，撤换思想僵化、不称职的干部，哪怕是自己的直系亲属，又敢于把那些有真才实学的人提拔到领导岗位上来。在车篷宽的形象里，的确可以说是集中了朱石（《进攻的性格》）的朴实和克己、应丰（《狼酒》）的忠诚与刚直、高盛五（《人事厂长》）的干练和无私这些属于“开拓者”家族共同具有的精神品质，但是，作为“开拓者”的“这一个”，它留给人们的印象，却并不一定比那几个用笔不多的人物个性鲜明，更不及霍大道、乔光朴那样的性格突出与丰满，也缺乏他们在读者心灵中造成的那种精神冲击的力量。

蒋子龙在《小说的灵魂何在》一文里曾说到他近年来的创作，“是围绕着‘权’字在做文章，‘权’带来许多其他问题，围绕着‘权’，许多人的灵魂变得赤裸裸的。找到了这个角度，我就写了一批作品，有人称之为开拓者系列。我很愿意将这系列完成。我认为当代人的命运，特别是工业战线，是与权力、职务、升降绞在一起的。因此，我取这样一个角度看人”。

作者如此观察和把握我国历史新时期生活矛盾的特点，应该说是捕捉到了目前开拓“四化”新局面的现实的脉搏。因为在这交替的时代，无论是经济体制还是工业管理体制的改革，都需要改革者的开拓，而他们之能否发挥“开拓”作用，又确实和“权力”攸关；即使是坚持改革的掌权者，要贯彻改革的意图和措施，也还是要不屈不挠地冲破形形色色的阻力，才能有所作为，稍一示弱，或许还要碰得头破血流，甚至在一定条件下也会有暂时的失败。恰如《悲剧比没有剧好》的主人公之一的呼从简所说：“我们现在还不能完全依靠一个好的体制，一套好的制度，一个单位能否振兴，很大程度取决于那个单位的掌权者。”我们党所以如此重视各级领导班子的调整，不也正为了适应现阶段的客观需要吗？蒋子龙这种对现实的卓识渗透在他的几部著名的中短篇。

但是，人是社会关系的总和。对于一个作家来说，他的出发点，决不是抽象的理念——哪怕是反映复杂生活的理念——的概括，而是从事现实实际活动与社会生活有复杂联系的人。蒋子龙自己在《杂记三篇》一文中就讲过："社会把它巨大的复杂的投影投射到每个人的心灵上，影响着每个人性格的发展，作家的责任就是把人物心灵上的社会投影展示到稿纸上，也只有广阔地展开社会画卷才能充分地揭示人物心灵。"乔光朴作为一个"四化"创业者的典型形象，所以那样深入人心，《乔厂长上任记》所给予人们的深刻启示，只能是蒋子龙的上述创作体验的艺术结晶，而这样的文章，却是只围绕着"权"字做不出来的。或者说，如果全从"权"字上看生活，看人，那就会在人的塑造上有所失，像《开拓者》中的车篷宽那样，虽然详尽地描绘了他开拓改革者的权力，却忽视了对他性格的丰富的生活与心灵的开拓，不仅在"社会投影"上反映得比较浮泛，而且对他整体形象的塑造、刻画和描绘，都显得缺乏个性化的生命力。更进一步，假使把作品的主题和情节都"绞"在"权力、职务、升降"上，如《螺旋》或《悲剧比没有剧好》那样，则会失去了对生活的真实性与丰富性的艺术追求。

当前经济改革、开创"四化"建设的新局面所遭遇的种种困难和阻力，是错综复杂的，即使改革中的矛盾，也不尽都与"权力"有牵扯，更不一定都和"职务、升降"有关联。赤橙黄绿青蓝紫，社会现实永远是五光十色的，文学作品也不该是"单色调"的生活矛盾，而应展现出"全颜色"的社会画卷，否则，就会使自己的创作给人以单一、重复的"枯竭之感"！"得失寸心知"，我们期待着蒋子龙同志真能从这方面战胜自己的"枯竭之感"，找出不断前进的道路。

四、粗犷、粗疏和"奇突"

北宋大诗人苏轼在《与鲜于子骏》的书信中，曾兴奋地谈到，他作了一阕猎词《江城子》，只得"令东州壮士抵掌顿足而歌之，吹笛击鼓以为节，颇壮观也"！苏轼这种有意倡为壮词，独树一帜，在当时的词坛上很不受欢迎，连他自己善歌的幕士都语含讥诮地说："柳郎中（指柳永）词只好十七八女孩子，执红牙拍板唱杨柳岸晓风残月。学士（指苏轼）词须关西大汉，执铁板唱大江东去。"陈师道也批评苏轼的词，"如教坊雷大使之舞，虽极天下之工，要非本色"。但是，在词风还不脱艳情离愁，红翠纤细之调的当时，却有关西大汉执铁板高唱风格豪放的大江东去，虽“鲜与同调”不也别开生面吗！而苏轼的豪放词风，正为南宋慷慨悲壮的爱国词派开了先声，奠了基础。

我之所以想起了苏轼的这段故事，还是由蒋子龙小说的艺术与风格的议论引起的。有的同志说，蒋子龙虽用笔如椽，大刀阔斧，不拖泥带水，但使墨却欠细腻，艺术上未免有点“粗”；可也有人说，蒋子龙的“粗”是粗犷之粗，刚健、豪放，是其风格的底蕴。我以为，说蒋子龙作品属于豪放派，该是把握了他的创作风格特点的。在蒋子龙的笔下，《机电局长的一天》、《乔厂长上任记》、《开拓者》，那浩荡雄强的气势，尖锐、复杂而又激烈的矛盾冲突，生命不息，战斗不止，意志如钢，性格坚强的霍大道、乔光朴，如旋风般扑进读者的心灵，确实显示了从社会主义“四化”大工业节奏中升华出来的那种宏浑粗犷的美。蒋子龙作品中的斩钉截铁、简洁明快的语言，大笔挥洒的场面描写，大开大阖而又环环入扣的情节构造，既和作者所描写的生活领域，所塑造的主人公们的形象、性格相契合，也反映了作者对中国小说艺术传统的继承与创新。

《三国》、《水浒》，来自民间，又写的是英雄的勋业，或战争、或起义，濡染笔墨的是豪壮的气质，粗犷的风格。因为它们最初都是出自说书艺人之口，艺人们为了吸引听众，虽不工于细致的描绘，却注重于突出的刻画，性格塑造也好，细节描写也好，或极富概括性，或经过严格选择而颇具表现力，等等，这些传统的艺术表现的特点，我们都不难从蒋子龙作品中找到丰富与发展的鲜明轨迹。特别是对环境以至人物的外形和内心，很少做静止的、烦琐的交代与描写，却重视在人物的行动和对话中推进故事情节的发展，善于在情节发展中不断地掀起波澜，把主人公置于尖锐而紧迫的形势中，发展性格冲突，突出个性，这更在蒋子龙的创作艺术中，得到了充分的发扬，以至在当代小说创作中形成了他独特的风格。

粗犷，的确不等于粗疏，更不是粗糙。所谓粗线条的笔墨，大抵是小处着眼，大处着笔，几笔勾勒，两三动作，活现一个人物。这在我国传统艺术中称为点睛之笔，即鲁迅所说的：“要极省俭的画出一个人的特点，最好是画他的眼睛。”但画目传神，只能是抓住了一个人的特点才能画出。这样的“粗”画，却是“细”察的成果。蒋子龙笔下的几个成功的典型形象和性格的创造，正体现了这样的富于民族传统的创作艺术的结晶。

同样的，粗疏、粗浅或粗糙，也决不会由于粗犷的风格而被掩盖。蒋子龙的有些作品，如《前锋》、《迎春展翅》的确有些粗，但它们粗，是粗在没有细致的观察，深广的概括，使人读了以后，无论故事和人物，都是一闪而过，而不能像乔光朴，甚至应丰（《狼酒》）、高盛五（《人事厂长》）那样，给人留下形象丰满的印象。包括《开拓者》这部较成功的作品，虽然开掘了“四化”建设中经济领域的重大主题，深刻地描绘了改革与阻碍乃至反对改革的复杂的斗争，作者把那尖锐而又错综的生活冲突，从工厂写到工业局，写到省委的内部以至国务院召开的专业会议上，气势宏伟，生活磅礴，主人公车篷宽披荆斩棘，努力奋斗……整个来说，这篇作品也使我们感受到了改革之势不可阻挡的时代气息，但是，这篇作品中的主要人物形象，总是给我们一种血肉不丰满、个性不鲜明的印象，这样的“粗”画，就不是粗犷而是粗疏了。至于像《螺旋》、《一个女工程师的自白》，虽然作者的意图都是好的，从一个方面的生活角度来看，作者的观察和发掘也独具慧眼，但从艺术形象的创造来看，那表现却未免太直露以至粗浅了。

有的同志认为，人物个性奇突，富于英雄气，也是蒋子龙从古典小说继承得来的艺术传统特色之一。如上所说，蒋子龙作品中那些人物的英雄气概，是来自“四化”建设与社会改革的沸腾生活，为了反映这现实的磅礴气势，作者适应自己风格的特点，借鉴与继承古典作品中描绘英雄的艺术传统，这在他的作品里完全可以找到轨迹。但是，说人物个性奇突，也算作小说传统的艺术特色，恐怕就不那么贴切。无论是古典小说的现实主义，还是当代作品的革命现实主义，其艺术形象创造的成功，都只能是深刻的典型概括与鲜明的个性刻画。典型环境中的典型性格，可能有奇突个性的人物，但它是社会环境与个人生活诸因素错综交融的产物，并不具备构成艺术传统的内涵，而且一切单纯追求个性奇突的作品，都不可能充分反映生活真实，或是充分的现实主义的。蒋子龙笔下的那些出色的典型人物——霍大道、乔光朴、解净，以至维持会长铁健，或“畸形人”金凤池，他们的动人心魄的力量，正在于他们的鲜明的性格与丰富的内心世界，具有着强烈的现实的典型意义。而凡是作者对所谓“奇突个性”的过分追求，也就必然在他的作品里留有败笔。《螺旋》的情节，对革命战争年代与“文化大革命”时期错综交织的生活概括，未尝不具有一定的真实性，作品中三个主要人物——陈单风、杨其锐，侯金榜间的“悲欢离合”的遭遇，在光怪陆离的十年动乱中，也不是不可能发生的。可惜的是，作者在这奇异的情节结构中又过分地追求个性的奇突，结果连那个性的真实基础也被削弱了，使人物也变得像是幽灵。

《弧光》写的也是“四化”建设的现实题材，主人公本该也属于这“开拓者”家族，但纠缠在路凯与马越之间的那条爱情线索，虽然也被有些同志称为“爱情以外的，比爱情更加强烈的一种感情”，可以使人“感心动目，回肠荡气”，我却觉得，对这两位生气勃勃的建设者来说，这奇突的爱情，总像是强加给他们的不和谐音，在他们的性格里并无必然的真实基础。即使如桀骜不驯的刘思佳，或者算得上一个“奇突的个性”，塑造得很成功。小说通过把失火汽车开出油库的情节，揭示了刘思佳的丰富的内心世界。先是他狠狠地打了那个惹祸的司机一巴掌，而当他被何顺拉住也有点犹豫时却看到解净冲了上去，他愧悔地甩开何顺，骂了他一句“你是个真正的混蛋”，便冲上了着火的汽车。为了避免不必要的牺牲，他把解净推下了车，但听到解净被摔痛的喊声，又不禁流下了眼泪。尽管他救灭了火，立刻又用玩世不恭的外衣把自己遮盖起来，可这场火却照亮了蕴藏在他性格深处的那种当代青年的正气和潜力，显示出他终究被解净的智慧、胆识、魄力、忠实所折服，融化了心头的冰块……小说最后是结束于这位聪明能干的青年已经开始跻身与解净并肩战斗的行列。刘思佳的形象是感人肺腑的。然而，刘思佳的正气与潜力，却又毕竟在那复杂的“奇突的个性”的遮掩下过得太久了些，以致那最后显豁出来的美，也不免给人以“突兀”之感，难以使人一时接受下来。

《锅碗瓢盆交响曲》中牛宏的小经理的形象，在那场饮食业改革的矛盾中，很富有现实的典型意义。他性格中聪明才智的闪光，也并不给人以“奇突”之感，但作者有意安排，纠结在小说情节里的牛宏的总是落后一步的不成功的爱情，却又不免使人感到“奇突”。作者的意图或许是在揭示牛宏性格的另一面吧，但这“奇突”却像是硬贴上去的“个性”，并无助于人物形象的丰满，反而感到失真。所以，我以为，这样的“奇突的个性”的追求，并不一定是蒋子龙艺术创造中的成功的经验。

社会生活是错综复杂的，一个忠实于现实生活的作家，就必须直面人生，敢于从错综复杂的社会关系中，写出丰富多彩、不断变化的现实生活的真貌，写出人物性格纷繁复杂的“全颜色”。从《乔厂长上任记》到《赤橙黄绿青蓝紫》，蒋子龙贡献于当代小说创作的，是尽可能地再现这复杂生活的真实风貌，不粉饰现实，也不杜撰光明的尾巴，他就是这样真实地反映了改革者的挫折，改革者与反改革者的尖锐矛盾，虽也有改革者的暂时失败，却不因之熄灭了理想的光芒。如乔光朴及其重型电机厂的各种磨难的遭际，在小说结尾时也未得解脱，却仍不失为一场威武雄壮的活剧。其他如应丰、高盛武以至金风池这些富有现实典型意义的形象与性格的创造，已明显地渗透着作者的理想和现实的矛盾，显示出“四化”建设的艰难崎岖的现实之路在作家思考与探求中的反映。但是，从党的三中全会以来，在我们的时代，理想和现实，毕竟是能在我们的事业的不断前进与发展中求得统一的，困难、障碍，以至落后的消极面，不管多么顽固，总是暂时的，可以战胜的。我们反对粉饰现实，但我们也不赞成在苦难与崎岖面前沉陷在难言的苦衷里。豪放决不是悲怆。革命的现实主义能于复杂中见真切，复杂中见丰富，但也应于复杂中写出亮色与灰暗的搏斗。这些本该是蒋子龙作品的气质和风格的本色，而他最近的《悲剧比没有剧好》，却未免把现实生活的悲怆的氛围渲染得过分浓重了些，我们热烈地希望他能尽快地解脱出来。

自《悲剧比没有剧好》这个中篇刊出以后，蒋子龙已经沉默了一段时间了。对于一个成熟的作家来说，沉默往往孕育着新的突破和飞跃。这使我们记起了前面引的他那几句话：“拳头缩回去再打出来更有力量，为了跳得更高，可以先往后退几步……写不出不强写，积蓄，寻求，酝酿更大的爆发……”特别是当经济与体制改革的雄风正在各条战线广泛兴起的今天，读者寄有厚望焉！

1983年11月22日初稿

1984年4月8日修改

（原载《小说家》1984年第4期）

巍巍青山在召唤

——读《高山下的花环》

谁说我们的作家“不屑于表现自我感情以外的丰功伟绩”，谁说我们的作家都在“回避去写那些我们习惯了的人物的经历、英勇的斗争和忘我劳动的场景”？既然是社会主义文艺，就不可能脱离社会主义的生活现实，脱离人民的过去和现在。李存葆同志的《高山下的花环》(以下简称《花环》)，是一个响亮的回答。革命的“传统美学观念”，不仅存在着，而且发展着：一切为祖国、为人民、为社会主义事业奋斗不息，以至流血牺牲的志士仁人、革命战士和他们的丰功伟绩，当然会在社会主义文艺创作中占据首要的地位。

《花环》，发表在1982年《十月》的第6期上，12月又在中央人民广播电台连续广播，受到了广大读者和听众的热烈欢迎；不少报刊也发表了热情的评论；为了满足阅读的需要，这篇小说即将由北京出版社印单行本。这说明了《花环》不仅在读者群中引起了强烈的反响，而且也给我们当前的文艺创作带来了强有力的冲击。我以为，这反响和冲击，首先来自小说中所塑造的那些进行英勇斗争、建立丰功伟绩的英雄人物。他们的形象既融贯着革命的传统，也闪烁着时代的亮彩，血肉丰满，真实可信，但又不是过去有些革命故事中的那种“完美无缺”的英雄，他们都显示了鲜明的个性风貌，都有着各自不同的心灵发展的历程。

《花环》，是围绕着对越自卫反击战的一个边防连队的战前战后生活，围绕着这支连队的基层干部和战士的思想感情的变化、性格心理的表现而展开的。人们都知道，三年前发生的这场严酷的斗争，并不是我们所希望的。但是，伟大的祖国不可侮，社会主义建设与边境人民的和平生活，决不能容忍忘恩负义的越南侵略者任意破坏和蹂躏。当我们的年轻的战士，或者就如黎笋所攻击的所谓“和平兵”们，目睹了侵略者在我边境的累累罪行，激起了怎样的同仇敌忾的怒潮呵！又有多少可歌可泣的英雄业绩，在全军、在全国迅速传颂着。而这些后来被评为英雄、功臣的年轻战士们，或则来自穷乡僻壤的农村，或则来自热闹繁华的城市，甚至还可能有不少娇生惯养的“调皮鬼”，他们的确都是在“和平生活”里长大的。硝烟弥漫的战场，这是他们第一次见到；刺刀见红的拼杀，更是他们第一次经历。但是，正义战争的烈火，却一瞬间打开了他们灵魂的闸门，把蕴蓄在他们青年生命中的瑰丽而崇高的思想、品格和情操，熔化在无畏、忘我与果敢的战争行动里，百炼成钢，表现了我们的社会主义一代新人在怎样迅速地茁壮成长！《花环》所描写的这支英雄连队和它的英雄指战员们，正是从一个侧面对这烈火中洗礼的一代新人的较高的艺术概括。

着墨不多但却光照着整个小说情节的，自然是连长梁三喜的形象。这个来自沂蒙山区的农民的儿子，用指导员赵蒙生的话说，“他是顶着满头高粱花子参军的”，至今保持着朴实农民的憨厚气质。他从一般战士到基层干部，已经在部队生活中有了一段相当的经历。他热爱自己的连队，忠于职守。在军事训练上，一丝不苟，他领导的九连，“执行全训任务，是全团军事训练的先行连”。同时，他对同志又充满了体贴友爱之情，哪怕是对赵蒙生的不耐艰苦、三心二意，段雨国的调皮捣蛋，他都采取了耐心、宽厚的态度，帮助、抚慰、教育，发扬着革命传统的三大作风。但当他得知指导员赵蒙生，竟在临战前夕活动调离时，这忠厚人也一下子爆发了怒火，“劈头盖脸地痛骂”起来：“滚蛋，你给我滚蛋”；“奶奶娘，你可以拿着盖有红印章的调令滚蛋……”

梁三喜对远在山区的年迈的老母和即将分娩的妻子，充满了怀念和团聚的渴望，可是，为了连队的工作，他不得不一再推迟自己的探亲假。他本来指望新指导员一上任，就可暂时解除一下负担，回家与亲人团聚，但一见到赵蒙生的临时作客的精神状态，特别是当他觉察到将有战斗任务来临时，他就绝口不再提起这件事。小说中那封预先写下的给他妻子韩玉秀的遗书，写得何等动人心弦，又展示了一个革命战士的多么宽广的胸怀！在严酷的自卫反击战中，他想到的只是自己肩膀上的保卫祖国的重任，义无反顾地率领连队奔赴战场，英勇、沉着，身先士卒，终于为维护战友，献出了年轻的生命。而这样忠诚的战士、优秀的儿女，在生命临危之际，拿出的遗嘱，却是一纸为鲜血染红的欠账单!

副连长靳开来，外号“牢骚大王”，其实那是假象（何况那“牢骚”中还含有正确的批评），只要你听过他三句话，就会觉察出在那讲话“放肆”的外衣下，却跳动着一颗豪迈、朴直的心。他的直言无忌的火爆的性格，虽锋芒毕露，而那内蕴的是非分明的感情态度，在关键时刻，又表现得何等地坚韧、何等地肝胆照人!特别是在生死抉择的关头，他总是自觉、从容、镇定地抢担最险恶的任务。当缺水、干渴，已经成为削弱战斗力的“组成部分”时，正是靳开来无私无畏，宁愿干犯“纪律”，为大家的生存，也就是为战斗的胜利，献出了自己的宝贵生命，可战后却连三等功也没有评上。当烈士的亲人只领走了九连授予他的所谓“一等功臣”勋章时，有谁不为这位壮烈牺牲的“无功”英雄感到气短呢!

自称“北京”的战士薛凯华，虽然写得传奇性色彩浓了些，也有些理想化，但他那惊人的果敢和才略，以及在战场上对复杂战局的预见和分析，包括在遗书中所表达、所抒发的革命抱负，对严父慈母的真挚的爱，不也令人十分向往和动情吗？可惜这样一位才华过人的“将门虎子”，竟死于十年动乱中制造的臭弹的失误里，是怎样令人遗憾、激愤和痛心呵!

小说用笔最多的，当然是以第一人称出现在读者面前的故事叙述者赵蒙生的形象。用“高大全”的英雄观来看待赵蒙生，他大概只能被评为从落后到转变的“典型”；用当代时髦的术语来称呼他，或者也会有人说他身上散发着“垮掉的一代”的味道！不过，在《花环》这部作品中，又确实很难用简单的符号标示他的性格。这位今天的一级功臣，的确有一个从昨天的旧我走向今天的新我的曲折的生活和心灵的历程。但是，正像他在小说中自己现身说法的那样，作者假使不“如实地描绘”他在“生活中的‘这一个’”——他所扮演的“极不光彩的角色”，“这个故事便不能成立了”。

近年来，有些文艺家总是向读者宣言：真正自由的文学，只能是背对现实，面向自我。似乎不这样，就难以创作伟大的作品。我想李存葆同志，如果按照这样的原则，他是写不出《花环》的，也无法创造赵蒙生这样的复杂多面的个性形象的。李存葆同志在《〈高山下的花环〉篇外缀语》里，曾这样谈到他面对现实生活的切身体验：

> 对于战争，像我这样的青年军人，过去只是在电影上看过，在文学作品中读过,这次却是亲自体会。如果说勇士们的身心经受的是炮火的洗礼，那么，我的灵魂却是经受了烈士的热血的一次大洗涤。作战中涌现出的英雄人物，犹如银河系里灿烂的繁星，他们可歌可泣的业绩感染着我，震撼着我，教育着我，也鼓舞着我拿起自己的“武器”奋勇战斗。在潮湿的猫耳洞中，在丛林的帐篷里，在跳动的烛光下……我含着热泪铺开了稿纸，写，写……

经历过这样灵魂的热血“洗涤”的作家，怎么可能使他忘掉他所深切感受过的生活呢？忘掉那些“犹如银河系里灿烂的繁星”的英雄烈士们的丰功伟绩呢？他所要开掘的，是活着的和死去的英雄们的崇高境界，怎么可能让他背向现实而面向狭小的自我呢？更可贵的是，他所直面的，是生动复杂的人生，作者并没有回避我们生活中的尖锐复杂的冲突，而且敢于正视矛盾，反映矛盾，在真实的生活矛盾中塑造英雄人物的形象。我们可以毫不夸大地说，这在当前的军事文学创作中还是一个突破。

作者笔下的这个赵蒙生，出身于高干家庭，像一些时髦的干部子弟一样，参军只不过是他的一个阶梯。他下到连队做指导员，也是为了“曲线调动”，但由于这一次他遇到了“雷神爷”这样的硬门槛，却遭遇了一场暴风雨。作者无情地展示了赵蒙生在这场暴风雨中充满紧张、矛盾的精神世界。他对连队生活的种种不适应，他在军事训练中形形色色的窘态，他为调离采取的一系列不光彩的行动，他的患得患失的感情、心理状态，在作者的笔下，都通过这个“自我”的独白，得到了细腻而深刻的描绘。既没有过分的夸张，也没有有意的渲染，人物的思想和活动，都是通过同复杂的社会环境的千丝万缕的联系，而展开在个性化的生活画面上。

我们的部队并不外在于社会生活，十年动乱的流毒，“社会思潮”蔓延，也会对军内生活产生影响。赵蒙生的“曲线调动”，吴爽的“穿梭外交”，在我们的社会里，都不能说是独有的“这一个”。但是，我们的解放军，又毕竟是具有革命传统的队伍，特别是在临战前夕，同仇敌忾的怒潮正席卷全军，吴爽的这种有悖于革命者的卑鄙、自私的活动，自然要激起大多数指战员的强力反击。军长“雷神爷”的义正词严的“痛骂”，不是赢得了“撼天动地的掌声长达数分钟不息”吗？梁三喜、靳开来的愤慨，以至连“艺术细胞”段雨国，也“神气”地说出：“别看咱段雨国不咋的，报效祖国也愿流血！咱决不当可耻的逃兵！”

这一派凛然正气，不只表现了人民军队的强烈的爱国主义的革命传统，也显示了我们民族的威武不能屈、富贵不能淫的伟大精神，有哪一个热血男儿能不为所动呢！它终于激发了赵蒙生的耻辱感和自尊心，迫他猛醒过来，看清了他的所作所为，怎样辱没了先辈，也辱没了自己。听听他发自心灵深处的自我召唤吧！

> 我乃七尺汉子，我乃堂堂男儿，我乃父母所生，我乃血肉之躯，我出生在炮火连天的沂蒙战场上，我赵蒙生从小就崇拜战斗英雄！我晓得人间有羞耻，我，我要捍卫人的起码尊严，我要捍卫将军后代的起码的尊严！

我们可以说，赵蒙生这种心灵的呼唤，还带有很大程度的自发的感情，但他们却又不能不看到，在他这种自发的惊醒中，依然存在着一个在社会主义制度下成长起来的青年，对祖国、对人民沉积在内心的爱，终于在这暴风雨的洗礼中，被触发而复苏了。赵蒙生在与凶残敌人浴血奋战中，不仅洗去了耻辱的污垢，净化了自己的灵魂，而且以其忘我、奋战的英雄行为，获得了新的生命。如果我们不是把英雄看作圣洁无瑕疵的偶像，那么，赵蒙生也是无愧于我们时代的英雄称号的人物形象，他是通过自己的特殊道路登上这个高度的。

不能把生活当作概念的符号，生活也不是单色的线条，而是活生生的各种复杂社会关系交互作用的整体。《花环》所塑造的英雄人物，虽有动人心魄、净化灵魂的感人力量，但它并没有“净化”生活，“净化”人物思想感情的丰富复杂的内涵。作者笔下的这些英雄形象，虽不是每一个人都经历了赵蒙生这样深刻的内心世界的冲突，但也都有着自己的独特的个性和丰富的感情经历，显示了他们与现实生活的复杂联系。十年动乱的流毒，在吴爽、赵蒙生母子的灵魂上，留下了深深的烙印，也给梁三喜一家带来了饱和着血与泪的贻害。如果《花环》的作者缺少直面人生的勇气，他就无法对历史和现实作出如此深广的概括。

的确，在文艺与美的领域，感情因素有着不容抹杀的位置。鲁迅说得好："能杀才能生，能憎才能爱，能生与爱才能文。"《花环》虽具有浓烈的血与火的生活气息，但它也还是以炽热的感情描写打动人心。就是那天伦人情之爱，在《花环》里，也写得十分诚挚感人。像写梁三喜和韩玉秀的爱情，固然主要是通过一封遗书的陈述与回忆，可是，渗透在那字里行间的恩爱之情，是多么沁人肺腑呵！谁能说我们的战士不懂"人情"呢？你看梁三喜在长期的两地生活中，是怎样深情地萦念着远方的妻子呵！他不是甚至把自己牺牲后妻子的未来生活都预先做了安排吗？

秀，你年方二十四岁，正值芳龄。我死后，不但希望你坚强地活下去，更盼望你美美满满地去生活……望你敢于蔑视那什么"忠臣不侍二主，烈女不嫁二夫"的封建遗训，盼你毅然冲破旧的世俗观念；一旦遇上适合的同志，即从速改嫁……不然，我在九泉之下是不会瞑目的。……

在人世间，还有比这更为"圣洁"的夫妻之情吗！

"雷神爷"和他的才华横溢的儿子薛凯华之间的亲子之爱，虽然是有着特殊的表现形式，但也依然写得使人动情落泪。性格刚烈、疾恶如仇的雷军长，对革命事业无限忠诚的精神品格，不仅表现在他毫不容情地怒斥背离革命的行为，也体现在"棍棒底下出孝子"的薛凯华的理想和情操里。"严厉的父爱"，也是"父爱"！将军虽身经百战，但在独生儿子的墓前，也抑制不住"老泪横流，大滴大滴的泪珠洒落在他的胸前"，"低头蹲在凯华的墓前，一手按着石碑，周身瑟瑟颤抖"，并发出了隐隐约约的抽泣声……壮怀激烈而又义重情深，这不正是真实地展现了一个革命者的伟大胸怀吗！只不过，夫妻之情也好，亲子之爱也好，只有当它不只是个人的狭小天地，而与时代风云息息相通的时候，才能放射出瑰丽的光彩。

当然，《花环》所展开的爱的境界，比这还要深广得多。赵蒙生母子和梁三喜一家的悲欢离合的复杂关系，不就升华着较之夫妻、父子之间更为博大精深的爱吗？从艺术上讲，赵蒙生母子与梁三喜母子、薛凯华父子的人和事，都有着强烈对比的意义。但小说的这些情节，所以具有那样回肠荡气、叩击人心的力量，却是作者从感情深处开掘了人民子弟兵和人民的那种不可分割的血缘关系。

小说中的两个主要人物连长梁三喜和指导员赵蒙生，一个是沂蒙山老解放区农民的子弟，一个则是将军的后代。他们在战斗岗位上相遇时，虽已互不相识，但历史却曾使他们有过一段共同的生活——同时接受一位母亲的乳哺，而后，曲折而复杂的生活又分开了他们，并造成了他们完全不同的经历。现在他们是在一场尖锐冲突之后走上了共同的战斗道路，可梁三喜又为了帮助赵蒙生避开敌人的子弹而不幸牺牲，他们仍然互不知晓，互未相认。真正使赵蒙生的灵魂受到更剧烈震动的，用他自己的话说，“还不是在战场上，而是在打完仗之后发生的。那石头人听了也会为之动情的故事”。

李存葆同志在他的《篇外缀语》中说过，在云南前线，他就得知，有些连、排干部在牺牲后留下了欠账单，在他到过的几个单位中，几乎也都发现了死后欠账的事。这些欠账的烈士，清一色是从农村入伍的。后来他又曾“采访到这样一件事”：

> 一个农村入伍的连队干部，他的家乡是“文革”中乱得最厉害的地区之一。因此，他生前欠下一笔数目不少的账。他和他年轻的妻子感情极深，他在写给妻子的遗书中，百倍真诚地叮嘱妻子，盼妻子在他死后能坚强地活下去，要尽快改嫁，建立新的美满的生活。同时，他还一再告诉妻子，在他死后，希望妻子和家人，要多想想国家的难处，不要向组织伸手，他欠的账可用抚恤金来还。如不够，望家中想法把他欠的账一次还清……后来，烈士的妻子拿着抚恤金，卖掉她结婚时娘家陪送的嫁妆，和婆婆一起，

来到了部队……

作者说，他“没能亲眼目睹那种撼人心魄的场面，但听到这些，止不住热泪滚滚”！用不着多说，这“动人的故事”，已被作者全部的熔铸在《花环》的情节里，熔铸在梁三喜一家人的形象和性格里了。但这又并非一般的熔铸，作者深入了历史与现实的内在联系，挖掘了蕴藏在我们人民中间的那种对革命、对共产党的质朴、无私和自我牺牲的深情。多少年来，是他们承担着最大的牺牲，无论是抗日战争，还是解放战争，都是他们输送子女，养育革命，支撑了战争的胜利。“雷神爷”在同吴爽的谈话中，曾引用了陈毅同志的一句话：“在我进棺材以前，我忘不了山东父老！”是的，陈毅同志在这里，当然不是仅仅指的山东父老，而是人民。因为“革命，是人民用小米喂大的；胜利，是人民用小车推出来的呀”！可是，由于我们走了曲折的道路，胜利的革命给他们带来的报偿却显得多么微薄！更何况十年动乱，又曾把他们陷入生活的困境，使他们失去亲人，负债累累。今天，为了祖国，他们又默默地、义无反顾地走上战场……

巍巍青山埋忠骨，梁三喜壮烈牺牲了！而梁大娘和韩玉秀，并没有为失去亲人的大悲痛所压倒，她们严格遵守烈士的遗言，不为部队增加一丝麻烦，拒绝一切馈赠，一家三口徒步150里来到烈士的营地，用烈士的抚恤金为烈士偿还债务。她们强制着撕心裂肺的悲伤，从容、镇定，坚韧不拔，这是怎样的惊人的意志力，又是多么博大崇高的精神境界！

当赵蒙生目睹着、感受着这一切，当赵蒙生从那张照片上发现梁大娘就是当年哺育过他的妇救会长，梁三喜就是他的大猫哥时，怎能不震撼他的灵魂呢！

我伏在梁大娘怀中，心潮翻涌，呵，梁大娘，养育我成人的母亲！呵，梁三喜，我的大猫哥，我们原本都不是什么龙身玉体，我们原本分不出高低贵贱，我们是吃一个娘的奶水长大的，本是同根生呵！

忘记，就意味着背叛。对于一切有过失误的革命者，这不都可以成为一面镜子吗！吴爽曾经那样富有“外交才能”，但在这面镜子前，她也不得不“蓦然惊呆”、“笨口结舌”、“无言以对”，或者简直说，不能不自惭形秽了！赵蒙生说得好：“梁三喜烈士欠下的钱，我有财力悄悄替他偿还。可我和妈妈欠沂蒙山人民的感情之债，则是任何金钱珠宝所不能偿还的呀！”

爱，是不能忘记的！但在我们的时代什么样的爱才是崇高的呢？我相信，如果李存葆同志不生活在战士们中间，没有亲身感受过战火和硝烟，“离部队的实际生活近些，再近些”，如果他缺乏对战士和人民同呼吸、共命运的由衷的热爱，他就不可能那么深广地发掘出他们精神世界的美质，并给以如此炽热诗情的体现！

小说结束在作者这样的自白里：“默立在这百花吐芳的烈士墓前，我蓦然间觉得，人世间最瑰丽的宝石，最夺目的色彩，都在这巍巍青山下集中了。”

是的，巍巍青山在召唤，召唤着人们净化灵魂中的杂质，“让闪光的记忆永远珍珠般闪光，照耀着我们奔向美好的未来”！

《花环》在1982年文坛上的出现，以及它所引起的这样强烈的反响，决不是少数人哄出来的，而是近年来广大群众心理与情绪的集中反映。它表现了人民群众热切地希望我们的文学艺术能鼓舞人们在“四化”建设中同心同德地奋斗、前进，而不是在面向自我的浅斟低唱中消磨意志。当然，《花环》的作者，还是一个较年轻的文艺战士，《花环》也决不是“完美无缺”的艺术品。它的艺术结构上的拖沓，一眼就可以看出，它的拙于表现的纰漏，也很容易就能使人察觉，譬如对三个重要人物——梁三喜、梁大娘、薛凯华的精神世界的揭示，主要都是通过遗书或书信的形式，就显得重叠、臃肿，反而削弱了艺术表现力。有些语言也还锤炼得不够。这些都显出了作者艺术经验的不足。但是，我又相信，《花环》决非有人所谓的“纸糊的桂冠”，即使能捅出几个小洞来，也不会损害它的整体的美！

1983年元旦假日于北京

（原载《山东文学》1983年第2期）

“倘若真有所谓天国……”

——读张洁《爱，是不能忘记的》及其评价所想到的

1981年第1期《文艺报》，增加了许多新栏目，令人欣喜。其中特别吸引我的，是“文学新人”这一栏，而这一次刊登的文章，又是黄秋耘同志写的《关于张洁同志作品的断想》。秋耘同志很善于体验作者的创作心理，把握作者的艺术风格特征，观察细腻，这是早在他主编《文艺学习》时，就为当时的文艺青年所熟知的。这次介绍的新人，恰恰又是张洁同志——文学新人中的佼佼者，一位较年轻的女作家，这当然就更加引人注目了。

黄秋耘同志的文章不长，但我觉得他对张洁作品的评价是抓住了她的个性特征的。他指出：张洁的小说和散文给人留下的印象，“仿佛看到了一幅幅优雅而娟秀的淡墨山水画，诗情画意被笼罩在一层由温柔的伤感所构成的朦胧薄雾之中”。我们读过张洁的《从森林里来的孩子》、《哪里去了，放风筝的姑娘》、《含羞草》等，包括电影剧本《寻求》的人，都会同意秋耘同志的评价。张洁的作品，不仅以她的“淡淡的哀愁”的独特的感情色调打动着读者，还以其沉郁而新颖的构思激发人们对于美的向往。但是，对于《爱，是不能忘记的》这个短篇，我却有些和秋耘同志不同的看法和想法。

秋耘同志说：“这篇小说并不是一般的爱情故事，它所写的是人类在感情生活上一种难以弥补的缺陷，作者企图探讨和提出的，并不是什么恋爱观的问题，而是社会学的问题。假如某些读者读了这篇小说而感到大惑不解，甚至引起某种不愉快的感觉，我希望他们不要去责怪作者，最好还是认真思索一下为什么我们的道德、法律、舆论、社会风气……加于我们身上和心灵上的精神枷锁是那么多，把我们自己束缚得那么痛苦？而这当中又究竟有多少合理的成分？等到什么时候，人们才有可能按照自己的理想和意愿去安排自

己的生活呢？”

《爱，是不能忘记的》，是以一个30岁姑娘第一人称口吻开头的，虽然是用自己的恋爱问题作引子，讲述的却是老一辈的爱情悲剧。故事的主角是小说中的“我”的母亲。她的半生，都沉陷在一场深藏于内心的爱的搏斗里。男女主人公都是成年人，由于历史上的主客观原因，在他们相遇之前，都有了各自的“幸福”或不幸福的家庭。

男主人公的“幸福”家庭，是革命历史促成的——“30年代他在上海做地下工作的时候，一位老工人为了掩护他而被捕牺牲，撇下了无依无靠的妻子和女儿。他，出于道义、责任、阶级情谊和对死者的感念，毫不犹豫地娶了那个姑娘。”他们“虽然不是因为爱情而结婚”，几十年来却“生活得和睦、融洽”，称得起是“患难夫妻”。

女主人公的不幸福的家庭，是她自己“做了蠢事”——在她自己还不了解“追求的、需要的是什么”的时候，却嫁给了一个她“从没有爱过”的“相当漂亮的公子哥儿”，只得很快离开，独自带着女儿生活着。后来是在工作的机缘里，这两位都“没有过”爱情的成年人相遇而又相爱了，但由于他们在人生的“叉道上错过了，而且这中间还隔着许多不可逾越的沟壑”，于是，他们只得“相约”：“让我们互相忘记”。然而，他们一生中连24小时都未曾相处，连手都没有握过！而使她升华这种精神爱情的回忆的情愫，又只有两件事：一件是他送给她的一套27本《契诃夫选集》；另一件事是她和他曾经飞快地走过的一条小路。对于27本《契诃夫选集》，她是“百看、千看、万看不厌”，“廿多年来”，“天天非读它一读”不可！对于那条小路，更是她经常“踱着”、“瞅着”的地方，因为她可以在那里和他“灵魂相会”。

……后来男主人公在“文化大革命”期间，被“四人帮”迫害致死。女主人公确知世界上已经再没有了他，不久，也就随之充满爱意而死去。只有在生命终结的时候，她的精神和爱情才真正得到了解放。她在那本笔记的最后一页上对“他”说了这样的“最后的话”：“我是一个信仰唯物主义的人。现在我却希冀着天国，倘若真有所谓天国，我知道，你一定在那里等待着我。我就要到那里去和你相会，我们将永远在一起，再也不会分离。再也不必怕影响另一个人的生活而割舍我们自己。亲爱的，等着我，我就要来了。”作者赞颂说：这是刻骨镂心的爱，或者说，“简直不是爱，而是一种疾痛，或是比死亡更强大的一种力量。假如世界上真有所谓不朽的爱，这也就是极限了”。

这样的“爱”，当然“是不能忘记的”，但究竟怎样才能避免这样的悲剧呢？作者也曾做了预想，却又做了一个很难预料的答案：“到了共产主义，还会不会发生这种婚姻和爱情分离着的事情呢？既然世界这么大，互助呼唤的人也就可能有互相不能答应的时候，那么说，这样的事情还会发生？可是，那是多么悲哀呵！可也许到了那时，便有了解脱这悲哀的办法？”

最后，作者“大声疾呼地说：……让我们耐心地等待着，等着那呼唤我们的人，即使等不到也不要糊里糊涂地结婚！”

按照秋耘同志的分类，我对这篇小说的看法，似可“属于引起某种不愉快的感觉”的“某些读者”一类。

我们虽然不承认，爱情是文学的永恒主题，但确实有不少大作家，都曾把刻骨镂心的笔墨，奉献给动人心弦的爱情篇章。但无论是罗密欧与朱丽叶、梁山伯与祝英台、张君瑞与崔莺莺、贾宝玉与林黛玉的爱情，虽然是发生在不同的时代，有不同的历史和思想背景，却总是能为人们所理解的。真善美在这里是得到统一的，而阻挠和破坏这些爱侣并使之酿成悲剧的，却从来都是反动势力，其中当然也包含秋耘同志所说的代表反动势力的“道德、法律、舆论、社会风习等等”，加在人们身上和心灵上的精神枷锁。但是，这些主人公的命运所以能激起人们那么强烈的同情，也正因为这一切已都在作品所造成的美感中遭到了强烈的谴责，哪怕是看了神话剧中的白娘子对许仙的爱，人们也不会去想人蛇相爱是否可能，是否可怕，而把同情全部倾注给美丽、善良的白素贞，却愤慨于法海的横蛮残暴，“多管闲事”，不满于许仙的软弱负心……而在我们的时代，我们这两位男女主人公的不能忘记的爱情，或者说“婚姻和爱情分离”的悲剧，却不能使我们在思想感情上有这种悲痛中的崇高升华，至多我们只能为他们惋惜，惋惜他们“恨不相逢未嫁时”。秋耘同志或许会说，那是因为你不愿正视我们现实生活中那一切的“精神枷锁”，看不到它们的不合理成分。的确，资产阶级，特别是封建主义的精神文明，在我们的道德、舆论、社会风习中还没有得到肃清，我们社会主义的法制也并不完善，都有可能在婚姻和爱情问题上，给人们的身心造成这样或那样的痛苦或创伤，问题只在于，在这两位男女主人公的身上，现实给予他们的“精神枷锁”，究竟是我们的“道德、法律、舆论、社会风习等等”的什么错处？

是呵，在作者笔下的这两位男女主人公的灵魂上，的确有着沉重的负担。男主人公为了“虽然不是因为爱情的结婚”，尽管对这女主人公也产生了感情，“不过为了另一个人的快乐”，他“不得不割舍自己的爱情”。女主人公更因这爱情在“痛苦里挣扎、熬煎”。“廿多年啦，那个人占有着她全部的情感，可是她却得不到他”，而且除熬煎自己之外不能有所作为。

他们偶然相遇了，“只能面对面地站着，脸上带着凄厉的，甚至是严峻的神情，谁也不看着谁”。因为他们“曾经相约，让我们互相忘记”，而实际上却是互相欺骗着自己。我同意作者的这样一个评价：“那简直不是爱，而是一种疾痛……”但难道这两位男女主人公所信守的道德标准，是我们社会在人类感情生活上所造成的“难以弥补的缺陷”吗？伟大导师列宁曾经引过匈牙利伟大诗人裴多菲的著名诗句“生命诚可贵，爱情价更高，若为自由故，两者皆可抛”，以激励社会主义革命者。真正的无产阶级战士，在精神道德、思想感情境界中，不是应当比裴多菲更加崇高一些吗？

一位老工人，为了掩护一个革命者而献出了自己的生命。这位革命者“出于道义，责任，阶级情谊和对死者的感念，毫不犹豫地娶了那位姑娘”，几十年来，他和她既然生活得那么“和睦、融洽”，能说相互间没有爱情吗？（否则，这位男主人公就是一个虚与周旋的伪君子。）可是，忽然有人来“呼唤”他的“爱情”了，他本来也可以像解放初期有一些干部那样，“按照自己的理想和意愿去安排自己的生活”，用这位“呼唤自己”而又能“相互答应”的知识妇女代替那工人的女儿，可他却考虑到不应当这样背弃患难夫妻，而宁愿痛苦地“割舍了自己的爱情”。这样的“道德”，就是“精神枷锁”吗？就是没有“合理的成分”吗？那要让这位革命者怎么办呢？是不是要他完全摈弃“道义，责任，阶级情谊和对死者的感念”，去听从那个爱情的“呼唤”，离开这个多年来肯定是十分爱他的妻子，去重新安排自己的生活，才算做“合理”呢？

读过《钢铁是怎样炼成的》的人，谁都知道，保尔·柯察金也曾两次倾听过爱情的“呼唤”，对于这两次“呼唤”，他和她——也就是“呼唤的人和被呼唤者”，都曾互相答应过的。如果说第一次和冬妮亚的互相呼唤还是少年时代的“历史误会”的话，那么，他和丽达的悲欢离合的结局，就带有一定的偶然性了。但当这两个曾经真挚地热恋过，而且这爱情也未能“忘记”却又重逢时，他们是倾听了爱情的呼唤，还是倾听了革命和道德的呼唤呢？我们都知道，保尔是提出了这个问题的，而丽达却只能不无遗憾地回答：“我现在已经有一个小女孩了。她有一个父亲，也就是我的好朋友，我们三个和谐地生活在一起，照现在说来，这已经是不可分割的三位一体了。”保尔听了这个答案，当然很难过，但他还是动也不动地真诚地对她说：“我所得到的还是比我方才失去的要多得多。”我们可以看得出，即使是在此刻，无论是对于保尔，还是丽达，他们相互间的爱，都仍然是没有忘记的。丽达在给保尔的最后一封信里，曾明确讲过，在重逢时，她是有过一时的感情冲动，想来“偿还”他们“青春的宿债”，但终于又“收回”了这种“愿望”。用丽达的话讲，就是“因为我觉得那样做并不会使我们得到很大的幸福”。

是的，我们都曾为这一对理想的恋人在人生叉道上的错过，深感怅惘和遗憾，但我却相信，没有一个革命者会去为保尔“遗憾”青春的“虚度”，也没有一个革命者，会去责备丽达这种收回偿还青春宿债的愿望，或者叫做“抑制冲动”的崇高品格。当然，更不会有真正的革命者会认为，保尔和丽达的不能继续相爱，“是人类在感情生活上一种难以弥补的缺陷”，或者去指摘当时的苏维埃社会“加于他们身上和心灵上的精神枷锁是那么多”！

《爱，是不能忘记的》中的第一人称的“我”，发誓决不重复她的前辈的那种“悲剧”，并警告人们说：把婚姻和爱情分离着的镣铐套到自己的脖子上，那是不堪忍受的。

最近有一位戏剧家也在预言：“我们的婚姻观念要改变！”

还有一些同志愤愤不平地在文章中写道：“人不能过没有爱的生活！”

夫妻，不能没有爱，这是的确的。但是，我们的法律、道德、舆论，究竟应当怎样对待这种“呼唤”与“被呼唤”的爱侣们呢？怎样识别已经爱过或并未相爱而结合，后来才发现真爱，却痛苦于婚姻和爱情相分离的现象，而去倾听他们的灵魂的呼唤呢?

使我“大惑不解”的还有，为什么这种“相互呼唤”，在两位有了“幸福”或不幸福家庭的男女主人公中间，不能结成知音或知心者的深挚友情，而必须是爱情上这样互相痛苦的“占有”呢?

女主人公所以要呼唤“天国”，当然是因为她以半生的“痛苦经验”，深感这现实的以至共产主义的制度和道德，都难于解决她这样的“灵魂”上的问题。但是，“天国”一向是按照人间的模型创造的。《西游记》的整然有序的大上世界，不过是中国封建人间关系的翻版。正如小说女主人公所说：我们是信仰唯物主义的人，根本不相信有天国。所以我们只能劝慰那些已经不该相互呼唤爱情的相互呼唤者，如果因此而会影响到一个不应该被背弃的人的生活，那么，还是倾听一下这样的“道德”呼唤，而割舍我们的那种爱情“呼唤”吧！因为“倘若真有所谓天国”，我们也得去见马克思，我们不能背弃革命的道德，革命的情谊！

当然，无产阶级也决不是清教徒。男女同志间的真挚纯洁的爱情（是相互的，而不是损人利己的），以至在这种感情基础上的结合，都会有利于革命事业，并为革命增加亮彩。社会主义社会的大多数公民，都在过着这样幸福的生活，而且在革命的过程中，有多少先烈的忠贞不渝的爱情，为革命留下了壮丽的诗篇。周恩来同志在生前多次讲到的，广州起义的革命先烈周文雍和陈铁军在敌人刑场上宣布结婚的事迹，是怎样激励了我们呵！“让这刑场作我们新婚的礼堂，让反动派的枪声作为新婚的礼炮吧！”他们曾经为了革命工作的需要，以夫妻的名义住在一起，但他们却并不是一对爱侣，只是在共同生活、工作和战斗的日子里，才产生了深厚的感情。而且，由于紧张的斗争，他们还没有来得及谈私人的爱情，一直保持着同志的关系，现在，他们就要把青春和生命献给革命、献给人民的时候，他们以这样的方式表达了他们的爱情，并宣布了他们的婚礼。

在这里，纯洁、真挚的爱情与为伟大理想壮烈牺牲的革命精神融合成一股浩然正气，一直铭刻在人们的心目里。这样的爱，不才应当是永远的，不能忘记的吗?

邓小平同志在第四次文代会的《祝辞》中曾经说过:“英雄人物的业绩和普通人们的劳动、斗争和悲欢离合,现代人和古代人的生活,都应当在文艺中得到反映。”但对我们来说,也还是要注意到,反映这一切人们的“悲欢离合”,都应当“能够使人们得到教育和启发”,得到娱乐和美的享受,并能从中汲取精神力量和鼓舞力量。

我和黄秋耘同志有同样的愿望:“作为一个忠实的读者,我实在不忍想象,这位聪明纯洁富有才华的作者竟会成为悲剧人物。”但是,事情往往又是和我们的愿望相违背的,如果恰恰是我们“不忍想象”的那样,我们是否应当满腔热情地关怀这位富有才华的女作家,和她一起开阔一下我们的眼界呢?

我们期待文艺评论家们,也能在社会主义革命文学的道路上和作家一起创造这样的范例,却不希望他们陪伴作家沉陷在“悲剧人物”的感情里,共同“呼唤”那不该呼唤的东西,迷失了革命的道德、革命的情谊!

还记得鲁迅先生曾这样告诫过那些青年写作者:“一切作品,诚然大抵很致力于优美,要舞得‘翩跹回翔’,唱得‘宛转抑扬’,然而所感觉的范围却颇为狭窄,不免咀嚼着身边的小小的悲欢,而且就看这小悲欢为全世界。”

我想时时记取这些教益,对我们的创作能沿着革命的道路前进,总会有好处的。

(原载《文艺报》1980年第5期)

1984年短篇小说获奖作品阅读琐记

在1984年文学评奖活动中，呼声最高的，是中篇小说，它们如雨后春笋，新人耳目；而且其中不少优秀的篇目在近两年（1983—1984）内早已传诵一时、脍炙人口了。如《棋王》、《烟壶》、《今夜有暴风雪》、《美食家》、《燕赵悲歌》、《没有钮扣的红衬衫》，以至1984年底刚刚发表的李存葆的《山中，那十九座坟茔》，也很快为人们所注目，并获得了报刊评论热情的称许。相形之下，短篇小说的“门前”似乎比较冷落。粉碎“四人帮”以来，短篇小说也曾有过独领风骚的几年，不过，1979年以后，中篇小说异军突起，取代了短篇雄踞文坛的地位，而且历久不衰，长足发展，每年都有不少佳作问世。也许中篇小说两年评奖一次，可供选择的余地会多一些吧！也许很多短篇的高手，转向“兼营”中篇而挤掉了短篇吧！……大概由于我参加了1984年第七届短篇小说评委会的工作，所以每当“街谈巷议”冷落短篇的时候，我的脑子里以至口头上就会闪现这样一些辩护词……

我已有若干年没有这样集中时间看小说了，因此，百万余言的作品，在我眼前展开了一幅多彩多姿、充满活力的时代画卷，使我有目不暇接之感。当然，我所涉猎的，多数还是经过初选出来的作品，1984年的短篇小说，较之以往究竟有什么新突破、新成就，我接触不多，难于作出判断，只是在阅读和讨论中零星地积累了一些感受、理解和看法，既无系统，也不全面，现在择其五篇整理出来，仅仅是阅读琐记而已。

一、满熏着浓郁的乡土气息

在这次优秀短篇小说初选的推荐篇目中，名列第一的，是邵振国的《麦客》，在最后评选中，宋学武的《干草》得了全票，《麦客》则与陈冲的《小厂来了个大学生》都只少一票，并列第二。我想《干草》和《麦客》所以得到一致的好评，不只因为这两篇作品语言文字有特色，思想艺术有较完美的结合，还因为它们的个性风格中满熏着浓郁的乡土气息，色调清新，给人以强烈的感染。

宋学武的名字，对于短篇小说的读者并不陌生，虽然他从1982年才开始发表作品，但他的《敬礼！妈妈》，却在1982年就获得了优秀短篇小说奖。

这篇《干草》以它浓郁的乡土气息，细腻的诗情触角，把乡场上的平凡故事写得沁人心腑。短篇小说的容量是有限的，要想在这有限容量里写好环境和人物的关系，则必须选择好能揭示人物个性与心灵的特定环境的角度和侧面，把环境和人物交融渗透在一起。我认为，《干草》创作艺术的成功，也正是在这方面有着完美的结合。或如作者所说，这篇小说的创作，就是他在寻找童年时期失落的绿色的梦吧！只不过编织在绿色的梦境里的却是人的命运，是看草甸人磕巴舅舅与草甸共存亡的悲剧，是“我”的幼年时代的小友小草、大青，或者也包括“我”在内的一段“形影朦胧”的感情经历。一句话，是人和环境交融的具有象征意味的小草和滋养她的草甸子的命运。

展现在作品里的牵引着作者绵绵思缕的，决不是绿色的梦，而是融合着人的生活，渗透着人的感情的绿色生命。高尔基曾称赞契诃夫的《草原》，表现了“发香、轻快的，并且有着一种纯粹俄罗斯味的沉思的忧郁”。那么，宋学武以东北草甸子的兴衰作为那悲剧年代的大自然背景，来展示这普通农民磕巴舅舅和小草的命运，那干草的芳馨血肉一体地融合在这父女两代的形象创造里，也以其沉郁的哀愁，给人以决不能再重复这历史悲剧的警示。草甸子，在松辽平原的大地上，不只成千上万，宋学武却以他的艺术家的感受、体验和概括，在它的质朴和贫瘠中，写出它的苦涩，它的芳馨，它的美；并以草甸子的被践踏、毁坏为背景，交织、映照磕巴舅舅和小草的命运，从飘逸多姿的绿色草浪中，烘托出磕巴舅舅的淳朴、善良，小草的纯真、坚韧；以大自然的着色，升华了生活的悲剧美，小说处处渗透着爱人民、爱土地的深情，显示了作者的独创的艺术魅力。

如果说《干草》的浓郁的乡土气息，多半在于那“干草”的芳馨的熏陶，那么，《麦客》的浓郁的乡土气息，却在于透过甘陕边远地区特有的风物、习俗和人情，逼真地描绘了一对青年男女不同的苦难和命运。那炽热的麦浪，那庄稼人特有的“麦客”的劳动生活，的确满熏着乡土的气息，但是，真正打动着我们的，却是生活在这种气息之中的顺昌和水香这一对苦命人的独特的遭际和不幸的爱情，以及从他们的苦乐、悲伤与忧愁的矛盾心境中表现出来的劳动人民的心灵美与情操美。

甘肃某些地区自然条件很差，生产十分落后，解放后，由于农村政策上的“左”的失误，并未根本改变面貌。食不果腹、衣不裹体的苦难，也并未绝迹。但这个地区的生活究竟是什么样的情貌，邵振国的这篇《麦客》，在富有特色的乡土风习画里，给了人们以鲜明丰满的形象。

这不是解放前，也不是“十年内乱”期间，甚至也并非农村政策“左”的失误尚未得到纠正的那几年，恰恰是承包、责任制的现在，庄浪苦焦人的生活虽然有了温饱，但苦难仍未过去。吴河东和顺昌父子俩，苦挣苦拽，累死累活，可昌娃的婚事还是没着落，就因为付不起彩礼，说下的媳妇又另嫁了。成群结队的庄浪人还得出来做“麦客”。另一个庄浪的苦焦人水香，却是连自己父母是谁都不知道被卖到临清来的，做了拐腿、大头“白货什”的童养媳。今天生活发生了激变。临清，成了庄浪麦客的集聚之地。一对苦水里泡大的苦焦人，在异乡巧遇了——一个是主人，一个是麦客。他们在这种特殊的生活境遇里萌发了爱情，无论是从人道与人情来看，这一对从来没有爱过人的恋人都是无可责备的……当然，作者并未歌唱这样的爱情青春曲，而是在更高的境界里写出了这对青年质朴、善良而优美的思想情操。

对于吴河东父子俩短暂的麦客生活，小说采取了交叉对照的写法，展开了父子俩相异而又相同的境遇，显示了农村变革中的新的人际关系的变化。作者以其细密的心理分析、准确的观察体验，为我们描绘了一幅幅十分丰富动人的精神境界的画面。

苦难在怎样折磨着吴河东呵！拼了命地割麦，并没有减轻他的精神负担，看着临清“掌柜”的红火的生活，想着自家暗淡的光景：“割麦能挣几千元？啥时间……不，再不能让娃等了，最迟正月里完婚！”但是，钱在哪里？吴河东在痛苦而又自惭的灵魂交战里，干了“丢人现世”的事——拾了或者不如说是偷了“掌柜的”表，而且被人识破了，几乎不能得救。亏了掌柜家的善良的老者，挺身而出维护，甚至承担了“偷”的罪名，才使他不至当众出丑。温暖的真诚的体贴，羞愧的良心的自责，使硬汉子吴河东终于啼哭着把表交还给善良的老者。

儿子顺昌遇到的是另外一种“麦客”的境遇。在这“掌柜的”家，他这个没人看得起的穷棒子，不仅得到了吃住的善待，而且得到了从未体验过的爱情——“这么个善良、温柔、俊秀的女人，竟把他一句一声‘哥’地叫着哩，他咋不动情！”这对于像顺昌连媳妇都说不上的“苦焦人”，诱发了一时的“动情”，不也是可以理解的吗！何况他终于在“赴约”时猛醒过来：眼前浮现出善待他的那位老人的面容，浮现了那个“身残了的可怜人”，“咋能去伤害他，良心哩”！而另一个苦焦人水香，从没有爱过谁，又被苦难的生活推给了一个残废的“白货什”，她有权爱，但善良的本性终于使她有了痛苦的自责：“我是个坏女人，坏女人，呵，‘哥’你不来对着哩，对着哩，对着……”在作者的笔下，这两个青年男女，在这种特殊条件下萌发出来的那种纯朴相爱的善良本性，又融合了极其矛盾的感情心理的细微的颤动，都是写得十分动人心弦的。顺昌和水香痛苦地诀别了，但他们是真诚相爱的。正像顺昌自语的那样：“妹子，你要亮清，我不能那么做！但我，忘不了你，心上记着哩！”

《麦客》虽然写的是西北偏僻地区较落后的群众生活的风貌，满熏着浓郁的乡土气息，但它又毕竟是“四化”建设中的中国社会现实之一角，广大农村天地里的除旧布新的生活浪潮，也不能不给这落后地区带来人间关系的新变化，无论是苦焦的庄浪人，还是富裕起来的临清人，都有着社会主义劳动者崇高情操的闪光，他们的善良而朴实的感情世界，显示了作家的独到的开掘和探索。

二、“努力写出新意”

记得冯牧同志在1983年优秀短篇小说评奖授奖大会上的讲话《文学应当和

生活同步前进》中曾讲道："在我们所读到的大量的成功的作品中，那种真正使我们听到了亲切的时代前进脚步的作品，还不是很多。我们的时代的生活正在向文学发出大声的召唤，而我们的创作，在这样的绚丽多姿的伟大现实面前，常常不能不觉得有些黯然失色，相形见绌。比如，我们都知道，我们的工业战线正在进行着巨大的深刻的变革，而真正能够用血肉丰满的艺术形象来反映这一伟大变革的作品，还是寥寥可数的。"

那么，1984年的短篇小说创作，在这方面有没有大的突破呢？应当承认，大部分作品与时代变革的生活联系还不够密切，没有紧扣时代的脉搏。而且目前在文学界似乎也流行着一种"情绪"，有些同志很不赞赏写当前改革生活的作品，认为这也是一种"赶风"，因而，包括蒋子龙的中篇《燕赵悲歌》，虽曾在广大读者中间引起热烈的反响，而在文学界的一些同志的议论中，却受到了冷遇。甚至有人认为，《小厂来了个大学生》，如果此次获奖，那只能说明评奖的失败。当然，评价文学作品，见仁见智，往往是一种很复杂的现象，不可强求一律。题材也决不是一篇作品成功的关键。但是，不加分析地轻视反映当前变革生活的作品，恐怕也是一种偏激的情绪。改革是我国当前社会生活的主潮，努力反映伟大时代，与现实生活同步前进，使自己的作品与"四化"大业息息相通，用自己的作品激发广大人民群众的爱国热情，发愤图强，为社会主义现代化建设而献身，这是社会主义文学工作者的光荣的任务，而决不是"赶风"。

从1984年的短篇小说创作来看，《小厂来了个大学生》，在反映改革题材的作品中，应当说还是一篇有新发现、新开拓的好作品。作者陈冲近几年来才崭露头角。他的第一篇引起注意的作品，是中篇小说《厂长今年二十六》，获得了《当代》1982年优秀作品奖。那也是写改革生活的，而今年发表的这个短篇《小厂来了个大学生》，以及中篇《会计今年四十七》，又可说是作者对现实改革题材进行新探索的结晶。《厂长今年二十六》里的那位毛遂自荐，并敢立"军令状"，出身钳工的春光服装厂厂长许英杰，"他头脑清楚，管理严格，处事果断，行动大胆"，也可以说是一个呼吸着时代气息的改革者的形象。但是，在许英杰扭转了厂子的落后局面以后，作者却写了他提出"辞职书"，要求回车间重操旧业。对于许英杰这辞职之举，评论中曾经有过争议。有的同志认为，这是故作惊人之笔，或者是过分追求戏剧性效果。作者的回答则是，如果不辞职，“他就不是我要写的许英杰”。作者认为，在许英杰应运而生的时候，“生活中改革的内容带有更多的‘整顿’色彩”，而当科学的现代化的管理尖锐地提上了日程，像许英杰这样的头脑清醒的改革者，不会不感到他的现代化科学知识的缺乏，“他的长处已经成了短处”，为了使改革事业大踏步前进，他当然要自动让位给更适合现代化需要的领导者。这不正是真正改革者的气魄吗！

我想，《厂长今年二十六》，在1982年的中篇小说中所以引人注目，恰恰由于它所创造的许英杰这样的改革者写出了新意，反映了改革事业不断前进的洪流。然而，作者的观察和探索，并没有停留在许英杰“辞职”之举的警觉上，《小厂来了个大学生》，正是对这种复杂矛盾的新开掘。这位永红服装厂的厂长路明艳，在局领导的眼里，像许英杰一样，她把厂子搞得不错，在传闻中，也是“说她精明果断，管理大胆，不讲情面，而且工作深入，作风朴实”……正是她，敢于接收一个刚毕业的学企业管理的大学生，声称“这个宝贝得归我”。但是，这个厂果真是一个先进单位吗？这位路厂长果真是一位掌握现代化脉搏的企业领导吗？这是表象上看不出来的。就是在大学生杜萌的第一个印象里，也“分明感到她与众女工截然不同，有一股近乎男性的干练、强悍之气”。为了把永红服装厂的生产搞上去，两年来她的确也办过一些“得意事儿”，把厂子“起死回生”。她的“实干精神没说的”——她与女工一起劳动、一起突击；在工厂危难之际，她想到的也是“自己是个党员。毕竟，永红服装厂不是她路家的买卖，而是党的一份事业。党把这份事业交给她掌管，她得对得起这个信任，把这个厂从危急中挽救过来，搞下去”。而的确她又把工厂从危机中挽救过来了。她真不失为一个“铁腕人物”，虽无文化，对上驭下，应付左右，雷厉风行，确如作者所分析的那样：“假如她面对许英杰最初面对的那些问题，大概也有可能取得一定的成功，把厂子整治得像模像样。”可惜的是，这个路明艳所面对的已不是“整顿”，而是现代化企业管理，旧体制必须改革，可她管理生产，却还是老一套，坚持的也还是加班加点，延长时间，使得工人疲于奔命，秩序混乱，工作效率极低，终至事故迭出，厂商退货。这样的雷厉风行，这样的铁腕，可能一时之间把矛盾掩盖下来，使工厂维持下去，可工厂掌握在这样的领导者手里，还能实施改革吗？杜萌的调查报告和意见书，已经使这位鱼目混珠的改革家原形毕露。

我以为，在当前反映经济改革的作品里，路明艳，是塑造得较为丰满、较为成功的人物形象。从这位墨守成规的“实干家”身上，我们看到了改革的必要性和紧迫性，也看到了改革事业的艰难和复杂。伟大的历史新时期在呼唤着开拓者、改革者，但是，错综复杂的社会生活，也很有可能把路明艳们推向“改革者”的前台，面对社会主义现代化改革大业来说，“这可能是极大的危险”。

作者敏锐地发掘并塑造出路明艳这样的内涵丰富的“实干家”的形象，不能不说是对当前反映改革生活题材的富于强烈现实意义的新发现、新开拓。当然，在议论中，有些同志也指出，大学生杜萌缺乏改革者形象的血肉。我想，即使有这方面的不足，也还不至于削弱这篇小说的思想意义。何况这杜萌也不过是一个刚刚走向社会的雏儿，作者显然没有把他作为路明艳旗鼓相当的对手来塑造。作者曾在几篇文章里满怀激情地阐述了自己对如何反映经济改革的意见和看法，作者特别强调“要紧紧追随生活的步伐前进，拿出具有新意的改革的作品来”。我以为，《小厂来了个大学生》所表现出来的充沛坚定的改革意志，说明了作者实践了自己的宣言，也确确实实地写出了当前改革生活的新意。

三、灵魂皱折里留下的印迹

文贵新。但对作家来说，要使自己的作品“写出新意”来，就得对生活，对人及其心灵世界有新发现。我们正处在一个大变革的时代，生活有如汹涌奔腾的江流，而变革又给生活带来了复杂的矛盾，急浪、潜流、旋涡与飞沫，渗透着社会关系的各种形态。它们必然以种种形式濡染着生活在其间的各色人等的心灵，测试着人们的灵魂的质地。不管你自觉或不自觉，都不得不以自己的言行作出回答，即使并不形之于声色，也会在灵魂的皱折里留下它的印迹。文学是写人的，而烛照人物心理活动的底蕴，通过多角度透视人物的心灵世界，展现社会生活的鲜明特征，反映人物的性格矛盾，也应该是当代作家所必需的艺术才能，1984年的短篇小说，有不少作品在这方面做了可贵的探索。像韦昕的《人境》、刘学林的《品茶》，以及铁凝此次获奖的《六月的话题》，都是各具特色的。不过，比较起来，金河的《打鱼的和钓鱼的》，对于新形势下人物心灵的透视，更具有强烈的现实感，显示了作家的极为敏锐、深刻的观察和有力的开掘。

概括地说，《打鱼的和钓鱼的》，是通过新任副县长覃涤清的节日游水库的一幕，展开了他的内心活动与现实生活的联系和冲突，反映了不正之风怎样无孔不入地腐蚀了我们一些干部的思想与灵魂，也表现了“官”与“民”、权与位，在现实的社会关系里仍有着怎样一种人为的鸿沟。覃涤清，是一个刚刚提拔起来的新干部，曾参加过当地丁香湖水库的建设，做过技术员，在这里“度过了难忘的两度春秋”，今天适逢“五一节日”，“难得浮生半日闲”，他想卸下一身繁忙的公务，旧地重游，寻找一下心灵的“宁静”。但是，今天的覃涤清，已不是当年的技术员，权位的变异，带来了怎样的不同呵！他的游湖，既有县政府办公室主任童星龄的陪同，又有水库管理所党支部书记郭斌的导游。他一个人的“半日闲”，是以一批人的“一日忙”为代价的。

是的，覃涤清并不想借副县长之权以谋私，他一直以两项行为准则（一不做明显违纪之事，二不做损人利己之事）约束、警惕着自己。但是，在这复杂的人际关系里，覃涤清能够靠被动的预防求得内心的“宁静”吗？作者体察入微，只截取了这节日游湖的一段经历，纳入笔端，和盘托出了他的处于矛盾中的内心世界。

按照覃涤清的想法，他来水库，只是为了躲开县城里的喧嚣，随便走走，使绷得紧紧的神经松懈一下。因此他通知水库不要做任何准备，也拒绝带女儿来玩……对于水库已做的准备，他曾有些犹豫——乘艇游湖“是否有滥用职权之嫌”？可导游的郭斌却笑着说：“覃县长，你太多心了。这游艇是湖上巡逻用的，你来不来，它都要出动，你坐不坐，它都同样烧油。随便哪个社员赶上了，想坐坐汽艇也是可以的。昨天县委丁书记陪着市委书记来，也是坐的这个汽艇。”覃涤清并不愚蠢，对于郭斌的解释，他只相信其中一部分，即领导干部来水库，都要坐上汽艇转悠一番，至于社员坐坐之说那就另当别论了。覃涤清甚至对郭斌解释的“用意”，也有着烛隐抉微的察觉——他这样说“不过是使一些既想当清官，又希望得到某种享受的干部享受得心安理得”。但是，在郭斌如此的安排与解释下，覃涤清又如何能摆脱困境而求得内心的“宁静”呢？他是这样想的：如果自己拒绝上船，不但使童星龄和郭斌处境尴尬，而且也使其他坐过汽艇和今后想坐汽艇的同事们为难。在今天，清如水，是做不到的。水清无鱼，人清无朋，而且会四面树敌，使你连正常的工作也干不下去。显然，在是与非面前，覃涤清并不缺乏明晰的判断力，但他也像他的某些同事一样，判断和行为之间常常有矛盾，难得一致。请看在打不打鱼的矛盾中，覃涤清的心理活动出现了怎样一种寻求平衡的图画吧！

……有什么办法，人就是在自身的和周围世界的矛盾中生活的，没有矛盾就没有人没有世界。司机小林的眼里早已闪着鱼光。假如让他空手回去，当面嘴上挂油瓶，背后还会骂“当官的假马列”。说不定哪天有急事叫车的时候，他的“油路”出了毛病。“一招儿鲜，吃遍天。”吃惯了，就叫他们吃吧，只要不白吃就行了。说老实话，覃涤清本人也想弄点鱼回去。不久前，岳母从南方来了，她总埋怨东北的蔬菜太少，吃不上汨罗的鲜鱼，女儿有择食的习惯，没有适口的菜不肯动筷子，但她像猫一样馋鱼。好了，那就闭上嘴巴，领情吧，来个皆大欢喜……只要照价付款，不触犯自己的两项行为准则，以后少干就是了。如果这有点“近水楼台先得月”的味道，但是“楼台”是覃涤清亲手修的，偶尔“得月”也可以说得过去。

这样想与这样做，果真符合覃涤清的两项行为准则吗？这一幅幅心灵的画面，丰富地揭示出，郭斌的“蒙哄之词”，也同时内蕴着覃涤清的自我“蒙哄”。覃涤清在特权面前多方解嘲的微妙心理活动，在不正之风变换各种手法腐蚀党的机体的时候，确实有着现实的鉴戒意义。作者的这种人心的透视，对于那些既想当清官又要有实惠的领导者，甚至也包括我们自己的心灵的一角，都不免会激起思想感情的悸动。然而，“蒙哄”的灵魂污垢，又难以经得起理想光束的映照。既要当清官又要有实惠，不大可能在现实生活的直接撞击下找出两全的解释。请看，当打鱼的，别人主动给打，又当清官又实惠，在覃涤清的心理活动中已经得到“万全”的解决——即“一切在预料之中，一切都很顺利，到了打倒车，汽艇准备返航”时，却遇到了工人洪常全等的钓鱼事件，那位支部书记郭斌，一下子又变成了“泰山顶上一青松”。对打鱼的一切可以通融；对钓鱼的，却是铁面无私的执法者，哪怕是钓了一条“半死的小鲫鱼，只有两把重”，也要从严处理，扣留自行车，罚款15元。

打与钓，“官”与“民”，在这里形成了怎样的强烈对比！在郭斌来说，这当然又是一种形式的“蒙哄”。然而，在覃涤清那里，纵使怀有满腔怨愤，他对郭斌，却无可责备。因而，也就难于借助于自我“蒙哄”的言辞，以寻求内心的平静。在作者的笔下，覃涤清并非一个以权谋私的典型人物，但他这段短暂生活经历所形成的复杂矛盾的心境，不也形象地显示了不正之风的腐蚀，正在锈损着他的灵魂吗！而小说关于覃涤清的一幅幅透彻的心理剖析的画面，对每个共产党员来说，都有镜子般的警示作用！而从这一方面看，金河的透视人心的艺术，是有其独创的特点的，也能见出他的思力与才情。

四、诗情的魅力

“近年来小说中出现了散文化的倾向”，这是当前文坛上议论的一个课题。在新崛起的青年作家群里，他们的有些作品，的确主要并不以描写人物、环境、情节见长，而是以描绘景色、抒写情绪、蕴涵哲理、造成意象，博得读者的喜爱。一句话，小说创作中出现了对散文美的追求，或者说，作家运用散文的某些艺术手法来创作小说，从而给当前的小说创作注入了新的血液。

历来认为，小说与散文是两种不同的体裁，小说的特征是注重塑造人物形象，必须有相对完整的情节。人物、环境、情节，是小说不可缺少的构成因素；典型人物的性格，要在典型环境中得到展现，情节又是典型性格形成、发展的链条。我想，这基本的特点，在今后的大型叙事作品中，也还是不大可能改变。但我又觉得，这也并不排斥在小说创作中可以有对散文美的追求，可以运用散文以至诗的某些艺术手段。即使在古典作品中也不乏这样的先例，如我国古典小说杰作《红楼梦》，则可以称得起是把诗情、画意、哲理融为一体的艺术结晶品。这大概因为小说毕竟也还是归属广义的散文范围。不过，近年来引起“小说的散文化倾向”议论的，主要是短篇小说，从王蒙的《春之声》开始，就已有人谈过当代小说的情节淡化问题。此后，小说的抒情成分的增加，对诗意美与意境的追求，显得尤为突出，如铁凝，特别是贾平凹的作品。尽管我并不认为，这散文化倾向种种，就可以完全取代小说创作的特点，但是，这种现象出现在历史新时期的文坛上，确实也反映了作家们表现生活的多样化的追求，广大读者审美情趣的多样化的需要。这是应当引起注意的。

1984年短篇小说的获奖作品中，宋学武的《干草》、张炜的《一潭清水》，都可以说在不同格调的创作中运用了散文化的艺术手法，作品也渗透着作家主观的富有色彩的情致，表现了散文美的魅力。但是，我以为，在这方面最具特色的，还是何立韦的《白色鸟》。这篇作品只有4000字，是获奖作品中最短的一篇。在这有限的容量里，作者的确没有按照一般小说的常规叙事行文，也没有设置动人的情节，而只是描绘了两个烂漫少年在静寂山村大自然背景中嬉戏、漫游的纯真童心与情趣。记得苏联作家库·巴乌斯托夫斯基在他那本著名的《金蔷薇》中曾说过：“大自然要求凝神注视和不断的内心工作，宛如在作家的灵魂中，创造这个大自然的另一个世界。这个世界用思想丰富我们，用艺术家所能看到的大自然的美使我们高尚起来。”我觉得，《白色鸟》是创造了这样的境界的。

这是热辣的夏天，幽远的南国山村多么静寂，在苍凉而空旷的河滩上，只有那嘶嘶的蝉鸣充实着天空——“然而长长河滩上，不久就有了小小两个黑点，又慢慢晃动慢慢放大，在那黑点移动过的地方，迤逦了两行深深浅浅歪歪趔趔的足印，酒盅似的，盈满了阳光，盈满了从堤上飘逸过来的鲜花的芳香。”

在河里——“间常一页白帆，日历一样翻过去了，在陡然剩下的寂寥里，细浪于是轻轻腾起，湿津津地舔着天空舔着岸……”

在对岸——“雪白雪白两只水鸟，在绿生生的水草边，轻轻梳理那晃眼耀目的羽毛。美丽、安详，而且自由自在……那鸟恩恩爱爱，在浅水里照自己的影子。而且交啄，而且相互的摩擦着长长的颈子。便同这天同这水，同这茫茫一片静静的绿，浑然的简直如一画图了。”

这里，作者所描绘的，不就像一幅空灵飘逸的水彩画么！也是在这美丽的大自然背景里，一白皙，一黝黑的两少年，一边采马寻觅，一边“扯霸王草”；玩腻了，就打弹弓，游水……终于发现了那雪白雪白的水鸟，被“美丽和平自由生命”所征服。“于是伏到草里头觑。草好痒人，却不敢动，不敢稍稍对这图画有破坏……”

这跃动着的纯真的童心，融合在如此宁静的大自然的背景里，的确显示了一种“和平自由生命”的美。然而，“忽然传来了锣声，哐哐哐哐，从河那边”。“做什么敲锣？”这是那白皙的少年的发问，“‘呵呀！’黝黑的少年，立即皮球似的弹起来，满肚皮都是泥巴。开斗争会，今天下午开斗争会！”于是，人们从这宁静的美的境界回到了残酷的现实，“这图画”被破坏了——“啪啦啪啦，这锣声这喊声，惊飞了那两只水鸟”。于是，纯洁的童心也受到了惊骇，斗争会明示了严峻的世态。美的情致被丑恶形象的联想所淹没。

这篇小说的创作，显然包孕着作者对社会生活的深沉的思索，而在艺术手段上，作者又相当富于表现力地把中国诗歌中的借景抒情的手法移植过来；他虽然是通过烂漫少年的眼睛描绘了四野的静寂，河水与岸的呢喃，水草的绿和水鸟的白，以及和平自由生命的美，但却融贯着作家自己的炽热的诗情，使客观景物的形象创造，渗透着主观感情的色彩，也使美的意象的捕捉，具有丰富的内蕴，给予读者以强烈的历史感。

《白色鸟》，构思巧妙，蕴藉优美，富有独特的个性风格。它虽是小说，却具有散文和诗的表现力，可以称得起是具有较高审美价值的真正的短篇。

1985年4月18日于北京

（原载《文学评论家》1985年第1期）

第三编

光辉灿烂的五千年历史文化

——1994年国庆节为希腊《商报》作

中国是以一个有着悠久的历史文化的古国著称于世。

从中国大陆发现的史前遗迹来看，周口店的“北京人”，被认为是生存在四五十万年前的旧石器时代；房山“山顶洞人”的发现，又是周口店发掘工作的扩大，进一步说明了，在中华大地上生存着的人类，经过几十万年的奋斗，到了距今约20000年前，虽然仍以渔猎生活为主，却已有了长足的进步。在所制石器和骨器中，看得出已懂得钻孔和染色，骨器中也有了骨针的制作，是用来缝制衣服的；并有了家庭的组织，已懂得安葬死者。这在人类发展史上被视为代表旧石器时代的晚期文化。

一

在人类由畜牧生活进入农耕生活的新石器时代（距今约10000年至4000年），这时在中国发现的遗迹，得到世人重视的是“纹陶”和“彩陶”。因为它首先在中国河南省渑池县城北六里的仰韶村被发现，故称为“仰韶文化”。这些以红色陶器和着彩色花纹的陶器为标志的出土文物，实际上分布的范围很广，以黄河流域为中心，东起河南，西到甘肃、青海、新疆等地，都有红陶和彩陶遗迹。而陶的出现，既是完成了人类发展史第一次最重要和最成功的进化过程，而彩陶的艺术成就又是中国所特有的。它的基本的色彩观念、形质感觉、纹饰结构和形象描绘的手法与由此造就的传统的审美追求和习惯，在此后的青铜工艺、绘画、装饰的艺术门类中长久地继承下来，并长远地影响着中华文化，构成中华民族文化艺术的一支血脉。

这时出土的石器，大都经过工匠的琢磨，有石斧、石刀、石锄、石耨等农具，以及纺织用的石纺轮、陶纺轮等，这一切，都表明了这个时期的先民已进入了有耕有织的农业生活。其后，在山东历城龙山镇城子崖又发现了黑陶遗址，是为“黑陶文化”，又称为“龙山文化”，分布在东海沿岸，其间常有彩陶、黑陶与殷商文化三种遗存重叠堆积在同一遗址上。其次序为彩陶最下层，黑陶居中层，殷商文化遗存居最上层。据史家考证分析，黑陶文化，约开始于公元前2000年到公元前1200年。它是上承彩陶下迄灰陶，早不到仰韶文化以前，晚不过殷墟文化以后。它可能与殷商文化有直接的关系，因为在黑陶遗址中，还发现有烧灼过的“卜骨”，那该是殷商刻有文字（甲骨文）的前驱。

二

在中国，也像在地球上其他地方发生的一样，真正人类早期文化历史时代的开始，还是人类发明并使用了文字。直到目前为止，中国最早文字的发现，仍是殷墟出土的“甲骨文”。

从“甲骨文”的字体特征来看，它既不同于最早的巴比伦的“楔形文字”，也不同于埃及的“象形文字”，它基本上已脱离了象形的图画，有了符号的特点，用线条书写、用契刀刻画在甲骨上，特别是甲骨文所记内容，明确地记录了一个奴隶制王朝——殷商的兴衰。自盘庚迁殷（公元前14世纪），直到纣的亡国（公元前11世纪），近300年，它的典章文物，它的青铜礼器，充分显示了一个泱泱大国的兴盛景象。而从殷商盘庚算起，距今已有3000年。可以想象，有着如此进步的殷商甲骨文化的形成，至少也需要经过几千年的积累和演进。依据古史和传说，商代以前，还有三皇、五帝、唐、虞、夏诸王朝，即使从黄帝开国，距今也有4600余年。古老相传：有巢氏教人架木为巢，燧人氏教人钻木取火，伏羲氏教人结网捕鱼，神农氏教人制造农具进行耕作，都无非表明了中华先祖在人类进化中发明筑室、用火、畜牧、农耕的标志。而这些古老的传说，也生动而深刻地显示了我们民族的生产、生活方式，更具有“采集”民族的鲜明特色。到了黄帝时代，进一步发明了宫室、舟楫、衣裳、历数等日常应用器物；帝妃嫘祖发明养蚕治丝，更进一步展示了中国古代历史文化的灿烂辉煌。

著名的夏历，以12个月为1年，小月29天，大月30天，又测定1年实际应有365又四分之一天，所以两三年加1个闰月，平均19年闰7次，完全是按照农耕种收的节气进行推定。这是至今仍保留在中国民间沿用的农历。

尽管历经几千年王朝更替中的兴亡战乱，中国古代建筑已荡然无存，但中国的宫室建筑却自有其独特的风格——即所谓“‘线’的艺术，绘画式的艺术，亲近大地的艺术”。多年来历代陵墓遗迹的发掘，也有力地展现了中国艺术的精美，对世界文化的发展有其特殊的贡献。殷商青铜器与陶器的花纹和图案，生动细致，款式新颖；丝制品细密、光泽，更是世界上当时同类出土文物所罕见的。这一切都说明，中华民族是从远古开始，就是在中国这块土地上生存发展起来的。

三

中国五千年历史文化，自殷墟甲骨文发现以来，历经商、周（含春秋、战国）、秦、汉、魏晋南北朝、隋、唐、五代、宋、元、明、清各代王朝三千余年，除商代系奴隶社会（有些历史学家以为，周代也是奴隶社会），其余两千多年间，均处于封建社会。在这漫长的封建社会历史长河中，就全国性政权来说，只有过元、清两个朝代，是少数民族入主中原，其他各朝代都是由汉族封建阶级进行统治。但是，不管历史上有过多少的纷争和动乱，在这块土地上始终居住着多民族的中国人，而一切杰出的历史人物、政治领袖，多数也都是以致力于国家的统一，作为他们奋斗的理想。而居住在这块土地上的各民族的人民，也逐渐在相互融合中学会和睦共处，特别是由于人口众多的汉民族，在历史长河中有较高的精神文明的发展，也对各少数民族产生了深远的影响，甚至发挥了同化的作用。

“文化”一词，中国的古义就是指“文治教化”。中国在早期文化中，就创制了礼、乐、典章，以教化天下之民。而中国第一位伟大的思想家、教育家孔丘的出现，又为封建教化开创了新局面。两千多年前这位被尊为古圣先贤的孔子，也是第一位整理、阐释中国古代历史文化的教育家。所谓“祖述尧舜，宪章文武”，孔子是继承和发展了中国古代先王唐尧、虞舜、夏禹、商汤、周文、周武、周公之“道”，主张以“礼乐”教化天下。虽然在孔子以后的战国，秦和汉的初期，他的“道”还没有一统天下，而且出现过所谓“百家并鸣”之学。与他同时或稍后于他的老子、庄子、墨子，就在思想学说上同他有着很不相同的主张，只有孟轲把他的学说发展到新的高度。其后，老庄学说，在不同时代的思想文化领域，也曾同孔孟分庭抗礼或相互补充。但是，由孔孟开山，后来逐渐形成的儒家学派，自汉武帝“罢黜百家”，与董仲舒的“独尊儒术”以来，确实延续了几千年占据着思想文化领域的主潮位置，也推动了中国封建文化的发展。

孔子的以“礼乐”教化下的“道”，其内涵十分丰富，诸如先王圣贤制定的文物典章、政治法制、伦理道德、文字学术、文学艺术、经济风俗，也包括宗教。这个“道”，实际上也就是文化。经过孔子整理的“六经”——《易经》、《诗经》、《尚书》、《礼记》、《乐记》、《春秋》以及他教授弟子的六艺——礼、乐、射、御、书、数，都是中国文化传统的一部分。而在他以后形成的儒家学说基本上成为历代封建王朝的官方统治思想，而且它的“道”，还渗透在广泛的社会意识中，支配着人们的思想和行为，尤其是伦理学说：“夫妇有别，父子有亲，君臣有义，长幼有序，朋友有信”，更曾成为千百年来规范人们生活秩序的准绳，其中的一部分，至今仍是中国人民坚持的传统美德。

自然，我们说，孔孟及其儒家学说在中国历史文化传统中占据着主导地位，又并不是说，中国文化就排斥外来文化，如波斯，特别是来自印度的佛教文化，也曾给中国哲学思想和文学艺术以深刻的影响。不过，就整体而言，中国本土长期形成的历史文化精神，并没有因外来文化的输入而变异。反之，外来历史文化的有益营养，却都被它融为已有了。

四

所谓《三坟》、《五典》、《八索》、《九丘》的远古遗书，自是已无可考证的历史传说。不过，近现代中国不断发掘出的年代久远、丰富多彩的出土文物，以及自有文字以来的典章、文献和书籍，由甲骨文和简片的记载，到纸的创造，印刷术的发明，由于文化“运载”工具的不断完善，使得中国人民历史文化的智慧的结晶，得到了广泛的普及和传播。如上所说，中国最早的文史哲的著作和诗歌总集《六经》，自孔子整理以后，一直流传至今。先秦诸子的著作，战国时期中国第一位伟大诗人屈原的《离骚》及楚辞等其他瑰丽诗篇，传诵千古。中国从商、周历经各朝代3000余年，典籍文物、艺术精品、文学杰作形式多样，浩如烟海，创造了东方古国绚丽斑斓、独具魅力的历史文化。

毛泽东主席曾经说过：“在中华民族的开化史上，有素称发达的农业和手工业，有许多伟大的思想家、科学家、发明家、政治家、军事家、文学家和艺术家，有丰富的文化典籍。”[①] 的确，即使在封建君主中间，如秦始皇嬴政、汉高祖刘邦、汉武帝刘彻、汉光武帝刘秀、魏武帝曹操、唐太宗李世民、中国历史上唯一的女皇武则天、宋太祖赵匡胤、元世祖忽必烈、明太祖朱元璋、清康熙帝爱新觉罗·玄烨，都对中国的统一、强大，中华民族历史文化的发展，作出过杰出的贡献。更不说那历代不断出现的群星灿烂的将相之才，如至今风靡世界的春秋时期的孙武兵法、“鞠躬尽瘁，死而后已”的蜀汉诸葛亮的贤相政治、唐魏徵的直言进谏、宋王安石的变法，都对当时历史以至其后的军事、

① 《毛泽东选集》第2卷，第616—617页。

政治和道德风范，产生了深远的影响。而屈原以后的不可胜数的文学家，历代都各有其伟大的代表人物，如司马相如和扬雄的汉赋，曹魏父子（曹操、曹丕、曹植）和建安七子的诗文，东晋王羲之的书法，以李白、杜甫为代表的唐诗，以苏轼、辛弃疾、陆游、李清照为代表的宋词，以关汉卿、王实甫为代表的元杂剧，以高则诚的《琵琶记》、汤显祖的《牡丹亭》、洪昇的《长生殿》、孔尚任的《桃花扇》为代表的明清传奇，以《三国演义》、《水浒》、《西游记》、《红楼梦》、《儒林外史》为代表的，也包括蒲松龄的拟古的文言短篇在内的明清小说，以至魏晋以来中国特有风格的水墨画和书法的大发展，抒写了绚丽夺目的中国艺术史。

中华民族以吃苦耐劳、智慧勇敢著称于世，它的四大发明：造纸、指南针、火药、印刷术，曾为人类文明进步作出了重大的贡献。但是，由于中国封建制度延续了几千年的统治，也延缓了社会生产的发展，而近代中国又一度沦为殖民地、半殖民地半封建社会，使得科学技术更是大大落后了。不过，中华民族又决不是甘于落后、忍受屈辱的民族，近150多年来，中国很多志士、仁人、革命先烈，为了摆脱灾难深重的殖民统治和封建统治，进行了前仆后继的英勇斗争。从反对英国侵略的1840年的鸦片战争起，后来有反对腐败清政府的太平天国起义，反对日本侵略的甲午战争，力图改良的戊戌维新运动，反对帝国主义列强侵略的义和团运动，推翻清王朝的辛亥革命，反对帝国主义和军阀割据的五四运动、北伐战争、抗击日本侵略者的抗日战争、直至中国人民的伟大解放战争的取得彻底胜利，1949年中华人民共和国的建立，累经磨难，终于取得了独立，为中国历史文化发展的新纪元，开辟了广阔的道路。

五

早在新中国成立以前，毛泽东主席就曾指出，对于中国悠久的历史文化，从孔夫子到孙中山，都必须给以认真地研究和总结。展望未来，他又曾指出："我们不但要把一个政治上受压迫、经济上受剥削的旧中国，变成政治上自由、经济上繁荣的新中国，而且要把一个被旧文化统治因而愚昧落后的中国，变为一个被新文化统治因而文明先进的中国。”[①] 新中国成立后，中央人民政府正是按照他确立的思想原则，制定了全面发展中华民族历史文化的政策方针。对于中国传统的历史文化遗产，采取了批判继承，发扬其民主性的精华，剔除其封建性糟粕的方针；对于科学与文艺，对于世界的一切优秀的精神遗产，实行“百花齐放，百家争鸣”，“古为今用，洋为中用”的方针，大大促进了新中国历史文化的繁荣和发展。特别是20世纪70年代末80年代初实行改革开放政策以来，在邓小平的建设有中国特色的社会主义理论的指导下，中国科学文化事业都取得了很大的发展。邓小平不止一次地强调指出：“要造成一种空气，尊重知识，尊重人才”，以加强和促进中国社会主义物质文明和精神文明的建设。他还为中国新时期的文学艺术的繁荣描绘了一幅多彩多姿的美丽图画。

“我国历史悠久，地域辽阔，人口众多，不同民族、不同职业、不同年龄、不同经历和不同教育程度的人们，有多样的生活习俗、文化传统和艺术爱好。雄伟和细腻，严肃和诙谐，抒情和哲理，只要能够使人们得到教育和启发，得到娱乐和美的享受，都应当在我们的文艺园地里占有自己的位置。英雄人物的业绩和普通人们的劳动、斗争和悲欢离合，现代人的生活和古代人的生活，都应当在文艺中得到反映。我国古代的和外国的文艺作品、表演艺术中一切进步的和优秀的东西，都应当借鉴和学习。”[②]

中华民族悠久的历史文化，目前正得到多方面的保护、整理、研究和阐释，而近20多年来湖北战国时期曾侯乙墓、陕西秦兵马俑、湖南汉马王堆的发掘等等，使古代中国历史文化的辉煌，在当今世界更显异彩！

中华民族的历史文化，既是古老的，又是年轻的，它是在源远流长、雄厚坚实的根基上，不断地开拓、积累、丰富、发展中逐渐形成的。它凝聚着中华

---

① 毛泽东：《新民主主义论》。

② 邓小平：《在中国文学艺术工作者第四次代表大会上的祝辞》，1979年10月30日。

民族世代劳动的血汗，也闪烁着中华民族智慧的光芒。同时，它又没有僵化，并不停滞，而是十分注意吸收外来的营养，不断地革新、创造。随着中国社会主义现代化事业的前进，它必将以更加多样、更加耀眼的瑰宝与奇葩，谱写新的篇章，贡献于世界文化之林。

高标准要求把这部综合的艺术通史写好

——1996年8月20日在《中华艺术通史》第一次编委会上的讲话

今天算是正式召开《中华艺术通史》的第一次编委会，可说是千呼万唤始出来。关于课题的论证，我们已开过多次会议，大家都谈过不少意见。这个课题应该由中国艺术研究院来承担，已毋庸置疑。

这个课题是我在“八五”全国社会科学规划大会上提出的，我提出的还有其他两个项目：即“中国艺术学”与“当代文艺思潮评析”。当时，我很希望艺研院能主动承担这几个项目，但那时似乎没有人愿意出面组织集体攻关的大课题，只有程代熙同志承担了“当代文艺思潮评析”这个项目，北京大学艺术系的彭吉象同志拿走了“中国艺术学”的项目，而“中华艺术通史”的项目则无人问津。老实说，我当时有点失望。我以为，“中国艺术学”和“中华艺术通史”这两个项目，我院都有条件、有实力，也理应承担。因为各门类艺术的史论方面，我院多年来都已积累了丰硕的成果。可当时我们没有人承担，北京大学虽然拿走了“中国艺术学”，他们还聘请我当他们的顾问。

直到“九五”规划讨论前，林秀娣同志劝我还是应当出来主持这个项目。我自知知识面不宽，特别是对魏晋以前的艺术领域接触不多，确实有困难。但和一些同志交谈以后，大家都信心很足，以为我们各学科的后备力量充足，老中青人才济济，集体攻关，能克服困难，这才增加了我的信心。于是，就不揣浅陋，做了带头羊，试着做起来。

我不是朝闻同志，我也敢说，艺研院现在还没有第二个王朝闻那样博古通今通晓多门类的艺术规律、自己又有创作体验的大学问家。但是，就连朝闻同志，在他主编《中国美术史》时，也还是说：美术史的编撰过程就是“创造”自己的过程。何况我们要编撰的是中华艺术通史，它不是各门类史的拼凑，而是各门类艺术的综合研究，要探索它们的民族韵律。这也可以说是空前的。我们虽然也读到过欧洲的艺术史，但在他们那里，艺术史的概念实际上就是美术史，而不是不同时代各艺术学科的史的综合研究。当然，参加本项目的同志，都是各艺术学科的专家，或者也熟悉一些别的学科，但恐怕还没有体操队那样的“全能冠军”。这次都必须在分卷中熟悉别的学科，而且即使是自己熟悉的学科，那撰写也仍不同于门类史，即它必须反映出综合研究中的规律与特点。所以袭用朝闻同志的那句话也还是要创造一个新的自我，艺术史的门类史的“自我”。

个人的能力，个人的知识范围，当然是有限的。譬如像我这样看惯了现代色彩花样翻新的陶瓷器的人，让我去鉴别古代陶器的造型和纹样的美，无论是水波纹、漩涡纹或速旋纹，以及这类产品的均衡、对称、变化、和谐等形式美，就绝不是短时间能办得到的。因为就像马克思所说的要有音乐的耳朵一样，得先有鉴别形式美的历史的眼睛，否则，就不能鉴别原始人在当时的条件下所创造的形式美。

我想，这都要靠集体的力量。分卷编撰，各卷主编当然要聘请各学科的专家担任撰稿人，他们都会是这一学科和这一时期姊妹艺术的行家里手。但他们来参加艺术史的写作，也同样都是老革命遇到新问题，都有个学习的过程，都有一个重新审视自己已熟悉的东西，并把它放在一个新的体系来进行研究的问题。我想也只有这样，你对自己所熟悉的这段门类史，才会在艺术史的撰写中有新的发现，有创新的论述。

毫无疑问，无论是编委会这个大集体，还是分卷编撰的小集体，在通力合作中，都会有一个磨合的过程。因为，不会在所有的问题、所有艺术家和艺术品上，大家都看法一致。何况还必须在一个时代的艺术综合发展中来研究和撰写。这总需要讨论，通过充分的讨论，才能定于一是，讨论就会有交锋，我总认为，百家争鸣，这是中国人发现的科学研究的规律，并给予了形象的总结。这恐怕是从春秋战国时期的所谓“百家并鸣之学”就已开始了。据我看，当时以及对后世影响最大的是孔、孟和老、庄，从艺术和美学见解上讲，孟和庄对后世的影响更为重大。我们只看他们当时与当权者问答式的论辩，就能体会到那时的学术思想有多么活跃。孟子对人格力量的强调，“善养吾浩然之气”、“充实之谓美”，这到后来形成“文以气为主”的审美观，可称为中国文艺壮美与阳刚之美的特有传统。庄子虽然像老子一样，对审美与艺术活动，很少直接的论述，但在他的关于人的生活的自然无为的境界的论述中，却蕴含着对艺术与审美的深刻的见解与评析，对后世的文艺创作产生了深远的影响。到了西汉武帝和董仲舒却来了个“罢黜百家，独尊儒术”，不能说对后来历朝历代没有消极影响。当然儒家为尊，又是推动中国文化发展的根本。历代儒家学说都有自己的“变异”，战国后期的荀子，汉代的董仲舒、王充，南北朝的范缜，唐代的韩愈、柳宗元，都作出过自己的贡献。只不过，宋代程朱理学（儒家学派）的兴起，既在哲学发展史上有过一定的贡献，又由于元明以后被封建统治者定为“官学”，也在一段时间里束缚了学术思想的自由发展，引起了“异端”的反抗。即使是明清封建礼教大横行的时期，也同时出现了反理学的启蒙思潮，出现了李贽的反对“以孔子之是非为是非”的亦僧亦儒的叛逆；出现了《牡丹亭》、《西游记》这样富于浪漫色彩的创作；而城市经济与瓦肆伎艺的繁荣，又促进了俗文艺的平话、戏曲的发展。它们冲破礼教樊篱，不仅写贩夫走卒、市井细民、男女情恋，而且写艳情，以至写色情，如“三言”、“二拍”，也包括《金瓶梅》。其作品的思想、意念、情节与性格，也或多或少地显示着市民的眼光、市民的情感与意识。终于在最后一个王朝的盛世，把文艺的繁荣与发展推上了它的顶峰，不仅产生了蒲松龄、孔尚任、洪昇、吴敬梓、曹雪芹这样伟大的作家，也有了明清之际的风格流派纷呈的画坛和空前繁荣的地方戏。

我没有研究过历史，但对从春秋战国到唐宋这段思想史，却被动地下过一番功夫，那是因为1947年至1949年，我作为笔录别人著作的小助手，不得不阅读诸子百家的那些资料，当然这是做一位马克思主义思想史家的助手。他注意的是唯物与唯心的斗争。但在我的直觉里，老庄学说在思想领域比较活跃的时期，或者说再加上佛学兴盛的时期，似乎艺术的成就也比较高。比如魏晋南北朝，王朝像走马灯一样地更替，文艺却有了那么活泼的发展。这大概也算是“礼崩乐坏”的时代，儒家的“仁与礼”的学说，在那时的“现世”已不能使人信服，也不再能束缚人的思想，于是美学上出现了轻“善”重美的潮流。于是有了诗歌发展的第三个高峰，二王大书法家的“奇迹”，也包括艺术理论上的辉煌，都出现在这个时期。从曹丕的《典论》、陆机的《文赋》、挚虞的《文章流别志论》、葛洪的《抱朴子》到刘勰的《文心雕龙》、钟嵘的《诗品》，特别是《文心雕龙》，那应该说是有史以来第一部系统的艺术创作论，但刘勰是个和尚，葛洪是个道士。

《楚辞》自然是美文学，但《庄子》，特别是那些寓言也是美文学，在艺术与美学观上都蕴涵着很深刻的见解，都有极其丰富的想象力。或者也可以说，它们是我国“浪漫主义”艺术的开山鼻祖。而文学史上隋唐以后的不少成就较高的大作家、文艺理论家，思想上又和禅宗有联系。唐代的王维，宋代的苏轼，明代的李卓吾，以及清代的伟大的曹雪芹，都有向佛的倾向。《红楼梦》就深受老庄与禅宗思想影响。是不是宋儒理学的正统思想，特别是它在明清两代作为“官方”制定政策的指导思想太僵化了，人们想反抗它，在叛逆中寻找新武器，老庄和禅宗都有可以借用的东西。唐代韩愈反佛，可有的哲学史家认为，他的反佛的逻辑与方法，却是从佛学中偷来的。

总之，在中华艺术发展史上，作为哲学思想的基础，老庄和禅宗都是不可低估的。在不同社会发展时期，儒、道、释对文艺的影响，因时而异，有时是起着互补的作用。当然，对这一切，我们都要用历史唯物主义观点进行分析、研究，作出判断。

艺术通史的编撰要比文学史困难得多，也复杂得多，文学所创造的艺术形象，总是在语言文字中有着存留。美术，哪怕是岩画，也毕竟保存有悬崖峭壁上的形象，可供研究，这大概也是西方的艺术研究，主要是指美术的原因之一吧！而其他，特别是用人体保存的动态艺术，就只能靠文物与图面形象的借镜了。

我们舞蹈史专家们在这个问题上可能要争一争“舞蹈是艺术之母”的论题了。听说青海大通县上孙家寨出土的“舞蹈彩陶盆”，根据专家的碳素测定，是5000年前，约为所谓黄炎二帝传下来的作品，所谓“击石拊石，百兽率舞”，大概就是这彩陶盆表现的那种舞蹈场面。可鲁迅却也说过：原始人在集体劳动中锻炼出来的杭育、杭育的号子声，就是原始音乐简单节奏的产生。在先秦的文献记载中，有关古圣先王时音乐的记载，却极为丰富。战国时期（公元前475—前221）曾侯乙墓编钟（公元前433年制作）和其他各类乐器的发现，不就曾被我们的音乐史家誉为“地下音乐厅”吗？我们的音研所就有从青铜器直到聂耳、冼星海的乐器与文献的宝藏。

我想，乐舞，作为原始人最早产生的具有审美意义的艺术活动，是一个综合体，恐怕是很难分出谁是艺术之母的。在后来的很长一段历史时期，乐、诗和舞也是一体的。从《诗经》开始，其特点就是“诗为声也，不为文也”[①]。司马迁的《史记·孔子世家》谈到这一特点时说：“三百五篇，皆弦歌之。”《墨子·公孟》更具体地说明：“诵诗三百，弦诗三百，歌诗三百，舞诗三百。”可见《诗经》三百篇，都是可弦、可歌、可舞的“声诗”。这是需要我们在原始卷和三代卷中认真地研究一番的。而在先秦的文献记载里，音乐似是最繁荣，音乐理论也发达，连孔夫子的《论语》也多次讲到对音乐的感受、欣赏。

现在编委会的断代分卷承担，一方面是有个初步意见，根据各位的特长，作出选择，一方面也是征求意见，尊重个人意愿，现在诸位基本上都接受了。这也是经过一番研究、权衡，组成了这个编委会，也基本上筹建了编辑部（当然还要充实健全），对全书编撰设想和建构框架，经过多次讨论，已经有了一个初步的“草图”。

关于《中华艺术通史》的规模，成果形式，也包括一些操作上的规则，我们在部分编委会议上和部分同志中间，都进行了讨论或交换过意见。至于编撰的基本主导思想，撰写原则和要求，有几位编委还试写出分卷的初步提纲和设想，如魏晋南北朝、明代卷，并召开过讨论会，进行了讨论。全书虽然还没有形成更为详尽、具体的写作体例，但是，就全书的主导思想来说，已经取得了较明确的统一认识，归纳起来，大致有以下几个方面：

一、《中华艺术通史》，既已在社科领导小组确定为“九五”国家重大项目之一，我们就应高标准要求，要使它具有国修艺术史的性质；就艺研院来说，

---

① 郑樵：《通志·乐略》。

历年来，曾承担了多种艺术门类史的国家重点课题，我们的编委中间就有几位参加各门类史的编撰工作，因而，我们有条件，也应该高标准要求把这部综合的艺术通史写好。同时，这部艺术史，是20世纪末“九五”规划的课题，它既要总结20世纪的辉煌，又能展望和开拓21世纪的艺术未来，应当是一部世纪性的史学著作。因此，这部艺术史，应具有民族性、时代性的鲜明特征；在学术上，也应是集成性与开启性的辩证统一。从史学上提出要求，它在“选材”上，又必须做到翔实、典型而又丰富。从艺术学的角度上看，我们要努力做到有据、有理、有识，继承和发扬艺研院治史的“史论结合，以史证论”的传统。同时，也要重视当代艺术研究中的边缘科学与交叉科学的各种成果。

撰写这部通史，我们当然要在史的发展中充分强调不同艺术门类的独创的个性特征，但按照“通史”的任务，我们更要重视综合比较中的总体脉络。不言自明，在通史中，没有在综合比较前提下的分析研究，就不能从总体上处理好不同历史时期与不同艺术门类之间的关系，而从事分卷撰写的章节，如果不是总体上把握某一门类的特征，发掘出它的发展中的时代的共性特点，也就不会有艺术发展的总体脉络，也就不能形成既统一而又有各自面貌的研究成果。

我国是一个重视“修史”的国家，而盛世治史，又是我们的传统。自20世纪80年代初，10部文艺集成志书的艺术宝库，已开始从民间集中，被誉为文化长城式的建设，这项世纪性的巨大工程，可能在21世纪初完成。我们的艺术通史当然也要继承传统，只不过传统的史学在分类上与现代的“门类史”，特别是艺术门类史，确实有一定的距离。而西方艺术史的体例和写法，也与中国艺术的实际状况、规律与特点不大相合。从中国艺术的历史发展及其特征的实际出发，重视特有的民族文化传统及其背景，以便于整体地把握每个时代的艺术发展规律，全面地认识各艺术门类的具体的史的发展面貌。作为艺术，它们的各类特征，都有丰富的外延和内涵，但审美功能，应当是起主导作用和决定作用的。

二、艺术创作中的主观和客观的关系，审美活动中的主体和客体的关系，这两对促进艺术发展的矛盾，当然是我们这部艺术史进行深入探索的主题之一。

中国的艺术发展，在不同的历史时期，就明显地表现出，审美功能比较完善，审美作用对当时的社会文化起着主导作用的艺术门类，也一定是这个时期最主要的艺术门类。因此，以审美关系为主要线索，来把握艺术史的发展，研究艺术与社会文化的关系，以及艺术各门类之间的相互关系，抓住每个时代的审美意识、审美特征、审美变化规律，特别是审美活动中的主客体的相互关系的辩证统一来研究中国艺术史的发展，我想总是能取得纲举目张的效果的。

马克思主义认为，文艺是一种独特的意识形态，在马克思提出的，人对世界的四种掌握方式中，艺术是其中之一。如何理解马克思的这个观点，一直是有争议的。邢煦寰同志承担的“八五”社科重点课题，就是专门研究这个问题的，他的专著《艺术掌握论》，即将由中国青年出版社出版，我虽为这本书写了序言，但要承认，我对这个问题没有透彻的研究，我只是想说明研究这个问题的重要性。我想，在艺术通史的编撰中，如能不断地、深入地阐明这一观点，对于理解艺术实践活动、史的发展以及艺术的本质特征，都将是有重大现实意义的。

我们当然是马克思主义的反映论者，但是，自然主义地再现现实，决不会有审美的高境界。机械地摹写自然也决不能创造出艺术精品。在中国古老的艺术传统中，写意、传神，不滞于物，不只在绘画、书法，也在表演艺术中得到那样多彩多姿的表现，这在艺术掌握世界中，是不是也有我们民族的特殊贡献？这个问题我没有想清楚，请大家研究。但我很欣赏郑板桥的这段话：

> 江馆清秋，晨起看竹，烟光日影露气，皆浮动于疏枝密叶之间。胸中勃勃遂有画意。其实胸中之竹，并不是眼中之竹也。因而磨墨、展纸、落笔，倏然变相，手中之竹，又不是胸中之竹也。总之，意在笔先者，定则也；趣在法外者，化机也。岂独画竹乎哉？（《郑板桥集·题画竹》）

郑板桥的这个“艺术变相论”，对于研究艺术创造中的主客体关系，特别是我们这部通史这方面的理论探讨是否能有点启示？我觉得他这段话是比较深刻地说出了中国艺术的审美特征，它主要是重在表现，而不是模拟再现。

有的同志认为，从中国艺术的整体倾向而言，它的表现形态的特点，或可称为“主体的艺术”，当然，这个“主体”，又决不等于是脱离客观的主观唯心主义。文艺创作，不管采取什么形式，运用什么方法，它总是反映着客观世界，表现着主客观的统一。只不过，有的是重客体的再观，有的重主体的表现。中国艺术显然是侧重于主体的表现，但这个“主体”却融合着对客观的反映。这种主客观关系，正如刘勰所说：“因物斯感，感物吟志。”既强调了艺术创作对客观世界（物）的依赖关系，又着重指出了中国文艺重在表现的主体的情态。

三、中国艺术发展的不同历史时期，从起源到分门类变化，到更高层次上的综合发展，自有其民族的艺术韵律，而且不同的艺术门类，在不同历史时期也有不同的侧重，独特的发展，因此，在某一时期对艺术门类的研究，也会有主从之分。但中国艺术史，特别是汉族艺术史，还有两个特征是贯彻始终的：一是对文学（也包括对文字）的依赖，以及与文学的紧密联系。这种依赖与联系，既有表面形式上的，也有内在意蕴的。在原苏联的艺术分类里，文学是在艺术类的，叫艺术文学，其实，我认为这个分类比较科学。从整个艺术发展的历史来看，中国的诗人、文学家，往往也是画家、书法家、音乐家。他们的艺术创造是相互融合、相互促进的。宋代赵孟坚就说过：“画谓之无声诗”；苏东坡则明确赞扬王维的诗画：“味摩诘之诗，诗中有画；观摩诘之画，画中有诗。”从中国传统绘画来说，不懂中国文学，特别是如果没有中国古诗词的修养，他就画不出中国画的那种特有境界。二是在艺术史的研究与撰写过程中，要贯彻始终地依靠文献性资料的造型艺术（包括图像、符号、美术作品）。这是与文学史大不相同的，在这方面要下大功夫。20世纪尤其是建国后，我国发掘了大量的出土文物，其中有很多是艺术珍品，我们要很好运用这些最可靠的第一手资料。此外，我国又是一个多民族的国家，各个民族的艺术，都有光辉灿烂的历史和鲜明的民族个性。我们的《中华艺术通史》，必须把它写成多民族的艺术发展史，而不单是汉民族的艺术史。在古代，各民族的艺术并不是相互排斥，而是相互吸收、融合，共同发展。汉、唐是各民族艺术大融合的时代，也是艺术在发展的时代。英国学者威尔斯在他的《世界简史》中，曾对我国古代思想发展作过这样的评价：“当西方人的心灵为神学所缠迷而处于蒙昧黑暗之中，中国人的思想却是开放的，兼收并蓄而好探求的。”这种兼收并蓄而好探求的开放意识，不仅反映在汉民族与其他兄弟民族的文化融合上，也反映在善于广泛吸收外来文化上。

四、在我国漫长的艺术发展史中，艺术自身也产生了层次上的分化。这种分化，当然蕴含着一定的社会内容，但在真正有价值的艺术作品中，这又并不是一种本质上的对立，而是一种对统一的审美原则的不同阐述方式。这种层次的分化，也形成了我国艺术史上艺术品评的基本标尺，这就是所谓雅俗变易。这当然不能概括艺术史中有着各种发展变化的审美尺度，但相辅相成的“雅”与“俗”的关系，也是艺术活动与艺术评判的主要内容之一。而“诗融雅俗”，又是伟大艺术家追求的目标。直到今天，我们不是还流行着高雅文艺与通俗文艺的区分吗！在中国文化史和美学史上，雅文艺与俗文艺的关系，一般都是体现着民间艺术与文人艺术的关系，从艺术的形成和发展的规律来看，民间艺术自然是母体艺术，几乎所有艺术都首先来自民间，随后经文人参与，而得以发展提高，这提高了的艺术，翻转来也会影响民间艺术，但活色生鲜的形式，总是首先在民间生成、突破，给这一门类艺术带来新的活力，这却又是艺术史上的规律性现象。所以，在我们的《中华艺术通史》的撰写中，也要把握住雅俗文化的分合关系、主从关系、兴衰关系等等，特别是唐宋以来，更应着眼于雅俗，来讨论艺术观象与发展规律，以便于我们在通史的撰写中能全面地掌握民族艺术的基本精神。

这四点想法，是经过部分同志讨论过提出的，这里说得也不充分，只是初步想法，求教于大家，大家可以充分发表意见，以提高我们的认识，使它充实起来，形成更明确的指导思想和写作体例。

当然，《中华艺术通史》的编撰，的确具有系统工程之规模，没有预料到的困难一定很多。我想，我们虽是集体攻关，却又要充分发挥并协调以分卷编撰为主体和每一位参与者的特长和能力。我们以为，只要尽心竭力，认真对待，在编撰过程中，坚持踏踏实实，实事求是的学风，坚持“具体问题具体分析”的原则，就能把编撰工作开展起来，形成较科学的体例与方法，逐步完善，直至较好地完成它。

在世界各国，像我们这样规模的艺术研究院恐怕也少有。我们院虽然很穷，但精神却很富有。我们民族是有这样悠久丰厚的艺术传统，又是这样的光辉灿烂，我们决不能辜负祖宗给我们留下的这份珍贵的艺术遗产。前几天我和冯其庸、董锡玖、王克芬、林秀娣同志，参加了敦煌艺术展的开幕式，敦煌基金会的成立，以及段文杰先生敦煌研究50年纪念会的召开，听了几位同志的发言，很有感触，很有启发。一方面是为敦煌而感到无比自豪，一方面也为敦煌有那样一支以常书鸿、段文杰为代表的甘于寂寞、甘于清贫而毕生献身的队伍而深受教育。我想，我们编撰《中华艺术通史》，总不会有他们那样的困难。十几年前，我们还听说过，敦煌在中国，而敦煌学研究却在日本。1988年，我和苏国荣同志访问德国，在海德堡大学艺术研究所看到的有关敦煌的书籍，也还是这种情况，日本出版物最多。说实在的，当时的确有点失望和不平。因为我们总还知道，常、段二位是敦煌学的大专家，他们的研究，决不是日本人所能相比的。但我们出版跟不上，只能眼看着阵地被人占领。这些年来，由于改革开放，敦煌交通也有了很大改善，国际上的文化人访问中国，几乎无人不到敦煌的，特别是日本文化人，他们了解了现代的敦煌人，所谓敦煌学在日本的论调也销声匿迹了。当然，敦煌学在中国，也在世界，这不是我们的耻辱，这是我们的光荣。这次敦煌艺术展，虽然是现代敦煌人的临摹和复制品，但却决不是简单的临摹和复制，而是凝聚着他们长期研究和理解的心血的结晶。他们给我们树立了榜样，我希望大家无论如何都去看一看。

日本大画家平山郁夫也是筹集敦煌基金会最积极、最出力的一位，在会上有个发言，他把中国文化艺术发展分为三个黄金时代，第一个黄金时代是汉文化，第二个黄金时代是大唐，第三个黄金时代是我们现代，这是一位日本艺术家的理解，对我们也总有点启示。

关于“中华艺术精神”总体特征的一种理解

——1996年11月22日在《中华艺术通史》第三次编委会扩大会上的开场白

今天我们远来平谷开第三次编委会，所以要选择这样一个僻静的地方主要是为了让大家暂时避开“红尘”的烦扰，“清静无为”地思考一下《中华艺术通史》的撰写问题。大家都很忙，现实却逼迫我们只能这样做了。总编辑部于10月15日发出过一个《通知》，列了三个大题目，范围比较广泛，但也还是不必限制在这些题目上，只要大家在思考中认为是通史编撰需要解决的问题，并已形成了自己的看法，都可以各抒已见，投石问路，讲出来引发大家的进一步思考。

10月15日的《通知》，还曾提出一个要求，请大家会前写出论文，并于会前三天交编辑部汇总，大概因为太仓促了，只逼出一位老实人的“成果”，即苏国荣同志的3万言的文章和几十张图片。不过，我相信，各分卷主编虽未写出文章，却均已进入角色，至少对自己所熟悉的门类史，有过一番新思考了。希望大家畅所欲言，不管它成熟不成熟，通过大家的研讨，发挥群体智慧，总会把通史提纲与导言的酝酿和撰写更深入一步。

什么是中国传统的艺术精神及其总体特征，我所见者少，除戏曲、美术略有接触外，不太熟悉各门类艺术史的发展状况。在第一次编委会上我曾讲过，西洋艺术重在摹写现实，中国艺术重在主体表现。这当然只是一种简单的比较，并不全面，我只能用宗白华先生的深刻的概括来印证自己模糊的感觉。他在《论中国画法的渊源与基础》一文中有这样的论述：

> 每一个伟大时代，伟大的变化，都欲在实用生活之余裕，或在社会的重要典礼，以庄严的建筑，崇高的音乐，宏丽的舞蹈，表达这生命的高潮，

一代精神的最新节奏（北平天坛及祈年殿是象征中国古代宇宙观的最伟大的建筑）。建筑群体的抽象结构，音乐的节律与和谐，舞蹈的线纹姿式，乃最能表现吾人深心的情调与律动。

音乐、舞蹈姿态、建筑、书法、中国戏脸谱、钟鼎彝器的形态与花纹……乃最能表达人类不可言、不可状之心灵姿式与生命的律动。

他认为，艺术“形式之最后与最深的作用，就是它不只是化实相为空相，引人精神飞越，超入美境；而尤在能进一步引人，由美入真，深入生命节奏的核心”。

他认为，中华“民族的天才，乃借笔墨的飞舞，写胸中的逸气”。他在讲到中国画的总体特征时说：

中国画不重具体物象的刻画，而倾向抽象的笔墨表达人格的心情与意境。中国画是一种建筑的形线美、音乐的节奏美、舞蹈的姿态美。其要素不在机械的写实，而在创造意象，虽然它的出发点也极重写实，如花鸟画写生之精妙，为世界第一。

他还说：

中国画真像一种舞蹈，画家解衣盘礴，任意挥洒，他的精神与着重点在全幅的节奏生命，而不沾滞于个体形象的刻画。画家用笔墨的浓淡，点线的交错，明暗虚实反映，形体气势的开合，谱成一幅如音乐如舞蹈的图案，物体形象固宛然在目，然而飞动摇曳，似真似幻，完全溶解深化在笔墨点线的互流交错之中。

对于中华艺术精神的总体特征，他也有过如下概括性的论述：

所谓“笔笔灵虚，不滞于物，而又笔笔写实，为物传神”。

所谓“中国特有的艺术，书法，实为中国绘画的骨干，各种点线皴法溶解万象超入灵虚妙境，而融诗心、诗境于画境”。

所谓“中国乐教失传，诗人不能弦歌，乃将心灵的情韵表现于书法、画法”。

所谓“中国画以书法为骨干，以诗境为灵魂，诗、书、画同属于一境”。

所谓“商周钟鼎镜盘上所雕绘大自然深山大泽的龙蛇虎豹、星云鸟兽的飞动形态，而以万字纹等连成各式模样以为底，借以象征宇宙生命的节奏，它的境界是一全幅的天地，不是单个的人体”。

所谓“中国画自伏羲八卦，商周钟鼎图花纹，汉代壁画，顾恺之以后历唐、宋、元、明，皆是运用笔法、墨法，以取物象的骨气；物象外表的凹凸阴影终不愿刻画，以免笔滞于物”。

宗白华先生的文章，是写于1936年，那个年代应当说美学、艺术学都刚刚传入中国，照搬外国理论来研究、分析“国产”文艺者居多，而像宗先生这样完全从中华民族艺术的特有规律概括、总结它的总体特征，论述得如此贴切、深刻、精微，至今仍不多见。我因为自己说不出，就用文抄公的办法，借以表达我对中华艺术精神总体特征的一种理解。

老实说，我这个总主编，确实是个半瓶醋，主要是做点组织工作。撰写过程，对我来说，是个学习过程，样章、导言研讨会我都阅读，都参加。

这次研讨会，可以说是一次务虚会，大家都有备而来。还是那句话，为了通史的编撰工作开个好头，这个务虚会一定要开好，希望大家知无不言，言无不尽，深入探讨，多提设想，为撰写各卷提纲打下基础。

发掘传统　发扬传统

——1997年1月24日在《中华艺术通史》第四次编委会扩大会议上的发言（摘要）

今天这个会，已经是第四次编委会，还是一次扩大的会议，或者应当叫作《中华艺术通史》（以下简称《通史》）主要编撰人员的讨论会，因为有一部分参加编撰的专家学者也应邀参加了会。主题是讨论各分卷的提纲。会议要开四天，还占用了两天假日，为了照顾院外编委和参加编撰的专家学者们不至于延误太多工作时间，只好辛苦大家了。

《通史》的酝酿已经一年多了，编撰思想，编撰体例，也在编委中进行多次讨论，1996年11月22日至24日，曾举办过一次理论务虚会，各抒已见，对中华艺术精神进行了一次“争鸣”的探讨。这次会算是进入《通史》本体的讨论，可谓恰逢其时。

1996年10月10日，党的十四届六中全会通过了《关于加强社会主义精神文明建设若干问题的决议》；12月末至1997年初，召开了中国文联的六代会、中国作协的五代会。在两代会上江泽民同志发表了重要讲话。无论是《决定》还是讲话，都对文艺的继承传统、借鉴外国，建设社会主义精神文明，繁荣社会主义文艺事业，作了多方面的论述。我以为，这两个文件，对我们编撰《中华艺术通史》，也有现实的理论指导意义。

根据我的学习体会，至少有这样三个方面，是需要我们在《通史》编撰中加以坚持和贯彻的。

第一，坚持以马克思列宁主义、毛泽东思想、邓小平建设有中国特色的社会主义理论为指导，如江泽民同志讲话所指出的：“对马克思主义的信仰，永远是我们事业发展和文艺繁荣的精神动力。”

第二，研究和发扬传统，是为了发展社会主义艺术，讲话还明确指出：因为“中国社会主义文艺发展和繁荣的最深根源，在中国人民历史创造的活动之中”，一个伟大的民族的过去，现在和将来，都会有文艺的发展和繁荣相伴随。“文艺是民族精神的火炬，是人民奋进的号角，中华民族是以诗经、楚辞、唐诗、宋词和元曲、明清小说为人类文明画廊增加辉煌的民族，是产生了屈原、李白、杜甫、关汉卿、曹雪芹这些世界文化名人的民族，是产生了伟大的文学家、思想家、革命家鲁迅，产生了郭沫若、茅盾、聂耳、冼星海、梅兰芳、齐白石、徐悲鸿等现代大文学家、大艺术家的民族。无比丰厚的精神遗产，与先驱们的英名连在一起的民族文化的优秀传统，特别是革命文艺传统，是中国社会主义文艺的巨大宝藏。”

我以为，这些认识应当成为我们编撰《通史》的共识。我们要充满民族自豪感地发掘传统，发扬传统，把这部艺术通史写好。

第三，我们要在比较借鉴中写好艺术通史，既不妄自尊大，也不应妄自菲薄。江泽民同志在两代会《讲话》中说：“如果丧失了自己的创造能力，盲目崇拜，照搬西方资本主义的价值观念，结果是只能亦步亦趋，变成人家的附庸。历史和现实都告诉我们，国家要独立，不仅政治上经济上要独立，文化思想上也要独立。”

建设有中国特色的社会主义，在一定意义上，这特色的鲜明的标志最终也将表现在文化上。中国文化本来就拥有悠久而优秀的传统，以中国的民族风格、民族气派屹立于世界文化之林。艺术通史就是要通过史的探索，科学地、系统地阐释我们的祖先怎样一代又一代地积累并创造了这民族风格、民族气派的中华艺术，以促进当代艺术在提高民族自信心、在抵制腐朽文化侵蚀方面、在打破艺术史论的欧洲中心论方面，做出自己的贡献。

《通史》的编撰体制，已进行过几次讨论，编委们也有所补充和修正。在1996年8月20日召开的第一次编委会上，我也就全书的主导思想讲过几点意见。现在各分卷提纲已经写出，我们的工作也进入了实质性的编撰起步阶段。就讨论提纲来说，这样规模的会，也不可能开得太多。各分卷提纲我都读了一下，大家都写得很认真，有的已经把这一分卷的艺术整体面貌都清晰地勾画出来了，增强了我们写好通史的信心。

这次会议虽然讨论的是分卷提纲，希望大家还是把它作为一个整体来对待。因为每一分卷是否有正确的概括，是否有真知灼见，都关联着《通史》撰写的整体水平。大家都是各艺术学科的行家里手，有几位还是通才，应当不吝赐教。知无不言，言无不尽，不怕意见尖锐，也不嫌意见零碎。我相信，每位分卷主编，每位撰稿的专家学者，都既能虚心听取意见，又敢于坚持真理的。据我所知，《中国美术史》每分卷的讨论，朝闻同志都是鼓励挑毛病，有时意见分歧，争论得很激烈。陈绶祥同志的《隋唐卷》，最近还让大家扎了一次针。用他自己的话说，目前还处于焦头烂额中。我很希望我们的会也能有这样的会风。提纲讨论充分了，就会清除撰写中的路障，避免走弯路。

在讨论中，有些问题提请大家考虑：

第一，有的同志提出，这部艺术通史是否应写文学部分，因为文学亦应归属于语言艺术部分，在我国文艺发展史上，文学又的确占有特殊地位，艺术通史能有文学部分，当然会更完整些。但是，有，又应当摆在什么位置上呢？它有那么多的丰厚的文献遗存：现在《隋唐卷》列有专章，突出唐诗，从编撰意图来讲，主编当然是想用这最高成就的形式把这个时代艺术史的描述“带动”起来。多数分卷在艺术门类里没有列入文学，但在文学有重大历史影响时期也有所涉及，《夏商周卷》的诗经、楚辞，《秦汉卷》的汉赋等。中国艺术史的发展以综合见长，不只古代乐舞与诗“混生”的时候很长，就是唐宋以来的诗、词、曲也与乐舞很难分开，而且和书法、绘画又有新的融合。明清小说则本系与戏曲同源，即使分开了，也还是相互渗透，相互促进。如果加上语言艺术这一门类，当然会形成这部艺术通史的特色，但是，“语言艺术”的文献遗存是如此丰富，而只作为一个门类能否描述周全呢？会不会压倒其他艺术门类，写成半部文学史呢？这是需要认真考虑的。

第二，通史虽然也要写出各艺术门类史的清晰的发展轨迹，但写法却不同于艺术门类史，而是要把握各门类艺术在一个时代的综合发展，并在他们的相互联系中抓住每个时代的艺术与审美意识发展有广泛影响、有划时代贡献的艺术家、艺术品，专章专节突出描述，讲深讲透，比如原始彩陶，三代青铜器，秦俑，汉画像石砖，晋唐书法与石窟艺术，宋院画与市井说唱、杂剧与文人画，明清传奇与曲艺，等等，艺术门类史的时代闪光的成就，在通史中都需要重点加以描述，再扩展到全面，这样，每个时代艺术发展的整体面貌和特征就会比较清晰和鲜明。

第三，这次会议通知对分卷的章、节、目提出了初步要求，但现在要各分卷交来的提纲，还是有详有略，百花齐放。从形式上，章节目的设置应有一个统一的规格。章的标题应朴实、明确，节与目的标题似应有点文采，有点个性，有点意趣。现在互相重复的地方不少，这是预料得到的，但不难解决。

第四，分卷中是否只写一个“绪论”或称“导言”（应有统一的名称，现在是五花八门：导言、绪论、概论、导论不一），它是分卷的纲，既要从各门类艺术综合发展中概括出一个时代的艺术精神的特征，又要有承上启下的内涵，使史的描述有清晰的脉络。

第五，各艺术学科在每个时代的发展繁荣是不平衡的，分卷论述是否也应突出这个时代的主学科，把发展最完善、最有时代亮彩的艺术学科，放在第一章加以论述，而且把它最辉煌的成就重点突出，然后由点及面，似应是我们通史的写法。

第六，乐论、舞论、画论、剧论的文献遗存，都是各门类艺术的理论概括和总结，也是艺术美学的珍贵文献，各卷应有专章论述，现在多数放在最后一章，还是适宜的。

第七，请大家考虑，各分卷最后是否应有一简短的结语，就这个时代的艺术发展成就，审美意识的发展高度，作一简短的概括，起卷与卷间衔接的作用。

史论结合　以史证论

——1997年4月19日在《中华艺术通史》第五次编委会上的发言（摘要）

这次各分卷拿出来的提纲，应当说有繁有简，情况不同。本来总编辑部在《通知》中对章、节、目都有具体要求，希望繁一点。因为繁一点，才能使人看清楚各卷的总的构想、整体脉络和理论的清晰度，以便求得全书提纲整体规格的一致。编印出来，供大家在撰写中翻阅思考，并有助于全书的整合与接榫。

第一，关于全书的撰写，希望各分卷主编在这次讨论会后抓紧时间，尽快召开撰稿人小会，对提纲、对撰写细目进行认真的、深入的讨论，最好大家都有一个再一次掌握和熟悉第一手资料的酝酿过程，以便在撰写中能抓住典型，带动全盘。

第二，还是要强调一下，我们的课题是“通史”，不是学科分类史，因而，在分卷各艺术门类史的概括论述中，力避门类艺术一般性的阐释，而是要在这个时代艺术的整体发展中，来观察、分析这一门类艺术的发展、成就和特征。我们虽然不能把史的发展写成对个别艺术家和艺术品的鉴赏和评论，但又毫无疑问，在我们的史的论述中，应当寓有以审美主体的身份对审美客体的独特的审美感受，给人以新鲜感，而不是重复已有的现成的认识和结论。这当然很不容易，可我相信，我们的分卷主编都是不甘人后，努力实现我们“应超越前人，启示后人”的许诺，不使它成为空洞的大话。从现在的情况看，只能说，在有些分卷提纲里看到了这种可喜的苗头。

第三，我们写的是“通史”，几次讨论会上，大家都强调要在比较研究中撰写。记者在报道中又替我们说了大话，叫作“将对20世纪及以前的我国艺术研究成果进行总结和继承，又将是21世纪我国第一部大型、全面的艺术研究成果之书”。而“通史”的比较研究，又不同于分类史。它既要把握承前启后的纵的发展，又要写好同时代四面八方的横向联系。缺少充分的比较研究，就难以认识和概括一个时代艺术的普遍规律和特殊规律。

第四，我在上次编委会上，曾提出《通史》的写作原则是论从史出，史论结合。邢煦寰同志（唐代下卷主编）提出了意见，说这不全面，应该加上以论带史。的确，我当时是有点顾虑，因为我们写的是《通史》，担心如果太强调论，会冲淡史，本来就有人说我们搞理论的人多，其实这是多余的顾虑，史的研究怎能缺少深厚的理论基础。最近我翻阅了几种通史、思想史、文化史，看来，深入浅出，理论清晰度较强，史的概括确切简洁，文字上又雅俗共赏的，我以为，还是范文澜同志的《中国通史简编》，在史论结合上做得好，也可以称得起以论带史。当然是带动的带，不是代替的代。何况，我们是“艺术通史”的编撰，似也立一点雄心壮志，要在中华艺术的史的发展的概括总结中，对中国的艺术理论与艺术美学有所建树，对历朝历代的各门类艺术的论著，也要有比较系统地、科学的阐释，为加强和深入中国传统艺术学的研究，作出自己的贡献。所以，我们虽然力求把这部通史写成“信史”，避免出现空洞的所谓“以论代史”的缺陷，却决不等于把艺术史研究中获得的理论成果也排除掉，或者不重视史的发展规律的理论概括。因为一部通史，如果只是堆积资料，而无史论的升华，它也就不成其为信史了。事实上，没有理论的清晰度，也写不出史来。因而，我们还是要给这部通史确定一个全面的十六个字的方法论，即“论从史出，史论结合，以论带史，以史证论”。不过，我们毕竟是重点在写史，还是要强调“史论结合，以史证论”。

第五，在《通史》编撰的主导思想上，我们曾强调，艺术创作中的主观和客观的关系，审美活动中的主体和客体的关系这两对促进艺术发展的矛盾，应当是通史深入研究的对象。至于雅俗文艺在史的发展中的时代变异，分合关系，主从关系，兴衰关系，也应是研究每个时代艺术现象的主题之一，因为它是体现中华艺术民族精神的一大特征，而且是贯彻始终的。如果在这些方面缺乏深入的探讨，也很难把通史写好。

这两个问题都关联到艺术史的审美意识、审美形态发展变化的规律与特征，因此，请各卷，特别是唐宋以后的诸卷给予格外关注。

关于体例统一的一些想法

这次提纲讨论会开得很成功，与会同志对各分卷提纲都认真地进行了讨论，提出了很多很好的意见，从总体上深入了各卷各艺术门类章节的设置。自然，现在首先需要做的是体例上规范统一。我就自己想到的，提点初步意见，供讨论时参考。

第一，十四卷，断代分卷，原始、三代、秦汉、魏晋南北朝、元代为单卷本，唐、宋、明、清设上下两卷本，加上索引卷，共十四卷。第一卷前设总序。

第二，每卷35万至40万字，100至150张各类插图，严格控制，否则，就要失衡。

第三，每卷分导言（现在有称绪论、导论、概论，都统一为导言）、正文、结语，插图，除前面插页的“名片”外，一般都随文安排，两卷本只写一个导言，概括本段历史时期艺术发展的整体面貌，并全面论述这一时代艺术发展整体面貌的特点与贡献，避免重复。

第四，导言应概括性强一点，最好3万字左右，应有以下内容：

本段历史时期与艺术相关或影响艺术发展的政治、经济、文化等社会现象综论；

本段历史时期艺术发展与艺术思潮的总论；

本卷必须重点论述的问题；

导言所谈问题，应密切联系艺术现象，避免枝蔓太多。

第五，每卷正文，以九至十二章为宜，每章最好控制在3万至5万字内。章下设节，节下设目。各不同艺术门类不再另行分编，只依章而列。各门类艺术分章而论，可不再需要概述，直接进入本题。

第六，由于每个时代的艺术规律和特点，是各门类艺术发展的整体面貌所决定的，因此，每个时代的艺术理论，需要设专章论述，各门类艺术的论述在章内设节论述，也便于进行综合的理论概括。

第七，每卷究竟是求全，还是突出重点。我们认为，既然是通史，当然要有全貌，但这全却是通史的全，不是分类史的全。因而，对于门类史来说，它的全只能是概貌性的全，规律性的全。而且这全还必须突出重点。因为每个时代的艺术发展总有它最富时代特征的代表，成为这特定时代艺术的最高成就。它们是在中国文化史、中国艺术史上有深远影响的艺术形态、艺术流派、艺术群体、艺术家与艺术品。每分卷理应以它们为主，设专章、专节论述，突出重点。这不只是保证各卷时代特色和艺术特色的鲜明论述，也最能显示史的发展脉络。现在各提纲中的有些章节的标题，如“商周礼器”、“秦俑与长城”、“汉阙与画像石”、“敦煌与石窟艺术”、“王羲之与兰亭序”、“琴曲”、“文人的词作与音乐创作”、“关汉卿与元杂剧”、“吴门四家”、“扬州八怪”、“地方戏曲的崛起与四大声腔的形成”，不管标题是否适合，这种突出重点，还是把握了通史论述的特点的。每个历史时期艺术总有其取得辉煌的新形态、新形式以及代表性作家和代表性作品，重点论述他们和它们，当有利于带动全面的史的论述，使读者能从点到面深入认识这一时代的艺术发展的轨迹。

第八，各章节的标题，也包括导言中的大小标题，首先自然应当明晰切题，但也应避免过于干巴，千篇一律，如唐代歌舞、宋代绘画、元代雕塑等一般性的标题，而有点历史发展线索的概括，当然也不能太花哨。

第九，由于每分卷结束章，往往都是某一门类艺术的发展或这一时代的理论章，建议每卷或上下卷后有一后记，或如范文澜《中国通史简编》的“简短的结语”，使分卷主编有一个编后的发言。

有了整体把握，才能有准确的概括

——1997年4月24日在《中华艺术通史》第六次编委会上的发言（摘要）

关于撰写章、节、目、点四级提纲的通知，本是1月28日发出的，《通知》曾要求3月8日交编辑部，中间过了个春节，考虑到在那段时间里大家难以进入角色。而这次提纲的要求，又显然是需要分卷主编把必要的资料摸过一遍，有了整体把握，才能有准确的概括。再加上中间涉及魏晋卷、五代两宋辽金夏卷、清代卷主编调整、换人，于是，还是把时间延长一点，使大家写得从容些，现在延长了时间，进入撰写阶段或可节省时间。各分卷提纲是陆续交稿的，又需要陆续打印，打印后又分送各卷主编会前阅读，准备意见也需要给一点时间。

现在分卷四级提纲构架已见眉目，魏晋卷、清代卷，对田青和陈绶祥同志来说，都是要重新开始的新课题。这种变换是编辑部该负的责任。原来的考虑是，五代辽金两宋朝代多，艺术史的发展又是多民族的错综交叉，给了上中下三卷。在上次提纲讨论会上，问题暴露出来了，肚子太大，于全书也不匀称，看不出非三卷不可的必要性，只好又合成两卷，但调出一位分卷主编，总要给一个合适的分卷。魏晋南北朝是佛道思想与佛道艺术的发展期，最适合田青了。可陈绶祥同志担任过《中国美术史·魏晋卷》的主编，他轻车熟路，早就抢了这卷，现在把他调换到清代卷，确实是强他所难。我们知道他是要叫的，但总编会还是强行决定，请他克服困难承担下来。所以，他春节回桂林探亲，也没让他过好年，我打了三个长途给他。春节后，又“围攻”了他一次，当然，主要还是他顾全大局，终于接受下来了。因为这两卷都是从新开始，并没有安排讨论他们的提纲，但田青同志还是突击出来了。其他分卷，也有一部分章节撰写人未能拿出提纲，希望尽快补齐。实际上这次章、节、目、点的四级提纲的撰写，已经是要求各卷主编和撰稿人进入具体的构思过程。事实证明，无论是分卷主编还是主要撰稿人，确是已把资料摸过一遍，并形成了基本观点、基本构架，特别是导言、概述部分，都已写得很细。关键在于，从通史的要求来看，每一分卷的章、节、目、点，是否有了整体的把握，能代表这个时代的艺术家和艺术作品，以及规律性的艺术现象，是否该排排队，哪些要重点突出，哪些必须设节，希望集中大家的智慧，认真讨论一下，为进入撰写阶段打好基础。

各卷提纲我看了两遍。峻骧的《原始卷》，除彩陶部分尚无详目，其他的章、节、目、点都已写出。这是《通史》开宗明义的首卷，它是艺术史发展中的混沌的萌芽期，但我们对它的基石作用要描述得准确，脉络也要清楚。峻骧的提纲写得很细，特别是导言部分，头绪太多了，引用外国对人类起源的论述也太多，还是要概括些，重点突出，因为原始艺术的文物遗存毕竟还是太少。

三代卷跨度很大，从艺术史上看，仍是半混沌期。但已开始分化。错综驳杂。三代划分，又是“九五”国家的系统工程，而诸子百家，特别是儒道两家，可说是中国艺术理论与美学的奠基者，心峰同志有志攻关，大家也要竭力相助。我看三代要重点突出的是青铜艺术与诸子百家。

《秦汉卷》，顾森同志（后来因故退出）在《中国美术史》就负担的这一卷，这一次就不仅是轻车熟路，而且会在“综合”中有创新的发现。从文学领域来讲，汉赋是特殊成就，博大宏丽，也是大一统艺术氛围的一种表现，不知与其他门类艺术在审美上内在联系有无可值得探索之处。古人云秦宫汉阙，秦宫早已烧光，未留遗迹，却发掘出大量的秦俑；汉阙，只有气势雄浑的大石雕，于是，画像石与画像砖成了“时代的绝响”，留存最多，是汉代艺术的缩影。魏晋以前都是单行卷，原始、三代是混沌期与半混沌期，乐舞分不开家，造型和绘画也都附着于陶器与青铜器上。秦汉重点突出了造型艺术，魏晋卷提纲似是比较强调音乐，前后排列是音乐、雕塑、舞蹈；音乐又有宗教音乐与世俗音乐之分，与其他卷不大一样，还是要有个统一规格，列章是否也要同各卷大体一致？现在是“导言”被列为第一章，其他各门类艺术列四章，与其他各卷的结构和列章，都有很大差别，这同样需要有大体一致的规格。隋唐开始分上下卷，但现在的提纲和其他卷不同，因为导言提纲是煦寰同志起草，造型艺术放在了上卷，时空艺术乐舞等倒列在下卷，这不妥，仍应与各卷一致，这上卷还有一专章讲各类艺术与唐诗的关系，是否还是不设专章，放在导言里讲较为适宜，而敦煌唐窟倒至少应有专节的描述。

宋以后艺术分工更加精细，说唱、戏曲高峰迭起，造型艺术全面发展，现在上下卷的分章设置，都较为合理确当。

从提纲看，规格不够统一的，还有开卷第一回的概括，导言、导论、概述、总论，名号各异，上次已经讲过，就统一称导言，而且上下卷应只有一个导言，不过，却应由上下卷主编共同完成，因为它要概括和论述这一时代艺术的综合发展、阶段性特征。自然，可以由一位主编执笔，现在构架已立起来，但撰写中一定要注意既全面又富于概括性，导言不列入章内。

上次会我们曾提出，每卷应有一简短的结语。否则，结于门类史或理论章都显得太秃，难于起到承上启下的作用。现在有的有，有的没有，还是统一一下为好。

分卷各门类史，前面可有一个概述，就不要称导言了。

元代卷，只有一卷，考虑到它只有八九十年。现在分卷主编谭志湘同志提出，这一卷应有所加大。我也觉得，元代时间虽短，但艺术的发展，却又有其丰富繁盛的一面，而且如戏曲和文人画，还极富时代特点，请考虑这个要求。

《通知》本来要求各卷各章都标明字数，现在也是有的有，有的没有。分别撰写时，分卷主编还是要心中有数，交代清楚，一定按字数规定撰写，避免将来统稿时的麻烦。

这次是讨论提纲，涉及导言、分卷、分章，相互衔接等许多规范性的问题，有些同志虽然说吵得有点头痛，但总的说来，还是吵得有效果的。当然，也还有不少难题，需要进入撰写阶段逐步解决。

附带再说意见：

第一，这次会后该是分卷自己开展活动的时候了。希望在进行写作前，分卷编撰会能开好。有些问题应当向撰稿人讲清楚，那就是不要出现“侵权”行为，这是一部大型书籍的大忌。前车之鉴，不久前某“小百科”与“大百科”

出现了抄袭，后来虽然私下赔偿解决，但声誉上大受影响。我想，我们应当丑话说在前面，在与撰稿人订协议书时，这一点必须讲清楚。而且不只别人的不能侵权，就是自己写过的，也不能照搬照抄，这不只是避免不必要的纠纷，也是保持《通史》的创新与特色的问题。

第二，再强调一下，希望在撰写中，大家还是多注意通史的“通”。我说过，我个人是喜欢范文澜先生主编的《中国通史简编》的，它当然有以论带史的特点，但从无长篇大论，而是把论融合在史的描述里。所以，与其称之为以论带史，不如说是以史证论。它虽然也很注意史料的运用，但从无原文的长段引用，同样也是把史料概括在史的简洁的描述中。当代的史学著作我看得不多。看了一部中国文化史，虽然涉猎很广，知识丰富，但文献资料堆得过多，脉络也不清晰；中国美学史，在历史分期上大异于历来史学界的划分，不是大家都能首肯的，但书中有些章节还是写得不错的。总之，写通史不同于写论著，也不同于写门类艺术史，我们的确要多作借鉴，但我们又是填补空白的创举，更应闯出自己的新路子。

第三，导言该概括什么内容，目前的提纲已有了初步轮廓。我想，分卷主编都有过认真的思考，论的重点放在导言。我原来主张，每卷导言，都是要引导读者进入一个时代的色彩缤纷的艺术世界。没有准确而醒目的标题，或者标题没有蕴涵，就不能体现这个时代的艺术精神，也不能吸引人。现在我同意多数同志的意见，导言想用一个短语来概括，这很不容易，也许由于不准确或不全面，而起副作用。不过，章、节、目的标题，确是可以做到这一点的。尽量不要千篇一律，都简单地用某代的舞蹈、美术、音乐之类作标题。每一分卷究竟分多少章，上次陈绶祥同志建议，大致可以是七至十三章。大家下面议论，认为太多了。究竟应以什么为标准，我想还是内容决定形式，不必强求一致，可以门类艺术为分章的基础，现在是单卷本分章多一些。

对于元代卷，我还是主张字数放宽一些，独它厚一点，也不会影响全书美观。何况它处于宋明两代中间，前后都是上下两卷。它虽有90年，却继承了宋的精致，艺术品类的发展和成就既相当丰富又独具特点。譬如元杂剧，就远盛于宋代，是中国戏剧的第一个高峰。现在宋代戏曲要写10万字，那么，元代戏剧却只有12万字，确实太局促了。

第四，这次提纲根据讨论意见进行调整修改后，就不再开编委会讨论了，有问题可以个别交换意见。编辑部要根据这两次讨论整理出一个编写体例，发给大家，但大家不要等，因为多数问题已明确。全书虽计划分两次交稿，但我还是希望今年每分卷都能拿出一到两章初稿来，进行一次交流，半年时间，到10月，是否有可能？

贯串写作主旨　力求体例统一

——1998年1月9日在《中华艺术通史》第二次样章、样节讨论会上的小结

这是第二次样章讨论会，十三个分卷，每卷都至少有一个样章亮相，有的分卷的撰稿人还提供了样节，像魏晋卷、宋代卷、元代卷、明代卷、清代卷，元代卷提供的样节最多。这说明无论分卷主编还是撰稿人，都是以严肃认真的态度对待我们的课题的。十三卷样章中有两卷是“导言”，这两卷的主编所以要先写导言，都有他们编撰主旨的考虑。峻骧大概认为，原始卷如果不先写“导言”，下面各章就没有个主心骨，将难以进行下去。煦寰同志对封建时代的文艺高峰，盛唐之音充满了热情，不吐不快。李心峰同志的三代卷，本来是有难题的，好在三代分期，是国家确定的今年的科研重大工程，据报道，已有了初步成果，这是一个好的时机，希望多联系，多了解情况。心峰同志这次提供的样章，是“诸子百家的艺术思想”。就“通史”来说，也是一块难啃的骨头，却又是影响中华艺术发展的主要渊源。刘兴珍同志的“秦汉卷”，是最后上马的，这次也交出了“书法玺印”的书法一节，写了汉字的源起和它演化为书法艺术的过程。所谓线的艺术，这是中国独有的艺术，而且形成了中国艺术史所特有的审美对象，直到今天，还活跃在群众的艺术情趣之中，由秦汉卷在“通史”中做溯本求源的论述，是适当的。魏晋卷，田青同志拿出的本是他的拿手戏，第二章“宗教音乐”，但说“教”者多，说“乐”者少，大家提了一些意见。不过，总编辑部对田青同志是有信心的，他自己也有信心改好。唐代下卷，秦序同志提供的是第八章“隋唐时期的表演艺术理论”，重点是梳理了一下白居易的乐舞思想，从理论上找到这样一个有影响的典型人物，还是不容易的，这也是大唐艺术繁荣发展的一个好证明。现在他听取了意见还要改写、补充另一个唐代音乐理论发展的代表人物杜佑，而且还发现了秦王破阵乐流传到印度的新

材料。宋、元、明、清上卷的主编，都是戏曲研究家。宋代卷提出的是第六章“戏曲演出占据表演艺术的中心地位”；元代卷是第五章“南戏”；明代卷是第一章“中国戏曲的第二高峰明传奇”；清代卷是第三章“清代地方戏曲作品和创作成就”。这几章大概也都是分卷主编酝酿成熟的一章，是反映了时代特色的，可以从一个方面看到戏曲史发展的脉络。造型艺术包括书法，这次提出的样章有三章一节，宋代卷下卷是第二章“山水画”；明代下卷是第九章“宫廷‘院体’与浙派”，还有上一次参加讨论的第八章工艺美术的一节，清代下卷是“以‘四王’吴恽与‘四僧’为代表的清初画坛”，也都是选择的有时代特点的重点章节。

现在每一分卷都有一个样板，或导言，或章节。自然，从艺术门类来说，我们还缺少一个时代的舞蹈或曲艺的系统论述的一章，如果有一章唐代舞蹈，宋代或清代的说唱和曲艺，那就门类齐全了。

不管怎么说，总是全豹有了“一斑”了。我们这部《通史》的大体面貌有了轮廓了。大家都很认真，认真地撰写，认真地研究探讨，并能提出有益于全书编撰的意见。这两次样章讨论会都开得很好。

样章的讨论到此算是一个结束，春节过后当然还有个导言的讨论，看时间定在什么时候再研究，但时不我待，现在已是1998年，按计划今年有大部分卷要交稿，时间还是比较紧迫的，此次会后，该是进入全面写作的阶段了。看来，分卷主编自己负担的章节，是不会有什么大问题，但重点章节的撰稿人，特别是我们院参加撰稿的同志，希望各卷主编能抓紧，其中有几位是有名的飞鸽牌，你不抓紧他，他就会给你拖，而且质量也难得有保证，而我们是拖不起的。

根据两次会的讨论，也根据在下面交换意见，在全面展开撰写的阶段，是不是有以下几个问题需要引起注意：

第一，我们写的是通史，当然，首先必须要使人看出中华民族艺术史发展的整体概貌、发展规律、民族特征，但每一分卷又是断代史，是这一历史阶段艺术发展的整体概貌。因此，不仅要把握好每个时代承前启后的规律性现象，也要照顾到每个时代各门类艺术相互联系相互影响的共同特征，即使门类艺术的分章概括，也应与其他门类艺术相互呼应，还是我们那句老话，不是各门类的拼盘，而是“立足于社会总貌和艺术发展的整体把握，将共生于同一社会环境和文化氛围内的各类艺术成就科学地反映出来”，“还历史以本来面目”。这是我们的编辑体例一再强调的，也是我们在分卷提纲和导言提纲讨论会上重点探讨的问题。现在进入全面写作阶段了，如何把这个写作主旨通下去，通到一个时代各门艺术以至各章各节，使人看到的是一个时代的艺术，是活的有机整体在变化在发展。这就要靠分卷主编运筹帷幄了。希望在具体编撰中多开些小会，把问题解决于开写之前，以避免在统稿时出现困难。

第二，我们是马克思主义者，我们写艺术史，当然要注意到基础与上层建筑、意识形态的关系。但是，艺术的发展总有它的不平衡性，有时艺术的繁荣，并不能与社会的发展完全画等号，文化形态也有它相对独立的发展的规律。我国魏晋以前历史分期问题，有很大的争论。中国封建社会从什么时候开始，就其说不一。通常的说法是始于周，也有说是始于秦汉或魏晋的，就连马克思、恩格斯也有过亚细亚生产方式的说法，我们各分卷导言，都还没写出来，不知这方面是否也存在着分歧，恐怕讨论导言时，会遇到这个问题。但不管怎么说，我们叙述艺术史发展时，总要给时代背景一个鲜明的描述。一个时代有一个时代艺术的特殊发展，甚至一种艺术门类得到特殊的繁荣和发展，重点艺术家和艺术品的出现，也会有时代历史的根因，特别是一个时代的艺术精神，艺术主潮，都并不是孤立的，它总和一个时代的意识形态、文化形态有血肉一体的关系，无论所谓楚汉雄姿，魏晋风度，盛唐之音，两宋山水意境，明清浪漫思潮，在意识形态和文化形态发展上都是一体的。因而，我们不只在导言有一个概括性的论述，也应在各门类艺术发展上找出它渗透在血脉里的线索，使人在个体发展中看出整体的脉络。自然，我们又不能把它写成社会史、文化史的面貌，而是艺术史的概括。总之，我们在各门类艺术论述中，时刻不要忘记通史的任务，不要使自己门类史的研究孤立于时代，孤立于时代文化形态的发展，特别要关注那个时代哲学思想的发展，因为它关系到一个时代的世界观的体系，世界观是无所不在的，它支配着影响着意识形态的一切领域，艺术史的各种变化发展，也不会没有它的回音。当然，我也不是主张生搬硬套，而是要求在我们生动的艺术史发展中，通过对审美对象的论述有明晰的、准确的概括。

第三，编撰体例的统一，这是我们的分卷提纲讨论中就一再强调的，现在已进入具体写作阶段，就更要提醒每位撰稿人。毫无疑问，每一分卷主编和撰稿人都是自己分卷和撰写章节的行家，从两次讨论会的绝大多数样章来看，大家提出的，也都是如何写得更好和更深入一步的意见，只对少数章节提出重写的意见。田青同志的那一章，大家是提出改写的意见。我觉得，那也不是因为他水平问题，而恰恰因为他对佛太内行了，有点"走佛入魔"，走偏了题。既然是内行，掌握资料就比较全面，有自己独到的研究，有自己的观点，自己的结论，如果这也是个性风格的话，只要有理有据，就应当张扬这种个性，因为这正该是我们这部通史创新的大胆追求。不过，我们的通史不采取辩论的方式，只正面阐述自己的见解。但是，从编撰体例上，我们还是要遵循共性的要求，这也因为它是"通史"，如果我们自己在体例上都通不起来，那在结稿上就会遇到困难了。看起来，两次样章讨论已经进了一大步，但也还有规格不统一的现象。我们希望这次会后，各分卷能开个会，把编辑部经过讨论形成书面规定已经发给大家的《中华艺术通史编撰体例》，重新熟悉一下，也包括北京师范大学出版社那份《编写规则》要求，都交给撰稿人，如需要人手一份，编辑部可以印发一下。请大家一定要按统一要求、统一规格撰写、注解、配图（在编撰体例上，明代上下卷是比较规范化的），包括章、节、目的标题也力求朴实、易懂，不要太长，在这方面是否不必强调张扬个性。否则，编辑部最后也要做统一修改。因为一部通史，如果在标题上都五花八门，那就是大笑话了。至于技术上的规格一致，就更需要按照出版社的要求，体现在我们的撰写过程之中，不要等完稿后再补充，那后期工作就要加重，编辑部工作结束不了，分卷主编也得跟着一起拖着。集体大项目就怕这后期长尾巴，刘兴珍同志对这方面大概有很深的体会。

再过十几天，就要过春节了，一年过去了。这一年我们没有白过，应当说，经过这一年来的努力，艺术通史已经有了眉目，这使我们有了信心。但还是要说句套话，我们还是不能松劲，还要再接再厉。节前我们不会再开会，让大家连春节都过不踏实，但是，希望在欢度佳节之后，不要忘记艺术史，不要忘记下一个导言讨论会。

导言是统帅和灵魂

——1998年4月20日在《中华艺术通史》第九次编委会上的发言（摘要）

从1996年8月20日召开《通史》第一次编委会，到今天的第九次研讨会，已经是一年零八个月过去了；从1996年11月22日在平谷召开的“中华艺术精神”学术研讨会（即第三次编委会），至今也有一年零五个月了。这中间，我们还进行过各分卷详细提纲和编撰体例的讨论会，讨论了导言、概述部分的总体要求；讨论过学科之间、朝代之间内容交叉、章节字数分配、每个朝代的重点艺术家、重点艺术作品的具体要求。讨论过各分卷提纲的修改方案。也整整是一年后的1997年11月，我们举行了第一次导言与样章讨论会；1998年1月，举行了第二次样章讨论会，这一次可算是第三次导言与样章讨论会。一方面可以说，作为一个集体攻关的项目，大家都是有责任感的。直到目前为止，我们已经撰写出五个分卷的导言，二十六章的初稿，还有五个样节，字数超过了160万，接近全书预计的三分之一的篇幅。从分卷来看，元代卷已写了导言、两个样章、两个样节，近21万字；明代上卷已有了一篇导言，三个样章，也过了20万字；原始卷已写出13万字；明代下卷12万字。从分卷主编的撰稿情况看，秦序同志写得最多，除自己分担的唐代上卷的两章，还给原始、三代卷各写了一章，共写出了近15万字的初稿。没有长期的积累和这段时间的深入研究，我们是很难取得这样的成果的。虽然各分卷的撰稿情况还不平衡，要达到按时按质完成编撰任务，还有一段很艰难、很紧张的路要走。按照已确定的交稿时间，第一批第一次交稿时间，是1998年10月31日以前，也还只有半年多的时间，即使第二次交稿时间1999年3月31日以前，也已不过是一年的时间了。时不我待，希望，也是拜托诸位，在这一年的时间里，能尽量排除外务，尽量集中精力，全身心地投入，还是那句老话，以使我们自己“高标准要求把这部综合的艺术通史写好”。

因为它是“九五”艺术科学规划的唯一国家重大课题。毫无疑问，我们的同事们、同行们都在拭目以待。

中华艺术通史，在艺术学的今天发展中，虽然是一个填补空白的项目，但它具有开拓性。截止到目前，古今中外，还没有这样一部通史。我们虽不敢过高地估计自己，奢望能写出多么高的水平，但却要尽我们的所能，尽我们的全力，让人家挑我们毛病的时候，挑的是我们的才力不济，而不是得出敷衍了事的结论。

这次讨论会的中心议题，本来是讨论导言，但我们有几位分卷主编没有写出来导言，交稿的只有五篇，还有四卷没有写出来。导言，是每一时代卷的统帅。《编撰设想》的第三条明确说明：“《中华艺术通史》采取断代的分卷编撰形式。这种形式不是该时期各种艺术专史的重复和拼装，而是还历史本来面目，概括和总结各个时代的艺术共同和持久的发展规律，立足于社会总貌和艺术发展的总体把握，将其生于同一社会环境和文化氛围内的各类艺术成就科学地反映出来。”这样的成果首先要体现在导言里，导言也是分卷的灵魂，它应为使这灵魂深入、渗透在各章各节的血肉生命里去。自然这的确是说来容易，写起来比较难。确如同志们所说，我们多数人还是门类艺术的行家里手，或者是搞艺术理论与美学的，虽然专业的或综合的知识，并不缺乏，“入史”却还是第一次。不过，就已写出的五篇导言来看，虽还不够成熟，但看得出大家还是有广泛的涉猎，对一个时代的艺术发展规律和基本特征的把握，都显示出有一定的造诣，甚至较高的造诣。中华各门类艺术的史的发展，很少有完全独立，互不相干的时代。乐、舞、诗，就不只早期是一个混沌体，即使在诗、词、曲的大繁盛的时代，也没有彻底地相互分离。至于诗画本一律，诗、书、画融为一体，并创作出富于综合美的艺术精品。以至把唱、念、做、舞（打），也包括美术创作综合为有机整体的艺术形态——戏曲艺术，在近古艺术史的研究中，也从来不是孤立的，而是必须以多门类的综合考察为基础。对导言的撰写，今天大家提了不少好的意见。我想，各分卷主编也不必过分谦虚。我们是有能力也有条件把导言写得更好的。根据大家意见，写好导言，是不是有以下几点应当引起注意的：

第一，导言既然是分卷的统帅和灵魂，它虽然可能是分卷主编或上下卷的主编中的一人执笔，但它关系全局，应当是群策群力共同把它写好。这样，就不只需要上下卷主编一齐出力，一起研究，共同讨论提纲，必要时不执笔的主编还应当提出一定的素材，供执笔者概括、选用和参考。而且为了导言的概括、导言论述的精神深入到每章每节，编辑部建议，各分卷在主编写出导言（包括提纲）后可先在撰稿人中征求意见和进行讨论，并补充、修改、定稿。

第二，导言，当然是对一个时代各门类艺术综合发展的整体把握。我们是马克思主义者，当然不可能脱离社会发展、社会环境来讨论意识形态问题，所以，要讲清楚一个时代艺术发展脉络，艺术审美的价值取向，艺术表现形态的变革兴衰，都需要对那特定时代的社会总貌与文化氛围有准确的概括和论述。不过，我们不是写社会史、伦理史，我们只能对艺术有深刻影响的社会历史事件进行必要的概述，以显示艺术史概括的特点。

第三，导言是对一个特定时代艺术发展的整体把握，要注意一个“通”字：前后历史发展的贯通，同一时代的共同发展规律和基本观点的融通，即使是涉及门类艺术的特殊发展，以至形成一个时期的艺术主潮，也必须在整体把握中阐明它的成就和特殊贡献。

第四，要发掘艺术生产的深层意蕴，又是离不开特定时代的哲学思想的基础。一个时代的社会思潮也是必然要影响一个时代的艺术思潮。中国思想史上的儒、道、佛的对立与调和，在不同历史时期的思想发展，都对中华艺术产生过持久而深远的影响。因而，我们不可能避开它们而说清楚艺术的发展，甚至它们的很多观念，都支配着，或渗透着艺术的范畴和概念，譬如道、气、有无、心志、形神、风骨、虚实、意象、气韵、意境等等，也包括入世与避世的人生观，都进入中华艺术的意蕴，对不同时代的艺术流派与风格的形成，都产生过巨大的作用。我们的导言以至各分卷的理论章，都应当给予科学的分析和阐释，以引导读者对一代艺术思潮有正确的认识。

第五，中华艺术通史，又不是汉族艺术史，而艺术发展的普遍规律，从来都是各民族相互吸收、相互融合、相互促进，才形成了多彩多姿的中华艺术。这次大家先看到的五篇导言，都注意到了各个历史时期境内各民族艺术的成就与贡献，这绝对是正确的，要继续发扬。使这部艺术通史成为名副其实的“中华”牌，而不是汉牌，特别是元代卷和清代卷，因为这两卷写的是两个少数民族入主中原，并对中华历史文化产生过重大影响的两个朝代。历史上确有从汉族立场出发，在其他民族的艺术领域，是贬多于褒，甚至保存在不少艺术精品的思想倾向中，我们可以避开历史上的所谓正闰之辩、华夷之辩，但对于历史上比较复杂的民族问题，还是应当提出来通过讨论，以解决疑难。

关于统一编撰体例、写作规格，这次会上大家发表了不少好意见，主要还是在“通”的方面，通，首先分卷自己就得通。分卷门类艺术之间就不能是拼盘儿。而是要整体把握，把那同一时代共生的艺术在相互依存中作整体发展中的描述、分析和评价。这就需要分卷主编在撰写过程中作统筹策划并提出要求。

截止到目前，历次样章讨论，都不是审稿会，都是在讨论如何统一编撰体例、如何统一写作规格，这是一个不断切磋、不断磨合的过程。我想，全书要在文字风格上都求得统一确实是比较难的，但编撰体例、写作规格，还是可以求得统一的。而文字语言，也总可以提出一些大家共同努力的追求，譬如编撰设想的第五条提出的“言简意赅、明白晓畅的文风”。自然，我们写的是艺术史，也应当有朴实而不是华丽的描述，但对于精品的分析，对于杰出艺术家的评介，根据史实资料作重点突出的论述，哪怕有点激情的笔墨（不是空论），也不为过。只要不违背信史的原则。既注意学术性、文献性，也要注意可读性。这是出版社的要求，也是我们理应做到的。

在通史的体例和写法上，我还是觉得，范文澜先生的《中国通史简编》更值得学习。对于浩瀚的中国历史，他用的是描述的写法，不是以引用大量史料开路，而是把史料文献化作自己的语言，只在必要处用一些引文起画龙点睛的作用。当然，范老是大学问家，史料已经融化在他的大脑思维里。他的一部《文心雕龙》的注释，至少够我这种人读十年书的。范老这个榜样高了点，但至少可以做到少一些不必要的引文，多一点自己有理解的准确的描述。因为我们写的是通史，大量引文，会显得累赘、沉闷。目前除少数一两卷，绝大多数分卷的撰写工作已全面铺开，不能把完稿的每一章都拿到编委会来讨论。这一次讨论就没有采取前两次样章讨论会的方式。现在应当是各分卷自己展开活动的时候了。本次会议精神希望分卷主编及时向撰稿人转达，并对已完稿的章节开会讨论，直至本卷定稿，都无须再等编辑部部署任务了，希望大家抓紧时间，而必须编辑部帮助的，请随时和编辑部联系。

我建议六七月间再召开一次导言讨论会，已写出的五篇导言，可进行修订，尚未写出的四篇，可在这两个月里写出来，这样，我们的讨论会就有了完整的把握了，也可解决贯穿性和相衔接的一些疑难问题。时间已不多，大家再努把力。

写好导言　纲举目张

——1998年8月23日至27日在《中华艺术通史》第十一次编委会上的发言（摘要）

会前致辞

《通史》现在的九篇导言，五个单卷本导言，四个双卷本导言都已交稿，有几卷还是二稿。就全书而言，按照统计表统计，完成了190多万字。这个统计不完全准确，因为有的分卷的章节已写出，但因为上次已说过，分卷章节，不再交编辑部，由分卷主编自己审稿，这一方面的情况编辑部并未掌握，没计算在内，所以实际上已完稿200多万字，超过全书的三分之一。目前，虽然还没有一卷可以连缀成书，但宋代卷、元代卷、明代上下卷，都已完稿了二分之一以上的字数。下半年已到了冲刺阶段，年底按合同，有几卷稿应完成初审或终审交出版社。

关于导言，连提纲在内，我们已经开过四次讨论会。原始卷、秦汉卷、隋唐卷、明代卷，都是上次讨论过。这次是听取意见后的第二稿，原始卷的导言，峻骧大概是三易其稿了。明代卷导言还向本卷撰稿人征求过意见，也是改过三次了。三代卷、魏晋卷、宋代卷、清代卷都是第一次交稿。

导言不同于各章，它需要对一个时代艺术总体发展进行概括性论述，也可以说，是分卷的纲。在编撰体例里，对“导言”提出的要求是“每卷开篇有一导言，2万至3万字。内容包括：本历史时期艺术发展与社会政治、经济、文化、哲学、宗教等的关系；艺术发展的自身规律和时代风貌，主要成就和历史地位”。俗话说，纲举目张，导言早一点定稿，对各章的写作有好处。

各门类艺术的研究，虽然也要对整个时代艺术面貌，也包括政治、经济、文化等时代面貌的了解，但毕竟和对整个时代面貌的整体把握还是有差别，需要看的资料就有很大的不同。我知道，有几位分卷主编，因为中途改卷，就又重新购置一次图书，那资料费的花费都是一笔很大的开支。

总之，写每卷的导言，的确不同于写熟悉的一个门类的艺术，需要全面地掌握这个时代各个领域的发展概况，并且熟悉它们的发展规律和特点，不只需要看很多资料，还要作一番比较研究，才有发言权，好几位分卷主编都诉苦说，实在难写。但是，对于20世纪艺术研究来说，门类艺术研究也早已不是孤立的，现在九个最难产的孩子都已分娩了。

一个时代，不管是单卷还是上下卷，都只是一个导言。因此，有上下卷的虽是一个导言，却要概括上下卷的内容，应是两卷主编的任务，即使由一位执笔，也要两位加强联系，互相切磋，甚至提供素材，把它写好。实际上多数导言的作者原来视野就很开阔，也有丰厚积累，哪篇导言都并非临时抱佛脚才写出来的。

我想，我们各卷的导言，终究是艺术史的导言，并不负担面面俱到地总结一个时代的任务，我们想解决的，只是一个时代的历史思想文化在这个时代艺术精神中所反映的特征，以及这个时代艺术整体发展的规律与成就。这当然离不开这个时代的政治经济和思想文化发展的背景与环境，只是在我们的导言中，应尽力不去单纯地、孤立地介绍、论述背景情况，而是把它们融会贯通在艺术史的发展中给以清晰的描绘。

一个时代的艺术发展并不一定与政治经济发展情况完全一致，甚至有时是很不平衡的，而且，总有前后期的差异和特点，这是需要在导言中加以概括和阐释的。无论是原始的古艺源流，三代的历史辉煌，秦汉的气魄，南北朝的风神，盛唐之音，宋元心态，明清余韵，每个时代都有自己时代的特点与贡献，都应在导言有准确的概括和鲜明的反映。导言既要有一个时代的横向的艺术发展的整体概括，又要有纵向史的发展脉络的阶段性的描述，使得上一个时代与下一个时代的传承关系曲折起伏与个性特征，都能在导言中有个清晰的轮廓。

不管时代历史的发展多么曲折，政治经济的发展多么畸形，艺术总能另辟蹊径，在那个特定时代开拓出自己的发展道路，在艺术史上写出自己特殊的一笔。宋元以后，雅俗分流，诗、词、文、赋，似乎失去了光彩，但像宋代卷和元代卷所分析的，真正的艺术家，或者是与俗文艺相结合，或者是走向民间，在俗文艺发展中找到了自己的新路。中国是诗的王国，几千年的诗史，并未因某种形式的衰落而完全被淹没。诗不只有历代形式上的变迁，而且渗透在宋元以后的叙事文学里。戏曲就有“剧诗”之说；诗在《红楼梦》中也有自己的地位，被誉为诗小说，不只是有诗作，而是指它所创造的诗境。俗文艺写了肉欲横流，有的失之于俗，俗得不堪入目，但大文学家笔下的同样的描写，虽有雅的词句，内容却不能说没有大胆的性描写，公认为把两情描绘得最美的《牡丹亭》，我看有很多段落，如果用白话文翻译出来，就不能说它是“雅”了，这是中国无与伦比的诗的语言艺术的特殊辉煌。也包括蒲松龄老人的《聊斋志异》，如果他采用的不是拟古的传奇文，就不一定能把那些鬼狐之恋的故事写得那么美。戏曲的确成长于市井文艺，但是明标史册，代表各个时代的大戏剧家关汉卿、王实甫、高则诚、汤显祖、孔尚任、洪昇，也都是大文人，他们的成就，也蕴含着雅文学的修养。

小说源于民间的说话，它的辉煌显示在最早的《水浒》和《三国》的成书，但真正把它推上艺术高峰的是曹雪芹的《红楼梦》，那虽是曹雪芹的天才创作，但没有曹寅那样的书香门第，也培养不出曹雪芹这样的多面的、高深的艺术才能。

绘画虽也是有着浩瀚的民间创作，但雅绘画却一直没有间断自己的发展，诗画本一律，历史公认，是从王维就开始了，所谓文人画，至今历久不衰。雅俗分流，是历史现象、历史事实，雅俗合流，互为因果，也是一种历史现象，即伟大的文学家、艺术家总是善于吸收有活力的民间艺术营养，因此，诗融雅俗，又是一切伟大的艺术家所追求的高境界，这也是艺术史的规律性现象。阐释每个时代雅俗分合的规律，是我们《中华艺术通史》的一大任务。宋代卷作了转型期的重点论述，我觉得写得很好。

导言在体例和内容的概括上，虽然每个时代都有它自己的特点，不能强求一律，但总该有大体一致的体例。现在九个导言都已在大家手上，总有了个比较，究竟怎样在各方面都融会贯通得更好一些，扬长避短，更接近我们通史的理想，请大家充分讨论，出主意，想办法，谈优点，也挑毛病，有虚有实，求得统一认识，把导言再提高一步。

还有一个问题，请各位主编注意，在编撰体例中限定“导言”的字数是2万字至3万字，现在只有三代卷、秦汉卷、隋唐卷不超过，其他各卷都超过，有的还超过很多，看看这个问题怎么处理好。

这次除了导言，还交来了几份分卷章节，有分卷主编的，有撰稿人的，这次很可能来不及详细讨论，但时间来得及，也请大家看一看，议一议，特别是分卷主编听取意见修改后的章节。其余交来的撰稿人的稿件，按上次会决定的精神，一概由分卷主编审定，在分卷审稿前不要再交编辑部审稿。

先讲这样几句，作会议的开场白。

简短小结

这次会开得很热烈，很有成效，讨论得也很深入。编委诸公都是艺术内行人，说的是内行话。即使为自己辩护，也豪气凌云。别人虽然提了不少意见，但谁也不会因此而挫伤了锐气。出版社老胡同志已多次参加过我们编委会讨论问题，大概也熟悉了我们的风格，决不会因为讨论中提出很多意见，而觉得我们的稿子一无是处。

九篇导言，除兴珍同志（分卷主编）的秦汉卷导言，我都是来以前就读过了。我觉得各有特色，各有优长。坦白地说一句，我虽然也可以提出一点意见，但没有一篇是我能写得出来的。我和老苏同志都说过，看了九篇导言，的确大大增强了信心。应当说，导言的完成，使每个分卷都有了自己的纲，这是完成了一半的工作。下边是要抓紧各卷的进度了。大家虽然对每卷导言都提了一些意见，但都不是否定的意见，只是改进、提高和进一步完善的建议。

我们要感谢先交了导言的原始卷、秦汉卷、隋唐卷、元代卷、明代卷几位主编，没有他们这些先行官的示范作用，后面的几卷导言的构思就缺少借鉴。所以先交卷的，为写好导言开了路，功不可没。

学者总是有固执己见的一面，谁说什么就听什么，那就不成其为学者了。但是，也没有哪一位学者闭目塞听，不愿听取正确的意见，以丰富和充实自己。九篇导言各有所长。哪种写法、哪些方面，更符合我们《通史》的体例，更能显示艺术通史的特点，我相信，大家会有个比较，也是心中有数的。每篇导言的讨论，我都仔细听了。许多意见都对我有启发。我也谈一点印象和意见。

《原始卷》峻骧（分卷主编）三易其稿，的确下了很大功夫，掌握了大量资料，但大家所以有些意见，主要是写法上，现在是在人类起源上，研究方法上，介绍各种观点的篇幅太多了，特别是国外的成果介绍得那么仔细，使人看了很沉重。几次改稿虽然有了很大压缩，但原有构思似未做根本的改变。是否就从中华人的形成直接切入艺术史的主题，把已发现的原始文物的资料综合起来进行分析，始祖的神话，混沌的乐舞（包括文身的人体文化），图腾巫术仪式，素陶、彩陶，模拟生活的岩面，可用来总结原始艺术的特征的材料也还不少，是否可不把过多的篇幅放在介绍各种成说上，我们还是重点放在自己的观点上。我这是姑妄言之，写起来可能很难。

《夏商周卷》的确难为了心峰同志（分卷主编），他是研究元艺术学的，从他的著作中，我们还是能看到，他过去研究外国的比中国古代多。不过，我想这次他负担了三代卷，今后他的元艺术学研究会大大改观。

夏商周卷导言，脉络清晰，很有概括性。同志们提出有点骨多肉少，作为艺术史的导言，的确还不够丰富，但青铜时代的概括，也还是可以的。这倒不是因为郭老那本书，而是因为众多的青铜器的遗留，反映着三代，特别是商周两代的社会与文化面貌。如果能对青铜艺术而不是青铜技术作出它的时代思想艺术特征的分析，我想还是能作出我们艺术史的贡献。我也看了两本青铜器的书，包括李学勤同志的文章，几乎都是讲青铜器历史价值的，只有李泽厚的《美的历程》，从艺术上讲了它的审美价值，但也并非深入的论述。

无论原始还是三代，属于艺术方面的资料还是太少，是否可以从诸子百家中，甚至《乐记》、《吕氏春秋》中多摘一些艺术资料加以分析论述，因为无论孔子、孟子、庄子，在他们言论举例中，都讲了不少艺术现象，积累着不少艺术史料。

《秦汉卷》导言字数不多，但却把秦汉艺术精神概括得很准确。从秦兵马俑到万里长城，从秦汉宫殿到汉赋、汉画石砖，都体现了一种宏大的气魄，所谓“席卷天下，包举宇内，囊括四海，气吞八荒”，所有艺术都体现着这两个大一统帝国的大。

老实说，在上文学史课时，读汉赋，的确让它们那穷尽万物的铺陈弄得脑袋痛，不觉得有什么艺术享受。不过，作为秦汉时代的艺术精神的一个方面，它却有很典型的表现。我同意曲润海同志的建议，兴珍同志还是可以适当地引用，以壮秦汉艺术的行色。我还建议导言也应对东汉艺术的发展作适当地补充，现在主要是对秦与西汉的概括。

《三国两晋南北朝卷》这次田青（分卷主编）是一气呵成，全神贯注。写得很有文采。但我也同意大家的意见，历史的叙述太多了些。应当把更多的篇幅放在对六朝艺术自觉的概括上。如果说秦汉艺术重有、重实、重满，那么，六朝艺术则是体无、味道、重韵。那大动乱的时代，走马灯似的王朝更替，使得汉儒那套阴阳五行、君臣伦理完全破产。人生飘忽，人寿苦短……使人对生命和未来世界产生了强烈的关怀和向往，连陶渊明都有“人生任大化，终当归虚无”的感慨。这时道教的建立，佛教的传入，自然也促进了玄学的兴起，以填补汉代观念破产的真空，也使艺术出现了一个多彩的世界。只不过，我总觉得，玄学主要还是老庄的影响。宗教思想，特别是它的哲学观念对艺术有一个时代的大推动。虽然六朝绮靡，也受到唐人的轻蔑，但那是时代的产物，艺术史上光彩的一页。只要把它的时代的阶段性的思想艺术特征概括出来，就是恰当的评价。我觉得，田青的概括就很有说服力。只是我希望，田青改写时，不要再生奇想，忽然冒出现代化的比喻和调侃来。

《隋唐卷》，盛唐之音，这是中国古典艺术的高峰，历史公认。煦寰同志（下卷主编）充满热情地描述这段历史的盛世，歌颂了它的成就，写得气势磅礴，很富感染力。如果说秦汉的大一统帝国造成了囊括宇宙的艺术气概，那么，这隋唐的大一统，更是培养了封建社会青春期的昂扬向上，容纳所有的民族心态，不仅使艺术有了空前的大繁荣、大发展，而且也为古典艺术创造了各种立法的文化氛围。突出地论述一下这个时代的政治、经济对艺术的影响，以显示它的时代的艺术特点，这很需要。我只希望在结构安排上，内容叙述上，融合得更紧密些。像大家所说的，避免重复的叙述，这会使这篇导言更有气势。

《五代两宋卷》，当总主编的不能讲个人爱好。从艺术史上体例来讲，我是欣赏宋代卷（分卷主编廖奔）这种写法的。一个时代有一个时代的艺术面貌，不能强求一律。还是不嫌重复，再说一遍，我们通史的编撰体例要求各分卷断代编撰，“不是该时期各科艺术专史的重复和拼装，而是还历史的本来面目，立足于对社会总貌和艺术发展的总体把握，将共生于同一社会环境或文化氛围内的各种艺术成就科学地反映出来”。三教合流，理学建立，雅俗分流，宋代的文化环境，《辽西夏金卷》的整体把握在导言中就已显示出来。写得很厚重，当然，我也同意大家意见，在分寸上，在准确性上，比如集大成之类，还可做认真的推敲。同时也应避免有些生冷词汇的使用。

《元代卷》，志湘同志（分卷主编）这次没有修改，因为有一个原则问题她在思考。其实她第一次稿写出来后，在整体上这卷导言写得不错，大家没有太大意见，只是对蒙元统治者入主中原的整体评价上，请她再斟酌一下。我也考虑到，无论在历史研究和历代文艺中，对少数民族的确有不少歧视和歪曲，特别是少数民族入主中原这元清两朝，确有不公正的评价，连伟大的孙中山最早的革命旗帜，也是反满。我们的艺术史是在当代写的，当然不能再犯这种时代错误。我们对任何一个朝代的封建统治，不管是汉族，还是少数民族，都应采取辩证唯物主义态度。秦始皇统一六国，在历史上有进步作用，但秦始皇依然是暴君。武则天，是中国历史上的第一个女皇帝，她的统治继承了贞观之治，对盛唐繁荣有大贡献，但也不必像郭老那样，把她为了要自己当皇帝连儿子都不容，也说成是完全正确，当然我也不赞成煦寰同志把她的武周说成伪朝。我们对蒙元、满清入主中原的统治，也像对任何汉族统治者一样应一分为二。

《明代卷》、《清代卷》导言不少同志说是范本，在严谨的学风、朴素的文风、扎实的功力上，我觉得这个评价并不过分。当然，我也同意大家意见，《明代卷》的利马窦这一段可以考虑不过分强调。因为真正有思想影响的材料不充分，而明中叶以后的人文思潮，也用不着借助于外来影响。《清代卷》对文学繁荣这一段，不必写得过细，我特别同意田青的那个意见，清朝虽有康雍乾盛世，但它毕竟已是中国封建社会发展到烂熟阶段的末代王朝了，那末世的哀音即使在它盛世年代也已反映出来，否则，也就不会有《红楼梦》了。包括明末清初的那批思想家，他们在反理学上实际上是继承了李卓吾，但他们，特别是黄宗羲在批判君主政治上，应当说已涉及动摇封建制度，不再是《水浒传》提出的好皇帝、坏皇帝的问题了。在哲学思想史上侯外庐一派，是把他们称为启蒙的民主思潮的灿烂群星的。

总之，我读了九个导言，大受鼓舞，感谢大家的辛苦和努力。当然，下面的任务还是很重，有的分卷还要年底交稿。我看导言不修改也可以同撰稿人见面了，各卷各章的写作要抓紧。

把握传统　瞩目未来

——《中华艺术通史》[①]总序

博大精深、源远流长的中华艺术是世界艺术宝库中独具特色、成就卓异的组成部分。它既是中华多民族艺术的历史创造，也是在社会文化形态中多彩多姿极富民族特征的艺术结晶。中华艺术有自己的审美理想与表现形态，有历史形成的占支配地位的思想文化传统，有自成系统的理论体系，也有不同地域与诸多民族各个历史阶段上的不同侧重。这部《中华艺术通史》（以下简称《艺术通史》）按历史发展顺序列卷，分卷编撰，上起原始社会，下迄清宣统三年（1911），共十四卷。具体分卷为：原始卷；夏商周卷；秦汉卷；三国两晋南北朝卷；隋唐卷（上下）；五代两宋辽西夏金卷（上下）；元代卷；明代卷（上下）；清代卷（上下）；第十四卷为年表索引卷。《艺术通史》的编撰是论述自远古以来随着社会生活与政治经济文化发展，中华艺术生成演变的全过程，它是一部囊括中国传统主要艺术门类的综合的大型艺术通史。

一、《中华艺术通史》的研究对象与编撰宗旨

中华艺术像世界各国艺术一样，有其“混生”与分门类发展的漫长的过程。随着20世纪中国社会的巨大变革，学术界对我国传统艺术的研究，逐渐有了新的参照体系和新的视角，特别是由于近百年地下文物璀璨菁华的不断发掘和发现，更推动了我国艺术文化史论研究的深入开展，硕果累累。具有文献价

① 该书共十四卷，已由北京师范大学出版社于2006年6月出版。

值的艺术总汇资料图书已有不少相继出版，如《中国大百科全书》、《中国美术全集》，以及三百余卷的十部文艺集成志书的广泛搜集、整理与成书，更加促进了门类艺术史的研究。以中国艺术研究院建院后的科研成果来看，如张庚与郭汉城主编的《中国戏曲通史》，葛一虹主编的《中国话剧通史》，田本相主编的《中国现代比较戏剧史》，黄翔鹏主编的《中国音乐文物大系》，沈鹏年主编的《中国说唱艺术简史》，董锡玖、刘峻骧主编的《中国舞蹈艺术史图鉴》，王朝闻、邓福星主编的《中国民间美术全集》、《中国美术史》，萧默主编的《中国建筑艺术史》，尚在进行中的王树村主编的《中国民间美术史》……这些课题的完成和出版，又大大促进了中国艺术研究院综合艺术史的研究。

在我国，古汉语中艺术的"艺"，本作"埶"，亦作"蓺"，原意是"植"的技能；先秦的典籍里这个字的使用，也多是指人工技能。不过，在孔子那里，艺的使用，却已有多种才能的寓意。如"求也艺"[①]，"吾不试，故艺"[②]，翻译成今天的语言，即"冉求是有多方面才能的"，"我不见用时，故多技艺"。其实，在希腊语、英语和俄语里，"艺术"的原意，也是指广义的"技术"。这表明，艺术最初是与生产技能融为一体的，而且在原始艺术的"混生"时期，艺术与宗教、巫术活动也同样是混合在一起的。在我国现代的艺术观念和惯常用语里，艺术，应是各艺术门类综合的整体的概括，并不属于某一门类艺术专有的概念。在西方学者艺术学研究中，对艺术，通常更重视它的物化形态的特征，更多情况下，只属于专指造型艺术的词汇，如《剑桥艺术史》，实为"剑桥美术史"。不过，他们的分类概念也不一致，如把艺术区分为空间艺术、时间艺术、造型艺术、表演艺术、综合艺术等。在黑格尔的大艺术概念里，文学也只是艺术的一个门类——语言艺术。当代艺术分类学的主张更加多样。

《艺术通史》力图从中华民族艺术发展的特点出发，对历代各领风骚的诸艺术门类作综合性的探讨和研究。按照中国历史的艺术发展，出现了这样一些

---

① 《四书·论语》，上海古籍出版社1995年版，第104页。

② 同上，第132页。

具体的艺术门类：音乐、舞蹈、杂技、说唱、戏曲、绘画、书法、雕塑、建筑、工艺等。

综合艺术史的编撰，自然是要以对各门类艺术史的深入研究和总结为坚实的基础。因为中华艺术无论哪一门类，都是广大的人民和艺术家在历史长河中一点一滴的积累和创造。他们独到的认识生活、表现生活的能力，他们深邃的审美理想和多样的审美情趣，他们对意境、风格、韵味的多彩多姿的追求，都结晶在艺术品的不朽魅力里，并在历史的发展中显示其总体脉络。只是艺术门类史的研究，总还是更专注于微观地把握这一门类艺术的史的发展和特有的规律与创造，而实际上各门类艺术的任何变革和发展，包括兴起、发达、衰落和死亡，都不能不在微观特质中反映艺术的宏观规律，并且必然是社会总体艺术现象的一部分。因此，《艺术通史》虽采取断代分卷的形式，却绝不是这一时期各艺术门类的重复和拼装，而是还历史以本来面目，立足于社会总貌和艺术发展的总体把握，重视整体的、宏观的研究，着眼于概括和总结每个时代艺术共同的和持久的发展规律，将共生于同一社会环境或文化氛围内的各门类艺术的成就科学地反映出来。

马克思在《〈政治经济学批判〉导言》中，把人对世界的艺术掌握列为四种掌握方式之一。他说："整体，当它在头脑中作为思想整体而出现时，是思维着的头脑的产物，这个头脑用它所专有的方式掌握世界，而这种方式是不同于对于世界的艺术精神的、宗教精神的、实践精神的掌握的。"[①] 虽然，哲学家与文艺家对马克思这一观点还有着不同的阐释，但是，丰富的艺术实践证明，所谓"艺术掌握方式"，主要是"艺术的思维方式"（当然还应包括艺术的感受方式、生产方式、实践方式等），"是人类为了掌握人对现实的审美关系而逐渐形成的一种艺术思维方式"。无论任何一个门类的艺术，都脱离不开这种掌握世界的思维方式的共同规律，只不过体现在各有特点的创作活动中，即艺术家的"思维"实践活动，是通过对客观生活表象的分析、选择、综合、概括、虚构、想象，并以不

① 《马克思恩格斯选集》第2卷，人民出版社1995年版，第19页。

同艺术形式、艺术手段创造出各不相同的富有审美意义的艺术形象。中华传统艺术，对艺术审美意义的整体思维的探索，在世界艺术史上是独具特色的。因而探索、概括、总结中华历代艺术体验世界、认识世界和表现世界的多样的创造，揭示中华传统艺术在史的不断发展中形成的审美价值、表现形态，也包括从总体脉络上把握各门类艺术的创造，通过综合比较的分析研究，以发掘它们发展中的时代的共同规律与个性特征。

中华文化不同于其他古老文化的特点是，虽跌宕起伏，汪洋恣肆，却又是一直连绵不断，始终向前发展。中华传统艺术则是这灿烂的古老文化取得最高成就的一大标志。而文化乃社会的上层建筑，如毛泽东同志在《新民主主义论》中所指出的："一定的文化（当作观念形态的文化）是一定社会的政治和经济的反映，又给予伟大影响和作用于一定社会的政治和经济；而经济是基础，政治则是经济的集中表现。"[①] 作为文化形态的艺术，理所当然地是观念性的上层建筑的一部分，但它同样是一种社会现象。它虽是精神生产，在人类社会发展中，却发挥着独特的社会功能。在我国几千年的历史中，中华民族长期形成的特有的审美艺术形态的多样化、多层次的发展，也给世界艺术宝库留下了辉煌于当代的丰富的遗存，使我们有条件深入探索中华艺术发展的轨迹。原始的彩陶玉器、三代（夏商周）的青铜器、秦兵马俑、汉画石与汉画砖、北朝的石窟佛像、晋唐的书法、宋元的山水画、明清的说唱与戏曲，以及历朝历代瑰丽多姿的乐舞与工艺……说不尽的巧夺天工，说不尽的文采菁华！浩如烟海的古老的文化遗存，不仅使世界看到了中华民族不断前进的惊人的创造力，而且也使世界谛听到凝聚其间的从洪荒到现代华夏文明繁荣发展的心音。无论是先民第一次粗糙的石器工具，还是琳琅满目、内蕴深邃的艺术精品，它们既烙印着特定历史社会生活发展变化的轨迹，也闪耀着产生它们的时代的艺术精神的火花。这正是《艺术通史》必须运用历史唯物主义观点努力阐释的主要课题。

艺术史不是社会思想史，也不是艺术与社会的关系史，因而，《艺术通史》

---

① 《毛泽东选集》第2卷，人民出版社1991年版，第663—664页。

的编撰，虽重视艺术对社会生活的反映，重视社会思潮对艺术发展的影响，但艺术自身的发展规律和表现形态以及艺术家主体的思想感情的表达和创造，却始终是它探讨、研究的核心。不过，《艺术通史》的阐述，又不应是艺术现象的简单罗列，更不该是艺术家和艺术品的历史编目，特别是由于艺术史的发展，实际上也是反映了中华民族的审美意识的发展史，因而，点面结合、重点突出代表每个时代的艺术门类，杰出的艺术家和艺术品，论述它们对中华艺术以至世界艺术作出的独特贡献，则应是这部《艺术通史》所坚持的辩证的比较研究方法。只是艺术史又不同于文学史。因为艺术虽有独特的创造以至艺术精品的遗存，却在很长的一段历史时期，除美术领域的绘画、书法之外，在其他门类艺术中，难得有几个艺术家像文学家的名字那样留下来。原始彩陶、三代青铜器、秦兵马俑、汉画像石砖、魏晋南北朝的石窟艺术……固不必说，就是汉唐盛况空前的“百戏”大会演，虽展现了“全民”性的艺术创造，为中华各门类艺术的形成开辟了百花争艳、相互交流、吸收、融合的广阔天地，凝聚了多少代人的心血，沉积了无数不知名艺术家天才和智慧的美的创造，却只能见之于文献记载或在出土文物中显现其光彩。人们知道，唐代大书法家张旭的“狂草”，曾从公孙大娘的剑舞中得到艺术新境的启示，而公孙大娘出神入化的舞艺，人们却只能从杜甫的赞歌般的诗句中领略其“神韵”了。

然而，中华民族古老而又常新的艺术传统，其原始形态绝大部分又都是源于民间的创造，然后由一代代艺术家继承、积累、提高、升华，才有着艺术新形式、审美新形态的成熟和发展，即使在封建社会后期，已演变得几乎为文人（艺术家）所垄断的门类艺术，如美术领域，其超凡精绝的艺术品，也并非完全是雅艺术所独创，而是与俗艺术的民间创作平分秋色的。哪怕是主要以艺术家为标志的时代，从民间俗艺术中不断地吸取有益的营养，也依然是艺术取得发展的客观条件。因而，雅俗分合、雅俗变易，常常会形成特定时代的艺术发展的特色。尽管雅俗分流反映着不同的审美追求，但一个时代的审美时尚又并非总是不变的两极，而且“诗融雅俗”，更是一切大艺术家执著追求的高境界（伟大的诗人杜甫，就被誉为“包容了朝廷、士人、民众的三大层面”）。所以，着眼于雅俗的分合关系、主从关系、兴衰关系，深入探讨其间的艺术的整体脉络与发展规律，以便全面地掌握传统民族艺术精神是在怎样的文化环境中形成的，当然也是这部《艺术通史》的一项基本任务。

这部《艺术通史》的编撰，还有一个不免从众从俗的原则，即未敢贸然把文学作为门类艺术纳入通史的范畴之内。原因之一是，中国古代文学确实门类繁多，历史存留又较之“艺术”无比的丰厚，如果把它纳入中华艺术通史的范围之内进行概括，实是这部《艺术通史》难于负荷的。原因之二是，在中国文化史上，一向又有把文学与艺术分类的习惯。艺术毕竟都是以时空的形象显示其特点的；文学虽为“语言艺术”，也与艺术一样，以塑造形象来表达它的审美理想，却又有着和各门类艺术完全不同的媒介（文字）和审美形态。但是，中华民族的文学与艺术，特别是汉民族的文学与艺术，相互联系十分紧密，在一定意义上还可以说，多数门类艺术对于文学有相当的依赖性。中国古典诗歌与音乐、舞蹈作为综合体的时间就很长。中国诗的第一部经典《诗经》，司马迁就说它“三百五篇孔子皆弦歌之”[①]。墨子也说：“诵诗三百，弦诗三百，歌诗三百，舞诗三百。”[②]《礼记》更明确地从创作主体概括了这“混生”艺术的特征：“金石丝竹，乐之器也。诗，言其志也；歌，咏其声也；舞，动其容也。三者本于心，然后乐器从之。”[③]可见《诗经》虽是文学的经典，却保存着乐舞的可弦、可歌、可舞的内蕴。这不仅在早期的艺术史上存在，直至门类艺术已有较细分工的唐、宋、元三代的诗、词、曲都还存在，特别是音乐与诗歌的关系，始终存在着“以乐从诗”、“采诗入乐”、“倚声填词”的发展和演变。所以，《艺术通史》叙述艺术的史的动态的发展，又决难与文学截然分开。

在中华艺术史的发展中，一些门类艺术如音乐、绘画、书法艺术与文学的紧密关系，不仅体现在形态的统一上，而且也“综合”在文学艺术家创作主体的艺术思维中。秦汉以来的不少大文学家都是深通乐律的，如汉代的司马相

① 司马迁：《史记·孔子世家》卷四十七，中华书局1959年版。

② 《墨子·公孟第四十八》，上海古籍出版社1995年版，第188页。

③ 《礼记·乐记》，上海古籍出版社1990年版，第680页。

如蔡邕（132—192），都是著名的琴家，唐代的李白（701—762）、王维（701—761）、贾岛（779—843）、白居易（772—846）、独孤及（725—777）也都是善操古琴的音乐爱好者，晚唐词人温庭筠，甚至“有丝即弹，有孔即吹”。至于著名文学家又兼书法艺术家的就更普遍了，如西汉的扬雄（公元前53—公元18）、东汉的蔡邕、东晋的王羲之（321—379，一作303—361）、宋代的苏轼（1037—1101）等。而“诗画本一律”的现象，在近古文艺史上尤为突出。唐代的王维、宋代的苏轼，这两位大诗人都和画艺结了不解之缘。苏轼在《书摩诘蓝田烟雨图》中还认为：“味摩诘之诗，诗中有画；观摩诘之画，画中有诗。”张舜民甚至说，诗是无形画，画是有形诗。可见他们对诗画的综合与“同境”，是有着艺术上相通的规律性的感受和认识的。他们对“士夫画”（即文人画）的创作和倡导，至少是以这种规律性的感受和认识为基础的。如苏轼所说：“诗不能尽，溢而为书，变而为画。”[①] 至于书法和绘画的创作，在吴道子的壁画里，就已是满壁飞动，表现了一个与书法相契合的艺术世界。到了宋代以后，又有了融合着印章、交叉着题跋的全新艺境的创造，就更要依赖与文学的“综合”了。何况文学与各门类艺术的综合体还有更高层次的发展，这就是中国的戏曲。在它的“综合体”里，就不仅是文学创作取得了成就，显示了特色，而且各门类艺术的综合——所谓“唱、念、做、舞（打）”，已经在长期的演出实践上融合成有机的统一体，从而创造了戏曲这个富有民族特征的门类综合艺术的新形态，这是中华艺术史上新的、更高的审美形态。它既不同于西方歌剧，不同于现代中国也有的“舶来品”的话剧，也不同于现代电影、电视的艺术的综合。因为它不仅需要“时间艺术”（音乐）的表现手段，同样融合着“空间艺术”（如美术）的创造，而且戏曲的最富有特征的表演艺术——虚拟性与程式性，可以说又是“时间”与“空间”相互融合的表现形态。它的造型，固然显示了空间艺术的审美特征，但在表演艺术上，它又体现着时间艺术的发展过程。包括它的服饰和化妆，也不只有助于刻画人物、显示人物个性的“造型”，同时也是帮助和加强特定条件下艺术表演的有力手段，

① 苏轼：《文与可画墨竹屏风赞》，《苏东坡全集·前集》卷二十，中国书店1986年版，第277页。

如脸谱、水袖、帽翅、翎子、髯口等，都有一定的规范性的造型，又只能在特定情境里才能得到充分的运用。在一定意义上，甚至可以说，过去曾取得高度发展的艺术样式，如音乐、舞蹈、杂技以至绘画、雕塑，都被迫向戏曲倾斜，成了戏曲综合艺术的组成部分，按照戏曲的艺术规律融会成一个整体，减弱了它们自身独立存在的价值。如果说艺术的综合，本是各民族艺术发展的共有现象，那么，在中华民族艺术史上，这个艺术现象不仅较为普遍，而且不是一般的综合而是融为有机整体，并具有多彩多姿的综合美的个性特征，以至造成了叙事与抒情兼容并茂的诗的艺术境界（因此有人称戏曲为“剧诗”）。这一切显示出中华艺术的发展，上下古今，四面八方，承前启后，相互融合，不仅紧密联系，而且有不断发展中的富有独创的民族艺术特征的新的综合美的创造。所以，中华传统艺术这一史的发展脉络及其审美特征，也是《艺术通史》应当系统地进行深入探讨和研究的。

二、中国传统思想与传统艺术

每个民族的艺术，在历史的发展中，必然有着本民族的生产方式、生活方式、地理环境、文化传统、哲学伦理观念，以及长期形成的民族心理素质、民情民俗，也包括由此而综合形成的审美理想、审美经验、审美形态在内的一整套价值系统的相互作用、相互影响的民族特征。中华艺术生长在中国境内历史上各民族生活与精神活动的土壤里，因而，支配着中国历史文化的观念体系，也必然渗透着、影响着中华艺术的创作和发展。

从社会结构来看，中国几千年的社会发展，虽然也经历了原始、奴隶、封建的各个社会阶段，但是，从氏族公社的解体，向奴隶社会、封建社会的转变，那由氏族到宗法的血缘纽带却始终没有割断，而且深藏于历朝历代的政权、族权、神权、夫权的统治之中，自然也渗透在中华文化依托的血脉里。而在中国思想文化史上，能称得上占有支配地位的观念体系，首推被誉为“亘古第一人”的春秋末期的孔丘（前551—前479），及其后以他的学说为核心开创的儒家学派，其思想渊源尚可追溯到他所称颂的尧、舜、禹、汤、文、武、周公等古圣先贤。孔子自称是“先王之礼”的阐发者，他提倡的是“仁”学，这“礼”与“仁”就内含着氏族社会理想的遗存。而作为完整的思想体系，孔子的学说，则是以礼为行为规范，以仁为思想核心，以义为价值准绳，以智为认识手段，重现世事功，重道德伦理，重实用理性，对两千多年的中华文化传统产生了巨大而深远的影响。孔子的艺术观自然也是以仁学为基础。他在《论语》中多处论及“诗”与“乐”。他认为：“兴于诗，立于礼，成于乐”[①] 才能造就出真正的“君子”。孔子很重视诗的社会功能，他说：“《诗》可以兴，可以观，可以群，可以怨。”[②] 因为他那个时代诗、乐、歌、舞还是“混生”在一起的。因此，孔子的论“诗”与“乐”的功能，实际上也是讲的艺术的社会功能。自然，他所讲的艺术的社会功能，又是离不开他的以“仁”为核心，以“礼”为规范的宗旨与目的的。尽管在战国时期，孔子的学说，还只是所谓“百家并鸣之学”中的一个学派，却已开始确立了他的“一家之言”。特别是经过孟轲（前372—前289）、荀况（前313—前238）的丰富和发展，逐步形成了修身、齐家、治国、平天下的政治理想，配之以天、地、君、亲、师的伦理观念，绳之以仁、义、礼、智、信的道德规范，这的确是适应当时的社会发展创造了一整套观念体系，居于“显学”地位。而且孔子之学，又被荀况强调到圣人之道的高度：“圣人也者，道之管也。天下之道管是矣，百王之道一是矣，故《诗》、《书》、《礼》、《乐》之归是矣。”[③] 到了秦汉之初，儒家学说虽受到短暂的打击和冷落，却随即在汉武帝的“罢黜百家”与董仲舒的“独尊儒术”中很快得到恢复和发展，从而树立了儒家思想的正统地位，也形成了历代多数王朝的统治思想。

的确，儒家学说的长期统治与广泛普及，由于寓教化于人们的伦理观念与

① 《四书·论语》，上海古籍出版社1995年版，第125—126页。

② 同上，第210—211页。

③ 《荀子》，上海古籍出版社1996年版，第63页。

行为规范之中，为中华民族铸造自己的性格，以及形成传统的文化心理，作出了独特的贡献。孟子的“养吾浩然之气”[①]，以及他的“天将降大任于斯人也，必先苦其心志，劳其筋骨，饿其体肤，空乏其身，行拂乱其所为，所以动心忍性，曾益其所不能”[②]，也包括“富贵不能淫，贫贱不能移，威武不能屈”[③]等，对高扬个体人格和精神的美的追求，曾培育了中华民族无数志士仁人“至大至刚”的“正气歌”；而对于占正统地位的儒家学说不断完备的一整套观念体系，却又不能不说，曾在一定时期，在不断变换的时代环境里，也阻碍过历史前进的步伐！

儒家学说作为封建社会上层建筑的正统思想，并被认定为不得违背的“圣人之道”，很自然地渗透在文学艺术的创作之中，并成为文艺批评的原则标准。刘勰（约465—约532）的《文心雕龙》明确列有题旨为《原道》、《征圣》、《宗经》三篇；艺术理论虽没有形成这样系统的标准和尺度，但是，所谓“成教化，助人伦，穷神变，测幽微，与六籍同功……”[④]也依然是古代美术史论家们所标榜的艺术功能的重要观念。而所谓“发乎情，止乎礼义”，所谓“经夫妇，成孝敬，厚人伦，美教化”，又岂止是正统文艺所要表现的政治主题和道德伦理主题，即使在俗文艺“压倒”雅文艺取得伟大发展的宋元以后，也同样在相当程度上支配着说唱与戏曲的创作，一直是艺术思想的主旋律。总之，儒家学说的观念体系，虽然促进了艺术与社会紧密联系的功能作用，赋予它以时代的使命感和进取精神，但在历史长河中，却也给艺术发展带来过附庸于封建政治与道德说教的消极影响，压抑和束缚了艺术的个性化的创造。近古思想史上宋明理学的正统地位，以及它的“存天理，灭人欲”的教条，更是大大僵化了儒家学说的生机。

---

① 《四书·孟子》，上海古籍出版社1995年版，第271页。

② 同上，第402页。

③ 同上，第309页。

④ 俞剑华编：《中国画论类编》上卷，人民美术出版社1986年版，第27页。

自然，在先秦诸子的思想学说中，对后世艺术观念影响最大的，并非只是孔孟与儒家，还有他们同时代被视为道家创始人的老子和庄子（约前369—前286）。从一定意义上讲，在艺术与美学领域，老庄的思想影响更为深远。如"大音希声，大象无形"[①]，"道法自然"[②]，"天地有大美而不言"[③]，"虚静恬淡，寂寞无为者，万物之本也"，"朴素而天下莫能与之争美"[④]。等等，这类纯任自然，强调虚静与素朴的思想，以及"故道大、天大、地大、王亦大，域中有四大，而王居其一焉"[⑤]，强调人在自然中重要地位的观念，应当说，老庄思想更集中地表现了氏族社会观念的遗存。不过，他们突出个体地位，不受外在束缚，寻求精神自由的超逸的生活态度，不只在文人、艺术家的思想观念上产生过强烈的共鸣，而且对于中华艺术所特有的范畴、概念以及规律的历史形成，如"外师造化"，崇尚自然美；强调以虚写实、以静写动或以动写静的表现方法，着重创造"无声胜有声"的艺术境界，追求委婉曲折，含蓄深沉等，都不能不说与老庄思想及其道家学派的影响有很大关系。而道教建立与佛陀东来，同时发生在汉代，但它们的大流行，却是在魏晋南北朝。正如马克思所说："宗教里的苦难既是现实苦难的表现，又是对这种现实的苦难的抗议。"[⑥] "出门无所见，白骨蔽平原"。魏晋南北朝时期的战乱频仍，人民的颠沛流离，造成了人生悲苦、渴求安宁的普遍社会心理，而佛教的教义正是以人生痛苦为最基本的命题，如何摆脱"八苦"（生苦、老苦、病苦、死苦、怨憎会苦、爱别离苦、求不得苦、五盛阴苦），摆脱"业报轮回"，以达到"四大皆空"的极乐世界，则成了人们在苦难挣扎中追寻的精神寄托。而佛教的兴盛，也很快地把佛家思想渗入到艺术思维。仅仅从印度"输入"的佛雕艺术，就随

---

① 俞剑华编：《中国画论类编》上卷，人民美术出版社1986年版，第27页。

② 同上，第7页。

③ 《庄子》，《老子·庄子·列子》，岳麓书社1989年版，第91页。

④ 同上，第52页。

⑤ 同上，第12、7页。

⑥ 《马克思恩格斯选集》第1卷，人民出版社1995年版，第2页。

着佛法的弘扬，在“丝绸之路”上——高昌、库车、敦煌、麦积山、云冈以至龙门，留下了一条石窟艺术的连绵不断的锦带。在中国思想史上，形成了儒、道、佛相互颉颃与冲突的时代，而它带给艺术史的，却又是一个多彩的艺术自觉的新境界。

从东汉宦官专制、董卓残暴作乱，到魏晋司马氏的黑暗政治，已把两汉以来的谶纬经学、阴阳五行、君臣伦理，也包括礼乐之道击得粉碎，迫使儒家教义的思想统治只能走向没落。而这一次的“礼崩乐坏”所造成的，虽不是“百家并鸣之学”，却是社会风尚多元激荡和士大夫的“傲俗自放”。于是，“大行不顾细礼，至人不拘检括”[①]，崇尚独立、张扬个性的文化氛围出现了。他们“非汤武而薄周孔”，“越名教而任自然”。所谓“嵇康师心以遣论，阮籍使气以命诗”[②]，这种叛逆倾向、违背当时社会规范的“文人无行”，虽受到葛洪（284—364）《抱朴子》的激烈抨击，却给艺术冲破束缚，表达个性“解放”出一块自由天地。从崇尚清谈、品藻人物，到寄情山林，向往来世，率性任情，师心使气，玄言、山水、田园；写景、兴情、悟理……青青翠竹，总是法身，郁郁黄花，无非般若。道、佛教义虽不相同，但它们注意自然节奏，追求与宇宙相和谐的精神却是一致的。所以，佛与道虽互相攻击，而魏晋玄学与六朝佛性却相互融合、相互补充，共同建立起新的艺术精神空间，使“乐”（艺术）不再附庸于“礼”，而有了一个独立的瑰丽有情的世界。

两学（儒学、玄学）、两教（道教、佛教）之争，在魏晋南北朝的确此消彼长，十分激烈。如果说儒家的某些教义还有时被统治者用以加罪于“异己”的借口（如曹操之杀孔融、司马昭之杀嵇康），也毕竟徒具躯壳了。范缜（约450—约510）的《神灭论》，虽闪耀着唯物主义与无神论的真理的光芒，却不能说他代表着儒家的思想。玄学的领地，由于佛教的渗透，也从清谈的风尚中解脱出来。而佛教的深入人心，却不仅是享受烟火的佛庙寺观遍布天下，而且以其佛祖菩萨天国韵律的石窟

---

① 葛洪：《抱朴子外篇·疾谬卷第二十五》，《百子全书》第八册，浙江人民出版社1984年版。

② 刘勰：《文心雕龙》，范文澜注本，人民文学出版社1962年版，第700页。

艺术享誉古今。至于道教更是土生土长，道教追求与佛教相反，佛教视人生为苦痛根源，道教则视生活为乐事，追求的是长生不死，肉体飞升，气化三清而入仙境。所以，道教早已在艺术发展中有它自己的根底，在民间乐舞和美术制品中都有着悠久而深远的影响。自然，更为契合的，是佛道思想与饱受战乱的悲苦人生，渴求和平安宁的社会心理在艺术观念和艺术家思维中的渗透。所谓“一生几许伤心事，不向空门何处销”[①]，这是佛道精神境界作用于士大夫的一种思想状态。

尽管如此，共生于同一社会基础上的儒、道、佛，其教义虽有相异和对立的说教，但它们的本质却都有要求改善与人民关系的一面，也都有迎合统治者并甘心为统治者所利用的一面。所以，在它们颉颃的同时，就有了调和的主张。东晋佛教领袖慧远就提出过“佛儒合明”论，声称儒、佛乃“内外之道，可合而明”。南北朝崇佛的文人们更是极力主张调和，诗人谢灵运（385—433）就主张“去释氏之渐悟，而取其能至；去孔氏之殆庶，而取其一极”[②]。画家宗炳（375—443）则认为，“孔、老、如来虽三训殊路，而习善其辙”[③]。《文心雕龙》的作者刘勰在《灭惑论》里也说：“孔释教殊而道契，解同由妙。”梁武帝萧衍（464—549）那样崇佛，画寺壁的张僧繇却在佛画旁画了仲尼十哲像。佛教徒的沈约（441—513）还作了《均圣论》，称“内圣”是佛，“外圣”还是周公、孔子。至于“以道合儒”的主张，那就更多了。因而，所谓“三教之争”，关系却是十分错综的。范文澜（1893—1969）先生曾有过这样的评断：“儒家佛教道教的关系，大体上，儒家对佛教，排斥多于调和，佛教对儒家，调和多于排斥；佛教和道教互相排斥，不相调和（道教徒也有主张调和的）；儒家对道教不排斥也不调和，道教对儒家有调和无排斥。”[④]梁武帝虽曾把儒道都斥为“邪道”，却不能不同时为孔子

① 王维：《王右丞集·叹白发》，岳麓书社1997年版。

② 《广弘明集》卷十八，《四库释家集成》，同心出版社1994年版。

③ 《广弘明集》卷二，《四库释家集成》，同心出版社1994年版。

④ 范文澜：《中国通史简编》，人民出版社1964年版，第439页。

立庙，因为他的政治统治还是必须以儒家学说为正统的。而同时在北朝西魏的敦煌莫高窟（249号）的窟顶上，佛国的阿修罗、菩萨、力士与飞天的世界，也出现了中国本土的天上诸神，如风神、雷神、朱雀、玄武，以及西王母御凤车、东王公御龙车、天皇狩猎图等形象，这说明道教已开始融到佛教的天地中来，共同演出了一幕天国的庄严与辉煌。即使从文人士大夫所谓积极入世与消极避世的两种倾向来看，也不能说三教的主张是完全对立的。文人士大夫（也包括艺术家）作为一个阶层，在封建社会里的特殊处境，以及他们所发挥的社会功能，就存在着“仕”与“隐”的两种可能。何况被视为主张积极入世的儒家学说的创始人孔夫子，也明确说过：“天下有道则见，无道则隐”[①]，“用之则行，舍之则藏”[②]，甚至于还说过：“邦有道则知，邦无道则愚”[③]；孟子则进一步主张：“穷则独善其身，达则兼济天下。”[④]可见，“避世”与“隐逸”，也并非佛道思想所专有，而是文人士大夫本身就天然具有的互补的人生趋向。因而，它们渗透着艺术家的思维与意念，有时在艺术表现上造成某种矛盾的心态和定势，也不足为奇。如刘勰所说：“形在江海之上，心存乎魏阙之下。”[⑤]文人、艺术家这种互补的人生趋向，只能说在一定意义上反映了儒、道、佛的合流有其必然的历史根源。到了隋唐，两代基本上奉行的是三教并奖和三教并行政策。隋文帝杨坚（541—604）出身于尼庵，一生信奉佛教；李唐贵族供奉老子李聃为先祖，自然使道教很风行。但佛教从隋到唐却又是它的勃兴期，京畿长安，寺庙荟萃，大小雁塔均于唐代兴建。隋王朝统治短短37年，莫高窟却保留着70窟，唐则开有200余窟，突出地代表着敦煌艺术的辉煌，形象地记录了佛教与佛教艺术的中国化、民族化的进程。而儒学虽式微于南北朝，却重振于唐代，儒、道、佛，各放异彩，交映出盛唐艺术天空一片璀璨光华。李白的浪漫诗风，无疑是洋溢

---

① 范文澜：《中国通史简编》，人民出版社1964年版，第439页。

② 《四书·论语》，上海古籍出版社1995年版，第127页。

③ 同上，第99页。

④ 《四书·孟子》，上海古籍出版社1995年版，第406页。

⑤ 刘勰：《文心雕龙》，范文澜注本，人民文学出版社1962年版，第493页。

着道家精神，杜甫则处处表现出儒家风范，王维却时时流露着禅意。而且唐代统治者不只自己尊道、礼佛、崇儒，还鼓励三教展开自由辩论，于是三教融合互补、相互为用的潮流出现了，佛教借鉴儒道（如佛教以“五戒”比附“五常”，引进了儒家的伦理道德），走向中国化；儒学吸收佛道（如思想材料、逻辑义理），特别是中唐以后风靡士林的“禅悦之风”，出现了新发展；道教撷取儒佛，所谓“引儒释之理证道”（王嚞）也有了新变化。到了宋元，三教合流，真正成为现实。鲁迅（1881—1936）曾有过这样一段描绘：“奉道流羽客之隆重，极于宋宣和时，元虽归佛，亦甚崇道，其幻惑故遍行于人间……而影响且及于文章。且历来三教之争，都无解决，互相容受，乃曰‘同源’，所谓义利邪正善恶是非真妄诸端，皆混而又析之……”[①]民间则重祭祀，儒的先师和道、佛的教祖，都混杂在民俗宗教信仰活动中，成为被供奉的偶像。这“同源”既影响了宋金民俗艺术发展的状貌，也产生了宋元以来的“神魔小说”和各门类艺术中的神魔世界。其实，此时的三教的合流，也同样有着文人“调和”的助力。苏轼在为辩才法师写的祭文里就说：“我见大海，有北南东，江河虽殊，其至则同。”[②]其意是说，儒、道、佛既然目的同一，江河都要汇流大海，又何必“孔老异门，儒释分宫，又于其间，禅律相攻”。苏轼其人及其作品，确实充分反映了当时文人士大夫生活思想的典型的矛盾心态，体现了儒、道、佛相互补充的思想模式。因此，他的这种主张也是符合时代潮流的。

当时，明智的佛道人物随即给以回应。道家全真教主王嚞（金）有诗云：“儒门释户道相通，三教从来一祖风。”[③]他的弟子丘处机也有诗云：“儒释道源三教祖，由来千圣古今同。”[④]而儒、道、佛的合流，宋儒无所顾忌地糅佛入儒、糅道入儒，终于促使宋代理学的确立。“贫困”的儒家哲学，自汉末衰微，经过魏

① 鲁迅：《中国小说史略》，东方出版社1996年版，第119页。

② 苏轼：《祭龙井辩才文》，《苏东坡全集·后集》卷十六，中国书店1986年版，第635页。

③ 《重阳全真集》卷一。

④ 《磻溪集》卷一。

晋南北朝，已在思想领域失去统治地位，但这又是有着几百年的儒家道统所不能接受的。唐代韩愈就曾猛烈攻佛，可他的论辩方法，已经接受了佛家逻辑的“污染”。佛、道哲学，不是以政治伦理思想为主体，几乎从老庄的著述中就可看到，他们在宇宙观方面积累了丰富的理念，并升华出各自教义中的玄深精奥的义理。这是传统儒家难于仅仅用政治伦理观念所能战胜的。宋儒为了重振儒学，只得越过儒学狭隘的门槛，借用道、佛的思想材料，来架构“穷理见性”的理学体系。理学的确立，在中国思想史上，确实推动了宋代文化理性思潮的发展，有它突出的贡献，宋、明艺术的世俗化的大趋势与市井艺术的昌盛，自然也与理学的发展不无关系。但他们提出的“穷天理，窒人欲”的理念，实际上是给儒学输进了宗教的禁欲主义，把确认主观观念的所谓“天理”视为封建伦理的天然合理性，把正统的封律秩序视为自然法规，强迫人们通过社会行为去自觉地实践，明显地表现了它的天然不合理。在思想潮流上，还祸延了宋以后雅文艺主潮的衰微。

从艺术观念和艺术思维来看，在历史的长河中，儒家的影响虽为主线，但越发展到后来，越不及老庄和禅学为艺术所注入的活力。而且儒、道、佛，在教义上虽有过长时期的对立和碰撞，却在思想体系上又是相互融会、相互补充，终致合流。它们对艺术所造成的深远影响，既显示着时代精神的特征，又广泛渗透着艺术审美的观念与范畴，促进了中华传统艺术思想与艺术情趣的变化和发展，也包括创造了中华艺术富于民族特征的理论体系。如中国哲学史上涵盖天地万物本原的宇宙精神的“道”，儒道两家虽有不同的诠释（在佛则谓之“性”），在传统艺术中，则被解释成以艺术行为通达道的形式，表现为对“道法自然”“天人之合”的理想的追求。而中华艺术概念中所特有的“形神”、“情理”、“风骨”、“虚实”、“气韵”、“心源”，以至艺术审美的最高范畴“意境”等，无不内蕴与混合着儒、道、佛思想观念的渗透，对中华艺术的发展和传统艺术精神的形成，都有着不可估量的作用。

三、中华艺术精神及其特有的观念体系

作为观念形态的中华艺术，毫无疑问，社会生活是它活动的起点，没有作为审美客体的社会生活，哪怕是先民们“混生”时代的乐舞，也是创作不出来的，哪怕是宗教艺术，譬如敦煌莫高窟，有一千年的建窟史，但无论居于正中的婀娜多姿的彩塑一铺，还是遍布全窟流光溢彩的经变壁画，尽管都是在描绘着佛国的“净土”与“极乐”，却无不铭刻着那一千年历朝历代社会生活的鲜明印迹。一切艺术，“都是一定的社会生活在人类头脑中的反映的产物”，但是，这普遍规律，毕竟是经过审美主体（“头脑中”）再铸造的精神现象。而如上所述，各民族又都有着自己主客观条件的相互作用，因而，也必然形成了各民族艺术的鲜明的特征与特性。简言之，中华艺术作为古老的东方传统艺术的代表，与西方艺术传统相比较，如果说，西方艺术重视的是剖析与摹写实体的忠实，那么，在中华传统文化精神土壤里萌生的中华艺术，虽然也不缺乏“形神兼备”与“笔墨精微”的逼真的艺术珍品，但在中华艺术历史发展的主要潮流中，无论是内涵和形式，在创作与生活的关系上则更强调艺术家的心灵感受和生命意兴的表达，即使是“真”，也如五代画家荆浩所强调的：“似者得其形遗其气，真者气质俱盛。”[①]强烈地显示着主体创造的精神情采，并形成了富有浓郁民族特色的美学与艺术理论体系。在这里，我们只是撮其要点略作阐释。

（一）“天道”“人道”，“天人之合”。既然“道”被视为天地万事万物宇宙精神的本原，也理所当然地必定会成为中华艺术精神追求的审美最高境界。

“道”，在古代哲学观念中来源很早，无论是道家和儒家，都视它为宇宙精神的本质。老子的《道德经》，开宗明义的第一个字和第一句话，就是“道”。道家哲学的基本命题是“人法地，地法天，天法道，道法自然”[②]，或者说：“道生一，一生二，二生三，三生万物。”[③]儒家经典之一的《礼记·中庸》则

---

① 俞剑华编：《中国画论类编》上卷，人民美术出版社1986年版，第605页。

② 《老子》，《老子·庄子·列子》，岳麓书社1989年版，第7页。

③ 同上，第12页。

声称："道也者，不可须臾离也，可离非道也。"孔子虽未直接论道，却从"天命"中引申出"人道"，"天道"与"人道"相通。而"道"又涵盖"天道"和"人道"，"天道"与"人道"是一个"道"，是整体世界的本质。它笼罩一切，渗透一切，它虽"有情有信，无为无行；可传而不可受，可得而不可见"[①]，却又是宇宙天地万事万物运动变化的根源。尽管对"道"是什么，儒家和道家存在着各自不同的看法，不同的解释。但是，他们都视人与宇宙为一体，即人与自然的和谐统一，也包括人对自然的征服和改造，努力在探究宇宙与人生的关系。只不过，道家更注重于"天道"，主张自然无为——"独与天地精神往来，而不傲睨于万物"[②]，人向自然复归，追求"天地与我并生，而万物与我为一"[③]。但是，"天道远，人道迩，非所及也，何以知之"[④]，儒家则更重视"天道"向"人道"的转化，表现为"圣人之道""天下归仁"[⑤]，突出个体人格的精神力量——"善养吾浩然之气"，以达到"万物皆备于我"[⑥]。佛虽不论"道"而谈"性"，但禅宗所谓的"佛性"包容万物，把人的心性——精神修炼与宇宙本体相结合，实际上也就相似于"道"。

"学究天人"，儒、道、佛，对这涵盖一切的"道"（"性"）的探究，其基本命题，就是描述和解释天人之际的关系。在它们看来，天道（佛性）与人道（人性）相应、相合，"天人合一"，天人统一于道（即心即佛），才是人类追求的最高理想境界。于是，"道"，成了中国传统思想中无所不在的崇高的观念，特别是"天人合一"的思想，不仅是形成中国传统美学的基本特征之一，也对传统艺术产生了深远的影响。

宗白华（1897—1986）先生说："中国哲学是就'生命本身'体悟'道'的节

---

① 《庄子》，《老子·庄子·列子》，岳麓书社1989年版，第24页。

② 同上，第145—146页。

③ 同上，第8页。

④ 《左传·昭公十八年》，《四书五经》，天津古籍书店1988年版，第454页。

⑤ 《四书·论语》，上海古籍出版社1995年版，第157页。

⑥ 《四书·孟子》，上海古籍出版社1995年版，第404页。

奏。‘道’具象于生活、礼乐制度。道尤表象于‘艺’。灿烂的‘艺’赋予‘道’以形象和生命，‘道’给予‘艺’以深度和灵魂。”[①]古老的乐舞艺术，就被视为人类以艺术行为通达“道”并赋予“道”以形象和生命的典型的形式，即《礼记·乐记》所谓“大乐与天地同合，大礼与天地同节”。《礼记·乐记》在讲到乐舞活动中的人与道（天）的关系时，说得更为具体和直接：“是故君子反情以和其志，比类以和其行……使耳目鼻口心知百体，皆由顺正以行其义。然后发以声音而文以琴瑟，动以干戚，节以羽旄，从以箫管，奋至德之光，动四气之合，以著万物之理。”这就是说，乐舞表现的全过程，都是按照天意（道）在创作，它充分体现在物质的、形式的运用以至精神活动的各个方面，当然更不用说那些借以“通神”的各种祭祀巫祝的乐舞了。至于发展到“颂圣”性的乐舞，就愈是以“天人合一”之“道”来标榜了。魏晋时代的阮籍（210—263）的《乐论》，曾这样阐发了乐与道的关系：“昔者圣人之作乐也，将以顺天地之性，体万物之生也。故定天地八方之音，以近朝阳八风之声，均黄钟中和之律，开群生万物之精气。”自然，突出强调艺术活动必须以“自然”之心合“天然”之“道”，使创作过程能达到“登山则情满于山，观海则意溢于海”[②]的自由翱翔的境地，则应当说更多的是来自道家的“道”的思想内涵，而且表现在魏晋以来绘画领域的艺术追求最为鲜明。南朝画家宗炳说：“圣人含道映物，贤者澄怀味象。至于山水质而有趣。是以轩辕、尧、孔、广成、大隗、许由、孤竹之流，必有崆峒、具茨、藐姑、箕首、大蒙之游焉……夫圣人以神法道，而贤者通，山水以形媚道，而仁者乐，不亦几乎。”[③]这就是说，在他看来，自然山水就是“道”的显象。圣人要体悟“道”的真谛，必游名山大川，在大自然中来体悟“道”（自然）的精神，而绘画山水也必须“澄怀味象”，才能通达于“道”。据说宗炳晚年曾慨叹自己的“老疾俱至，名山恐难遍睹，唯

① 宗白华：《艺境》，北京大学出版社1989年版，第159页。

② 刘勰：《文心雕龙》，范文澜注本，人民文学出版社1962年版，第493—494页。

③ 俞剑华编：《中国画论类编》上卷，人民美术出版社1986年版，第383页。

当澄怀观道，卧以游之。凡所游履，皆图之于室”[①]。这就是说，“澄怀观道”，才是他追求的艺术的理想境界。

由此可见，艺术的创作思想，无论是近儒还是近道，都贯串着这“天道”与“人道”相融合的“道”的精神，使“道”的精神化为艺术的灵魂，甚至达到“入神”、“通圣”的境界，这是中华传统艺术追求的所谓“天人之合”、“合天之技”的艺术精神和最高审美理想。

（二）“情与气偕”，“气韵生动”。在中国古代思想中的“气”，也是与“道”相关联的哲学命题。只不过，这“气”在固有的意义上就不同于“道”。“道”虽被视为天地万物的本原，但却“无为无形”[②]。“气”则是可视、可感的生命的形象。《黄帝内经·素问·生气通元论》（上）说：“自古通天者，生之本，本乎阴阳。……其气九州九窍……皆通于天气。”大自然中的烟气、蒸气、云气、雾气、水气、冷气、热气、生物氤氲的呼吸之气，都是宇宙存在的实体。所以管子断言：“有气则生，无气则死，生者以其气。”[③]人是靠“吐纳之气”以通天，因而，气也主宰着人的生命的历程。孔子则把人气引申为“血气”，阐述了它在生命历程中的社会意义：“君子有三戒：少之时，血气未定，戒之在色；及其壮也，血气方刚，戒之在斗；及其老也，血气既衰，戒之在得。”[④]而“道”既是天地万物的本原，那么“气”是有，只能生于无，即生于道。道是灵魂，气则是这灵魂的可感可视的生命表现。所以，气，虽然存在于人的血肉生命的实体，却也在社会发展中被物化为人的精神“生命”，成为精神与生理综合的形态特征，因而，孟子有“善养吾浩然之气”之说。这所谓“浩然之气”，当然是指的道德上的善的崇高，养育和熔铸了人的精神气质。但孟子认为，这种精神气质，又是可以从人的社会行为和血肉生命中可感、可见、可

① 沈约：《宋书第五十三·隐逸·宗炳传》，中华书局1974年版。

② 《庄子》，《老子·庄子·列子》，岳麓书社1989年版，第24页。

③ 《管子·枢言第十二》，《百子全书》第三册，浙江人民出版社1984年版。

④ 《四书·论语》，上海古籍出版社1995年版，第204页。

知的。他说："存乎人者，莫良于眸子，眸子不能掩其恶。胸中正，则眸子瞭焉。胸中不正，则眸子眊焉。听其言也，观其眸子，人焉瘦哉。"[①] 什么是"浩然之气"呢。孟子作了这样的描绘："其为气也，至大至刚，以直养而无害，则塞于天地之间。其为气也，配义与道；无是，馁也。是集义所生者，非义袭而取之也。行有不慊于心，则馁矣。"[②] 这不只显现了个人的伦理道德追求与情感意志融为一体，而且这"浩然之气"，已升华为个体人格的最高精神美质。这当然是积极"入世"的社会中人的人格美、精神美；这种"浩然之气"可以"养育"出为国为民的贤臣、良将、志士、仁人。孟子的这种"气"说，不仅在社会思想史上产生了巨大的影响，也渗透着中华传统艺术的审美理想。直到曹雪芹的《红楼梦》，还在借贾雨村之口运用阴阳二气之说，以品评他小说中的叛逆的主人公贾宝玉这位时代的"怪胎"。

中国古代文论多以气论文。曹丕（187—226）即称"文以气为主，气之清浊有体，不可力强而致"[③]。刘勰则对曹丕的文以"重气之旨"加以发挥，提出"气以实志"，"情与气偕"的观念。所谓"气以实志，志以定言，吐纳英华，莫非情性"[④]，更加强调了文章的才情来自作者的个性与气质。不过，艺术的审美，主要讲求的却是"气韵生动"。如果说，儒家的观念是以气为质，那么，艺术的"气韵"范畴的内蕴，更偏重于与道家的玄的意味相通的韵的追求。在绘画、音乐的理论中，则是气韵、韵律、神韵、韵味诸概念主宰着艺术优劣的品评。有的论者这样解释"韵"的含义："有余意之谓韵"，"凡事既尽其美，必有其韵；韵苟不胜，亦亡其美"。韵在审美中占有如此重要的地位，始自魏晋南北朝的所谓人物品藻，也是在玄谈与清谈中形成的品藻标准。最初，它本是用来评论人物的风姿的。《世说新语》以及相关的史书——

① 《四书·孟子》，上海古籍出版社1995年版，第329—330页。

② 同上，第272页。

③ 曹丕：《典论·论文》，《中国历代文论选》上，中华书局上海编辑所1962年版，第1—24页。

④ 刘勰：《文心雕龙》，范文澜注本，人民文学出版社1962年版，第506页。

《晋书》、《南史》、《宋书》、《齐书》、《梁书》中，对历史人物的“品藻”，无不以“气韵”为旨归，所谓“风韵秀彻”、“雅有远韵”、“道韵平淡”、“玄韵淡泊”、“风韵清疏”、“苦节清韵”等等，其内在意蕴总含有道家淡泊超世的情趣。南北朝又是中国人物画大发展的时代，而以“韵”为品藻人物的气度、情调大小、高低的标准，也自然地进入了绘画艺术的审美要求，终至成为囊括一切绘画创作的重“韵”之风，“气韵”则是作品内在的精神生命。谢赫所说的画之“六法”即有“一气韵生动是也”[①]；张彦远称画“鬼神人物有生动之可状，须神韵而后全”[②]；荆浩提出的绘画“六要”里，虽“气”“韵”分说，却放在“一曰气、二曰韵”的最重要地位；北宋以禅论画的黄庭坚则强调说“凡书画当观韵”[③]；至明代，董其昌更以“气韵”为绘画的审美最高境界，把绘画分为南北两宗，并特别推崇以“韵味”见长的南宗。于是，在“气韵”追求中又重“韵”之风，几乎统治了明清以来的画坛。在这里，无论从哲学的命题到艺术的审美意识的发展，都可以看到所谓儒道释互补或儒道释“同源”给中华艺术特征带来的深远影响。

（三）“境皆独得，意自天成”。既然对“道”的追求是中华艺术精神最根本的特征——艺术的灵魂，而“‘道’之为物”，又是“惟恍惟惚，恍兮惚兮其中有象，恍兮惚兮，其中有物”[④]，因而，在“道”的精神统率下，这有与无的周行不止，在传统艺术中也派生出体现它丰富内蕴的审美范畴和概念，如形神、虚实、韵味、意境等，而“意境”又是艺术家与欣赏者在艺术活动中的高层次的追求。

“意”，在中国古典哲学观念里，是指对“道”的体悟而言。所谓“道意”，主要是道家学说的概念，在魏晋玄学中得到广泛的运用，至唐，被引进

---

① 俞剑华编：《中国画论类编》上卷，人民美术出版社1986年版，第355页。

② 同上，第31页。

③ 黄庭坚：《题摹燕郭尚父图》，《豫章黄先生文集》卷二十七。

④ 《老子》，《老子·庄子·列子》，岳麓书社1989年版。

艺术而成为审美范畴。“意”则是指艺术家创作时的主体构思的“立意”，所谓“意在笔先，画尽意在”，“意不在于画”[①]其内涵还没有多大的改变，后来逐渐演化，特别是绘画范围里，“意”被认为是主体在认识客体中的情景交融的产物。张彦远所谓的“意”乃由“境与性会”而得，就已有了主客体相融合的境界。只不过，盛唐诗人王昌龄（？—约756）把“境”引入美学范畴[②]，“境界”的连用，却是来自禅学启示的“佛境”、“禅境”的内涵与借用。抛开那些神秘的说教，佛学的所谓“意境界”，以及“佛境”、“真境”、“智境”之类，无非都是指对“佛性”的体悟达到了一种什么样的精神状态的高度。

如果说“意”的内涵，多来自老庄与魏晋玄学的“道意”，那么，“境”，则是佛家“禅境”的直接借用。而无论是“道中之境”还是“禅中之境”，归根结底，所追求的就是艺术思维中的“虚静”与“空灵”。二者可算是道释互补“道意”在前，“禅境”则发展了“道意”。它们被引进文艺领域而有“意境”及其内涵的连用和发现，催化了唐宋以来意境说理论的不断成熟和发展，许多诗论家与画论家都以它为中国艺术的最高心灵境界。晚唐《二十四诗品》的作者司空图（837—908）又以道家的“道意”总结了“意境”的“四外”的表现，即“象外之象，景外之景”[③]、“韵外之致”、“味外之旨”[④]。

“意境”这一生根于中华文化土壤里的特有的艺术美学范畴，自从唐迄于今天，已被广泛运用于文学艺术领域的各个门类，以诗、词、书法、绘画中的探讨与论述最多。而在诗与画的“意境”创造中备受推崇的，又是盛唐诗人画家王维。作为诗人，他虽取材广泛，却仍以田园、山水题材的作品最多，而且他多才多艺，音乐、绘画、书法，都有很高的造诣，特别是绘画也包括理论，都备受后人推崇。可惜，他的绘画作品目前难得一见。今传有《伏生授经斋》，

① 俞剑华编：《中国画论类编》上卷，人民美术出版社1986年版，第36页。

② 陈良运编：《中国历代诗学论著选》，百花洲出版社1995年版，第230页。

③ 同上，第316页。

④ 同上，第313—314页。

被认为是王维之画本，也有著名的《辋川图》传于各代著录之中。传说他所作的《山水诀》、《山水论》，就倡导画家要“肇自然之性，成造化之功”，“妙悟者不在多言”，“凡画山水，意在笔先”。这“意”就是来自对山水的“自然之性”的“妙悟”，是神与景游；而在王摩诘“妙悟”的“意”里又是离不开“禅”的精神感受。所以，在画论家以至“士夫画”（即文人画）的倡导者看来，王维的作品是“典型”的“意境”创造者，是“妙上品”。宋代沈括高度赞扬王维的创作是“得心应手，意到便成，故造理入神，迥得天意，此难可与俗人论也”[①]。苏轼还把王维同吴道子作了比较，甚至说：“吴生虽妙绝，犹以画工论。摩诘得之于象外，有如仙翮谢笼樊。吾观二子皆神俊，又于维也敛衽无间言。”[②]苏轼既是“士夫画”创议人，又是禅意玄想时在襟怀的高士，因而，他如此崇尚王维所创造的“虚静”的意境，也是必然的。元代汤垕评王维作品说“盖胸次潇洒，意之所至，落笔便与庸史不同”[③]，也是着眼在意字。到了明代董其昌（1555—1636），已公开尊王维为南绘画之祖。

中国山水画，发展到宋元，已基本上是文人“写意”的天下，而以禅境论诗画，更是苏轼完成“意境说”的核心命题。“意境”成了艺术作品的灵魂，艺术审美的最高范畴。也可以说，艺术上的有无、虚实、形神、韵味，都包孕在这“意境”创造之中。委婉含蓄，深沉微妙，可意会而不可言传，它虽对自然景物有真实、概括地观察、把握和描绘，却又不追求客体对象的外在的形似，而是表达着富于生活风神与人生理想的形象的真实，把艺术感觉、艺术想象的空间，留给读者去发现、品味、抒发和追寻。

“意境”，这一具有中华文化传统与艺术特征的美学范畴，虽然最早是由“道意”“禅境”引进到艺术创造和艺术理论的概念中来，多用于诗与画的境界的创造和分析，但自宋元“文人画”大兴起，“意境”说则已广泛运用于

① 沈括：《梦溪笔谈》卷十七，《评袁安瑞雪图——雪中芭蕉》，巴蜀书社1996年版，第202页。

② 苏轼：《王维吴道子画》，《苏东坡全集·前集》卷一，中国书店1986年版，第45页。

③ 俞剑华编：《中国画论类编》上卷，人民美术出版社1986年版，第479页。

书法、音乐、舞蹈、园林等各传统艺术门类，即使由“俗文艺”发展起来的戏曲、小说，在它们的特有的艺术形态和体裁中，也丰富和升华着意境的创造。用王国维的话说：“能写真景物、真感情者，谓之有境界。否则谓之无境界。”[1] 那么，在中国戏曲发展史上，能写出“真景物”、“真感情”，并达到高层次“境界”，给读者“写通天尽人之怀”的艺术感受的，就至少有关汉卿（约1210—约1280）的《窦娥冤》、王实甫（约1260—1335）的《西厢记》、汤显祖（1550—1616）的《牡丹亭》和孔尚任（1648—1718）的《桃花扇》，作为他们各自生活时代的代表作。至于被誉为中国古典小说巅峰之作的《红楼梦》，可以说，既综合了雅与俗，又升华了各门类艺术的成就，通过对小说形态的诗境、情境、事境的描绘，把艺术的意境美的创造，扩展到社会生活的更深更广的层面里。

从山水画的艺术意境内涵来讲，也有不同的美的形态的发展，譬如“无我之境”与“有我之境”，后者就被视为所谓线的艺术传统的发展的最高阶段，它表现为对笔墨的突出强调，显现出中国绘画与书法形式美和结构美的主观精神所渗透的特有的境界。只不过，它们虽非自然景物客体的忠实摹写，而其传达出来的兴味、力度、气势与时空感，仍有着一定时代的社会人生与情感的“积淀”。至于所谓“无我之境”，也并非要求艺术家纯客观地摹写自然景物，毫无意境的创造，而是更重视通过对客观景物的真实地概括和描绘，以表达艺术家的思想感情，它们虽不外露，却蕴蓄在作品的形象真实之中。“抒写襟怀，发挥景物，境皆独得，意自天成。”[2] 这种艺术意境的创造，在小说和戏曲的形态中更为普遍。总之，无论是“有我之境”还是“无我之境”，只是意境美的类型不同，整体来说，对现实的审美关系，中华艺术是重在表现，重在传神，重在写意。正因如此，把意境作为最高的审美追求，才形成了中华艺术的独有的民族特征。

（四）“外师造化，中得心源”。重表现，重传神，重写意，这是中华艺

---

① 王国维：《人间词话》，《蕙风词话·人间词话》，人民文学出版社1960年版，第193页。

② 叶燮：《原诗卷三·外篇上》，《清诗话》，上海古籍出版社1999年版，第591页。

术精神的形成与创作方法上的基本特征。从艺术对现实的审美关系来讲，它的确不同于在表象上客观地、准确地摹写现实世界的“再现”的形态，它更注重于主体的能动作用。在创作美学的理论中，唐张璪的名言“外师造化，中得心源”，是对这一民族艺术规律基本特征的最富辩证精神的深刻概括。艺术来源于生活，社会人生、自然景物，是艺术反映和描绘的客观对象，这反映论的真理，在中国传统艺术理论和美学思想中是很早就得到确认的。《礼记·乐记》中说：“人心之动，物使之然也。感于物而动，故形于声。”这说明“心之动”是由“感于物”而引起的，指出了主观精神与客体世界的血肉联系。但是，感于物者“心”也，“感情”是心灵对于印象的直接反映，“凡音之起，由人心生也”。这也就是说，艺术创作的发动，都是来自“心之动”。“凡音者产乎人心者也，感于心则荡乎音，音成于外而化乎内”[①]，感物动心，有了对现实生活的深刻感受和体验而音成。所以，一切艺术美的光源、艺术美的境界，还是来自艺术家主体对客体的观照和再创造。“心乐一元”、“心书一元”、“心画一元”、“心文一元”，在传统艺术理论中，不管有多少歧异的解释，都强调创作活动中的主体作用，强调艺术是心的表现，甚至连艺术形式的形成和选择，也被视为密切联系着感情心理的变化。《毛诗序》的那段名言：“诗者，志之所之也，在心为志，发言为诗，情动于中而形于言，言之不足故嗟叹之，嗟叹之不足故永歌之，永歌之不足，不知手之舞之，足之蹈之也。”这是关于心与艺的关系的最直接、最通俗的说明。这里的心，自然是指个体的主体意识，个体的认识主体，即今天的我们所说的思维的大脑。在中国古人看来，人心是人体感官的主宰：“心之在体，君之位也；九窍之有职，官之分也；心处其道，九窍循理。”[②] “耳目之官不思，而蔽于物。物交物，则引之而已矣。心之官则思，思则得之，不思则不得也。”[③] 如果再深入传统哲学的命题，这心的内涵还要丰富

① 《吕氏春秋·季夏纪·音初》，《诸子集成》第六卷，团结出版社1996年版，第319页。

② 《管子·心术上第三十六》，《百子全书》第三册，浙江人民出版社1984年版。

③ 《四书·孟子》，上海古籍出版社1995年版，第388页。

而复杂得多。仅就历代文论、乐论、画论的用法，“心”就已涵盖了艺的萌发、创作及其完成的主体的能动作用的全过程。其实，也包括张璪这句名言的上半句，所谓艺术的“外师造化”，也强调的是主体的作用。创作主体是以造化万象为师，却不是纯客观地“摹写”，而是蕴含着主体精神的融入。所谓“见景生情”、“触物生情”、“即景会心”，虽为景物所激发，也还是强调了主体的感受，强调了感情融入客观景物，以至包括造化万象对主体已有情思的启示和思考，使之更趋明朗化。师而不泥，正是中国古人在从学、从艺中强调主观能动作用的准则。王夫之（1619—1692）说：“夫景以情合，情以景生，初不相离，唯意所适。”①情与景的交融渗透，总还是受着“意”的驱使。“山川使予代山川而言也……山川与予神遇而迹化也”②，得到艺术家“立言”的这个“山川”新境界，又绝非它的原貌，而是“皆灵想之所独辟，总非人间所有”。郑板桥（1693—1765）曾借用“变相”说，叙述了他在“画竹”全过程中的审美主体的能动作用：

> 江馆清秋，晨起看竹，烟光日影露气，皆浮动于疏枝密叶之间。胸中勃勃遂有画意。其实胸中之竹，并不是眼中之竹也。因而磨墨、展纸、落笔，倏作变相，手中之竹，又不是胸中之竹也。总之，意在笔先者，定则也；趣在法外者，化机也。岂独画竹乎哉？（《郑板桥集·题画竹》）

他把画竹分作三个阶段，三次“变相”。第一阶段是观察、感受清秋晨竹，有了从园中之竹到眼中之竹的“变相”，于是，“情从景生”。第二次变相，有了“胸中之竹”。这“胸中之竹”，已注入了创作主体的“画意”，即从多种心理表象与综合中经过提炼变相为审美意象，而非“眼中之竹”了。“磨墨，展纸，落笔”，由“胸中之竹”倏然变相为“心画一元”的“手中之竹”，即把经过提炼的

---

① 《薑斋诗话笺注》，人民文学出版社1986年版，第76页。

② 俞剑华编：《中国画论类编》上卷，人民美术出版社1986年版，第153页。

“意象之竹”变相为物化的“画中之竹”。尽管按照当代美学的理解，有生命、有魅力的艺术品，应当是客观对象世界、创作者主体世界、鉴赏者接受世界三者交互作用、沟通协调中才能创造出来的，但郑板桥从“画竹”实践中概括的三阶段、三变相，仍然是十分精辟地阐释了“外师造化，中得心源”的艺术规律。在他的感受和体验里，虽然也有对“园中竹”感而动的开端，但形成“意象之竹”与“画中之竹”，却是审美主体精神的不断高扬，画家的主观能动性得到了特别的强调。而且他还认为，“意在笔先者，定则也；趣在法外者，化机也”，岂“独画竹”？这也就是说，这所谓“变相”的过程，该是一切艺术创作的规律。

中华传统艺术着重强调艺术主体的能动作用，却又不脱离客体，而且一贯要求主客体的融合统一。中华传统艺术所谓“心物一元”，表现为“心乐一元”、“心画一元”、“心文一元”，多反映在“情”与“景”的文系上，因为中华传统艺术无论在诗歌领域、音乐领域、绘画领域，首先进入主体“创作心源”的，都是千变万化、多彩多姿的自然物象。山水诗、田园诗、山水画、花鸟画、春江花月、高山流水，景无情不发，情无景不生，按照中国传统美学，感情是作为创作主体的“心”与客体景物联系的起点。游历山川，探览名胜，凭吊古迹，这既是诗歌中的题材，也是绘画所“师”的造化，而“情景交融”，则是中华传统艺术所追求的美的境界。但实际上“触景生情”、“即景会心”，这“景”却往往在感受、认识、概括中被虚化。唐代诗人陈子昂最著名的诗篇《登幽州台歌》：“前不见古人，后不见来者。念天地之悠悠，独怆然而涕下。”受到历代人的赞誉，称它是以无限时间和空间为背景，通过强烈的对比，充分展示出内心不为人知的寂寞孤茕之感，境界开阔高远，格调慷慨苍凉，具有“可以泣鬼”的感染力。这的确也引起了千古怀才不遇之士的强烈共鸣。全诗对这幽州古台，虽不着一字，也没有一句“景”的具体描写，却充满了触物生情的浓烈的人生感喟。当然，也有很多写得景真情深的作品，如李白、杜甫、王维的那些佳作，但它们的得以流传，终是因为“景中全是情”。所以，“情景交融”其重点还在于借景抒情，“即景会心”。唐代张继流传中外的《枫桥夜泊》：“月落乌啼霜满天，江枫渔火对愁眠。姑苏城外寒山寺，夜半钟声到客船。”全诗写的都是景——一幅远近交错、明暗相杂、色彩凄艳、宁静清寂的秋江夜色图，满贮着一个“愁”字。它确实写出了真景，却又是以诗人强化了的此时此地的感情融入了外景。它构成了一个独特的境界，蕴含着崭新的意象，给读者以强烈的感受、丰富的想象。

宋元文人写意画的兴起，虽有其时代的和社会心态的历史背景，但是，强调艺术创作中的主体精神，这是中华艺术的美学传统，几乎从原始的彩陶、三代的青铜器开始，虽然表现为不同时代的社会的美的形态，但它们结晶出来的所谓“有意味的形式”，却都蕴含着对特定社会现实的感受、想象和观念。诗歌的抒情传统，又是以“比兴”的规律，通过对造化万象的描绘而抒发、寄托、表现，从而传达主体的情感和观念，而使这艺术中的景物形象渲染着、渗透着浓郁的感情色调。文人画，不过是中华艺术这一特征更极致的发展。在文人画里，客体的写实更加退到次要的位置，而主体的意兴心绪和生命情调则受到突出的强调。山水画追求的是“韵外之致”的美的境界，所谓“山水以气韵为主，形模寓乎其中”[①]。于是，更进一步又有了元代绘画的笔墨世界。在这里，绘画的美可以不依存于所描绘的景物，而是显现它本身的线条和色彩，即所谓笔墨趣味，它的确表现为形式美、结构美，但这种形式结构却是来自“中得心源”，传达着主体的情感、意兴、神韵和气势，把中国绵延不断的富有特色的笔墨法度推上了更高阶段。

艺术又是离不开造化万象的，哪怕是最独特的书法艺术，最初也是来源于对“造化万象”的形体、姿态的模拟、吸取，有它象形基础上的演化过程，逐渐形成点画章法和形体结构的概括性和抽象化的美的规律，用丰富多样的纸上的音乐和舞蹈以抒情寄意。清初的朱耷（1626—约1705）、石涛（1642—1718）的绘画作品虽以突兀的造型，奇特的画面，抒写着他们国破家亡强烈的悲痛与愤慨，但那些睁着大眼睛的孔雀、翠鸟，那突兀的怪石，奇特的芭蕉，虽是极度的夸张，也仍有其“造化万象”的源头，只不过，它们的傲岸不驯、狂放怪诞的主

① 俞剑华编：《中国画论类编》上卷，人民美术出版社1986年版，第115页。

观精神，却是构成它们独特风貌并激起人们强烈共鸣的艺术的“心源”，所以，石涛直言不讳地说：“画可从心，画从心而障自远矣。”[①]

即使是产生较晚以综合表演为中心的戏曲艺术，不用说它的戏剧文学，如元杂剧与明传奇的代表作王实甫的《西厢记》和汤显祖的《牡丹亭》，全剧都充满了抒情的意趣，像一首首抒情诗连缀而成，就是它在处理艺术与生活的关系上，也同样是属于“外师造化，中得心源”的“体系”。因为中国戏曲在舞台上的一切表演，从不拘囿于对生活表象的模仿，而是以虚拟性、程式性作为统领舞台综合艺术创造的特有形式。西方戏剧是用“三一律”来规范舞台场景中的时空跨度的，那只能把戏剧矛盾集中在一个特定场景中来表现。在一定意义上，这是与西方传统艺术重写实、重再现紧密相关的。而中国戏曲，是在固有的各种艺术表现形态的综合中逐渐形成的，并且是在演出实践中相互吸收、相互渗透，融合成有机的统一体的。中国传统艺术的写意与传神，自由、流动的主体精神，很自然地形成了戏曲突破时空局限，用虚拟作为反映生活的基本手法。在戏曲舞台上没有表现特定空间的场景，更没有固定的时间限制，一切在流动中。人在室内，几个虚拟的手势，就算开门走出了室外；一扬马鞭，几个圆场，就从京城到了千里外的边关；几声锣鼓，已是夜尽天明。时空的定向，完全是舞台演出中的假定，说是在哪里就在哪里，说是千里之遥就是千里之遥，观众可以用自己的想象去补充，并不会追究它的“真实性”。戏曲却正是在这虚拟的时空中创造了它的艺术美。而戏曲的程式性，似乎走的是另一个“极端”。戏曲中的程式，也是表现生活的艺术手段，但和虚拟不同，它具有规范的严格含义。表演程式，就是表演上的基本固定的格式，戏曲演出人物有所谓角色的划分，人物角色在舞台上活动有各种动作，也包括生活中的基本动作，都得到了艺术的提炼，在艺术家的长期创造中，为了塑造人物或特定情景中的需要，被设计为一种固定格式的动作，如开门、关门、上马、登舟等，都从模拟生活动作出发，逐渐创造和升华出一套套或夸张、或美化的动作程式。因为戏

① 俞剑华编：《中国画论类编》上卷，人民美术出版社1986年版，第150页。

曲是综合的艺术，所以，这些程式又是与音乐、舞蹈相融合，富于节奏化和舞蹈化，以韵律美和造型美感染着观众。它虽是舞台艺术塑造人物形象的手段，却又能在观众中造成独立的审美价值，如“起霸”、“卧鱼”、“吊毛”、“抢背”，往往艺术家上场的第一个程式的“亮相”就能博得全场的喝彩声。自然，程式又不是僵固不变的，它的姿态万千的风神美，本来就是从人生万象中提炼而来，是戏曲艺术家生动活泼的创造。它既是规范的，又是自由的，因而，戏曲艺术的诞生和发展，是以综合的主体美的创造，把中华艺术“外师造化，中得心源”的民族传统推上了一个新高度。

四、民族艺术的融合与中外艺术的交流

“中华民族”，作为中国境内各族的总称，虽然是20世纪才逐渐明确起来的自觉的民族观念，但“中华”之得名，却已由来很久，并且自称“中华”，就蕴含着有文化的民族的寓意。《唐律名例疏议释义》曾十分明确地讲道：“中华者，中国也。亲被王教，自属中国，衣冠威仪，习俗孝悌，居身礼义，故谓之中华。”而在一直连绵不断，始终向前发展的中华古老文化中，中华艺术又是其中取得最灿烂成就的一部分。它像中华文化一样，是以汉民族艺术为骨干，融合着中国境内历史上的多民族的艺术创造。春秋战国时代，中原文化就存在着齐鲁文化、楚文化、吴越文化、巴蜀文化、秦文化、三晋文化的不同源头与差别。秦汉大一统后，原有的各地区的文化很快在政治统一的基础上得到融合，开始形成血肉相依的中华民族共同体。而从西汉“文景之治”时起，作为中原统治者的汉，就开始了与周边民族的交流——“通大宛、安息”，使珠宝“盈于后宫”，名马“充于黄门”，异兽“食于外囿”。汉王朝还“设酒池肉林以飨四夷之客”，并“漫衍鱼龙，角抵之戏以观视之”[①]。汉武帝建元三年（前138），更曾遣张骞（？—前114）出使大月氏、大宛、康居等国，开通了著名的“丝绸之路”，

① 班固：《汉书·西域传第六十六下·赞》，中华书局1959年版。

进一步加强了汉王朝与当时西域各国的经济与文化的交往和交流。汉代画像石、砖中所描绘的杂技艺术，如“跳丸剑”、“吞刀吐火”，是来自西域大秦（犁靬，即罗马帝国，一说为埃及亚历山大港）[①]；“都卢寻橦”，则来自中国西南都卢国（今缅甸甘夫都卢）；至于外来的乐器，马融的《长笛赋》中则明确写着：“近世双笛从羌起”，汉竖箜篌（竖琴）与琵琶，也是“本出自胡中”，特别是琵琶，经过不断改进、提高，早已成为中国最有代表性的民族乐器了。而汉代人的乐舞，也在当时通过商业和文化交往或皇帝赏赐的方式“交流”到中亚及周边地区。如汉武帝曾赐高句丽“鼓吹伎人”[②]，“乌孙公主遣女来至京师学鼓琴”，龟兹王也曾得到汉宣帝“赐以车骑旗鼓、歌吹数十人”[③]。由西汉南越王墓、云南石寨山滇王墓等出土的编钟、编磬等乐器，尽管有地方民族特色，从造型上看，显然也受到中原文化的影响。到了汉灵帝时期，皇帝本人就“好胡服、胡帐、胡床、胡座、胡饭、胡箜篌、胡笛、胡舞，京都贵戚皆竞为之[④]”。

这一切都说明，汉文化的囊括四海、气吞八荒的宏大气魄，同样也表现在民族艺术的融合与中外艺术的交流中，多方面从外部吸收了宝贵营养，激发了自身肌体的蓬勃生机。

到了魏晋南北朝时代，由于所谓“五胡乱华”，北方各民族在中原半壁河山激烈地争夺统治权，未尝不力图“扬胡抑汉”，但在汉文化的强大包围下，文化只能适应占主导地位的社会生产与生活机制的需要而发挥作用，因而，虽是在长期的战乱中，终究还是被纳入“汉化”的轨道，向先进的汉文化靠拢；同时，在与汉文化的融合中，也给汉文化增加了新血液，注入了新内容，带来了新形式。胡汉文化的这种相互化合，是中华文化历史发展中不可抗拒的客观规律。晋室南渡，中原传统汉文化的失落，固然是使佛教迅猛发展起来的原因

① 《史记辞典》，山东教育出版社1991年版，第685页。

② 范晔：《后汉书·东夷列传第七十五》，中华书局1965年版。

③ 班固：《汉书·西域传第六十六下》，中华书局1959年版。

④ 范晔：《后汉书·五行一》，中华书局1965年版。

之一，但佛教传入中国，又毕竟首先是沿着“丝绸之路”从天竺到西域，再到中原的。因而，北朝的佛教尤盛，彪炳千秋的佛教艺术瑰宝——敦煌、云冈、麦积山、龙门等石窟的宏壮的造像风潮，就是当时“香火”隆盛的遗迹。只不过，北朝的佛教艺术，虽还保存着天竺来路的若干特点，却已渗入了塞北广漠的阔大与豪放。“南朝四百八十寺，多少楼台烟雨中”。所谓南朝佛像的“瘦骨清相”，岂非也是反映了杏花、春雨、江南的人文风貌，并且不久就出现在敦煌的石窟艺术里；至于“北碑”与“南帖”，也同样表现了南北书法不同风格的差异。这多民族的艺术的交流与融合，虽是“文化的南北朝”的多彩的综合体，却又都对富于浓郁民族特征的中华艺术精神作出了自己的贡献.

经历了乱世纷争、南北分裂，各民族的大碰撞与大融合，三百年后，中国封建社会迎来了它的繁荣鼎盛期——隋唐的大统一，这是继秦汉之后又一次强大中央帝国的建立，史曾并称汉唐，以示辉煌。它所造成的世界性影响，至今留有余韵——欧美各国大都市所有华裔居住地，几乎都被称为“唐人街”。大唐的历史贡献，不只表现在它大大开拓的疆土上，所谓“前王不辞之土，悉清衣冠，前史不载之乡，并为州县”[①]，而且由于它清明的政治，造成了“贞观之治”以至“开元全盛”（实际上也应包括武则天执政的几十年）等近百年繁荣富足的盛世，使得中国古代文化也随之进入了一个开放的、气度恢弘的时代。这样的有容乃大、面向八方的文化环境，也同样孕育着中华多民族艺术融合的青春焕发，史称“盛唐之音”。这盛唐之音，虽仍以汉文化为主体，却又“胡气氤氲”。经过南北朝三百年的胡汉民族的大混合，“胡”民族固然被化解了，就是容受了“胡”民族的汉民族，也已是经历了重构，不再是它的原貌。唐王室贵族就是胡汉混杂的血统。据考证，它的开国三代君主——李渊（566—635）、李世民（599—649）、李治（628—683）的母系都是鲜卑族。最主要的，唐代还是一个“尚胡”的王朝。“胡风”——胡服、胡乐、胡舞，以至胡饭、胡酒，席卷大唐的社会生活，而唐太宗李世民则公开提出要破除“贵中华，轻夷狄”的观念，实

① 《唐大诏令》卷十一《太宗遗诏》。

行“爱之如一”的政策，这是何等开阔的胸怀！因此，“盛唐之音”里，也继承有北朝文艺的刚健豪迈的气概，并不偶然。被称为“诗仙”的盛唐大诗人李白，就曾高吟“酒后竞风采，三杯弄宝刀。杀人如剪草，剧孟同游遨。”[①] 这充溢强梁彪悍的诗风，何曾见于南朝诗作。胡曲与胡舞在唐代更是大为流行，唐宫廷十部乐中，《天竺乐》、《高丽乐》、《龟兹乐》、《安国乐》、《疏勒乐》、《康国乐》、《高昌乐》七部，都是当时的胡（外国）调乐曲，稍后出现的坐、立二部伎，且已突破按国编乐的界限，将龟兹等“胡乐”补充运用于“汉乐”作品中（如《破阵乐》、《圣寿乐》等）。唐玄宗李隆基（685—762）更“诏道调、法曲与胡部新声合作”[②]，彻底打破了胡、汉乐不能一起合奏的樊篱。而风行的“胡旋”，也受到那么多盛唐诗人的赞赏！至于佛教造像（壁画、石刻、雕塑）的进一步中国化和民族化，在龙门石窟与敦煌莫高窟的演变中更显得十分清晰和突出。

总之，唐代是我国多民族艺术空前大融合、大交流的时代，它广纳深收了世界艺术的精华与精粹，而它本身也被广泛介绍到周边各民族和世界各地，造成了巨大而深远的影响。

晚唐的衰微，五代的更替，中国历史又经历了一次大动荡。其后是宋辽（包括西夏）、宋金、宋元的长期南北对峙，而且两宋都是弱国，这弱宋有时甚至处于儿皇帝的地位，靠纳贡以维持存在，但无论政治、经济两宋都已进入封建社会的成熟阶段。或者说，已开始在孕育着向近代社会的转变。一方面是市井文艺的广泛兴起，另一方面雅文化又表现出空前的精致，显示了艺术史上富于独特个性的所谓“缠婉宋风”。因而，尽管当时的宋文化也输入了异族情调，但整体来说，先后入主中原半壁河山的几个民族，却只能在治文化上日益同化于宋，特别是金。从金熙宗开始，就主动接受宋的政治与文化制度的影响，使北中国繁盛起来。金世宗完颜雍，更是完全改变女真初期排汉的统治政策，用儒法，崇诗书，实行宋文化，其皇室贵族甚至仿效汉族的文学艺术活动——写诗、填

① 李白：《李太白全集》上卷，中华书局1977年版，第279页。

② 欧阳修：《新唐书·礼乐志十二》，中华书局1975年版。

词、绘画等。著名诗人元好问（1190—1257）就说过："大定（金世宗年号）以还，文治既洽，教育亦至一变五代辽季衰陋之俗。"[①] 然而，北方诸民族——契丹（辽）、党项（西夏）、女真（金），特别是后来居上的蒙元，毕竟都出身于游牧民族，贵族上层虽仿效汉人"雅文化"，但民间却难以改变其质朴鲜活的本色，他们的兴趣更倾向于中原的世俗文化与市井艺术。因此，从北宋即已出现的市井艺术，极受北方民间的欢迎。如两宋引起"万人聚观，城市空巷"的杂剧百戏，很快就传播到辽、西夏、金所属地区。而标志着说唱艺术的成熟，并保存完整的诸宫调作品，则是金人董解元的《西厢记诸宫调》。

雅俗分流，使艺术审美在民族艺术的融合中也有着不同的变化，只不过，在北方民族汉化（即宋化）的过程中，却摈弃中原文化的矫揉造作，而更推动嬗变中的俗文艺的发展，输入新血液以促其茁壮成长。这不只是辽、西夏、金，也是蒙元民族艺术融合的大趋势。

元朝至元十六年（1279）忽必烈（1215—1294）灭南宋，这是中国有史以来第一次少数民族政权统一全国。蒙古确实是一个典型的游牧民族，它的金戈铁马，曾经横扫欧亚大陆，在世界史上也造成过巨大的影响。尽管这是一个以蒙古族为主体的民族大融合的时代，但元代艺术却渲染着五光十色的多民族的色彩。汉、蒙之外，契丹、党项、女真的艺术，也在北方各民族杂居中有着一定的遗留。被马可·波罗誉为"巧夺天工，可以说是达到登峰造极的程度"[②] 的元代宫廷建筑，就蕴含着汉、蒙、女真各民族建筑艺术成就的精华。而且中西"交通"已经打开，在忽必烈定都大都后，大都城里聚集了来自亚欧各地的外国人，从贵族、官吏，以至传教士、乐师、美工和舞蹈家，无所不有，这是空前通畅的中外文化交流的新局面。

蒙古族是能歌善舞的民族，元代的社会乐舞的兴盛自不待说，而在灭宋统一全国后更加促进了市井文艺的发展，也是必然的。接近俚俗的散曲，取代了文人

---

① 元好问：《内相文献杨公神道碑铭》，《元遗山先生集》卷十八，商务印书馆1936年版。

② 鄂多立克：《鄂多立克东游录》，中华书局2002年版，第73页。

词，特别是在宋金已有了相当发展的戏曲，到了元代，更构筑了戏曲史上的第一座高峰——元杂剧的发展与兴盛。雅俗分合，在元代也表现为一种特殊的形态，即社会环境中的所谓“九儒十丐”、“儒人颠倒不如人”的地位，迫使文人走向民间，与艺人合作介入杂剧创作，造就了关汉卿、王实甫等一批名标史册的伟大戏剧家。而且文人画的辉煌也是出现在这特殊的民族融合的时代。蒙古的贵族统治虽很残暴，却绝少文字狱，也并不在意宋代理学的那套愚拗的伦理说教，客观上实是放松了思想控制，这就给元代艺术带来了民族融合多元发展的契机。所以，它的统治虽然不足百年，确也为艺术史增添了璀璨的一页。

元顺帝妥懽帖睦尔的“暴虐诛求”，终于激起了以红巾军为主的人民大起义，而朱元璋（1328—1398）则利用了17年的义军反抗，把妥懽帖睦尔从大都赶到了应昌，推翻了元王朝，开始了明王朝的统治。朱元璋夺取政权后，虽采取了一系列休养生息发展经济的措施，但在文化上却实行了“情之诛”的极为严酷的文化专制政策。意识形态方面则大力推行程朱理学，提倡封建礼教，实行八股取士，所谓“明兴，高皇帝立教著政，因文见道，使下之士一尊朱氏为功令”[①]。凡“言不合朱子，率鸣鼓而攻之”[②]。所谓“祖宗开国，尊重儒术，士大夫耻留心辞曲，杂剧与旧戏文皆不传”[③]。自然也有例外，如高则诚的《琵琶记》，甚至完全宣传封建道德的《五伦全备记》，还是受到明王朝统治者的提倡和赞赏的。连反映元代艺术民族融合突出特点的百姓“多恒歌酣舞”，这时也被朱元璋视为元代陋习明令禁止，如被发现，就要“即缚至倒悬楼上，饮水三日而死”[④]。明初绘画的宫廷御用尤为突出，作为内廷供奉的画家，均被授予锦衣卫武官的职衔，但稍失廷旨，即被处以极刑。朱元璋的儿子朱棣（明成祖，1360—1424）同他一样，对大量的戏曲作品都加以查禁，并颁旨：“敢有收藏，

① 何乔远：《名山藏·儒林记》，《中华文化史》，上海人民出版社1997年版，第766页。

② 朱彝尊：《道传录序》，转引自《中华文化史》，上海人民出版社1997年版，第766页。

③ 何良俊：《曲论》，《中国古典戏曲论著集成》卷九，中国戏剧出版社1959年版，第6页。

④ 李光地：《榕村语录》卷二十二《历代》。

全家杀了。”[①]

明初黑暗的文化专制，严重地阻碍了艺术的发展，但是，历史终究在前进，艺术的发展又有其自身的规律与特点，血腥的文化专制，很快被历史发展的客观规律所冲垮。城市经济日益繁荣，市民阶层的日益崛起与扩大，两宋开始的历史转型，到明代中叶已有了资本主义萌芽的特征。中华思想史以至艺术史上，第一次出现了具有鲜明反封建教条的人文思潮。越礼逾制的社会风尚，背离正统的社会观念，自我与主体意识的觉醒……在明代一潭死水的理学统治中激起了大波。而高举反理学旗帜，在思想领域造成了巨大影响的是李贽（1527—1602）。他在文艺与美学上的主张，是具有人本主义色彩的“童心”说。与他的思想有较密切的关系，并在艺术创作上反映了同一思潮的，有文学家的三袁——袁宗道（1560—1600）、袁宏道（1568—1610）、袁中道（1570—1623），有戏剧家汤显祖（《牡丹亭》作者）、小说家吴承恩（《西游记》作者）等，都明显地表现了不同于古典传统的浪漫思潮。而与市民阶层广泛崛起相应的，是市井文艺说唱和戏曲的大发展，最早的两部章回体小说《三国演义》、《水浒传》，也都是明中叶成书并印行；冯梦龙编订的《古今小说》等，则多数是明代作品；而标志着戏曲发展的第二个高峰的明传奇，也成熟于这个时代。

经过元代百年、明初百年，北方固有诸民族多数已与汉族同化，只有蒙古、女真的一些部族退居东北边疆，实际在文化上也已融为一体，但中外文化交流，在明代却有了较大的发展。郑和（1371—1435）七下“西洋”，历经永乐、洪熙、宣德三朝。他率领庞大的远洋船队，先后29年，穿越马六甲海峡，横渡印度洋，远至波斯与非洲东海岸，行踪遍及三十几个国家和地区，在世界航海史上早于哥伦布发现非洲新大陆、新航线半个多世纪，这的确写下了中外文化交流史的新篇章。而意大利人利玛窦（1552—1610）、罗明坚（1543—1607）、龙华民（1559—1654）等基督教传教士来中国传教，也同时带来了中西文化的交流。特别是利玛窦，以其欧洲的人文知识在中国开展社交活动，广泛结交了上层文化名

① 顾起元：《客座赘语》卷十《国初榜文》。

流如徐光启、杨廷筠、李贽、汤显祖等，促进了中西文化的相互了解。特别是他的《利玛窦中国札记》，向西方详细介绍了中国文化与艺术；他热情赞扬中国是一个“献身于艺术研究的民族”。法国的著名学者裴化行（1897—1940）高度评价了以利玛窦为代表的这次文化交流“摆脱了与咄咄逼人的欧洲的有害牵扯，利玛窦便能够有充分自由利用基督教西方人文主义的贡献。正因为如此，他才得以在京城获得尊贵的地位，从那里把自己的影响扩散到全国，甚至于中国以外。事实上北京是东方文明的交会点，它始终是吸引的中心，整个东方都围绕它转。”① 因此，我们可以说，晚明的人文思潮（也有人称之为“启蒙的民主思潮”）的兴起，也在一定程度上反映了东西方文化交流的成果。只是可惜，自朱元璋开始，明王朝就推行“海禁”政策，致使海运始终得不到正常发展，从而造成了中国的对外交流和海贸在世界近代史上的落伍。明末的衰朽的统治，激起了全国性的农民大起义，也给再崛起的女真（满族）统一东北、逐鹿中原的雄心勃勃的计划造成了有利的空隙，而李自成政权灭明后的错误政策和迅急腐败，更给满族贵族入主中原带来了绝好的时机。偌大中原的筋疲力尽的汉民，第二次经历了一个人口不多的少数民族建立起来的王朝统治。它是中国最鼎盛的封建王朝，也是最后一个把中国引向半殖民地的最腐败、最衰弱的封建王朝。这最后王朝的文化与艺术，也当然具有它的历史的独特性。

清代已是封建社会发展到成熟阶段的“天崩地坼”的转型期。尽管清王朝是由一个少数民族的贵族阶级联合汉族地主阶级建立起来的幅员广大的中央帝国，甚至开国以至盛世的几位“英主”如康熙（爱新觉罗·玄烨1654—1722）、雍正（爱新觉罗·胤禛，1678—1735）和乾隆（爱新觉罗·弘历，1711—1799），对外继续明末的厉行闭关锁国的“海禁”，对内大兴极为严酷的文字狱，大力提倡宋明理学钳制思想的保守的文化政策，严重阻碍了中外文化的交流与近代科学的发展，但作为封建末世，历史又赋予了它集大成的时代任务。清初的大思想家黄宗羲（1610—1695）、顾炎武（1613—1682）、王夫之（1619—1692）、颜元（1635—1704）、唐甄（1630—1704）等，对

① ［法］裴化行：《利玛窦评传》，商务印书馆1993年版，第573页。

封建君主制度和宋明理学的尖锐批判，固不必说，他们在思想史上被称为“启蒙的民主思潮”的代表，实际上是晚明人文思潮的继续，已具有反封建的性质。在小说方面，出现了“拟古体”最完美总结的蒲松龄的《聊斋志异》；出现了对封建功名世界以及依附于这一功名世界的儒林群像进行尖锐嘲讽与批判的吴敬梓的《儒林外史》；出现了被鲁迅称为“打破”了“传统思想和写法”，并被文学史家誉为“封建末世的百科全书”的曹雪芹的《红楼梦》；而中国特有的艺术的综合形态——戏曲在清代的集大成，则体现为几百个地方剧种的广泛崛起，体现为京剧的最完美形式的成熟等等。这些所谓的市井艺术，在清初曾受到崇雅抑俗政策的控制，或禁、或焚、或删改，但城市经济愈益发展，说唱、戏曲、案头小说（短篇话本和长篇章回小说），也愈益成为各族人民日常娱乐生活所必需，以至进入宫廷，成为贵族生活不可缺少的一部分。

至于清代最高统治者对朴学的扶持，使儒家的“实学”传统得到弘扬，对几部大型文献性类书《古今图书集成》、《四库全书》等的编纂，不管他们的主观意图如何，在客观上都是在完成着学术文化大规模集成的历史任务，显示了中华文化已进入了空前的繁盛时期。

而清初建立全国统治后，对周边的血与火的征服，实行中央王朝的集权，大大开拓了疆域，也破除了政治经济文化的壁垒，使生活在中国境内的中华各民族，终于在反复碰撞中完成了最后的融合。满族是原女真族的族裔，入主中原，建立清王朝，曾强力推行“首崇满洲”的政策，如强迫各族人民剃发、易衣冠以实现满化；企图用改变民族习俗的办法，在精神上征服各民族，特别是汉民。这引起过强烈的反抗，酿成无数血腥的悲剧，但终于把辫子“种”起来了，这辫子文化也进入了戏曲，至今在表演艺术中保留着它们特有的衣冠、脸谱与程式。这是清王朝不同于历来少数民族统治者的地方，他们确实十分重视维护本民族文化，也企图把满族文化树为正统，同化和改造汉文化。但是，既然是满汉混杂，满族又居于少数，汉文化对满人的渗透，也是必然的。源远流长的汉文化，诸如道德规范、典章文献，以至诗文传统，都很快进入了满文化，而且早在康熙末年，满族“根据地”盛京的旗人已出现不会说满话的现象了，到了晚清，能通满文，说满语的旗人就愈发少了。更何况，为了有效地进行统治，清王朝也不得不起用汉臣沿袭汉制，潜移默化地把汉文化融入自己的肌体。清王朝盛世，除满蒙贵族享有特权，汉、藏也是有势力的民族，特别是由于喇嘛教在蒙藏地区的巨大影响，清代统治者又给以大力扶掖并加以利用，这也对多民族文化的融合，起了很大作用。至今保存在承德外八庙的建筑群，其宏伟的气势，多样的风格，民族的形式，显示了蒙、藏、汉建筑艺术的辉煌成就，而北京的雍和宫，则更是把汉、满、蒙、藏建筑熔于一炉的艺术结晶。

这末代王朝多民族文化艺术的融合，使中华民族大文化的最后形成，已出现不可阻挡的趋势。而清末民初新旧民主革命的兴起，多种源头的外国文化冲破清王朝的闭关锁国而大量涌入，中外文化的大碰撞，大交流，大融合，又使中华艺术发展踏上了新的征程，但那已是现代艺术史的新篇章了!

总之，中华艺术的史的发展，虽以汉民族艺术为主干，却是中国境内多民族的群体创造，即使是有悠久历史传统的汉民族艺术，也并不那么“纯粹”，同样是不断地从周边民族，也包括世界各民族艺术中吸取了丰富的营养。只不过，它有一个健康的胃，它能够“拿来”一切外来的精粹，化为己有，使之中国化、民族化，而又不泯灭自己独创的个性特征。近现代的历史发展，特别是艺术发展证明，我们可以学习、借鉴，以至移植外来的优秀艺术，但凡是生吞活剥、生搬硬套的做法，终究不得成功。而多年来的对外艺术交流，深受世界欢迎的，也是具有中华各民族鲜明特色的艺术精品，而绝不是那些照抄别人而又自以为创新的怪胎。瞩目21世纪，中华艺术自会有更新的创造和发展，也同样会有同世界各民族优秀艺术的深入交流和融合，但中华艺术发展的生机，却又绝不会是抛弃自己的优秀传统，因为这传统至今仍以其灿烂的遗存，活色生鲜地渗透在现实的艺术实践之中。所以，不能真切地把握传统，也就不可能有瞩目未来的、能自立于世界艺术之林的革新和创造。

《中华艺术通史》总后记

《中华艺术通史》（以下简称《通史》）终于结稿、付梓了。我想，这无论是对《通史》编委会，还是北京师范大学出版社，都会有松一口气的感觉。如果从酝酿这个课题开始计算，那是在“八五”规划时就已提出了。那时我还是全国艺术科学规划领导小组的常务副组长，分工管申报课题这一项。我总认为，《通史》的课题，应当由中国艺术研究院承担下来，如我在《总序》中所说，各种艺术门类史，特别是音乐史、戏曲史、美术史、舞蹈史、书法史，已出版了多种，就是在艺研院，也有多种门类史或已出版，或作为国家重点课题正在进行中，何况艺研院是艺术学科齐全，拥有综合科研能力的最高学府，即使作为努力方向，似也该有承担这个课题的责任。综合的艺术史在当时的国内外艺术科研领域还是空白。

1994至1995年间，艺研院科研办公室曾经召开了三次全院老中青各学科专家学者座谈会，就《通史》编撰的意义及我院承担的可能性进行研讨，综合大家意见，不少同志觉得困难不少，但多数同志认为，动员全院有志者积极参与，是可以在艺术门类史丰富积累的基础上，集体攻关，填补这项历史空白的。这时，全国社会科学规划领导小组已将《中华艺术通史》列为“九五”规划中的国家重大课题。但是，这样一个综合性的大项目，组织工作一定会遇到很多难题，苏国荣等同志建议，最好由我出面作“领头羊”，因有行政工作之便，利于解决难题。编辑部的工作班子，可由科研办的部分同志参加组成，以便于他们从主持一项课题中取得经验。我虽自知知识积累与理论水平都难于担负这总主编的职务，但项目是我提出的，责无旁贷，况且在《人民日报》做了32年文艺评论版的编辑和主编，总还是密切接触过各门类艺术。能主持这个课题，既是一次深入学习艺术传统的机会，也是一次近距离“结交”各研究所学者专家的实践。同时，我也采取了“请君入瓮”的办法，邀请了编委会中几位能干肯干的大将担任副总主编，共同“受罪”。而科研办的同志们参加一个项目的全过程，确也是便于积累经验，掌握规律，推动全院的科研工作。这只是最初的想法，其后，时势发展，工作岗位有了不少变动，但大家并未心散，共同的愿望只是努力完成课题，不能半途而废，落下笑柄。

1995年末，经过推荐、酝酿、聘请，《中华艺术通史》编撰委员会组成了，当时我还是在职的常务副院长，考虑到不能因为自己主持的项目而影响全院和各所的正常业务工作，因而，当时的各研究所所长都不在编委会名单之内。所以，各分卷主编，除一两位副所长外，基本上都是艺术研究院的中青年科研骨干，或刚刚离退下来的专家学者，只有《明代卷》(下编)，是外聘故宫博物院单国强同志担任主编，后来又增聘解放军艺术学院李永林教授为《秦汉卷》主编和《五代两宋辽西夏金卷》(下编) 副主编，而廖奔和路应昆研究员中途分别调到中国文联和中国传媒大学，特别是路应昆研究员调到中国传媒大学影视艺术学院任教后，却仍在苏国荣同志去世后，认真负责地完成了《明代卷》(上编) 后期的齐、清、定工作。

1996年国庆前夕，我和时任北京师范大学出版社社长的常汝吉同志最后签约，编委会和编辑部立即开展工作。在筹备工作初期奔走出力最多的是两位副总主编——顾森和苏国荣同志。因为课题虽已列入国家艺术科学“九五”规划，但当时的科研经费补贴有限。像这样一个课题，我们只能想自筹经费的出路。这当然是有困难的。不料消息传出后，竟有几家大出版社主动和我们联系，对《通史》表现出浓厚的兴趣。但是，在洽谈中，编委会更看重北京师范大学出版社。可以说，如果没有北京师范大学出版社的前期投入，给了我们物质上和精神上的大力支持，《通史》编撰的启动，将还要拖延一段时间。更何况在《通史》七八年的编撰期间，两届出版社领导，都十分关注《通史》每一步的进展，委派胡春木同志与编委会联系，参加编委会的每一次会议，了解情况，提出意见，掌握进度；特别是出版社社长赖德胜同志、总编辑杨耕同志对《通史》的编辑出版工作极为重视，精心组织，仅杨耕总编辑主持召开的编辑工作会议就达二十余次。各卷配备的责编均为出版社的精兵强将，他们和分卷主编一起，推敲润饰书稿，反复核对引文注释，工作十分辛苦，从而保证了《通史》齐、清、定工作顺利进行。值此《通史》结稿、出版之际，我们要向北京师范大学出版社社长赖德胜、总编辑杨耕同志，前任社长常汝吉同志，以及为《通史》编审所尽心尽力的全体责编、校对、审读的同志们，表示我们深深的谢意。

《中华艺术通史》，确是一项初次尝试整合的科研课题。参加《通史》编撰的各分卷主编，多数是各门类艺术史论，或者是艺术学和美学理论的专家与学者，虽然研究一个时代的门类艺术也是离不开这个时代的社会文艺思潮，以及各门类艺术相互影响与促进的，但一个时代艺术的整体发展，总还是有更复杂、更深层的规律与动因。我们自觉毕竟受知识和修养的局限，必须寻求学术界的大力支持。编委会不仅对各卷导言召开过专题讨论会，并送给各方面专家征求意见。即使一个时代每一门类的艺术章节，也请了不止一位专家审稿。所谓三级审稿，即分卷主编并邀请专家审稿；总编辑部并邀请专家审稿；总编辑部和分卷主编统稿。有些特殊章节，譬如宗教艺术、青铜器艺术、汉画像石砖、书法艺术、工艺美术、绘画艺术、戏曲艺术、音乐艺术、说唱艺术等，我们还惊动了几位高龄的前辈学者和专家，如任继愈先生、郭汉城先生、田自秉先生、李纯一先生，以及李学勤同志、冯其庸同志、薄松年同志、沈鹏同志等；我院美研所、戏研所、舞研所也还有不少同志参加过我们的审稿，他们在百忙中为书稿提出修改意见；有几位老先生还把分卷主编请去当面谈意见，十分认真。同时，北京师范大学出版社也逐卷聘请了资深专家审稿，都使《通史》避免了不少错误和硬伤。这是在《通史》出版之际，我们要衷心感谢的。

《中华艺术通史》，虽已列入“九五”艺术科学规划的重大项目，但规划领导小组仍为此课题专门发了文件，当时文化部分管科研的潘震宙副部长、教科司司长童明康同志都给予《通史》编撰以热情关注和支持，而具体同《通史》联系的陈迎宪同志，更是给予我们很多帮助。尽管《通史》是自筹经费，前期投入主要来源于北京师范大学出版社，但编撰进入后期，已出现拮据。那时的艺术科研经费并不宽裕，教科司仍然给予我们及时的补贴。《通史》是一部图文并茂的著作，每卷图片是150至200幅，而且要有相当数量的艺术摄影，而几年前计划中预留的图片经费，已与当前“艺术市场”的价格，有天壤之别。迫于这种图片经费的危机，我只好写信给财政部的项怀诚部长和文化部的孙家正部长紧急求援，并通过院领导向部计财司汇报，上报财政部提出专项申请，由于各部门的领导都给予支持，难题才得到解决。《通史》的编撰，从第一次编委会算起（1996年8月20日），到2005年12月，已过去了九个年头。我们那届艺研院的领导班子，也是1996年11月换届。从曲润海同志到王文章同志，已是两届院领导，都把《通史》看成是全院的课题，可说是有求必应，没有他们的大力支持和帮助，《通史》的编撰工作，决难坚持这样久，这是我个人要特别表示感谢的。

参加各卷撰稿人有三十余位学者，既有本院的研究员，也有来自北京高校、各艺术院校以及外地的专家学者，八九年来，在撰写过程中，为了适应全书体例，反复修改、反复查对注释原文，长期作战，竭尽全力，而有时我们资料费也未能及时到位，这是我们要深表歉意的。

众人拾柴火焰高。《通史》编委会总是一个合作了九年的集体，虽然在编委会和不少问题的研讨会上也经常出现激烈的争论，但那是学术观点上的分歧，大家服从真理，即使有一些人事安排上有过处理不当，主要责任也该是我这总主编的失职，而全体编委的真诚、团结、互助、合作，为了一个共同目的，无论遇到什么困难，并无怨言，努力克服，照顾大局，这是《通史》编撰得以完成的关键。

人生苦短。《通史》编撰九年中间，编委中却有两位——原常务副总主编兼《明代卷》（上编）主编苏国荣同志、原美术研究所研究员《五代两宋辽西夏金卷》（下编）主编刘晓路同志，却先后不到一年的时间离我们而去。苏国荣同志在《通史》前期筹备工作中，是出力最多的一位，他参加编委会工作，总是一马当先，什么事都充当排头兵。第一次拿出分卷提纲供编委会讨论的，有他的《明代卷》；《通史》第三次编委扩大会（邀请部分撰稿人参加），我们当时称之为“理论务虚会”，虽然有不少“持之有故，言之成理”的精彩发言，但按照会前要求提供论文的，却只有他；首批拿出分卷导言和样章的也有他；更不用说在他担任常务副主编以后，对编辑部工作的全身心地投入了；《通史编撰体例》、《通史编写规则》、分卷详细提纲，可以说，或是在他主持下，或者有他积极参与制定和审定的。谁曾想到，这样一位号称“拼命三郎”而确实精力充沛的“工作狂”，却有病魔缠身。在一段时间里，大家都已看出，他日见消瘦，他自己却似浑而不觉，仍在忙着《明代卷》(上编) 作为先行卷的审稿和统稿……终至倒下。刘晓路同志更是英年早逝，仅仅48岁，就在《五代两宋辽西夏金卷》(下编) 完成初稿后离开了我们。这对《通史》的编撰工作无疑是很大的打击。统稿、定稿，只好由新增聘的编委和主编继续完成。

1999年，我被查出糖尿病并发症——眼底出血，已是“三期”，有失明危险，要立即进行激光治疗，每周两次，每一个疗程是三个月，要进行两个疗程，这期间不得看书写字。这时《通史》已进入总编辑部与分卷主编统稿时期，我只好请林秀娣同志与副总主编孟繁树、陈绶祥、秦序三位同志商讨办法，决定以“执行副总主编”名义，担当起逐卷进行统稿的职责。时值炎夏，他们，特别是编辑部的林秀娣、付京华、李晓冬同志，在院里还有职务工作，只能在周末集中，牺牲双休日。而经费又很紧张，统稿工作要找最便宜的招待所，于是，现代文学馆西边北京政协的社会主义学院一个个不足十平方米的小房间，便成了我们经常光顾的“饭店”。

最后，我还要特别感谢文物摄影家王露同志，她虽是《通史》图片的总编审，但《通史》十三卷中很多精美文物照片，都是她帮助查找或是她提供的自己的作品，保证了《通史》图文并茂的特色。《通史》所需要的艺术品图片是大量的，各卷主编也是多方寻求，一般都进行过联系，在这里，我们要感谢故宫博物院、文物出版社及其他兄弟单位的热情支持和帮助，如有遗漏，请继续和《通史》编辑部进行联系。

我虽名为《通史》的总主编，曾看过200多万字的书稿，在历次样章讨论会上讲过一些总体的编撰要求和意见，也在各卷导言的基础上，读了三年书，写了一篇总序，但我毕竟只是一个组织者，并没有能自觉承担此课题的重任，只是因为当时还在工作岗位，《通史》已被确定为“九五”规划的重大课题，要自筹经费进行编撰，又必须由中国艺术研究院来承担。课题也是我提出的，我只能尽自己的一份责任。我们的编委会、各分卷主编、编辑部同志们，也都是出于这种责任感而默默工作了九年。我们也深知，填补这样一部艺术史的空白，绝不会在初步整合中就能结出丰美的果实。中华民族几千年创造流传下来的艺术遗产，既是中华文化的璀璨的标志，也是世界艺术宝库中的奇葩，深入地研究、阐释、继承、发扬她的宝贵传统，是没有穷尽之时的。因而，这部初步整合的《中华艺术通史》留下来的谬误、缺陷和遗憾，也一定会在未来艺术史论研究中得到批评、纠正和弥补，这是我们真诚的期待！

2005年12月于北京

丰富的遗存　智慧的创造

——“图说中国艺术史丛书”[①] 总序

中国是世界四大文明古国之一，以历史文化的悠久绵长著称于世，而灿烂的中国艺术多彩多姿的发展，又是这古文明取得辉煌成就的一大标志。中国艺术从原始的“混生”开始，到分门类发展，源远流长，历久而弥新。中国各门类艺术的发展虽然跌宕起伏，却绚丽多姿，而且还各以其色彩斑斓的审美形态占据一个时代的峰巅。如原始的彩陶，夏商周三代的青铜器，秦兵马俑，汉画像石、砖，北朝的石窟艺术，晋唐的书法，宋元的山水画，明清的说唱与戏曲，以及历朝历代品类繁多的民族乐舞与工艺，真是说不尽的文采菁华。它们由于长期历史形成的多样化、多层次的发展轨迹，形象地记录了我们祖先高超的智慧与才能的创造。因而，认识和了解中国艺术史每个时代的发展，以及各门类艺术独具特色的规律和创造，该是当代中国人增强民族自豪感与民族自信心，乃至提高社会主义文化素质的必要条件。

中国艺术从“混生”期到分类发展自有其民族特征。中国古代诗歌的第一部伟大经典《诗经》，墨子就说它是“诵诗三百，弦诗三百，歌诗三百，舞诗三百”。《礼记》还从创作主体概括了这“混生艺术”的特征：“金石丝竹，乐之器也。诗，言其志也；歌，咏其声也；舞，动其容也。三者本于心，然后乐器从之。”如果说这是文学与乐舞的“混生”，那么，在艺术史上这种“混生”延续的时间很长，直到唐、宋、元三代的诗、词、曲，文学与音乐还是浑然一体，始终存在着“以乐从诗”、“采诗入乐”、“倚声填词”的综合的审美形态。

① 此书系作者与傅谨主编，已由浙江教育出版社于2001年1月出版。

至于其他活跃在民间的艺术各门类，“混生”一体的时间就更长了。从秦汉到唐宋，漫长的一千多年间，一直保存着所谓君民同乐、万人空巷的“百戏”大会演。而且在它们相互交流、相互借鉴、吸收融合、不断实践与积累中，还孕育创造了戏曲这一新的综合艺术形态。它把已经独立发展了的各门类艺术，如音乐、舞蹈、杂技、绘画、雕塑（也包括文学），都融合为戏曲艺术的组成部分，按照戏曲规律进行艺术创作，减弱了它们独立存在的价值。这是富有独创的民族艺术特征的综合美的创造。同样的，中国绘画传统也具有这种民族特征。苏轼虽然说过：“诗不能尽，溢而为书，变而为画。”但在他倡导的“士夫画”（即文人画）的创作中，这诗书画的“同境”，终于又孕育和演进为融合着印章、交叉着题跋的新的综合美的艺境创造。

中国艺术在它的历史发展的主要潮流中，无论是内涵与形式，在创作与生活的关系上，都有异于西方艺术所重视的剖析与摹写实体的忠实，而比较强调艺术家的心灵感觉和生命意兴的表达。整体来说，就是所谓重表现、重传神、重写意，哪怕是早期陶器上的几何纹路，青铜器上变了形的巨兽，由写实而逐渐抽象化、符号化，虽也反映着社会的、宗教图腾的需要和象征的变化轨迹，却又倾注着一种主体的、有意味的感受和概括，并由此而发展形成了富有民族特色的审美追求，如“形神”、“情理”、“虚实”、“气韵”、“风骨”、“心源”、“意境”等。它们的内蕴虽混合着儒、道、释的哲学思想的渗透，却是从其特有的观念体系推动着各门类艺术的创作和发展。

“图说中国艺术史丛书”推出的这六部专史：《图说中国绘画史》、《图说中国戏曲史》、《图说中国建筑史》、《图说中国舞蹈史》、《图说中国陶瓷史》、《图说中国雕塑史》，自然还不是中国各门类传统艺术的全面概括。但是，如果从中国艺术的发展轨迹及其特有的贡献来看，这六大门类，又确具代表性，它们都有着琳琅满目的艺术形象的遗存。即使被称为“艺术之母”的舞蹈，尽管古文献中也留有不少记载，而真能使人们看到先民的体态鲜活、生机盎然的舞姿，却还是1973年在青海省上孙家寨出土的一只彩陶盆，那五人一组连臂踏歌的舞者形象，唤起了人们对新石器时代艺术的多么丰富的遐想。秦的气吞山河，汉的囊括宇宙，魏晋南北朝的人的觉醒、艺术的辉煌，隋唐的有容乃大、气象万千，两宋的韵致精微、品位高雅，元的异族情调、大哉乾元，明的浪漫思潮，清的博大与鼎盛，岂只表现在唐诗、宋词、汉文章上，那物化形态的丰富的遗存——秦俑坑、汉画像石砖、北朝的石窟、南朝的寺观、唐的帝都建筑、两宋的绘画与瓷器、元明清的繁盛的市井舞台，在艺术史上同样表现得生气勃勃，洋洋大观。

这部图说艺术史丛书，正是发扬艺术的形象实证的优长，努力以图、说兼有的形式，遴选各门类富于审美与历史价值的艺术精品，特别重视近年来艺术与文物考古的新发掘和新发现，以丰富遗存的珍品，图、说并重地传递着中国艺术源远流长的文化信息，剖析它们各具特色的深邃独创的魅力，阐释艺术的审美及其历史的发展，以点带面地把艺术史从作品史引申到它所生存的自然环境与人文空间，有助于读者从形象鲜明的感受中，理解艺术内涵及其形式的美的发展规律与历程。我们希望这部艺术史丛书能适合广大读者，以普及中国艺术史知识。同时，我们更致力于弘扬弥足珍贵的民族艺术遗产，为振兴中华，架起通往21世纪科学文化新纪元的桥梁，做一点添砖加瓦的工作。

是所愿也！

2000年5月13日于北京

《艺苑篇》[①] 序说

一

1974年，在距陕西临潼秦始皇陵东侧1500米处，发生了一件举世瞩目的文化新闻，它就是兵马俑坑的发现，那时我正在西安——恐怕还是最早光顾的参观者之一。我不仅仔细欣赏过那柄珍贵的古剑，还下到俑坑与一位蓄须的秦兵陶俑比过身高。记得当时望着那兵马的排阵，也曾激起遥远的遐想：这样威武雄健的士兵群像，这样膘肥体壮的战马造型，岂不正像那好大喜功的秦皇帝要去巡视四方整装待发的警卫部队吗！如此高水平的精美的泥塑艺术，竟然在我国战国末期就已存在了！这在发现它以前，的确是难以想象的（1980年又发掘出铜车马二乘）。因此，我们虽然不能说，秦兵马俑的发掘，就改写了中国以至世界的雕塑史，但据估计可能有六七千之众的兵马俑的发现，至少在世界雕塑史上，也是一个罕见的奇迹，却是没有疑问的了！而且它出土以后，古都长安便成了国际旅游的热点。正像有些外国友人说的，不去长城就等于没有来过中国一样，如果去过长城，却未去看兵马俑，也会被认为是十分的憾事！

1978年5月，在我国湖北省随县（一个叫作擂鼓墩的小小村镇里）又发生了一件震动音乐考古界的新闻，即战国时期（公元前475—前221）曾侯乙古墓的发掘，从中发现了大量的古乐器：不仅有保存完好的竹木乐器——排箫、篪，以及陶土和石雕的哨、埙、笛等，而且还有12件25弦瑟，5件笙，1件高达2.73米、立

---

① 《艺苑篇》，系中国青年出版社“中华文化集粹丛书”之一种，1991年10月出版。

在中椁室内的编钟。钟架是铜木结构，分三层，悬挂有大小编钟64件。在下层正中位置上悬挂着一个大型镈钟，上面镌刻着铸造时间——楚惠王五十六年（前433）。这架铜制编钟的总重量为2500多公斤。这就是说，这2吨多重的编钟，竟在不知什么时候已泡在水中的铜木架上耸立了2400多年，居然还保持了它华美完好的外形。

曾侯乙墓的发掘，在考古史上自然有着多方面的意义，但使人耳目一新的，却正是中国古音乐文化的惊人成就。所以，曾侯乙墓被一些音乐史家们昵称为“地下音乐厅”，实非过誉。呵，在我国这块又贫瘠又肥沃的土地上，究竟埋藏着多少历史创造的艺术精品而尚未被发现！

我们的祖国，是一个幅员广大，聚居着多民族的东方大国，又是一个历史悠久，文明昌盛，几千年来一直保有多样而又传承着统一格调，并得到持续发展的文化形态的古国。就是在这里，我们的祖先，以其坚韧的意志和无穷的智力，一代代艰苦地耕耘着，终于创造了卓立于世界之林的灿烂的物质文明和精神文明，而那蕴含着民族精神迷人魅力的多彩多姿的艺术传统，却也正是在这源远流长、雄厚坚实的历史根基上，不断地开拓、积累、丰富、发展中逐步形成的。它渗透着中华民族劳动的血汗，也闪烁着中华民族智慧的光芒！

二

两千多年前，孔老夫子对我国第一部诗集《诗经》的作用曾做过这样的概括：

> 《诗》，可以兴，可以观，可以群，可以怨。迩之事父，远之事君，多识于鸟兽草木之名。（《论语·阳货》）

孔子在这里虽谈的是《诗经》，但其思想内涵，完全可以看作是对一切艺所起社会作用的评价。应当承认，在孔子以前，还没有人对艺术的作用，提出这样全面而明确的见解。

通俗地讲：

所谓“兴”，孔安国注为“引譬连类”；朱熹注为“感发志意”。这两个注解可以互相补充，帮助我们理解“兴”的内涵。意思就是，通过个别的形象的譬喻，能使人们触类旁通，发生联想，领会到与这个譬喻相关联的人生道理。用艺术语言来讲，也就是通过形象的“引譬连类”，以感动人和教育人。

所谓“观”，郑玄注为“观风俗之兴衰”。按照孔子对《诗经》的评价——“诗三百，一言以蔽之，曰：‘思无邪’。”[①] 这个“观风俗之兴衰”，实际上是指人们从这种“观”中去感受诗中艺术形象所揭示的人的道德风貌和感情心态。

所谓“群”，孔安国注为“群居相切磋”；朱熹注为“和而不流”，这两个注似都没有解释透彻。要了解孔子所说的“群”的含义，就必须和他的主体学说“仁”的主张联系起来。孔子认为，君子“群而不党”[②]；又说：“君子以文会友，以友辅仁。”[③] 这就是说，君子之“群”，不搞党同伐异，而应以彼此间的友谊互爱为基础，使“仁”成为每个人的自觉的追求。《诗》，可以“群”，也就是诗可以陶冶人，使群体的生活和谐友爱。这同样也是孔子对“乐”的要求，《论语》曾有记载：“子与人歌而善，必使反之，而后和之。”[④] 孔子自己还曾说过：“人而不仁，如何乐？”[⑤] 可见，在孔子的心目中，诗和乐，都通过它们特有的艺术形式发挥着感情的功能，起到协和“群”的作用，感发“仁”的意念，以实现“仁”的理想。

所谓“怨”，孔安国注为“怨，刺上政也”；朱熹则注为“怨而不怒”。孔注似太窄狭，朱注则是有些谬解。朱熹许怨而不让怒，显然并不符合孔子原意。孔夫子虽然提倡“仁者”“爱人”，但并不主张“怨而不怒”，他既曾说过：“匿

① 《论语·为政》。

② 《论语·卫灵公》。

③ 《论语·颜渊》。

④ 《论语·述而》。

⑤ 《论语·八佾》。

怨而友其人，左丘明耻之，丘亦耻之。”[①] 明确地表示了，对于那实在必须怨恨的人，就不应当把自己的怨恨藏匿起来还对他表示友好。他还认为这样做是可耻的。同时，他也反对所谓“以德报怨”，而主张“以直报怨”[②]。他更曾说过“君子亦有恶”[③]，意即君子对于该憎恶的东西，也必须憎恶。

由此可见，孔夫子也并不是什么都无动于衷的“至圣先贤”，而是一位有明确爱憎的有血有肉的活人。所以，他才能从《诗经》感受到“怨”，而且主张艺术可以表现“怨”，这里也就内含着艺术应当表现真实感情的问题。

除兴、观、群、怨，孔子还讲到了学《诗》，可以使人明白“事君”、“事父”的道理，认识“鸟兽虫鱼”等客观事物。而且即使兴、观、群、怨，也并非彼此无关，相互分离的，它们是作为一个总体在发挥着艺术的作用。这些见解都显示出孔子是十分重视艺术的感性特征，主张艺术要有感染、陶冶人情操的社会效果。而他对艺术作用的这些观点，既是对在他以前的漫长历史的艺术认识过程的总结，同时，也包孕着他自己的认识、爱好与鉴赏力。孔子自幼受他外祖父的教诲和熏陶，深通乐理；成名后还曾从晋国乐官师襄子学琴，因此，他对音乐美也有很高的欣赏水平。《论语》中在这方面有不少“记录”，如《八佾》中就有他这样谈音乐的话：“乐其可知也：始作，翕如也；从之，纯如也，皦如也，绎如也，以成。”这完全是一种对器乐美的欣赏体会。把这段文字译成现代语言，大概的意思就是说：音乐不是什么不可知的东西。乐曲的结构分成几个不同的部分，每一部分都表现着不同的美。开始是五音六律合而众响齐发，演奏出盛大的前奏曲；接着进入乐音和谐纯正，节奏鲜明，音色清亮，构成了乐曲的展开部分；最后是声音相续不断地到了尾声，才算完成了乐曲的演奏。

我以为，孔子这样分析一支乐曲，完全是从音乐形式上进行审美欣赏，并

---

① 《论语·公冶长》

② 《论语·宪问》。

③ 《论语·阳货》。

准确地把握了音乐的特征，而且据《论语·述而》的记载，孔子在齐国听到古乐《韶》的演奏，曾听得入了迷——“子在齐闻《韶》，三月不知肉味，曰：‘不图为乐之至于斯也。’”音乐美的魅力，居然使这位老夫子痴迷到三个月吃不出肉味来，这还不足以说明他对音乐的“内行”和鉴赏水平吗！

当然，孔子对艺术作用与艺术欣赏的观点，都离不开他所主张的封建的“仁学”的基础和“君子”的立场，但他的这种艺术观，却开拓了我国艺术的审美与价值观的一个最具有历史意义的传统。《诗·大序》曰：“诗者，志之所之也；在心为志，发言为诗，情动于中，而形于言。”《吕氏春秋·音初》则从音乐的社会作用方面作了更系统的发挥：“凡乐者，产乎人心者也。感于心则荡乎音，音成乎外而化乎内，是故闻其声而知其风，察其风而知其志，观其志而知其德。盛衰贤不肖，君子小人，皆形于乐，不可隐匿，故曰乐之为观也深矣！”

从这些古代儒家论艺中，我们可以看出，他们有关诗与乐艺术作用的论述，都是和孔子的艺术观一脉相承的。尽管先秦时期还是我国艺术发展史的早期，艺术分工也很不充分；同时，除了孔子及其后的儒家学派，还有先秦诸子，特别是老庄的道家的艺术观，两千多年来，也曾同儒家学说分庭抗礼，又相互补充，有着特殊的贡献。但我们之所以只选择孔子及其儒家学派的艺术观作一点介绍，那是因为孔子确实是历史上第一个对艺术的作用发表了系统的见解，而且是超越前人并启迪后人的中国艺术理论的主要奠基者。他和他的儒家学说继承者所阐述的艺术的感染人、陶冶人情操的社会功能，他认为必须重视艺术的伦理道德熏陶——即“成教化，助人伦”的主张，两千多年来，在我国文艺发展史上产生了广泛深远的影响。

三

任何一个国家的艺术，都有一个民族的形式、民族的风格问题。因为世界上从长远历史以来一直存在着不同的民族，而每个民族又都有既相同又相异的生存和发展的生产和生活方式，以及由那“相异”而形成的很不相同的历史文化、生活习惯、语言特色，也包括民族的心理素质，它们又深刻地影响着富有民族气派的艺术传统以至审美情趣和欣赏习惯的形成。因而，在光彩纷呈的世界艺术宝库中，每个民族都是以独具民族艺术魅力的美的精品作出自己的贡献。何况我国又是这样历史悠久、地域辽阔、人口众多的文明古国。从远古到今天，中国艺术史虽然也有世界艺术史的共同发展脉络，如艺术形式由低级向高级，由简陋单一向复杂多样的发展。在原始艺术中，音乐、诗歌、舞蹈都是三位一体的，中国也不例外。《吕氏春秋·古乐》有过这样一段描绘："昔葛天氏之乐，三人操牛尾，投足以歌八阕。"这恐怕不只是"古乐"，还有"古舞"，而从这段描写来看，这乐和舞又是配合着一定的歌词在进行的。这简单的三位一体，显然是初民的生产水平低下、物质生活形态简陋所形成的初级艺术形式。一般来说，"综合"形态的初民艺术，总会在社会生产不断发展、物质生活不断提高所带来的社会分工中，产生专门从事艺术工作的人。这三位一体，也会很快分解为各自取得独立的艺术形态，只不过，就中国的史的艺术分类来说，虽也有各自独立的发展，却又并非割断联系，各不相干，而且有的还在更高的阶段上又相互融合，创造出新的艺术形式。

《艺苑篇》在这里介绍的是我国九大门类的艺术：音乐、舞蹈、戏曲、曲艺、杂技为上篇；建筑艺术、绘画、雕塑、书法为下篇。如果把它们纳入世界艺术的分类，上篇可说是时间艺术（戏曲则又为综合艺术），下篇则是空间艺术，而且无论哪一形态，都有悠久的历史，灿烂的成就，但这些艺术形态的历史的辉煌，又往往是相互联系、相互结合的。当然，这已不是原始艺术的"一体"，而是更高发展阶段的融合和创造。古代乐舞杂技的总称叫做"百戏"，早在秦汉之际已经存在，汉代又称"角抵戏"，汉武帝时最为盛行。《汉书·武帝纪》有云："元封三年春，作角抵戏，三百里内皆来观。"那盛大场面可想而知，简直是古代的"百戏"大会演了！其后，在南北朝、隋唐以至宋元，"百戏"内容更加丰富。

谁也不会想到，汉武帝时百戏杂陈，特别是那喧闹中的"作角抵戏"，竟悄悄地孕育着我国戏曲艺术的胚胎。"百戏"中的乐舞、演唱、杂技、角抵，应有尽有，大概乐舞的艺术性较高，所谓"载歌载舞"，二者是不可分离的。所以，唐代的《乐府杂录》中说："舞者，乐之容也。"演唱自然也伴有音乐。张衡《西京赋》，对百戏演出有详尽的描写。不过，戏曲史虽然把源头追溯得很远，古代的优以至角抵戏《东海黄公》，都可说是它的萌芽。但是，中国戏曲毕竟大器晚成，从时代来看，在世界闻名的三大古老戏剧文化之中，它居于末位，较之希腊戏剧、印度梵剧，的确成熟得较晚，迄今才有近八九百年的历史。然而，在世界戏剧艺术之林里，中国戏曲文化却是一丛茂密葱茏的"奇秀之木"，当世界其他古老戏剧文化都已濒于衰微，只有它仍以其百花齐放的争奇斗艳震撼着世界剧坛。

作为综合性的戏剧艺术，中国戏曲大有异于世界戏剧形式的综合。它是以唱、念、做、打、舞的综合表演为中心。因而，它是综合了多种传统艺术形式，来浇灌自己独创的表演艺术。从戏曲的艺术构成因素来说，它既包含着歌舞、说唱，也吸收了武术和杂技的精粹。自然，这又不是简单的缀合，而是以表演为中心，使它们融为一体，成为拥有丰富表现手段的艺术体系，甚至包括服装和化装在内，如水袖、帽翅、翎子、水发、髯口，在一定的情势里，无一不是演员在表演中用以刻画人物性格，描绘人物心理变化的有力手段。

从戏曲生成发展的过程里，我们不难看到千百年来"百戏"技艺的传承和结晶。所以，我们可以说，中国艺术的各种门类，在长期历史发展过程中，虽然也出现了精细的分工，但由于它们中间的大部分一直生存活跃在民间舞台，或庙会、或集市、或瓦舍，这不仅促进了各艺术门类的相互竞争，也促进了它们的相互借鉴、吸收、融合、革新和创造新形式。中国戏曲就是在这种特殊"综合"中取得发展的，它凝聚着千百年来无数知名与不知名的各种形态的艺术家的智慧与创造，至今仍生机勃勃，常演常新。

自然，戏曲只是我们民族在艺术上富于独创精神的突出代表，其他艺术形态也各有其相互融合、相互促进的传承与创造。宋代赵孟坚称"画谓之无声诗"；苏东坡则赞扬王维的诗画为"味摩诘之诗，诗中有画，观摩诘之画，画中有诗"。内涵丰富的中国建筑艺术，被称作融合着人文历史、有独特风采的"文化纪念碑"。至于历史极为悠久，群众性又十分广泛的中国的独特的书法艺术，却是把笔墨的形式美发展到令人惊奇的高度，而其不同流派内蕴的个性、风神，博大精深，更是力透纸背，或秀润天成，或一派浩然正气，别具一格。

中国艺术，既是古老的，又是年轻的。它不仅在悠久的史的发展中继承着中华民族的优秀传统，同时，也十分注意吸收外来的营养，不断地革新、创造。随着时代的前进，它必将以更加多样更加耀眼的艺术瑰宝和奇葩，贡献于世界艺术之林。

1991年5月25日于京郊

历史的回顾

——在纪念“百花齐放，推陈出新”题词发表40周年大会上的讲话

一

4月3日是毛泽东同志“百花齐放，推陈出新”题词发表40周年的日子，这个题词，本来是为中国戏曲研究院建院所题，但是，毛主席的这一光辉思想，很快就为戏曲界所接受，40年来，它已成为我国发展繁荣戏曲事业的指导方针，而且正是在这一方针指引下，我们的戏曲艺术取得了辉煌的成就。实践证明，只要我们坚定不移地贯彻这一方针，我们的戏曲事业就前进，相反，违背或者偏离这一方针，戏曲事业就会遇到挫折。

当前，党一再强调和号召，文艺要坚持“二为”方向，贯彻“双百”方针，要弘扬祖国优秀的文化传统。不久以前，戏曲界举办了徽班进京200周年大规模的纪念活动，展现了京剧以及有关剧种的优秀剧目。振兴戏曲艺术，是当务之急。但要振兴戏曲，我们的指导方针，仍然只能是“百花齐放，推陈出新”。为了更好地贯彻这一方针，我们有必要做一次历史的回顾，以便于积累经验，总结教训。

我想，要深刻了解毛泽东对繁荣发展戏曲艺术提出“百花齐放，推陈出新”的方针，首先也必须了解戏曲艺术的发展规律。

二

戏曲艺术在我们民族古老的文化传统里，比较起其他的艺术门类，历史并不算太长，只有800多年。然而，它生成发展于民间，就它的来源说，虽然主

要是歌舞、滑稽和说唱，却也并非一朝一夕之功，而是有着较长时间的各种艺术构成因素的交流与融合的成果。这是因为，曾经是封建经济商品交换的集中点——集市和庙会，也是集中百戏演出的场所。隋唐两代的每年初的上元季节里，已有聚集“四方散乐”，在京城近郊举行大规模技艺演出的活动，称之为“万民同乐”。这活动不仅显示了“百戏”的相互竞赛、争奇斗艳的意义，而且自然形成了相互吸收、融合、促进的作用。特别是到了宋代，由于城市商品经济的繁荣与发展，产生了固定的营业性的“瓦肆伎艺”，也为各种艺术的相互竞赛和相互融合，创造了更有利的条件，并促进了新形式的出现。我国近古文艺史上小说、戏剧这两大雅俗共赏的艺术门类的形成和发展，就是这特定时代的硕果及其艺术规律的体现。

从戏剧方面来看，所谓宋元南戏、元明杂剧、明清传奇、近代京剧，以及各种地方戏的生成、源流和发展，就是这样自然形成了“百花齐放”不断丰富创新的艺术格局，而戏曲史上的相互融合、创造新形式，再没有比近代京剧的生成表现得更加明显的了。

中国戏曲，发展到康熙、乾隆年间，不只杂剧和传奇在并存中有着相互渗透的特点，而且全国各地蓬勃兴起的地方戏也同样是在相互竞赛借鉴中取得发展的。特别是到了乾隆中叶，京城的酒馆、茶园等演戏场所，不只活跃着昆曲和京腔，不少地方大戏，如山陕梆子，也渐次汇集北京。到了1890年，为了给乾隆皇帝祝寿，三庆徽班进京参加清廷盛典，使京城艺术舞台进一步繁荣，而徽班的从此留京，更是大大推动了各种地方戏曲相互吸收、融合、创造与发展。嘉庆初年，江南又有很多徽班进京，形成了以四大徽班为主的雄踞京都舞台的局面。这些徽班不仅唱吹腔、拨子和二簧，也唱昆曲、梆子和一些俗曲小调。其后在清代地方戏繁荣的基础上，又出现了徽秦合流现象，徽汉合流现象，渐渐地京剧的西皮二簧两大声腔就在徽班的兼收并蓄、借鉴、融合的过程中孕育形成了。而京剧的成熟和发展，翻转来又促进了地方戏曲的提高，把中国戏曲推上了更多样化、更完美的艺术境界。

由此可见，一部中国戏曲发展史，总是随着社会生活的发展，也不断发生着百花齐放、新陈代谢的过程。到了近代，随着资产阶级改良运动与革命运动的兴起，同时出现了与之相适应的戏曲改良运动，而且还曾在一段时间里造成过一定的声势，有过启蒙的开创之功。不过，毕竟由于它的思想根基的脱离群众、脱离实践，终于不能深入民间舞台，而且有些所谓时装新戏，也远离了戏曲艺术规律，后来只能以失败告终。尽管旧中国也有不少杰出的戏曲艺术家，如梅兰芳、周信芳、欧阳予倩、程砚秋、袁雪芬、常香玉等，都在戏曲改良未竟之业上作出过自己的贡献，但是，到了抗战以后，由于蒋介石政府的腐败，以至发动内战，社会生活混乱，人民颠沛流离，戏曲艺术确已出现濒临衰微的趋势。

三

我们说，戏曲发展史本身就蕴含着百花齐放、新陈代谢的过程，但那终究是一个自然淘汰的流程，往往由于挫折与衰亡，也带走了艺术家独特的创造和积累。这在封建社会和民国以来军阀官僚的统治下，他们除了借以娱己的需求，并不真正关心民间艺术的兴亡，而是任其自灭，就更是无可避免的了。

在中国，只有中国共产党才制定了正确地继承文化遗产的政策。早在《新民主主义论》里，毛泽东同志就曾指出："中国的长期封建社会中，创造了灿烂的古代文化。清理古代文化的发展过程，剔除其封建性的糟粕，吸收其民主性的精华，是发展民族新文化、提高民族自信心的必要条件。"并且1942年在延安就成立了京剧艺术研究和演出的团体——"延安平剧院"。毛泽东同志为该院题词，即为"推陈出新"，而延安平剧院也正是根据这一指导方针开始了"旧剧"改革的尝试。著名的《逼上梁山》和《三打祝家庄》，就是当时京剧艺术家"推陈出新"创造的新剧目。1944年1月9日，毛泽东同志在读了《逼上梁山》剧本之后，当即给作者写了一封热情洋溢的信，称赞它为"旧剧开了新生面"，明确指出："这个开端，将是旧剧革命的划时期的开端"，并鼓励革命京剧工作者"多编多演，蔚成风气，推向全国去"。

《逼上梁山》，可以说是"推陈出新"的第一个果实。自然，随后几年是暴风骤雨般的解放战争环境，而且延安那时的戏曲剧种也不多，党还来不及对戏曲改革制定全面的方针。因此，毛泽东同志所说的“旧剧革命”“蔚成风气，推向全国去”的构想，那时还难以实现。然而，到了1948年，当祖国半壁河山已获解放，城市工作提到主要历史日程的时候，“旧剧”改革，也成了党中央考虑的一个重点。1948年华北人民政府成立之日，也就是华北戏剧音乐工作委员会诞生之时，而我国大戏剧家之一的马彦祥同志，正是这时应周恩来同志的邀请，从敌占区的南京北上，出任华北戏剧音乐委员会主任。该委员会遵循“推陈出新”的方针，以“有益、无害、有害”为准则，初步审定了一批准演或暂停演出的“旧剧”剧目433出。

1948年11月28日，《人民日报》(当时还是华北地区性报纸)发表了《有计划有步骤地进行旧剧改革工作》的社论。这篇社论所论述的问题，虽着重于“旧剧”思想内容方面，以“有益、无害、有害”为准则，“改革旧剧，审定剧目”，但是，社论也强调要首先有正确的态度：既反对单纯营利观点，单纯娱乐的态度；也反对“主张一律禁止”的虚无主义，而且特别提出了，“凡是关系到千百万群众爱好与习惯的事物，都不是采取单纯行政命令办法所能改变的”。

随后，1949年10月，中华人民共和国成立，中央人民政府政务院文化部设置了戏曲改进局，继续抓紧“着手改革旧剧”的工作。1950年7月，文化部又成立了以周扬为主任委员的戏曲改进委员会。委员会广泛吸收了各戏曲剧种的著名艺术家，以及一部分著名文学家和历史学家。委员会是戏曲改革工作顾问性质的机构。它审定戏曲改进局提出的修改与改编的剧本；也对戏曲改革的政策与计划提出建议。它的第一次会议，曾慎重讨论了各地提出的停演剧目。同年11月27日至12月10日，文化部召开了全国戏曲工作会议，对戏改工作的方针政策，以及对旧的戏曲班社、行会、师徒养女等制度的全面改革，进行了热烈的讨论。最后，会议根据代表们讨论的意见，提出了《关于戏曲改进工作向中央文化部的建议》。1951年4月3日，文化部把原京剧研究院改建为中国戏曲研究院，毛泽东同志也适应全国解放的形势，把原来为延安平剧院的题词“推陈出新”，发展概括为“百花齐放，推陈出新”，以鼓励全国不同剧种、流派、风格的戏曲艺术之花竞相开放。

总之，“着手改革旧剧”是经过一年多的探索、实践、总结，在1951年5月5

日，由中央人民政府政务院发出了以周恩来总理签发的《关于戏曲改革工作的指示》，这就是当代戏曲史上著名的“55指示”。“55指示”既肯定了“各地戏曲改革已获得显著成绩”，也批评了审定剧目缺乏统一标准与编改剧本工作的“某些反历史主义、公式主义的倾向”。“55指示”虽列有五项，但戏曲工作者后来在谈到它的时候，都总喜欢把它概括为三点：改戏、改人、改制。也就是在这“55指示”里，毛泽东同志的“百花齐放，推陈出新”的思想，成为新中国戏曲改革工作和戏曲事业繁荣发展的指导方针。

正是由于“55指示”和“百花齐放，推陈出新”指导方针得到贯彻，在50年代中，才使得我国戏曲艺术有了万紫千红、蓬勃发展的新形势。

四

我国究竟有多少地方戏曲剧种，这在过去很难有一个较准确的统计数字。新中国成立前夕，有不少地方戏业已濒临灭亡，有的本属并不发达的地方戏，也因有了“百花齐放”方针的雨露滋润，而得到了复苏和繁荣。1952年10月6日至14日，文化部举办了第一次全国戏曲观摩演出大会。这次会演的目的很明确：“通过观摩和学习，交流戏曲改革的经验，奖励优秀剧目，进一步贯彻‘百花齐放，推陈出新’的方针，推动戏曲艺术的改革和发展。”但是，参加会演的，仍然是那些流传较广的地方大剧种。因而，这次会演，虽也初步显示了我国戏曲的丰富、多样和独创性，却还不过是八十几个剧目。有些剧种能否继续生存，似未完全解除人们的疑虑。譬如昆曲，一直被人认为，唱词和声腔都过于典雅，只能在旧社会的“红氍毹上”演出，以至在戏曲改革工作中也出现了这样的舆论：这类剧种只能学习其某些舞蹈身段，或表演的基本技术训练，至于整个剧种似已没有“出新”的可能，只有让它自生自灭了。然而，1956年一出苏昆《十五贯》的出现，顿时新人耳目，完全打破了这种论调。正如周恩来总理在昆曲《十五贯》来京演出的座谈会（1956年5月17日）上所指出的：“《十五贯》不仅使古典的昆曲艺术放出新的光彩，而且说明了历史剧同样可以很好地起现实的教育作用，使人们更加重视民族艺术的优良传统，为进一步贯彻执行‘百花齐放，推陈出新’的方针，树立了良好的榜样。”当时，在北京，真可谓“满城争说《十五贯》”，这出不仅在思想上，而且在艺术上都有精湛的“推陈出新”的优秀剧目，岂止“救活”了南昆，抢救了北昆，也给全国各地方剧种的“百花齐放”，拓宽了推陈出新的新路。为此，5月18日《人民日报》发表了以《从“一出戏救活了一个剧种”谈起》为题的社论。社论尖锐地指出：《十五贯》的引起“轰动”，“也向几年来戏曲改革工作主管部门，提出了严重问题：在‘百花齐放’的时候，是不是还有不少的花被冷落了，没有灿烂地开放，在扶植发展了不少剧种的时候，是不是也压抑和埋没了不少剧种？”

这样尖锐地提出问题，不是没有道理的。在当时，戏曲队伍是如此庞大，但上演剧目却很贫乏。于是，文化部在1956年（6月）和1957年（4月）召开了两次全国戏曲剧目工作会议。第一次会议是针对剧目工作中对艺术与政治关系的简单化、庸俗化的理解，对传统剧目粗暴否定或乱改的倾向而召开的。会议指出，必须尊重传统和依靠艺人，大力进行各戏曲剧种传统剧目的挖掘、整理和改编，并提出对新编历史剧和现代剧目的创作，也应给予重视。这次会议及时纠正了戏曲改革工作中的“左”的偏向，扩大和丰富了上演剧目，不到一年的时间，各地进行了大量的挖掘整理工作，数以万计的传统剧目，又重新在舞台上获得了新生命。除缓解了上演剧目贫乏的问题，也发现了不少被遗忘的剧种。据1957年的统计，全国已有400多个剧种重新活跃在民间艺术舞台上。

1957年的第二次剧目会议，是为了总结交流挖掘整理传统剧目的经验，解决上演剧目中新出现的问题，强调了戏曲工作必须贯彻“百花齐放，百家争鸣”的方针。但是，由于这次会议是召开在当时右的思潮的冲击下，对“百花齐放，百家争鸣”做了片面的解释，并由此而作出了所谓全部“开放禁戏”的错误决定。因为我们从未有过“禁戏”的提法，只是根据“有益、无害、有害”的标准，停演过一些充满封建糟粕的剧目，即“55指示”中所指出的，“鼓吹封建奴隶道德，鼓吹野蛮恐怖猥亵淫毒行为，丑化与侮辱劳动人民的戏曲”。如文化部戏曲工作委员会1950年7月首次会议上，经过慎重讨论所列举的：《杀子报》、《九更天》、《滑油山》、《奇冤报》、《海慧寺》、《双钉记》、《探阴山》、《大香山》、《关公显圣》、《双沙河》、《铁公鸡》、《活捉三郎》等12出戏就属于这类剧目，“应予停演”。然而，在第二次剧目会议后，这些戏都很快出台，还有其他一些有害的剧目，也泛滥起来，在一定时间里，给戏曲改革工作造成了不小的混乱，引起戏曲界进步人士的强烈不满。当时的全国人民代表大会代表梅兰芳、周信芳、程砚秋、袁雪芬、常香玉、郎咸芬、陈书舫等著名戏曲艺术家曾联合发出呼吁，要求提高戏曲的思想质量和艺术质量，多演有教育意义的优秀剧目，不演丑恶、淫秽、恐怖有害人民心身健康的坏戏。

是的，1957年扩大化了的“反右派斗争”，当然也波及戏曲界有些知名的戏曲艺术家，因为这样那样的问题被错划为“右派”；但是，党的戏曲改革工作也并未因此而放弃“百花齐放，推陈出新”的方针。即使是在所谓全部开放“禁戏”所造成的混乱情况下，1957年7月25日，《人民日报》社论《有毒草就得进行斗争》，仍明确指出：“全国戏曲剧团和艺人一方面必须坚持大胆放手挖掘剧目的方针，另一方面又必须以认真负责的态度对待上演剧目。哪些剧目可以原封不动地搬上舞台，哪些剧目必须加以适当修改，哪些剧目没有修改条件，都要认真研究和讨论。”社论还郑重地告诫戏曲改革工作者说：“甚至对一些不易辨别好坏的剧目，也不应轻易加以否定，可以让观众和社会评论去作鉴定”，只有“显然对观众有害无益，又没有修改条件的剧目，如果搬上了舞台，当然必须加以严正的批判”。可见即使在这时候，党在戏曲改革工作中，对待剧目问题还是认真而慎重的。所以在50年代末和60年代初，我们的戏曲改革工作尽管有摇摆、有曲折，但在总的方面还是贯彻了“百花齐放，推陈出新”的方针的。而且也要承认，在中国戏曲史上，这段时间，是戏曲艺术空前繁荣昌盛的时代，戏曲真正属于人民并为人民服务的新时代。它使戏曲内含的民主精华和爱国主义传统，得到了充分的发扬；也使戏曲的许多优秀剧目所承受的历史污垢，得到洗涤和清除。至于艺术水平的提高，艺术表现手段的日益丰富多彩，使不少古老的剧种恢复了青春，并超越了地域性的局限，而获得了更广大的观众，就更是有目共睹的了！

五

我们在前面曾经讲到，在我国旧民主主义时期，也曾有过戏曲改良运动，寻求解决戏曲与时代的矛盾，甚至包括京剧大师梅兰芳先生，也曾做过用戏曲形式反映现代社会新生活的尝试，如“时装新戏”《孽海波澜》、《邓霞姑》、《一缕麻》等。但是，应该承认，对于古老的戏曲艺术，特别是定型化较高的剧种，创作现代题材剧目，是难度很大的。可以说，在1958年以前的戏曲改革工作中，这个矛盾还不太突出。从两次剧目会议就可看出，那时的工作重点，是放在“大胆放手，挖掘剧目”方面。然而，随着时代生活的发展，戏曲的老观众逐渐在减少，年轻人对古老的戏曲形式、艺术规律以及它所反映的生活，渐渐地不熟悉了，在50年代末60年代初，戏曲，特别是京剧等一向表现历史生活而又程式化较高的大剧种，在剧院里大有被冷落的趋势，除少数知名度高的京剧艺术家的演出，大多数剧团只有百分之四五十的上座率，这就给戏曲的“推陈出新”提出了新课题，即戏曲能否适应时代生活的发展，开拓创作现代戏曲的新路。

其实，现代戏的创作，在多数地方戏曲中，业已不成问题。如评剧，早在建国初期，就有了《小女婿》、《刘巧儿》等受到观众喜爱的现代戏；而沪剧的优秀获奖剧目《罗汉钱》，也是在1952年改编的。其他如扬剧、锡剧、吕剧、采茶戏、花鼓戏等，都是在50年代，就积累了表现现代生活的丰富经验。只有京剧，在首都，是1958年才有了中国京剧院《白毛女》的尝试。我是看过彩排的。那是该院几位著名京剧艺术家都参加了的，虽然在运用程式艺术以反映现代生活的表演上显得还不够和谐，但李少春塑造的杨白劳，却给我留下了深刻印象。1960年初，文化部曾经借一部分地方剧种来京演出之便，组织过一次现代题材剧目的观摩，其中也有京剧现代戏的几个剧目。这些都说明，京剧艺术家们，一直在努力想从表现现代题材上有“推陈出新”的突破。不过，据我的记忆，那的确还只是尝试，停留在运用固有的程式表现现代人物，比较生硬，艺术上缺乏革新和创造。只有《四川白毛女》在唱腔和表演上，却都不拘泥于固有行当定型而有突破性的运用，又保持了京剧的艺术风格，取得了一定的经验。

在50年代末，戏曲现代戏的创作，取得了突出成就的，是河南豫剧三团的《朝阳沟》(1958年在郑州首演，1963年拍摄成戏曲艺术片)。它在运用传统戏曲形式表现现代生活上，既和谐又有所创新，显示了豫剧浓郁的地方特色与幽默风趣、节奏明快的艺术风格。这说明，我国古老戏曲所创造的艺术美，本来就是来自对生活的提炼、概括和升华，即使是定型的程式化的艺术，如果完全变成了僵化的模式，那就断绝了生活的源泉，枯竭了艺术的生命力，戏曲也就不可能有“百花齐放，推陈出新”的发展前途了。在中国戏曲发展史上，从宋元南戏、元明杂剧、明清传奇，直到近代京剧和各种地方戏的演化和嬗变，何尝不是随着时代的变迁，为了适应表现新生活、新人物的需要，寻求着各种艺术表现形式和艺术手段，而有着不断地丰富、革新和创造呢！

所以，戏曲演现代戏的“百花齐放，推陈出新”，也可说是一个戏曲现代化的问题。如上所说，这并不是中华人民共和国建国后才有的问题，早在戊戌政变的年代就开始了革新的探索，不是包括京剧大师梅兰芳等，都有过时装新戏的尝试吗？只不过，在旧中国军阀混战和国民党反动派统治下，有谁关心民族文化精粹的兴亡呢？广大戏曲艺人在生活上都是挣扎在饥饿线上！所以，到了新中国成立前夕，全国不少地方剧种濒临灭亡，也是可以想象得到的。只有在中国共产党的推动下，戏曲才开了新生面；也只有在中国共产党领导下的新中国，才能正确提出“百花齐放，推陈出新”这一繁荣和发展戏曲事业的指导方针。

如果说，在新中国成立初期，戏曲改革工作的重心，还在于批判继承这极为丰富的艺术遗产，救活濒临衰亡的剧种，在当时的条件下实行改戏、改人、改制，“百花齐放，推陈出新”。那么，这“推陈出新”，那时主要还是推传统剧目之旧，出传统剧目的思想之新，艺术之新，但戏曲，特别是京戏、昆曲剧种，能否适用于表现现代生活呢？60年代初，戏曲战线出现了极为广泛的演现代戏的潮流，并且空前有力地冲击着定型艺术高度程式化的京剧，终于促成了1964年的京剧现代戏观摩演出大会，19个省、直辖市、自治区，20个京剧团，演出了25个剧目，涌现了一批京剧现代戏的优秀剧目，如《红灯记》、《芦荡火种》、《奇袭白虎团》、《六号门》、《黛诺》、《节振国》等。可以说，在京剧演现代戏中，这次观摩会演，才是一次最有意义的突破，因为它有了反映各种现代生活题材的尝试，而且也获得了前所未有的成功。由此也可以看出，戏曲演现代戏问题，已不只是人民对戏曲艺术的希望，而且是戏曲艺术适应时代生活发展的内在规律的要求。因为戏曲艺术从来就是植根于人民生活的土壤之中，它不可能在日新月异的社会主义时代与世隔绝，凝固不变。所以，京剧演现代戏，终于在60年代汇合成一股潮流，并不偶然，更不是什么江青倡导的，所谓的“八个样板戏”中的京剧现代戏，几乎都是50年代末60年代初就有过雏形，如《红灯记》、《智取威虎山》；或是从不同剧种的移植，如《芦荡火种》（后改名《沙家浜》）。京剧现代戏会演，更促进了它们的成熟和发展。

历史是不可以贪天之功据为己有的。自然，这些所谓“革命样板戏”，在“四人帮”，特别是江青的横蛮“干预”下，在思想艺术上都有着不同程度的“高大全”公式主义的烙印。但是，我们又不能不实事求是地承认，那几出京剧现代戏，经过艺术家们的长期探索、革新和创造，寻求解决现代生活与传统表现形式相矛盾的尝试，是取得了相当的成功的。这是不该由于江青的插手而一概予以抹杀的。

很可惜，60年代初，戏曲演现代戏虽掀起了一个高潮，这新的“推陈出新”，本也是大大推动“百花齐放”繁荣戏曲的好时机，却由于政治思想战线向极“左”倾斜，对文艺战线上的形势又做了错误估计，以至“文化大革命”的爆发，林彪、“四人帮”以政治高压手段，窒息了革命文艺的发展，也窒息了戏曲艺术的“百花齐放”，使全国戏曲舞台出现了“八亿人民八个样板戏”的时代怪胎和空前凋零的灾难局面。

六

“文革”之后，党对17年文艺领导上的“左”的错误，以及“四人帮”给社会主义文艺事业所造成的严重危害，大力进行了拨乱反正与深入地批判和总结。邓小平同志在四次文代会的《祝辞》里，就强调指出：“从三十年来文艺发展的历史中，分析正反两方面的经验，摆脱各种条条框框的束缚，根据我国历史新时期的特点，研究新情况，解决新问题。林彪、‘四人帮’那套荒谬做法，破坏了党对文艺工作的领导，扼杀了文艺的生机。”小平同志严肃地指出：

对文艺“不要横加干涉”，必须“坚持‘百花齐放，推陈出新’的方针”。为了记取过去的教训，他还热情地鼓励文艺工作者，并描绘了这样一幅文艺为人民服务的广阔天地：

> 我国历史悠久，地域辽阔，人口众多，不同民族，不同职业，不同年龄，不同经历和不同教育程度的人们，有多样的生活习俗、文化传统和艺术爱好。雄伟和细腻，严肃和诙谐，抒情和哲理，只要能够使人们得到教育和启发，得到娱乐美的享受，都应当在我们的文艺园地里，占有自己的位置，英雄人物的业绩和普通人们的劳动、斗争和悲欢离合，现代人的生活和古代人的生活，都应当在文艺中得到反映。我国古代的和外国的文艺作品、表演艺术中，一切进步的和优秀的东西，都应当借鉴和学习。

应当说，这也是繁荣和发展戏曲事业的“广阔天地”。只可惜，我们在肃清样板戏流毒之际，未能正确总结经验教训，继续全面地坚持“百花齐放，推陈出新”的方针，促使戏曲艺术在不断革新中求生存、求发展，而是放任自流，到了近几年，受到一切向钱看的冲击，不讲社会效益，不培养，不扶植，使许多优秀演员，为全团生活疲于奔命，甚至不得不迎合某些观众，演唱流行歌曲，连戏曲的发展方向都模糊了。加之，资产阶级自由化思潮的泛滥，对戏曲传统采取了虚无主义态度，而指导思想上，又贯彻执行当时的少干预、少介入的错误方针，实际上，完全放弃了领导，戏曲确已出现了生存的“危机”。

对于戏曲舞台来说，这是一个文艺上的大气候，需要综合治理的问题，而且这也只是大城市舞台的一隅。关键在于党的领导。自从去年的这场政治风波之后，党中央对文艺一方面实行一手抓整顿，一手抓繁荣的方针；一方面大力倡导“弘扬民族优秀文化”，已经有不少地方剧种的剧团进京献艺，无论是传统剧目或现代剧目，在思想艺术上都不乏推陈出新之作，在艺术舞台上大放光彩。这说明，对传统戏曲的虚无主义思潮，戏曲艺术的生存“危机”，在民间还并不存在。真正生存于民间的戏曲艺术，依然是一派蓬勃生机，并无衰老趋势。我们举一个基层剧团的例子，1990年在京演出引人注目的邯郸东风剧团（豫剧）的两位演员：一团牛淑贤（1989年梅花奖获得者）和二团胡小凤的剧目，都并不是最近创作的新戏，但她们的精湛的艺术，却都引起了热烈的反响。

牛淑贤的《梳妆》（传统剧目《叶含嫣》的一折），不过是表现了一个未婚少女与心上人会见前的感情和心态，而且牛淑贤塑造这一少女形象的艺术手段，都没有脱离戏曲的带有规范化的表现形式，她的辫子功，照镜子、穿嫁衣等，用以显示叶含嫣内心活动的舞台形象，虽然比生活更夸张，更富于色彩，却都是通过程式的鲜明的节奏性与歌舞性，而表现了独特的艺术创造。

胡小凤的《大祭桩》中的《路遇》和《穆桂英挂帅》中的《接印》，两折戏演的是两个完全不同的人物性格：一个是深闺少女，一个是久离疆场的女帅。

两场戏又都是在特定的环境和特定的心境里，一个是悲啼婉转，一个是雍容大度，但在胡小凤声情并茂的唱腔和优美潇洒的程式里，都得到了生动活泼的个性创造。它们使观众不仅欣赏到戏曲艺术的定型美，也使观众感受到了牛淑贤、胡小凤的艺术所以那样受到她们所在地区广大人民的欢迎，是因为她们并非因袭、固守传统的程式，而是根据姿态万千的不同生活内容、不同人物性格的需要，不断地创造了新的表现手段，完善、革新、丰富以至发展了程式艺术。她们的艺术的青春，在一定程度上也说明了，即使是传统剧目，也有一个适应时代生活发展的现代化艺术创造问题。

在这里，我不想多谈牛淑贤、胡小凤的创造艺术。这两位在1959年受到毛泽东主席、周恩来总理、郭沫若同志表彰的“娃娃剧团”的苗子，30多年来走过的道路虽不平坦，但她们始终坚持为人民服务的方向，生活在广大群众中间，也从人民生活中汲取艺术的养料，在艰辛的努力中，不断地“推陈出新”，提高自己的创作水平，终于成长为新一代的豫剧艺术家，其实，在我国广袤的戏曲百花园里，何止一个牛淑贤、一个胡小凤，就以豫剧来说，最近正在演出并受到江泽民同志热情赞扬的现代剧《焦裕禄》和《飞夺泸定桥》，不也使人耳目一新吗！

归根结底还是一句话，只要端正方向，坚定不移地贯彻党的“百花齐放，推陈出新”的戏曲方针，我们将不难发现，戏曲无论是传统剧目和现代戏，都不存在真正的“危机”，中国戏曲的艺术生命力也不会枯竭。“百花齐放，推陈出新”，就是促进戏曲艺术繁荣的生生不息的动力。

自然，又确如李瑞环同志所指出的：“我们的历史责任不仅仅在于对前人已经创造的东西进行整理、加工和研究。更重要的是要利用民族传统文化的种种艺术形式和艺术经验，去反映新的生活，表现新的思想，创作有民族形式和社会主义内容的新作品。而作品内容的创新，又必然要求艺术形式的创新。这是在继承的基础上发展和创新的更重要的意义和任务。”[①]

我以为，在当代戏曲发展史上，“百花齐放，推陈出新”的不朽功绩，正是开了这样的新生面。虽然道路是曲折的！

① 李瑞环：《关于弘扬民族优秀文化的若干问题》。

为加速发展我国的艺术科研事业而奋斗

——1990年10月16日在全国艺术研究工作座谈会上的致词

受文化部委托，由中国艺术研究院主办的全国艺术研究工作座谈会今天在这里召开了。我代表中国艺术研究院，向来自全国各省、自治区、计划单列市和文化部所属艺术院校各艺术研究所的领导同志，表示热烈的欢迎，并预祝大会圆满成功!

我们刚刚度过共和国成立41周年的大庆，今年的国庆，的确是在一种不平凡的情况下度过的，引起世界轰动的第十一届亚运会，为国庆增添了欢乐祥和、奋发昂扬的气氛。我从报刊上看到，有的外国评论在讲，亚运会的成功，显示了中国的综合的国力。我想，这至少从一个方面来说，是公正的评价。41年来，在我们党的领导下，我国人民团结一致，艰苦奋斗，自力更生，终于把一个贫穷落后的中国，建设成一个有综合国力，能筹备这样一次比资本主义国家办得更好的亚运会，在当前的国际形势下，这的确是意义重大，值得自豪，而且能够大大振奋民族精神的。自然这更是党的十一届三中全会实行改革开放以来的辉煌成就。总之，社会主义在中国的胜利，这是举世瞩目，谁也否认不了的，因而，我们这个会在现在召开，也自然顺理成章，能够借“亚运之光”的。

41年来，我们的社会主义文艺事业，虽然累经挫折，有过“左”的和右的干扰和破坏，但是，在主体上，也还是取得了很大成就的。特别是在粉碎“四人帮”以后，党的拨乱反正的政策，对于纠正“左”的失误，消除“四人帮”的余毒，调动文艺工作者的积极性，起了很大作用，也为社会主义文艺事业的发展开拓了新路。但是，由于在改革开放中也仍然有着不同的主张，不同的道路，我们党的个别领导人，在政治思想战线，也包括意识形态领域的领导上，坚持四项基本原则不够一贯，长期存在着软弱涣散状态，在一段时间里还放任了资产阶级自由化的泛滥成灾，终致酿成了1989年“六四”的血的教训。

一年多来，尽管国际风云变幻，但我们党在以江泽民同志为核心的新的中央集体的领导下，处变不惊，更坚定、更全面地贯彻党在社会主义初期阶段的基本路线，使我们的一切工作正在向好的方面发展。我们的文艺战线，在这一年中间，也由于坚决贯彻中央“一手抓整顿，一手抓繁荣”的方针，已取得了显著效果，有了新的转机。

首先整顿工作已初见成效，资产阶级自由化泛滥的局面基本上得到控制，某些一度风行无阻公开反对马克思列宁主义、毛泽东思想的文艺观，受到了认真的批判，舆论阵地的领导权也得到了调整，一些部门的党的领导得到了加强和改善，创作和理论队伍，都有了新的变化。在文艺的各个领域都出现了一批表现时代主旋律的优秀作品。这次亚运会多彩多姿的艺术节和闭幕式，也算是对我们当前艺术创作的一次检阅。

这一切，都表明了，我们的文艺是同人民群众、民族传统有着血肉联系的，只要我们坚持贯彻“二为”方向和“双百”方针，我们就能威慑邪气，改变局面。当然，冰冻三尺非一日之寒。目前我们的文艺战线，也不是把一切问题都解决好了。无论是整顿和繁荣，都还存在着不平衡。反对资产阶级自由化还有阻力。被搞乱了的许多思想是非和理论是非，还没有从更深的层次上触及到。有些人沉默不语了，不等于思想上有了转变。有人还寄希望于国际大气候能造成国内小气候有利于他们的变化。我们不能忘记，反对资产阶级自由化，是今后长期的任务。

我们艺术科研，也是文艺思想战线的一翼，面临的有很多共同性的问题，我们应当在这次会上敞开思想谈，共同切磋，共同探讨，以期把全国的艺术科研提高一步，能为社会主义文艺事业的繁荣，做出我们的贡献！

因为过去没有开过这样的会，我院在交流方面，也不够主动，我想借此机会，首先将中国艺术研究院的情况，特别是近四年来的科研工作的发展，简要地向大会做一个介绍和汇报。

我的汇报分六个方面：

一、端正指导思想，坚持办院宗旨和方针，为建设有中国特色的马克思主义艺术科学而努力

从艺术科学研究工作来说，我们是第一次开这样的会，因为从单学科看，研究机构的建立还是比较早的，地方的情况我不太了解，就文化部所属单位来说，我院戏曲研究所的前身是中国戏曲研究院，另外两个大所——音乐研究所、美术研究所，也都成立于50年代。而一个综合性、多学科的艺术研究院，却是粉碎“四人帮”以后，也就是党的十一届三中全会以后，为适应四个现代化的前进步伐，根据艺术科学建设的迫切需要而开始创办的。

中国历史悠久，民族众多，文化艺术传统丰厚。但是，十年“文革”的破坏，也包括17年文艺工作中的“左”的错误，已经使我们失掉了很多时间，而改革开放和社会主义精神文明建设的现实，又使我们的艺术科学研究面临着许多急迫的任务。正是在这样的形势下，文化部党组决定，于1979年将原文学艺术研究所与文化部政策研究室合并，成立了文化部文学艺术研究院；1980年10月29日，又经国务院批准，定名为中国艺术研究院。

当时，主持建院的就是贺敬之同志，兼任第一任院长的也是贺敬之同志。在老院长们主持下，中国艺术研究院的宗旨和任务，是十分明确的。首先我们面对的，是要花大力气挖掘、搜集和整理我国光辉灿烂的艺术文化遗产，积累各有关艺术门类尽可能完备的材料，也包括外国有关艺术门类的资料，运用马克思列宁主义、毛泽东思想，科学地、系统地研究中国和外国的艺术现状和发展趋势，研究和探索各艺术学科的历史、现状和理论的发展规律，建设社会主义精神文明，建设具有中国特色的社会主义艺术科学的理论体系，以利于推动现实艺术创作的繁荣和发展，更好地为四化建设服务。

十年来，我院基本上坚持了这个办院方针和宗旨。1986年以前的上届院领导（也包括所一级的领导），都是从左翼或延安成长起来的老一代革命文艺家，其中有不少同志都担任了第一批国家科研项目的主持人。如张庚、郭汉城同志主编的《中国戏曲通史》、《中国戏曲通论》，王朝闻同志主编的《中国美术史》，葛一虹同志主编的《中国话剧通史》，陆梅林同志撰写的《马克思恩格斯文艺理论之

发展》。

1986年11月，院领导换届，我们这几个人来接班。1987年2月11日我在《答中国文化报记者问》中，曾代表本届领导明确表示，要继续坚持这样的办院宗旨和方针，用“中国艺术研究院的一切科研成果”，“旗帜鲜明地反对资产阶级自由化”。

四年来，在全院专家学者、科研与资料人员的努力下，我院除继续完成已定的国家项目外，经过论证，各所、室又以开拓精神承担了国家和院的重点项目32个，有的已接近完成，有的正在写作中。这些项目主持人的指导思想，绝大多数是坚持马克思主义观点的。但是，如上所说，最近几年政治思想领域的资产阶级自由化的泛滥，影响所及，也使文艺战线的思想理论是非，出现了严重的混乱。中国艺术研究院并不外在于社会思潮。尽管总的说来，我们的国家和院的重点科研项目，大多数研究人员发表的文章，都是坚持马克思主义观点，坚持社会主义文艺方向的。我院的马克思主义文艺理论研究所，和《文艺理论与批评》双月刊，还在自由化思潮的泛滥中，一直为捍卫马列主义、毛泽东文艺思想而进行斗争。但是，我院也有少数同志，在自由化思潮泛滥中并没有站稳脚跟，有的甚至走得很远。他们否定或歪曲民族文化传统、“五四”以来的新文艺、社会主义文艺方向，否定或歪曲毛泽东同志《在延安文艺座谈会上的讲话》，甚至公然鼓吹“精英文艺”，妄图割断文艺与人民的关系。我们的出版社还出版了《河殇论》这样的书，尽管它也收集了“争鸣录”，但全书的倾向，仍然是吹捧《河殇》的。自然，我们院领导也有责任，我们虽然明确表示不赞成《河殇》的观点，但并没有阻止它的出版，没有把好关。“六四”以后，通过学习，编者和出版社都提高了认识，做了自我批评！很快出了一本《河殇批判》，以清除《河殇论》的影响。不过，不管怎么说，这是一个深刻的教训。总之，文艺界有的，我们也有，而且在个别艺术门类中，个别人还可能起了打头的作用。

当然，党的政策很明确，对于受了资产阶级自由化思潮的影响，写了错误文章，说了错误话的同志，主要是教育问题，一时想不通，也不要紧。何况理论思想是非，总是要经过百家争鸣，才能把道理讲透的。今年年初，我们曾组织了一次《邓小平论文艺》的学习，对大家清理思想、提高认识，起了积极作用，但对一少部分同志，却还没有什么触动，他们中的个别人似乎还在等待，寄希望于反自由化再一次半途而废。自然，我们则很希望这些同志在思想立场上能有所转变，早一点总结经验教训，跟上大家的步伐。

党中央一再指出，反对资产阶级自由化，是长期的复杂的斗争，既不可以低估，也不可以简单化。我们只有更深入地加强马克思列宁主义、毛泽东思想的学习，端正指导思想，坚持已确定而且行之有效的办院宗旨和方针，出人才、出成果，为建设具有中国特色的马克思主义艺术科学而奋发努力。因为我们是国家的艺术研究的最高学府，为这个宗旨奋斗是我们不可推卸的责任和义务。

我院行政上隶属于文化部领导，而经费自1986年以来又由国家科委拨款，文化部和国家科委的各级领导十分关心艺术研究院的建设。文化部委托我们代部主办这次工作座谈会，也寄希望于全国各艺术研究机构在弘扬优秀的民族文化，繁荣艺术科学研究事业中，有所作为。

二、设立院科研项目资助金，以保证科研课题的顺利开展

我院自1984年开始，以签订议定书的方式，承担了五项国家级重点科研项目。通过几年的实践，也吸取了其他科研机构的经验，我们感到在目前经费有限的条件下，以签订议定书的方式，给予少量资助金保证一些重点课题顺利进行是个好办法。自1987年开始，我们决定每年从全院经费中抽出40万元，作为院级科研项目资助金（也包括上面讲到的尚未完成的国家重点科研项目的经费在内）。通过院内外专家论证，几年来支持各所确立了一批院级重点项目。在立项过程中，我们仍然按照老院长们确定的原则，注意把基点放在弘扬民族文化传统上，并且在注重基础史论研究的同时，也关注对各学科艺术规律的探讨，以及对新的研究领域的开拓。如《舞蹈生态学》、《艺术科学主题词表》、《中国乐律学史》的立项，我们给予积极支持。一些与现实结合紧密的课题，如《新时期话剧论》、《延安文艺史》，我们也促其早日上马，力求通过对课题系统的研讨，尽快回

答现实中提出的问题。我们还鼓励支持与国外、海外学者合作著书。外国文艺研究所与香港浸会学院传理系合作编纂《电影电视百科辞典》的项目，就是克服了不少困难，才确定下来的。与此同时，我们也要求各所、室，按照院的做法，确立所级科研课题，研究人员个人申报的课题也需经所学术委员会讨论批准，纳入所的研究计划。这样全院中级职称以上的研究人员，绝大多数都有了研究任务，使全院的科研秩序一步步走上正轨。对所有课题我们都要求在马列主义、毛泽东思想指导下进行研究。所以在资产阶级自由化思潮泛滥的时候，我院的重点科研项目的指导思想尚未发现有违背党的基本路线和四项基本原则的倾向。可以说，院的整个科研工作近几年来还是沿着坚持马克思主义、弘扬民族文化传统的正确方向前进。

三、发扬理论联系实际的好作风、好传统，积极支持组织开展各类学术交流、学术研讨活动

由于我院在国内所处的地位，院内各所、室在业务上与各艺术学科的协会、学会，与全国各地艺术研究所及各表演团体，有着较密切的联系。院和各所、室每年有不少同志参加各种艺术表演的评奖工作，到各地举办的短训班、讲习班授课，参加各地协会、艺研所组织的各种学术研讨会。院内各所、室近几年组织的全国或地区性的学术研讨会已有一百余次，这些学术活动在推动各艺术学科理论研究的深入发展，澄清学术观点上的偏颇，宣传优秀的演出活动方面，都产生了较大的社会影响。

为使中华文化走向世界，几年来我们还主持或与有关单位联合举办了四次国际性的学术研讨会，计有：中国戏曲艺术国际学术讨论会，定位法舞谱国际研讨会，中苏首届双边学术研讨会，中国傩戏学国际学术讨论会。院内还组团出访了苏联、印度、联邦德国、美国、新加坡等国，与所在国学者进行了广泛的接触、交流。自1987年至今，我院已有97人次出访，接待来访122次300余人。这些活动对开阔科研人员的视野，活跃学术思想，以及有目的地对外宣传中华优秀文化传统，都起到了良好的作用。

四、重视艺术理论研究人才的培养

由于历史的原因，我国的艺术理论研究队伍还很弱小，人才匮乏。早在1978年，在我院各方面条件还十分困难的情况下，我们的老院长张庚同志就力主开办研究生班，这个班现已发展成研究生部，成为我国唯一的培养攻读艺术学科硕士、博士学位的教育机构。

自1978年至1985年，研究生部共招收学生四批，获硕士学位的82人，博士学位的4人。1985年至今招收学员三批，获硕士学位的37人，博士学位的3人。现有在读生25人，攻读硕士学位的23名，博士学位2名。为了尽快给全国各地培养高水平的艺术研究人才，在办研究生班的同时，还开办了两期戏曲理论学习班，结业75人。举办了两期硕士课程进修班，共培养学员72名。今年硕士课程进修班又招收学员29人。据了解，毕业的学员不少已走上了领导岗位，成为各地各单位的艺术理论骨干。在我院，第一、二届研究生目前担任院、所两级领导的就有7人，受聘副高级职称以上的19人。

我院除选留一部分毕业研究生补充研究队伍外，还特别注意提高现有科研人员的水平。我们注意选拔中年研究人员担任课题主编或副主编；支持中青年研究人员个人申报课题，著书立说；开展科研成果评奖活动；规定出版社补贴出版中青年优秀成果（当然目前能做到的还有限）等，以鼓励广大科研人员多作贡献。我们还及时向国家申报特殊贡献的中青年学者，使他们能享受到国家级专家的待遇。对已离退休的老年专家，身体好的，我们仍然安排他们带博士生、硕士生，有的还承担着课题主编任务，使他们继续在业务上发挥学科带头人的作用。对在我院工作的辅助人员，我们也努力支持他们学习深造。几年来，他们中已获大专文凭的有44人，正在学习的还有21人。我们还派遣了23人出国留学。

我们都知道，任何事业都需要人来完成，要把中国艺术研究院建成具有高水平的艺术理论研究机构，最根本的是要培养建设一支具有高水平的、过得硬的艺术理论研究队伍，无论过去、现在和将来，这都是我们工作的重点所在。

五、在深入改革中，完善机构设置

（略）

六、改进、完善各种管理办法

随着改革开放大潮的到来，“管理”是科学的观念已深入人心。自1987年以来，我们在科研人员管理、科研课题分级管理、成果出版补贴管理等方面拟订了一些制度。院内有些所、室也在这方面作出了努力。但在实践中，我们深深地感到，由于我们对艺术科研的规律还缺乏深刻的认识和把握，目前所制定的这些规章制度离我们建立科学系统的管理体系的要求相距甚远，我们还没有做到用科学的管理方法最大限度地调动起全院科研人员的积极性。应该说，这个问题本身就是一个值得研究的课题。它有待于我们提高院内各级管理人员的文化素质和理论修养，在实践中认真地加以解决。

以上是1987年以来我们所做工作的简单情况。此外，受文化部委托，我院还代管全国艺术科学规划领导小组办公室，在组织完成十部文艺集成志书的编纂工作中做了大量的工作。同时，我院有关的所，还担负了《中国戏曲志》、《中国戏曲音乐集成》、《中国民族民间舞蹈集成》、《中国曲艺志》的四个总编辑部的任务。这项史无前例的艺术资料的搜集编纂在完成过程中，得到各地文化厅、局领导和各地艺术研究所领导的大力支持和协助，在这里我也代表规划领导小组，向同志们表示衷心的感谢。

我们虽然做了一些工作，也取得了一点成绩，但离党和人民对我们的要求，与各地从事艺术研究工作的同志对我们的期望，差距仍然很大。中国艺术研究院在国际、国内享有盛誉、知名度高的学者还不多，出版具有较高理论水平的力著还太少。为了适应我院和全国艺术科研事业发展的需要，为了实现把中国艺术研究院办成中国艺术科学院的构想，我们还要在以下几个方面作艰苦的努力：

（一）首先还是要有个明确方向问题。应当承认，近些年来，在违背四项基本原则错误思潮，特别是文艺上的“全盘西化”和现代派文艺观的腐蚀下，艺术理论上也出现了不少赶时髦的东西，给一些青年艺术工作者的文艺思想造成了很大的混乱，有些人甚至以贩卖这些东西嘲弄马克思主义为荣。在我们院的一些所、室里，也有个别人鼓吹这类东西，否定革命文艺传统，在文艺界造成了恶劣的影响。他们今天受到文艺界马克思主义者的批评，是理所当然的，也不必抱屈。但是，对于我们来说，正如小平同志所提出的：“近十年最大的失误是思想政治工作薄弱”，“教育工作太差”。我想这也包括基本理论教育，我们要深刻吸取这个教训，在中青年研究工作者中，坚持不懈地采取各种形式大力开展马克思列宁主义、毛泽东思想基本理论和文艺理论的学习，以提高艺术科研工作者的理论素质，增强他们在反对资产阶级自由化影响中的战斗力，建立一支过得硬的马克思主义艺术理论队伍。

（二）谈到队伍，自然是和人才问题联系在一起的。出成果、出人才，是艺术研究机构取得成绩的标志，而且有了人才，才能出成果。人才对于我们是第一位的。试想一下，如果不是我们老院长们70年代末，就下决心建立研究生班、研究生部，在困难的条件下，培养了第一、二届研究生，目前我们就会中断了一代研究骨干。自然中国艺术研究院是艺术学科的全国性研究机构，它不仅应当培养高水平的研究人才，而且要着眼于发现、聚集和吸收合格的，有发展前途的各艺术学科的人才。最近几年，艺研院老一代的专家学者离退得不少（而且多数老同志都是重点课题的带头人），中年一代在工作上虽然能起到替代作用，但在学科的成就和影响上却还难以替代。一句话，研究院要使自己对国家的艺术科研事业有所贡献，就要能使各艺术学科多出人才，而且应当是具有权威性的人才，多出具有一定权威性的研究成果。不过，我们要的是坚持马克思主义的人才和成果，而不是前一阶段的那种“文艺精英”，那种赶时髦的照抄外国、全盘西化的“新潮派”。

我们不应讳言，我们就是要培养和扶植马克思主义的新生力量。特别是在现阶段，要为他们的成长创造条件。至少要使他们的研究成果有发表园地，有出版社接受。前一个问题不大，我院各所都办有刊物，第二步就有困难。我们虽代管着文化艺术出版社，但它没有力量包揽所有书籍的出版，而学术书不赚钱，也没有人愿意出，院里的研究经费目前也补贴不起。我们想，除呼吁出版机关在政策上对学术著作有所倾斜外，也准备今后在科研经费使用上逐渐有所改革，控制一般的集体上项，至少使一部分科研经费能转向优秀科研成果的出版补贴，并创造条件筹集科研基金，以解决这方面的问题。

应当说，我们的一些所、室领导是有远见的，他们对于培养人才，形成梯队，都是有构想的，问题是我们的经费、体制、职称限额，还有不少有待克服的困难。

（三）逐步地把艺研院建设成艺术科学院的规模，使各所、室的学科配置齐全。在这几年来，我们已做了一些努力，比如增建了几个研究室。院内也有过一些议论，其实这几个研究室都是艺术研究必有的学科，而且有的本来应当是所的建制，比如影视研究室，我院原有电影研究所，后因电影与文化部分家，把所也给分走了。行政上分离，本不该影响我们的研究机构，因为我们既然是中国艺术研究院，怎可没有电影这样的大门类？但当时恢复电影研究所有困难，我们只好先成立影视研究室。而小室却承担了大项目，《中国电影艺术史》正在完成中。不过，机构还是要理顺，我们还要向部里提出恢复电影研究所或设立影视研究所的请求。总之，完善院和所的学科设置，仍然是我们今后努力的方向。

文化艺术出版社，现在改成部所属，研究院代管。所以要这样做，是因为新闻出版署规定一个部只能设一个出版社。我们当然还是希望今后和部共有，这决没有占地盘之意。研究院几年前从部申请拨款10万元，建立这个出版社的目的，就是因为本院学术刊物、学术著作出版困难。1987年以前，院里一直对出版社进行补贴，只是近两三年经费困难，而只有在出版社也有了积累之后，才能由出版社补贴本院的刊物和部分学术著作出版。我们自然希望，在学术著作出版难，出版业处于低谷的现状下，部里能对出版社有所补贴，因为我院已无力补贴。但我们又不能没有这个出版社，否则，全国艺术科学研究成果就都会失去发表的园地了。我们认为只要加强和改善管理，出书对路，出版会走出低谷的。

（四）在马克思主义文艺思想指导下，大力开拓艺术学科研究的新领域，提高全院科研的理论水平。

我院曾被人称为“前海学派”。这可以有两种理解。一个是在某些艺术学科，我们过去的确处于权威地位。从这方面来讲，“前海学派”，是对我们的美誉。也有人是从嘲讽意味来讲的，意思是我们思想保守。对赞誉，我们不自满；对批评，我们不自馁。何况保守僵化，在这些年来又是坚持马克思主义的代名词。当然，我们也决不因循守旧，拒绝研究新事物。像一切事物总是在发展过程中一样。毛泽东同志一贯主张要研究新事物解决新问题。他说：“运动在发展中，又有新的东西在前头，新东西是层出不穷的。”他强调，研究新事物，“是我们要时刻注意的大课题，如果有人拒绝对这些作认真的过细的研究，那他就不是一个马克思主义者”（《中国共产党在民族战争中的地位》）。我们反对文艺理论上那种否定传统、全盘西化的主张，也反对那种花里胡哨的赶时髦的“创新”，但决不排斥文艺上的真善美的新创造、新探索，不管是古的今的，外国的、中国的，凡是有益于人类精神文明发展的，能给予我们社会主义文艺以有益营养的，我们都要借鉴和吸收，决不保守。为此，我们必须加强和提高对各艺术学科的现状的研究，对艺术美学的研究，对艺术理论的研究，对中西文化艺术比较的研究，以建立有中国特色的科学的艺术理论体系。

中国艺术研究院毕竟只有十年的建院历史，可以说很多工作都还是刚刚在起步，而目前又遇到了国家经济处于调整时期，经费不足，人才断代，都不能不给我们的事业带来一定的困难。不过，这也不仅是研究院一个单位的问题，在座全国各艺术研究所的领导同志，大概都有这方面的难题。我觉得，在今天改革开放的大潮中，我们也要把眼界放得开阔一点，既然搞一场演出，搞一个电视剧，都可以十万、几百万地筹措赞助经费，为什么科研事业不能寻求社会支援呢？我们要多方呼吁，争取建立一个有可观数目的艺术科研基金，即使一时不能实现，一些有较大社会意义的项目，也不妨做点征求集资、赞助的尝试。我想，只要来路正，我们也不必以为这会丢了面子。这也是开门办院的一条路嘛。当然，在可能的条件下，也还是希望国家能多增加一点文化科研经费，要建设社会主义精神文明，也像发展自然科技一样需要投资，必须有政策上的倾斜。

我们深感肩上担子的沉重，但在目前意识形态领域正气高扬的形势下，我们有信心，也有决心，在文化部和国家科委的领导下，在全国各兄弟院、所的帮助下，办好中国艺术研究院，使它成为社会主义精神文明建设的坚固阵地，在弘扬民族文化，建立艺术理论科学体系中，做出应有的贡献。

这次会议结束后，全国艺术研究机构将成立一个联谊会，这将为全国艺术科研加强合作，加强横向联系，创造有利的条件。我院愿按联谊会所拟章程，为团结艺术科研队伍，加强这支队伍的建设作出努力，同大家一道，为加速发展我国的艺术科研事业而奋斗。

（原载《文艺理论与批评》1991年第1期）

第四编

“徽班进京”的启示

1990年12月，北京将举行隆重纪念“徽班进京”200周年的活动，有纪念演出，也有学术讨论会。据说全国各有关戏曲剧种正在精选剧目，准备届时来京献艺。这将是中国现代戏剧史上的一件盛事，也是建国四十余年来戏曲艺术贯彻“百花齐放，推陈出新”方针的一次检阅。毫无疑问，在大力弘扬民族文化，振兴戏曲艺术的今天，开展这项纪念活动，确有着多方面的重要的现实意义。

提起“徽班进京”，北京的老戏行，谁都会讲出一大串，还大多是连着京剧的。譬如“小说家言”中就有过这样的描写：

> 自打乾隆五十五年，“四大徽班”进京以后，北京人很少有不会两段“二黄”的了。蹬三轮的（其实该是拉洋车的，“三轮”的发明为时也晚——引者），卖煎灌肠的，把车子、担子往马路边上一搁，扯开嗓子就来一段。这辈子想当诸葛亮是没指望了，时不时“站在城楼观山景”，看一看“司马发来的兵”，倒也威风呢。要不就“击鼓骂曹”：“平生志气运未通，似蛟龙困在浅水中。有朝一日春雷动，得会风云上九重。”撒一撒胸中的闷气……
>
> ——陈建功：《找乐》

不管这是描绘“二黄”的普及，还是讲京剧形成后的深入人心，总也带着“徽班进京”的渊源。这表明，徽班进京，在近代戏曲发展史上，的确标志着一个重要的历史时期。自然，所谓“四大徽班”进京为“乾隆爷”祝寿，这不过是一种笼统的“传言”。实际上，能有确证的，1790年为乾隆祝寿而来京的徽班，只有三庆班，是祝寿后三庆班留京演出受到欢迎，才有了其他徽戏班云集北京的迅速发展，而形成“三庆”、“和春”、“四喜”、“春台”各擅专长、声名最盛的“四大徽班”的轴心，并且先徽戏而在京都流行的，也有昆曲、京腔（弋阳）和秦腔诸地方剧种，所谓花、雅竞艳，更是早从康熙年代就已出现的各声腔曲调既相互争奇斗艳，又相互融合交流的“乱弹”时期，只不过，这些剧种在京虽长时间流行，终于尚未造成“徽班进京”雄踞剧坛的形势，倒是的确的。

从时代发展的客观条件来看，到了乾隆末年，清王朝在政治上已取得了全国的统一；在经济上，也医治了清初战乱的破坏，使商品经济得到恢复并有了新的发展。无论是资金的集聚，矿业的开拓，手工业生产规模的扩大，都给城市经济带来了繁荣，特别是在南方，如苏州、扬州、江宁、杭州、广州等地，已成为相当发达的城市，在一定程度上显出了资本主义经济萌芽的景象。相应的，在文化上的发展也出现了新的征兆。作为近古文艺史上的两大门类——小说和戏曲，都先后出现了它们的高峰期。在小说方面，不仅有了“短篇小说之王”的蒲松龄的《聊斋志异》和吴敬梓的《儒林外史》这样的杰作问世，而且在乾隆中叶，还出现了被誉为封建末世百读不厌的百科全书的曹雪芹的《红楼梦》。在戏曲方面，洪昇的《长生殿》、孔尚任的《桃花扇》、李玉的《千钟禄》，曾把昆腔引上了繁盛的高峰，但各种地方剧种对京都剧坛的冲击，又使昆曲走向衰落的趋势。时代呼唤着博采众长的更完美的戏曲形式的出现。徽戏班的进京，徽班的誉满京华，并不断取得发展，终于孕育了京剧的诞生，正是反映了这样的时代的要求。

京剧在北京的孕育、诞生、成熟，自然也有北京的客观条件。戏曲艺术能否发展，还不同于小说，没有城市繁荣的经济基础，即没有相当数量拿得出钱看戏的观众，就养不了戏班子，也不会有固定的戏园子。而北京毕竟是当时的“首善之区”，经济的繁荣和稳定，也为戏曲的繁荣和发展创造了有利的条件，这是毋庸置疑、也不须多说的了。

从戏剧文化环境来说，北京，作为几代王朝的都城，更是人文荟萃、艺苑集英的“首善之区”。如上所说，早在徽班进京之前，除雅部昆腔占有统治地位，所谓花部的各地方剧种，如弋阳腔（后变成京腔）、梆子腔、楚腔、吹腔、秦腔、二黄腔、罗罗腔、襄阳腔、弦索腔等，也都渐集北京。不过，只有客观条件，还不足以促成徽班雄踞北京剧坛，进而发展成新的京剧，否则，为什么这么多进京的剧种，流行的腔调，都没有成为孕育京剧诞生的根基呢？这却是徽班内蕴的多方面的主观条件所决定的。当然，徽班能留京扎根成长，并雄踞京都剧坛，终于不断发展，孕育出一个新的剧种——京剧，这已是徽班进京半个世纪以后的事了。

根据当时的各种记载和戏曲史家们的研究，促成徽班发展的内因有以下几方面值得注意的经验。

第一，徽戏本来也是一个土生土长的地方戏，最初的腔调，只有吹腔，拨子，后来又吸收了苏昆腔和湖北的二簧调，加以独创的融合。这就是说，它一开始，就不僵化，不保守，善于吸收其他地方戏的声腔曲调的特长，以丰富和发展自己。特别是进京的徽班，不只拥有自己独具特色的声腔和表演艺术，而且还网罗了其他流行的声腔剧种，这就使它成为一个不同于其他单一声腔的综合性戏班，而能把各类声腔曲调汇聚在同一舞台上，既高亢激越，又浑厚深沉，演出丰富多彩，蔚为新声。一下子就压倒了在京都流行已久的平直高亢的京腔和低回沉闷的昆曲，较充分地显示了戏曲声腔曲调的表现力和声乐艺术的美感，所以在它留京以后，很快就在民间演出中扎下根来，争得了有各种戏曲爱好的京都观众。

第二，徽戏剧目题材广泛，它来自民间，积累了大量的民间生活题材的小戏，思想清新，艺术上生动活泼。同时，又拥有反映社会政治题材的正剧，剧目很丰富。据徽戏老艺人回忆，它自己的传统剧目就有1000多种，而且它还把其他剧种的许多优秀剧目移植到徽戏，其中不少剧目一直保存到成熟后的京剧里。这较之与人民生活一直游离的昆剧，表现了它独具特色的生活气息，而且语言也贴近人民，所谓“词意俚卑”，通俗易懂。因而，也比词意艰深的昆曲，更为京都广大观众所喜闻乐见，一新耳目。

第三，当时进京的徽班，演员是经过精选的，各个身怀绝艺，大多是“尖子人才”而且行当俱全，表演与声乐艺术水平较高，有文有武，有唱有做，有长靠，有短打。分工又细，有末、生、小生、外、旦、贴、夫、净、丑九门角色，还各有一套唱腔、道白、身段、动作等等，显示出它们各不相同的独特的技艺创造。何况他们还有丰富的舞台表演艺术的积累，尤其是侧重于做工细腻，讲究表情。这一切，都标志着戏曲艺术向新的高度发展的趋势。“四大徽班”所以誉满京都，就是因为艺术上各擅专长而极富声名。所谓“三庆的轴子，四喜的曲子，和春的把子，春台的孩子”，都表明了它们在艺术上有各具特色的独创的成就。

第四，徽班之所以能在北京立住脚跟，还有一个原因，那就是它能适应北京的习俗而变革它的剧艺。徽班留京后，就以它的多剧种、多声腔的丰富多彩的同台演出而吸引观众；它立住脚跟后，也并不故步自封。它一方面能广为接纳正在衰落的北京各剧种艺人挤入徽班，以吸引各剧种的老观众；一方面，仍继续从在京各剧种声腔曲调中博采众长，广泛吸收艺术营养，以提高自己“京化”的水平，直到汉戏进京，还有个徽汉合流，又给徽班带来了很多新的变化，为皮黄声腔的逐步形成，向京剧演化奠定了基础。

总之，“徽班进京”之所以成为中国戏曲发展史上的一个里程碑，至今还能为人所称道，就是因为它曾在自己的发展中，与各剧种竞赛、交流、集纳、融会，不断地丰富和发展自己的技艺，较集中而深刻地体现了戏曲艺术的发展规律。

“徽班进京”带来了戏曲艺术的新的衍替、革新和发展，以至孕育了向更高艺术阶梯突进的新剧种——京剧的诞生，而京剧的成熟，也确实把戏曲艺术的力与美升华到更高的境界。戏曲艺术的角色行当不断地丰富多样，也包括声腔曲调的革新变化，总是随着表现生活和人物的新需要而发展提高的。中国戏曲表演艺术的最突出的特点，是虚拟与歌舞相结合。虚拟，是模仿生活中的动作（也可以说是把生活中的动作艺术化），而歌舞化，又使它的做工（即表演）富有节奏感。而舞又是把生活中的动作与表情升华为艺术表演程式。二者的结合，即唱、念、做、舞融为一体，在演员经过严格训练后的成熟运用中，以动静融合的稳定形式显现出雕塑美。自然，程式也是来自对生活的提炼，只不过它在艺术表现上，更夸张以至变形，而却富于一种独创的魅力。

的确，戏曲的程式艺术，并不始于京剧，也决非徽班所创造，它是我国历代戏曲艺人，甚至也包括歌舞艺人，千百年来一代又一代的智慧和创作的积累与结晶。但是，京剧艺术的臻入佳境，又的确是把中国戏曲的富有独创特色的程式艺术高度的规范化了，而京剧艺术的成熟与完善，又不只集纳凝聚了各地方剧种的成就，广泛赢得了北京的观众，而且很快地流传到全国，并影响了地方剧种，为它们所借鉴和吸收，推动了各地方剧种的革新与发展，提高了地方剧种的艺术水平。尽管各地方剧种在近代戏曲史上都有自己独创的特色和成就，但是，我们又不能不承认，从戏曲程式艺术规范化的更完善的意义上讲，京剧的形成和发展，的确可以说是中国戏曲艺术的代表。举凡剧本形式、脚色行当、音乐唱腔、脸谱服装、舞台设置，京剧都渗透着规范化的程式艺术的鲜明特色。

京剧的成熟和发展，在近代戏曲史上还培育出一大批蜚声艺坛的杰出的艺术家。而中国戏曲跻身于世界艺林，被誉为与古希腊戏剧、印度梵剧并列的世界古老戏剧文化之一，以至被公认为是与斯坦尼斯拉夫斯基体系、布莱希特体系相比并的具有独特民族风格的戏剧艺术体系。这些世界对中国戏曲的认识，都是得自梅兰芳京剧团的三次（1919年、1930年、1935年）出国演出，引起的国际上的瞩目和轰动。在世界各国戏剧家的心中，梅兰芳的京剧艺术，就是中国戏剧艺术风格与特色的标志。

京剧形成后的100多年间，由于正处于中国近代社会急遽变化的历史时期，而走着曲折的发展道路。尽管它曾培养了自己剧种的许多杰出的艺术家，并拥有广大的观众，但它也像其他地方剧种一样，同样是封建时代的产物，惯于反映封建时代的生活，却难以适应近代，特别是现代中国社会的风云节奏。虽然几位有卓识的京剧大师，如梅兰芳、周信芳、程砚秋、欧阳予倩等，都曾在京剧反映时代问题上做过尝试和探索，但这对于京剧艺术来说，毕竟是一个艰难而复杂的课题，在那个时代也不易找到出路。何况，在三四十年代，我国又遭受着帝国主义的侵略，反动派发动的内战，社会混乱，民主凋敝，或无安定的演出环境，或情趣低下的剧目充斥舞台，戏曲艺术已失去了正常发展的条件，并面临能否继续生存的危机。只是在中国共产党领导的抗日根据地，对于继承和革新戏曲遗产，作出了真正的努力。我们党的戏曲改革的“推陈出新”的指导方针，就是当时毛泽东同志给延安平剧院成立时的题词，而该院《逼上梁山》、《三打祝家庄》的改编成功，给平剧（即京剧）“开了新生面”，也正是“推陈出新”的指导方针，取得了初步的成果。

1948年，硝烟未尽，但在大城市相继解放的新形势下，党已开始注意到戏曲工作，华北人民政府率先成立了华北戏剧音乐工作委员会，确定了以改革旧剧为当时的首要任务。建国后虽然百废待兴，但党在文化工作中仍给予戏曲事业以特别关注。1951年，毛泽东同志提出了“百花齐放，推陈出新”的方针，中央人民政府政务院又发布了由周恩来总理签署的《关于戏曲改革工作的指示》（简称“55指示”），使我国戏曲艺术进入了空前的繁荣发展的历史时期，许多濒临灭亡的地方剧种，由于得到挽救和扶植，又焕发了蓬勃生机。

几十年来，尽管我们也有粗暴对待戏曲遗产的失误，但从建国初期“55指示”的“三改”政策，到60年代的剧目上的“三并举”的倡导，都是正确地贯彻了“百花齐放，推陈出新”的戏曲方针，赋予我国古老戏剧文化以青春活力。也可以说这是我们自觉地运用戏曲艺术发展规律的丰硕成果。但是，“四人帮”十年“文革”的破坏，八亿人民八个样板戏的畸形现象，又确实延缓了也停滞了戏曲艺术革新发展的前进步伐，而近年来文艺上错误思潮的影响所及，在戏曲界也兴起了一股民族虚无主义的论调，特别是文艺上一段时间里的西方现代派思潮的冲击，也的确使戏曲少了一些观众。然而，这一切，既不是戏曲濒临灭亡的征兆，也不能成为必须抛弃戏曲艺术传统的借口。恰恰相反，这种反常现象，倒是提醒我们，必须在党中央“一手抓整顿，一手抓繁荣”方针的指导下，认真地总结经验，通过徽班进京200年的纪念活动，以振兴京剧为契机，开拓和发展戏曲艺术的新局面。

1991年11月7日

（原载《文艺报》1990年11月24日）

“推陈出新”首先是“出”思想之“新”

——漫谈几个传统剧目的改编

我国戏曲艺术的发展，大概已经有了上千年的历史，遗产是非常丰富的。它留下了大量的戏曲文学作品，创造了百花盛开的各种地方戏曲，特别是新中国成立后的十几年来，不少在旧社会被反动政权摧残濒于灭亡边缘的剧种，又在党和人民政府的扶植下，恢复了它们的艺术青春。党的戏曲艺术“百花齐放、推陈出新”的方针，也使许多老树生长了新枝，绽开了新的花朵。就不完全的统计，散布在全国各地广泛联系着观众的戏曲剧团，有3000多个。假如以剧团的单位来算，也可以说，戏曲剧团在我国戏剧团体中占有90%以上的比重。它拥有的观众，自然也要比话剧和新歌剧所拥有的多得多。这一方面是加重了戏曲工作者用艺术武器教育人民的光荣责任，另一方面也向我们的戏曲工作提出了非常重要的问题——即如何供给3000多个剧团的戏曲剧本的问题。

毫无疑问，古树必须生长新枝，无论任何古老的剧种，都应当从自己的条件出发，适应社会主义时代的需要，突破传统形式的局限，对反映现代生活进行多方面的探索和尝试。艺术是生活的反映，如果艺术的式样不能适应生活的发展而取得存在的权利，那么，它迟早要丧失艺术生命力而被时代所淘汰。当然，事实上所谓戏曲不能反映现代生活，这只不过是我们一些同志保守看法的借口，真正属于人民的艺术，总会突破局限找寻出新的发展道路。就以程式艺术极高、唱腔非常“典雅”的京剧和昆曲来说，它们不是也仍然产生了《白毛女》、《智取威虎山》、《八一风暴》、《红霞》等受到群众欢迎的现代剧吗?

不过，戏曲毕竟是古老的剧种，就以综合了不少地方剧种成就的京剧来说，也有了将近200年的历史。每一个地方剧种除去继承了宋元以来的戏剧文学遗产以外，也都有它自己独有的传统剧目，在新中国成立以前它们也许并没有完整的文字剧本，却保存在一代代艺人的口头传授中间，而且即使是有剧本可循的宋元以来的戏剧文学遗产，在每一个剧种中间也有不同的演变。譬如王实甫的《西厢记》，原剧戏剧冲突的中心本来是张生、莺莺这两个礼教的叛逆者对封建婚姻制度的反抗。可是，在不少剧种——至少在京剧和豫剧中，却沿着红娘的“戏”演化成独立的剧目。至于只截取某一个剧本的一两折戏而发展成独立的剧目，这更是普遍存在的现象。尤其重要的是，各剧种富有特点的戏曲表演艺术，往往经过几代艺术家的创造，附着在具体的传统剧目里。面对着这样的遗产，我们采取什么态度呢？摈弃它们吗？革命无产阶级不是民族文化的虚无主义者，而是民族文化优秀传统的发扬者；但这是不是说要全盘继承呢？革命无产阶级又绝不是国粹派。

要知道我们的绝大部分戏曲是产生在封建主义的社会里，其中虽然包含有民主性的精华，但作为整体来看，它仍然是封建社会的文艺，可以毫不隐讳地说，精华是少数的，糟粕是大量的，而且即使是精华，也显然带有它产生时代的、阶级的、思想的局限，特别是剧目的内容，一点也不带有封建思想的毒素，简直是非常少有的现象。而今天的艺术舞台，是社会主义的舞台，是社会主义戏剧事业的活动场所，它不仅不应当宣扬封建思想，而且必须成为清除人民思想意识中封建主义影响的锐利武器。

上面已经谈到过，老树必须生长新枝，才能为戏曲艺术的发展开辟道路，但是，戏曲艺术又毕竟有它反映古代生活、表现历史事件、刻画历史人物的悠久传统，我们应当利用它们的长处，批判地继承和发扬这个传统，做到古为今用，推陈出新。1956年提出过挖掘传统剧目，丰富上演节目的问题，这曾经起过一定的积极作用。然而，要彻底解决戏曲传统剧目问题，只是“挖掘”，显然是不够的。因为真正优秀的传统剧目，是人民的精神财富，总不会被淹没的，而且戏曲艺术推陈出新的主要任务，也并不在于“挖掘”，应是改革。剧本则又是为戏曲改革创造条件的中心课题。老艺术家徐兰沅说得好：“剧本，剧本，一剧之本。”因而，除新创作外，改编整理传统剧目，也是解决这个问题的主要环节。

剧目的改编整理工作，究竟以什么作为原则呢？这是一个一直有争论的问题，应当说近几年来在这方面的工作，是有理论上的阻力的。我以为，这种阻力主要是来自我们的保守思想。有些戏曲研究工作者未能坚决执行推陈出新的方针，却总是千方百计地寻找保存原样的借口。他们一方面为那些宣扬忠孝节义的剧目寻找人民性的论据，一方面又反对改变原作的主题思想。如果按照这些意见来进行传统剧目的整理改编工作，戏曲艺术所得到的将不是推陈出新，而是守旧出陈。毫无疑问，这种理论曾经影响了传统剧目的整理改编工作，但是，近年来在整理改编中真正取得成就的优秀剧目，又显然是抵制和否定了这种理论。譬如，京剧的《杨门女将》(范钧宏、吕瑞明改编)、昆曲的《十五贯》(浙江省《十五贯》整理小组整理)、福建莆仙戏的《团圆之后》、川剧高腔的《拉郎配》等，情况固然有所不同，但有哪一个改编本没有触动原作的主题思想呢？研究、参考一下这些剧本的整理改编和再创作的成就和经验，对于探讨传统剧目的如何推陈出新的问题，将是有益的。我读过了这些剧本的原作和新改编本，我虽是戏曲的外行，却也得到了不少启示。

这些传统剧目的改编本所以能在今天的舞台上获得新的艺术生命，得到广大观众的热烈欢迎，首先就是剧本的内容有了新的思想面貌，改编者以今天的思想认识照亮了古代生活的题材。譬如昆曲《十五贯》，虽然也有的同志说它“之所以成功，其原因之一，是没有从原作之外强加进去一些它原来所无法具有的思想、人物、事件，也没有生硬地给它安上它无法承受的主题；整理者只是从原作中发现了它的积极因素，发扬了它，而去掉了它的消极因素而已！”但是，《十五贯》的这个改编本，较之朱素臣的《十五贯》传奇（又名《双熊梦》）的原作，却显然有着全新的思想面貌。朱素臣的旧《十五贯》，以及在这个剧本的基础上演化出来的《双熊梦》鼓词、《十五贯》弹词等说唱文艺，虽然也暴露了草菅人命的酷吏过于执，歌颂了为民请命的清官况钟，但是，它的主题思想，却分明渲染着善恶报应的浓厚色彩。受冤的两对男女，被写成并不完全是由于酷吏的无能专断，而是由于他们违犯了封建教条得到的天报。在冤案大白后，况钟这样责备了这些冤民：“熊友蕙，那鼠虫怜你贫苦，衔赠金环，反以毒药饵之，岂不有伤阴德？侯三姑，你丈夫虽带残疾，实为夙孽所招，安得自惜冶容，每生怨望？可见你这宗冤狱，就是现在的果报了。不是俺学浮屠，为愚夫说个循环报，端的是祸福自家招。”“继父本尊行，苏戌娟何得开门潜遁？男女不通问，熊友兰岂容负重同行？你每二人冤案，可不是自家招取么？忘圣训，犯天条，不是俺魅青天一线微窥，你那孽身躯完全在那讨？”一个有强烈暴露性的社会主题，在那里却化为命该如此的说教了。这“传奇”的情节也非常离奇曲折，不脱书生落难、红颜薄命、遇救中举然后团圆的窠臼。故事交织着两条线索，一条就是现在的改编本所保留的——即尤葫芦的十五贯和熊友兰的十五贯的“巧合”；另一条则是熊友蕙在家遇祸的一条线。前者是假鼠——赌棍娄阿鼠杀人劫财嫁祸于人；后者则是真鼠——老鼠把毒饼和金环、宝钞在两家邻居中互换了位置，使得丑夫被毒死，而拾得金环的熊友蕙也因出卖金环受祸。剧作者极力夸张地描写了这两个十五贯的“巧祸”，并且给它们蒙上了因果报应的迷信色。他歌颂了况钟，却又不肯使这个为民请命的清官的形象真正站起来——在朱素臣笔下这个雪冤翻案的况钟，主要并不是凭自己的正直干练，对案情发现了疑点，而是由于神明护佑双熊入梦，才使他有勇气力抗上命；作者贬斥了过于执的主观武断，草菅人命，却又不肯彻底揭露这种酷吏的疮疤，最后还把他渲染成一个知过必改有成人之美的君子。至于故意把二熊写成落难的书生，安排他们遇救后去中举做官，让况钟收留苏侯二女，提高她们的身份，和二熊取得姻缘的结合，更显然是掩盖了封建官场黑暗，冲淡了这个冤狱的批判的社会意义。

昆曲改编本的《十五贯》，虽然“没有从原作之外强加进去一些它原来就无法具有的思想”，“也没有生硬地给它安上它无法承受的主题”，但是，这出《十五贯》，也绝不只是“从原作中发现了它的积极因素，发扬了它，而去掉了它的消极因素而已！”它的主题，是改编者重新发掘的成果。新《十五贯》不仅清除了旧《十五贯》封建迷信的糟粕，而且还把它的情节中的合理核心从过分离奇曲折的故事里解脱出来，赋予它一条鲜明的主线。在艺术上这是现实主义的改造，在思想上这是改编者用新的观点处理情节的结果。这新《十五贯》的主题怎么能是旧《十五贯》的“积极因素”所能承担得了的呢？它深刻地暴露了封建官僚的残酷统治，视人民如草芥。在这里，改编者突出地揭示了周忱和过于执拗的主观、专横、武断，是封建官场中普遍的现象，而“为民请命”的况钟，却是罕见的人物，但他的合理行为反而要遭到种种刁难和危险……那情节的复杂冲突以及况钟本人性格中的矛盾斗争，都鲜明地丰满地体现了改编者用阶级观点控诉封建官场黑暗的主题，它和旧《十五贯》借描绘这个冤狱歌颂清官况钟的思想，分明具有完全不同的性质。这出戏的主题思想不仅鞭挞了历史的黑暗面，而且还给人以现实的启示。况钟的笔和过于执的主观武断，都是一面很好的历史镜子，在现代人的生活和工作中，也仍然有其启发和借鉴的意义。

即使是从原作的主题思想中发现了“积极因素”，但要使这“积极因素”真正地变成作品的主题，那也绝不仅仅是去掉“消极因素”的问题，而是需要重新进行概括和改造，才能使它得到全面地、鲜明地体现。京剧《杨门女将》，“是参考杨家将故事传说《十二寡妇征西》，并吸取了扬剧《百岁挂帅》中的‘寿宴’、‘比武’两场情节编写的”。扬剧的《百岁挂帅》我没有看过，据说也是经过整理的新本；十二寡妇征西的故事，在幼年时代却听过评书，也看过豫剧整理的《十二寡妇征西》。“杨家将”是宋元以来深受外族侵略的北方人民怀念民族英雄杨业的殉国而创造出来的历史传奇故事。“杨家将”的戏曲，一般地说，都表现了强烈的爱国主义精神——这可以算作它们共有的“积极因素”。但是，由于这个历史传奇故事是产生在外受异族侵略、内受昏君权臣压迫，民族爱国志士无法施为的年代，它在不同程度上总是浸透着悲观主义的色彩，特别是“十二寡妇征西”的故事，这种情调更为严重。就以新中国成立后经过整理的豫剧《十二寡妇征西》来看，这出戏虽然也歌颂了杨家将妇女英勇抗敌的坚决意志，却由于过分强调女将们的老迈，仍然不免给人以凄凉之感，而且不脱杨家将戏一般的窠臼——总有一个叛国投敌的败类拨乱其间，主题思想给人以千篇一律的印象。《杨门女将》虽然没有完全离开这个故事的浪漫基调——佘太君百岁挂帅，却摈弃了那种低沉、哀伤的情调，从它的“积极因素”中生发出一个富有现实意义的新的主题——面对着侵略是坚决抵抗呢，还是妥协求和？矛盾冲突也是围绕着这样一个主题而展开的。这个王辉，也不同于《十二寡妇征西》里的那个王秀，他和寇准、杨家的矛盾，也不是“忠”“奸”的矛盾，而是在对待侵略问题上的两种不同的立场——王辉以“兵微将寡，府库空虚”

为理由，主张“暂时求和以保万全”；寇准和佘太君都反对这种“苟且偷安”、“饮鸩止渴”的办法，力主“选良将破敌兵”，而且佘太君自愿“挂帅”一力承担。很明显，这虽然是发扬了“积极因素”，却仍然是对原作主题进行了深刻的“改造”，它不仅把这个富有爱国主义精神的传说故事从哀伤、低沉的情调里解救出来，冲破了忠奸矛盾带有封建思想的外壳，同时，也提高了杨家将一家奋勇御侮的精神境界，有力地鞭挞了妥协投降的思想，使它的主题具有了古为今用的现实意义。

天波府灵堂，佘太君和王辉在宋王前的那场激烈的辩论，生动而丰满地表现了这出戏的主题。正是在这场尖锐的思想冲突中，改编者突出地塑造了老当益壮、深明大义的佘太君的英雄形象，而且通过佘太君的形象也更高地概括了杨家将的爱国主义精神。当王辉用“报仇事小，朝廷的安危事大”诬蔑杨家的抗敌主张时，佘太君那段慷慨激昂的唱词，是多么动人地传达出民族志士前仆后继的爱国热情啊！

一句话恼得我火燃双鬓！
……
王大人且慎言，莫乱测我忠良之心。
自杨家火塘寨把大宋归顺，
为江山称得起忠烈一门。
恨辽邦打战表兴兵犯境，
杨家将请长缨慷慨出征。
众儿郎齐奋勇冲锋陷阵，
老令公提金刀勇冠三军。
父子们赤胆忠心为国效命，
金沙滩拼死战鬼泣神惊。
众儿郎壮志未酬疆场饮恨，
洒碧血染黄沙浩气长存。
两狼山被辽兵层层围困，

李陵碑碰死了我的夫君。
哪一阵不伤我杨家将，
哪一阵不死我父子兵！
可叹我连三代死亡殆尽，
单留宗保一条根，
到如今宗保边关又丧命，
才落得，老老小小，冷冷清清，孤寡一门，
我也未曾灰心！
杨家要报仇我报不尽，
哪一战不为江山，不为黎民！

这同一段杨家将历史的叙述，在不少杨家将戏里都出现过，但是，却从来没有一出戏能够显示出这样激发斗志、充满自豪的精神境界。在《四郎探母》“坐宫”一段杨四郎心目中的金沙滩一战，固不必说，因为那是投降敌人的叛徒的心有余悸的哀鸣，就是在《太君辞朝》里，杨家将为国牺牲的历史，也只是凄凉往事的回忆，带有浓重的悲观主义色彩。

《杨门女将》并不是真正的历史剧，它的改编完全是在民间传说故事基础上进行的。其中所出现的人物，所叙述的事件，都是说唱艺术中曾经有过的；《杨门女将》的艺术情调，也完全没有离开杨家将故事传说的浪漫主义基调。但是，人们仍然可以清楚地体会到，这个戏的激动人心的艺术力量，是改编者站在新的时代思想水平上，照出了这个古老传说故事的精神异彩。它并没有违反这个传说故事的历史特征，只是改造了它的主题，深化了杨家将的爱国主义，但是，它取得了古为今用的效果，使观众从杨家将的昂奋的精神状态中找到了和今人相通的东西。它没有离开这个传说故事的真实，却给了人们一种新的启示，新的感受，这或者可以称之为用新的时代精神处理古老题材的成果吧！很明显，《杨门女将》这种洋溢着斗志昂扬的乐观主义色彩，是和改编者在社会主义时代所体验到的沸腾的精神节奏，有很密切的关系。因而，像《杨门女将》这样的“推陈出新”，就不仅推出了思想之“新”，而且推出了时代精神之“新”。

当然，如果要求每一个传统剧目的改编，都能像《杨门女将》这样，都能体现新时代沸腾的精神节奏，自然也是不切实际的，因为这不只是改编者的水平问题，而且也和题材的性质和容量有关。

譬如有的同志就责备福建莆仙戏《团圆之后》缺乏浪漫主义精神。我没有看过莆仙戏《团圆之后》的舞台演出，不了解它的艺术效果给人的印象如何，我只对照地看过改编的《团圆之后》和原作《施天文》的剧本。这是一个大翻案的改编，或者也可以称之为新创作。这个改编经过了长时间的探索过程，尽管它还存在着缺点，但这个改编是应当受到重视的。原作《施天文》完全是宣扬封建道德歌颂清官孝妇的戏。在最初的改编中，虽然把矛头转向了封建道德，却仍然很不鲜明。戏剧冲突的焦点，即解决矛盾的清官杜国忠保存了原来的面貌，这就不能不削弱他批判封建礼教吃人的意图。因为这个杜国忠不同于况钟，他所辨的冤，并不是小民的冤屈，而是为了维护封建道德，保留了歌颂杜国忠的清官的内容，就不可能使情节典型化。正像剧本“前记”中所说：“反封建的枪口没有瞄准主要的封建统治阶级的代表者”，“打蛇没有打中蛇头”。于是，改编者对生活进行了再认识，对题材进行了新的改造和概括，把杜国忠塑造成维护封建礼教的最残酷的统治者，使他成为这出戏的悲剧冲突的中心。因而，愈是写他办案认真，老谋深算，愈是表现他以卫道者自居的狰狞面目，这才把这出戏翻案成了一出强烈控诉封建伦理道德的悲剧。我们可以看出，这出戏的改编完全违反了某些戏曲理论家的禁忌，它彻底改变了原作的主题。但是，这出戏的成功也恰恰是表现在这里。这出戏还存在着一些缺陷，譬如郑司成这个人物，在他和叶氏的感情败露之后，惹起轩然大波，媳妇柳氏全家受刑，而他在已经决心要自杀的时候只想念死去的情妇，怜惜自己的儿子，毫不顾惜受冤的柳氏一家，未免不合这个人的性格；特别是状元施佾生这个人物，作者虽然尽力写他要求柳氏替罪的复杂的内心矛盾，但总的看来，它仍然有不少不够真实的处理。像公堂对质，柳氏和她的父兄都受了重刑拷打，对他的内心矛盾的处理就显得极其生硬和牵强。柳氏的冤情，本来是为了掩护他，本来是他的要求，他的处境和内心可以充满复杂的矛盾，但绝不会当堂骂柳氏“恶妇无德性行，忤逆罪滔天，母死成仇雠”。因为他这种“假装变脸”，对柳氏打击很大，万一柳氏挺不住，一说出真相，就要使他这个状元身败名裂，即使从他个人安危来考虑，他也不会干这种蠢事。不过，我以为就是这些缺点，也完全可以在不断改编中得到解决，而不像有些同志所说的它的改编是方向性的错误。

是的，这个戏确实是“缺乏浪漫主义精神”，但这并不能成为否定这出戏的理论根据，因为文艺史并没有这样的规律——每一个作品都必须体现浪漫主义精神。《团圆之后》是一出批判现实主义的戏。它是通过礼教阴影笼罩下的黑暗生活，暴露和控诉了封建的伦理道德对人们的戕害。戏里出场的人物几乎没有一个人的灵魂不浸淫着礼教的毒害。封建统治阶级用礼教的铁钳拆散了郑司成和叶氏的爱情，使他们偷偷摸摸过了一辈子。郑司成连亲生的儿子也不能认，最后仍然没有逃掉私情败露，而且遭受到被亲生儿子毒死的悲惨结局。状元施佾生想光耀门庭为他母亲讨来了贞节牌坊，却杀害了亲生父母！他虽然费尽了心机，想掩饰那“欺君之罪”，却还是在礼教的铁拳下，被打得身败名裂，自杀而死。柳氏承担一切冤枉的“节孝”，也挽救不了婆婆和丈夫的名节和性命，结果是一家四口都陈尸在“贞节可风”的牌坊下……这是多么强烈地体现了控诉和暴露“礼教吃人”的主题！可以说，在我们的戏曲中，能够如此深刻地描绘出封建道德血腥罪恶的作品，这还是很少见的。在这里，如果强加进去“浪漫主义精神”，就会破坏这出戏的特定题材内容所反映的生活真实，也会破坏这出戏的悲剧情节的艺术真实。有的同志说：郑司成和表妹私通有子，当他表妹另嫁施某以后，他又随去做管家，暗过夫妻生活，致使施某羞愧而死，在他们的儿子施佾生娶亲以后，他又与表妹相会被儿媳撞见，致表妹羞愧自杀，他应是罪魁。后来儿媳被冤处斩，他都不敢出来承认，这个人自私到极点，而作者却让人同情他。状元虽然无罪，但当他发现自己母亲死得有问题时，却让自己的妻子去死以挽救自己。这样的人值得同情吗？

我在上面已经说过，这两个人物的性格还有很多不合理之处，但却不能根据这些缺陷而否定这出戏的整个改编的成就。《团圆之后》里的主要人物施佾生、柳氏、郑司成，确实都是在礼教与生活相背离的尖锐矛盾中挣扎生存的人物，他们的某些行为和他们所卫护的事物，也并不能完全使人同情。然而，造成这出悲剧的“罪魁”，显然不是这些屈服于礼教压力在痛苦生活中卫护自己的小人物，而是那吃人的封建制度，吃人的封建伦理教条，以及捍卫这些教条的杜国忠之流的正人君子们。郑司成、施佾生的行为固然危害了别人，但究竟是谁使他们沉陷在这些矛盾行为的泥淖里而不能自拔呢？难道不是那冷酷、残忍的封建婚姻制度和礼教吗？施佾生临终时控诉得好：“吾父有何罪？吾母岂无耻？”在这吃人的社会里，人们正常的合理的要求，成了犯罪的行为，而且付出了生命的代价，做了礼教筵席的牺牲品，如果我们离开社会矛盾抽象地从他们的行为中寻找罪恶的渊薮，那就不是历史唯物主义态度了！同时也不能孤立地看待所谓“同情”的问题，郑司成、施佾生、柳氏的死，虽唤起了观众的同情（这是合理的），但这显然不是作者的主要目的，更重要的是，他们写出这悲剧的沉重的精神压力，是为了激发起观众对封建礼教的强烈憎恨。《团圆之后》所表现的生活是令人战栗的，但作品的控诉和暴露的主题和作家的爱憎态度，却是十分鲜明的。如果作者不是站在彻底反封建的立场上，用新的观点把那旧有的情节从封建观念中解救出来重新加以典型化，如果作者对封建礼教没有强烈的憎恨，他就不可能写出这样深刻的悲剧。

《团圆之后》的翻案式的改编，更加启示了我们，在批判地整理、改编戏曲遗产的工作中，天地是非常广阔的。不仅优秀的传统剧目，能够在取其精华、去其糟粕的整理过程中取得新的艺术生命，就是那些完全宣扬封建糟粕的恶劣作品，也有可能激发起作者对于被歪曲了的生活进行再认识、再创作的探索。清除封建的伦理教条对于人民的毒害，将是社会主义文艺工作者长时期的任务。在可能的条件下，利用在人民中间有影响的宣扬封建道德的坏剧目，重新创作翻案戏，应当说这也是一种推陈出新，而且能够推出古为今用的思想之“新”。这样做，也是有利于观众的。《团圆之后》的整理改编传统剧目的经验，是值得肯定的，它更加进一步证明了，那些把不能改变主题思想作为一种规律的保守看法，对于戏曲改编工作只能是有害的外加的束缚。

传统剧目的整理改编，并不是一种简单的修补漏洞的工作，它同样需要改编者的创造性的劳动。改编者整理改编一个剧目，不只需要熟悉这个剧目的内容和演变情况，而且需要熟悉这出戏的情节所反映的社会矛盾，要善于看出沉埋在程度不同的糟粕灰尘里的合理内核，这样才能深入到剧本情节所反映的社会生活的深处，有条件在重新进行选择、提炼的过程里，排除一切糟粕的浮渣，通过对于生活和社会矛盾的再认识，把情节典型化。假如改编者不能用新的思想观点照亮这整个改编过程，它就难于取得创造性的成果。有些剧目看起来只是变动了情节，深化了主题，却就使它焕发出新的思想光彩，其实这同样也是由于改编者使它的情节在新的生活矛盾的基础上典型化了。这里仍然包含着改编者对于生活再认识、再处理的全部创造性的劳动，而绝不只是某些同志所说的“打扫灰尘”或“洗脸”的工作。譬如川剧的《拉郎配》就是这样改好的剧目。《拉郎配》是根据传统剧目《鸳鸯绦》整理改编出来的。《鸳鸯绦》所反映的生活矛盾，确实是有一个合理的内核，即皇帝选美，有女之家，怕耽误女儿终身，纷纷拉婿成配，以避其祸。这本来应当是暴露封建统治者残暴专横的主题，但原作情节离奇，又充满了思想糟粕，而且纠结了一桩带有迷信思想的命案，一场完全无关的忠奸矛盾，毫无必要地搬出了包拯，最后又写了被三次拉婿的李玉中状元、受封，娶了三房妻子，完全淹没了那具有讽刺喜剧的合理内核。

改编本《拉郎配》保留了《鸳鸯绦》情节合理的核心——皇帝选美在钱塘县官民中间所造成的拉婿混乱；保留和发展了原作情节中——“文拉”、“武拉”、“官拉”的精华部分，删除了原作枝蔓芜杂而又充满思想糟粕的情节，把戏的主要冲突集中在“拉郎”的矛盾上，把原作闽中节度使赵亨夫人远来钱塘拉郎的不合理的情节，改成县官夫人的“拉郎”，把这场冲突的解决，直接引到县衙里去。让县官用自身的感情体验道出了这讽刺喜剧的暴露性的主题：

这才是清官难断家务案，
扁鹊难把自己医。
你们痛惜亲生女，
未必然老夫的女儿又不痛惜？
枉自我幼年寒窗读周易，

枉自我勤修政务着布衣，
如今难保一幼女，
更难保千家骨肉不分离，
……

就更加提高了这出戏的批判的社会意义。而当钦差的太监，不选“举止粗野、出身微贱”的张彩凤，而选县官和乡绅王夏的女儿，也完全是合理的。新中国成立以来，在传统剧目的整理改编工作中，取得成功的，当然不限于这四个剧本，我看的新改编的剧目不多，特别是同全国的各种地方戏曲接触也很少，很难全面地探讨改编问题。因此，只就自己看到的这四个改编剧目，谈一谈感想，而且这四个剧目的“推陈出新”，也并不只限于“出”思想之“新”，像昆曲《十五贯》、莆仙戏《团圆之后》，在戏曲艺术的表现方法上也有不少创新。但是，我们从它们的改编中，也可以看出，在每一个剧目的“推陈出新”的工作中，“出”思想之“新”，是它的基础。如果不能抓住这主要的一环，就很难推动其他方面的革新。戏曲艺术是附着在具体的传统剧目里，甚至于今天正在培养中的戏曲学校的学生，也仍然是从具体剧目中师承戏曲艺术，不能大力开展整理改编工作，对他们的成长和发展道路，都将产生深远的影响。自然，在整理改编工作中，我们也反对那种粗暴乱改的作风。整理改编传统剧目的同志，一定要掌握戏曲艺术的知识，一定要取得戏曲老艺人的通力合作，使得文学剧本的改编不致违反戏曲艺术的特点、戏曲艺术的规律，而且要为能发挥它的长处，要为能创造优美的戏曲舞台形象，提供良好的基础。

但是，应当说，近几年来传统剧目整理改编工作所以不能大力地展开，却是来自不愿“推陈出新”的阻力。上面所谈到的，从封建道德观念中寻找人民性的理论，主题思想不能改变的理论，就都显然阻碍了在传统剧目的整理改编工作中多方面地“推陈出新”的尝试。在今天的戏曲舞台上，虽然已经出现了一些反映现代生活的戏曲剧目，出现了不少新编的历史剧目，不过，传统剧目在舞台演出中，仍然占有很大的比重，而且绝大部分传统剧目还没有经过认真地、细致地改编整理，精华与糟粕杂陈，有的剧目思想糟粕还并不少。对于这种现象，我们虽然不能操之过急，但是，却不能不说，它是一个迫切需要解决的问题。

作为一个戏曲艺术的爱好者，我期待着我国百花齐放的戏曲舞台，更多地出现反映现代生活的新剧目，更多地出现新编的历史剧目，也期待着有更多的思想新貌的传统剧目能在舞台上放出异彩。

1963年国庆前夕

（原载《剧本》1963年第11期）

“更好的继承，更多的创造”

——在首都戏剧界缅怀梅兰芳、周信芳艺术大师座谈会上的发言

我虽生在北京，长在北京，而且从小就看京剧，但直到今天，我仍然只能算是个京剧的业余爱好者，因为起点是爱看姜铁林的猴戏，专业知识不多。尽管在我的青少年时代，连梅、周二位大师的弟子都已闻名全国，解放前，我却没有看过梅、周二位大师的戏。我第一次看梅先生的舞台演出，是1954年第二届政协会议上，演出的剧目是《宇宙锋》；第一次看到周先生的舞台演出，是在1955年纪念梅、周二位大师舞台生活50周年的开幕式上，剧目是《打渔杀家》，是和童芷苓合演的。以后又曾看过《坐楼杀惜》。梅先生因在北京，看他戏的机会就多一些，如《贵妃醉酒》、《洛神》、《天女散花》、《穆桂英挂帅》，都还有机会看到。这就是说，像我这样的六十几岁的人，所接触的，已是他们二位后期的舞台生涯，那时，他们已是戏曲界的泰斗，桃李满天下了。

从徽班进京，到京剧形成，以至风靡国内外，也不过是200余年的事，但却培育了一大批蜚声艺坛的大艺术家：名旦、名生、名净、名丑，直到新中国成立后的京剧舞台，还活跃着他们的身影，为广大戏迷们所熟悉的，就可以数出一大串名字，真是流派纷呈、百花争艳。尽管京剧较之其他的戏曲剧种，程式艺术的规范化更高一些，但是，每位取得成就和拥有观众的名家，却又无一不是有自己艺术上独到的创造，并给予观众以新颖的、独特的审美感受。而梅、周二位大师，正是京剧艺术发展到群星灿烂时代的最杰出的代表。他们的艺术道路，他们的艺术遗产，他们的艺德与楷模的作用，将永远是我国文艺界的精神财富。

纪念梅、周二位大师，向他们学习，首先要学习他们的爱国主义精神。我们都知道，在我们祖国遭到日本侵略的年代，梅、周二位，都怀着极大的爱国

热情，排演反抗侵略的剧目如《抗金兵》、《生死恨》、《徽钦二帝》、《亡蜀恨》等具有强烈民族意识的作品，以激励观众的奋起抗战。梅先生还蓄须明志，拒绝为敌伪演出；周先生当时则不顾为敌伪查禁的危险，公开预告要演出富有反侵略爱国精神的剧目《文天祥》、《史可法》等。自然，作为伟大的艺术家，他们的爱国主义精神，并非只简单地体现在几个剧目里，更在于他们毕生致力于用艺术实践弘扬民族精神，弘扬祖国优秀文化传统，用艺术激发人民奋发图强，用艺术来陶冶人民的高尚的道德情操。

世界上没有任何一个伟大的艺术家，能脱离自己祖国和人民的命运而得到独立的发展。梅、周二位大师的艺术道路，梅、周二位一生的成长和发展，都同祖国的危难和进步，有着血肉相关的联系，也都反映了他们的民族民主思想的不断深化。一直到新中国成立以后，在中国共产党领导下，梅、周二位大师，都为了建设新中国的需要，成为促进戏曲事业发展的前驱和同行人的榜样。

在今天改革开放的新形势下，在建设有中国特色的社会主义文艺的实践中，就是要学习他们毕生献身于事业的精神，以发展我们的社会主义戏剧。梅、周二位大师从艺的一生，也正是我国从半封建半殖民地向民主、新生过渡的战乱的时代，但他们都并没有屈服于黑暗社会的压力，而放弃发展京剧和革新京剧的努力。

我们建设有中国特色的社会主义精神文明，自然要借鉴和吸收一切人类进步文化的结晶，但是，中国是一个有五千年文化传统的文明古国，因而，我们的精神文明建设，又决不能脱离我们自己的文化传统。世界上一切伟大的艺术家，也必然是他的民族优秀传统文化的继承者与发扬者，梅、周二位大师的京剧艺术，所以能成为继往开来的里程碑，首先就由于他们对于民族优秀艺术传统做了广泛而深入的继承。京剧艺术虽然经过程长庚、谭鑫培等大艺术家几代人的努力，为它的发展奠定了坚实的基础，但是，京剧艺术的真正的辉煌，却还是在以梅、周为代表的时代。被誉为“美的创造者”的梅先生，在他的艺术生涯的开始阶段，也是从师学艺，既向吴菱仙、秦雅芬学旦角戏，又向丑角胡二庚学花旦戏。我们可以想象得到，那时的学戏是十分艰苦的，因为没有任何现代化的手段可以利用，一切只靠老师口传身教，一招一式、一点一滴地学，许姬传先生的《梅兰芳舞台生涯四十年》，对梅先生的学戏，有过很详细的论述。梅先生自幼就有勤奋学习的好习惯，曾直接师承时小福的正旦青衣，却不拘泥于本工旦角戏，而且喜欢广泛观摩各行角色的演出，从中吸取营养，使自己的表演艺术，兼容众家之长——他勤学苦练各种基本功，继承了大量的传统剧目和传统艺术的表现手段，因而，在他的成长中，凝聚着多方面的积累和扎实的功力。

在周先生舞台生涯中，并未看到他幼年时拜过多少名师，但他是六岁开始练功学艺，七岁登台演出，少年时代就曾和梅兰芳、高百岁等同台献艺，相互切磋；十几岁时，又和谭鑫培等同台，得到老一代艺术家的指点和熏陶，表演艺术逐渐成熟。周先生嗓子并不好，但由于他独到的努力，唱功和念白，抑扬顿挫，独具一格，却能以情感人。他又酷爱读书，是有名的书迷，更喜欢结交艺友，他同欧阳予倩在青年时代就已结为密友。他始终追求思想进步，这也对他继承优秀传统艺术，树立高尚的艺德，有着积极的影响，而且青年时代已能自编新戏。他所擅演的剧中人，多系刚正不阿的忠义之士，如《徐策跑城》、《乌龙院》、《四进士》、《萧何月下追韩信》等。周先生又特别注重做派，为了从做工上突出地刻画人物性格，他非常善于运用传统的技巧，以精益求精的艺术手段，塑造形象。周先生每一出戏的出场亮相，用一句时髦的话说，都各具意蕴，特别是由于他文武两工都有深厚的根底，因而，哪怕是一举手，一投足，都能创造性地运用程式美以突出人物规定情境里的思想、情绪与性格。

然而，无论是梅先生，还是周先生，热爱京剧艺术，献身京剧艺术，十分注重对传统艺术的继承。但是，他们所以那样成就辉煌，雄踞南北剧坛数十年，深受广大观众的欢迎，以至把戏曲艺术传播到世界上去，那又是因为他们二位虽在学习继承上下了很大苦功，却决不因循守旧，也可以说，锐意进取，大胆革新，才是他们二位成就为一代宗师的关键。梅先生十几岁时在上海演戏，正值所谓“文明新戏”时期，这种改良，立即引起了梅先生的兴趣，他不仅认真地观摩了当时上海正在上演的以反映现实生活为主的“时装新戏”，还参观了他们的舞台灯光的新式设计，演员的新的化装和服装式样的新设计。这些都对他的艺术思想产生了有益的影响，他从上海回到北京，也排演了一出“时装新戏”《孽海波澜》。1914年，梅先生第二次应邀去上海演出，就是演出《孽海波澜》而经久不衰，并吸引了不少外国观众。

从梅先生的艺术生涯来看，正是这两去上海，开阔了他的艺术视野，也加快了他在艺术上改革创新，独树一帜的步伐。仅仅在1915、1916不及两年的时间，他排演了十几出戏。其中有三出“时装新戏”，四出古装新戏，八出昆曲传统折子戏，塑造了有丰富性格内涵的古代和现代的妇女形象。那些年可以说是梅先生创作力量旺盛的时期，其后几年间，他又排练了不下数十出古装新戏，其中也包括以后不断上演的代表作，如《霸王别姬》、《天女散花》、《麻姑献寿》、《洛神》、《宇宙锋》、《贵妃醉酒》、《断桥》、《二堂舍子》等，就成为他晚年在思想上艺术上不断加工的常演剧目。

由于京剧艺术程式化的程度比较高，在新文艺工作者中间，一向造成了一种误解，以为京剧就是一种僵固化了的艺术，其实，京剧只是在戏曲的程式艺术发展过程中更加规范化了。程式最初也是来自对生活的提炼，只不过它在艺术表现上，更夸张以至变形，运用中国戏曲富于独创性的艺术魅力。梅先生在京剧艺术上的突出贡献，就在于他继承和发展了京剧艺术的活力，大胆地革新和创作了新颖的唱腔，使之具有独特个性，更有利于表现他所创造的人物性格。梅先生音色圆润甜美，自有其不可企及的天赋，但也和他大胆革新唱腔使之更加婉转妩媚有很大的关系。听说原来的旦角伴奏，本无二胡，是梅先生为了丰富乐队伴奏，起用二胡以辅助京胡伴奏，这也是梅先生在京剧音乐上进行的革新。其他如他充分地运用了京剧的舞蹈成分，有很多造型美的独创，如《天女散花》的绸舞，《麻姑献寿》的袖舞，《黛玉葬花》的锄舞，《霸王别姬》的剑舞，都给京剧程式艺术增添了形式较自由的美的创造。

这些舞姿以及新的程式美，有的是从生活中提炼出来的，有的摄取于武功，有的取材于旦角的动作身段。

其他如舞美化妆等，梅先生也都有大胆的革新。总之，京剧艺术，在梅先生的几十年艺术生涯中，是有了它的革新创造大放异彩的新高度了。当然，我是在新中国成立后才看过梅先生的戏，譬如《贵妃醉酒》，那就是经过很大的革新创造的。这出戏经过梅先生的表演艺术，把中国古诗题材中的那种宫怨的生活加以典型化的表现了。他把“醉酒”化为形象的倾诉，使观众能从审美中体会到这位唐明皇的宠妃此时此境中的极度的忧怨，以及内心生活的空虚，这确实是高超的艺术，也是高雅的艺术。

周先生是唱须生的，在京剧艺术的革新创造上，另走一功。“麒派”既不同于“马派”，也不同于“谭派”，就其风格来看，苍劲、豪放中见浑厚，无论唱工和做工，都表现了严谨的现实主义风格。周先生没有好的嗓音，但他却非常善于运用自己的创作艺术弥补这种缺陷，特别是因为他和进步文艺界很早就有来往，他自己又有很高的文学造诣。因而，他的唱腔改革，很注意从人物性格出发，注意艺术境界的创造，如行腔时不把腔唱完，让胡琴垫过，但仍使感情气势连贯，形成类似书法艺术上的所谓“笔断意不断”的独创的特色。他还吸收旦角唱法，以加强抒情成分；融入花脸的“炸音”，以突出语调和气势；他又广泛地借鉴徽剧、汉剧、昆曲、梆子等剧种的唱腔，形成了他音乐上的独创。他的念白与他的唱腔，和谐一致，韵味醇厚，饱满有力，都密切联系着人物的感情表达，突出地显示了他对人物性格的理解和创造。周先生创作艺术的最鲜明的特色，还是以做工戏最为擅长，以表演艺术深刻地塑造形象性格见长。他文武兼备，功底深厚，身段洒脱，善于运用程式表现强烈的感情节奏。特别是在戏剧的矛盾冲突中，他的表演全身有戏，真实感人，周先生的成功的剧目，如《萧何月下追韩信》、《徐策跑城》、《四进士》、《乌龙院》、《清风亭》、《义青王魁》等，基本上塑造的是大义凛然、意志坚强的人物形象，因而，无论唱工和做工，周先生都注入了时代的精神，富有现实意义。

新中国成立前我看过别人演出的《乌龙院》，我很不喜欢这出戏，因为它把宋江表现成油腔滑调的老嫖客，完全歪曲了《水浒》宋江的形象。《水浒》宋江虽然是个复杂的人物，但并非好色之徒，而且急公好义，才在江湖上有了“山东及时雨”的称号。他和阎婆惜这段情怨，《水浒》写得很清楚，在他的生活经历里是十分勉强的。50年代看了周先生的《坐楼杀惜》，那感觉就大不同了。周先生恢复了《水浒》宋江的性格，情节虽然还是一样，但这个宋江却是一派正气，只因阎婆惜欲借梁山信件置他于死地，他不得已杀了她。这是做了思想上的推陈出新，才有艺术上的革新创造的。

梅先生有句名言是“移步不换形”，用来说明革新与继承的关系。周先生有句名言是：“更好的继承，更多的创造。”这两句很朴实的话，生动地反映了他们两位一生从艺的实践与道路。他们两位的从艺生涯，也说明了他们做到了更好的继承，更多的创造。我们作为台下观众亲眼看到二位大师的舞台演出，实是太少。但就所看到的他们二位的晚期演出，譬如梅先生的《宇宙锋》，我有一个感受，即哪怕是他的一颦一笑，他都要选择最优美的动作，以显现他的艺术魅力。他是用一点一滴的创造来凝聚美的形象的。周先生则把一切继承与创造有联系的艺术手段，都集中在塑造形象、刻画性格、抒发情怀上。

可以说，梅、周二位大师，一生贡献于戏曲事业的，就是更好的继承，更多的创造，这既是他们的辉煌的实践，又是他们的宝贵遗训。我想，在今天纪念他们百周年诞辰的时候，就是要在振兴戏曲，弘扬祖国优秀文化传统中，更好地继承和发扬他们的这种精神。

我只是一个京剧爱好者，也没有多少戏剧语言，说的可能都是外行话。

中国戏曲发展史上的活化石

——在中国南戏暨目连戏国际学术研讨会开幕式上的致词

正当1991年新春佳节之际，国内外专家学者来到这南国的文化名城，聚集一堂，举行中国南戏及目连戏国际学术研讨会，这将是中国剧坛上的一件盛事。我们首先要感谢这次研讨会的具体组织者福建省文化厅和福建省艺术研究所，感谢他们在百忙中做了大量工作，同时，还需特别感谢莆田县委和县政府，泉州市委和市政府，感谢他们的热情接待，也感谢福建省的文艺工作者为研讨会观摩准备了各剧种的精彩演出。

近年来国内外对中国南戏和目连戏的研究十分活跃，举行学术研讨会也十分频繁，仅在80年代，就有六次。

1984年，在浙江省温州市召开了第一次南戏学术讨论会。

同年，在湖南省祁阳县举行了目连戏学术讨论会，并且观摩了祁剧《目连救母》。

1987年，在美国加州大学伯克莱分校召开了国际“目连”学术讨论会，主持那次会议的就是该校历史系教授姜士彬先生，今天他也来到这里，和我们一起参加学术研讨会。

1988年，在福建省的福州、莆田、泉州，召开过第二次南戏学术研讨会，并观摩了古老的南戏剧目。同年，在安徽省祁门县召开了郑之珍《目连救母》学术研讨会。

1989年，在湖南怀化又举行了目连戏学术讨论会，并且观摩了辰河戏《目连救母》。

今天，我们又在泉州举行南戏及目连戏国际学术研讨会，几天来，我们已经观摩了莆田县莆仙戏一团和仙游县鲤声剧团为我们演出的《目连》上下部

《傅天斗》和《目连救母》连场。昨天下午和晚上，我们又观摩了泉州市木偶剧团的木偶戏的《目连救母》选场。今后几天我们还要继续观摩梨园戏的古老剧目，这么丰富多彩的演出，已经给我们增加了感性的和形象的资料。

我相信，在中外学者的共同努力下，这次研讨会一定会把南戏和目连戏的研究大大推进一步。

南戏，是北宋末年在东南沿海由“村坊小曲”发展起来的民间艺术，它在自己发展过程中不断吸收杂剧和其他艺术形式的影响，终于形成了四大声腔。到了明末，简直可以说，已经雄踞剧坛，为中国戏曲发展，作出了独特贡献，影响深远。新中国成立以来，对南戏的研究，据我所知，是从1956年《琵琶记》的讨论首开其篇。我参加了那次讨论会，我对南戏的知识甚少，我只是高则诚《琵琶记》的辩护者，与几位南戏专家，如已故的董每戡先生和现在浙江的徐朔方先生，进行了不同意见的争鸣。80年代以来，对南戏的研究更加深入了。如上所说，浙江，特别是福建，这两个南戏的发源地，连续做东道主，召开学术研讨会，把南戏研究推上了新的阶段。

目连，这个来自印度佛教的故事，什么时候上了南戏戏文，我没有研究，不大清楚，但从已有文献记载来看，至少《东京梦华录》简单记载有杂剧搬演《目连救母》的信息，我想印度教都有传入的泉州和福建，也不会比那时更晚。长期以来，因为目连戏有着明显的迷信色彩，在我们的戏曲史上没有得到很好的研究。目连戏的深入研究，始于80年代，应当说也是改革开放，思想解放的一项成果。目连戏虽然是一种宗教祭祀性戏剧，但是，作为戏曲史上的一个遗迹，在它的长期民间演出中，却形成了一种多方面内涵的活化石和复杂文化现象，它不只融汇着大量的民俗活动，也积累了很多独特的伎艺和表现手段，濒临失传，需要抢救。何况即使作为宗教伦理剧，它也已衍化为富有中国特点的内容，烙印着中国社会发展中意识形态的影响。从戏曲发展史来说，恐怕也难抹掉这不可缺少的一页。

当然，我们并不主张，也不提倡公开演出目连戏，或者原封不动地把它搬上舞台，不管怎么说，《目连救母》毕竟有很深厚的迷信色彩，虽然它在伦理道德的宣扬中，也是含有我国的传统美德的，但那毕竟不是它的整体，从整体来说，它是脱离不了因果报应的阴影的。不能公开演出，不等于不应当抢救、保存，不应当深入研究，因为我们不能割断历史，也不能使历史有空白点。

总之，南戏，特别是目连戏，引起国内外学术界的瞩目，决不是偶然的，它有很宽广的领域需要挖掘、整理和研究，也有很多问题需要进一步的探讨。我们今天来到了南戏和目连戏都有着丰富遗产的福建省，不但观摩了古老的南戏剧目，而且还观摩了几个剧种富有地方特色的目连戏，这对我们的学术研讨会，无疑的是提供了令人耳目一新的第一手资料。

这次学术研讨会，是由福建省文化厅，福建省艺术研究所、中国艺术研究院、中国艺术研究院戏曲研究所、中国戏曲学会五个单位联合主办的。参加这次研讨会的还有多位外国学者和台湾学者，我们热烈地欢迎他们的莅会，我们希望中外学者和海峡两岸学者，能借此机会，加强学术交流，为探讨和研究中国古老文化传统，戏曲传统，总结戏曲发展规律，各抒己见，展开深入地讨论，用我们的研究成果，来推动中国戏曲艺术的繁荣和发展。

1991年元宵节于泉州

中国话剧史上的一座丰碑

——在曹禺研究国际讨论会上的致词

曹禺研究国际讨论会今天在天津南开大学举行，这是90年代中国剧坛上的一件盛事。这里曾经是中国著名的话剧摇篮之一，又是曹禺同志的第二故乡。我深感荣幸地应邀参加这次盛会，我谨代表中国艺术研究院，热烈地祝贺曹禺研究国际讨论会的召开！

我对话剧艺术的知识甚少，对曹禺同志的剧作也没有研究。在我一生的写作中，涉及到曹禺剧作的，只有60年代一短一长两篇文章。短文章名《说“巧合”》，主要是以《雷雨》的情节为例证，来分析“巧合”的艺术特点的，收辑在我的《文艺漫笔》这本集子里；长文章题为《<胆剑篇>和历史剧》，那的确是在《人民日报》上发了一大版，但是，坦白地讲，那也不是研究《胆剑篇》的，而是借《胆剑篇》的权威，阐述我在论争中的历史剧观点的。此文收辑在我的《京门剧谈》的集子里。

不过，我虽没有研究过曹禺剧作，却又和曹禺剧作有点特殊的“机遇”。可以说，从十六七岁起，我就熟读过曹禺的名著——《雷雨》、《日出》、《原野》。那还是在抗日战争胜利前夕的1944年，我的大姐和大哥都已去了“大后方”，二哥去世，父亲得了半身不遂瘫痪症，我再也上不起中学了，就跟随二姐流落到石家庄，托人找到一个图书馆馆员的职位糊口养家。或者由于石家庄是铁路上的交通要道，日本侵略者正在把它发展成新兴城市，此地小职员中聚集着很多外乡人，特别是天津人，他们成立了一个石门业余话剧团，又是在一个姓韩的神秘的朝鲜人（人们都叫他韩主任）的大力支持之下。剧团的导演是天津人，名郑哀伶，意即哀伤的优伶。他在建国后还导演过一个工人写的话剧《不是蝉》，曾来北京演出，还引起过轰动，记得当时的《文艺报》也有过评介。

这个剧团经常在我所在的图书馆里对词、彩排，剧本都是由那位神秘的朝鲜人挑选的，他是剧团的名誉团长。这个剧团演过一个田汉同志的独幕剧，剧中只有三个角色：诗人、少女和渔家少年，我参加了演出，演那个渔家少年，拿着杆钓竿，已记不清剧词。那时也不知作者是谁，现在想来，大概就是田汉的《湖上的悲剧》。另一个是顾仲彝的剧本《三千金》（即莎士比亚《李尔王》的改编本）。其他一直在演曹禺的《雷雨》和《日出》，后来也演过《原野》。尤其是《雷雨》，我记得我在这个剧团的半年多的时间里，就演过近二十场。

郑哀伶，是个好导演，也是个好演员，当时二十九岁，天津老一代的话剧工作者应当还记得他。据说他在天津演戏时就已小有名气，在《雷雨》中饰鲁贵，有“活鲁贵”之誉。但他有一个缺点，即上场忘词，所以在布景后面必须设一个提词的。我在这个剧团的“主要角色”，就是充当这个提词的。所以，我可以毫无愧色地说，我没有研究过曹禺，却熟读过《雷雨》、《日出》、《原野》。特别是《雷雨》，有几场戏的台词，很长时间我都可以全部背诵的。

或许因为当时在日本侵略者的铁蹄下，人们被压得喘不过气来，积累了那么多的愤懑和不平，把看戏也当成了一种抗议的形式。《雷雨》的演出，总是那么轰动，演出场地在当时市中心的一家大戏园子（仿佛叫“同乐”，主要是演京剧的，我曾在《京门剧谈》的序言里提起过它），并不整洁，但楼上楼下的座位总是挤得满满的，以致演员们走在街上，都为市民所熟悉。就是我自己，哪怕是今天，在脑子里一想起《雷雨》，也决不会是影片《雷雨》中孙道临、秦怡、张瑜所扮演的那些人物形象，而是自然地浮现出我们的那班人马。那时我并不知道曹禺是谁，他在哪里，这个神秘的朝鲜人为什么只选曹禺的剧本。但是，在抗战胜利前夕，这个朝鲜人终于被日本人抓起来了，以后再无消息，石门业余话剧团也因此而风消云散。这是一段往事，它却是我接触新文艺的开端。我是读了曹禺剧作之后，才开始读鲁迅和老舍的。

中国早期的话剧，按照话剧史的说法，是开始于“文明新戏”，中国话剧文学的奠基者，也是田汉、郭沫若、丁西林等老一代作家，都做出了卓越的贡献，功不可泯。但是，我总觉得，从中国话剧艺术的成熟来看，曹禺剧作的出现，特别是《雷雨》、《日出》的问世，总是给中国剧坛带来了新的芬芳。

话剧者，顾名思义，是以“话”为创作手段也。可以说，艺术形象主要是靠“话”创造出来的（当然也得有动作）。所以，在话剧舞台上，“话”虽是口语、对话，却又必须具有高度个性化和戏剧性，还要内含丰富，与动作和谐一致地创造性格，展开冲突。我是外行人，但以一个话剧欣赏者的感受，大胆地说一句，曹禺的剧作，在话剧艺术语言方面的成就，可以说是中国话剧史上的一座丰碑，它完全可以与世界上那些戏剧大师相媲美，而在中国，至今还是无人逾越的。像《雷雨》中周朴园和侍萍的对话，周朴园和繁漪的对话，繁漪和周萍的对话，鲁贵与繁漪的对话，各不相同，内含着多少潜台词，激发着观众的想象！又是富于怎样的诗情的魅力，震撼着观众的心灵！我说不出它的具体的好处，只觉得它们都是曹禺所独创的戏剧语言。他的剧中人的口气、感情、身份、性格，甚至历史经历，都得到了细致入微的把握。虽然曹禺对《雷雨》有他自己的评价，说它“太像戏了”，而我却觉得，正是这个“太像戏”的《雷雨》，为中国话剧开辟了民族化的新路。这里没有欧化的语言，也没有欧化的人物，曹禺是用朴实无华的口语，创造了中国的各类身份的人物性格和每个人物的独有的个性。

不错，《雷雨》，确有着一些神秘和朦胧，在人的悲剧里总是纠缠着命。“天”和“命”，成了侍萍和四凤撕裂人心的绝望的呼喊，这有点像希腊的命运悲剧。但总的说来，我觉得，在《雷雨》里，主宰人们命运的，还是社会现实，并不是上帝，更不是冥冥中的命和天。周朴园的专横和虚伪，鲁贵的卑鄙和庸俗，周萍的软弱懦怯、玩世不恭，繁漪的执着、火辣和任性，以及她和周萍的苦痛的感情折磨，鲁妈（侍萍）的悲惨的遭际，周冲和四凤的稚气与纯真，每个人物和他们中间的矛盾纠葛，都是活生生的社会中人、社会中事，不仅表现了细密的生活真实、性格真实，显示了作家的丰富的社会生活的经历与观察，也凝注着作家深切的同情与憎恨。所以，尽管在当时，曹禺对于造成他笔下这些人物的悲剧的社会历史原因，还缺乏深刻的探求和了解，以致把“宇宙”看成“正像一口残酷的井，落在里面，怎样呼号，也难脱逃这黑暗的坑”

（《雷雨·序》）。但是，《雷雨》的动人心魄的悲剧力量，使人感受到的，仍然是社会现实的真实人生的遭际，虽然有点巧合。

对于《日出》，有人也有些不同意见，如我的老师吕荧先生，他就认为，像《雷雨》一样，《日出》中的“人之道”是和“天之道”相对立的，就“因为在作者意识根底上也存在着一个冥冥中的‘天’”（《曹禺的道路》）。但是，大多数人的评价，却是《日出》表现了曹禺世界观的跃进，表现了他对社会现实的认识有了新进展。在《日出》的“跋”中，曹禺就明确地讲道：“我也愿望我这一生能看到平地轰起一声雷，把这群蟠踞在地面上的魑魅魍魉击个糜烂，哪怕大陆便沉为海。”

这种“时日曷丧，予及汝偕亡”的强烈憎恶的感情，也显然是萌发于对那个社会的黑暗势力有了较深刻的认识。从艺术上讲，《日出》在有限的演出空间，表现了包容上层和下层的复杂社会的两个横断面，并把它们巧妙地连接起来。尽管以金八为代表的操纵社会生活的黑暗势力，与砸夯工人集体呼声的光明的象征，都是未出场的“主角”，但是，它们的确都反映了作者思想上的亮色和作品的亮色。曹禺自己就说：“真使我油然生起希望的，还是那浩浩荡荡向前推进的呼声，象征着伟大的将来蓬蓬勃勃的生命。”（《日出·跋》）最后，方达生终究迎着上升的太阳，向着砸夯工人的歌声走去。尽管那时的曹禺，确实还不知道太阳怎样出来，而黎明、黄昏、午夜、日出这四幕戏的安排，却充分体现了作者真诚期待着东方日出的炽热的诗情，而且他是很明确把改造旧中国的希望寄托在劳动者的身上了。

像《雷雨》一样，《日出》的各类人物的创造，也都是个性鲜明、十分成功的。陈白露和翠喜的两个房间，成了生活两极、矛盾而又统一的社会画面，黑暗、罪恶、腐烂、痛苦，交织渗透，戏剧情节中的紧张的冲突，很快就吸引住了观众，真使人们不能不佩服曹禺的戏剧天才。

过多地谈论曹禺的剧作成就，非我所能，也不该是我这个致词的主题。曹禺同志才思敏捷，虽不多产，但在《雷雨》、《日出》以后的几十年间，又写了《原野》、《北京人》、《家》、《蜕变》等脍炙人口的名作，也包括建国后的《明朗的天》、《胆剑篇》、《王昭君》，算起来也有十几个剧本。可以说，《雷雨》、

《日出》的问世，已经奠定了这位中国现代戏剧天才的基础。他从一个追求进步的作家成长为人民戏剧家，无论从哪一部剧作中都可以看到，他对旧中国的统治阶级的残酷和腐败，充满了刻骨的憎恨；对人民、对被压迫者、对新生的祖国，则充满了热烈的爱。而他的杰出的戏剧天才，也包括他的刻苦和勤奋，毫无疑问，都是揭开了中国话剧史发展、提高的新的一页。他的大多数创作，无论在旧中国还是新中国，一直是常演常新，在长期舞台演出检验中，保持他独有的迷人的魅力，永葆艺术的青春！而且早在1956年，他就被青年文艺家们尊称为中国当代语言艺术大师之一。

曹禺同志的剧作，早已有了多国的文字语言的翻译和演出，因而，曹禺的戏剧，不只属于当代中国，也属于当代世界。我相信，在这次曹禺研究国际讨论会上，各国友人聚集一堂，共同研讨，一定会发表很多对曹禺剧作的独到的真知灼见，以启迪和推动曹禺研究的深入发展。

我和曹禺同志曾有一段时间的忘年交，可惜，那时是处在百无聊赖的“文革”后期，我们都避免谈论文艺，但他在生活上的乐观主义，他的幽默、机智，仍然激励和鼓舞我们这些后辈人热爱生活、热爱祖国。

珠联璧合的创作集体

——在北京人民艺术剧院演剧学派国际研讨会开幕式的致词

一个多月以前，我们中间的不少人，曾经出席在北京饭店举行的北京人民艺术剧院建院40周年纪念大会，今天，我们又在这里召开北京人艺演剧学派国际研讨会。毫无疑问，这两次盛会既是北京人艺的大喜事，也是中国话剧界的大喜事。中国艺术研究院能有机会同北京市对外文化交流协会和北京人艺一起来主办这次研讨会，我们感到十分荣幸。首先，请允许我代表主办单位，向来自国内外戏剧界的专家学者表示热烈的欢迎。

北京人艺建院40年了，但北京人艺开始赢得北京观众和全国观众，也被剧院自己认为“奠定了剧院现实主义思想和创作方法基础”的第一出戏，还是1951年“老人艺”时就轰动全国的《龙须沟》。那时的“老人艺”，是个综合性的艺术剧院，《龙须沟》只是话剧队的剧目。很可惜，当时我还远在山东海边读书，即使1953年新人艺重排上演这出戏，也没有机会看到，直到今天，留在我记忆中的仍然是影片《龙须沟》，但我总觉得，看北京人艺的作品，看电影是过不了“戏瘾”的，这或许就是北京人艺演剧学派能抓住观众的独特之处吧！

我曾做过32年的首都报刊文艺编辑，从1954年12月（当时，在今天的儿童游艺城旧址看了《明朗的天》）就和北京人艺结了不解之缘，基本上是每戏必看，特别是那些著名剧目，如《茶馆》、《武则天》、《蔡文姬》、《关汉卿》、《骆驼祥子》、《胆剑篇》、《王昭君》等，我看的基本上都是彩排的首场演出，只是不知为什么，《骆驼祥子》看到的虎妞，不是舒绣文，而是李婉芬演的。由于剧场氛围所造成的特殊的效果，这些剧目的舞台演出和当时的盛况，包括老舍先生、郭老，以至周总理坐在哪一排，今天还历历在目。我想，像我这样的“老观众”在北京绝不是少数。

北京人艺能在北京的艺术园地里生根、发芽、开花，自然不能说与《龙须沟》、《茶馆》、《骆驼祥子》、《天下第一楼》这些誉满中外反映北京生活的优秀剧目毫无关系，因为这些剧目的确以其浓郁的京味儿风情和鲜明的地方特色，得到了普遍的赞誉。但是，却不能因此就说，北京人艺只是京味儿的演剧学派。40年来，北京人艺创作与演出了212个剧日，它们的取材遍及古今中外，当然不限于北京的生活圈，就是带着泥土气息的《红白喜事》，也显然没有北京味儿。即使以演程疯子（《龙须沟》的主角）、王掌柜（《茶馆》的主角）、老马（《骆驼祥子》中一个只有十几分钟戏的老人力车夫）这几个北京市井人物而著称于世的表演艺术家于是之，他不也把电影《青春之歌》的那个知识分子中的个人主义者余永泽的形象，塑造得那样鞭辟入里大招人恨吗？而且还把《洋麻将》中的那个外国倔老头在特定境遇里的复杂性格，从内心到外形刻画得惟妙惟肖，淋漓尽致。何况，40年来，北京人艺的得天独厚，声名赫赫，恰恰在于他们不只把老舍这位当代文学巨匠、语言大师的杰作，经过“二度创作”使之在话剧舞台上大放异彩，而且是把好几位完全不同创作风格的当代文学戏剧大师的作品，如郭沫若的《虎符》、《武则天》、《蔡文姬》，田汉的《关汉卿》等历史剧的名篇佳作，其中也包括北京人民艺术剧院院长曹禺的绝大部分作品（八部作品），经过“二度创作”再现在舞台上，既发扬了这些大师们的各不相同的个性风采，又把它们熔铸在北京人艺完整的独特风格的演剧艺术之中。

我不知道，北京人艺在剧院发展史上有着怎样的创作分期，在我这个在年龄上同北京人艺一起成长的老观众的眼中看来，从50年代中叶到60年代初，大概是他们成熟发展期，真可谓好戏连台，群星灿烂！为什么这些大作家都把自己的心爱的成功之作拿给北京人艺呢？服务于人民的事业、时代的共同理想、共同的艺术追求，自然是主要的，但是，更主要的，恐怕还是北京人艺这样一个珠联璧合的创作集体，多年来献身艺术的严肃认真的会心合作，才取得理解和信任吧！老舍先生在谈到《茶馆》时就说过：“我知道，正因为戏难演，所以大家才格外热情参加，戏吃功夫，演员才真长本事。”这虽是给“演员出难题”，又确实是对长期合作中表现出来的北京人艺创作能力的绝大的信任，难道不正是这出《茶馆》给北京人艺赢得了国内外的盛誉吗!

谈到北京人艺的40年，谈到北京人艺的演剧学派的形成和发展，谁都会缅怀起北京人艺的奠基人之一、中国杰出的戏剧大师、北京人艺的总导演焦菊隐先生。我不了解北京人艺的幕后的体制，但作为舞台，特别是话剧舞台，它的中心毫无疑问一定是导演。而焦菊隐先生，在北京人艺演剧学派发展成熟期曾是中心，这大概是剧院内外有口皆碑的。现在浩瀚的《焦菊隐文集》，已由我院所属文化艺术出版社出版了前四卷——戏剧理论，其中有不少文章，就涉及他导演的北京人艺的那些优秀剧目，如《龙须沟》、《明朗的天》、《武则天》、《茶馆》、《关汉卿》等，有导演手记，有连排后的谈话，有谈话录，有致演员的信等等。我想，那对于了解和研究北京人艺演剧学派的形成和发展，当是有启示、有裨益的。所以，我以为，北京人艺演剧学派，是同焦菊隐导演学派血肉相连，你中有我，我中有你的。尽管北京人艺还有几位导演当时已经很有名了，如欧阳山尊、梅阡、夏淳等，他们都各有自己的风格，但至少我们把那些反映浓郁地方特色的剧目，如《骆驼祥子》(梅阡导演)、《红白喜事》(林兆华导演)、《天下第一楼》(夏淳、顾威导演)，视为有着焦菊隐导演学派的共同的艺术追求，似是不会引起异议的吧!

北京人艺演剧学派，焦菊隐导演学派，其内涵无疑是十分丰富的。不过，那是这次国际研讨会戏剧专家们所要深入探讨的，却不是我这外行人能说清楚的。但是，40年来，北京人艺自己的总结，也为研究者所肯定的，是两大创作特色，那就是现实主义的思想风格和民族化的艺术道路。自然，这既不是说北京人艺就排斥其他的思想风格，更不是说，北京人艺就不向外国优秀文艺学习。即使在老一辈的几位大师中间，至少郭沫若和田汉的作品，就蕴含着强烈的浪漫主义诗情，它们并没有被焦菊隐的现实主义思想风格所泯灭，相反还得到了发扬。而焦菊隐先生敢于在郭沫若的《虎符》里，大胆引进戏曲艺术的表现手段，也该说他的现实主义创作思想风格，还是博采众长，容量宽广的。至于学习和借鉴外国优秀文艺，不用说《焦菊隐文集》中的译作就几倍于他的创作，而且北京人艺的40年中，已把30部不同风格的外国名著在中国话剧舞台进行了“二度创作”，有的还成了剧院的优秀保留剧目。

焦菊隐曾提出过这样的戏剧艺术境界，即“以浓厚的生活为基础创造出舞台上的诗意”，但要真正达到这样的戏剧艺术境界，如果没有导演缜密的整体构思，没有演员从生活到艺术的会心合作，没有舞台工作者融会贯通的艺术创造，总之，没有一个珠联璧合的创作集体的共同奋斗，就不可能有整体艺术形象的剧场效果。而北京人艺的众多剧目的成功，正在于它是浑然一体的艺术创造的结晶品。

一个艺术流派的形成，并非一朝一夕之功，也并非某一个人的理想追求，就可一蹴而就的。焦菊隐先生追求半生的剧场艺术的理想，只有到了新中国成立后，找到了北京人艺这个创作集体，才得到实现。我们可以自豪地说，无论是北京人艺演剧学派，还是焦菊隐导演学派，它们都是社会主义中国土壤里培植出来的时代的灿烂花朵。一个艺术流派的发展和成熟，自然需要主客观的各方面条件，但也并非高不可攀。一代人的风云际会，固然有时代生活的契机，但既是一个学派，它就有长期合作彼此默契的经历，这可得也可求。从北京人艺来看，深厚的生活基础，那是可以看得见的扎实的功底，而他们的广博的知识和造诣，却是蕴含在人的多年养成的素质里。于是之同志在40周年纪念大会上，曾不无感慨地说：北京人艺的老院长曹禺同志学贯中西，也提到总导演焦菊隐先生，是一位知识渊博的学者兼艺术家，但已离开了我们。前几年，我自己在一次会议上，还亲耳听到曹禺同志说过：英若诚同志在青年时期，就是剧院里有名的“英大学问”。一代风流，北京人艺的第一代，所以能那样成功地二度创作古今中外的名著，并能使它们在舞台上永葆青春，绝非偶然。现在不是还有人不无惋惜和遗憾地预言，《茶馆》将成为那一代的“绝唱”吗！

人，总难违反自然规律，北京人艺在它的“不惑之年”的纪念盛典中，已为93名老人艺发放了“元老杯”奖，就连40年前被廖沫沙同志称为“棒小伙子”的于是之，也已在元老杯之列了！热爱北京人艺的观众们，真诚地期待她的第二个黄金时代。于是之同志在40周年纪念讲话里，也表达了这样的祝愿和希望：“我们现在这支队伍是要工作到21世纪的，我们希望21世纪的北京人民艺术剧院，要超过它所有的前人。”我相信，今天聚集在这里的国内外戏剧界的专家学者们，都十分关心这件事，而这次研讨会的召开，也一定会对北京人艺从昨天、今天到明天，如何架起畅通的桥梁大有帮助。

1992年6月16日于北京

为充满时代精神的话剧创作而欢呼
——评1963年反映当代生活的优秀剧目

同一日千里的社会主义工农业建设比较起来，我国的戏剧事业的改造和发展，不能说是完全相适应的，特别是戏曲艺术的推陈出新，还进展得很缓慢。不过，如果只从话剧创作来看，却应当承认，在1963年，它的确展开了欣欣向荣的远景。上海最近举行了全部都是现代剧目的华东区话剧观摩演出，其中有不少充满生活气息的好作品。在首都的话剧舞台上，也出现了不少受到观众热烈欢迎的现代剧目，像《霓虹灯下的哨兵》（沈西蒙（执笔）、漠雁、吕兴臣）、《年青的一代》（陈耘）、《千万不要忘记》（又名《祝你健康》，丛深）、《远方青年》（武玉笑）、《李双双》（邵力改编）。自然，1963年首都话剧舞台的活跃，也是得力于各地兄弟剧团的支持和推动，以上有些剧目，就是地方兄弟剧团的创作成果，像《霓虹灯下的哨兵》，是南京部队前线话剧团的创作，《千万不要忘记》，是哈尔滨话剧院的创作。

话剧是戏剧艺术中最能迅速反映现实斗争的形式，而我国的话剧，在新文艺发展史上，又是富有战斗传统的。在社会主义的时代，更需要发扬它的迅速反映现实斗争的特点，发扬它的战斗传统。因而，描绘当代生活，反映当代生活中的矛盾和斗争，发掘当代生活中的最有现实意义的主题和题材，创造有血有肉的社会主义新人的形象，以吸引观众对现实生活的兴趣和关切，开阔他们的眼界，激励他们的斗志，提高他们的思想觉悟，鼓舞他们的建设社会主义的热情，话剧应当是最有力的艺术武器。我以为，1963年的话剧艺术，正是在这些方面，迈出了新的一步，显示了它的特点。

发掘具有现实意义的题材和主题

在文艺创作中，我们从来不是唯题材论者，只要能为社会主义服务，有利于提高人民的精神生活，不管是反映历史或现实生活题材的好作品，都会在读者或观众中受到欢迎。但是，也应当承认，最使人们感到亲切、最能直接为当前革命现实服务的，还是表现现实生活的作品。同时，从一个马克思主义者的政治责任心出发，每一个革命的作家、艺术家，需要参加、需要关心的，也不能不是社会主义现实的火热斗争，社会主义人民的新的生活。而社会主义的艺术舞台，也应当是充满着时代的气息，时代的声音。

我们伟大的祖国，建国14年了。在我国悠久的历史长河里，这14年，只不过是短短的一刹那。但是，这14年间，我国人民在党和毛主席的领导下，却经历了翻天覆地的变化，社会主义建设总路线的光芒，正在照耀着我们前进的道路。这14年，并不是一帆风顺度过的，在这翻天覆地的变化中，我们经历了尖锐复杂的斗争，我们经历了困难，战胜了困难，今后也还会有新的斗争，新的困难，在前进的道路上等待着我们……究竟怎样巩固胜利，发展胜利，自然有伟大的党和毛主席，做生活前进中的舵手。可是，革命的文学家艺术家，难道不应当在继续前进的道路上参加战斗吗?

14年灿烂而丰富的生活，有多少能为当前革命斗争服务、具有现实意义的经验、真理，需要革命的文学家、艺术家发掘出来，告诉给读者和观众！又有多少可歌可泣的英雄人物，值得我们大力地赞颂啊！社会主义的文学艺术，社会主义的文学家、艺术家，应当首先投入当前革命斗争，反映当前革命斗争，才能适应时代的需要，更有力地用艺术武器为社会主义服务。

1963年的话剧创作，特别是上面谈到的这几个优秀的剧目，几乎都是从社会主义现实生活中汲取来的题材，它们或者密切地联系着当前斗争，述说着14年来的历史经验和真理，或者直接反映了当前的生活斗争，敲起了值得注意的警钟。

《霓虹灯下的哨兵》，是1963年初首先轰动全国受到观众热烈欢迎的好作品。首都和全国各地有不少剧院、剧团排演了这出戏。戏的故事是取材于誉满全国的“南京路上好八连”的事迹。十几年如一日地屹立在南京路上的好八连，平凡而伟大的英雄事迹很多，摄取什么题材，才能表现这些出污泥而不染的人民子弟兵的英雄本色呢？概括和突出什么主题，才对现实最具有教育意义呢？这需要作家丰富的生活经验，也需要高度的政治敏感。沈西蒙等同志没有受好八连的真人真事的局限，而是把好八连的英雄们放在时代的镜子里追溯了历史，并且只截取了解放初期的生活断面。

那是历史的往事了。一个英雄的连队，刚从战火纷飞的烟雾中走出来，突然间，一切景象都改变了，枪林弹雨的战场变成了阵阵香风十里洋场的南京路。一场新的战斗开始了……是的，那最初的生活时刻，并不能全面地表现好八连的成长，但是，作者截取了这样一个生活断面的题材，却更高地概括出《霓虹灯下的哨兵》的富有现实意义的主题——使记忆犹新的“将革命进行到底”的号角，震响在时代精神的高空里，发人深思，促人猛醒！

如果说《霓虹灯下的哨兵》，是那最初的年代对当前革命斗争的一个历史的折光，是打出江山的父一辈的人们如何粉碎敌人糖衣炮弹将革命进行到底的问题。那么，《年青的一代》和《千万不要忘记》，却从当前斗争生活中提出了另一个尖锐的问题——即如何培养革命的继承人，如何能使后辈坚持和发展前辈的革命传统，“将革命进行到底”！

青年人的生活和思想中的问题，几乎是每个家长都要遇到，而且是每一个青年人都在那里想和做，但却不是每一个人都能体会到它对未来革命命运有着深远的影响。《年青的一代》和《千万不要忘记》这两个戏，从不同生活领域里指出了必须严肃对待这个问题的重大意义。

《年青的一代》取材于知识青年的生活。这里是一群大学、中学已经毕业和即将毕业的知识青年，他们遇到了毕业分配、升学、就业等不同的矛盾，这似乎是些平凡的问题，但是，剧作者却透过这些矛盾，抓住了一个经常引起广大青年激动和思考的共同内容——即生活在社会主义时代的青年人如何对待理想、幸福和前途。这里有充满革命理想的青年萧继业、林岚，有走进个人主义歧途的林育生，也有在两者之间苦恼徘徊的夏倩如、李荣生，他们对理想、幸福、前途有不同的理解、不同的态度，并且展开了尖锐的思想斗争。剧作者把矛盾的重心集中在革命烈士后代的林育生的身上，意味深长地表现了知识青年应当走什么道路的具有现实意义的主题。

或许有人会说，知识青年带有他们先天的弱点，资产阶级思想的腐蚀在他们那里找到个把继承人，是不足为奇的，我们有工农劳动人民的基本群众，天是变不了的。那么，《千万不要忘记》在它所反映的生活矛盾里，通过青年工人丁少纯的思想感情的变化，会纠正你的片面的“乐观”。不，即使是血统工人的后代，也并不是生活在真空管里。老工人丁海宽说得好：“他们脖子上系着红领巾的时候，就有人总想偷偷摸摸地给他们系上一条‘黑领巾’！我们对他们讲劳动模范怎样光荣，可是也有人对他们说：‘模范也不顶饭吃！’我们教育他们不要斤斤计较劳动报酬，可是有人一见了他们的面不出三句话就问：‘你挣多少钱’？”

《年青的一代》和《千万不要忘记》，虽然是表现了共同的时代的主题，却由于它们的作者对不同的生活领域有独到的观察、体验、分析和研究，因而，在题材概括和作品的具体的主题体现上，丝毫不给人以重复或“撞车”的印象。

《年青的一代》是在如何理解理想、幸福和前途的矛盾中，展开和突出了主题，而描写少数民族青年生活的《远方青年》，则在火热的生活斗争中，继续深入地发掘了这个时代的主题。《年青的一代》里的萧继业自豪地宣称：“在建设社会主义的战斗里，我们没有吝惜过自己的力量”，这就是最大的快乐和幸福。林岚最后给观众留下了热情洋溢的声音：

> 老师们！同学们！朋友们！我们走了，马上就要离开你们，到各个不同的岗位上去，像种子撒在大地上一样，我们要在那儿生根、发芽、开花、结果……

然而，无论对林育生、夏倩如、李荣生甚至林岚来说，实际生活都并不是欢迎会或欢送会，而是像林坚所说的，等待他们的是“新的考验”。想获得萧继业那样的战斗中的幸福和快乐，并不容易。《远方青年》正是在这个起点上，概括了它的富有现实意义的题材和主题。

在这里出现的三个青年——沙特克、阿米娜、艾利，虽然和《年青的一代》的主人公们处于不同的生活矛盾中，也是完全不同的性格，但俨然又是另外的一个萧继业、夏倩如、林育生，三个青年，三种幸福观，三条不同的道路。在《年青的一代》的情节里，萧继业说明了他的幸福的体验，而这里的沙特克却表现了他的幸福的获得过程。什么是知识青年的幸福呢？只有当他像沙特克一样全心全意地投身到群众的火热斗争中去，用平凡的、艰苦的劳动占据了生活主人公的地位，取得群众的爱戴，真正成为群众中的不可缺少的一分子，才是幸福，才能得到幸福。这获得幸福的过程，也就是知识青年和工农相结合改造自己的过程。剧本生动地描写了沙特克得到了这种幸福，但却得来不易，他通过了坚韧追求的考验；阿米娜徘徊了很久，终于懂得了这种幸福的可贵，走上了新的道路，而艾利像林育生一样，却企图走个人主义的道路，结果不仅没有找到那棵幸福树，反而把两只脚也陷在泥坑里。

《远方青年》虽然写的是维族青年深入牧区养马的故事，而从它的题材概括中生发出来的主题，却是具有普遍现实意义的。少数民族知识青年的成长，也像汉族青年一样，经受着两种不同生活道路的考验。而只有像萧继业和沙特克这样的赤胆忠心的社会主义建设者，才是各族青年前进中的榜样。

从1963年的整个话剧创作来看，题材和主题，仍然是不够广阔的，至少反映农村斗争生活的作品，还没有写出比《李双双》更有力的剧本来（话剧《李双双》基本上是根据电影剧本改编的）。然而，从这几出戏所反映的生活来看，却不能不说它们从各种不同的题材角度，抓住了激动今天观众的具有现实意义的主题，特别是反映青年生活和思想题材的作品，可以说解放以来一直是我们文艺创作中的薄弱环节，而1963年在话剧舞台上，竟出现了三出好戏，确实是一个很大的突破，这也是话剧工作者加强为社会主义现实服务的最明显的努力。

深刻地揭示现实生活中的矛盾和斗争

选择、提炼具有现实意义的题材和主题，在艺术创作中，并不是孤立的现象，它们是和作家对生活的概括血肉一体的。主题是作品的灵魂，但主题只能是作家认识和体验生活的结晶。而在戏剧形式的艺术形象中，主题能否充分地发掘和表现出来，这又有赖于作家通过戏剧冲突揭示生活矛盾的深度和广度。虽然有人说，戏有没有冲突这不关紧要，但我还是相信，正像生活中没有矛盾就不能前进一样，没有冲突就没有戏。一个剧作家不管有多么高的写作技巧，如果回避矛盾和斗争，他即使选择了好的题材，也提炼不出具有现实意义的戏剧冲突来。

1963年的这些优秀的话剧剧目，所以能体现出强烈的时代精神，就在于它们深刻地揭示生活矛盾，不回避对我们时代尖锐复杂的阶级斗争和人民内部矛盾做正面的描写。

《霓虹灯下的哨兵》的激荡人心，正在于它深刻地描写了具有广阔社会意义的阶级斗争的复杂内容。表面看来，发生在陈喜身上的，都是些多么微小的变化——换掉了一双布袜子，扔掉了一个针线包，扯断了一根春妮手中的线……如果仅仅把这些作为个人生活作风上的问题孤立地加以表现，它虽然也可以用来反映如何坚持革命传统的主题，但却不可能有生活的深度，也不可能对这个主题做深刻的开掘。《霓虹灯下的哨兵》的作者并没走这种简便的路，而是把它们放在尖锐的社会矛盾的三棱镜下进行了观察和表现。戏的情节开始于新中国刚刚揭开历史序幕的时刻，主人公们正在经历着伟大时代的转折。人民子弟兵突破了帝国主义买办势力的堡垒十里洋场的大上海。人民解放战争到了最后的阶段。拿枪的敌人在地面上消失了，迎接革命的是灯红酒绿、纸醉金迷的花花世界。而昨天冒着枪林弹雨消灭敌人的英雄们，今天却必须生活在这完全陌生的花花世界里——在南京路上站岗。

敌人难道真就甘心于这样失败了吗？听听他们的疯狂叫嚣吧！“让共产党红的进来，不出三个月，我们叫他趴在南京路上，发霉、变黑、烂掉”。是的，出现在人民子弟兵面前的，并不只是向大上海胜利进军的欢迎场面，而是更加尖锐、更加复杂的斗争，拿枪的敌人虽然不再公开露面了，隐蔽的敌人却在这繁华闹市摆开了“迷魂阵”，他们想改头换面凭借这藏污纳垢的花花世界，和我们周旋作战。

《霓虹灯下的哨兵》在戏的规定情景里，真实、形象地揭示了南京路上形形色色的生活面貌，这是南京路，这是大上海，这也是刚刚解放的旧中国的一个典型的缩影。摆在革命者面前的，是肃清反革命，改造这个旧中国，还是陷在这个迷魂阵里同流合污？这是对所有革命战士的重大考验。毛泽东同志在新中国成立前夕的预言变成了现实："在拿枪的敌人被消灭以后，不拿枪的敌人依然存在，他们必然地要和我们做拼死的斗争。"……但恰恰在这时，守卫南京路的三排长陈喜思想感情起了变化，这会是偶然的吗？不，连长鲁大成说得好：这是"香风吹进骨髓里了！"丢掉老布袜，丢掉针线包，丢掉……丢掉……这决不是生活小事，这样丢来丢去，就要把革命丢掉的。请看，当陈喜开始丢掉这些东西的时候，女特务曲曼丽就乘虚而入了！

由于剧作家善于联系阶级斗争的现实观察人民内部矛盾的变化，他才能从很平常的生活事件中，揭示这一历史时期复杂的社会矛盾和各阶层人物的动态，真实而自然地把它们交错在戏剧情节里，结构出生动感人的性格冲突，充分地揭露它们的本质面貌，深刻地开掘了富有时代意义的题材和主题——谁影响谁，谁改造谁，谁战胜谁，在社会主义革命的时代，仍将是一场长期的艰巨的斗争，而只有时刻保持警惕的革命战士，才能发扬革命传统，将革命进行到底！

《年青的一代》、《千万不要忘记》这两出描写青年的戏，所以在观众中激起如此热烈的反响，也是由于它们通过富有现实意义的题材和主题，揭露了当前生活中重要的矛盾现象。这两个剧本的作者并不是一般地观察了青年人生活和思想中的矛盾，而是在不同程度上开掘了这种矛盾的深刻的现实内容。

我国革命胜利已经14年了。在新中国成立初期戴上红领巾的孩子，今天也成批成批地走上了工作岗位，参加着社会主义的建设。毫无疑问，在党的培养和教育下，我们绝大多数的青年人，继承了革命前辈的传统，他们有崇高的品质，伟大的理想，满怀热情、奋不顾身地为共产主义未来工作、学习和不断地改造自己。从年青的雷锋闪耀着精神异彩的日记里，谁都会深深地体会到，我们的党和毛泽东思想塑造共产主义新人的威力。无数活着的雷锋将能够用他们强有力的手高举革命的红旗，做一个可靠的接班人。

但是，为什么在我们的社会里，还有不少青年人，他们所追求的，却不是雷锋一样的生活，而是个人主义的小天地呢？请看，这个林育生（《年青的一代》中的主人公），是革命烈士的后代，他生长在一个革命的家庭里；这个丁少纯（《千万不要忘记》中的主人公），父亲是老工人，祖父是老贫农，从小生活在“红色环境”里，他们又都是共青团员，而林育生却为了追求他个人的“幸福”，做了社会主义建设战线上的逃兵；丁少纯也有从先进工作者的工人蜕化成“幸福”小家庭“宠儿”的危险！

当然，谁都可以对这个问题作出自己的解答：这是由于他们生长在和平环境里没有受过艰苦锻炼；这是因为他们幼稚，受了坏思想的影响；或者是由于家长的娇惯……可是，这两个剧本的作者，并不满足于这种表面的回答，他们也表现了各种因素对青年的复杂影响，而中心却是在揭露那本质的矛盾——一场无产阶级思想和资产阶级思想争夺青年的斗争。

这是从完全不同生活领域里提炼出来的戏剧冲突，但它却揭露了具有普遍性的尖锐的生活矛盾，即无论是在知识青年和青年工人中间，这种矛盾还是普遍的。无产阶级要用无产阶级世界观培养革命的接班人，而资产阶级却企图用个人主义的世界观、人生观腐蚀青年，把他们引上符合它的需要的歧路。这两位剧作者从他们所掌握的特定生活素材提炼出来的戏剧冲突，不仅具有典型性，而且把问题提得十分尖锐。他们用生动的艺术形象有力地表明了，即使是革命烈士的后代——林育生，即使是工人阶级的子弟——丁少纯，也不能避免和各种复杂的社会关系发生联系。如果不警惕，不教育，不斗争，不培养抵抗力，他们也仍然难免成为资产阶级思想意识的俘虏。

就是这个林育生，他牺牲了的父母，希望他“把这曾经充满苦难屈辱的国土，建设成一个共产主义的天堂”，而他却从地质勘探队里开了小差，并且振振有词地向萧继业描述那个人主义的“丰富”“幸福”的生活。

就是这个丁少纯，明明知道工人、团员“卖野鸭子”“成问题”，却为了一身料子服的诱饵，被他的岳母一步步地牵向堕落的泥坑！

老工人丁海宽（丁少纯父）沉痛地说：我们“常常不能把好思想像刻戳子那样刻在他们心上，倒像给黑板上写粉笔字，咱们费了不少的劲写上一黑板，可是那些旧思想就像一些破抹布，三下两下就能给你擦得模模糊糊……真是不能小瞧那些破抹布，它还有势力！”

林坚（林育生的养父）沉痛地说：“警惕啊，孩子！多少先辈流血牺牲才换来了今天的胜利，我们的江山得来不容易啊！可是，帝国主义、反动派正梦想从你们这一代人身上找到他们反革命复辟的希望，你们要争气啊！”这是父辈的声音，也是时代的警钟，它敲响在每一个革命青年、每一个革命者的心上。

《年青的一代》和《千万不要忘记》描写的这场复杂的冲突，虽然渗透在人民内部矛盾的关系里。但是，它们却写出了这场冲突的长远的社会意义。如果说《年青的一代》是从青年人的两种理想、两种幸福观、人生观的尖锐矛盾中，反映了这场斗争的严重性，那么，《千万不要忘记》却深入到平凡的日常生活的矛盾中，揭示了这场斗争的复杂性。当然，比较起《霓虹灯下的哨兵》，这两个剧本，在揭露社会矛盾的深度和广度上是要差一些的。譬如《年青的一代》对林育生思想感情变化的背景，就还缺乏有说服力的描写。同是生活在一个家庭里，林育生和林岚完全是不同的性格。剧作者写出了林岚的性格烙印着林坚的很鲜明的影响，而这种影响在林育生的身上却一点也看不到，即便把林坚写成始终游离于矛盾之外，也还是一个很大的漏洞。自然，剥削阶级的思想影响，是社会的存在，不能简单地只从家庭熏陶上去找原因，但必须有力地写出这种影响，才能创造丰满的性格。《千万不要忘记》虽然从日常生活中写出了这场斗争的复杂性，充满了生活气息，但把丁少纯的变化，仅仅集中在岳母的影响上，似乎又把这种生存在不少人头脑中的封建阶级、资产阶级旧思想、旧习惯势力的生活面写得狭窄了一些。

不过，这两个剧本尽管存在着一些不足，却仍然揭示了富有现实意义的社会矛盾，提出了具有现实意义的重大问题，而且在反映人民内部矛盾的创作上，提供了有益的经验。特别是《千万不要忘记》，成功地创造了一个处于人民内部矛盾关系中的被批判的人物——姚母，作者丝毫没有故意地丑化她，而是从生活的真实描写里，细腻地展示了她的性格。她在这场冲突中，并没有在自己的身上贴上“自私自利”的标签，她所做的一切，都是为了女儿和女婿，但是，“自私自利”却渗透了她的灵魂，她不仅把她的那些生活方式、生活看法，看成完全合理的存在，而且要用它们来改造丁少纯，支配丁少纯。这场斗争写得既尖锐又准确，这个人物写得既有分寸，又解剖得深刻。

长时间以来，我们的文学艺术，很少甚至回避从这种复杂的社会生活的斗争中，发掘具有现实意义的题材和主题，写出有力的作品，擦亮人们的眼睛，提高人们的警惕性，推动人民在斗争中进行精神世界的社会主义改造。上面谈到的这几个剧本，确实在这方面跨出了一步，它们不仅正确地描写了社会主义时代不同生活领域里的斗争的尖锐性，而且深入到人民内部矛盾的各种生活和思想形态里，挖掘了它们的复杂的内容。可以说话剧创作在这方面走到了其他文艺作品的前面，这是可喜的收获，也毫无疑问地会对其他文艺形式起促进的作用。

创造有血有肉的新人的形象

要在戏剧形式中真实、深刻地概括社会生活的尖锐复杂的矛盾冲突，无论是反映阶级斗争或者描写人民内部矛盾，其最中心的一环还是在于写好矛盾的主要方面——新生活的不可战胜的现实和理想的威力，而这种威力又主要应当是体现在有血有肉的新人的性格里。

在我们的时代里，不管矛盾多么尖锐，斗争多么复杂，而体现历史发展趋势的当代英雄人物，却永远把握着生活的方向，屹立在沸腾的时代激流里，经受着暴风雨的考验。因而，塑造当代英雄人物，不能不是我们文艺创作中重要的课题。革命的文艺，主要是通过表现英雄人物的精神品质，树立英雄人物的榜样，以达到潜移默化移风易俗的目的。在戏剧冲突里写不出这个矛盾主要方面的威力，也就难于把它所反映的斗争生活写得深刻，难于正确有力地解决矛盾。我们的舞台上至今还有这样一些戏，它们描写了现实生活中的复杂矛盾，把矛盾也写得很尖锐，但是，戏里的英雄人物却写得简单、概念，苍白无力，表现不出处于矛盾主要方面的革命的雄强的气势和力量。这是和我们伟大的现实完全不相称的。

1963年受到观众热烈欢迎的这几个优秀的话剧剧目，恰恰也是在这方面显示了它们的新的成就。在这些剧本里，大都不是描写狂风暴雨、惊心动魄的斗争，它们所反映的生活矛盾是出现在平凡的日常工作和劳动生活里，即使对敌我矛盾有所反映的《霓虹灯下的哨兵》，其斗争生活的中心也不是战火纷飞的战场，而是灯红酒绿的南京路。但是，剧作者却正是通过这种复杂的新形势下的香风与毒气的吹打，写出了那些屹立在霓虹灯下的“威武不能屈，富贵不能淫”的英雄“群像”。连长鲁大成的豪爽而幽默的性格，妙趣横生的炊事班长洪福堂，纯朴的赵大大，真挚而坚强的春妮，都是以多么丰富的性格特色嵌入观众的心灵啊！正是这些生动地体现了充满革命精神出污泥而不染的当代英雄，向观众展示了一定要“将革命进行到底”的不可战胜的威力。

在反映当前农村生活的作品里，李双双这个性格显示了农村新人的强烈的时代精神的光彩。这当然首先应该归功于电影剧本的作者李准同志。然而，能够在舞台上以独特的乡土风貌再创造这个形象，却不能不说是中国青年艺术剧院农村演出队的一个新的贡献。人们说这是“又一个李双双，又一个新创造”，是并不言过其实的。李双双是一个具有美好的生活理想、热爱集体的农村新型妇女。她大公无私，敢说敢做，勇于和旧思想旧事物进行不调和的斗争，哪怕是对自己亲爱的丈夫，也同样一丝不苟。影片《李双双》主要是突出了这个农村新人这方面的精神品质，话剧《李双双》则是在这一性格的基调上，更丰富地发展了她的多方面的精神风貌。

这一个李双双的敢说敢做、勇于斗争，更细腻地展现在她的大公无私心胸坦荡的朴实性格里。如果说，在影片中，她的这种性格特色只是闪现在和大凤的关系里，那么，在话剧舞台上，它却融贯在这个农村新人的一切作为里，无论是对喜旺甚至是对孙有婆，她都满怀着与人为善的热情。心直口快，是它的表现形式，但爱吵爱闹却并非她的性格本色。因为她绝不是那种旧时代炮筒子性格的妇女，她的敢说敢做，勇于斗争，是萌发自一个公社农民的集体主义的光辉品质中。话剧《李双双》的改编，听取了群众的意见，加强了对李双双朴实可亲的性格特点的刻画，不仅没有削弱这一新人性格的斗争意义，反而更深刻地显示了她的共产主义风格的精神面貌，使得这一典型性格更加丰满、更加完整了。

《远方青年》里的那个在牧区成长起来的新时代的“山鹰”——受到牧民爱戴的青年兽医沙特克的性格，更是完全展现在平凡的工作和劳动里。他处于尖锐的戏剧冲突的中心，虽然舞台场面上很少出现他和别的人物直接展开的性格冲突，而他的勤恳的、顽强的劳动，他从暴风雪中，从牧马的病疫中夺取到每一个胜利的战斗，却都在冲击着人们的心灵，牵引着斗争的深入发展。牧民们为这胜利而欢乐，艾利嫉妒这胜利而拼命挣扎，阿米娜则从沙特克的不断胜利中看清了艾利的灵魂，看清了自己的错误道路……这出戏不仅生动地塑造出一个沉浸在劳动中赤胆忠心为人民服务的新人的形象，而且把日常的、平凡的社会主义的工作和劳动，升华到充满着浪漫诗意的高度，使它的艺术形象，渗透着革命浪漫主义精神。在反映当代生活的话剧创作中，这不能不说是《远方青年》的一个新的成就。

《年青的一代》，在人物形象的塑造上，不能说是特别成功的。处于生活矛盾关键地位的林坚，被长时间地游离出戏剧冲突的中心，使得这位老一代的英雄人物，没有能够照耀出应有的光彩。对于和林育生相对立的人物萧继业的处理，也有声音多于行动的缺陷。我同意何长工同志的意见（见《老战士谈〈年青的一代〉》，《文艺报》1963年第10期），如果有一场描写向大自然进军、向地球开战、为祖国探宝的地质队的苦中有乐的战斗生活，这将有助于把萧继业的性格塑造得更丰满些，也会更有力地反衬出林育生的幸福观的卑微和渺小。

不过，《年青的一代》里林岚的形象，却是朝气勃勃地走到观众的心灵里来的。这是社会主义时代充满青春欢乐和生活自豪感的年青的一代。他们从戴红领巾的时候，就开始吸取革命前辈的精神力量。刘胡兰、董存瑞、黄继光为祖国献身的伟大功勋，成了他们梦寐以求的前进生活中的榜样。他们也有自己的兴趣和爱好，但时常在听到党的号召以后，又忘掉了这些兴趣和爱好，适应祖国需要，追求新的目标。美好的东西永远在他们的心灵上烙下深深的痕迹，伟大的理想鼓舞着他们不断地前进。他们的生活经验确实很不够，在未来的经历中也许要遇到挫折和失败，但革命的种子已经深深地埋藏在他们的心底，他们会从党的培养和教育里，得到战胜一切困难的力量。这是新中国成立以后成长起来的全新的革命的一代。林岚正是这类年青一代的代表人物。在她的纯洁的心灵里揉不进一粒沙子。她看不惯哥哥林育生的那些个人主义的打算，她为林育生的逃兵的怯懦行为而感到耻辱！她也不能容忍表姐夏倩如对林育生的那种无原则的妥协。她有表演的才能，可是，当党发出支援农业战线的号召时，她决心要在农业方面“出把力”，去投考农学院，考不取农学院，就到井冈山农场去参加劳动——“不要什么后路，决定了就一条路走到底。”只有这样的青年一代才能毫无愧色地在老一代人面前坚定地宣称：“既然我们的父兄都是硬汉子，我们也不该是胆小鬼！”“你放心吧，我们会沿着你们的道路走到底的！”

林岚的形象，使人看到了革命后代的青春的美！

在《千万不要忘记》中，和丁少纯相对照的青年工人季友良的形象，虽然写得不够丰满，但老一代的人物像丁海宽，甚至出场不多的丁爷爷，却写得相当有力量。同时，它不只生动地写出了祖孙三代的不同的性格，还通过丁海宽和姚母有斗争有团结的复杂矛盾，写出了工人阶级改造旧世界、改造旧人物的移风易俗的博大的胸怀和宏伟的气魄。

我们正处于一个伟大变革的历史时代，全国人民在党和毛主席的领导下，立雄心，树壮志，艰苦奋斗，奋发图强，要把我国建设成一个伟大、富强的社会主义国家。面对这样伟大的现实，革命的文学艺术工作者，也应当树立我们的大志，迎头赶上去，深入火热的斗争生活，努力和群众相结合，改造自己，改造和发展我们的文学艺术，以便于能够创造出无愧于现实的优秀作品来，为社会主义服务，为广大人民群众服务。

1963年的话剧创作能取得这些成就，很明显，也是和剧作者、导演和演员同志们的深入生活，有着直接的联系。《霓虹灯下的哨兵》，固然是沈西蒙等同志和好八连有过共同生活的结晶。就是《远方青年》和《千万不要忘记》的浓郁的生活气息，也绝不是一个不生活在牧区、不生活在工人中间的作家，能够写出来的，而且其他剧团所以不能像前线话剧团那样，把《霓虹灯下的哨兵》演得如此出色，也显然是一个“生活”问题。陶玉玲同志说得好：“我演的春妮假如多少还有点农村劳动妇女气质的话，那是由于组织上经常让我们深入到火热的斗争生活中去的结果。”中国青年艺术剧院创作《李双双》的生活实践和艺术实践的经验，更充分地向人们揭示了深入生活与群众相结合的不可动摇的真理。

1963年的话剧创作已经胜利地跨出了第一步，我们为这胜利的第一步而欢呼!

（原载《人民日报》1964年1月26日）

关于文学名著改编影视的对话

李希凡　陈　诏

陈：我国的四大古典小说《红楼梦》、《三国演义》、《水浒传》、《西游记》都已相继改编成电影或电视连续剧。其中《红楼梦》和《三国演义》拍了电视连续剧后，正在拍电影或酝酿拍电影。有人认为，耗费资力、物力、人力，重拍无此必要；而有人认为，文学名著可以在重拍中不断深化、提高，翻出新意，你的看法如何?

李：《红楼梦》以连续剧的形式走上荧屏，被人称为这是自有《红楼梦》以来的最大的一次普及，不管它的某些艺术处理——主要是编剧自称的“根据曹雪芹原意新续”的后几集，引起了观众议论纷纷，但这一功绩却是谁也抹不掉的。

拍了电视剧是否有必要再拍电影呢？我想这不是用抽象的耗费资力、物力、人力能讲清楚的。据我所知，北京电影制片厂的《红楼梦》六集系列片早已开拍，而且一、二集恐怕已经完成了。编导谢铁骊同志要拍摄《红楼梦》的电影，是他多年来的愿望。我记得在开拍前的演员学习班上，他和林默予同志(饰贾母)都一再表示，要拼出老命拍好《红楼梦》电影；在观看拍摄“协理宁国府”的场面时，遇到了刘晓庆同志(饰王熙凤)，她也满怀信心地和我说：“当然要超过邓婕，也必须超过邓婕，邓婕的表演是不错，但邓婕的王凤姐是刀子嘴刀子心，可王凤姐应当是刀子心笑面虎。”了解到电影艺术家们的这种创作信心，对我很有启发。我以为，艺术家，特别是像谢铁骊这样一位著名的电影导演，他并不是轻易选择一个题材的，何况改编对象又是《红楼梦》这部古典名著，把它搬上银幕的高难度是可以想象得到的。尽管它也是采取了系列片的形式，但其“时限”毕竟不如电视连续剧那样“自如”，六集系列片最多也不能超过12个小时。那么，在改编原著的容量上，也和36集的电视连续剧无法相比。不过，影视艺术形式虽然相近，艺术概括的手法却又各有特点，何况《红楼梦》又是这样一部百读不厌的封建末世的“百科全书”。谢铁骊说：“艺术家是永远不怕撞车的，因为艺术家永远是独创的，十个艺术家拍片，将会有十种《红楼梦》的诞生，而没有一种是多余的。”我想，在影视艺坛上出现这种满怀信心的竞赛，是值得欢迎的。既然《红楼梦》可以一版、再版，那么，我们的改编有一部电视连续剧，一部电影系列片，决不为多；它也总不会比出现一部《金镖黄三太》在电影史上更为浪费。

《三国演义》有否影视重拍问题，我不太了解。几年前我曾收到谢晋同志寄来的一个题名为《赤壁大战》的电影文学剧本，可据我所知，这个剧本因“耗资巨大”并无开拍计划。武汉电视台拍过一部电视连续剧《诸葛亮》，曾博得好评，但那只是《三国演义》中的一段，并不能概括《三国演义》的全部故事情节。如果现在酝酿拍摄《三国演义》的电影或电视连续剧，都不存在重拍的问题。

陈：对于改编问题，有人认为应基本忠实原著，不要作太大的改动，有人认为改编是二度创作，应该掺入改编者的主观意识，你的意见呢？

李：改编，特别是名著的改编，历来是电影剧作取材的一个重要来源，因为它既可以普及文学名著，又可以扩大电影题材，还可以检验电影艺术的发展水平。

但是，既称为改编，那么，首先遵循的原则，当是忠实于原著所提供的内容，而且要包括原著的艺术思想、形象系统以至风格、神韵，既要把握原著的精髓。然而，忠实于原著，应当与改编者的主体创造并无矛盾。忠实于原著，并不等于亦步亦趋，照猫画虎；改编，毕竟是艺术的再创造，是两种不同的“语言”和“形象”的转换，总会有适应不同艺术形式的规律、特点的集中和概括，而再创造又必然渗透着再创造者的理解、意图，以至艺术风格。譬如电视连视剧《红楼梦》的改编，有关前八十回的部分，虽然对这一人物那一人物也有这样那样的议论，但总的说来，编导还是忠实原著，而得到好评的。

只是后几集，主要是宝黛爱情悲剧及其结局的艺术处理，似是离原著“精髓”较远，而在观众中引起了不同的反应。这里很难细谈，我在1987年第4辑《红楼梦学刊》上写了一篇《宝黛爱情悲剧与黛玉之死》，详说了我的意见。简而言之，原著的后四十回确系另外作者的续书，那样的黛死钗嫁的结局，也非曹雪芹原意，但电视剧改编在后几集里做了后四十回的翻案文章，把贾母、王凤姐以至薛姨妈都变成了宝黛爱情的保护神和促成者，宝黛婚姻不成，只因为袭人“拨乱其间”，才弄得奉旨完婚；黛玉则是因宝玉被遣送探春远嫁生死未卜而相思病故……这样的翻案文章，就不只翻了后四十回续书，实际上也远离了原作的精髓，扭曲了原作的悲剧意识的内涵。这样的再创造，就不能说是忠实于原作了。

陈：演员饰演角色，老演员文化修养较高，但饰演宝黛等年轻角色，在形体上不相称，而年轻演员文化素养又较差，这个矛盾怎样解决才好？

李：改编《红楼梦》不容易，饰演《红楼梦》中的人物，就更加有高难度。

我这样说，不只是对青年演员，也包括文化修养较高的老演员，饰演《红楼梦》中的人物，而能有深度地把握和创造这些人物的艺术形象和个性生命，也并非易事。戚蓼生在《石头记·序》里曾把《红楼梦》的创作艺术，比喻为“一声两歌，一手二牍”。我以为，《红楼梦》的创作艺术，更表现在它的复杂多面的人物个性形象的创造里。的确，如果在戏曲艺术舞台上，即使是老演员饰演林黛玉，也可以为观众所接受，因为观众欣赏的是演员的富有戏曲艺术特点的演和唱，较少自然形体上的欣赏要求。梅兰芳和欧阳予倩饰演林黛玉时已不是少年，而特别为广大观众热情称赏的越剧著名艺术家王文娟，饰演林黛玉时，也已中年了。如果在电视剧或电影里，用老演员，哪怕是很有文化艺术修养的著名艺术家，饰演林黛玉这样的人物，年龄较大或形体不合，就很难不给人造成造作与不真实的印象。而《红楼梦》中的女孩子们，在曹雪芹的笔下又不只是早熟，还有它的特殊环境的熏陶和影响，这又不限于金陵十二钗，钗、黛、湘、探的文采风流；就连鸳、平、袭、紫之辈，那言语谈吐，处事待人，感情色调，又岂是“小家碧玉”所能有；尽管她们可能并不识字，但那性格与气质都在不同程度上浸沾着贵族文化的熏陶和影响。因而，同龄的年轻演员，要在精神气质上创造她们的艺术形象，确需做一番艰苦的努力。而解决这个矛盾，又并无捷径，只能认真阅读《红楼梦》，对人物内心世界的更深层面求得深入的理解和把握，克服皮相的模仿，才能有真正的艺术创造。否则，就会出现把林黛玉演成酸小姐，把薛宝钗演成温柔可爱的女性的背离原著精髓的后果。

陈：古典文学的影视作品的音乐是否非要民族音乐？《西游记》中有不少迪斯科音乐，有人认为不伦不类，有人认为可以，尊意如何？

李：我对音乐可以说完全是外行，本无发言权，但作为一个听众，我也可以谈谈自己的想法和看法。首先，我以为，既然改编的是中国的古典文学作品，就应当在艺术表现形式和表现方法上，考虑到民族特点，考虑到与本民族艺术传统的韵律相和谐。我很欣赏《红楼梦》电视连续剧的乐曲，而作曲家王立平又是这样谈到了他的创作立意："由于剧中的歌词都是原著中的诗词，情真意切，需反复品味才能渐解其中味，我力求使旋律与其相融合，表现一种高雅、含蓄的情调、情绪和情趣。"我想这是与原著的艺术境界相和谐的，而且也表现了《红楼梦》所特有的艺术韵律。

不过，我又以为，改编中国古典文学名著，也不该排斥吸收外国音乐的特长，关键在于是什么样的题材和风格。像《红楼梦》这样的艺术韵律的作品，就决不能在音乐表现上采取强烈的刺激性旋律。而《西游记》就有所不同，它是一部神魔小说，有着神话浪漫主义的特点。幻想、夸张、揶揄、喜剧性，是它的艺术表现形式、表现方法的基调。这或许就是它采用了某些迪斯科音乐而并不使人感到有不谐和音的原因吧！

（原载《解放日报》1988年5月10日）

名著改编在电视屏幕上的新成就

古典名著改编，在当前世界影视艺术中，都占有十分重要的地位。英国狄更斯的作品，法国雨果、巴尔扎克的作品，俄国托尔斯泰的作品，都曾在影视屏幕上改编、再改编，多次以新面貌与观众见面。我想，这是因为古典名著是每一个民族的文化精英和思想艺术的宝库，它为全体人民所熟悉，但却不是一次改编所能穷尽的。

我国的影视艺术，特别是电视剧起步较晚，名著改编，更是最近几年才开始的工作。中国四部古典小说名著《三国演义》、《水浒》、《西游记》、《红楼梦》，都在改编拍摄中。山东电视台《水浒》的改编，最先和观众见面，它采取的是人物“传”的形式，第一部是《武松》，曾在观众中引起强烈的反响。这两年来，《鲁智深》、《林冲》、《顾大嫂》，都陆续播出了，最近又上演了《李逵》。

今年春节，在电视屏幕上，应该说是名著改编的大丰收。《诸葛亮》14集连续剧、《西游记》的前11集，都已播出，受到了观众的热烈欢迎，同反映当代改革生活的连续剧《新星》一起，成为春节期间人们议论的课题，这并不偶然，因为这些改编取得了成功，深入了人心。

名著改编的第一要义，当然是要忠实于原著。这四部古典小说，在我国可以说是家喻户晓，如果对原著有所背离，观众一眼即可看穿。从这点来看，已上演的这几部连续剧，编导都下了很大工夫，他们都力求做到真实地再现原著的基本精神和个性风格，尽管有些剪裁取舍，还有不够理想、不够完美之处，如《武松》中对“血溅鸳鸯楼”一些情节的修改；《诸葛亮》中对“七擒孟获”的完全舍弃等等，但整个说来，改编还是集中了原著章节的精华部分。

当然，忠实于原作，又不等于完全拘泥于原作。改编，毕竟是艺术的再创造。没有改编者的真知灼见与独创的艺术处理，也就不可能有艺术的再创造。我以为《诸葛亮》的成功，也正表现在这些方面。《三国演义》写的是东汉末年黄巾起义后的天下大乱，群雄纷争，而真正决定三国鼎立的，却是在诸葛亮出山辅助刘备之后。电视剧选取以诸葛亮为中心反映这三分天下的历史活剧，是正确地把握了《三国演义》这部名著的主题，而诸葛亮作为一个忠贞智慧的封建政治家，编导在再创造的过程中，从性格出发有着不少生发和丰富，如“吊孝”、“拜将”、“斩谡”，都丰富地展示了他的感情世界，并减弱了小说中的“神化”的色彩，突出了他务实的、智慧的形象，使这个为广大群众所喜爱的艺术典型更加真切动人、丰满、坚实。

《西游记》的改编，我们虽然只看到了11集，但也可以看出，编导对于这部“神魔小说”精神实质的把握，还是比较准确的。特别是由于它富于神话的色彩，编导还大胆采用了当代声光化电的表现手段，十分和谐地再创造了它的绚丽多彩的艺术境界，像“石猴出世”、“闯龙宫”、“闹天宫”，都深受观众特别是小观众的喜爱。

总之，包括山东电视台的《水浒》各“传”的改编，都是一集比一集好（最近的《李逵》，在塑造人物、刻画性格方面最为成功）。这说明，在电视剧创作中，名著改编，已经占据了一个不容忽视的位置，而且开始迈出了可喜的第一步。

不过，它又毕竟是刚刚开始的工作，改编也决不会是一次可以穷尽的。目前这几组电视剧的编、导、演，都还有值得推敲、不够使人满意，甚至明显的与原著有距离的弱点和缺陷。譬如《诸葛亮》中的所有战争场面，都处理得杂乱无章，尤其是“赤壁之战”，甚至连规模、气势的印象都没有给人留下。这可能有经费上的困难，但名著改编，是一项严肃的、有关我们民族文化水准的工作，不可草率从事，即使赔点钱也是值得的。《西游记》的改编，使人感到不足的是，那神话艺术境界的创造，似还大有可为。小说中还包孕着丰富的哲理，也有待于发掘。现在是取材于真实的地理环境的景色太多，神奇色彩不足。几个神魔形象的创造，过于注意它们动物外形的描绘，而人性的描写不足。孙悟空和猪八戒，在原著中虽然都写了他们的动物性的习性——活蹦乱跳的猴子，呆头呆脑的猪身，但作者通过他们，毕竟创造的是人的性格，所谓“神魔皆有人情，精魅亦通世故”（鲁迅语），作者赋予他们的形象和性格以丰富的喜剧色彩。因此，在艺术表现上，不宜于在行动上过多地渲染他们动物的习性。六小龄童的孙行者，对于孙悟空性格的刻画，是相当成功的，但在化装和动作上，也有过分渲染他猴性的缺点；猪八戒，则不只有点追求肖像上的酷似，还太实地描写了他庸俗的一面，使这一广泛活跃在人们心目中的喜剧人物，完全失去了幽默风趣的人情味。他在屏幕上的形象，显得只有丑陋贪吃、庸俗好色，很不可爱。

《水浒》、《西游记》，还有一个如何继续拍摄下去的问题。逼上梁山与取经路上的遇怪降妖，情节与人物的再创造，如果不善于发掘或没有创新的处理，就很容易雷同，这是需要这两个连续剧的编、导、演进一步努力的。

（原载《光明时报》1986年4月10日）